MEIN LORD IM DARK HAVEN

California Masters-Reihe: Buch 5

CHERISE SINCLAIR

VanScoy Publishing Group

Mein Lord im Dark Haven

ISBN: 978-1-947219-28-1

Dieses Buch enthält explizite Darstellungen sexueller Handlungen und ist nicht für Leser unter 18 Jahren geeignet!

Übersetzer: Tilmann Hennig

Lektor 1: FP Translations

Lektor 2: Christian Popp

ANMERKUNG DER AUTORIN

An meine Leser/Leserinnen,

dieses Buch ist reine Fiktion. Und wie in den meisten Romanen wird die Liebesgeschichte in eine sehr, sehr kurze Zeitspanne hineingepresst.

Ihr, meine Lieben, lebt in der wirklichen Welt. Ihr werdet mehr Zeit brauchen als die Romanfiguren. Gute Doms wachsen nicht auf Bäumen und es gibt ein paar sehr seltsame Menschen dort draußen. Wenn ihr auf der Suche nach eurem eigenen Dom seid, hört auf euer Bauchgefühl und seid bitte vorsichtig.

Und wenn ihr ihn findet, dann nehmt zur Kenntnis, dass er nicht eure Gedanken lesen kann. Ja, so beängstigend das auch sein mag, ihr werdet euch ihm öffnen, mit ihm reden und auch ihm zuhören müssen. Teilt eure Hoffnungen und Ängste miteinander. Erzählt ihm, was ihr euch von ihm wünscht und wovor ihr abgrundtiefe Angst habt. Okay, er wird eure Grenzen etwas austesten – er ist schließlich ein Dom –, aber ihr habt ja euer Safeword. Nicht das Safeword vergessen, okay? Und passt auf euch auf. Verhütet. Vertraut euch einer Person in eurem Freundeskreis an. Teilt euch mit, kommuniziert.

Denkt dran: Safe, sane, consensual. (Sicher, vernünftig, einvernehmlich.)

Ich wünsche mir für euch, dass ihr diese besondere Person findet, die euch liebt, die eure Bedürfnisse versteht und euch im Herzen trägt.

Während ihr nach diesem besonderen Menschen Ausschau haltet, könnt ihr Zeit mit meinen California Masters verbringen.

Fühlt euch gedrückt,
Cherise

DANKSAGUNG

Ich möchte mich bei allen Lesern bedanken, die sich in meine Hände begeben haben und nun darauf hoffen, dass ich sie für die nächsten paar Stunden in eine andere Welt entführe. Euer Vertrauen ehrt mich, und ich hoffe, dass ich niemanden enttäusche.

An alle, die mich angefleht haben, ein Buch über Xavier zu schreiben (ihr wisst schon, wen ich meine): Ich danke euch! Und ich hoffe, dass ich ihm gerecht werde.

Wie immer gilt mein größter Dank meinem Herzallerliebsten: Du erdest mich, jeden Tag.

Bleibt gesund.

– Cherise

KAPITEL EINS

Dichter Nebel verhinderte, dass das Licht der Straßenlaternen den Boden erreichte. Auf einer dunklen Straße in San Francisco stand Professor Abigail Bern und schaute den roten Rücklichtern des Taxis nach, bis sie im Nebel verschwanden. Mit der Begeisterung eines verurteilten Mörders auf dem Weg zur Hinrichtung wandte sie sich dem berüchtigten BDSM-Club zu.

Im Gegensatz zu der blinkenden Leuchtreklame des Nachtclubs die Straße runter wies hier nichts auf einen Nachtclub hin. Erst, wenn man nähertrat, bemerkte man ein diskretes Schild neben der Tür mit der Aufschrift DARK HAVEN. Sie verstand den Beweggrund. Die BDSM-Community befand sich heute in der gleichen Position wie die Schwulen-Szene in der Vergangenheit: Sie blieben lieber unter sich.

Und natürlich würden sie es nicht mögen, beobachtet und analysiert zu werden.

Allerdings hatte sie nicht vor, ihnen diese Information auf die Nase zu binden. Sie würde eine teilnehmende Beobachtung durchführen, bei der das Forschungsobjekt nicht wusste, dass ein Soziologe anwesend war. *Der Gedanke missfällt mir.* Nur das Wissen, dass niemals jemand die Mitglieder anhand ihrer zukünftigen Forschungsarbeit identifizieren könnte, beruhigte sie. Ihr Ziel bestand darin, der Community mit dem Artikel zu helfen; er sollte als Aufklärung dienen. Auf keinen Fall wollte sie jemandem Schaden zufügen.

Zumal ihr keine andere Wahl blieb. *Wer schreibt, der bleibt.* Ein Spruch, der sich für sie schon bald negativ auswirken könnte, denn an ihrer Universität waren Budgetkürzungen angekündigt, und woran wurde immer zuerst eingespart? Richtig, am Personal.

Die letzte Woche war furchtbar gewesen. Nicht nur, dass sie wahrscheinlich ihren Job verlieren würde, auch wusste sie nun mit absoluter Sicherheit, dass sie Nathan verloren hatte. Klar, sie würde ihn morgen noch zum Flughafen fahren, aber tief in ihrem Inneren war ihr bewusst, dass er nicht länger Teil ihres Lebens war. Bei dieser Leere in ihrem Herzen rang sie nach Luft.

Sie hätte seine Bedürfnisse nicht befriedigt, hatte er gesagt. Sein Bedürfnis, sie zu fesseln, sie zu dominieren und sie mit Wörtern zu betiteln, bei denen es ihr unwohl zumute wurde. Sein Bedürfnis, BDSM in ihrem Schlafzimmer auszuleben. Sie hoffte, durch ihre Feldforschung seine Vorliebe für diesen Lifestyle besser zu verstehen. Vielleicht wäre es ihr dann möglich, auf seine Wünsche einzugehen, wenn er im August zurückkehrte. Vielleicht würde er ihr noch eine Chance geben.

Ich will ihn nicht verlieren. Ihr Versuch, einen tiefen, beruhigenden Atemzug zu nehmen, schlug fehl und sie stellte fest, dass sie ihr Korsett viel zu eng geschnürt hatte. Kopfschüttelnd schaute sie an sich herab. Eine Sache musste sie zugeben: *Ich sehe scharf aus*. Nach der Recherche war sie shoppen gewesen. Heute trug sie einen wadenlangen Rock, ein raffiniertes Korsett, dazu Stiefel. Alles in Schwarz. Das Korsett hob ihre Brüste und akzentuierte ihre Taille, während der Rock ihre breiten Hüften kaschierte, wodurch sie die Proportionen einer Barbie-Puppe erhielt – na ja, einer Barbie mit der Kleidergröße 46, die versuchte, wie eine selbstbewusste Domina aufzutreten. Der *Leg-dich-nicht-mit-mir-an*-Effekt war erstaunlich.

Nathan meinte immer zu ihr, sie wäre eine Sub. Womöglich hatte er sich das aber nur erhofft. Sie war von seiner Mutmaßung nicht überzeugt. Die Rolle als Domina gefiel ihr besser. Außerdem war es nicht gerade klug, als ... Opfer einen BDSM-Club zu betreten. *Sie war vielleicht keine Schönheit, aber intelligent war sie. Oh ja!*

Sie legte die Hand auf die Türklinke. Nervosität mischte sich mit Entschlossenheit, ein bisschen Aufregung schien auch dabei zu sein. *Los geht's!* Sie zog die Tür auf und ...

... eine Frau stürzte heraus und rannte Abby um.

„Clarissa." Ein hinreißend aussehender Mann folgte, der ihr irgendwie bekannt vorkam. „Bist du sicher, dass du so den Club verlassen willst?"

„Ich bin mir sicher." Clarissa funkelte den Mann an, während sie sich ruckartig einen Mantel über ihr knappes Korsett und den winzigen Tanga zog. „So was von sicher, Simon."

Abby trat einen Schritt zurück. Der Streit löste ein Gefühl aus, das ihr nur allzu bekannt war. *Nicht schreien. Nicht schimpfen. Nicht streiten. Bitte, bitte, bitte nicht.*

„Ich dachte, als Rezeptionistin ist mir Zeit mit Xavier garantiert, aber nein." Clarissa zupfte ihren Mantel zurecht. „Stattdessen wollte er mir einen anderen Dom an den Arsch kleben. Was zum Teufel hat er sich dabei gedacht?"

Langsam kam die Frau wieder runter, was auch Abbys Herzschlag normalisierte. Jetzt konnte sie sich auf die Unterhaltung konzentrieren: Zeit mit Xavier? War Xavier eine Person oder ein Foltergerät? Dazu hatte sie bei ihren Recherchen nichts gefunden.

Sie sollte wirklich reingehen, nicht, dass es noch so aussah, als würde sie spionieren. *Oh nein, das wollen wir auf jeden Fall vermeiden.* Sie ging um den Mann herum, betrat den Club und ihr Blick fiel auf ein schwarzes Brett mit einem riesigen Kalender in der Mitte. Darin verzeichnet waren Veranstaltungen, und Pfeile führten von den ausgefüllten Kästchen zu Flyern: Eine Teeparty für Dominas, ein Furry-Barbecue – das klang einfach daneben. Und ... wie sollte sie sich eine Party für Littles vorstellen? Der Kalender erinnerte sie an den ihrer durchorganisierten Mutter, um mit den vielen außerschulischen Veranstaltungen nicht durcheinander zu kommen: Abbys Debattierclub, Graces Fußballspiele und Janaes Schönheitswettbewerbe.

„Hi."

Abby folgte der Stimme zum Empfang.

Hinter einem L-förmigen Tresen stand ein junger, schlanker Mann in einer rotleuchtenden Radlerhose und einem farblich passenden Halsband. Er fummelte an einem Gerät herum. „Mistress, zieh deine Mitgliedskarte bitte hier durch."

„Ich habe keine Karte." Mitgliedschaft? War der Club nicht öffentlich?

„Kein Problem. Wenn du mir deinen Ausweis oder deinen Führerschein gibst, kann ich dich im System suchen." Er warf dem Monitor einen missbilligenden Blick zu. „Denke ich jedenfalls."

„Du hast mich falsch verstanden. Was ich meinte, ist, dass ich kein Mitglied bin."

„Oh." Er ließ sich auf den quietschenden Drehstuhl fallen. „Das ist schlecht. Ich kann dich nicht reinlassen, wenn du kein Mitglied bist. Nicht mehr. Du brauchst eine Empfehlung oder musst dich für einen Kurs anmelden. Das Dark Haven ist jetzt eine private Party. Um Mitglied zu werden, müssen weitaus mehr Hürden genommen werden als noch vor ein paar Monaten."

Aus der Tür hinter dem Tresen drang gedämpfte Musik und sie hörte das Summen von Gesprächen. Nichts davon half ihr, die richtigen Worte zu finden. Sie war am Boden zerstört. „Privat? Aber …" *Für Hürden habe ich keine Zeit!* Der Club war nur an Wochenenden geöffnet. Sie musste sofort, noch heute, mit ihren Nachforschungen beginnen, da ihr sonst nicht genug Zeit blieb, um die Arbeit zu beenden, sie von Fachleuten prüfen zu lassen und ihren Job zu retten.

„Kann ich eine Bewerbung ausfüllen?"

„Ich habe gerade den letzten Antrag ausgehändigt." Er sah mürrisch auf den Computer. „Ich könnte einen Neuen ausdrucken. Vielleicht. Möglicherweise. Irgendwo muss es ein Dokument geben."

Sie reckte ihren Hals und zeigte auf den Bildschirm. „Versuch doch ANTRAG."

Er machte einen Doppelklick und der Antrag erschien. „Treffer! Wenn du mir jetzt noch sagen kannst, wie ich das Dokument drucke, wäre ich dir auf ewig dankbar. Das letzte Mal, als ich den Versuch unternahm, hat mir der Computer mit einem blauen Bildschirm gedroht."

Sie führte ihn durch die Schritte und lächelte, als der Drucker loslegte. Niemals würde sie genug davon bekommen, andere zu unterrichten. Sie liebte ihren Job.

„Bitte sehr." Stolz händigte er ihr den Antrag aus, zusammen mit einer Vielzahl von anderen Papieren, die er aus einem Schubfach zog. „Du kannst auch gleich die Verzichts- und Einverständniserklärungen ausfüllen."

Sie trat an die Seite und machte sich an die Arbeit. Das normale Prozedere: Der Club entsagt sich jeglicher Verantwortung, wenn es zu Unfällen käme. *Wie beruhigend.* Um aufgenommen zu werden, musste sie zuerst von einem Frauenarzt bestätigen lassen, dass sie gesund war – inklusive Bluttests. Mit angespanntem Kiefer las sie weiter.

Es folgte eine geschäftige Zeit mit Neuankömmlingen. Als es wieder ruhiger wurde, gab sie dem jungen Mann die ausgefüllten Dokumente. „Wie lange dauert die Bearbeitung des Antrags?"

„Ohne Destiny vermutlich bis in alle Ewigkeit und zurück", sagte er schlecht gelaunt. „Noch länger, wenn ich von *Mein Lord* den Auftrag bekomme, den Empfang zu übernehmen. Ich bin ein Lover, keine Sekretärin. Dummerweise kann ich mir die Mitgliedsbeiträge nur leisten, wenn ich nebenbei hier aushelfe. Ist dir klar, was hier monatlich an Beiträgen anfällt?"

Sie warf einen Blick auf die Zahlen und zuckte zusammen. Mitglied zu werden, würde ein deutliches Loch in ihre Haushaltskasse reißen. Andererseits: Gefeuert zu werden, wäre noch einschneidender für ihren Geldbeutel. „Ihr habt eure Rezeptionistin verloren? Clarissa?"

„Was für eine Diva. Sie hat nur einen Monat durchgehalten. Destiny hat den Laden jahrelang zusammengehalten, und Xavier schafft es einfach nicht, sie zu ersetzen." Er starrte auf die vielen Akten und den berghohen Papierkram.

Es juckte ihr in den Fingern, das Chaos zu beseitigen. „Im Moment ist es ruhig. Die Zeit könntest du nutzen, um ein paar Sachen einzusortieren, und dann –"

Entsetzt blickte er sie an. „Oder auch nicht", sagte sie amüsiert.

„Hast du Interesse, bei uns auszuhelfen?“, ertönte eine dunkle Stimme hinter ihr.

Sie wirbelte zu dem Mann herum, der Clarissa nach draußen gefolgt war. „Aushelfen?“ Sie schöpfte Hoffnung. Könnte sie so den Bewerbungsprozess umgehen? „Das jemand gebraucht wird, ist offensichtlich.“ Wieder hatte sie das Gefühl, ihn zu kennen. Nachdenklich legte sie den Kopf auf die Seite. „Kann es sein, dass wir uns schon mal begegnet sind?“

„Sind wir. Auf der Hochzeit von Harris.“ Er nahm ihre ausgefüllte Bewerbung, blätterte durch und sah sie an, als schmiedete er bereits einen ausgeklügelten Plan. „Du bist mit Nathan zusammen, richtig?“

„Ähm, nein, nicht mehr. Wir sind nur noch Freunde.“ *Seit unserer Trennung gestern.* Sie verdrängte ihre Traurigkeit und streckte ihm ihre Hand entgegen. „Abby Bern.“

„Simon Demakis.“ Sein Blick fiel wieder auf den Antrag. „Du bist Professorin?“

„Bin ich.“ Sie schenkte ihm ein kleines Lächeln. „Und eure Beiträge würden dazu führen, dass ich nur noch Ravioli aus der Dose essen kann. Etwas, das ich seit meiner Professur zu vermeiden suche. Was ist die Aufgabe einer Rezeptionistin?“ Hätte sie noch genug Zeit, um sich ihren Nachforschungen im Club zu widmen?

„Ganz einfach: Freitags und sonntags würdest du von neun Uhr abends bis Mitternacht den Empfang übernehmen. Manchmal auch samstags. Sobald dich Lindsey ablöst, steht es dir frei, dich unter die Gäste zu mischen, bis der

Club um drei schließt." Er grinste. „Schließlich wäre es doch eine Schande, wenn dir der Spaß verwehrt bliebe und du nicht spielen dürftest."

Spielen? Das BDSM-Zeugs mit anderen machen? Schon mit Nathan hatte sie das nicht hinbekommen – einem Mann, den sie kannte. „Richtig." Ihr Gesicht wurde heiß. Natürlich dachte Simon, dass sie mit BDSM vertraut war, da Nathan eine Mitgliedschaft hier in diesem Club hatte. War das jetzt gut oder schlecht?

Was auch immer es war: Ihr lief ein kalter Schauer über den Rücken, der sie an ihre Chemieprüfung zurückerinnerte – die einzige Prüfung in ihrem ganzen Leben, bei der sie total versagt hatte.

Xavier Leduc stand im Untergeschoss, dem Kerker, und beaufsichtigte, wie ein junger Dom seine schluchzende Sub losmachte. Rainiers Session war fürchterlich schiefgegangen. Aus diesem Grund hatte ihn der junge Mann darum gebeten, ihm die korrekte Benutzung von Nippelklemmen zu erklären, sobald sich seine Sub beruhigt hatte.

Eine Vorführung wäre jedoch effektiver als nur die Theorie. Xavier schaute sich um. Am liebsten wäre es ihm, seine ehemalige Empfangsdame würde mit seiner Ledertasche gefüllt mit Spielzeugen herbeieilen, wie sie das sonst immer getan hatte, aber leider hatte Destiny gekündigt. Er vermisste ihre Vorausschau.

Dixon, einer der männlichen Subs, stand in Erwartung in der Nähe, falls er gebraucht wurde.

Xavier entschied sich aus zwei Gründen dagegen, den jungen Mann zu fragen: Männliche Subs versuchten oft, ihren Schmerz zu verbergen, was den Zweck der Übung zunichtemachte. Zudem vereinfachten die größeren Nippel einer Frau die Lehrstunde.

Ganz abgesehen davon, dass er mehr Freude daran hatte, Frauen zu berühren.

„Dixon, renn schnell hoch und hol mir meine Tasche. Sie liegt an der Bar." Jetzt stellte sich nur noch eine Frage: Welche Sub sollte ihm heute helfen? Clarissa vielleicht? Schließlich sehnte sie sich seit Wochen nach mehr Aufmerksamkeit von ihm. „Und bring die Rezeptionistin mit."

„Ja, mein Lord." Dixon war die Enttäuschung ins Gesicht geschrieben, trotzdem machte er sich auf den Weg ins Erdgeschoss.

Rainier saß mit seiner weinenden Sub auf der Couch und streichelte ihr Haar. Purpurrote Abdrücke zeigten sich auf ihrer rechten Brust. An sich nicht schlimm, das Problem: Die kleine Sub stand nicht auf Schmerz und ihr Dom konnte den Unterschied zwischen erotischem Spiel und verheerendem Schaden noch nicht differenzieren.

Er wandte sich von dem Paar ab und ließ den Blick über den Kerker schweifen. Es war fast Mitternacht und jedes Gerät war in Benutzung, vom Andreaskreuz an der Treppe bis zu den Strafböcken in der Mitte des Raumes. Lüsterne

Schreie von mindestens zwei Frauen drangen aus dem Harem-Raum. Einer der Aufseher, deVries, in seinem üblichen abgewetzten Lederoutfit schaute durch das kleine Fenster des Themenraumes. Er beobachtete das Schauspiel, um die Sicherheit der Gäste zu garantieren, während es deutlich war, wie sehr er den Anblick genoss.

Dixon kam in Begleitung einer Frau auf ihn zu. „Deine Tasche, mein Lord."

„Ich schätze die schnelle Ausführung meines Befehls. Danke." Xavier warf einen Blick auf die Frau hinter Dixon: Ende zwanzig, durchschnittliche Größe mit erfreulich erregenden Kurven, Porzellanhaut und kinnlangen, platinblonden Haaren. Gekleidet wie eine Domina, schaute sie sich im Raum um, ohne seine Anwesenheit zu registrieren.

Verrückt, wie erfrischend sich das anfühlte. Jedoch war sie nicht die verlangte Rezeptionistin. „Du bist nicht Clarissa."

Sie zuckte zusammen, fand seinen Blick und lächelte. „Gut beobachtet."

Dixon starrte sie alarmiert an. „Ich ... ähm, mein Lord, sie ist –"

„Dixon." Xaviers warnende Stimme ließ den jungen Mann verstummen.

„Dann sei doch bitte so freundlich und verrate mir, wer du bist", sagte er zu der Blondine. „Und wenn du schon dabei bist, erkläre mir, wo Clarissa ist."

„Clarissa hat gekündigt." Die Männeruhr an ihrem zarten Handgelenk wirkte viel zu wuchtig. „Vor zwei Stunden. Ich habe angeboten, heute Nacht für sie einzuspringen.“

Selbstbewusst streckte sie ihm ihre Hand entgegen. „Mein Name ist Abby.“

Er fand sie amüsant, das musste er zugeben. Mit unbewegter Miene nahm er ihre Hand. „Xavier.“

„Freut mich.“ Einen beeindruckend festen Händedruck später ließ sie ihn wieder los.

„Also, womit kann ich dir behilflich sein? Ich bin neu hier, aber ich werde mein Bestes geben, um dir zu geben, was du brauchst.“

Dixons Augen weiteten sich, als erwartete er, dass Xavier an der Kleinen seinen Dom heraushängen lassen würde.

War er in letzter Zeit so schlecht gelaunt gewesen? Xavier lächelte. „Freut mich, Abby, denn ich brauche für ein paar Minuten deine Brüste.“

„Natürlich. Ich –“ Sie machte einen hastigen Schritt zurück. „Was?“

„Deine Brüste. Ich möchte Master Rainier die korrekte Anwendung von Nippelklemmen vorführen.“

Sie trat noch einen Schritt zurück und hob dann stolz ihr Kinn. „Ich bin die Rezeptionistin und keine Lehrassistentin.“

Lehrassistentin? Interessante Wortwahl. „Die Rezeptionistin assistiert bei Vorführungen, wann immer sie gebraucht wird.“

Sie verschränkte ihre Arme und er hätte am liebsten

gegrinst. Offenbar merkte sie nicht, was diese Position mit ihren Brüsten anstellte. Sie hatte makellose, weiße Haut. Würde er ihre Brüste packen, wäre sie die Oreofüllung zu seinen dunklen Händen. Und jeder mochte die Füllung am liebsten.

Ihr Haar war so fein wie die Samen einer Pusteblume. Das flaumige Haar auf ihren Armen hatte dieselbe Farbe und ließ darauf schließen, dass ihre außergewöhnliche Haarfarbe natürlich war.

„Ich bin keine Sub, ich bin eine Domina", informierte sie ihn in einem angemessenen Ton. „Ich lege Klemmen an und bekomme sie nicht angelegt."

„Die Empfangsdamen sind immer Subs." Bevor sie sich selbst in Schwierigkeiten brachte, stellte er eine Vermutung an und fragte: „Simon hat dich angeheuert?"

Sie nickte.

„Trotz deiner Domina-Aufmachung bezweifle ich, dass Simon einen Fehler gemacht hat." Xavier nahm ihr stolzes Kinn zwischen Daumen und Zeigefinger. Als sich ihre rauchgrauen Augen weiteten und sie versuchte, zurückzuweichen, sagte er in seinem Befehlston: „Stillhalten."

Ein Schauer durchlief sie, ihre Pupillen vergrößerten sich und ihr stockte der Atem.

„Wirklich bezaubernd", murmelte er. Die Überraschung über ihre eigene Reaktion ließ seinen Schwanz zucken und lockte seine dominanten Instinkte an die Oberfläche. Sie hob die Hand, ohne Zweifel in dem Versuch, ihn wegzuschubsen. Er reagierte schnell und packte ihre Hand. „Oh nein, kleine Pusteblume. Nicht bewegen, ich will dich noch ein bisschen anschauen.“

Ihr rasender Puls protestierte an seinem Finger „Ich bin nicht unterwürfig.“

„Oh, ich denke schon.“ In der Tat sah ihre Domina-Aufmachung an ihr so verkehrt aus, dass er versucht war, sie ihr hier und jetzt vom Leib zu reißen. „Dir fehlt Erfahrung, das kann ich dir ansehen. Wie vertraut bist du mit BDSM? Wurde dir schon mal ein Spanking verpasst?“

„Nein.“ Sie rieb die Schenkel aneinander. Ah, sie war also nicht abgeneigt.

„Spielzeuge?“

Ihre Wangen röteten sich.

Sie hatte also einen Vibrator. „Hat dein Freund ihn bei dir verwendet?“

Sein Blick fiel auf ihren Ausschnitt, wo sich ihre schneeweiße Haut rot färbte und über ihren Hals zu ihrem Gesicht wanderte – diese Reaktion hielt seinen Blick gefangen. *Wirklich hinreißend.* Sie schüttelte den Kopf, um sich von seinem Griff zu befreien. Worte waren in diesem Fall nicht nötig, ihre Reaktionen beantworteten alle seine Fragen. Sie hatte die Augenbrauen zusammengezogen und funkelte ihn an.

„Du bist also eine BDSM-Jungfrau. Bist du hier, weil du mehr erfahren willst?“

Aber warum würde sie als Neuling den Job einer Rezeptionistin annehmen? Er verengte seine Augen und wagte dann eine weitere Vermutung: „Du bist zu ungeduldig, um den Bewerbungsprozess abzuwarten, oder?“

Sie nickte und ihre Oberlippe presste sich gegen ihre volle Unterlippe. „Und die monatlichen Beiträge ...“

Hatten sich verdoppelt, seit er den Club von öffentlich auf privat umgestellt hatte. „Ich verstehe.“

Sollte er sie als Mitglied zulassen, obwohl sie weder eine Empfehlung vorweisen konnte noch Kurse besuchte? Als Geschäftsführer einer Sicherheitsfirma hatte Simon untrügliche Instinkte, was Leute betraf. Ein Dringlichkeitsvermerk an ihren Bewerbungsunterlagen würde den Prozess beschleunigen. Und er brauchte jemanden am Empfang. Er zog an einer Strähne ihres seidigen Haares und atmete daraufhin den verlockenden Frühlingsduft tief ein. „Ich mache dir ein Angebot: Ich übernehme deine Mitgliedsbeiträge für das erste Jahr, vorausgesetzt, dass du alle Papiere ausfüllst, dich den erforderlichen medizinischen Untersuchungen unterziehst und mindestens vier Monate den Job der Rezeptionistin mit *allen* Pflichten übernimmst.“ Er machte einen Schritt zurück, um ihr Raum zum Nachdenken zu geben.

Und das tat sie. Ihre Augen verloren den Fokus, erstaunlich ähnlich zum Subspace, dem Ekstasezustand. Nur, dass ihr Körper und ihr Geist auf Hochtouren liefen. Unglaublich sexy. Was war notwendig, um ihr Gehirn abzuschalten?

Wenige Sekunden später wandte sie sich ihm wieder zu: „Nicht, dass ich deine Worte anzweifle, aber meine Recherche zu dem Lifestyle indiziert, dass er unbeständige

Persönlichkeiten anzieht. Erstens, kannst du mir versichern, dass der Manager mit dem Deal einverstanden sein wird? Und zweitens, woher soll ich wissen, dass du nicht Dinge von mir verlangst, zu denen ich nicht bereit bin?“

Intelligente Frauen waren eine wahre Freude. Er stellte sich ein Schachspiel mit ihr vor: Verlor sie einen Bauer, würde ein Klaps auf ihren Hintern folgen; bei der Dame würde er sie ficken und bei Schachmatt ... *Konzentriere dich, Leduc.* „Das sind berechtigte Bedenken.“ Unfähig zu widerstehen, strich er mit dem Finger über ihre Wange. Ihre Haut war noch weicher, als sie aussah. „Zu deinem zweiten Punkt: Im Moment habe ich nur vor, dir Nippelklemmen und Bondagetape anzulegen. Hast du ein Problem damit?“

Sie schluckte schwer. „Ich v-vermute nicht.“

Er musterte sie. Sicher, er setzte sie etwas unter Druck, aber er konnte ihr ansehen, dass es nicht zu viel für sie war. Er wusste, dass er oftmals sehr überwältigend daherkam. Bei dieser Sub schien er die Wirkung nicht zu haben. Die Rezeptionistin musste in der Lage sein, als Sub einzuspringen, wenn Bedarf bestand.

Neben ihr zappelte Dixon nervös herum, als erwartete er das Schlimmste von ihm. „Dixon, kannst du Abby erklären, wer ich bin?“

„Bitte, mein Lord, sie hat keine Ahnung. Tu ihr nicht –“

Ah, die kleine Pusteblume hatte einen Freund gewonnen. „Ich bin nicht beleidigt. Ich möchte nur, dass du ihr bestätigst, wer ich bin.“

Dixon drehte sich zu Abby. „Er ist der Besitzer des Dark Haven, Master Xavier. Seine Anrede lautet: *Mein Lord.*“

Xavier seufzte. Er wusste nicht, wem er diesen Titel zu verdanken hatte, aber die Subs genossen es, ihn damit anzusprechen, und er erlaubte es ihnen.

Dixon näherte sich ihr und flüsterte ihr laut genug ins Ohr, dass es jeder im Umkreis von fünf Metern hören konnte: „Um Gottes willen, mach ihn nicht wütend.“

Jetzt bloß nicht lachen.

Abbys Lippen formten sich zu einem provokanten O. „Okay, tut mir leid, mein verehrter Lord.“

Sie war nicht seine Sub, weshalb er auf keinen Fall daran denken sollte, wie er sie bestrafen könnte. „Sehr gut. Jetzt, da wir das geklärt haben, können wir mit der ersten Lektion beginnen.“

Dixon wies auf Rainiers Sub. „Ich ... äh ... habe ihr ein Kühlpad geholt, Sir.“

Die junge Frau weinte nicht länger und hatte sich in der Ecke der Couch eingeigelt. „Das war sehr aufmerksam von dir. Frag Rainier, ob du bei ihr bleiben darfst, während er mir bei der Vorführung zusieht.“

„Ja, mein Lord.“

Xavier schaute auf Rainier, der auf der Couch den Arm um seine Sub hatte, und sagte zu ihm: „Die Verzögerung tut mir leid. Wir können beginnen.“

„Kein Problem, Destiny ist schwer zu ersetzen“, sagte der junge Dom.

„Wem sagst du das.“ Xavier stellte seine Ledertasche auf

dem überdimensionalen Couchtisch ab und zog eine Rolle Bondagetape heraus. Er bevorzugte zwar Lederfesseln, aber das Tape war weniger einschüchternd. Er trat hinter Abby und nahm ihr rechtes Handgelenk.

„Abby, da wir bisher noch nie miteinander eine Session hatten, wirst du mir sagen, wenn dir etwas zu viel wird.“

KAPITEL ZWEI

E*s* ***ist jetzt*** *schon zu viel.* Abby schaute über ihre Schulter auf den Clubbesitzer. Weißes Hemd, schwarze Seidenweste, schwarze Jeans, schwarze Stiefel. Er gehörte zweifellos in die Groß-Mysteriös-Heiß-Kategorie. Nur schienen die Worte fade im Vergleich zur Realität. Die breiten Schultern gaben ihm eine gefährliche Aura. Seine Haut hatte die Farbe der nordamerikanischen Ureinwohner und der lange, geflochtene Zopf, der ihm bis zum Hintern reichte, war definitiv ein Statement. Er war attraktiv, mit markanten, strengen Gesichtszügen.

Er war ihr unheimlich. Sie bezweifelte, dass dieser Mann auch nur eine wohlwollende Ader in seinem Körper hatte. Wenn sie jetzt nicht assistierte, wäre sie raus. Niemals hätte sie gedacht, dass sie innerhalb weniger Minuten von Beobachterin zu Teilnehmerin avancieren würde. Unbehagen stieg in ihr auf.

Er betrachtete sie, und wüsste sie es nicht besser, würde sie glauben, Lachfältchen an seinen Augenwinkeln zu erkennen. „Ganz ruhig, Abby. Das Safeword hier im Club lautet *Rot*, und wenn du es gebrauchst, höre ich sofort auf. Sag es und ein Aufseher wird herbeieilen und fragen, ob es dir gut geht." Er hielt ihren Arm und wickelte ihr etwas ums Handgelenk, das nach nichtklebendem, breitem Paketband aussah.

„Rot. Verstanden."

„Abby", sagte er in einem warnenden Ton. „Ich nehme an, dass du weißt, wie du einen Dom anzureden hast – insbesondere, wenn er dir Aufmerksamkeit schenkt."

Diese offene Missbilligung ließ sie erröten, als hätte sie ein Lehrer beim Spicken erwischt.

„Ja, mein Lord."

Nickend akzeptierte er ihre Antwort.

Trotz ihrer Erleichterung darüber, dass er nicht die Beherrschung verloren hatte, machte es ihr Angst, als er den anderen Arm hinter ihren Rücken zog und die Handgelenke zusammenband. Sie schloss die Augen und stellte sich vor, dass gerade nichts passierte. Nathan hatte sie nie erlaubt, ihr Handschellen anzulegen. Warum gestattete sie dann diesem Fremden, sie zu fesseln?

Weil sie keine Wahl hatte! Sie musste bleiben, um ihre Feldforschung voranzutreiben. Sie durfte ihren Job nicht verlieren. *Wer schreibt, der bleibt.* Wenn sie jemals den Typen traf, der sich diesen dummen Spruch hatte einfallen lassen, würde sie ihm seine Schriften in den Rachen stopfen, bis er daran erstickte.

„Abby."

Sie öffnete ihre Augen.

Er stand vor ihr und blickte auf sie hinab. Warum musste er nur so groß sein? Seine warmen Hände massierten ihre nackten Schultern. „Hast du Schmerzen in den Gelenken?"

„Nein, Sir."

Schweigend musterte er sie.

Sie verlagerte ihr Gewicht und versuchte, nicht an ihre fehlende Bewegungsfreiheit zu denken. Solange sie sich nicht bewegte, war sie auch nicht gefesselt. Ganz ähnlich dem Phänomen, die Augen zu schließen, wenn eine gruslige Szene im Kino zu erwarten war.

„Zieh am Bondage-Band, Abby. Wie fühlt es sich an?"

Unwillkürlich zuckte sie mit ihren Armen und sofort drang ihr ins Bewusstsein, wie gefesselt sie wirklich war. Sie konnte sich nicht wehren! Ihr ganzes Sein war diesem ungerührten Master ausgeliefert. Abwechselnd durchflutete sie Hitze und Kälte, als hätte sie einen Ventilator vor sich stehen. Sie riss stärker, Panik schnürte ihr die Kehle zu.

„Ganz ruhig, Kleines." Er nahm ihr Kinn zwischen Daumen und Zeigefinger. Seine andere Hand schloss sich um ihren Oberarm und von der Stelle breitete sich Wärme in ihrem Körper aus. Er konnte sie einfach berühren und doch fühlten sich seine Berührungen tröstlich an. Sie entspannte sich. „Die Augen zu mir."

Keuchend hob sie den Kopf und traf auf Augen, die die Farbe der Dunkelheit in sich trugen. Dann sah sie genauer hin und entdeckte goldene Funken, warme Akzente in der Finsternis.

„Braves Mädchen. Du kannst mir nicht entkommen, aber ich bezweifle, dass du das wollen wirst. Du wirst deine Zeit mit mir genießen, dafür werde ich sorgen. Wir befinden uns an einem öffentlichen Ort und du hast dein Safeword, was jeden Aufseher in diesem Kerker anlocken wird. Jetzt kontrolliere deine Atmung, bevor du noch hyperventilierst."

Oh. Sein Blick hielt ihren gefangen, als sie tief einatmete und die Luft langsam entließ.

„Besser. Nochmal." Sein Griff um ihren Oberarm war unnachgiebig, aber nicht schmerzhaft. Die Hand eines Mannes.

Warum erschien ihr diese Berührung so ganz anders als die von Nathan? Warum erfuhr sie bei diesem Mann nicht dieselbe schreckliche Furcht?

„Kleine Pusteblume, ich möchte, dass du dir merkst, wie du jetzt gerade atmest. Wenn ich eine Nippelklemme an dir befestige, wird es ein paar Sekunden wehtun. Ich will, dass du durch den Schmerz hindurchatmest, so wie du das eben mit deiner Angst getan hast."

„Schmerz? Aber –"

„Lässt du dich gegen die Grippe impfen?"

„Ja." Als sich seine Augenbrauen missbilligend zusammenzogen, sagte sie schnell: „Mein Lord."

„Eine Impfung kommt dem Schmerzlevel gleich, jedoch fühlen die Menschen keine Erregung, wenn sie geimpft werden. Bei Nippelklemmen allerdings ..." Ein Grübchen erschien auf seiner Wange, nur für eine Sekunde, dann verschwand es, als wäre es nie da gewesen.

Sie nickte, um ihm verständlich zu machen, dass sie diese Art von Schmerz ertragen konnte. Ihr Problem war die erregende Hitze, die ihr Körper fast vollständig vereinnahmt hatte. Ihre Nippel kribbelten in Erwartung seiner Berührung.

Hatte Nathan diese Dinge mit ihr vorgehabt? Schuldgefühle machten sich in ihr breit. In Anbetracht der Tatsache, dass er sie verlassen hatte, sollte sie nicht mit dem Gefühl kämpfen, ihn gerade zu betrügen. Aber egal, was sie tat oder an was sie dachte, sie konnte es nicht abschütteln! Vor allem nicht, weil sie im Moment von einem völlig Fremden gefesselt wurde! Alice war durch ein Kaninchenloch im Wunderland gelandet, Abby hingegen war in Treibsand getreten und versank mit erschreckender Geschwindigkeit. *Was mach' ich hier bloß?*

Xavier hatte sich nicht bewegt, seine Augen hellwach auf sie fixiert. „Was ist los, Abby?"

„Ich kenn' dich überhaupt nicht. Und du sprichst von ..." *Nippelklemmen.* Nippelklemmen! „Ich weiß nichts über dich."

„Ich verstehe." Seine Hand umschloss noch immer ihren Oberarm, als er nähertrat. Er schob einen Finger unter ihr Kinn, hob ihren Kopf und gab ihr einen sanften Kuss auf die Lippen. Seine Lippen waren wie der Mann selbst: ernst, aber dennoch samtweich und zärtlich.

Als er den Mund von ihrem löste, flüsterte sie: „Warum hast du das gemacht?"

Sein Aftershave duftete nach Mann, mit einem exotischen Hauch, der sie an einen Piraten erinnerte, der aus Indien zu Besuch war. Er rieb mit seinem Daumen über ihren Wangenknochen, seine Lippen nur wenige Millimeter von ihren entfernt. „Weil ich es kann", flüsterte er zurück. Dann lächelte er. „Weil ich dich gleich noch viel intimer berühren werde."

Hitze schoss durch ihren Körper, als sie sich vorstellte, wie er sie an anderen Stellen berührte.

„Den Kuss kannst du als Vorstellung sehen. Ich heiße Xavier." Wieder presste er seinen Mund auf ihren. Diesmal war es kein sanfter Kuss. Nein, ganz im Gegenteil: Er nahm sie in Besitz und verlangte, dass sie seinen Kuss erwiderte. Sie wusste nicht, was sie davon halten sollte, und zerrte instinktiv an ihren Armen, wodurch ihr in Erinnerungen gerufen wurde, dass sie gefesselt war. Sie schnappte nach Luft und Xavier nutzte dies aus, indem er seine Zunge zwischen ihre Lippen schob. Sie konnte sich nicht bewegen, konnte nicht entkommen und ...

Er trat zurück. Vorausahnend packte er ihren Arm fester, damit sie ihr Gleichgewicht nicht verlor. *Ein Kuss.* Ein Kuss hatte ausgereicht. Sie starrte ihn mit offenem Mund an und leckte sich über ihre geschwollenen Lippen.

In seinen Augen konnte sie ein Feuer sehen, gefolgt von

maßloser Belustigung. „Was denkst du: Kennen wir uns jetzt besser?"

Ihre Stimme klang, als hätte er sie nicht geküsst, sondern gewürgt: „Ja, mein Lord." Wenn er sich bei einer Fakultätsparty auf diese Weise vorstellen würde, wäre der Boden mit ohnmächtigen Akademikerinnen gepflastert.

„Sehr gut." Mit seinen oh-so-kompetenten Händen öffnete er den ersten Haken ihres Korsetts. Auf dem Weg nach unten strichen seine langen Finger über die freigelegte Haut zwischen ihren Brüsten. Bei jedem Häkchen entblößte er mehr von ihrem Körper und eine kalte Brise löste Gänsehaut bei ihr aus. Zu guter Letzt legte er das Korsett beiseite. Es war offiziell: Von der Hüfte aufwärts war sie nackt.

Sie biss sich auf die Lippe. *Reiß dich zusammen.* Das bedeutete rein gar nichts. In Frankreich rannten die Frauen wahrscheinlich oben ohne über den Strand. Nicht, dass sie ihnen Gesellschaft leisten wollte, aber ... Im Geiste legte sie den Rückwärtsgang ein. *Beobachte.* Entschlossen atmete sie tief ein und drehte den Kopf zu einem Spanking in der Nähe.

Eine warme Hand umfasste ihre Brust.

Sie zuckte zusammen und versuchte, sich von der Hand abzuwenden. „Was machst du denn?"

Wieder packte er ihren Arm. Je mehr sie zappelte, desto fester schlossen sich seine langen Finger um ihren Arm. „Kein Dom kann dir Nippelklemmen anlegen, ohne dich zu berühren."

Während er sprach, streichelte er ihre Brüste. Erst die linke, dann die rechte. Seine Handflächen fühlten sich rau an. Seine Daumen umkreisten ihre Nippel, bis sie für ihn salutierten.

Sie versuchte, sich von der Sinnesexplosion abzulenken, und richtete ihre Aufmerksamkeit auf die Sessions in der Umgebung. *Beobachte.*

„Augen zu mir, Abby." Die Sanftheit in seiner Stimme tat dem eigentlichen Befehl keinen Abbruch.

Bei der Intensität seines Blickes erschauerte sie. Er zwickte in ihren Nippel, und sie sog scharf den Atem ein. Der Ansturm von Begierde ließ ihr Geschlecht pulsieren.

„Du hast wunderschöne Brüste."

Sie blinzelte. Mit dem Kompliment hatte sie nicht gerechnet.

Ohne den Blick von ihr zu nehmen, sagte er: „Rainier, du solltest immer zuerst die Haut erwärmen. Bring das Blut zum Zirkulieren. Vor allem bei deiner Sub musst du darauf achten, dass du sie zunächst erregst, da sie sonst nur Schmerz empfindet."

Er rollte Abbys Nippel zwischen seinen Fingerspitzen und die Empfindung raubte ihr den Verstand.

„Sauge an ihren Nippeln, bis sie vor dir salutieren. Behalte jedoch im Hinterkopf, dass die Klemmen bei kleineren Brüsten mit zarteren Nippeln abrutschen können, wenn du sie zu sehr mit deinem Mund befeuchtest. Bis ich die Empfindsamkeit der Sub ausgelotet habe, bevorzuge ich Pinzettenklemmen oder verstellbare Krokodilklemmen.

Auf diese Weise kannst du den Schmerzlevel sorgenfrei erkunden.“ Er nahm etwas in die Hand, das aussah, wie eine Wäscheklammer aus Metall, durch die Mitte verlief eine Schraube, die an beiden Enden mit Gummi überzogen war.

Sein leises Lachen drang an ihre Ohren und sie bemerkte, dass sie mit weit aufgerissenen Augen auf die Vorrichtung starrte.

Er befestigte die eine Klemme an ihrem Nippel.

Okay, das war gar nicht so schlimm wie befürchtet.

Dann drehte er an der Schraube und die Zähne bohrten sich in ihre empfindliche Knospe. „Wenn du deine Sub gut kennst, kannst du bei ihr auf die typischen Anzeichen achten.“ Er drehte weiter und die Empfindung intensivierte sich. Mit seinem Daumen strich er über ihre bebende Unterlippe.

„Dennoch ist es wichtig, auch verbal zu checken.“ Er schob einen Finger unter ihr Kinn und forderte sie auf, ihm in die Augen zu sehen. „Auf einer Skala von eins bis zehn, bei der zehn für unerträglich steht, wie sehr tut es weh?“

Das zwickende Gefühl hatte nachgelassen. „Ich denke vier.“

„Sehr gut.“ Zu ihrem Entsetzen drehte er die Klemme fester und sie schrie, als aus dem zwickenden ein beißendes Gefühl wurde. „Tief einatmen, Abby.“

Sie versuchte, ihre Hände zu ihren Brüsten zu heben, um das verdammte Folterwerkzeug abzureißen, aber wurde daran erinnert, dass ihre Arme hinter dem Rücken gefesselt waren. Sie konnte nichts tun. Ihr Nippel schmerzte. Zwar ließ der Schmerz allmählich nach, dafür pulsierte er jetzt und ihre Brust fühlte sich noch voller an. Bei jeder Bewegung verstärkte sich dieses Gefühl in ihr, das gleichzeitig eine Welle der Lust zu ihrer Klitoris schickte.

Xavier streichelte auf beruhigende Weise ihre Schulter und richtete seine Worte wieder an Rainier: „Da du kein Sadist bist, reichen diese Informationen aus, bis du genau weißt, was bei deiner Sub funktioniert. Dein Ziel soll sein, dass sie sich vollends auf die Empfindungen einlässt und nicht länger in der Lage ist, den Schmerz von der Lust zu trennen." Er lächelte sie an. „Die zweite Klemme, Abby."

Autsch! Sie war auf die Schmerzen vorbereitet gewesen und doch schossen ihr Tränen in die Augen, so dass ihre Kontaktlinsen ins Schwimmen gerieten. Sie konzentrierte sich auf ihre Atmung, und sein Rat zeigte Wirkung. Als sich das beißende Gefühl auch auf dieser Seite zu einem Pulsieren gewandelt hatte, fiel ihr auf, wie feucht sie zwischen ihren Beinen war. Dem Himmel sei Dank hatte sie einen Rock an und war nicht so nackt wie viele andere Frauen in diesem Club. Niemand brauchte zu wissen, wie sehr ihr diese Behandlung gefiel.

Ein Finger streichelte über ihre Wange. „Siehst du die Röte in ihren Wangen und in ihren Lippen? Hörst du, wie flach sie atmet, obwohl sich der Schmerz verstärkt hat? Meine Berührungen haben sie erregt, und die Klemmen bringen sie auf das nächste Level."

Sie wurde feuerrot.

Sein darauffolgendes Lachen war tief und dunkel. „Und sie schämt sich dafür. Wirklich bezaubernd."

Auch der andere Dom lachte.

„Sind die Klemmen befestigt, kannst du beginnen", sagte Xavier. „Erinnere sie daran, wer die Kontrolle hat." Seine langen Finger kämmten durch ihr Haar. „Deine Haare erinnern mich an eine Pusteblume, kleine Sub", murmelte er, bevor er seine Hand um ihre Strähnen zu einer Faust schloss. Er riss ihren Kopf zurück und entblößte ihren Hals für sich.

Ein ruckartiger Zug an einer Brustklemme sandte einen stechenden Schmerz durch sie. Sie wimmerte und versuchte instinktiv, ihre Hände frei zu bekommen. Jetzt, wo Xavier ihr Haar gepackt hielt, konnte sie noch nicht einmal ihren Kopf bewegen.

„Hilflosigkeit ist für manche Frauen beängstigend, andere finden es aufregend."

Er zog am anderen Nippel, hart genug, dass es wehtat. Sie konnte einfach nicht fassen, dass sie trotz allem feucht war. Sie sehnte sich nach Sex – so verzweifelt, wie noch nie zuvor in ihrem Leben.

„Abby scheint es aufregend zu finden."

Oh, großer Gott, sie macht sich total zum Narren. Sie erstarrte und versuchte sofort zurückzuweichen, ohne einen Fortschritt zu erzielen. Ausdruckslos wurde sie von Xavier wie von einem Raubtier beobachtet. Nach einer Weile hob er den Blick zu dem anderen Dom. „Genügt das für den Anfang?"

„Tut es. Danke, Xavier. Ich hab's wirklich verbockt."

„Das kann uns allen passieren", sagte Xavier. „Rede mit ihr. Eine Entschuldigung verringert deine Autorität nicht." Er ließ Abbys Haar los, berührte sie zärtlich und strich ihr eine Strähne hinters Ohr. „Vergiss nicht, dass du Brustklemmen immer nur eine kurze Zeit verwenden kannst. Fünfzehn Minuten, weniger am Anfang, bis du einschätzen kannst, wie viel deine kleine Sub aushält. Bleiben die Klemmen zu lange dran, wird es beim Entfernen unerträglich schmerzhaft."

„Verstanden."

Abby biss derweil die Zähne zusammen und versuchte, eine Distanz zu den überwältigenden Empfindungen aufzubauen. Sie durfte sich nicht ablenken lassen; schließlich musste sie sich ihren Beobachtungen zuwenden. Daher drehte sie den Kopf zu einer Session in der Nähe, bei der ein Mann an einem Andreaskreuz gefesselt war. Warum wurde dieses X-förmige Teil überhaupt Kreuz genannt? *Weitere Recherchen sind von Nöten.* Die Domina hatte zwei Flogger in den Händen und schlug mit einer erstaunlichen Koordination abwechselnd gegen seine Schultern.

Eine ungeschickte Person, so wie sie es war, würde sich damit selbst ins Gesicht schlagen.

Eine große, umwerfende Domina erschien. „Xavier, ich habe eine Frage."

„Gib mir eine Sekunde, Angela." Seine schwieligen Hände legten sich auf Abbys Schultern.

„Knie dich hin, Sub, während ich mit Mistress Angela rede."

Hinknien? Sie starrte ihn entsetzt an.

Er verzog keinen Muskel, und doch brach seine Dominanz wie eine Flut über sie herein. Sofort tat sie das, was er verlangte.

Ihr wurde flau im Magen und auf halbem Weg zum Boden verlor sie ihr Gleichgewicht.

Er kam ihr zur Hilfe, packte ihren Arm und geleitete sie sanft nach unten.

Oh ja, super, zeige ihm nur, wie graziös du bist, du Trampel. Gedemütigt landete sie mit dem Po auf ihren Waden.

„So ist es richtig. Rücken durchstrecken, Augen nach unten gerichtet, Knie gespreizt. An deiner Position müssen wir später noch arbeiten."

Rücken durchgestreckt? Das ging schlecht, wenn man gerade sein Rückgrat verloren hatte.

„Mir ist noch nie eine Sub untergekommen, die so viel Stoff am Körper trägt", bemerkte Angela.

„Rezeptionistin in der Ausbildung", sagte Xavier. „Und neu in der Szene."

„Wunderschöne Haut."

„Oh ja."

Abby fühlte, wie besagte Haut errötete. Die zwei unterhielten sich. Indessen wurde Abby immer mehr bewusst, dass jeder Atemzug ihre Klemmen durchschüttelte. Ihr Blick fiel auf ihre stetig hebenden und senkenden Brüste. Schlimmer war nur, dass sie unvorstellbar feucht war. Sie betete, dass sie mit dem Beweis ihrer Erregung nicht ihren Rock durchtränkte.

„Danke, Xavier."

Abby hob den Kopf und Angela lächelte ihr zu, bevor sie sich umdrehte und das Paar allein ließ.

Nachdem er ihr wieder auf ihre Füße geholfen hatte, schaute Xavier auf seine Uhr.

„Ich werde dich jetzt losmachen. Dann werden wir die Regeln durchgehen und deine Fragen beantworten." Er nahm eine Brust in seine große Hand.

Sie schloss ihre Augen, als ihr wieder einfiel, dass sie halbnackt vor ihm stand und er sie wie selbstverständlich berührte. *Bitte lass ihn nicht merken, wie sehr mich dieser Gedanke erregt.*

„Es kann wehtun, wenn das Blut in den Nippel zurückkehrt." Nacheinander entfernte er die Klemmen, legte sie in eine Dose und schob diese in eine Ledertasche.

Für einen Moment dachte sie, er hätte übertrieben, bis folgte, was er prophezeit hatte: Das Blut schoss in ihre Nippel und entfachte eine Explosion aus Schmerz. Geschockt ballte sie die Hände zu Fäusten und atmete langsam ein. Nach einer Weile nickte sie. *Alles gut, alles gut.*

Sie hob den Blick und erkannte, dass er sie die ganze Zeit beobachtet hatte. Er trug ein interessantes Lächeln auf seinen Lippen. So ... wohlüberlegt. Der linke Mundwinkel weiter oben als der rechte. Anerkennung konnte sie in seinen Augen sehen, was sie bis in die Zehenspitzen erwärmte.

„Sieh nur, wie wunderschön deine Nippel aussehen. Ein einzigartiger und bezaubernder Rosaton.“ Ihr Blick war auf die dunkel gebräunte Hand unter ihrer Brust gerichtet. Ihre Nippel, normalerweise zartrosa, leuchtete in einem Altrosa. Wieder bemerkte sie, wie sich Hitze in ihre Wangen stahl. Wieso musste er sie ständig auf ihre Nacktheit aufmerksam machen?

„Wunderschön.“ Seine Stimme so dunkel wie seine Haut, und so wohlklingend durch den Akzent, den sie nicht zu identifizieren vermochte. Er zog eine Schere mit stumpfen Enden hervor und durchschnitt das Band um ihre Handgelenke.

Frei, frei, frei. Der Anflug von Enttäuschung war verstörend. Sie hatte doch nicht etwa gewollt, dass er weitermachte, oder?

„Teste deine Arme“, sagte er. Sie streckte sich für eine Minute und erlaubte ihm dann, dass er die letzten Verspannungen aus ihren Schultern massierte. Es fühlte sich ... gut an. Er umsorgte sie, nachdem sie all seinen Befehlen gefolgt war.

„Danke, Sir.“

„Immer wieder gerne, Abby.“ Er half ihr ins Korsett, schloss die Häkchen und justierte dann ihre Brüste. Was war bloß los mit ihr? Wieso ließ sie sich von ihm wie eine ... Puppe behandeln?

Er hob seine Ledertasche auf. „Komm auf meine rechte Seite und folge mir in dem Abstand eines Schrittes.“ Auf dem Weg in den Rezeptionsbereich wurde Xavier immer wieder von Doms angesprochen, um eine Session zu diskutieren, Fragen zu stellen oder lediglich eine Begrüßung an ihn zu richten. Die Subs, die ihnen begegneten, senkten respektvoll die Köpfe. Gelegentlich kam es vor, dass Abby sehnsüchtige Blicke erhaschte. Das Schlimmste war jedoch, dass ein jeder sie anstarrte. Sie hörte das Getuschel: *Ist sie der Ersatz für die geschätzte Destiny? Hat Xavier seine Sklavin mit in den Club gebracht?*

Am Empfangstresen zeigte Xavier ihr noch ein paar Handgriffe. Wieder musste er feststellen, wie verdammt intelligent diese Frau war. Und unerfahren. „Ich würde dich gerne in einen Anfängerkurs einschreiben, Abby. Dann wärst du bei Vorführungen nicht so nervös und angespannt."

Sie warf einen Blick auf die Kurspläne und schüttelte den Kopf. „An dem Tag kann ich nicht. Zu der Zeit unterrichte ich Lesen und Schreiben."

„Ah." Eine Lehrerin. Im Lichte der neuen Information begutachtete er sie. Unwillkürlich stahl sich ein Lächeln auf seine Lippen. Ja, er konnte sie sich gut als Lehrerin vorstellen: Der wache Blick in ihren Augen, die Art, wie sie ihre Aufmerksamkeit immer auf ihr Gegenüber richtete. Wirklich merkwürdig, dass sie nur unaufmerksam wurde, sobald er sie berührte. Na ja, zumindest bis zu dem Zeitpunkt, an dem ihre Empfindungen sie überwältigten und ihren Verstand ausschalteten.

Sie bemerkte, wie er sie ansah und errötete. Nervös wandte sie sich von ihm ab, bevor sie sich abrupt aufrichtete und ihm direkt in die Augen sah.

Sie war wirklich hinreißend, die kleine Sub. „Du willst mehr über BDSM lernen, stimmt's?"

„Ja", sagte sie mit fester Stimme.

„Bist du auf der Suche nach einem Dom?" Viele von den Subs in diesem Club baten ihn immer wieder darum, ihnen geeignete Doms vorzustellen.

„Nein, nur Informationen." Geistesabwesend räumte sie den Schreibtisch auf, sortierte Akten, als wäre sie für diesen Job geboren.

„Ah." Seine Augen verengten sich. „Hast du hier einen Dom, mit dem du spielen willst? Oder jemand anderen von Bedeutung? Jemand, dem es nicht gefallen würde, dass du dich an diesem Ort ausprobierst?"

„Nein und nein und nein." Sie schürzte ihre Lippen. „Ich würde es wirklich bevorzugen, einfach nur ... den Beobachter zu geben. Ich möchte sehen, was der Lifestyle alles beinhaltet."

Beobachten? Hatte er hier tatsächlich eine Beobachterin vor sich? Von dem, was er bisher von ihr gesehen hatte, passte das ins Bild. „Ich verstehe. Also gut. Als Clubangestellte wirst du für Vorführungen und Hilfestellungen bereitstehen. Das gehört zur Jobbeschreibung." Und die meisten Subs genossen diesen Teil.

Trotz der Bestürzung in ihren Augen röteten sich ihre

Wangen. Sie wollte spielen, und doch wollte sie das nicht. Interessant.

„Bei Sessions zuzusehen, kann Spaß machen, ohne Frage, aber Mitglieder, die nur Voyeur spielen wollen, sind im Club nicht willkommen. Bei BDSM geht es um die Teilnahme und das befriedigende Gefühl, sich an die eigene Grenze treiben zu lassen.“ Er ging zum Regal hinter ihr. „Da wir gerade davon sprechen: Bist du auf irgendwas allergisch? Bestimmte Nahrungsmittel, Materialien, Medizin?“

„Nein.“

„Gut.“ Er zog sich einen Latexhandschuh aus einer Schublade, streifte ihn sich über und benetzte jede Fingerspitze mit einer anderen Salbe aus einem Probekasten. „Streck deinen Arm aus.“

Die Unterseite ihres Armes war schneeweiß. *Bezaubernd.* Er zog seine Finger über ihren Arm und hinterließ vier Streifen. Danach kennzeichnete er alles mit einem Stift. „Dies sind die gebräuchlichsten Salben im Club. Nicht jeder Dom wird dich zuerst testen, deshalb ist es mir lieber, dass ich das schnell in die Hand nehme, um sicherzugehen, dass du auf nichts reagierst.“

Sie starrte mit aufgerissenen Augen auf ihren Arm. Anscheinend wusste sie nicht, dass beim BDSM verschiedenste Substanzen eingesetzt wurden, um die Lust zu steigern: Pfefferschoten, Zitronensaft oder auch Tabasco an den richtigen Stellen konnten ungeahnte Empfindungen auslösen. *Verdammt*, es war verlockend, eine Session mit ihr zu spielen.

Er warf den Handschuh in den Müll und zog eine Liste von dem Stapel mit den Formularen. „Füll das aus, bevor du wiederkommst. Dadurch können wir sehen, was für dich zu deinen Grenzen gehört. Du wirst natürlich immer vorher mit den Doms verhandeln. Um jedoch ein Auge auf dich haben zu können, muss auch ich deine Grenzen kennen."

„Ich habe nicht vor ..."

Lindsey kam vom Club durch die Tür gesegelt und fand seinen Blick. Sie neigte respektvoll ihren Kopf. Ihr braunes Haar, durchzogen von goldenen und roten Strähnen, fiel auf ihre nackten Schultern. „Mein Lord." Bei ihrem ausgeprägten texanischen Akzent zogen sich die beiden Wörter zu einem zusammen.

„Lindsey, das ist Abby, Clarissas Ersatz. Stehe ihr bitte bei Fragen zur Stelle." Er schaute zu Abby. „Den Bewerbungsantrag hast du unterschrieben, richtig?"

„Ja, mein Lord." Ihre wohlklingende, tiefe Stimme war berauschend. Wie ihre Stimme wohl bei einem Orgasmus klingen würde? *Verdammt, reiß dich zusammen, Leduc.*

Er zog ein pinkes Lederhalsband aus einer Schublade und winkte sie zu sich. Bei ihrem erschütterten Gesichtsausdruck musste er ein Lachen unterdrücken. Das Leder war mit silberfarbenen Streifen durchzogen, daran baumelte ein Anhänger, der besagte: UNTER DEM SCHUTZ VON XAVIER. „Mit diesem Halsband muss jeder Dom, der mit dir spielen will, erst bei mir eine Erlaubnis einholen." Beleidigt sah sie ihn an und er konnte nicht anders, als ihr durch die seidenweichen Haare zu wuscheln. „Nein, Kleines, ich habe keinen Anspruch auf dich. Das Halsband dient lediglich deinem Schutz."

„Oh." Sie ließ die Worte auf sich wirken. Es dauerte nicht lange, bis sie ihren Kopf neigte, so dass er ihr das Halsband anlegen konnte.

Ihr Hals war schlank und anmutig, mit daunenweichen Babyhaaren im Nacken. Er machte den Verschluss zu und sie schaute zu ihm. Ihre Augen weiteten sich, als er noch ein kleines Vorhängeschloss hinzufügte. Sie brauchte nicht zu wissen, dass überall im Gebäude Ersatzschlüssel verwahrt wurden. „Wenn du im Club ankommst, legst du dein Halsband um und verriegelst es. Um es zu entfernen, bevor du nach Hause willst, suchst du mich auf. Nur mir ist es gestattet, es abzunehmen. Verstanden?"

Sie schluckte schwer. *Wirklich entzückend.*

Ja, er mochte diese kleine Sub. „Abby?", fragte er. „Alles verstanden?"

„Ja, mein Lord."

„Sehr gut." Dann studierte er ihren Körper. „Ich erwarte, dass du Morgen in angemessener Kleidung erscheinst. Das Korsett ist wunderschön, aber nicht zu diesem Rock und zu diesen Stiefeln. Ein Stringtanga wäre passender. Nur ein Stringtanga."

Er entschied sich, den rebellischen Ausdruck in ihren Augen zu ignorieren – für heute.

„Oder ein sehr kurzer Rock. Nackt ist auch akzeptabel."

Sie strich mit der Zunge über ihre volle Unterlippe. Vor seinem inneren Auge erschien eine Vision: Wie er auf seinem Bett saß, sie zwischen seinen Schenkeln kniete, ihre Lippen sich um seinen Schwanz legten und sie ihre Zunge um seine Eichel kreisen ließ. Zu seiner Überraschung wurde er hart. *Sie ist die Rezeptionistin, Leduc.* Sie hatte einen Job zu erledigen, hier im Club. Entschlossen steckte er seine Gedanken in die Schublade mit der Aufschrift JOB. Ganz sicher hatte sie nichts bei ihm Zuhause zu suchen.

Zurück im Hauptraum setzte er sich an die Bar, gönnte sich eine Tasse Kaffee und sah sich um. Auf der Bühne gab deVries eine Lektion im Flogging. Sein Lehrling, ein neuer Dom, schwang den Flogger ohne jegliche Finesse und verfehlte das Kissen komplett.

Xavier entdeckte Simon an einem Tisch und gesellte sich zu ihm.

„Setz dich." Simon angelte mit dem Fuß einen Stuhl heran.

Als Xavier sich gesetzt hatte, sagte er zu Simon: „Die hübsche, kleine Rezeptionistin scheint einen unaufgeräumten Schreibtisch als eine persönliche Beleidigung aufzufassen. Wo hast du sie gefunden?"

„Hier. Nachdem sie Dixon gezeigt hat, wie er ihr ein Bewerbungsformular ausdrucken kann. Kurz darauf meinte sie zu ihm, dass er die Flaute an Gästen zum Ordnen von Akten verwenden könnte."

Xavier prustete beim Gedanken an Dixons Entrüstung los. „Eine kompetente Empfangskraft wäre mal eine nette Abwechslung. Langsam komme ich der Verzweiflung nahe." In seiner Not hatte er sogar seine betagte Steuerberaterin gefragt, ob nicht Interesse bestand, nebenbei im Club auszuhelfen. „Unglücklicherweise weigert sich Mrs. Henderson, auch nur einen Fuß über die Schwelle dieses Clubs zu setzen."

„Jammerschade." Simons Augenbrauen hoben sich. „Würde sie nicht eine sagenhafte Domina abgeben?"

Das Bild, wie die grauhaarige, baptistische Großmutter die Peitsche anstatt des Taschenrechners schwang, brachte Xavier zum Grinsen. „Kompetent oder nicht, für Abby ist BDSM Neuland, und es ist ihr zeitlich nicht möglich, die Anfängerkurse zu besuchen." Xavier lehnte sich zurück und streckte seine Beine aus. „Kannst du ein Auge auf sie haben, wenn ich nicht hier bin und ihre Fragen beantworten?" Die kleine Pusteblume stellte für jeden Dom eine Versuchung dar.

„Kein Problem. Rona wird sie ohne jeden Zweifel adoptieren."

„Perfekt." Xavier zuckte zusammen, als der neue Dom auf der Bühne das Kissen mit genug Wucht traf, um eine Niere zu entfernen. Hoffentlich beließ es der Mann noch eine Weile bei Versuchen an leblosen Objekten. Mit geschlossenen Augen nahm er einen Schluck von seinem Kaffee und sog den Duft von Kaffeekraut ein.

Simons angewiderter Laut verriet, dass er davon auch einen Hauch abbekam. „Du und dein verdammter New Orleans-Kaffee."

Wenn der Kaffee nicht schwarz und so stark war, um einen Löffel darin aufzulösen, konnte man ihn gleich in den

Abfluss kippen. „Hast du Zeit, nächste Woche den Anfängerkurs zu leiten?“

„Auf keinen Fall. Mich erwartet eine wunderschöne, warme Frau in meinem Haus und ich sehe sie sowieso schon nicht so oft, wie ich das gerne hätte.“

„Ah.“ Rona hatte Simon über einige Hürden springen lassen, bevor sie sich auf eine Beziehung mit ihm eingelassen hatte. Vermutlich einer der wenigen Kämpfe, die diese Frau jemals verloren hatte. Die beiden waren total vernarrt ineinander. Xaviers Herz schmerzte, als er sich daran erinnerte, wie es sich anfühlte, eine derartige Liebe zu empfinden – und sie dann zu verlieren.

„Triffst du dich immer noch mit dieser Blondine?“, fragte Simon.

„Einer Blondine und einer Brünetten“, antwortete Xavier abwesend. Wen könnte er fragen, den Kurs zu übernehmen? Wenn die kleine Rezeptionistin teilnehmen würde, wäre er fast dazu verleitet gewesen, es selbst zu machen.

„Wie lief es mit deiner letzten Sklavin? Hast du für sie einen neuen Master gefunden?“

Xavier nickte. „Pedro Martinez. Sie ist jetzt seit einer Woche bei ihm und klingt sehr glücklich.“

„Dann hast du im Moment keine Sklavin bei dir Zuhause? Du vertreibst dir gerade deine Zeit mit zwei Frauen?“ Simon hatte kein Verständnis für Xaviers Angewohnheit, seine Frauen in verschiedene Schubladen zu stecken. „Wer wird deine nächste Sklavin?“

„Ich habe entschieden, eine Auszeit zu nehmen." Manchmal strengte es mehr an, bedient zu werden, wenn er die Aufgabe auch allein erledigen konnte.

„Dann ist dein Haus jetzt also ziemlich einsam, oder?", fragte Simon mit einem scharfsichtigen Blick.

Einsamer als er jemals zugeben würde.

KAPITEL DREI

A**bby stand auf** dem gemusterten orientalischen Teppich in ihrem Schlafzimmer, schlüpfte in eine Jeans und riss den Mund bei einem Gähnen so weit auf, dass ihr Kiefer knackte. Sie hatte das Gefühl, dass sich ihr Blut in flüssiges Blei verwandelt hatte. Sie fühlte sich schwerfällig. *Noch nicht mal dreißig Jahre alt und schon zu alt für solche Nächte.*

Das Dark Haven hatte erst um drei zugemacht. Zuhause angekommen, hatte sie sich an den Schreibtisch gesetzt, um ihre Beobachtungen zu dokumentieren. Dummerweise hatte sie vergessen, vorm Schlafengehen den Wecker zu stellen.

Sie zog sich eilig einen BH an und quietschte laut auf, als die Körbchen mit ihren empfindlichen Nippeln in Berührung kamen. *Na toll.* Heute würde sie bei jeder Bewegung an Xavier erinnert werden. Bei dem Gedanken, wie er mit den Daumen ihre Nippel umkreist hatte, erschauerte sie.

Ihre Träume waren erotischer als jeder Pornofilm gewesen, und Xavier hatte in jedem einzelnen die Hauptrolle gespielt.

Nathan hat mich nie zu erotischen Träumen verleitet. Erneut machten sich Schuldgefühle in ihr breit, als sie sich eingestehen musste, dass sie sich von ihm ja auch nicht hatte fesseln lassen. Und dann hatte sie einfach zugelassen, dass ein anderer Mann zu dieser Ehre kam? Das war nicht richtig.

Was rede ich denn da bitte? Sie war nicht mehr mit Nathan zusammen. Sie hatte keine Beziehung, nicht einmal einen Liebhaber. Alles, was sie gehofft hatte, bei Nathan zu finden, gehörte der Vergangenheit an.

Verdammt, es war bereits spät. Die Babys mussten noch gefüttert werden, bevor er kam.

Auf der Treppe ins Erdgeschoss hörte sie das Winseln der Welpen. Sie machte die Fläschchen warm und brühte nebenbei eine Kanne Kaffee auf. Es blieb keine Zeit für eine gemütliche Tasse Tee. Draußen, außerhalb ihrer Doppelhaushälfte, hörte sie den Straßenverkehr, zwitschernde Vögel und morgendliches Froschquaken.

Mit den Fläschchen in ihren Armen durchquerte sie das Wohnzimmer und lief zu einem Planschbecken in der Ecke des Raumes. Ein Urlaubsresort für Welpen, komplett mit einem Heizkissen, um der kühlen Brise San Franciscos entgegenzuwirken. Als sie Abby bemerkten, kamen fünf

Fellknäuel, jedes etwa so groß wie eine zusammengerollte Wollsocke, auf sie zu gestolpert und jaulten nach Futter.

„Also wirklich, meine Kleinen, das ist einfach zu früh am Morgen.“ Zudem war ihr kalt, sie war missgelaunt, müde und deprimiert. Mit einem Seufzer hob sie ihren liebsten Welpen in ihre Arme, der so schwarz war wie die Nacht, die zu kurz geraten war. Und er war so kuschelig weich. Der Kleine, den sie Blackie genannt hatte, entließ ein niedliches Gähnen.

Abby lachte. Eine wirklich gute Art, den Tag zu beginnen. Sie nahm ihn auf ihren Schoß, lauschte seinen Sauggeräuschen und summte vor sich hin.

Trotz der Extraarbeit bekam sie einfach niemals genug davon, dem Tierheim auszuhelfen und Pflegewelpen für eine Weile ihre Liebe zu schenken.

Nachdem das dritte Bäuchlein gefüllt war, zeigte sich ein zufriedenes Lächeln auf ihren Lippen.

„Du bist der Nächste.“ Freckles versuchte, seine winzigen Ohren zu spitzen, doch das angebotene Futter war ihm wichtiger als Abbys Worte. Sie war sich ziemlich sicher, dass ihre Studenten oftmals die gleiche Einstellung hatten.

Gerade, als sie hoffte, sie würde noch rechtzeitig fertig werden, klingelte es an der Tür. „Na toll, jetzt gibt’s Ärger.“ Sie gab Tiny noch einen schnellen Kuss auf seinen winzigen Kopf, setzte das Hündchen zwischen seine herumwuselnden Geschwister und eilte zur Tür.

Gekleidet in ein weißes Hemd und eine schwarze Anzugshose, sah Nathan einfach wundervoll aus. Der

Anblick fühlte sich wie ein Stich in ihr Herz an. *Er gehört nicht mehr dir.* „Komm rein."

Beim Anblick ihrer nackten Füße presste er die Lippen zusammen. „Du bist noch nicht fertig?" *Oh je, er ist wütend.* Angst kämpfte sich an die Oberfläche, doch sie schaffte es, das Gefühl zurückzudrängen. „Ich muss nur noch einen Welpen füttern. Du kannst derweil einen Kaffee trinken."

„Ich meinte doch pünktlich sieben Uhr."

„Ich weiß. Ich habe verschlafen, aber wir haben noch so viel Zeit, bevor dein Flieger geht." Schließlich würde sie ihn direkt vorm Gate absetzen, damit er sich nicht auf die Suche nach einem Parkplatz begeben musste.

„Beeil dich."

Sie goss ihm eine Tasse Kaffee ein und reichte ihm Milch und Zucker, dann eilte sie zurück zu den Hunden. Sie nahm Tiny wieder in die Arme und versuchte, ein Lächeln aufzusetzen. „Wann hast du dein erstes Seminar?"

„In zwei Tagen", sagte er unterkühlt.

Auf seinen Ton hin vereiste ihr Innerstes. Sie hatte gehofft, dass ihr letztes Zusammentreffen irgendwie ... einfacher sein würde. Sie hatte ihn verärgert. Ihre Hände fühlten sich kalt an und zitterten leicht. Ein Echo aus der Vergangenheit drang in ihr Bewusstsein, von ihrem herumschreienden Vater. Sie gab alles, um ihre Stimme gelassen klingen zu lassen: „Wird dir genug Zeit bleiben, um dich vorzubereiten und auszukundschaften, wo alles ist?"

„Ich denke schon." Er schaute abermals auf seine Uhr.

„Pass auf, dass du in meiner Abwesenheit nicht den gekürzten Mitteln zum Opfer fällst. Everett meinte, dass der Plan darin besteht, die Auslastung der Seminare zu vergrößern und Lehrkräfte zu entlassen, die in der Hierarchie ganz unten stehen."

„So wie mich, ich weiß." Ihr wurde schlecht. Arbeitslosigkeit wollte sie auf keinen Fall wiederholen. „Schon bald wird entschieden, wer zum Frühjahrssemester gefeuert wird."

„Auszeichnungen hin oder her, ohne aktuelle Publikationen wirst du die Erste sein, die gehen muss."

Ein Professor konnte seine Zeit mit Forschung, Bewerbungen für Forschungsmittel und dem Schreiben von Artikeln verbringen – oder mit dem Lehren. Nathan war der Überzeugung, dass nichts mit der Forschung mithalten konnte. Sie war immer anderer Meinung gewesen. Im letzten Jahr hatte sie für ihre Vorlesungen sogar zwei Auszeichnungen erhalten. „Bis dahin werde ich etwas veröffentlicht haben."

Hoffe ich zumindest. Ein beklemmendes Gefühl machte sich in ihr breit. Im letzten Herbst wurde das College geschlossen, bei dem sie zuvor gearbeitet hatte. An der Universität hangelte sie sich mit einem temporären Vertrag von einem Semester zum nächsten. „Ein Freund von mir gibt ein ethnologisches Onlinejournal heraus, dessen Schwerpunkt auf provokanten soziologischen Abhandlungen liegt. Er hat versprochen, für die Begutachtung meiner Forschungsarbeit seine Beziehungen spielen zu lassen. Wenn ich den Artikel vor August abliefere, wird er im Herbst veröffentlicht."

„Das lässt dir nicht viel Zeit für die Forschung." Nathan runzelte die Stirn.

„Nicht viel, nein. Aber es reicht für die begrenzte Beobachtung und Analyse, die ich plane."

„Provokant sagst du? Du hast doch nicht vor, deine Forschung in meinen Club zu legen, oder? Der Besitzer würde das niemals erlauben." Er schaute finster, entspannte sich jedoch schnell, als ihm ein Gedanke zu kommen schien. „Ich vergaß, der Club ist jetzt privat. Da kommst du sowieso nicht rein."

„Das ist mir auch zu Ohren gekommen."

Sein Gesichtsausdruck versteinerte sich. „Du hast BDSM also als Forschungsgebiet in Betracht gezogen. Um deinen Freund zufriedenzustellen, ist es dir aber nicht gut genug." Zu schreien brauchte er nicht; die Bedeutung kam auch so bei ihr an. Er schrie niemals.

Ganz im Gegenteil zu ihrem Vater. *„Schlampe. Nutte. Du bist eine Hure."* Sie presste die Augen zu. Heute hallte die Stimme ihres Vaters besonders laut durch ihren Verstand. Warum nur? Hatte sie der gestrige Abend derart aus der Bahn geworfen?

„Wenn du ein bisschen abenteuerlustiger wärst, hätten wir uns nicht trennen müssen." Nathan nahm einen Schluck von seinem Kaffee und stand auf. Als sie dieses Mal seinen Blick fand, bekam sie es bei der Autorität in seinen Augen mit der Angst zu tun.

„Ich weiß." Ihr letztes Date war der Tropfen gewesen, der das Fass zum Überlaufen gebracht hatte. Die grauenvollen Handschellen. Sie hatte der Sache wirklich eine Chance geben wollen. Er hatte ein Handgelenk festgemacht und sie war in Panik verfallen. *Schon wieder*. Der Gedanke, so hilflos vor ihm zu liegen, war einfach ... einfach ... nein.

Sie verstand nicht, was mit ihr nicht stimmte. Er war klug, charmant, hinreißend und stets höflich. Ein berühmter Professor der Anthropologie. Sein Ruf eilte ihm voraus, weshalb er als Gastprofessor von einer anderen Uni ein Angebot bekommen hatte. Sie konnten gut miteinander kommunizieren. Abgesehen von seinen dunklen Vorlieben, fand sie den Sex immer recht gut. Okay, vielleicht nicht beim letzten Mal, als ihre Verweigerung, sich fesseln zu lassen, einen erschlaffenden Effekt auf ihn gehabt hatte. Danach hatte er sie so kalt behandelt. Ihr war sofort klar gewesen, dass es das Ende bedeutete.

Sie wandte den Kopf ab und zog verwirrt die Augenbrauen zusammen. Warum zum Teufel hatte sie also Xavier erlaubt, sie zu fesseln? „Tut mir leid. Du weißt, dass ich mich dabei nicht wohl gefühlt habe."

„Es sollte nicht um dich gehen, Abby. Es ging darum, meine Bedürfnisse zu befriedigen. Du schenkst deinen räudigen Kötern mehr Aufmerksamkeit, als du mir jemals in unserer Beziehung zugestanden hast."

Das ist nicht wahr. Sie verbiss sich die Erwiderung. Ihre Finger waren kalt, als sie sich den zweiten Schuh anzog, den

Raum durchquerte und sich ihre Tasche und die Autoschlüssel schnappte.

Wäre sie in der Lage, sich zu ändern? Könnte sie für ihn Gefallen an Bondage und Schmerz finden? Wenn sie sich bis zu seiner Rückkehr im August veränderte, würde er ihr dann noch eine Chance geben?

Er hielt ihr die Tür auf, und als sie an ihm vorbeigehen wollte, zog er sie an sich. „Ich werde vermissen, was wir zusammen hatten, mein hübsches Ding. Meine süße Schlampe. Es tut mir leid, dass es nicht funktioniert hat."

Seine sinnlichen Lippen berührten die ihren. Zu diesem Zeitpunkt war sie schon aus ihrer Haut geschlüpft und beobachtete alles von oben.

„Mir tut es auch leid." Eine Eisschicht bildete sich auf ihrer Haut, umschloss ihren gesamten Körper und ließ den Schmerz abprallen.

KAPITEL VIER

Die zweite Nacht im Dark Haven gestaltete sich entspannter. Abby genoss ihre Zeit am Empfang, checkte die Mitgliedsausweise der Gäste, beantwortete Fragen und händigte Bewerbungsanträge aus. Niemals hätte sie erwartet, dass dieser Club eine so hohe Nachfrage hatte.

Sobald sie eine ruhige Minute fand, füllte sie die Liste mit ihren persönlichen Grenzen aus, die Xavier ihr gegeben hatte. *Analsex, harte Schläge, sanfte Schläge. Würgen* – bitte was? *Ohrfeigen, Injektionen, Piercings, Mumifikation.* Hinter jedem Limit war ein Kästchen mit ‚Nein'. Mit einem Kreuzchen war es ihr möglich, die Aktionen für die Zukunft auszuschließen.

Im Internet hatte sie Listen gesehen, die Kästchen mit ‚Vielleicht' anboten. Warum gab es das hier nicht? Nach viel Überzeugungskraft und ein paar Margaritas würde sie ein paar dieser Dinge womöglich ausprobieren. Sie runzelte die

Stirn. Würde Xavier sie aus dem Club werfen, wenn sie alles mit ‚Nein' markierte, was ihr Unbehagen bereitete?

Sie entschied, nur die Auswahlmöglichkeiten anzukreuzen, bei denen sie schreiend zur Polizeistation rennen würde. *Würgen?* Um nichts auf der Welt. Und würde nicht jede Frau, etwas gegen das Konzept von *Orgasmusverweigerung* haben? *Also wirklich.*

Nach diesem traumatischen Fragebogen fand sie Trost darin, Mitgliedsanträge abzuheften und den Schreibtisch aufzuräumen. Sie beschriftete eine Ablage mit MEIN LORD, damit deutlich war, was für Xavier bestimmt war. Wie war er wohl zu seinem Titel gekommen? Er passte zu ihm, ohne Frage. Seine Selbstsicherheit war ein wesentlicher Bestandteil seiner Persönlichkeit, und seine Anrede verlieh dieser Beobachtung Nachdruck.

Während die Leute ein- und ausgingen, kritzelte sie ihre Beobachtungen in ihrem eigenen Code – stenografiertem Latein – nieder. Die Struktur im Club wollte sie mit einer Familie vergleichen, obwohl ihr immer wieder komplizierte Beziehungsstränge unterkamen. Wie der bisexuelle Mann, der ihr anvertraut hatte, dass er gegenüber einem männlichen Dom unterwürfig sei, aber im Club Frauen dominierte. Dabei hatte er sie anzüglich angelächelt. Was war die passende Reaktion auf einen derartigen Flirtversuch?

Aufregung an der Tür ließ sie aufhorchen: Ein lesbisches Paar checkte ein, dann ein Mann mit einem menschlichen Hund an der Leine. Eine Minute später trat Simon ein, gefolgt von einer blonden Frau in ihren Vierzigern.

Simon lächelte. „Abby, du bist zurückgekommen. Das freut mich."

Musste der Mann so attraktiv sein? Sicher, seine Schläfen waren von Silber durchzogen, dennoch reichte kein junger Mann an dieses Level von Attraktivität und Autorität heran.

Er legte seinen Arm um die Blondine. „Das ist meine Frau. Rona, das ist Abby, Xaviers neue Empfangsdame, die hoffentlich einen längeren Atem hat als die Letzte."

Rona streckte ihr die Hand hin. „Hi, Abby. Wie ich sehe, hat dich Xavier mit seiner unheimlichen Art noch nicht in die Flucht geschlagen."

„Noch nicht ganz." *Aber viel fehlt wohl nicht mehr*, dachte sie bei sich. Bei der Erwähnung seines Namens konnte sie es sich nicht verwehren, einen Blick in den Club zu werfen. Nur um ganz sicherzugehen, dass er die Unterhaltung nicht mithörte.

„Aber ein bisschen schon, oder?" Das Grinsen auf Simons Lippen war wie die Kirsche auf dem Eisbecher. „Deine Zeit als Rezeptionistin ist in ein paar Minuten um. Wird Nathan dir danach Gesellschaft leisten?"

„Nein. Er ist über den Sommer als Gastprofessor in Maine." *Dem Himmel sei Dank.*

„Ah. Dann komm doch zu uns, wenn du abgelöst wirst. Dann werde ich dir helfen, einen netten Dom zum Spielen zu finden."

Zum Spielen? Sie räusperte sich und beobachtete, wie das Paar die Türschwelle zum Club übertrat.

Trotz Simons Worten schaffte es Abby, die drei stattlichen Männer anzulächeln, die vor ihrem Tisch warteten. An den Halsbändern mit Leinen, die zwei der drei Hälse zierten und zum dritten Mann in der Runde führten, erkannte sie, dass sie vom anderen Ufer waren. Nicht immer war die sexuelle Orientierung so offensichtlich. Nur bei Xavier hegte sie keine Zweifel. Wenn sie an die Berührungen dachte, geriet sie regelrecht ins Träumen. Besonders an ihren Brüsten hatte er Gefallen gefunden. Bei der Erinnerung zuckten die Wände ihres Geschlechts.

Die Männer zogen ihre Mitgliedsausweise durch den Kartenleser und hielten sie hoch, damit sie die Fotos kontrollieren konnte. „Danke, genießt den Abend." Nachdem sie im Club verschwunden waren, kritzelte sie ein paar Notizen in ihr Heftchen.

„Hi." Der in Leder gekleidete Dom war nicht viel älter als einundzwanzig; also mindestens fünf Jahre jünger als sie. Auch er wies sich aus und stützte sich dann mit dem rechten Ellbogen auf dem Tresen ab.

„Kann ich dir helfen?"

Der junge Mann grinste. „Gib mir eine Stunde und ich zeige dir, auf wie viele Arten du mir helfen kannst." Sein Blick fiel auf ihr Halsband und er sagte reumütig: „Jedenfalls, wenn der Herr des Hauses es erlaubt."

Sie schüttelte amüsiert den Kopf, nachdem auch er im Club verschwand. Natürlich hatte sie kein Interesse an ihm, aber er hatte gut ausgesehen, und die Quelle, die ihr Ego speiste, brauchte dringend neue Nahrung. Sie wusste sehr wohl, dass sie keine Schönheit war.

Als Abby auf die Welt kam, war der Engel, der den Menschen die Körper zuwies, allem Anschein nach schlecht gelaunt gewesen. Ihre Stiefschwester hatte langes, dickes, braunes Haar bekommen, passend zu ihren dunklen Augen und ihrer goldenen Haut. Hingegen musste sich Abby mit blonden, feinen Haaren abfinden, die sie aus genau diesem Grund kurz tragen musste. Ein Pferdeschwanz hatte bei ihr immer lächerlich ausgesehen – wie ein Wattetupfer. Dunkle Augen? Ach wo. Bei ihr handelte es sich um einen undefinierbaren Grauton, jedoch zu dunkel, um als blau durchzugehen.

Hochgewachsen und schlank wie Janae? Oh nein. Abby hatte eine Birnenform. An sich nicht verkehrt, wenn man auf dicke Ärsche stand. Schon seit frühsten Jahren hatte sie einen immer wiederkehrenden Albtraum, in dem jemand ein Schild an ihrem Po befestigte, auf dem ‚Schwertransport mit Überbreite' stand. *Grauenvoll.*

Sie musste zugeben, dass der Engel in einem Punkt Gnade gezeigt hatte. *Über meine Brüste kann ich mich nicht beschweren.* Und heute Abend präsentierte sie ihre Wunderwaffe in einem schwarzen Korsett. Ihr ebenso farbener Lederrock setzte ihre wohlgeformten Waden in Szene, und war dennoch lang genug, um ihre cellulitereichen Oberschenkel zu bedecken.

Letzten Monat hatte sie gelesen, dass das Bindegewebe des Mannes horizontal verlief, während es bei Frauen vertikal ausgerichtet war. Das war der Grund, warum nur Frauen unter Cellulite litten. *Der eindeutigste Beweis dafür, dass Gott ein Mann sein musste.*

Sie schaute finster zur Decke und richtete ihren Blick zu Gott und dem schlechtgelaunten Engel. „Schämen solltet ihr euch."

„Bitte was?"

Auf den Klang einer tiefen Stimme hin zuckte sie zusammen und ihr Stift machte einen Todessprung gen Fußboden. Sie beugte sich vor, schloss die Finger um den Stift und schluckte schwer, als zwei riesige Stiefel in ihr Blickfeld traten. Noch beim Aufrichten setzte sie ein Lächeln auf. „Guten Abend, mein Lord."

„Abby." Er musterte sie. „Du trägst heute eine Brille."

Sie hatte vergessen, welche Wirkung er auf sie hatte. Ihr Herz trommelte gegen ihren Brustkorb wie ein Fünfjähriger auf ein neues Schlagzeug. „Ich bin es nicht gewohnt, so lange aufzubleiben. Meine Augen werden dann so trocken, dass ich Kontaktlinsen einfach nicht ertragen kann."

„Ich verstehe. Ich muss sagen, dass ich die Brille ziemlich verführerisch finde."

„Ich bitte dich. Ich sehe aus wie der größte Nerd." Zumindest hatte Nathan sie immer so bezeichnet.

„Mir gefällt die Kombination aus Fetisch und akademisch." Sein Blick blieb an ihrem Ausschnitt hängen. „Du siehst wie eine Bibliothekarin aus, die zwischen den Bücherregalen gefickt werden will."

Geschockt blinzelte sie ihn an. Er nutzte seine Chance und warf einen Blick auf ihre ausgefüllte Liste.

Wärme stieg ihr ins Gesicht, als sie an die zugleich verstörenden und erotischen Auswahlmöglichkeiten dachte. Vielleicht hätte sie doch bei allen ‚Nein' ankreuzen sollen.

Ohne ein Wort zu sagen, legte er das Blatt auf den Schreibtisch zurück. Dann nahm er ihre Hand, und sie hätte schwören können, Funken sprühen zu hören. Das Geräusch klingelte regelrecht in ihren Ohren.

Er schien nichts zu hören, drehte unbekümmert ihren Arm, um einen Blick auf den Salbentest zu werfen, den er gestern vorgenommen hatte. „Sehr schön. Keine Reaktion."

„Nein, alles prima." Sein Daumen drehte Kreise auf ihrer Haut und sie erschauerte unwillkürlich. *Himmel noch mal*, wie konnte diese winzige Berührung eine derartige Wirkung auf sie haben?

Seine dunklen Augen leuchteten auf, dann ließ er sie los und wies mit der Hand an, dass sie sich erheben sollte.

„Oh. Natürlich, Sir." Sie stand auf. Er ließ seine intensiven, dunklen Augen über ihren Körper schweifen. Je mehr Zeit verging, desto unzufriedener wirkte er. Verglichen mit ihm war selbst der einschüchterndste Professor an der Uni ein zahmes Lämmchen.

„Sir?"

„Meinte ich nicht erst gestern zu dir, dass du mit weniger Kleidung am Körper erscheinen sollst?"

Bockig hob sie ihr Kinn. „Der Rock ist kürzer."

Seine Hand schloss sich um ihre Schulter. „Offensichtlich habe ich mich nicht klar ausgedrückt. Erlaube mir, diesen Fehler wieder gut zu machen: Wenn du etwas trägst, dass deine Brüste und deinen Bauch bedeckt, dann erwarte ich, dass du unten nur einen Stringtanga trägst. Wenn du einen Rock oder eine Shorts trägst, will ich abgesehen von hübschem Schmuck und Nippelklemmen nichts an deinem Oberkörper sehen."

Nur einen Tanga? Bei ihrem Hintern? War ihm nicht klar, mit welchen Unsicherheiten sich Frauen tagtäglich herumschlugen? Sie warf ihm einen Blick zu, den sie eigentlich für Studenten reserviert hatte, die während ihrer Vorlesungen oder Seminare mit ihren Handys spielten.

Als sich seine Augen mit offenkundiger Heiterkeit füllten, wollte sie ihm gegen diese unmenschlich muskulöse Brust schlagen. Dummerweise wurde sie von dem Lustschauer abgelenkt, der bei seinem Ausdruck durch ihren Körper jagte. Was würde er mit ihr machen, wenn sie sich ihm widersetzte?

Er beugte sich vor, sein Mund nur wenige Millimeter von ihrem Ohr entfernt, und hauchte: „Verlocke mich nicht zu etwas, wozu du noch nicht bereit bist, kleine Pusteblume."

Sein Duft war überwältigend. So exotisch, so männlich, und selbst, als sie den Kopf drehte, schien ihr diese erotische Note zu folgen.

Die Tür vom Club öffnete sich und Abby ließ sich erleichtert auf ihren Stuhl fallen.

Ihre Ablöse kam herein und hielt beim Anblick von

Xavier sofort inne. Lindseys schulterlanges Haar war verwuschelt und auf ihren Wangen waren die Abdrücke von einem Knebel zu sehen. Nach einem kurzen Schockmoment senkte sie respektvoll den Blick auf den Boden. „Mein Lord."

„Bist du bereit, den Empfang zu übernehmen?", fragte er.

„Natürlich." Sie lächelte Abby an. „Gibt es etwas, das ich wissen muss?"

Abby brachte ihr Gehirn wieder in Gang. „Im roten Ordner findest du ausgefüllte Bewerbungsunterlagen. Nachrichten für Xa – äh, mein Lord – können von nun an in der MEIN LORD-Ablage abgelegt werden."

„Du bist einfach erstaunlich." Lindsey drehte sich zu Xavier. Obwohl sie bestimmt schon um die dreißig Jahre alt war, ließ ihr Grinsen sie doch wie einen Teenager mit nichts als Unsinn im Kopf erscheinen. „Sir, zwar geht mich das nichts an, aber du musst sie einfach behalten. Bitte, bitte."

Xavier gluckste amüsiert. „Ich werde deine Bitte bedenken, Sub." Mit seinem Zeigefinger lockte er Abby zu sich.

Im Inneren schrie ein Teil von ihr: *Ich habe keine Zeit für ihn, ich muss meine Forschung vorantreiben!* Der andere Teil wackelte vor Freude mit dem Hintern. *Was hat er mit mir vor?* Sie drückte die Schultern durch und ging zu ihm. Er führte seine Hand in ihren Nacken, hakte einen Finger in seinem Halsband ein und lenkte sie durch die Tür und damit direkt in den Club.

„Brauchst du mich für eine Vorführung?" Der Gedanke

ließ ihr Herz höher schlagen. Sie sollte sich das nicht wünschen. Um ihre Forschung rechtzeitig zu beenden, musste sie Ablenkung um alles in der Welt vermeiden. Doch ihre Brüste kribbelten. Sie hatten sich die Empfindungen seiner Berührungen verinnerlicht. Ihre Nippel pulsierten an ihrem Korsett, und sie war froh, dass das Material so dick war, denn so konnte er nicht sehen, wie erregt sie bereits war.

„Ich möchte dich mit einem Dom bekanntmachen." Anstatt auf ihre Antwort zu warten, führte er sie direkt zu einem Mann in ihrem Alter mit sandfarbenen Haaren, der direkt vor einem Andreaskreuz stand.

„Seth, darf ich dir Abby vorstellen? Sie ist die neue Rezeptionistin und noch jungfräulich in unserem Lifestyle. Da sie keinen Dom hat, dachte ich, dass du für den Anfang eine gute Wahl wärst."

Augenblick. Sie starrte Xavier mit weit aufgerissenen Augen an. „Ich bin nicht hier, um –"

„Dein Dienst als Rezeptionistin ist für heute Abend vorbei." Xaviers Augen verengten sich. „Du bist dem Club beigetreten, um etwas über BDSM zu lernen, richtig? Wie ich gestern bereits erwähnt habe, schätzen wir Voyeure nicht. Wenn du nur zuschauen willst, kannst du dir einen Club für diese Vorliebe suchen."

Nein, nein, nein. Es musste das Dark Haven sein. „Nein, ich bin hergekommen, um zu ... lernen." *Gute Wortwahl.* „Ich bin einfach nervös." Und das war die volle Wahrheit.

„Das ist normal", sagte Seth. „Komm mit. Lass uns ein

wenig reden, um herauszubekommen, was du gerne ausprobieren möchtest. Ich verspreche dir, sanft mit dir umzugehen."

„Perfekt." Xavier nickte ihr zu und marschierte davon.

Er lässt mich mit dem fremden Mann allein? Oh Gott, am liebsten würde sie wegrennen! Schließlich nahm sie all ihren Mut zusammen, drückte die Schultern durch, streckte die Brust raus, und lächelte Seth an. Er hatte nette Augen. „Okay, und jetzt?"

Mit dem Gefühl, ein Waisenkind sich selbst überlassen zu haben, bat er Angela, die Aufseherin für den Abend, ein Auge auf Seth und Abby zu haben.

Blieb er, das wusste er, würde sie sich auf ihn und nicht auf Seth konzentrieren. Auch wusste er, dass er ihren großen, grauen Augen nicht widerstehen könnte und sich schon bald in die Session einmischen würde. Sie war viel zu verlockend, viel zu intelligent und viel zu unterwürfig. Was ihn am meisten erregte, war die verdammte Verletzlichkeit, die er in ihren Tiefen sehen konnte.

Jedoch hatte er sich geschworen, abgesehen von den Vorführungen vielleicht, nicht mit Angestellten zu spielen. Schnell hatte er erkannt, dass ein Großteil der Subs danach eine Dom/Sub-Beziehung erwartete. In seinem Fall war das ausgeschlossen.

Um der Versuchung aus dem Weg zu gehen, durchquerte er den Club und brachte so viel Entfernung wie möglich zwischen sich und Abby. Er nahm auf einer Couch Platz und beobachtete Simon, der seine Sub mit einem Flogger reizte. Rona trug nur eine goldene Halskette – ihr Sub-Halsband. Sie war eine bezaubernde, selbstbewusste Frau und war intelligent genug, um Simon Paroli zu bieten. Genau so jemanden hatte sein Freund in seinem Leben gebraucht.

Kurze Zeit später hörte Simon mit dem Flogging auf, nahm einen Vibrator und schob ihn in Ronas Pussy. Als das erotische Spielzeug tief in ihr steckte, schnallte er es mit einem Gurt an seinem Platz fest. „Das hätten wir, Mädchen. Das sollte dich wachhalten."

Ihre Arme waren gefesselt, mit Ketten über ihrem Kopf, die zur Decke führten. Wäre das nicht der Fall, würde sie ihn gegen das Schienbein treten. Xavier grinste. Jetzt fluchte sie allerdings nur und warf Simon einen Todesblick zu.

Simon knipste den Vibrator an und Rona krümmte sich. „Ich erlaube dir, zu kommen. Das Reden ist dir allerdings untersagt. Höre ich auch nur einen Mucks, würde mich das sehr unglücklich machen."

Xavier schmunzelte. Simon kannte seine Sub sehr gut.

Sie presste die Lippen aufeinander, um ein Stöhnen zu unterdrücken. Simon fuhr mit dem Flogging fort, stoppte nur gelegentlich, um die Einstellung am Vibrator zu ändern. Schon bald war Rona vor Anstrengung, sich an seinen Befehl zu halten, feuerrot im Gesicht und nicht mehr weit von einem Orgasmus entfernt.

Lachend ließ Simon die Enden des Floggers über ihre

Brüste tanzen. Sie verlor den Kampf und erreichte mit einem befriedigten Schrei den Höhepunkt.

Schöne Session. Grinsend erhob sich Xavier. Es war an der Zeit, um nach Abby zu sehen.

„Mein Lord." Eine Sub ohne Halsband kniete sich auf dem Weg direkt vor ihm hin. „Darf ich dir heute Abend dienen?"

Er kannte die hübsche Brünette nicht. Obwohl das Dark Haven jetzt ein privater Club war, kamen immer wieder neue Mitglieder hinzu. Neu oder nicht, sie musste Manieren lernen. „Schau mich an."

Als sie ihr Gesicht hob, konnte er Hoffnung in ihren Augen sehen.

„In diesem Club spricht der Dom die Sub an, nicht umgekehrt. Der Dom trifft die Wahl. Sich mit dieser Position anzubieten, mag woanders funktionieren, hier aber nicht. Habe ich mich klar ausgedrückt?"

Ihre Mundwinkel fielen. „Ja, mein Lord."

„Sehr gut." Seine Stimme wurde sanfter. „Wenn ich dir jemanden vorstellen kann, oder du auf Probleme stößt, stehe ich gerne mit Rat und Tat zur Seite."

„Ja, Sir."

„Kennst du in diesem Club jemanden?"

Sie nickte und ihre Wangen glühten.

Seine Irritation wuchs. „Du bist hier mit einem Dom? Deinem Dom?"

„Ja, Sir", flüsterte sie.

Er war versucht, sie direkt aus dem Club zu werfen. Die

treulose Schöne war es anscheinend gewohnt, die Männer um sich herum zu manipulieren. „Bring mich zu ihm." Dafür wollte sie sich erheben. *Oh nein.* „Du hast keine Erlaubnis aufzustehen."

Ihre Augen weiteten sich.

„Beweg dich."

Eigentlich fand er keine Freude daran, eine Sub auf allen vieren herumzuscheuchen. Dieser Fall gestaltete sich anders ... Sie kroch durch den Raum, bis sie einen Mann erreichten, der eine Session beobachtete.

Xavier kannte ihn, ein Langzeitmitglied in diesem Club. Der Dom war nicht besonders streng. Er stand eher auf den Sex als auf die Dominanz. Zudem war er stinkreich – was seine bezaubernde, weitaus jüngere Sub erklärte.

Johnston sah zu ihr. „Tisha, was ist ..." Als sein Blick auf Xavier fiel, stand er auf. „Xavier, gibt es ein Problem?"

„Ich fürchte schon. Deine Sub hat mir ihre Dienste angeboten."

Erzürnt wandte sich Johnston der besagten Sub zu. „Du meintest, dass du nur schnell auf die Toilette willst."

„I-Ich dachte nur, dass ..."

Nein, sie hatte nicht gedacht. Xavier machte einen Schritt zurück.

„Soll ich sie bestrafen?", fragte ihn Johnston.

„Ich bin mir sicher, dass du sie angemessen handhaben wirst." Xavier drehte sich um und überließ das Paar sich selbst. Schon bald hörte er ein weibliches Quietschen. Johnston mochte vielleicht nicht der strengste Dom sein, aber auch er wusste, dass man seiner Sub ein derartiges Verhalten nicht durchgehen lassen durfte.

Xavier drängte die Verärgerung aus seinen Gedanken und spazierte durch seine Domäne. Die erotische Energie im Kerker war beinahe zu schmecken. Es kam manchmal vor, zumeist herbeigeführt durch missglückte Sessions, dass sich die Atmosphäre im Club wie ein Haufen voller Puzzleteile anfühlte. Heute Abend war dies nicht der Fall: Die Puzzleteile bildeten ein Ganzes, ein Bild. Die Peitschenschläge, die Schreie und das Stöhnen wirkten wie Fugenkleber.

Nur eine Session fiel aus der Reihe. Der Kuppelversuch zwischen Seth und der Rezeptionistin war eindeutig fehlgeschlagen.

Aus sicherer Entfernung beobachtete die Kerkeraufseherin die Session mit gerunzelter Stirn. Xavier nickte Angela zum Gruß zu, woraufhin sie das Wort erhob: „Die Sub ist nicht bei der Sache.“

„Ich seh’s.“

Seth war noch recht neu im Lifestyle, und auch ihm fiel auf, dass er Abby nicht erreichte. Seine Frustration zeigte sich. Anstatt sie ans Kreuz zu fesseln, hatte er ihr nur den Befehl gegeben, sich daran festzuhalten, während er mit dem Flogger auf ihrem Hintern viel zu sanft vorging.

Xavier verschränkte die Arme hinter seinem Rücken und dachte nach. Sicher, er hatte sie gedrängt, eine Session mit Seth zu spielen. Doch sie war dem Club beigetreten, um Erfahrungen zu sammeln. Dafür hatte sie sogar den Job der Rezeptionistin angenommen, um nicht den Bewerbungsprozess abwarten zu müssen. Trotzdem: Für jeden war es erkennbar, dass sie nicht einmal versuchte, sich auf die Session einzulassen.

Er hatte Erfahrung mit Subs, die es brauchten, zu ihrem Glück gezwungen zu werden. Das Problem war, dass Abby nicht nur distanziert, sondern vollkommen abwesend wirkte. Er folgte ihrem Blick zu einer Session in der Nähe, wo eine Switch ein junges Paar unter der Anleitung ihres Doms kommandierte.

Xaviers Augen verengten sich. Obwohl sie auf die vier Personen fokussiert war, zeigte sie keine Anzeichen von Erregung. Ganz im Gegenteil: Es schien, als sähe sie sich eine Dokumentation an.

Seth warf seinen Flogger in seine Tasche, trat vor Abby und sagte etwas, was Xavier nicht hören konnte.

Abby nickte, trat vom Kreuz weg und streckte sich. Inzwischen kam Seth auf Xavier und Angela zugelaufen.

„Das ist nicht gut gelaufen“, sagte Xavier.

Seth schüttelte den Kopf. „Das war ja wohl die lahmste Session, die ich jemals gespielt habe. Sie war gar nicht anwesend. Und da sie nicht meine Sub ist und ich sie nicht gut genug kenne, wollte ich den Schmerz nicht erhöhen, um sie in die Session zu ziehen.“

„Es ist nicht deine Schuld. Sie hat es nicht mal versucht, dir entgegenzukommen, Seth.“ Xavier beobachtete, wie sich Abby die Schultern rieb. „Sie fällt in meine Verantwortlichkeit. Ich werde ihr also zeigen, was ich als Dom von einer Sub in diesem Club erwarte."

Seth grinste. „Arme, kleine Sub."

Xavier schickte eine Kellnerin ins Erdgeschoss, um seine Tasche zu holen, und begab sich derweil zu Abby.

„Hey." Ihr Lächeln verblasste, als es auf sein Schweigen traf. „Mein Lord. Tut mir leid. Ich bin es nicht gewohnt ..."

„Das ist offensichtlich." Seine Stimme klang gelassen, mit einer unterschwelligen Schärfe, die einem Klaps auf ihrem Hintern gleichkam. Ihre Augen weiteten sich. Ja, jetzt hatte er ihre Aufmerksamkeit. „Wenn eine Sub eine Session spielt, wo sollte ihre Aufmerksamkeit liegen?"

Sie schluckte schwer. „Bei der Session?"

Sie war wirklich sehr neu. „Nein, Abby, bei ihrem Dom. Es gibt nur eine Ausnahme, und zwar, wenn dir befohlen wird, den Blick auf den Boden zu richten. Ansonsten sind alle deine Sinne auf deinen Dom gerichtet. Wo lag deine Aufmerksamkeit?"

Ihr Entsetzen war offenkundig. „Bei einer anderen Session."

„Exakt." Er legte eine Hand auf ihre Schulter. Der Schauer, der daraufhin durch ihren Körper jagte, erfreute ihn und zeigte ihm auf, wie bewusst sie sich seiner Präsenz war. „Als Angestellte im Dark Haven bist du vom Prinzip her meine Sub. Das bedeutet, dass ich dir Partner zuweisen kann. Für diese Session war Seth dein zugewiesener Dom. Ich muss dir sagen, dass dein Benehmen ihm und damit auch mir gegenüber sehr zu wünschen übrig ließ."

„Oh." Sie saugte ihre Unterlippe zwischen die Zähne und warf ihm einen reumütigen Blick zu. „Es tut mir leid, mein Lord."

„Ich vergebe dir. Ich habe beschlossen, mit dir zu arbeiten, damit ich diese Respektlosigkeit nicht noch einmal miterleben muss." Er führte sie zu einem Bondage-Tisch und breitete ein Laken darauf aus. „Klettere auf den Tisch."

KAPITEL FÜNF

„**Malum!“, murmelte sie** kaum hörbar in Latein. *Eine böse Sache, oh ja.* Xavier schien eher irritiert als verärgert, aber er würde sich sicher nicht zurückhalten. Seine Direktheit, die nicht durch Höflichkeit zu beschönigen war, brachte einen aus der Fassung. War diese Art von Ehrlichkeit eine typische Charaktereigenschaft von Doms?

Wäre das nicht ein interessanter Forschungsgegenstand?

Durch den bedrohlichen Laut, der aus seiner Kehle drang, wurde sie in die Gegenwart zurückgeholt und kletterte schnell auf den Tisch. Die Polsterung unter dem Laken war aus schwarzem Leder – wie eine ominöse, jedoch breitere Version eines Untersuchungstisches beim Arzt. Die herunterhängenden Riemen und die eingelassenen D-Ringe konnten ihre Verunsicherung auch nicht wirklich schmälern.

„Leg dich auf den Rücken“, befahl er. Eine Kellnerin reichte ihm seine übergroße Ledertasche.

Zu verunsichert, um zu gehorchen, starrte Abby auf die Tasche. Er hatte *Sachen* da drin. Sachen, die ... Ein Schrei hallte durch den Raum. Ruckartig hob sie den Kopf zu der Session, die sie vorhin bereits beobachtet hatte und –

Beunruhigend kräftige Hände schlossen sich um ihre Schultern, und Xavier drückte sie flach auf den Rücken. „Abby, ich möchte gerne glauben, dass du nicht absichtlich ungehorsam bist. Ich muss aber sagen, dass deine Aufmerksamkeit schnell das Weite sucht.“ Seine Lippen zuckten. „Das kratzt am fragilen Ego eines Doms, Süße.“

Er hatte Sinn für Humor. Keine Situationskomik, sondern durchzogen mit Ironie und Sarkasmus. Was sie sehr attraktiv fand. „Du hast kein fragiles Ego.“ Nicht mal ansatzweise.

Er nahm ihren Kopf zwischen seine Hände. Er stand nah genug, dass sie sein Aftershave riechen konnte, zusammen mit diesem exotischen Duft, der ihm anhaftete. Kleine, goldene Flecken fügten seinen dunklen Augen Wärme hinzu. Und ja, seine Lippen sahen hart und unnachgiebig aus, aber sie erinnerte sich noch an ihre samtweiche Beschaffenheit.

Er küsste sie. Seine festen Lippen strichen über ihre, seine Zunge teilte neckisch ihren Mund und fand die ihre. Selbstsicher forderte er sie zu einem Duell heraus, ohne jemals die Kontrolle abzugeben. Er packte ein Bündel ihres Haares und zog ihren Kopf zurück, so dass er sie kosten konnte. Sein zustimmendes Knurren ging ihr runter wie Öl, selbst, als seine Hand ihren Kiefer umschloss und ihr auch den letzten Bewegungsfreiraum raubte. Er war aggressiv – fast zu aggressiv – und doch entflammte das Feuer unter ihrer Haut, als befände sie sich inmitten eines Waldbrandes.

Mein Gott, der Mann konnte küssen! Ihre Selbstkontrolle wiedererlangend, experimentierte sie und versuchte, ihm mit der Zunge ein ebenbürtiger Gegner zu sein.

Er hob seinen Kopf. „Du hast einen sehr aktiven Verstand, kleine Pusteblume. Heute Abend möchte ich herausfinden, was es braucht, um dein Gehirn abzuschalten."

„Du ... Was?" Ihr Gehirn war das, was sie ausmachte. Ihr gefiel nicht, was sie hörte, und so unternahm sie den Versuch, sich aufzusetzen.

Mit einem belustigten Ausdruck drückte er ihre Schultern wieder auf den Tisch. Seine Augen sprachen von Konsequenzen, die ihr nicht gefallen würden, falls sie sich seinem Befehl erneut widersetzte. Sie atmete tief ein und erlaubte ihm, dass er eine Fessel um ihr linkes Handgelenk legte, die er seitlich am Tisch, in der Höhe ihrer Oberschenkel, an einem der beiden D-Ringe befestigte. Das Gleiche machte er mit ihrem rechten Handgelenk.

Okay, damit kam sie klar. Noch blieb ihr eine Menge Bewegungsfreiheit. Schließlich waren ihre Beine nicht gefesselt.

Seine Finger fanden die Häkchen ihres Korsetts.

„Was soll das werden?", fragte sie.

Sein Gesicht füllte sich mit verärgerter Heiterkeit. „Abby, wie viele Subs sind dir seit deinen Besuchen bei uns aufgefallen, die bei einer Session bekleidet waren?“

„Ähm, nur ein Sub.“

Ein Lächeln huschte über seine Lippen. „Und der Grund dafür war?“

„Dass die Domina ihm das Hemd mit der Peitsche herunterreißen wollte.“

Er erreichte das letzte Häkchen, zog ihr das Korsett unter dem Rücken hervor und warf es auf einen Stuhl. Durch die kühle Luft auf ihren Brüsten richteten sich ihre Nippel auf.

Dann widmete er sich ihrem Rock. Gott sei Dank war sie der Versuchung nachgekommen und hatte sich sexy Unterwäsche zugelegt. Seine Mundwinkel hoben sich entzückt, als er einen Finger über die Spitze ihres dunkelroten Höschens gleiten ließ. „Sehr hübsch. Rote Spitze steht dir außerordentlich gut.“ Zunächst erfreute sie das Kompliment, doch dann machte er sich daran, ihr das Höschen auszuziehen, und sie presste instinktiv die Beine zusammen.

Er antwortete auf ihre störrische Art mit einem Klaps auf ihren Schenkel.

„Aua!“ Die Stelle brannte. Die Erkenntnis, dass er ihr nichts durchgehen lassen würde, sandte einen Lustschauer durch ihren Körper. Noch nie hatte sie sich so verletzlich und gleichermaßen erregt gefühlt.

Er fuhr fort, sie auszuziehen, als wäre gerade nichts

Ungewöhnliches vorgefallen. *Schlägt er jeden Tag Frauen?* Ihr Höschen landete auf ihrem Korsett. Dann legte er seine Hand mit einer Unbekümmertheit auf ihren Bauch, wie ein anderer Mann ihre Hand nehmen würde. All das war so selbstverständlich für ihn, dass sie der Gedanke regelrecht erschütterte.

„Abby, da du neu bei uns bist, habe ich dir zu viel durchgehen lassen. Du meintest, dass du über BDSM im Vorfeld viel gelesen hast, richtig?"

„Ja, Sir."

„Du bist intelligent, und solltest daher wissen, wie du dich zu betragen hast."

Sein durchdringender Blick bahnte sich einen Pfad zu ihrem Verstand.

„Ja, Sir."

„Dann richte dich nach deinen Recherchen. Ich warne dich: Wenn du anfängst, andere Sessions zu beobachten, dann werde ich die Intensität bei unserer erhöhen." Er nahm einen Riemen und ließ ihn über ihren Bauch gleiten. „Wir Doms stehen im Wettbewerb."

Intensität? Das klang gar nicht gut. Und doch war sie erregt. Ihre Haut fühlte sich so empfindlich an, dass jede Berührung des Leders ihre Nerven in Alarmbereitschaft versetzte.

Xavier führte den Riemen unterhalb ihrer Brüste entlang und zog ihn fest. „Kannst du atmen?"

Sie konnte sich nicht erheben, konnte nicht entkommen. „I-Ich kann n-nicht ..." Wie eine Sturzflut brach die Panik über ihr zusammen.

„Atme tief ein." Seine ruhige Stimme drang durch ihr inneres Chaos, durch die ansteigende Panik. „Nochmal." Mit einer Hand rieb er beruhigend über ihren Oberarm. Das half. Ihr Herzschlag verlangsamte sich.

Was zum Teufel war hier gerade passiert? Sie hatte derartige Sessions beobachtet. Nicht einmal hatte sie dabei ein beklemmendes Gefühl empfunden. Natürlich war ihr klar, dass es etwas anderes war, wenn man Teil der Session war. Es war beängstigender. Ohne, dass sie es hatte kommen sehen, hatte Xavier die Kontrolle übernommen.

Mit Nathan hatte sie immer diesen Augenblick gewählt, um der Sache ein Ende zu setzen. Weil sie, wenn sie ehrlich war, stets befürchtet hatte, dass er sie gefesselt zurücklassen oder ihr etwas antun würde, sollte sie ihn währenddessen verärgern.

Xavier warf einen flüchtigen Blick auf sie. In diesen Mann setzte sie Vertrauen. Aus jeder seiner Poren sprudelte Selbstsicherheit hervor. Wie auch jetzt. Er beobachtete sie genau und wartete den Zeitpunkt ab, bis sie sich wieder beruhigt hatte. Sie konnte es sich nicht erklären, aber sie wusste hundertprozentig, dass er ihre Sicherheit nicht aufs Spiel setzen würde. Zudem bezweifelte sie, dass er jemals seine Beherrschung verlor, und schon gar nicht bei einer Session. Dieser Dom strahlte Kontrolle und Kompetenz aus.

„Können wir?"

Sie sog scharf den Atem ein. Dann nickte sie.

Er griff sich einen anderen Riemen. „Nicht vergessen, dein Safeword ist *Rot*. Sag mir, wenn dir die Fesseln zu eng sind oder du Panik bekommst, okay?“

Seine Stimme hallte tief in ihrem Inneren wider und ließ sie aufhorchen. „Ja, mein Lord.“

„Sehr schön.“ Ein kleiner Kuss folgte, eine Belohnung.

Ein Kuss, der ihre Nervosität nicht vollständig unterdrückte. Sie musste zugeben, dass sie ihm vertraute – größtenteils. Bedeutete das aber, dass sie ihre Kontrolle an ihn abgeben wollte? Sie hasste Kontrollverlust – vor allem beim Sex. Dummerweise hatte er bereits alle ihre Verteidigungsmauern überwunden. Als hätte er ihr beim Schlafen alle Decken geklaut und sie vollkommen vor sich entblößt. „Ich glaube, ich kann das nicht.“

Mit seinen Augen auf ihrem Gesicht fixiert, befestigte er den Riemen über ihren Brüsten so eng, dass sie auf beiden Seiten des Leders herausquollen. „Ich sehe dir an, dass du etwas nervös bist. Ich möchte dir geben, was du brauchst. Kannst du mir vertrauen, dass ich das auch tun werde?“

„Was ich brauche? Ich bin mir nicht sicher, dass wir von diesem Wort dieselbe Definition teilen.“

Sie konnte ihm ansehen, wie sehr er ihre Antwort schätzte. „Es kommt oft vor, dass Subs und Doms dabei eine unterschiedliche Auffassung vertreten.“ Er lehnte sich mit dem Ellbogen auf den Tisch und spielte geistesabwesend mit ihren Brüsten. Das sanfte Zwicken in ihre Nippel sandte brodelnde Hitze zu ihrer Klitoris.

Der nächste Riemen legte sich über ihr Schambein. „Ein Beispiel." Er platzierte seine große Hand auf ihrem Bauch, den sie alles andere als ansehnlich fand. „Du siehst dich an und denkst, du musst abnehmen."

Oh ja, so ist es ja auch. Aus diesem Grund sollte sie auch nicht halbnackt hier herumliegen. Sie presste die Lippen zusammen.

„Ich sehe dich an und wünsche mir, dass du die Schönheit deines Körpers akzeptierst, und aufhörst nach Fehlern zu suchen." Seine Stimme war von einer Bestimmtheit definiert, der sie nicht entrinnen konnte. Er beugte sich vor und legte seine Hände auf ihre Hüften, während er mit seinen Lippen ihren Bauch liebkoste. „Mmmh, sehr verlockend. Deine weichen Kurven sind unheimlich verführerisch, Abigail."

Seine Worte mochten sie nicht überzeugt haben, was sie jedoch in seinen Augen sah und die Art, wie er sie berührte, gaben ihr die erhoffte Bestätigung, dass er es ernst meinte. Außerdem war er *Mein Lord.* Er hatte es nicht nötig, sie mit leeren Komplimenten einzufangen. Jede ungebundene Sub im Club wäre bereit, ihn auf den Knien um seine Gunst anzuflehen. Etwas, wovon sie selbst Zeuge geworden war.

Augenblick, zurückspulen. Hatte er sie gerade Abigail genannt? Sie runzelte die Stirn. „Mein Name ist Abby."

„In deinen Formularen steht Abigail." Er legte eine Fessel um ihren linken Fußknöchel und befestigte ihn am

Tischende. Dann spreizte er ihre Beine so weit, wie es ging, und fesselte danach auch ihr anderes Bein.

„Was machst du da?"

„Was auch immer ich will." Sein Blick traf den ihren.

Es fühlte sich an, als befände sie sich auf einer Achterbahnfahrt und ihr Magen rebellierte.

Lächelnd legte er seine Hand auf ihre Pussy, und die Hitze ließ sie erschauern. „Mein Schwanz oder mein Mund werden heute nicht zum Einsatz kommen, aber ich beabsichtige meine Finger und ... andere Dinge an dir zu verwenden, Abigail. Ist das ein Problem für dich?"

„Andere Dinge?" Sie starrte ihn an. „Egal, was die allgemeine Meinung dazu auch sein mag, ich bezeichne, was du gerade beschrieben hast, immer noch als Sex."

Sein leises Lachen kam der ersten Kostprobe von dunkler Schokolade gleich – ein Genuss für die Sinne, wenn man sich erst einmal an den reichhaltigen Geschmack gewöhnt hatte.

„Ich stimme dir zu." Er strich über ihre äußeren Schamlippen und hielt einen Finger hoch, um ihr zu zeigen, wie feucht sie war. „Du hast meine Frage nicht beantwortet: Ist das ein Problem für dich? Oder bist du eine Jungfrau?"

Als sie ihn genervt anfunkelte, teilte er einen weiteren Klaps auf ihren Schenkel aus.

Ihre Haut brannte und sie konnte sich nicht bewegen, um den Schmerz zu lindern. *Starre niemals einen Dom so an, du Dummkopf.*

Tadelnd schüttelte er den Kopf, dann sah er ihr wieder in die Augen und wartete.

„Tut mir leid“, murmelte sie. Die Auswirkung des Klapses hatte sich in ihrem Körper ausgebreitet und entzündete ein Verlangen in ihr, das mit nichts zuvor vergleichbar war.

„Ich bin mir sicher, dass du dir schon bald Manieren aneignen wirst.“ Seine Hand kehrte zu ihrer Pussy zurück und fand die Quelle ihrer Begierde. *Gott*, sie war so feucht. „Und nun beantworte meine Frage. Höflich, wenn ich bitten darf.“

„Ich bin keine Jungfrau.“ *Worüber du dir sehr wohl im Klaren bist.* „An Berührungen sexueller Art habe ich dabei nicht gedacht.“ Sie hatte nicht geplant, aktiv am Clubleben teilzunehmen. Und nun lag sie hier, nackt, festgeschnallt und offensichtlich erregt! Das war doch falsch, oder? Schließlich liebte sie Nathan, richtig?

Wie schaffte Xavier es dann, sie zu ... stimulieren?

Sie musste sich in Erinnerung rufen, dass Nathan sie nicht mehr wollte. Sie war frei, zu tun, nach was ihr der Sinn stand. Wahrscheinlich hatte er bereits eine andere, um seinen Vorlieben zu frönen. Der Gedanke stichelte die Leere in ihrem Inneren an. Sie fühlte sich einsam und gleichzeitig war sie stinksauer.

Xaviers Blick intensivierte sich. „Die einfache Frage hat bei dir sehr viel Denkarbeit ausgelöst.“

Sex ist niemals einfach. „Ich habe kein Problem mit Berührungen und ... anderen Dingen.“

„Sehr gut." Jetzt, wo sie ihm gesagt hatte, dass er sie anfassen durfte, nahm der Schuft seine Hand weg. Wie unhöflich war das bitte! Der Versuch, ihren zornigen Blick zu zügeln, ließ Gehirnzellen in ihrem Schädel explodieren.

Er presste die Lippen zusammen. Es war ihm anzusehen, dass er versuchte, nicht zu lachen. „Abby, du bist eine wahre Freude." Er strich eine Strähne hinter ihr Ohr. „Ich könnte dir eine Augenbinde anlegen, um sicherzustellen, dass deine Gedanken nicht wandern. Ich denke aber, dass es dich zu sehr beunruhigen würde, deinen Sehsinn einzubüßen."

Sie nickte, obwohl er sie nicht um ihre Meinung gebeten hatte. Nein, sie war sich ziemlich sicher, dass er nur laut dachte. Zweifelsfrei war das seine Vorstellung von Verhandlungen. Schließlich hatte er die Liste mit ihren Grenzen gesehen. Mittlerweile bereute sie es, nicht mehr Punkte mit ‚Nein' markiert zu haben.

Es wäre interessant zu wissen, wie die Mehrzahl der Subs ihre Kreuze setzte. Waren sie eher abenteuerlustig oder zurückhaltend? Auch ein spannendes Forschungsthema. Wenn sie hier und jetzt eine These aufstellen müsste, würde sie sagen, dass die unterwürfigen Eigenschaften dazu führten –

Xavier entließ einen warnenden Laut.

Sie blinzelte und stellte fest, dass er sie mürrisch betrachtete. *Oh je.*

Er zeichnete mit dem Daumen ihre Unterlippe nach und bahnte sich einen Weg ihren Hals herunter. „Du bist wirklich interessant, kleine Sub“, murmelte er. Seine Berührung war quälend sinnlich. Er umkreiste die Kuhle an ihrer Kehle, platzierte auf derselben Stelle einen Kuss und wanderte mit den Fingerspitzen zum ersten Riemen, der über ihren Brüsten gespannt war. Erwartungsvoll kribbelten ihre geschwollenen Nippel, in der Hoffnung, berührt zu werden.

Ihr Wunsch wurde erfüllt: Er wandte sich ihrer linken Brust zu und fand schon bald ihren harten Nippel.

Oh bitte, berühre mich.

Sanft zupfte er an der Knospe. Das Gefühl kam der Erfahrung gleich, in einer Kirche zu stehen, wenn das Licht im perfekten Winkel durch die bunten Fenster strahlte. Ihr ganzer Körper füllte sich mit einer Wärme, die ihr Geschlecht zum Zucken brachte. Als er dann in ihren Nippel zwickte und ihn nicht sofort losließ, wies der Schmerz sie auf etwas tief Verborgenes hin – etwas, das sie mit unbändiger Begierde begrüßte, aber sie gleichermaßen erschreckte.

Ihre Gedanken verschwammen, als sich ihr Drang, zu entfliehen, mit dem Verlangen mischte, sich in seine Arme zu werfen. Lächelnd ließ er von ihrem Nippel ab und das Blut floss zurück. „Wenn ich mit dir fertig bin, wird dieser Nippel ein berauschendes, dunkles Rot haben“, sagte er, ohne aufzuschauen. Sein Finger umkreiste das besagte Objekt seiner Aufmerksamkeit.

Ihre Klitoris pochte und kribbelte, aber sie wollte nicht, dass er sie ... berührte. Nicht dort. Andererseits wünschte sie sich sehnlichst, dass er sie berührte. *Oh, verdammt! Nein, Ja, oder vielleicht doch nicht?* Sie spannte den Kiefer an und wandte sich einer altbewährten Methode zu: Ablenkung. Immerhin war sie zu Forschungszwecken an diesen Ort gekommen! Auf keinen Fall sollte sie einem der Forschungsobjekte erlauben, an ihr herumzuspielen! Was sagte das bitte über sie aus? *Flittchen.*

Auf der anderen Seite des Raumes desinfizierte der Dom das Equipment, während die Domina die Subs in Decken einhüllte und ihnen Wasser reichte. Wie entschieden zwei Tops, welcher von beiden –

„Du legst es darauf an, mit den Gedanken abzuschweifen", stellte Xavier fest.

Ihr Blick schoss zu ihm.

„Ich nahm an, dass ich dich einfach nur zu mehr Disziplin anleiten muss, damit du von den Aktivitäten im Club nicht länger abgelenkt wirst. Ich habe mich jedoch geirrt. Du flüchtest, dein Verstand nimmt geradezu Reißaus, und ich will wissen, warum."

„Ich ... Die Session dort drüben war interessant."

Er zog die Augenbrauen zusammen, ihre Antwort sagte ihm nicht zu.

„Eine Lüge. Du hast die Session beobachtet, um deiner eigenen Situation zu entfliehen. Bei Seth hast du dasselbe Manöver eingeleitet." Er lehnte mit der Hüfte gegen den Tisch. Seine Körpersprache war entspannt. Er hielt ein Pläuschchen mit ihr, dabei lag sie nackt auf dem Tisch, ihre Beine gespreizt und ihre Pussy für jedermann präsentiert.

„Ich bin mir absolut sicher, dass du unterwürfig bist, Abigail, und dass es dich erregt, die Kontrolle abzugeben." Er musterte sie für eine Weile. „Ist es dir so ... unangenehm, wenn du Erregung verspürst, dass du am liebsten das Weite suchen würdest?"

Mit feuerrotem Gesicht krümmte sie sich und versuchte, den Riemen und den Fesseln zu entrinnen. Wer war er schon, dass er es sich erlaubte, sie über ihre Gefühle auszufragen?

Unbekümmert von ihren Anstrengungen legte er eine Hand auf ihre linke Brust und spielte mit ihrem Nippel. Sie erstarrte. *Oh nein, oh nein, oh nein.* Dieses Verlangen, das er in ihr auslöste, war einfach nicht richtig. Sie verlor die Kontrolle über ihre eigenen Reaktionen. Es fühlte sich an wie ein Kurzschluss in ihrem Verstand.

„Hast du Angst davor, erregt zu sein?"

„Natürlich nicht", antwortete sie trotzig. *Angst* war nicht das richtige Wort. *Unbehagen* passte besser.

Seine Augen verengten sich und drangen tief in sie vor. Er rollte ihren Nippel zwischen Daumen und Zeigefingern, und sie presste bei dem Ansturm an Empfindungen die Augen fest zu. Als er aufhörte, ihren Nippel zu malträtieren, gab sie alles, um ihre Fassung zurückzuerlangen.

„Es ist der Kontrollverlust, der dich beunruhigt", murmelte er. „Nicht die Erregung im Besonderen, aber genau diese Erregung ist es, die dich davon abhält, deinen Verstand einzusetzen." Er streichelte ihre Wange. „Kleine Pusteblume, ist dir nicht klar, dass es bei Unterwerfung genau darum geht? Du gibst die Kontrolle ab, um alle Gedanken abzulegen. Angst spielt dann keine Rolle mehr, dein Gehirn wird abgeschaltet. Für den Zeitraum der Session ist Denken ganz allein mein Job."

Seine Worte führten wieder zu Unbehagen. Überraschend war aber, dass sie auch einen Anflug von Hoffnung bemerkte. Tief in ihr flackerte Vorfreude auf, die genauso wenig kontrollierbar schien, wie die Vorhänge bei einem offenen Fenster, wenn sich ein Gewitter nahte. „Xavier."

„Einen Versuch gebe ich dir noch."

„Mein Lord, ich will nicht ... das ist nicht ..." Sie konnte nicht denken.

„Analysieren kannst du später auch noch. Für den Moment frage ich dich, ob du mir genug vertrauen kannst, sagen wir, für die nächste halbe Stunde, um dich zu kontrollieren?"

Wenn sie ‚Nein' sagte, würde sie seine Gefühle verletzen. Und sie vertraute ihm. Größtenteils. Konnte sie sich seinem Willen beugen? „Du wirst mich nicht knebeln?"

„Nein, Abby." Sein Lächeln war zärtlich. „Dafür bist du noch nicht bereit."

Was würde er dann mit ihr anstellen? Sie war neugierig, sie wollte es wissen, also sagte sie: „Okay."

„Braves Mädchen." Zu ihrer Bestürzung nahm er ihr die Brille von der Nase.

„Nein!"

Er schaute durch die Gläser. „Die sind für die Ferne, oder? Kannst du mein Gesicht erkennen?"

„Schon, wenn auch ein wenig verschwommen."

„Was ist mit den anderen Sessions?"

Sie drehte ihren Kopf. Alles, was sich weiter als drei Meter entfernt befand, konnte sie nur als schemenhaften Klecks wahrnehmen. „Nein." Halb blind zu sein, war zu ... zu angsteinflößend. „Ich will meine Brille wiederhaben!"

„Nein." Sein abweisender Ton machte ihr eins klar: Dass sie in diesem Punkt nichts zu sagen hatte. Das gefiel ihr nicht. Er musterte sie. „Deine Brille nicht zu haben, macht dir Angst? Verängstigt es dich mehr als dein Zustand, gefesselt zu sein?"

„Ich versuche, nicht daran zu denken, dass ich gefesselt bin", sagte sie grantig.

Er grinste. Ein Grinsen so wunderschön, dass sie glaubte, sich verguckt zu haben.

„Und ja, natürlich habe ich Angst. Was passiert bei einem Notfall? Es könnte ein Feuer ausbrechen!" Ohne ihre Brille würde sie den Notausgang nicht finden. „Oder ein Terroranschlag, oder Zombies!"

Er lachte. „Ich mag Subs mit Vorstellungskraft."

Das hatte nichts mit Vorstellungskraft zu tun! Sie mochte es einfach, auf jede Situation vorbereitet zu sein. Immer, zu jeder Zeit.

„Ich würde niemals eine gefesselte Sub allein lassen." Er legte seine Hand auf ihre Wange und sah sie an, als würde er einen Schwur ablegen. „Ich bin bereit, einen Kompromiss einzugehen, wenn du dich damit besser fühlst. Ich erlaube, dass du die Brille in Reichweite hast." Er platzierte das

Gestell auf ihrem Oberschenkel, wo ihre Finger in Berührung mit dem Metall kamen. „In die Hand darfst du sie nicht nehmen, ansonsten zerdrückst du sie während unserer Session vielleicht zu Staub."

Meinte er das ernst? Ihre Panik wuchs auf einen Level, der sie stark an den Tag erinnerte, als sie ihre Doktorarbeit verteidigt hatte.

Sie beobachtete, wie sein Mundwinkel zuckte. Aus seiner Ledertasche holte er eine kleine Schachtel, eine Wasserflasche, Feuchttücher und ... War das Joghurt? Als Letztes kam ein Vibrator zum Vorschein, der noch in seiner Verpackung steckte. „Dein erstes Geschenk von mir an dich."

Ich habe dich nicht um ein Spielzeug gebeten.

Dann schob er eine Hand zwischen ihre Schenkel, glitt durch ihre Spalte und versetzte ihren Körper in freudige Erwartung auf das Kommende. Ihre Klitoris pulsierte, und sie spürte, wie er mit dem Finger ihren Eingang umkreiste, bis er schließlich in sie eindrang. Es fühlte sich wie bei einer medizinischen Untersuchung, nur mit dem Unterschied, dass ein Arzt niemals derartige Empfindungen auslösen könnte. Zu wissen, dass sie seinen intimen Berührungen schutzlos ausgeliefert war, genauso wie den anderen Dingen, die er mit ihr vorhatte, sandte Lustschauer durch ihren Körper. Das Schlimmste aber war, dass sie keine Möglichkeit hatte, seine Hand zu dem Punkt zu dirigieren, wo sie ihn haben wollte. Sie versuchte, ihre Hüfte zu rotieren, um ihm wortlos zu verdeutlichen, dass es ihre Klitoris war, die sich nach Zuwendung verzehrte. Dummerweise hatte sie den Riemen an ihrem Bauch vergessen. Ihre Augen weiteten sich bei der Erkenntnis.

Er fügte einen zweiten Finger hinzu, dehnte sie. Das Flattern in ihrem Bauch verstärkte sich, und er erkundete sie, als hätte er alle Zeit der Welt. Wollte er sie an seine Fingerfertigkeiten gewöhnen? Es dauerte nicht lange, bis er ihren G-Punkt fand und sie stöhnte laut auf.

„Wunderschön.“ Dort verweilte er, rieb wieder und wieder über die raue Stelle, vervielfachte ihr brennendes Verlangen, bis sich jeder Muskel erwartungsvoll in ihr anspannte.

„Braves Mädchen“, sagte er und positionierte das ausgepackte Spielzeug an ihrem Geschlecht. Die Spitze glitt in sie. Der Vibrator war kühl, weich und so viel dicker als zwei seiner Finger. Langsam dehnte er sie, vergrub den Schaft in ihr.

Dann spürte sie die Vibrationen. Obwohl der Vibrator nicht direkt eine erogene Zone erreichte, erhöhte sich dennoch der Druck in ihrem Inneren.

Sie musste beobachten, wie er sich Handschuhe überzog und erstarrte. „Was soll das? Ich bin absolut gegen Blut-Play.“

„Abigail.“

Er weiß es. Sie schluckte schwer und drehte den Kopf zu dem kleinen Tischchen neben ihr. Keine Messer, keine Nadeln. *Okay. Alles gut, denke ich*. Nach dem kurzen Schockmoment drangen die Vibrationen in ihr Bewusstsein zurück. Ihre Klitoris stand in Flammen! Ihr Körper fühlte sich ... fremd an. Instinktiv wandte sie sich der anderen Session nicht weit von ihnen zu. Schnell wurde ihr bewusst, was sie gerade tat. *Oh, mein Gott*, war es möglich, dass er recht behielt? Versuchte sie zu fliehen?

Sie hatte ihre Aufmerksamkeit von ihrem Dom wegschweifen lassen. Die Beweise waren eindeutig, ruckartig fand sie seinen Blick.

„Keine Bange, Sub." Seine Augen sahen einfach alles. „Gib mir eine Minute und du wirst vergessen, wie man denkt." Er führte ein Wattestäbchen in ein Fläschchen und benetzte mit der Flüssigkeit ihren linken Nippel. Der Geruch erinnerte sie an eine der Proben, auf die er sie gestern getestet hatte. Es roch weihnachtlich, nach Zimt. Warum wollte er, dass ihre Brüste nach Apfelkuchen rochen? Handelte es sich dabei um einen Geruchsfetisch? Gab es so etwas?

Er schüttelte seinen Kopf. „Kommt dein Verstand jemals zur Ruhe?" Dann folgte die gleiche Prozedur mit ihrem rechten Nippel.

Die kühle Luft auf ihren feuchten Nippeln war erregend und verwandelte sie in harte Diamanten.

Wortlos warf er die Wattestäbchen und die Handschuhe in den Papierkorb. Er bewegte sich langsam, wie bei einem rituellen Tanz, festigte die Fesseln um ihre Knöchel, fuhr dann nach oben und erkundete ihre Schenkel. Wieso musste er ihre Beine berühren?

„Du hast wunderschöne Beine, Abigail."

Fette, blasse Beine meinte er wohl.

„Blasse Haut hat eine faszinierende Struktur." Ein Lächeln huschte über seine strengen Gesichtszüge. „Wie ägyptische, luxuriöse Baumwollbettwäsche mit einer Fadendichte von 600."

Sein Kompliment erfüllte sie mit Freude und wurde durch seine anerkennenden Berührungen noch verstärkt. Sie hielt den Atem an, als seine schwieligen Hände ihre Hüften packten und er mit den Daumen den Übergang von den Beinen zu ihrem Intimbereich überwand. So nah.

Er beugte sich vor, küsste ihren Bauch, und sie wünschte sich, er würde sie weiter südlicher liebkosen. Mittlerweile bereute sie, dass sie ‚Nein' zu Sex gesagt hatte. *Ich will Sex. Sex mit ihm.*

Seine Küsse näherten sich unaufhörlich dem Flaum zwischen ihren Schenkeln. Sein Atem ließ die Härchen erbeben, genau wie ihr Inneres.

„Ich ... ich rasiere mich dort nicht", entschuldigte sie sich. „Ich –"

„Manchmal bestehe ich darauf. Manchmal nicht", sagte er. Zärtlich fuhr er durch ihre intimen Löckchen und sie erschauerte. „Für den Moment darfst du dich nicht rasieren. Mir gefällt der Anblick von den weißen, unschuldigen Haaren, die deine verführerische Pussy einrahmen."

Sein Finger umkreiste träge ihren Bauchnabel. Es machte den Anschein, dass er auf etwas wartete und Zeit totschlagen musste.

Oh! Meine Brüste! Was passierte mit ihr? Beide

Nippel fühlten sich an, als saugte ein feuchter Mund sie zwischen warme Lippen. Die Hitze war überwältigend und sie sog scharf den Atem ein. *Oh Gott!* Es musste an der Salbe liegen, die er verwendet hatte. Kein Wunder, dass er Handschuhe getragen hatte. „Du …“

„Ich.“ Seine Stimme war hart wie Stahl. „Von nun an wirst du schweigen. Die einzige Ausnahme ist, wenn du dein Safeword benutzen willst. Auch hast du die Möglichkeit *Gelb* zu sagen, wenn dich meine Handlungen ängstigen.“

„Ich war schon bei *Gelb*, als ich die Türschwelle des Clubs übertreten habe.“ Sein Lachen war genauso tief und männlich wie seine Stimme. „Dann gib mir Bescheid, wenn du *Orange* erreichst.“

Nachdem er sich neue Handschuhe übergezogen hatte, wählte er ein anderes Fläschchen und trug den Inhalt auf ihre äußeren Schamlippen auf. Die Stelle kühlte ab, als würde eisiger Wind über ihren Intimbereich wehen. Im Gegensatz dazu hatte sie das Gefühl, dass ihre Nippel in Flammen standen.

Ungereimte Empfindungen durchfuhren sie: Kälte hier, Hitze dort, dazu der summende Vibrator in ihr. Sie sehnte sich nach mehr. Bei dem nächsten Fläschchen spannte sie sich an. *Ich will das nicht. Ich will Sex.*

Er hielt das Wattestäbchen hoch, so dass sie es sehen konnte, und je länger er wartete, umso mehr verstärkten sich die Empfindungen an den Stellen, wo er bereits zugange gewesen war. Eine ungeahnte Vorfreude meldete sich bei ihr an.

Grinsend benetzte er ihre Klitoris. Und er war sorgfältig.

Oh, oh, oh! Das raue Wattestäbchen entwickelte sich zu einem köstlichen Ansturm auf ihre Sinne. Sie atmete tief ein und entließ die Luft so kontrolliert wie möglich. Ein. Aus. Ein. Aus. Nichts passierte. Ihre Atmung beruhigte sich. *Okay*, das war nicht so schlimm wie zunächst befürchtet.

Er legte alles aus der Hand und widmete sich ihren Brüsten. Von dort aus fuhr er seitlich bis zu ihren Hüften, bis er ihren Schambereich erreichte. Er neckte sie, streichelte sie und ließ den Vibrator seine Arbeit verrichten, während die Salben ihre Erregung auf einem stetigen Level hielten. Aber warum –

Das Zeug auf ihrer Klitoris erhitzte sich, aber nicht so wie auf ihren Nippeln. Nein, stattdessen fühlte es sich an, als würden tausend Nadeln gleichzeitig diese Stelle attackieren. *Heilige Scheiße!* Ihr brach der Schweiß aus, zuerst über den Lippen und dann überall. Das war einfach zu viel! Der Vibrator, zusammen mit ihren brennenden Nippeln, ihren kühlen Schamlippen und dann auch noch die heiße Attacke auf ihren empfindlichsten Punkt.

Er beugte sich vor und blies gegen ihre Klitoris. Sie bäumte sich so weit vom Tisch auf, wie es möglich war, und stöhnte gedehnt. *Kalt. Heiß. Oh Gott.*

„Du bist ein gutes Mädchen." Lachend stellte er den Vibrator auf die nächst höhere Stufe.

Sie wusste nicht, wo sie mit ihren Gefühlen hinsollte: Es war vollkommen überwältigend. Ein Ansturm, der sich gewaschen hatte. Kalt, heiß, heißer, und dieser verdammte Vibrator! Die Wände ihres Geschlechts pulsierten in einem stetigen Rhythmus um den Schaft.

In diesem Gefühlswirrwarr hörte sie jemanden lachen, den Aufprall eines Paddels und einen Schrei. Sie nahm den Geruch von Zimt und Pfefferminz wahr. Die Luft um sie herum verdichtete sich und sie verlor jeglichen Bezug zur Realität. Zu heiß, nicht heiß genug, die Sekunden verrannen, Verlangen nach Erlösung übermannte sie so sehr, dass ihr ganzer Körper bebte. „Ich ... Bitte ..."

Nein, sie hatte nicht die Erlaubnis zu sprechen. Sie würgte die Worte ab, obwohl die Erde sie zu verschlucken drohte.

Ein bekannter Laut erregte ihre Aufmerksamkeit. Sie hob den Blick zu Xavier, der sich erneut Handschuhe überzog und nach einem neuen Fläschchen griff. Er stand neben ihrer Hüfte und berührte mit seinen glitschigen Fingern ihre brennenden Nippel. Kreisende, heiße Bewegungen. Ihre Schamlippen noch immer beißend kalt, ihre Klitoris unter der Attacke von Nadeln, erfuhr sie wenigstens an den Nippeln eine kühlende Erholung. Doch die Freude währte nicht lange: Schon bald kehrte sich das Gefühl um und ihre Nippel wurden von einer heißen Welle erfasst.

Sie hätte nicht damit gerechnet, dass sie eine weitere Empfindung ertragen würde. Doch dann rollte er ihre Nippel zwischen seinen Fingern. Die sinnliche Folter entlockte ihr einen lautlosen Schrei. Es fühlte sich an, als bestände sie nur noch aus Nervenenden. Jetzt konnte sie nur noch fühlen.

„Hübsche, kleine Abby. Ich liebe es, wenn deine Augen ihren Fokus verlieren." Seine Stimme war wie die Hintergrundmusik zu ihrem inneren Aufruhr.

Sie wollte etwas sagen, doch die Kontrolle, die er über ihren Körper hatte, machte dies unmöglich. Auf ihren Verstand wirkten zu viele Dinge gleichzeitig ein. Er hatte ihr Gehirn außer Gefecht gesetzt. Ihr Geschlecht pulsierte und zuckte, der Druck in ihr baute sich auf, stieg höher und höher und am Ende niemals hoch genug!

Sie versuchte, ihre Schenkel zu schließen. Sie musste ihrer schmerzenden, lechzenden Klitoris eine Pause gönnen. Sie brauchte Linderung! Natürlich war es hoffnungslos. Sie konnte sich nicht bewegen. Sie war dazu verdammt auch die nächste Lustwelle zu ertragen, die über sie hinwegfegte. Hilflos und mitleiderregend sah sie zu ihm auf und blickte in dunkle und befriedigte Tiefen, die ihr ein Winseln entlockten.

„Ah, der Laut gefällt mir. Du bist also bereit, habe ich nicht recht?" Er schob eine behandschuhte Hand zwischen ihre Schenkel und seine feuchten Finger berührten sie zärtlich. Es brauchte nicht viel. Die kleinste Berührung reichte aus und sie explodierte. Die Wände ihres Geschlechts zogen sich um den Vibrator zusammen. Doch das war erst der Anfang. Der Druck baute sich erneut auf, als seine Finger sie wie ein Instrument kontrollierten. Sie krümmte sich unter ihm, dann erstarrte sie und –

Er zwickte in ihre Klitoris. Gleichzeitig packte er den Vibrator und rotierte ihn in ihrer Hitze. Alles traf aufeinander und vermischte sich zu einem himmlischen Rausch, der sich an ihrer Mitte bündelte. Eine Flutwelle der Ekstase brach über sie herein. Ihre Pussy bebte um den Schaft. Xavier zog den Vibrator heraus, stieß hart zu, wodurch die Welle sich aufbaute und sie mit der doppelten Wucht erfasste.

Xaviers Finger rieben über ihre Klitoris und sie wurde auf diese Weise ins offene Meer der Empfindungen getrieben. Sie schnappte nach Luft und bebte bei den Zuckungen, die ihren Körper nicht zur Ruhe kommen ließen.

Nur langsam fand sie den Weg zurück in die Realität. Noch zitterte sie, ihr Herz überschlug sich. Allmählich fand sie zurück in die Realität und konnte wieder ihre eigenen Atemzüge wahrnehmen.

„Sehr schön", sagte Xavier. Seine dunkle Stimme war mit Anerkennung durchzogen. „Noch einmal." Er beugte sich vor und blies erneut.

Sein Atem tanzte über ihre empfindliche Pussy, was die Salbe abkühlte. Als Nächstes traf es ihre Klitoris und sie brach aus wie ein aktiver Vulkan, der zu lange geschlummert hatte. Schreiend bäumte sie sich vom Tisch auf und die Riemen spannten sich um ihren Körper an. Dann war es auch schon wieder vorbei und keuchend erschlaffte sie auf der gut gepolsterten Unterlage.

Er hatte es geschafft, das Gehirn der kleinen Pusteblume abzuschalten.

Befriedigt beobachtete Xavier, wie sie nach Luft schnappte. Schweißnasses Haar klebte ihr an den Schläfen und ihre Wangen hatten ein bezauberndes Rot angenommen. Mit ziellosen, grauen Augen starrte sie ihn an. Er wechselte noch einmal die Handschuhe und ruckelte dann am Vibrator. Sie sog scharf den Atem ein. *Wirklich entzückend.* Noch entzückender fand er es, wie sich ihre feuchte Pussy an den Schaft des Vibrators klammerte.

Jammerschade, dass er das Spielzeug nicht durch seinen Schwanz ersetzen konnte.

Er hatte ein Auge auf ihre Gesichtszüge gehabt, als er die Pfefferminz-, Zimt- und Chilisalben mit den Reinigungsmitteln entfernte, die er am geeignetsten fand. Es war nicht möglich, die Salben vollkommen zu entfernen, weshalb immer ein leichtes Kribbeln zurückblieb. Persönlich liebte er es, wenn die Sub auch Stunden später noch an die Session erinnert wurde.

Er löste die Fesseln und setzte ihr die Brille wieder auf die Nase. Langsam senkte er sie neben seinen Füßen auf die Knie und wickelte eine Decke um ihre Schultern. Sie sackte gegen ein Tischbein, während er sich um die Reinigung der Geräte kümmerte. Dann überreichte er seine Tasche einem

Angestellten und holte eine Wasserflasche von einem Tisch in der Nähe.

Daraufhin hob er sie in die Arme. Sie zuckte zusammen und entließ ein erschrecktes Quietschen.

Er grinste. Subs waren nach einer Session oft schreckhaft. „Ganz ruhig ..." Er rieb sein Kinn an ihren weichen Haaren. „Hab keine Angst. In meinen Armen bist du sicher, Abby."

Bewegungslos stand er mit ihr in den Armen im Raum. Wenn es sein musste, würde er die ganze Nacht hier stehen. Er würde warten, bis sie ihm das Vertrauen schenkte, das er sich von ihr wünschte. Die Hingabe, die er verlangte.

Ihr Körper blieb angespannt. Ihre Instinkte versicherten ihr, dass er sie fallen lassen würde. Nach einem Orgasmus war sie sehr verletzlich, gleichzeitig aber auch offenherziger mit ihren Emotionen. Sein Ziel war es daher, ihr Sicherheit zu bieten und damit Vertrauen aufzubauen.

Eine Minute wurde zu zweien. Langsam erschlaffte ihr Körper und mit ihren hinreißenden Kurven schmiegte sie sich an den seinen.

„Sehr schön." Er küsste sie auf die Stirn und zog sie näher an sich. Sie war so weich, mit einem erregenden Körper. *Oh ja*, er hielt eine Vollblutfrau in seinen Armen. Sie würde unter seinem Gewicht und seiner Größe keinen Schaden nehmen.

Lass das, Leduc! Sie war seine Rezeptionistin, nicht seine Sub. Nichtsdestotrotz musste er zugeben, dass er sich genauso tief in der Session verloren hatte wie sie.

Er könnte sich vormachen, dass er einer Angestellten nur eine Lektion geben wollte. Aber nein, das wäre eine Lüge. Dafür hatte er die Session mit der kleinen Pusteblume viel zu sehr genossen. Er wollte wieder mit ihr spielen und herausfinden, wie weit er sie treiben konnte. Er wollte ihre Reaktionen hören und sehen. Er wollte sich in ihr verlieren. Wie würde sie sich um seinen Schwanz anfühlen? Zärtlich und hart, er wollte alles mit ihr testen.

In der Mitte des Raumes nahm er auf einem der übergroßen Sessel Platz. Die ungeschriebene, gelegentlich idiotische Regel für Doms besagte, dass er sie jetzt auf den Boden zwischen seine Schenkel setzen sollte, um das Gefühl der Unterwerfung zu verstärken. Mit einem Achselzucken machte er sich selbst eine Freude und platzierte sie auf seinem Schoß, so dass ihr weicher Hintern auf seinem harten Schwanz zum Liegen kam.

Ihre schweißnasse Haut roch nach Mandellotion und Zimt. In Kombination mit dem Duft nach Erlösung präsentierte sie sich ihm wie ein unwiderstehliches Gebäck.

Nicht das Dessert ficken, Leduc.

So entschied er sich, sie nur zu küssen. Hart, leidenschaftlich, bis sie ihm wieder mit ihrer Hingabe antwortete.

Sie war ihm ein Rätsel. Alle Anzeichen wiesen darauf hin, dass sie sich nach Unterwerfung sehnte. Sie wollte sich einem Dom hingeben und doch kämpfte sie gegen ihre tiefsten Sehnsüchte an!

Ein erfahrener Dom spielte oft mit Subs, wo sich Vorlieben einander widersprachen. Xavier bevorzugte es, wenn er auf derselben Wellenlänge wie die Sub war. Es befriedigte ihn, den Subs zu geben, nach was sie sich sehnten, um die Reaktion zu erhalten, nach der er sich sehnte.

Die kleine Pusteblume allerdings stellte einen Widerspruch in sich dar: Mit ihr zu spielen kam der Suche nach einem Radiosender in den Bergen gleich. Nur, wenn er die richtige Frequenz erwischte, konnten sie zusammen Musik machen.

Seit langer, langer Zeit hatte er nicht mehr so viel Spaß gehabt. Wirklich eine Schande, dass er sie nicht behalten und mit nach Hause nehmen konnte.

KAPITEL SECHS

Am **Dienstag hielt** Abby ein pelziges, kleines Körperchen in den Armen und grinste, als sie der Atem des Welpen traf. „Du bist so süß", sagte sie dem Fellknäuel. Klar, das hatte sie auch den anderen Hündchen gesagt, aber sie meinte es immer aufrichtig. Sie waren einfach alle zuckersüß. „Du wirst mal ein wundervolles Haustier abgeben und deine Familie wird dich mehr lieben, als du jemals verstehen wirst."

Tippy starrte ihr in die Augen, leckte ihr Kinn und akzeptierte jedes Wort aus ihrem Mund.

„Ihr bekommt bald jemanden, der euch vergöttert und ich gehe wieder leer aus. Warum ist das so?" Wenn Wiedergeburt real war, dann wollte sie im nächsten Leben auch ein verwöhntes Haustier werden, mit dem man kuschelte, es fütterte und in den Armen herumtrug.

In den Armen herumtragen ... Wer hätte gedacht, dass dies

zugleich verführerisch und gruselig sein konnte? Ein Schauer überlief sie. Xavier hatte sie wie einen Welpen in die Arme genommen.

Und er hatte sie auf seinen Schoß gesetzt, als hätte er nichts Besseres zu tun gehabt. Dann hatte er beim Küssen befriedigte Laute produziert, die sie zum Schmelzen gebracht hatten.

Okay, es wird warm hier.

Sie ging zu dem Planschbecken mit den anderen Welpen. In den Tälern zwischen den weichen Decken wackelte Tippy zu seinen schlafenden Geschwistern, die sich winselnd über die Ruhestörung beschwerten. Neben seinem Bruder suchte er sich ein Plätzchen, machte es sich gemütlich und schloss die Äuglein. Von dem Aufruhr wachte Blackie auf, der sich auf seine kleinen Pfoten erhob, um sich nach einem neuen Schlafplatz umzusehen.

Das bin ich, dachte Abby. Nirgendwo passte sie dazu, immer stolperte sie durchs Leben. An der Universität, wo sie sich wohlfühlte, war dieses Gefühl schon schlimm genug, aber im Dark Haven? In jeder Minute rechnete sie damit, dass jemand *‚Eindringling!‘* schrie und sie vor die Tür geworfen wurde.

„Schlaft süß, meine Lieblinge.“ Abby machte sich eine Tasse Tee und trat in den Garten. Ihr Stiefvater hatte ihr die Anzahlung für das Doppelhaus zum Abschluss geschenkt. *Danke, Harold.* Und das Geld von ihren Mietern, die in der anderen Haushälfte wohnten, zahlte die Hypothek.

Sie stellte das Teetablett auf ein gusseisernes Tischchen und nahm sich einen Stuhl. Der Wind wehte um ihre weite Hose und sie strich sich über ihr besticktes Tunikaoberteil. Sie hatte den Salwar Kamiz in Indien gekauft und festgestellt, dass der weiche Stoff perfekt für gemütliche Tage daheim gedacht war.

Nachdem sie sich eine Tasse Tee eingeschenkt hatte, lehnte sie sich zurück und genoss die Schönheit ihres kleinen Gartens. In ihrer Zeit in England hatte sie die dortigen Gärtchen geliebt und versuchte nun, diese Erinnerung aufleben zu lassen.

Am dunklen Holzzaun, der ihren Garten von den Nachbargärten trennte, breitete sich eine Kletterpflanze aus. An der Rückseite ihres Hauses tummelten sich Prachtwinden und gleich hinter den wunderschönen Englischen Rosen hatten die Herbstrosen bereits Hüfthöhe erreicht. Die verschiedenen Töpfe mit Lavendel, Rosmarin und Salbei sandten ihre verlockenden Düfte in ihre Richtung. Ihr bescheidenes Paradies wurde vollendet von Farbklecksen aus Zinnien, Ringelblumen, Springkraut und blühenden Geranien in Blumenkästen.

Ihr Blick fiel auf etwas Unkraut. Sie setzte an, sich zu erheben, doch nahm schnell wieder Platz. *Oh nein, du musst einen Artikel schreiben.* Am Stiftende kauend ging sie ihre Aufzeichnungen vom letzten Wochenende durch. Sobald das Aussehen eines Doms erwähnt wurde, strich sie den Teil durch. Auf keinen Fall wollte sie die Identitäten der Gäste enthüllen.

Schon jetzt befand sie sich in einer ethischen Grauzone. Ab welchem Zeitpunkt entwickelte sich so eine Forschung wohl zur Invasion in den Persönlichkeitsbereich? War es genauso falsch die Dynamik bei einem Fußballspiel zu untersuchen, ohne das Einverständnis von Tausenden von Fans einzuholen? Wie verhielt sich das Ganze in einer Schulklasse? Oder bei Testpersonen, bei denen die Gesetze nicht so ernst genommen wurden, wie zum Beispiel bei kriminellen Banden? Veränderten sich die Interaktionen zwischen den Testpersonen, sobald sie Wind von der Invasion bekamen?

Dass sie nicht das Einverständnis der Mitglieder eingeholt hatte, bereitete ihr Kopfzerbrechen. Sie schienen es doch zu mögen, vor anderen Sessions abzuhalten. Warum sollte es sie also stören, beobachtet und studiert zu werden?

Sie schüttelte den Kopf; sie musste sich konzentrieren. Sollte man die Gemeinschaft im Dark Haven eher als Familie definieren, oder lieber als Stammes- oder Feudalgesellschaft? Die Clubmitglieder behandelten Xavier eher wie einen König und nicht als Vaterfigur. Sogar die anderen Doms standen in der Hierarchie unter ihm. Er hatte ‚Ratsmitglieder' zu denen Simon zählte und sogar jemanden, der als ‚Vollstrecker' bekannt war.

Und die Subs ... Sie trommelte mit dem Ende des Stifts aufs Papier. Die Subs hatten ihre eigene Hierarchie, nur wusste sie noch nicht genau, wie diese aufgebaut war. Viele der Subs hatten nicht die Erlaubnis, das Wort zu erheben, und es war ausgesprochen schwierig, Gestik und Mienenspiel zu interpretieren. Niemals hätte sie gedacht, dass das soziale Netzwerk so kompliziert war und ihre Analyse so viel Zeit in Anspruch nehmen würde.

Zudem hatte sie letzten Sonnabend durch ihre Session mit Xavier an Zeit eingebüßt. Sie rutschte auf dem Stuhl hin und her, um sich Linderung zu verschaffen. Allein der Gedanke an den Abend machte sie heiß. Die Mischung aus Hitze und Kälte war überwältigend gewesen. Hinzu kam die Art und Weise, wie Xavier die Kontrolle an sich gerissen hatte. Er hatte mit ihr gemacht, was er wollte. Sie spitzte die Lippen. In dem Zeitraum zwischen dem Auftragen der ersten Salbe bis zu seinem letzten Kuss hatte sie keinen klaren Gedanken fassen können. Totale Reizüberflutung.

Ihre Forschung hatte zwar gelitten, jedoch beschwerte sie sich nicht über die erotischen Träume, die sie seither hatte. Dadurch kam auch das Spielzeug, das ihr Xavier mit nach Hause gegeben hatte, öfter zum Einsatz. Wie sollte sie ihm jemals wieder gegenübertreten? Sie errötete. Es war demütigend, wie schnell und vor allem wie oft sie unter seinen ... magischen Berührungen zum Höhepunkt gekommen war.

Und das Schlimmste an der Sache war, dass Nathan ein Mitglied des Dark Haven war. Mit großer Wahrscheinlichkeit kannten sich die beiden. Was, wenn Xavier Nathan von den Dingen erzählte, die sie gemeinsam ausprobiert hatten?

Sie hob ihr Kinn. Kümmerte sie das? Immerhin hatte Nathan mit ihr Schluss gemacht. Andererseits fragte sie sich, wie sich Nathan fühlen würde, wenn er erfuhr, dass Xavier sie gefesselt hatte, obwohl sie es ihm – ihrem festen Freund – niemals erlaubt hatte.

Seufzend beobachtete sie, wie sich ein Kolibri am blühenden Salbei vergnügte. Auch wenn er sie verlassen hatte, wollte sie ihn doch nicht verletzen. Sie vermisste seine Gesellschaft. Sie hatte es immer genossen, mit ihm im Garten zu sitzen und über die verschiedensten Forschungsgebiete zu diskutieren. Sie vermisste es, jemanden an ihrer Seite zu haben. Mit ihm hatte sie sich normal gefühlt – wie jedes andere gewöhnliche Mädchen.

Du bist normal, du Idiotin.

Na ja, jedenfalls manchmal. Intellektuell brillant, sozial zurückgeblieben. Die Highschool mit sechzehn abzuschließen, war nicht so schlecht gewesen. Dummerweise war sie für die Jungs am College immer zu jung gewesen. Ihren Doktortitel hatte sie ein Jahr nach ihrem einundzwanzigsten Geburtstag in der Tasche gehabt. Ein Jahr, nachdem sie legal Alkohol hatte trinken dürfen, ohne zu dem Zeitpunkt auch nur einen Schluck probiert zu haben.

Sie hätte ihr Sozialleben auf die gleiche Weise wie ihre Seminare planen sollen. So hätte sie vielleicht frühzeitig gelernt, wie man sich in der Gegenwart von Jungs verhielt. Nicht, dass das geholfen hätte – sobald sie einen netten Jungen gefunden hatte, war stets ihre Stiefschwester herbeigerauscht, um ihn ihr auszuspannen.

Ihre Beziehung mit Nathan hatte am längsten gehalten. Sie hatte hoffnungsvoll in die Zukunft geblickt ... Sie blinzelte, um Tränen zurückzudrängen, und trank dann einen Schluck von ihrem Tee.

Komm drüber weg. Jeder muss mit Enttäuschungen klarkommen. An sich konnte sie sich glücklich schätzen: Sie hatte einen Job – zumindest noch bis zum nächsten Frühjahr –, ein hübsches Haus und eine liebenswerte Familie. Und hey, sie hatte auch ihre Gesundheit.

Ein Winseln von drinnen brachte sie zum Lächeln. Nicht mal bei Welpen war immer alles eitler Sonnenschein. Es gab wirklich keinen Grund, sich zu beschweren. Okay, ja, Nathan hatte sie verlassen, dafür hatte sie nun kinky Abende und ein interessantes Forschungsprojekt hinzugewonnen.

Das Telefon klingelte und sie rannte schnell ins Haus. Keuchend dachte sie, unbedingt den Besuch in einem Fitnessstudio auf ihre To-Do-Liste für den Sommer zu setzen. Wobei, spann sie den Gedanken weiter, Sex mit Xavier ohne Zweifel nicht nur heiß und schweißtreibend wäre, sondern sie mit ihm auch eine Menge Kalorien verbrennen könnte. *Jetzt habe ich mir aber ein Bild in den Kopf gesetzt.*

„Hallo?"

„Abby, mein Liebling, wie geht's dir? Hattest du ein schönes Wochenende?"

„Mir geht's gut, Mom, und mein Wochenende war okay." *Okay im Sinne von: Ich war in einem Sexclub und der Besitzer hatte mich an einen Tisch gefesselt.* Schon bald müsste sie sich darüber klar werden, ob sie darauf nun stolz war oder angeekelt sein sollte.

„Am Freitag ist Graces Geburtstag und ich mache ihr Lieblingsessen“, sagte ihre Mutter in einem warmen Tonfall. „Es wird ein frühes Abendessen. Kannst du so gegen um fünf hier sein?“

Geburtstag. Abby quietschte. Sie hatte sich das Datum extra in ihrem Kalender notiert, so dass sie nicht vergaß, am Sonntag ein Geschenk zu kaufen. Stattdessen hatte sie den Tag damit zugebracht, verschiedenste Artikel über BDSM durchzuarbeiten. *Ich bin ein furchtbarer Mensch!* „Natürlich komme ich.“

„Wundervoll. Wir haben uns lange nicht gesehen und ich vermisse dich.“

„Ich vermisse dich auch.“ Lächelnd legte Abby auf. Ihre Mutter war die Beste, und mit ihrem Stiefvater, Harold, hatte sie einen guten Fang gemacht. Zusammen hatten sie ihr ein kleines Halbschwesterchen geschenkt.

Ihr Lächeln verblasste. Dummerweise war sie auch mit einer Stiefschwester gestraft worden. Harolds Tochter, die zwei Jahre älter als Abby war, hatte niemals eine Chance verpasst, Abby und ihre Mutter niederzumachen. Sie hatten Janaes perfekte Welt zum Einsturz gebracht und das würde sie Abby und ihrer Mutter unter keinen Umständen verzeihen. Es musste sich immer alles um sie drehen.

Abby schaute finster. Harold war ein toller Vater. Nichtsdestotrotz war sich Abby sicher, dass Janae das beste

Beispiel dafür war, dass eine gute Erziehung nichts brachte, wenn der Charakter eines Menschen verdorben war.

Am Freitag betrat Abby das Haus ihrer Eltern, nachdem sie einmal geklopft hatte. „Hallo?"

Das in hellen Blau- und Grüntönen gehaltene Wohnzimmer war verlassen, doch sie hatte bereits von draußen gesehen, dass jemand den Grill im Garten angeschmissen hatte.

„Abby, da bist du ja. Ich habe mir schon Gedanken gemacht." Ihre Mutter eilte aus der Küche auf sie zu und zog Abby in ihre Arme. Die Stimme ihrer Mutter war der Inbegriff von Liebe.

„Ich musste noch die Welpen füttern." Und den Dreck wegmachen. *Wie konnte so eine begrenzte Menge Futter das doppelte an Ausstoß erzeugen?* Ein Thema, das sie um nichts in der Welt näher beleuchten wollte. „Wurde der Geschenketisch im Garten aufgebaut?"

„Oh ja, und jedes einzelne wurde bereits geschüttelt und genauestens studiert. Von mindestens drei Geschenken kennt sie den Inhalt."

Meines wird sie nicht erraten, dachte Abby selbstgefällig. Sie hatte die Schachtel mit dem Armreif und den Ohrringen in eine Schuhbox gepackt und erst dann mit Geschenkpapier umwickelt.

Als sie in den Garten trat, sprang Grace von ihrem Stuhl auf und rannte auf sie zu.

„Abigail!"

Die herzliche Umarmung brachte Abby zum Lachen.

Wie hatten ihre ruhige Mutter und der zurückhaltende Harold es nur angestellt, ein Kind mit so viel Energie zu zeugen?

Grace trat zurück und sah Abby von oben bis unten an. „Du siehst gut aus", sagte sie freudestrahlend. „Irgendwie glücklicher."

„Oh, ich danke dir." Abby legte den Kopf auf die Seite. „Und du siehst älter aus." Im letzten Jahr hatte sich ihre anbetungswürdige, kleine Schwester in eine hinreißende, junge Frau verwandelt. Langes, rotblondes Haar, große, grüne Augen, die sie durch angemessenes Make-up in Szene zu setzen wusste, und figurbetonte Kleidung an einem schlanken Körper. Sie könnte als Studentin an Abbys Uni durchgehen.

„Ja, du siehst sehr ... gesund aus, Abby." Janae lehnte mit der Hüfte an einem Gartenstuhl. Ihre Lippen verzogen sich zu einem Lächeln, das genauso falsch war wie ihr Kompliment. „Du solltest die Torte lieber lassen. So viele Kalorien, weißt du."

Nach der herzlichen Begrüßung von Grace und ihrer Mutter war Abby auf die Gemeinheiten ihrer Stiefschwester nicht vorbereitet gewesen. Die Worte trafen sie tief und wieder mal wurde ihr in Erinnerung gerufen, wie breit ihre Hüften und wie riesig ihre Brüste waren. Jeder um sie herum war schlanker als sie, ihre Mutter eingeschlossen. „Danke für den Tipp“, sagte sie gedankenverloren.

Mit einem gezwungenen Lächeln auf den Lippen stellte sich Abby vor, dass sie von Eis umhüllt wäre, eine Schutzschicht, die mit jeder Sekunde dicker wurde, bis es so schien, als würde die Temperatur zusammen mit ihrer Stimmung abfallen. Schon bei ihrem biologischen Vater hatte sie sich diese Fähigkeit zu Eigen gemacht. Und als Janae in ihr Leben getreten war, hatte sie die Technik verfeinert.

Harold kam aus der Küche, in der Hand ein Teller mit Steaks. „Ah, da ist ja die Professorin!“ Er platzierte das rohe Fleisch auf den Tisch und zog Abby in eine überschwängliche Umarmung. Dann legte er die Hände auf ihre Schultern und betrachtete sie. „Für eine Dr. Bern siehst du viel zu bezaubernd aus.“

Sie lächelte ihn an. Janae hatte von ihrem Vater zwar die Schlankheitsgene abbekommen, die für Empathie waren aber völlig an ihr vorbeigerauscht. „Ich freue mich auch, dich zu sehen.“

Eine Stunde später, nachdem die Geschenke ausgepackt waren und sich alle die Steaks mit den gebackenen Kartoffeln hatten schmecken lassen, verebbten die Unterhaltungen.

Janae stand auf. „Ich gehe nach oben und suche meine Sommersachen raus.“

Harold entschuldigte sich kurz, um in seinem Büro die Börsenberichte zu checken. Grace hingegen rannte in ihr Zimmer, wo sie Bilder von ihren Geschenken machen wollte, um sie auf allen nur erdenklichen sozialen Plattformen zu posten. Indessen machten es sich Abby und ihre Mutter auf der Sitzecke in der Küche gemütlich.

Abby ignorierte den frischen Kaffee und bereitete sich stattdessen einen Tee zu. Sie brauchte definitiv etwas, um sich wieder in Schwung zu bringen. Die ganze Woche war sie zu spät oder besser gesagt zu früh ins Bett gegangen, weil sie noch lange mit ihrem Artikel beschäftigt war. Gestern Abend hatte sie zudem ihre junge, weinende Lehrassistentin getröstet, die sich mit ihrem Freund gestritten hatte. All das wäre kein Problem gewesen, wenn ihre Pflegewelpen das *Lasst-uns-ausschlafen*-Memo bekommen hätten. Zwei Stunden Schlaf waren nicht genug, und schon gar nicht so viele Nächte hintereinander. Hoffentlich schlief sie heute Abend im Dark Haven nicht ein.

Ihre Mutter nahm am Küchentisch Platz und fragte: „Wie geht's dir, jetzt, wo Nathan weg ist?"

Nach einer guten Antwort suchend goss Abby Wasser in die Teekanne. Sofort erfüllte der Duft von Bergamotte des Earl Grey Tees die Luft. „So lange ist er ja noch nicht weg. Außerdem bin ich momentan sehr beschäftigt."

„Wirst du diesen Sommer mal Zeit für Urlaub haben?"

„Ich unterrichte den kurzen Sommerblock, so dass ich den August frei habe. Leider kann es passieren, dass ich mich in dem Monat um einen neuen Job für das Frühlingssemester bewerben muss." Sie spitzte die Lippen. „Die Uni kürzt Stellen. Aus diesem Grund versuche ich, eine

Forschungsarbeit fertigzustellen, um meinen Lebenslauf etwas aufzupolieren."

„Oh." Ihre Mutter zog die Augenbrauen zusammen. „Nicht gerade etwas, das du genießt. Woran arbeitest du?"

„Na ja, ich musste ein Projekt finden, dass in den Köpfen bleibt und Aufmerksamkeit erregt."

„Okay."

Abby lächelte sie halbherzig an. Sie konnte sich glücklich schätzen, dass ihre Mutter recht aufgeschlossen war. „Ich kundschafte einen BDSM-Club aus."

Die Kaffeetasse ihrer Mutter fiel aus ihren Händen und krachte auf den Tisch. „Du machst was?"

„Ich stelle nur Nachforschungen an, Mom." Abby hob ihre eigene Tasse zu ihren Lippen und hoffte, dass ihrer Mutter entging, wie rot sie plötzlich geworden war. Beinhaltete diese Nachforschung auch, sich von Xavier ... intim berühren zu lassen? Oder, dass er sich mit einem Vibrator das nahm, was ihm zustand?

„Gott im Himmel." Ihre Mutter lehnte sich zurück. „Was sagt Nathan dazu? Weiß er, dass du dich in diesen Kreisen bewegst?"

„Wahrscheinlich ist es besser, dass er nicht in der Stadt ist." Abby grinste. „Ich muss schon zugeben, dass es sich um einen interessanten Ort handelt. Die Mitglieder dort –"

„Oh, Abby, ich denke, du würdest eine exzellente Sklavin abgeben", sagte Janae von der Türschwelle. „Bevor du nackt und nur mit einem Halsband bekleidet herumrennst, solltest du ein paar Kilo abnehmen – ein paar sehr viele Kilos."

„Toller Vorschlag. Danke." Die dicke Eisschicht um sie herum verhinderte, dass die Beleidigung ihr Ziel traf.

Grinsend verschwand Janae, um sich von ihrem Vater zu verabschieden.

Abby fand den Blick ihrer Mutter. „Ich wette, du bist froh, dass sie nicht so oft vorbei kommt."

„Ich dachte immer, dass sie uns eines Tages nicht mehr verachten würde, aber langsam gebe ich die Hoffnung auf. Der arme Harold hat keine Ahnung, wie gemein sie ist, und ich bringe es einfach nicht übers Herz, es ihm zu sagen." Ihre Mutter warf ihr einen reumütigen Blick zu. „Es tut mir leid, dass sie dir die Jahre in der Highschool zur Hölle gemacht hat. Ich hätte sie dafür bestrafen müssen."

Abby zuckte mit den Schultern. Die Beleidigungen waren schmerzhaft gewesen, ja. Auch, dass sie jeden Jungen verloren hatte, der nur einen Hauch von Interesse an ihr gezeigt hatte, war verletzend gewesen. All das hatte sie letztendlich überlebt und war deswegen nun stärker als jemals zuvor. So hatte sie gelernt, die unausstehlichsten Professoren zu handhaben.

„Es war nicht dein Fehler. Wir beide meiden Konfrontationen." Noch immer zuckte Abby zusammen, wenn sie jemanden schreien hörte. Ihr Vater hatte immer so laut geschrien! Sie war sich im Klaren, dass ihre Mutter am meisten gelitten hatte, denn im Gegensatz zu Abby hatte ihre Mutter nicht das Glück gehabt, in die Schule fliehen zu können.

„Ich denke, ich sollte –“

„Nein, das solltest du nicht.“ Abby rieb die Handfläche ihrer Mutter. „Jetzt hast du Harold und Grace. Die beiden wiegen die Gemeinheiten von Janae um ein Hundertfaches auf. Sie wird noch ihre gerechte Strafe bekommen. Nicht von uns, aber das ist okay.”

KAPITEL SIEBEN

Freitagabend saß Xavier in einem Clubraum im Obergeschoss und sah zu, wie Michael eine Session mit einem Violettstab anleitete. Der ältere Dom hielt das Kontaktkabel, wodurch Elektrizität durch ihn floss. Funken sprühten von seinen Fingern und sprangen auf den Arsch der kurvigen Sub über, die sich auf der Bank krümmte und versuchte, dem beißenden, hochfrequenten Wechselstrom zu entkommen.

Xavier ließ den Blick durch den Raum schweifen. Mit Genugtuung stellte er fest, dass es viele Mitglieder heute in den Club geschafft hatten. Bald schlug die Uhr Mitternacht und die Tanzfläche war brechend voll, die Barkeeper waren gut beschäftigt und die Tische alle belegt.

Seine Augen blieben auf Abby hängen. Sie stand neben der Tür. Bei ihrem Anblick hob sich seine Stimmung. Er schüttelte den Kopf. Ein Dom musste in der Lage sein, in seinen eigenen Emotionen wie in einem Buch zu lesen – nicht immer war diese Fähigkeit angenehm.

Sie gehört zum Personal. Sie ist nicht deine Sub. Das sollte er sich hinter die Ohren schreiben. Als ihr Blick den seinen traf, winkte er sie zu sich.

Nervös durchquerte sie den dämmrigen Raum. Ihre Haut so verlockend blass, ihr blonder Schopf so verführerisch, es kam ihm vor, dass sie strahlte – wie ein Engel. Erneut schüttelte er den Kopf. *Reiß dich zusammen.* Die Vorführung auf der Bühne ließ sie innehalten. Obwohl die Musik von Terminal Choice das Knistern des Violettstabes übertönte, konnte die wimmernde Sub nicht überhört werden. Abby wich erschreckt mehrere Schritte zurück. Damit hatte er seine Antwort auf die Frage, was sie von Elektro-Play hielt.

Je näher sie kam, umso mehr vertieften sich Xaviers Falten auf der Stirn. Das Weiß ihrer bezaubernden, grauen Augen war gerötet und sie wies dunkle Augenringe auf. „Willkommen zurück."

„Danke." Sie bemerkte seine hochgezogene Augenbraue und fügte schnell „Mein Lord" hinzu.

Er verstand, dass sie Schwierigkeiten mit dem anstandslosen Respekt hatte. Obwohl sie sich ihm bei einer Session unterworfen hatte, war er nicht ihr Dom. Zudem fehlte der kleinen Sub noch die Routine, jeden Dom mit ‚Sir' anzusprechen. Trotz seines Verständnisses für ihre Situation bestand er darauf, dass sich sein Personal zu benehmen wusste.

„Ich gebe dir noch diesen Abend, um an deinen Manieren zu arbeiten“, sagte er sanft. Er beobachtete, wie sie ihre Augenbrauen zusammenzog und ihn ihm Geiste mit ‚Sonst was?‘ herausforderte. Er beantwortete ihre unausgesprochene Frage nicht. Konsequenzen zu erklären, konnte in einigen Fällen wirksam sein. Hatte die Sub jedoch eine lebhafte Fantasie, war Schweigen effektiver.

Hoch zufrieden konnte er in ihren Augen sehen, dass ihre Vorstellungskraft keine Wünsche übrig ließ. Sie war wirklich entzückend. „Verstanden?“

„Ja, Sir.“

Er nickte und wandte seine Aufmerksamkeit dann ihrem Outfit zu. Erneut hatte sie seine Anweisungen ignoriert. „Abigail, du wirst sofort zum Schreibtisch gehen, und dich dort von deinem Rock oder deinem Korsett trennen. Dann legst du dir das Halsband um und kommst auf der Stelle zu mir zurück.“

Ihr Mund öffnete und schloss sich wieder. Röte schoss ihr in die Wangen. Als eine Art der Bestrafung wandte er sich von ihr ab und richtete seinen Blick zur Bühne. Er hörte, wie sie eiligen Schrittes davonrannte.

Wenige Minuten später stand sie an seiner Seite, und er hob den Kopf zu ihr.

Sie hatte das Halsband um und war von der Taille aufwärts nackt. Hätte sie sich nicht seinen Befehlen widersetzt, wäre es ihr erlaubt gewesen, etwas weniger Freizügiges zu tragen. Ihre angespannten Arme verrieten ihm, dass sie sich am liebsten bedecken würde. Ihre roten Wangen waren ihm diese Bestrafung jedoch mehr als wert.

Er hatte ganz vergessen, wie viel Freude er mit den Schamhaften hatte. Und diese kleine Sub nahm eine so bezaubernde Röte an, wie er es noch bei keiner anderen gesehen hatte. „Du hast wunderschöne Brüste, kleine Pusteblume. Es freut mich, diese beiden Schönheiten mit meinen Freunden teilen zu können."

Sie presste die Lippen fest aufeinander. Das war keine normale Reaktion auf ein Kompliment, und auch ihr gepresstes „Danke, Sir" verwirrte ihn. Ausdruckslos richtete sie ihren Blick zur Bühne.

Sie machte es ihm wirklich nicht leicht. „Wenn du mit einem Dom redest, gehört es zu den guten Umgangsformen, dass sich eine Sub auf Augenhöhe oder darunter befindet. Das bedeutet: Wenn der Dom sitzt, dann kniet die Sub."

Nach wenigen Sekunden des Widerwillens ließ sie sich zauberhaft unbeholfen auf ihre Knie herunter. Er musterte sie. Was fühlte sie? Was ging ihr durch den Kopf? Er konnte den Schock in ihrem Ausdruck erkennen – dass er einer Karrierefrau befahl, sich hinzuknien. Ihre harten Nippel sprachen eine andere Sprache. Fand es die kleine Feministin erregend, zu seinen Füßen zu knien? Oh ja, das tat sie. Vielleicht sollte er sie bald belohnen, indem er ihr sagte, wie sehr er es genoss, sie in dieser Position zu sehen.

Für den Moment gab es andere Themen zu diskutieren. Er lehnte sich vor und stützte sich auf seine Ellbogen, wodurch er ihr so nah kam, dass er ihren köstlichen Duft wahrnahm. Er atmete tief ein. Sie roch nach Frühling, nach frisch erwachten Knospen. „Sag mir, warum du dich dafür entschieden hast, dich des Korsetts zu entledigen und den Rock anzubehalten." Mit Sicherheit trug sie unter dem Rock ein Höschen, was ihr mehr Deckung geboten hätte.

Sie zuckte mit den Achseln. „Es war einfacher."

Sein mentaler Lügendetektor schlug aus. „Ich würde eine ehrliche Antwort bevorzugen."

Ihr Blick wich dem seinen aus. „Ich hoffte, mich so weniger entblößt zu fühlen."

Seine Fragen machten sie noch wahnsinnig. Bei dem Versuch, auf dem Holzboden eine bequemere Position einzunehmen, bebten ihre Brüste. Ohne das Korsett war ihr runder Bauch nicht zu übersehen. Janaes Kommentare über ihr Übergewicht hallten in ihrem Verstand wider und Abby reagierte, wie sie es schon ihr ganzes Leben getan hatte: Sie verstärkte die Eisschicht, damit nichts sie verletzen konnte.

Das Gewicht von Xaviers Blick lastete schwer auf ihren Schultern. Trotzdem würde sie nicht erlauben, dass er ihre Barriere durchdrang. Warum konnte er sie nicht einfach in Ruhe lassen?

„Lass es uns so versuchen", sagte Xavier in einem ruhigen Ton. „Welche Gedanken hattest du, als du dich für das entbehrliche Kleidungsstück entscheiden musstest? Ich möchte jeden einzelnen Gedankenstrang hören."

Ihre Folgerung darlegen wie bei einer Seminararbeit? Würde er sie bewerten? Um seinen Einfluss auf sie zu minimieren, verstärkte sich die Eiswand. „Es gibt nicht mehr zu erzählen."

„Abby, sieh mich an."

Der Befehl kam an und sie hob den Kopf. Seine Augen waren schwarz, so intensiv. Der fordernde Ausdruck in seinen finsteren Tiefen kratzte an ihrer eisigen Rüstung.

„Nicht den Blick abwenden", sagte er sanft. Er hob eine Hand und strich mit den Fingerknöcheln von ihrem Hals zu ihren Brüsten. Er war so warm, und das Eis begann zu schmelzen, als er ihre rechte Brust umfing und das Gewicht in seiner großen Handfläche hielt. Ihre Nippel kribbelten auf eine unbehagliche Weise. Er hielt sie mit den Augen gefangen und umkreiste indessen mit dem Daumen ihre aufgerichtete Knospe. Sie schluckte schwer, als eine Hitzewelle eine weitere Stelle ihrer Barriere zum Schmelzen brachte.

„So ist's gut." Seine Stimme war tröstend, auch wenn sie sich die Bedeutung hinter seinen Worten nicht erklären konnte.

Er presste ihr einen harten Kuss auf die Lippen. „Dein Unvermögen, deine Gedanken und Gefühle mitzuteilen, ist etwas, an dem wir arbeiten müssen. Heute bin ich so gnädig und helfe dir dabei: Bei deiner Entscheidung, was du ausziehen sollst, war dein erster Gedanke, deine Brüste zur Schau zu stellen."

Sie schnaubte verächtlich, woraufhin sich die feinen

Linien neben seinen Augen vertieften.

Seine Hand wechselte, glitt unter die vernachlässigte Brust, um diese zu liebkosen. „Das verstehe ich als ein ‚Nein'. Okay, du bist eine Frau. Ich muss also davon ausgehen, dass du nach der Ausschlussmethode vorgegangen bist. Du denkst, dass einige Körperpartien weniger attraktiv sind als andere."

Sie zuckte zusammen, denn er schien diese Sorge direkt aus ihrem Gehirn gepflückt zu haben.

„Treffer. Sag mir mit drei Adjektiven, was du über deine Brüste denkst, kleine Lehrerin."

Sie versuchte wegzusehen. Sie brauchte mentalen Abstand, um nachdenken zu können. Seine Hand legte sich auf ihren Kiefer und er hielt ihr Gesicht fest umklammert. Er ließ sie nicht entkommen. Ein Schauer durchlief sie, als sich das entblößte Gefühl in ihr manifestierte.

„Abby?"

Brüste. Ihre Brüste. „Schwer. Nett." Sie mochte ihre Brüste, obwohl es Zeiten gab ... „Merkwürdig."

„Merkwürdig?" Amüsiert zog er eine Augenbraue hoch. „Dieses Thema würde ich gerne eines Tages näher mit dir beleuchten."

Eher friert die Hölle zu, vielen Dank auch.

Trotz ihres Schweigens lächelte er. „Oh ja, das werden wir. Zudem müssen wir daran arbeiten, dass du dich selbst in einem besseren Licht siehst." Er streichelte erst die eine Brust und dann die andere. „Deine Brüste sind mehr als ... nett. Ich habe auch drei Adjektive für dich: prall, hinreißend, empfindlich." Er zwickte in einen Nippel und Hitze bahnte sich einen Weg zu ihrem Geschlecht. „Deine Nippel sind ... wie zarte, blassrosa Rosenblätter auf einer Leinwand aus Schnee."

Obwohl die Komplimente einen ungeahnten Rausch in ihr auslösten, konnte sie ihn nur mit offenem Mund anstarren. Seit wann waren Männer so poetisch? Und gerade dieser Mann, eine durchtrainiertere, unheimlichere und tödlichere Ausgabe von Rhett Butler – ein aristokratischer Pirat – sollte es nicht nötig haben, sie mit süßen Worten einzulullen.

Ein Lächeln huschte über seine Lippen, zweifelsfrei wegen ihres Gesichtsausdrucks. „Ich habe eine ausgezeichnete Erziehung an Privatschulen genossen."

Ausgehend von seinem undefinierbaren Akzent könnte sie wetten, dass es eine europäische Privatschule gewesen war.

Er zuckte auf eine sehr französische Weise mit den Schultern und der Ausdruck in seinem Gesicht hellte sich auf. „Nun drei Adjektive für den Körperteil, der von deinem Rock bedeckt wird. Warte, lass es uns komplizierter machen: Drei Adjektive für deine Hüfte und deinen Hintern, und drei für deine Pussy."

„Was?" Ihr Versuch, sich nach hinten zu lehnen, wurde zunichte gemacht, als sich seine Finger fester um ihren Kiefer schlossen.

„Sofort, Abigail." Sein Ton war von einem stählernen Unterton gezeichnet.

Ihr rutschte das Herz ins Höschen. Sie konnte nicht denken, wenn er sie berührte, was zur Folge hatte, dass die Worte aus ihr heraussprudelten: „Fett, hässlich, schwabbelig."

Sein Gesichtsausdruck blieb unverändert. „Okay. Und deine Pussy?"

Sie leckte sich über die Lippen. Ihr Eispanzer war verschwunden. Seine Kontrolle über ihr Kinn hielt an, dabei streichelte er weiterhin ihre Brüste.

Wie sah ihre Pussy aus? Sie dachte an ihre Pubertät zurück, als sie einen Spiegel benutzt hatte, um einen Blick zu werfen. „Faltig, unsymmetrisch, hässlich."

Schon während sie die Worte aussprach, wünschte sie sich, diese wieder zurücknehmen zu können.

„Ich verstehe. Du versteckst also alles unter einem Rock, weil du dir insgeheim wünschst, dass du groß, schlank und braungebrannt wärst."

Wie ihre Studenten sagen würden: *Er hat's geschnallt.*

„Hast du schon mal eine Weihnachtsbaumfarm gesehen?"

Interessanter Themenwechsel, aber das passte ihr gut. Bäume waren ein sicheres Thema und hatten rein gar nichts mit ihrem Intimbereich zu tun. Perfekt. „Habe ich, ja."

„Fandest du den Anblick beeindruckend? Hat es dir den Atem geraubt?"

Bei Bäumen, die alle gleich aussahen, und in einer Reihe standen? „Nein."

„Okay, und was denkst du über einen echten Wald? Alte,

junge, große und kleine Bäume? Als du das erste Mal einen Wald betreten hast, hat es sich nicht wie ein Wunder angefühlt?“

Abby erinnerte sich an ihren ersten Ausflug in den Yosemite-Nationalpark, als sie zehn Jahre alt gewesen war. Einen Monat zuvor war ihr Vater an Krebs verstorben. Ihre Mutter war irgendwann an die Seite gefahren, dann war Abby ausgestiegen und hatte mit offenem Mund die hohen Bäume angestarrt. „Ja“, hauchte sie.

„Dann verstehe dies, kleine Pusteblume: Vielfalt ist Gottes Geschenk an die Welt.“ Sein rechter Mundwinkel zuckte. „Der Gedanke an einen Planeten, auf dem alle wie Barbiepuppen aussehen, kann einem Mann Albträume bereiten.“

Als ihr ein Lachen entfuhr, grinste er sie an und lehnte sich vor, um ihr ins Ohr zu flüstern: „Faltig, unsymmetrisch und hässlich? Ich nehme an, dass du deine süße Pussy noch nie im erregten Zustand gesehen hast. Denn dann ist sie geschwollen, pink und feucht.“ Schließlich kam er noch näher, sein heißer Atem kitzelte ihre Ohrmuschel. „Empfindlich, samtweich und unglaublich verlockend.“

Ihre Wangen glühten, als er schließlich von ihrem Kinn abließ.

„Mein Lord.“ Dixon wartete in einem angemessenen Abstand.

„Ja, Dixon.“

„Ein Mitglied hat ein paar Fragen. Hast du Zeit, mit ihm zu sprechen?“

„Natürlich." Xavier küsste Abby, und sogar ohne den Einsatz von Zunge erschütterte sie dieser kurze Kontakt. „Komme zu mir, bevor du heute nach Hause gehst."

„Ja, Sir."

„Genieß deine Zeit, kleine Sub." Er lief davon. Seine breiten Schultern füllten sein weißes Hemd perfekt aus. Der Saum steckte in seiner schwarzen Hose und sie beobachtete das Schauspiel seiner tanzenden Rückenmuskulatur. Wie gewohnt, trug er sein dickes, schwarzes Haar in einem langen, geflochtenen Zopf, der direkt zu seinem bemerkenswerten Hintern führte.

Wie würde er ohne Kleidung aussehen? Sie schüttelte ihren Kopf. *Das ist nicht die Art von Forschung, die du hier betreiben sollst! Zurück an die Arbeit, Abby.*

„Es ist hart, Master Xavier nicht anzustarren, habe ich nicht recht?" Simons Frau stand neben dem Tisch und wartete geduldig.

Abby rieb sich übers Kinn. *Keine Sabber, das ist ja schon mal was.* Dabei bemerkte sie ihre Position und erhob sich rasch. „Rona, richtig?"

„Genau." Die Blondine nickte zu den Tischen, an denen ein Dutzend Leute saßen. „Würdest du gerne ein paar Mitglieder kennenlernen?"

Abby sah zu der Ansammlung. Zuerst fiel ihr Blick auf Simon, der sie mit einem unbehaglich eindringlichen Ausdruck musterte. Schnell wandte sie ihre Aufmerksamkeit den Männern und Frauen zu, die es sich in verschiedenen Positionen bequem gemacht hatten: Einige Subs knieten zu den Füßen ihrer Doms, andere saßen auf dem Schoß ihrer Partner und wieder andere nutzten die Stühle auf die bekannte Art und Weise. An einem der wenigen knienden Männer war eine Vorrichtung befestigt, so dass die Domina ihren Drink darauf abstellen konnte. Indessen wurde eine Sub von ihrem Dom am Tisch daneben gefüttert.

Oh, das klang spaßig ... und war genau das, was sie für ihren Artikel brauchte. „Ich würde sehr gerne ein paar Mitglieder kennenlernen."

„Super, dann folge mir." Rona wies den Weg. „Hey, Leute, das ist Abby. Sie ist die neue Rezeptionistin."

Der Chor aus Willkommensgrüßen wärmte ihr das Herz.

„Hi, es freut mich, euch alle kennenzulernen." Die abschätzenden Blicke der männlichen und weiblichen Tops machten sie nervös, woraufhin sie eine Hand zu Xaviers Halsband hob und daran herumspielte. Nein, nicht Xaviers Halsband. Es drückte lediglich aus, dass sie zum Personal gehörte. *Das darfst du nicht vergessen, Abby.*

Rona klopfte auf einen leeren Stuhl neben Simon. „Es ist in Ordnung, wenn du auf einem Stuhl sitzen willst, es sei denn, du bevorzugst es, dich auf den Boden zu knien. Du hast keinen Dom, der es dir verbietet, den Stuhl zu wählen. In diesem Club wird es nicht verlangt, sich zu jeder Zeit ans High Protocol zu halten, solange Xavier nicht die Anordnung dazu gibt." Sie setzte sich neben ihren Dom.

„Was ist –"

„– das High Protocol?“, beendete der Dom mit den blonden, kurzgeschorenen Haaren vom Nebentisch. Er trug zerrissene Lederklamotten und ließ seinen Blick über ihren Körper schweifen. Sein Kiefer war breit, sein Kinn mit einem Grübchen behaftet. Er erinnerte sie an einen Drillsergeant in Filmen, der sich zumeist den schüchternsten Rekruten zum Opfer machte. „High Protocol beschreibt Verhaltensweisen und Rituale im Lifestyle – so zu sagen die Dom/Sub-Version von dem besten Geschirr, das nur zu besonderen Veranstaltungen herausgeholt wird: Kniende Subs, gesenkte Augen, keine Erlaubnis zu sprechen, es sei denn, sie werden dazu aufgefordert.“

Der Ausdruck in seinen Augen verdeutlichte, wie sehr er diese Verhaltensweisen und Rituale schätzte. Sie hatte das starke Bedürfnis, Abstand zwischen sich und diesen Mann zu bringen.

„Entspann dich, Sub.“ Simon drückte ihre Schulter auf eine derart beruhigende Weise, dass sie sogar vergaß, wie nackt sie war. „Du trägst Xaviers Halsband, und das bedeutet, dass du keine Session ohne seine Erlaubnis spielen darfst. Zumal er niemals erlauben würde, dass deVries seine Finger an dich legt.“ Er grinste den gruseligen Mann an, was gleichzeitig ein Kompliment an den Dom und eine Versicherung für Abby war.

Ein paar Tische weiter hörte sie eine weibliche Sub sehnsüchtig seufzen: „Ich habe gesehen, wie Master Xavier letzte Woche mit dir gespielt hat.“

Na großartig. Hatte sie jeder mit gespreizten Beinen

gesehen? „Ähm, richtig."

„Er lässt sich nicht oft auf Sessions ein. Ich wünschte, er würde mich aussuchen." Die sommersprossige Rothaarige seufzte abermals.

Eine hinreißende Brünette warf ihr Haar über ihre Schulter. Sie trug ein Kleid, das vollkommen aus Ketten bestand, und es überließ nichts der Vorstellungskraft. „Ich wünschte, er würde mich als Sklavin akzeptieren und einen 24/7-Vertrag mit mir aufsetzen."

„Er würde seine Sklavin nicht mit in den Club bringen", sagte die Rothaarige. „Wozu soll das dann gut sein?"

Lindsey trat hinter die Rothaarige und tätschelte ihr den Kopf. „Mandy, wenn er dich zu Hause vögelt, warum sollte es dich dann noch jucken, ob du in den Club darfst?"

„Oh, richtig. Das stimmt natürlich."

Lindsey ließ sich neben Abby auf einen leeren Stuhl fallen.

„Wer beaufsichtigt den Empfang?", fragte Abby.

„Eine andere Sub kann die Mitgliedsbeiträge nicht aufbringen und hat sich freiwillig gemeldet, ein paar Stunden zu übernehmen. Das freut mich ungemein, schließlich können sie nicht erwarten, dass wir beide jedes Wochenende verfügbar sind." Lindseys Korsett war kurz genug, dass es ihren flachen Bauch zeigte. Sie zupfte am Oberteil, stand dann auf und richtete vor aller Augen ihre super kurzen Lackhotpants. „Wieso schaffen sie es nicht, diese Teile bequem zu machen?"

„Haben zweifelsfrei Männer entworfen", sagte Abby,

woraufhin Rona lachte. „Hast du jetzt vor nach Hause zu gehen, wenn deine Schicht an der Rezepti –"

„Auf gar keinen Fall!" Lindsey rieb ihre Hände aneinander. „Ich werde mir jetzt einen heißen Dom zum Spielen suchen."

Abby prustete ein Lachen heraus. Sie hatte bereits gehört, dass Texaner ein überlebensgroßes Ego hatten. Lindsey war nur ein paar Zentimeter größer als Abby, um die ein Meter siebzig, aber ihr Verhalten ließ sie drei Meter groß erscheinen. BDSM machte ihr keine Angst. Ganz im Gegenteil, dabei drehte sie erst richtig auf. Lindsey erinnerte sie an Grace. Beide würden, ohne groß nachzudenken, ins offene Meer springen, während Abby am Ufer die Temperatur und den Salzgehalt im Blick hätte. „Hast du jemand Bestimmten im Sinn?"

„Nein." Im gleichen Atemzug wanderten Lindseys Augen zu dem unheimlichen, blonden Dom. DeVries erwiderte den Blick und sein Ausdruck war abschätzend. „Du bist nicht meine Kragenweite, kleines Mädchen. Such dir einen Baby-Dom."

Die Röte in Lindseys Gesicht überstrahlte ihre Sommersprossen. Sie begradigte den Rücken und erwiderte patzig, und ein wenig verletzt: „Ich erinnere mich nicht, dass ich dich gefragt habe ... Sir." Sie drehte sich zu Abby. „Ich habe Durst."

Als Lindsey davoneilte, funkelte Abby den gemeinen Dom zornig an, worauf er mit einem belustigten Grinsen antwortete.

„Abby." Simon tätschelte ihren Arm.

„Ja, Sir?"

„Xavier hat mich gebeten, deine Fragen zu beantworten, sofern du welche hast. Nun hast du ein paar Abende bei uns verbracht; gibt es etwas, das dir auf der Seele brennt?"

Sie biss sich auf die Unterlippe. „Wenn ich ehrlich bin, ja. Ich würde gerne wissen, wie sich bestimmte Dinge anfühlen. Kannst du mir zeigen, wie sich zum Beispiel der lederüberzogene Rohrstock anfühlt?"

Unten im Kerker machte es sich Abby auf einem übergroßen Ledersessel bequem und versuchte, ihren Geist auf Touren zu bringen. Bekäme sie nicht bald mal wieder acht Stunden Schlaf, in einer Nacht wohl bemerkt, würde sie sich noch in einen Zombie verwandeln. Die Uhr neben der Treppe zeigte, dass es bereits zwei Stunden nach Schlafenszeit war.

Nicht einmal die wunden Stellen an ihrem Rücken hielten sie wach, obwohl diese Erfahrung wirklich einen Weckruf dargestellt hatte. *Die Reitgerte ... autsch.* Simon hatte ihr gegeben, nach was sie verlangt hatte. Der harmlos aussehende Rohrstock war eindeutig schmerzhafter gewesen als der gemein gefährlich aussehende Flogger.

Konzentriere dich. Sie blinzelte sich die Müdigkeit aus den Augen und notierte sich im Geiste die Session vor ihren Augen, bei der ein Dom mittleren Alters verschiedene Spielzeuge an seiner hübschen, brünetten Sub austestete. Ein Paddel, ein Lederriemen und ein Rohrstock kamen zum Einsatz. Langsam verstand sie, dass jeder Dom seine Eigenheiten beim Dominieren hatte. Auch geschlechterspezifisch fielen ihr Unterschiede auf: Die Dominas liebten es, psychologische Spielchen zu treiben. Andererseits konnten die Frauen sehr wohl brutaler als die Männer –

Lange Beine in einer schwarzen Hose verstellten ihr die Sicht und bewegten sich keinen Millimeter vom Fleck.

„Entschuldigen Sie bitte." Verärgert legte Abby den Kopf in den Nacken, um den Störenfried mit ihrem Blick zu strafen. Ein schwarzer Gürtel um eine schmale Taille, eine muskulöse Brust unter einem weißen, gerüschten Hemd mit langen Ärmeln und kunstvoll verzierten, silbernen Manschettenknöpfen. Xaviers Stil gehörte nicht in dieses Jahrhundert. Kein Wunder, dass er sie an einen Piraten erinnerte.

Sein Hals muskulös, sein Kiefer markant und sein strenger Mund, auf dem sich langsam ein Lächeln abbildete.

Soll ich aufstehen? „Guten Abend, mein Lord."

Er stellte seine Ledertasche neben ihrem Sessel ab. „Deine Art, Sessions zu beobachten, ist sehr interessant. Obwohl beobachten nicht das richtige Wort ist. Du studierst sie regelrecht und achtest auf jede Einzelheit. Fühlst du überhaupt etwas, wenn du zusiehst?"

Er machte sie nervös. Manchmal hatte sie das Gefühl, er konnte ihre Gedanken lesen. „Wie meinst du das?"

„Dein Körper und dein Verstand scheinen keinen Kontakt zu haben. Kommunikation ist wichtig."

„Ich –" *Ich soll mit meinem Körper reden?* „Mein Verstand und mein Körper kommunizieren sehr wohl. Wenn er sagt, er hat Hunger, dann gebe ich ihm was zu essen."

Er zog an einer ihrer blonden Strähnen. „Und wenn dein Körper dir mitteilt, dass er von einer Session erregt ist, hörst du dann auch hin?"

Erregt? Schockiert stellte sie fest, dass sie feucht zwischen ihren Schenkeln war. „Hast du gesehen, wie der Dom dort drüben –"

„Und nun weichst du verbal aus." Sie verstand nicht, wo gerade seine Grübchen herkamen, denn er lächelte nicht. Mit einem Fuß angelte er sich einen Barhocker und positionierte sich direkt vor ihr. Er lehnte sich vor, stützte sich auf seine Ellbogen und fiel mit voller Absicht in ihren Persönlichkeitsbereich ein. Schon wieder. „Abigail, deine ‚Bezahlung' bei uns setzt sich wie bei den meisten des Personals hier aus zwei Teilen zusammen: Erstens, verdienst du dir damit die Mitgliedschaft im Club und zweitens, hast du die Erlaubnis, den Lifestyle kennenzulernen. Durch meine Fragen will ich besser verstehen, was du noch lernen musst."

Mussten seine Lehrmethoden so persönlich sein? Dummerweise musste sie zugeben, dass seiner Methode eine gewisse Logik anhaftete. „Du hast recht." Sie runzelte die Stirn. „Du hast sehr viele Angestellte. Wirst du es nicht überdrüssig jede Person" – *einzuschüchtern?* – „zu instruieren?"

„Ich unterrichte nicht jeden. Jedoch genieße ich es hin und wieder, auszuhelfen.“ Er fuhr mit den Fingern durch ihre Haare und spielte mit ihren Strähnen. „Besonders viel Spaß macht es mir bei hübschen, kleinen Pusteblumen.“

Pusteblume. Wieso klang sein Kosename für sie, als hätte sie nur Luft im Hirn? Sie strafte ihn mit einem ihrer professionellen *Eher-friert-die-Hölle-zu-als-dass-du-eine-Eins-kriegst-* Blicken.

Er tippte gegen ihre schmollenden Lippen. „Hast du schon mal von dem Ausdruck *Impact Play* gehört?“

Sie war sich sicher, dass sie das gerade bei der Session beobachtet hatte, wo der Dom viele verschiedene Spielzeuge ausprobierte, die allesamt rote Abdrücke bei der Sub hinterließen.

„Ja, Sir.“

„Wenn du mir den Blick von eben noch einmal zuwirfst, werde ich dich persönlich damit vertraut machen.“

Ihr Mund klappte auf und er ließ seinen Finger zwischen ihre Lippen gleiten. „Saug an mir, Abigail. Ich will deine Zunge spüren.“

Wie war es möglich, dass sein dunkler Befehl sich direkt auf ihr Geschlecht auswirkte? Das entbehrte sich jeglicher Logik! Sie schloss die Lippen um seinen Finger, folgte seinem Befehl, saugte an ihm, fuhr mit der Zunge über die Fingerspitze und dann über die gesamte Länge. Von verschiedensten Narben war seine Haut rau und schwielig. Langsam zog er den Finger zurück, nur um ihn wieder zwischen ihre Lippen gleiten zu lassen. Die Bewegung ähnelte ... etwas anderem so sehr, dass sie regelrecht das Gefühl hatte, ihn in sich zu spüren.

Dann stand er auf und stützte sich mit den Händen auf den Armlehnen des Sessels ab. Er nahm ihr die Fluchtmöglichkeit und sie unterdrückte einen Lustschauer. Näher und näher kam er ihr, bis seine Lippen auf ihren lagen. Er küsste sie, feucht und leidenschaftlich – ein Kuss, bei dem sogar seine Zunge sie dominierte. Nach einer Weile entriss er ihr seinen Mund und er lehnte sich etwas zurück. Seine schwarzen Augen hielten ihren Blick gefangen und brannten so heiß, dass sein Feuer auf sie übersprang. „Fällt dir ein Grund ein, warum ich dich bei unserer Session heute Abend nicht ficken sollte?"

Eine Menge Gründe sogar – nur, dass ihr Gehirn nicht einen einzigen hervorbringen konnte. Er war kein Weiberheld. Frauen warfen sich ihm zwar zu Füßen, aber akzeptiert hatte er noch keine. Er wollte sie. *Er will mich!* Im Moment kommunizierten ihr Körper und ihr Verstand erste Sahne miteinander, denn sie wusste mit hundertprozentiger Sicherheit, dass auch sie ihn wollte.

Sex mit Xavier, wie würde sich das anfühlen?

Seine Augen blieben weiterhin auf sie gerichtet.

Sie schluckte schwer. „Mir fällt kein Grund ein." Abgesehen von Nervosität und bodenloser Scham.

„Ehrlichkeit steht dir gut, Sub." In seinem Blick funkelte Anerkennung. „Ich muss noch ein paar Sessions überwachen, bevor ich mich dir zuwenden kann. Kommst du solange allein zurecht? Hat dich irgendwer belästigt?"

„Nein, Sir." Die Antwort kam ihr über die Lippen, ohne dass sie groß darüber nachdenken musste. „Ich wurde zwar angesprochen und gefragt, ob ich an einer Session Interesse habe, aber ..." Sie hob die Hand zu ihrem Halsband – seinem Halsband.

Er legte die Hand auf ihre Wange. „Das Halsband ist ein Zeichen dafür, dass du unter meinem Schutz stehst, und nicht, dass du mein Eigentum bist. Solange es kein Dom ist, bei dem ich befürchten muss, dass er deine Grenzen überschreitet, hast du meine Erlaubnis, Angebote zum Spielen anzunehmen."

„Ich verstehe." Wenn sie ehrlich war, dann verletzten sie seine Worte. Gab es denn nicht einen Mann auf dieser Welt, der sie nur für sich haben wollte? Sie gab vor, nach ihrem Wasser zu schauen, und drehte sich dabei von ihm weg.

„Was ist das?" Xavier richtete sich auf, legte eine Hand auf ihre Schulter und beugte sie nach vorn. Seine Finger wanderten über ihren Rücken und sie zuckte zusammen, als er eine wunde Stelle berührte. „Erkläre mir diese Abdrücke." Seine Stimme hatte einen eiskalten Ton angenommen.

„Ich ... Es war keine Session, Sir. Ich –" *Nicht schreien. Bitte, bitte schrei mich nicht an.*

„Xavier, die Abdrücke sind von mir, jedoch rühren sie nicht von einer Session." Simon kam zu ihnen spaziert und schenkte ihr ein aufmunterndes Lächeln. „Sie wollte verschiedene Spielzeuge für Impact Play kennenlernen, also habe ich ihr mit einem Flogger, einem Rohrstock, einer

Reitgerte und einer Peitsche jeweils einen Schlag versetzt. Das war schon alles." Er runzelte die Stirn. „Du meintest doch zu mir, ich solle ihre Fragen beantworten. Ich bitte um Verzeihung, wenn ich meine Befugnisse überschritten habe."

Xavier ließ sie nicht los. Im Gegenteil: Eine Hand legte er direkt über das Halsband um ihren Hals, während er mit der anderen Hand über die gerötete Stelle an ihrem Rücken streichelte. Ein Schauer durchfuhr sie. „Sie hinterlässt hübsche Abdrücke, oder?"

„Zu hübsch."

Sein Ärger schien sich aufzulösen und sie entspannte sich. Mit den Fingerspitzen zeichnete er jede einzelne gerötete Stelle nach. Wie war es möglich, dass sie in ihrem ganzen Leben noch nie etwas Erotischeres erlebt hatte?

Dann ließ er sie los. „Du musst dich nicht entschuldigen, Simon. Dafür sind wir Doms schließlich da – um Fragen zu beantworten. Allerdings weißt du sehr wohl, dass ich ausschließlich verbale Antworten im Sinn hatte." Der Blick, den er dem anderen Mann zuwarf, hätte sogar ein Feuer in Eis verwandeln können.

„Wäre es dir lieber, wenn ich zukünftige Fragen ihrerseits, die eine Vorführung beinhalten, nicht mehr beantworte?"

Abby spannte sich an. Warum konnte Simon nicht die Klappe halten? Xavier hatte sich doch verständlich ausgedrückt! Reizte Simon ihn etwa absichtlich?

Ein undefinierbarer Blick traf Simon. „Ja, das wäre mir

durchaus lieber." Dann nickte er in Richtung der Treppe. „Rona wartet auf dich."

„Und mein temperamentvolles Mädchen hasst es, zu warten." Simon lächelte Abby an. „Such mich auf, wenn du weitere Fragen hast."

Bestimmt nicht, dachte sie. Versuchte Simon, einen Streit anzuzetteln? Sie schaute in Xaviers Gesicht und ihre Eingeweide zogen sich bei dem Anblick zusammen. Auf keinen Fall wollte sie ihn wütend machen.

Wie konnte sie das in Ordnung bringen? Und wieso ließ sein Ärger ihren IQ auf ein niedrigeres Level als ihr Alter sinken? „Es tut mir leid, dass du wütend bist, mein Lord." Sie senkte den Blick auf ihren Schoß.

Er entließ ein genervtes Seufzen, atmete tief ein und legte einen Finger unter ihr Kinn, damit sie ihm erneut in die Augen sah. „Wie viele Doms hat auch Master Simon Spaß daran, die Ereignisse um ihn herum so zu manipulieren, dass er zum gewünschten Ergebnis kommt. Ich gebe dir nicht die Schuld, kleine Sub."

Sein Lächeln brachte ihre Gefühle wieder ins Lot. Ihre Muskeln entspannten sich. „Danke, Sir."

„Trägst du ein Höschen unter deinem Rock?"

Sie blinzelte ihn an. „Bitte was?" Seine fehlende Erwiderung war Ausdruck von Missmut und sie flüsterte: „Ja, Sir."

„Keine Unterwäsche unter anderen Kleidungsstücken. Verstanden?"

Ah ja, der personifizierte Autokrat. „Ja, Sir."

Er zog sie auf die Füße. „Zieh es aus."

Sie schaffte drei Schritte Richtung Badezimmer.

„Hier, Abby. Vor mir. Zieh es aus. Sofort."

Ein Stirnrunzeln erschien auf ihrem Gesicht. Ihr Widerstand bröckelte schnell, als sie den Ausdruck in seinen Augen wahrnahm. Mit einem leisen Seufzen griff sie unter ihren Rock und zog sich das Höschen aus.

Er holte etwas aus seiner Tasche und reichte es ihr. „Trag das stattdessen."

Ein Höschen aus Gummi. Sie zog es sich über. Nicht besonders bequem. Vor allem der erhobene Knubbel in ihrem Schritt erschwerte es, sich zu bewegen. Sie sah ihn misstrauisch an.

„Richtig geraten, das ist ein Vibrator. Deine Aufgabe wird es sein, zu zählen, wie oft er vibriert." Ein Lächeln umspielte seine Mundwinkel. „Eine Sache noch: Egal, wie erregt du bist, du hast nicht die Erlaubnis, zu kommen."

Einen Orgasmus? In aller Öffentlichkeit? „Das wird kein Problem darstellen, Sir."

„Ich bin erfreut, dass du so eine ausgezeichnete Kontrolle über deinen Körper hast", sagte er in einem trockenen Tonfall, was sie daran erinnerte, wie sie letzte Woche in aller Öffentlichkeit den Berg erklommen hatte.

Ihre Wangen wurden heiß.

Er lehnte sich vor und gab ihr einen langsamen, berauschenden Kuss, der sie mehr anmachte, als das ein Vibrator jemals gekonnt hätte. „Ich sehe dich dann später."

KAPITEL ACHT

D**ie nächste Stunde** verbrachte Xavier damit, eine hysterische Sklavin zu beruhigen und eine Auseinandersetzung aufgrund der Musikauswahl auf der Tanzfläche zu schlichten.

Danach wandte er sich zwei Doms zu, die sich wegen einer Sub in den Haaren hatten. Schlimmer noch: Die Sub war die Ursache für den Streit. Die jungen Männer hatten über den Lifestyle noch viel zu lernen. Aus diesem Grund gab er ihnen den Rat, miteinander zu sprechen, denn sie hatten einer Sub erlaubt, die Zügel in die Hand zu nehmen.

Er entfernte die Sub aus der Gleichung. Harmonie lebte nicht ihrem Namen entsprechend. Immer wieder verursachte sie Ärger; er war mit seiner Geduld am Ende angelangt. Von einem Angestellten ließ er sie in den Hauptraum bringen, wo es einen abgetrennten Bereich für öffentliche Bestrafungen gab.

Mitchell, ein stämmiger Dom aus Australien, zog sie aus. Indessen nutzte Xavier eine Fernbedienung, um das spanische Pferd von der Decke abzusenken. Als die keilförmige, an Ketten befestigte Apparatur Kniehöhe erreicht hatte, schwang die Sub ein Bein darüber. Dann ließ Xavier das Folterwerkzeug wieder hochfahren, so dass sich die obere der drei Kanten zwischen Harmonies Schritt einfand. An einer horizontalen Kette, die zwischen den schweren Deckenketten an der Vorder- und der Rückseite entlanglief, befestigte er ihre Fesseln.

Durch die Seilwinde hob sich das hölzerne Pferd in die Höhe, bis der Brünetten keine andere Wahl blieb, als sich auf ihre Zehenspitzen zu stellen.

Die Kante war nicht spitz, aber verdammt schmal. Jedes Mal, wenn er dieses Gerät verwendete, wurde er an seine Kindheit erinnert: Er war über einen Zaun gesprungen, abgerutscht und mit seinem Schritt direkt auf einer Brettkante gelandet. Diese Art von Schmerz würde er niemals vergessen. Es hatte sich angefühlt, als wären ihm seine Eier in die Kehle gerammt worden. Das erklärte schließlich auch sein ersticktes Würgegeräusch.

Solange Harmonie auf den Zehenspitzen stand, lastete kein Druck auf ihrer Pussy. Xavier musterte ihre Körperspannung: Nach etwa fünfzehn Minuten würde ihre Wadenmuskulatur nachgeben, alles Weitere würde die Schwerkraft vollbringen. Das spanische Pferd zu reiten, diente als schmerzhafte Bestrafung, die selten erotischer Natur war, da erregende Impulse ausblieben.

„Harmonie, du wirst in dieser Position eine halbe Stunde verweilen und in dieser Zeit über dein Verhalten nachdenken. Wenn du leise bist, wird Mitchell dich danach losmachen und du kannst deinen Abend fortsetzen.“ Allerdings rechnete er damit, dass ihr Geschlecht nach dieser Behandlung dermaßen brennen würde, dass sie vorzeitig nach Hause ging. „Wenn du schreist oder dein Safeword benutzt, wirst du einen Monat vom Club ausgeschlossen. Hast du das alles verstanden?“

„Ja, mein Lord“, flüsterte sie.

Er schaute zu Mitchell. „Häng ihr bitte das Schild um.“

„Ist mir ein Vergnügen.“ Mitchell legte ihr ein hölzernes Schild um den Hals, auf dem UNARTIGE SUB geschrieben stand, und nahm dann an einem Tisch in der Nähe Platz. Er würde während ihrer Bestrafungszeit ihren Zustand überwachen und sie auch frühzeitig losmachen, falls dies nötig wäre.

Xavier schüttelte den Kopf. Er bezweifelte, dass Harmonie ihr Verhalten änderte. Sie hatte immer nur Sex im Kopf, und tat alles, um Aufmerksamkeit zu bekommen. An dem Vergnügen, jemand anderes zu dienen und zufrieden zu stellen, hatte sie keinerlei Interesse.

Im Gegensatz dazu war in Abby der Trieb tief verankert, Menschen glücklich zu machen, wohingegen ihre Aufmerksamkeit nie dort zu finden war, wo sie hingehörte.

Nachdem er erneut kontrolliert hatte, ob die Bestrafung sicher vonstattenging, machte er sich ins Untergeschoss auf.

Abby saß in einem Sessel mittig des Kerkers. Ihr

fielen die Haare ins Gesicht und sie stützte beide Ellbogen auf einer Armlehne ab, so dass die Arme ihre nackten Brüste bedeckten. *Hübsch sittsam, die kleine Sub.* Ihre großen Augen waren auf eine Session gerichtet, bei der eine Domina bei einem männlichen Sub Penis- und Hodenfolter betrieb.

Sein eigener Hoden zog sich bei dem Anblick zusammen. Dieser Körperteil sollte nun wirklich nicht gequetscht werden.

Unbemerkt nahm er in einer dunklen Ecke Platz und beobachtete, wie Abbys Aufmerksamkeit zu einer älteren Männergruppe in Leder wechselte, deren Subs artig neben ihren Doms knieten. Warum beobachtete sie die Gruppe anstelle der Session?

Na ja, schon bald würde sie niemanden mehr beobachten. Xavier griff in seine Tasche und betätigte die Fernbedienung, die eine unsichtbare Verbindung zu ihrem Höschen-Vibrator aufnahm.

Als der Vibrator zum Leben erwachte, zuckte sie zusammen. Im Bruchteil einer Sekunde konnte er beobachten, was die Apparatur für Auswirkungen auf sie hatte. Sie zappelte mit ihrem bezaubernden Arsch auf dem Sessel herum, um sich Linderung zu verschaffen, und hob den Blick auf der Suche nach ihm. In den Schatten des Kerkers würde sie ihn nicht entdecken.

Obwohl sie versuchte, sich erneut auf die Session zu konzentrieren, lag ihre ganze Konzentration auf dem, was in ihrem Höschen vor sich ging. Immer wieder verlagerte sie ihr Gewicht. Perfekt, er hatte es geschafft, sie abzulenken. Er schaltete die Vibrationen ab.

Seufzend fiel sie gegen die Sessellehne.

Dann schaltete er den Vibrator wieder an, dieses Mal auf einer höheren Stufe.

Mit hochrotem Kopf sprang sie auf ihre Füße. Ihr Gang war steif, als sie sich zur nächsten Session bewegte. Es brauchte nicht lange, bis ihre Haut schweißnass glitzerte. *Das reicht erstmal.* Schmunzelnd stellte er den Vibrator ab und drehte eine Runde durch den Club.

Zurück im Erdgeschoss machte ihn der Barkeeper auf einen Mann aufmerksam, der getrunken hatte und dann mit seiner Sub in einen Themenraum gehen wollte. Die Clubregeln besagten, dass Alkohol nur nach einer Session erlaubt war, niemals davor. Der Mann ahnte nicht, dass das Clubarmband einen Chip innehatte, das ähnlich funktionierte, wie die Diebstahlanlagen in Geschäften. Jeder Drink wurde registriert, und sobald ein Raum betreten wurde, schlug es Alarm. Xavier sprach das Paar an und letztendlich entschieden die beiden, lieber die Tanzfläche aufzusuchen.

Danach sah Xavier nach Harmonie. Noch stand sie auf ihren Zehenspitzen, doch ihr ganzer Körper bebte und ihr rann der Schweiß über die Schläfen. Er musste zugeben, dass er von ihrer Entschlossenheit beeindruckt war.

Nach seiner Runde und zurück im Keller beobachtete er, wie es sich Abby gerade bequem machte, um sich eine Session zwischen Angela und ihrer Sub Meggie anzusehen. Gute Wahl, denn die Mistress war eine Expertin in Wachs-

Play. Tief im Subspace versunken, seufzte und stöhnte Meggie.

Es tat ihm regelrecht leid, seine kleine Pusteblume jetzt zu stören, aber ... Xavier zog die Fernbedienung und betrachtete die blinkenden Lichter der Tasten, die je nach Intensität aufleuchteten. Er machte es sich zum Spaß, einen Rhythmus zu wählen, der zum Beat der Musik passte.

Abby sprang hoch und raste los, als könnte sie so der Vibration entkommen. Ruckartig hielt sie an und er beobachtete, wie sich ihr gesamter Körper als Vorbereitung auf einen Orgasmus anspannte.

Er schaltete den Vibrator ab. Was würde sie als Nächstes tun? Er konnte es nicht erwarten. Ihr Kinn fiel gegen ihre Brust und sie wickelte tröstend die Arme um ihren Körper. Sie schien erschüttert, und nicht auf eine erregende Weise. Das hatte er mit dieser Übung ganz sicher nicht erreichen wollen. Er näherte sich ihr und zog sie an seine Brust.

Sie erstarrte und wehrte sich gegen seine Umarmung. Sie war wütend und traurig. Anstatt sie gehen zu lassen, führte er sie zu einer Couch, setzte sich und zog sie auf seinen Schoß.

„Abby, atme tief ein." Er legte genug Schärfe in seinen Befehl, um sich zu vergewissern, dass er zu ihr durchdrang. „Und jetzt bewege den großen Zeh an deinem linken Fuß. Hoch, runter, wieder hoch."

Die Konzentration auf diese simple Aufgabe bewirkte, dass sich ihr Körper entspannte und sie gegen ihn sackte.

„Braves Mädchen."

Er hielt sie an seine Brust gedrückt und wärmte sie, bis die Farbe in ihre Wangen zurückkehrte. „Du mochtest den Vibrator nicht." Eine Feststellung. „Warum nicht?"

„Es war okay."

„Nein, überdenke deine Antwort. Ich möchte, dass du mir ehrlich auf die Frage antwortest – auch, wenn du denkst, du würdest mich mit der Wahrheit enttäuschen."

Überrascht blickte sie ihn an. Nach einer Weile erschien ein Grübchen auf ihrer linken Wange, das ihm versicherte, dass ihr Sinn für Humor zurückgekehrt war. „In den BDSM-Büchern wurde ständig über Ehrlichkeit philosophiert und ich war immer der Meinung: Ja, das ergibt Sinn, Ehrlichkeit ist in einer Beziehung wichtig. Ich hatte nur nicht erwartet, wie schwer sich die Umsetzung gestaltet."

Für viele Subs war emotionale Transparenz schmerzhafter als der Schlag eines Floggers. „Für Doms und Subs gleichermaßen." Zufrieden ließ er seine Fingerknöchel über ihre Wange gleiten. „Ich werde mit gutem Beispiel vorangehen." Er dachte ein paar Sekunden nach. „Es hat mir gefallen, wenn du zusammengezuckt bist und wie die Erregung deine Augen zum Funkeln gebracht hat. Es hat mich außerordentlich befriedigt, dass ich es war, der diesen Ausdruck auf dein Gesicht gezaubert hat. Zu sehen, wie du versuchst, dir Linderung zu verschaffen, dass du nicht still sitzen konntest, hat mich so hart gemacht."

„Oh, mein Gott", flüsterte sie. Ihr entsetzter Ton

brachte ihn zum Lachen. Wie lange war es her, dass eine Sub ihn zum Lachen gebracht hatte?

„Du bist dran, Abigail." Er stellte ihr eine Frage, um den Redefluss anzukurbeln. „Hat dir der Vibrator wehgetan?"

Ihr entnervter Seufzer, mit Sicherheit eine Folge seiner Hartnäckigkeit, löste bei ihm ein Schmunzeln aus. „Nein. Mir hat es nur nicht gefallen, wie mich die Vibrationen jedes Mal überfallen haben. Und dass es mich erregt hat, fand ich auch nicht so toll."

Was? „Letzte Woche hat dir das nichts ausgemacht. Was war heute anders?" Er hatte eine Ahnung. War es ihr auch klar?

Stille. „Vielleicht, weil du letzte Woche bei mir gewesen bist. Dadurch habe ich mich ... sicher gefühlt."

Und es war persönlicher, da ich sie zu jeder Zeit berührt hatte. „Das verstehe ich. Du sollst jedoch wissen, dass ich die ganze Zeit in der Nähe war, wenn der Vibrator losging."

„Oh." Die restliche Anspannung verabschiedete sich aus ihrem Körper.

Ja, er hatte sich geirrt und damit Vertrauen von ihr eingebüßt. Bedauern lastete auf seinen Schultern. Nicht alle Sessions liefen wie gewünscht, und da er die Kontrolle hatte, lag die Schuld somit bei ihm.

Er legte seine Wange an ihr seidenweiches Haar und sog ihren Duft ein. „Es tut mir leid. Die Fernbedienung war keine gute Idee. Ich dachte, es würde dich lehren, auf deinen Körper zu hören, ohne dass du im Mittelpunkt stehst. Auf keinen Fall wollte ich, dass du dich verlassen fühlst."

Verlassen … Warum klang das, als würde er mit einem Kind sprechen, das den ersten Tag im Kindergarten vor sich hatte?

Dummerweise lag er nicht falsch. Sie hatte sich verlassen gefühlt. Die Art, wie er nun sein Gesicht an ihren Haaren rieb und sie fest umarmte, füllte die Leere in ihr mit Wärme.

Diese Diskussion mit ihm zu führen, fühlte sich extrem intim an, ungewohnt. Sicher, sie hatte auch mit Ex-Freunden gesprochen, aber eher nach dem Motto: *Spitzenmäßiger Sex, oder?*

Das Pendel mit Xavier war nun in die andere Richtung ausgeschlagen. Seine bohrenden Fragen und sein Interesse an ihr schüchterten sie ein.

„Gut, kleine Sub, da Spaß aus der Ferne nichts für dich ist, werden wir einen neuen Versuch aus der Nähe starten." Seinem tiefen Lachen haftete ein niederträchtiger Unterton an.

Bei dem Gedanken, seine Hände auf ihr zu spüren, wurde sie von Begierde überwältigt. Sie musste sich daran erinnern, dass sie dafür nicht hier war. *Ja, erklär ihm doch, dass du zu Forschungszwecken in seinen Club gekommen bist.* „Ähm, also, das musst du nicht. Ich meine –"

„Du hast recht, ein Dom *muss* gar nichts. Ein Dom will

und wird." Mit einem Finger strich er über ihre Lippen. Die winzige Berührung ließ ihr Geschlecht zucken. „Es ist ungemein praktisch, dass du gerade auf meinem Schoß sitzt. So können wir das Spielzeug unter veränderten Voraussetzungen testen. Ich möchte herausfinden, ob es noch etwas anderes gibt, was dich daran stört. Dieses Mal brauchst du auch nicht zählen, wie oft es vibriert, und wenn sich der Orgasmus nähert, dann sei es dir erlaubt, zu kommen."

Noch bevor sie Einwände erheben konnte, zückte er die Fernbedienung und schaltete den Vibrator an. Ihr Protest folgte als gedehntes „Nein". Die Vibrationen hatten direkten Einfluss auf ihre Klitoris und das empfindliche Nervenbündel erwachte erneut zum Leben.

Bei dem winzigen Stöhnen, das ihr entrang, zuckte sein Mundwinkel. „Sag mir, was du über den Vibrator denkst. Die Handelsvertreter haben es gern, wenn man ihnen ein Feedback gibt."

Ihre Klitoris schwoll an, Druck baute sich in ihr auf, den sie versuchte, zu ignorieren. Wie lange würde sie das noch schaffen? Sie hatte bereits jetzt Probleme damit, klare Gedanken zu formulieren.

„Wieder kämpfst du gegen deine Empfindungen an, Sub. Liegt es daran, dass ich dich nicht berühre? Willst du meine Finger in dir spüren?"

Seine tiefe Stimme formte Worte und sie hörte ihn, trotzdem konnte sich ihr Gehirn keinen Reim darauf machen.

Er schob seine rechte Hand unter ihren Rock und strich über ihre nackten Schenkel, direkt zu ihrer Pussy.

„Nein. Mach das nicht." Sie wehrte sich und versuchte, seinen Arm wegzuschieben. Er wollte sie vor allen Leuten anfassen?

„Abby, erst letzte Woche hast du mit mir eine Session gespielt."

„Da konnte ich nicht denken."

„Ich weiß. Und rate mal, was momentan mein Ziel ist." Zu ihrer Erleichterung nahm er seine Hand weg, umfing ihr rechtes Handgelenk und dann ihr linkes.

Mit seinem rechten Arm um ihre Taille hielt er sie an seine Brust gedrückt, während er die andere Hand benutzte, um sie zu fesseln. Dies erreichte er, indem er ihre Arme seitlich von ihrem Körper fixierte. „Zum Glück für dich genieße ich es, kleine, ungezähmte Subs niederzuringen." Entsetzt musste sie beobachten, wie er die Fernbedienung mit der rechten Hand betätigte. Dann legte er das Gerät beiseite und fasste mit eben dieser Hand unter ihren Rock.

Pures Verlangen breitete sich vibrierend in ihrem Körper aus. *„Di te perdant!"*

Er lachte. „Die Götter werden mich nicht dafür vernichten, nur, weil ich mich an einer kleinen Pusteblume erfreue."

Na großartig. Seine tolle Ausbildung hatte auch Latein einbezogen. Der Vibrator summte, erreichte eine höhere Stufe und stoppte dann plötzlich. Summte, höhere Stufe, stoppte. Höher und höher wurde sie getrieben, ohne jemals in den Genuss des Fliegens zu kommen. Sie wusste, dass der Höhepunkt kurz bevorstand, die erwartungsvolle Unausweichlichkeit verstärkte das Gefühl.

Doch sie steckte fest. Sie schaffte es einfach nicht, die letzte Hürde zu nehmen. Das Problem war ihr Kopf. Sie schwankte zwischen ‚Nein, ich will nicht kommen, nicht hier, nicht in der Öffentlichkeit' und ‚Mehr, mehr, ich brauche mehr'.

Er zog sie fester an sich und sie presste ihre Stirn gegen seine Brust. *Komm doch einfach*, sagte sie sich. Dummerweise ließ ihr Verstand das nicht zu.

Sie spürte, wie er ihre Stirn küsste. „Denkst du schon wieder zu viel nach, Abby? Sieh mich an." Als sie nicht reagierte, verstärkte er den Druck um ihre Handgelenke.

Sie hob den Kopf.

„Verstehst du, dass ich mit dir machen kann, was ich will? Ich kann dich berühren, wo und wie ich will, und du kannst mir nicht entkommen." Das gefährliche Glitzern in seinen Augen verlangte danach, dass sie es zumindest versuchte.

Erfolglos kämpfte sie gegen seinen Griff an. Dass er nicht mal Kraft einsetzen musste, um sie an Ort und Stelle zu halten, erschütterte und erregte sie gleichermaßen. Es handelte sich um ein explosives Gefühl, das ihre Gedanken alle miteinander auslöschte.

Unter ihrem Rock bewegte er seine Hand. Sein Daumen presste sich gegen den Höschen-Vibrator und verstärkte den Druck, während sich seine Finger rechts Zugang verschafften und den Schritt ihres Höschens überwanden. Schon bald umkreiste er ihren Eingang, bevor er schließlich mit einem Finger eindrang.

So wie ein Drache, der sich bei starkem Herbstwind von der Leine riss, stand Xavier für den nahenden Sturm, der durch sein Eindringen ihre eiserne Selbstkontrolle durchbrach.

Er stieß härter zu, zog sich zurück, stieß wieder zu, bis sie bebte und zitterte. Unerbittlich wie sein Griff war auch der Blick, der ihren gefangen hielt.

Als er einen zweiten Finger hinzufügte, spürte sie, dass es vorbei war: Ihr Körper erstarrte, von einem schwarzen Loch eingesaugt, bis nur noch der Rausch des Momentes blieb. Ekstase überrollte ihre Sinne, durchströmte ihre Adern und füllte sie mit primitiven Empfindungen.

Wie eine Schere öffnete er die Finger in ihr, dehnte sie – gleichzeitig erhöhte sein Daumen den Druck auf den Vibrator, der ihre Klitoris erregend umschmeichelte. Erneut wurde sie von einer Lustwelle getroffen, gefolgt von einer zweiten und dritten, bis sie keuchend in seinen Armen erschlaffte.

Nach einer Weile blinzelte sie, und sie kehrte in die Realität zurück. Sie hob die Augen zu seinem Gesicht und beobachtete, wie er seine Finger zwischen die Lippen schob und ihren Nektar mit einem befriedigten Laut ableckte. „Du schmeckst so süß, wie ich dachte.“

Obwohl er den Vibrator abgestellt hatte, klang das

Summen in ihren Knochen nach und ein Schauer erfasste sie.

„Ist ja gut. Ganz ruhig." Er entließ ihre Handgelenke und drückte sie wie ein unglückliches Kätzchen an seine Brust.

Sie starrte ihn an. Wenn er sie jetzt losließe, würde sie fallen. Das Problem: Sie fiel bereits, aus dem Gleichgewicht gebracht von seinen Augen.

Ein Schrei aus der Nähe riss sie aus ihrer Lähmung. Langsam klarte ihr Blickfeld auf. Musik, Lustschreie und der Klang von Schlägen drangen an ihre Sinne, Unterhaltungen und verschiedene Gäste, die neugierig an Xavier und ihr vorbeiliefen.

Ein weiterer Schlag und ihr wurde bewusst, was hier gerade passiert war. Ihr gesamter Körper spannte sich an. Er hatte sie vor jedermann zu mehreren Orgasmen geführt. *Schon wieder.* Irritiert mit sich selbst zappelte sie auf seinem Schoß, um in eine aufrechte Position zu finden.

„Abigail, halt still, ich möchte dich noch ein bisschen länger in den Armen halten." Seine Stimme war leise und sein leichter Akzent fügte ein exotisches Element hinzu. „Wenn du willst, können wir natürlich auch die höheren Stufen am Vibrator testen. Wenn ich mich richtig erinnere, sind es zehn."

Oh, auf keinen Fall! Sie warf ihm einen entsetzten Blick zu.

Und er brach in Lachen aus. Ein Lachen, so aufrichtig

und unerwartet, dass sich mehrere Mitglieder umdrehten und ihn überrascht anstarrten.

Sein Blick indessen war einzig und allein auf sie gerichtet. Er berührte, streichelte sie, fuhr mit den Fingern durch ihre Haare und über ihre nackten Brüste. Eine Hand umfasste ihre linke Brust, während seine Augen an ihrem Gesicht klebten, wodurch sie sich entblößter fühlte als jemals zuvor. Er sah ihr tief in die Augen und schnellte mit seinem Daumen über ihren Nippel.

Ihr Körper reagierte, als hätte Xavier die abgerissene Schnur des Drachens rechtzeitig gepackt und ihn davor bewahrt, davonzufliegen.

Ein verschmitztes Lächeln zeigte sich, und dann kratzte er mit dem Daumennagel über ihre aufgerichtete Knospe. Hitze blühte in ihr auf und sie streckte sich ihm entgegen.

Ein leiser Laut drang an ihre Ohren und sie erkannte, dass die Uhr an seinem Handgelenk vibrierte. Er runzelte die Stirn und küsste sie dann auf die Wange. „Ich muss oben was nachsehen."

„Das ist okay." Kälte durchfuhr sie. Die Leere war zurück. „Ich denke, ich werde nach Hause fahren."

Er betrachtete sie eingehend und schüttelte dann seinen Kopf. „Ich denke nicht."

„Was?" Mit seiner Hilfe schaffte sie es auf die Füße. Ihre Brüste bebten bei dem Versuch, einen Schritt zu machen. Zwischen ihren Schenkeln spürte sie den feuchten Beweis ihrer Orgasmen, nicht zu vergessen das orgasmusentlockende Foltergerät, das sich weiterhin gegen ihre empfindliche Klitoris presste. „Ich gehe jetzt."

„Du bist noch nicht wieder vollkommen fit, Abby." Er wickelte sie in eine weiche, frisch gewaschene Wolldecke, die er sich von einem Tisch mit verschiedenen Sachen genommen hatte. Dann zog er sie an sich und ihr anfänglicher Widerstand verflog wie Asche im Wind. „Du bleibst bei mir, bis ich mir sicher bin, dass du ganz bei dir bist."

Auf dem Weg ins Erdgeschoss musste sie sich eingestehen, dass er recht hatte. Der Boden schwankte unter ihren Füßen und sie schaffte es nur in einer geraden Linie zu laufen, weil er seinen Arm um sie gelegt hatte. In den Büchern hatte es geheißen, dass Subs nach schmerzhaften Sessions, wie Spankings oder Auspeitschen, einen veränderten mentalen Status haben konnten. „Wir haben doch gar nichts Intensives gemacht. Du hast mir nicht wehgetan, da sollte es mir doch eigentlich gut gehen."

„Du hast keinen Schmerz erfahren, aber hast ziemlich heftige emotionale Erschütterungen durchlebt, kleine Pusteblume. Eines muss ich dir noch sagen: Ist dir bewusst, wie wunderschön du bist, wenn du kommst?" Er lächelte auf sie herunter und streichelte ihr über die Wange. „Und diese roten Wangen, zauberhaft."

Oben angekommen führte er sie in einen Bereich mit Tischen, wo sie sich zusammen durchschlängelten. Schließlich erreichten sie die Mitte, wo eine Frau auf einer keilförmigen Apparatur saß, eine der drei Kanten direkt zwischen ihren Schamlippen. Sie trug ein Schild um den Hals, auf dem UNARTIGE SUB stand.

Tränen rannen der hübschen Brünetten über die Wangen. Sie versuchte mit aller Kraft, leise zu sein, denn es war eindeutig, dass sie Schluchzer zurückkämpfte. Mitglieder liefen an ihr vorbei und kommentierten mit ‚verzogene Göre' oder ‚respektlose Sub'. Die Stimmen sprachen alle von Missbilligung.

Ärger stieg in Abby auf. „Was soll das? Du lässt –"

„Setz dich, Abby." Xavier zog einen Stuhl für sie zurecht und stellte ihr eine Flasche Wasser bereit. Sobald er den Arm um ihre Taille wegnahm, gaben ihre Knie nach und sie sackte auf dem Stuhl zusammen.

Xavier redete mit einem Mann am Nebentisch, welcher aufstand und zu der gefolterten Frau ging.

Abby versuchte, sich zu erheben, doch ihr wurde schwindelig und sie landete wieder auf dem Stuhl. Ihr Kopf drehte sich und sie musste sich an der Tischkante festhalten, um nicht auf dem Boden zu landen. Sie war froh, als sie sah, dass Xavier jetzt vor der brünetten Frau stand. Hoffentlich würde er jetzt etwas unternehmen.

Wenn er der armen Frau nicht half, würde er schon bald erfahren, zu was sie fähig war. Obwohl sich ihre Eingeweide bei diesem Gedanken zusammenzogen, war sie sich sicher, dass sie dabei nicht nachgeben würde. Entschlossen presste sie die Lippen aufeinander. Sie würde tun, was nötig war.

„Harmonie." Xavier hatte die Arme vor seiner Brust

verschränkt. „Sag mir, was dein Vergehen war, und warum du es getan hast."

„Ich habe versucht, die Doms dazu zu kriegen, dass sie sich um mich streiten." Ein Schluchzer brach aus der Sub heraus und schüttelte ihren Körper durch. „Weil ich ... weil ich Aufmerksamkeit wollte. Es tut mir leid." Sie senkte ihren Kopf, während die Tränen weiterliefen und von ihrem Kinn tropften.

Xavier stand schweigend vor ihr. Die Sekunden verrannen und Abbys Ärger wuchs. „Entschuldigung angenommen. Wenn du die Doms siehst, und sie dir gestatten, das Wort zu erheben, kannst du dich entschuldigen und ihnen berichten, dass ich deine Bestrafung durchgeführt habe."

Erleichterung strahlte in ihren Augen. „Danke, mein Lord."

Xavier nickte dem Mann zu. „Mitchell, wenn du so freundlich wärst ..."

Mitchell ging zu einem Schaltkasten. Die Apparatur senkte sich. Mit einem Arm um ihre Taille befreite Xavier die Frau von ihren Fesseln und half ihr von dem Foltergerät. Wild schluchzend lehnte sie ihren Kopf an seine Brust und er gestattete ihr diesen emotionalen Ausbruch.

Abby seufzte bei dem Anblick. Ein Mann, der keine Angst vor den Tränen einer Frau hatte. Es dauerte nicht lange, bis sich ihre Wut wieder erhob. *Die arme, arme Frau.* Was für eine fürchterliche Foltermethode hatte sie gerade mit ansehen müssen? Und offenbar hatte Xavier sie angeordnet.

Mitchell griff sich eine Decke und eine Flasche Wasser, und sagte dann zu Xavier: „Ich werde sie in einen ruhigen Raum mitnehmen, bis sie sich stabilisiert hat."

„Danke." Xavier wandte sich der Frau zu. „Du hast dir das Recht erarbeitet, auch zukünftig Mitglied in diesem Club zu sein, Sub."

Als Xavier zu Abby zurückmarschiert kam, hörte sie die Frau zu Mitchell sagen: „Bin ich leise gewesen?"

„Nicht wirklich, nein." Lachend führte der Dom sie weg. „Du hast dein Bestes gegeben. Er hat es dir nicht allzu schwer gemacht, Liebes."

Nicht allzu schwer? Abby konnte nicht glauben, was sie da gerade gehört hatte. Tränen bahnten sich noch immer einen Weg über das Gesicht der Frau und sie torkelte an Mitchells Seite aus dem Bereich.

Abby blitzte Xavier zornig an, als er sich neben sie setzte. „Warum würdest du das jemandem antun?"

Er antwortete nicht, sondern ließ den Blick abschätzend durch den Raum schweifen. Erst dann fanden seine Augen wieder die ihren. „Es nennt sich nicht ohne Grund Bestrafung, Abby."

„Aber ich dachte ..." Sie würde es bevorzugen, ausgepeitscht zu werden, anstatt auf diesem keilförmigen Ding ewig vor sich hin zu leiden. Mit einem Schild um den Hals. Das war so erniedrigend. „Ich dachte, Subs werden zur

Bestrafung ausgepeitscht. Aber das eben, das war einfach furchtbar.“

„Das wird ‚Das spanische Pferd reiten‘ genannt. Für manche Subs ist der Tadel ihres Doms schon Strafe genug. Anderen verlangt es nach Schmerz. Harmonie jedoch genießt es, ausgepeitscht zu werden. Wenn wir sie also auspeitschen, wäre es keine Bestrafung für sie.“ Er zeigte auf die Vorrichtung. „Sie sehnt sich immer nach Aufmerksamkeit. Hier, auf dem spanischen Pferd wurde sie isoliert und beschämt. Nennen wir es eine schmerzhafte Denkpause.“

Seine Erklärung beruhigte sie nicht. Hatte sie sich wirklich so sehr in Xavier getäuscht? Es fühlte sich an, als hätte sie einem Freund die Tür geöffnet, nichtsahnend, dass nun Freddy Krueger vor ihr stand.

„Zuweilen wirst du im Clubbereich auch *Funishments* sehen. Eine Zusammensetzung aus den englischen Wörtern für Spaß und Bestrafung. Eine Sub spielt Ungehorsam vor und wird auf eine Art und Weise bestraft, die beide genießen. Das ist harmlos, solange sich beide einig sind, dass es um Spaß geht. Und der Dom muss Gefallen an diesen unartigen Subs finden, was nicht oft vorkommt. Die meisten Subs wissen, wie weit sie gehen dürfen und haben den Drahtseilakt zwischen hinreißender Frechheit und wahrem Ungehorsam perfektioniert, da sie ihre Doms nicht in Verlegenheit bringen wollen.“ Er trank einen Schluck Wasser und stellte die Flasche zurück auf den Tisch. „Harmonies Betragen ging weit über hinreißend und frech hinaus."

„Und deswegen hast du ihr Schmerzen zugefügt."

„Korrekt, und ich hoffe, dass sie einsieht, was sie falsch gemacht hat und es nicht wiederholen wird." Seine dunklen Augen waren direkt auf sie gerichtet. Mittlerweile konnte sie seinen Ausdruck etwas besser interpretieren: Es hatte ihm keinen Spaß gemacht, Harmonie Schmerzen zu bereiten.

Diese Erkenntnis erleichterte Abby. Dann folgte ein Schwächeanfall und sie sackte erneut auf dem Stuhl zusammen.

Xaviers Augen verengten sich. „Du bist erschöpft. Bist du mit deinem eigenen Auto hier?"

„Taxi." Sie gähnte. „Ich muss nach Hause."

„Ja, musst du."

Mit den Fäusten rieb sie sich über die Augen und versuchte, sich zu erinnern, wo sie ihre Sachen gelassen hatte. Indessen schien Xavier ein Gespräch mit jemandem beendet zu haben, und schon hob er sie in seine Arme.

„Hey!"

„Wenn du so rumzappelst, lass ich dich fallen."

Sie erstarrte. Die Entfernung zum Fußboden war groß und trotz ihres gut gepolsterten Hinterns würde ein Fall wehtun.

Er machte ein paar Schritte, und sein Mundwinkel zuckte amüsiert. „Ich habe nichts dagegen, wenn du atmest, Kleines. Ich würde es dir sogar empfehlen."

Oh. Kein Wunder, dass es in ihren Ohren klingelte. Sie nahm einen tiefen Atemzug und lauschte seinem berauschenden Lachen.

Xavier sah zu Abby. Er hatte sie in seinen Sportwagen gesetzt, den Sitz nach hinten gekippt und schon war sie eingeschlafen. Dass sie so vertrauensselig wie ein Kind schlief, rührte etwas tief in ihm.

Er folgte dem Navi zu einer ruhigen Wohngegend in Mill Valley. Die Nachbarschaft bestand größtenteils aus zweistöckigen Schindelhäusern aus dem neunzehnten Jahrhundert.

Ihres war zum Doppelhaus umgebaut worden, wie er feststellte, als er ihr zum Eingang half. Er nahm ihr den Schlüssel aus den zitternden Fingern, schloss die Tür auf und führte sie hinein. Der Geruch nach Blumen, Reinigungsmittel und einem recht beißenden Geruch grüßte ihn.

Das Licht zeigte einen Raum mit zarter Blümchentapete und eleganter, französischer Einrichtung. Ein goldener Spiegel hing über einem weiß getünchten Kamin, mit einer exzentrischen Ansammlung von Kerzenleuchtern auf dem Sims. Ein ausgeblichener Wollteppich bedeckte Teile des Parkettbodens. Die Atmosphäre erinnerte ihn an das Haus eines ehemaligen Schulfreundes in Frankreich.

Mäuseähnliches Quietschen rang aus der Ecke des Raumes. „Was war das?"

„Welpen. Ich ziehe sie für das Tierheim in der Nähe mit der Flasche auf, bis sie kräftig genug sind. Wenn sie nicht den Krankheitserregern dort ausgesetzt sind, haben sie eine bessere Überlebenschance." Sie gähnte. „Ich muss sie noch füttern."

So hatte er sich den Abend nun wirklich nicht vorgestellt. Schmunzelnd folgte er den Lauten zu einem Kinderplanschbecken, aus dem ihn fünf Fellknäuel mit hoffnungsvollen, schwarzen Knopfaugen anstarrten. Sie würden kaum seine Handfläche füllen. „Wo ist ihr Futter?"

„Willst du mir etwa sagen, dass der legendäre Master Xavier fünf kleine Welpen füttern will?"

Sie war wirklich hinreißend. „Mir bleibt keine andere Wahl. Du würdest mittendrin einschlafen."

„Gar nicht wahr. Es geht mir prima." Ihr trotziger Gesichtsausdruck ließ sie auch nicht wacher aussehen.

„Is' klar." Amüsiert schob er sie zu dem Bogendurchgang, der zum Essbereich und der Küche führte. Pastellgelbe Küchenschränke, drei stuckierte Wände und eine Wand mit einem Steinwandmuster hinter dem Ofen. Dunkle Granitoberflächen und Fensterläden vor einem gefliesten Hintergrund, dazu geflochtene Körbe und farbenfrohes Geschirr. „Eben noch in Frankreich, jetzt bin ich plötzlich in Italien."

Ihre Augen verengten sich. „Du warst in Europa auf der Privatschule, stimmt's?"

„Kluges Mädchen." Sie überraschte ihn immer wieder. In einem Moment strotzte sie voller Selbstvertrauen und war scharfsinnig wie ein Fuchs, und dann ... veränderte sie sich mit einem Mal.

„Ähm." Sie schaute ihn unsicher an. „Hättest du gerne ein Glas Wein?"

„Danke, Kleines, aber nein. Ich trinke nicht." Seine Mutter war eine nordamerikanische Ureinwohnerin gewesen und sein aufgeblasener, französischer Vater war ... „Mein Vater war ein Alkoholiker."

„Oh." Ihr mitleidiger Blick kam nicht unerwartet, ihre Berührung seiner Hand jedoch schon. „Es ist schwer, wenn die Eltern ihren Job nicht ordentlich machen." Langsam, mit unsicheren Bewegungen, mischte sie eine Pampe zusammen, die ihn an verdünnten Haferschleim erinnerte. „Kannst du ihnen das geben, während ich die Fläschchen zubereite?"

„Natürlich." Im Wohnzimmer stellte er die Schüssel ins Planschbecken. Als ein Welpe drauf und dran war, in die präparierte Pampe zu fallen, reagierte er schnell und hob die Schüssel an. „Trinken, nicht reintreten", riet er.

Der Welpe machte Sitz, hob sein winziges Köpfchen und ließ ein Winseln heraus, das nicht zu missverstehen war. Er wollte sein Fläschchen. Xavier nahm sich das Fellknäuel und musterte das Hündchen aufmerksam: dunkle Augen, wuscheliges, welliges Fell, Schlappohren. „Was ist das für eine Rasse?"

„Wir denken, dass es hauptsächlich eine Mischung aus Pudel und Spaniel ist. Vor einer Woche hat sie jemand in einer Schuhbox vorm Tierrettungsdienst abgestellt." Abby kniete sich ans Planschbecken und stellte neben sich die fünf Fläschchen auf.

Als er eine davon nahm, warf sie ihm einen erstaunten Blick zu, als könnte sie nicht glauben, dass er ihr helfen wollte.

Sie hätte ihn nicht aufhalten können. Er setzte sich einen Hund auf sein Knie, bot ihm das Fläschchen an und konnte ein Grinsen nicht unterdrücken, als das kleine Wesen seinen Instinkten folgte und saugte.

Abby hob einen schwarzen Fellball hoch, gab ihm einen kleinen Kuss auf den Kopf und widmete sich dann der Aufgabe, den Kleinen zu füttern.

Xavier grinste, als ein Hündchen seine Nase in die Schüssel steckte und feststellte, dass der Schleim essbar war, ohne zu wissen, wie er es anstellen sollte. Der erste Versuch, das feste Futter zu fressen, endete in einem Niesanfall. „Ich sehe, sie hängen noch an der Flasche."

„Ich versuche es immer mit einer Alternative, um ihre Bäuchlein vorzubereiten, aber es wird schon noch eine Woche dauern, bevor sie wirklich entwöhnt sind." Sie lächelte. „Dann wird mein Leben auch wieder ruhiger."

Xaviers Welpe war ein Extremsauger und alsbald wölbte sich sein kleiner Bauch. Die wartenden Drei sprangen voller Energie herum. Ganz im Gegenteil dazu: Abby. Im Moment würde sie sogar im Stehen einschlafen. Ihr Kopf fiel nach vorn, dann zuckte sie und ihre Augen schossen auf. Anscheinend hatte sie die feste Absicht, ihre Schützlinge erst zu versorgen, bevor sie sich um ihre eigenen Bedürfnisse kümmerte.

Sie hat ein großes Herz.

Sein Hündchen war zur selben Zeit fertig wie ihres. Xavier setzte beide ins Becken und nahm Abby die Flasche aus der Hand. Sie hatte nicht mal mehr die Kraft, sich zu wehren.

„Ins Bett mit dir. Ich übernehme den Rest."

Er half ihr auf die Füße, führte sie die Treppe hoch und brachte sie ins Schlafzimmer. Dieser Raum war nicht europäisch inspiriert. Das Licht kam von Leuchtern an der Wand. Die Vorhänge waren schwer, zimtfarben. Das Dekor war exotisch. *Faszinierend.* Orientalische Teppiche bedeckten den Parkettboden. Ihr Bett war ein Meisterwerk marokkanischer Schnitzarbeit. Seine Fantasie wurde angeregt und er sah Fesselspielchen mit Seidentüchern vor sich.

Xavier schaute auf die Frau neben sich, ein entzückend unschuldiger Kontrast zu der Sinnlichkeit des Raumes. „Du hast Haremsmädchen-Fantasien?"

„Entführt werden. Wüstenzelt", sagte sie schlaftrunken.

Sehr interessant. Er mochte Entführungsspiele. Vermutlich würde sie sich morgen nicht daran erinnern, dass sie ihm gerade eine ihrer Fantasien verraten hatte.

Er zog ihr die Kleidung aus, was sie kaum mitbekam, nahm ihr die Brille von der Nase und legte sie aufs Nachttischschränkchen. Dann streichelte er über ihr seidenweiches Haar, ihre Wange, bevor er sich losreißen konnte, um die restlichen Welpen zu füttern.

KAPITEL NEUN

A**bby erwachte und** gähnte. Die Morgendämmerung kündigte sich trotz der Vorhänge an und zeichnete ein Muster aus Schatten und dem Licht des frühen Morgens in ihrem Schlafzimmer. Decken hüllten sie in ein kuscheliges Nest. Und sie war nackt. Wie war das passiert?

Sie erinnerte sich noch daran, dass Xavier sie nach Hause gefahren hatte. Dann ... *Ich habe die Welpen gefüttert.* Nein, sie hatte bloß einen gefüttert. Sie runzelte die Stirn und atmete tief ein ...

Augenblick, von der Truhe am Bettende erreichte sie der Duft nach Sandelholz. Aus dem Badezimmer strömte ein exotischer Geruch an ihre Nase und ... dabei handelte es sich eindeutig um Xaviers moschusartiges Aftershave! Er musste sie ausgezogen und ins Bett gesteckt haben.

Sie biss sich auf die Unterlippe und ließ ihren Verstand

zu gestern Abend wandern. *Zieh dein Höschen aus. Sag mir dies, sag mir das. Lehn dich zurück*. Sie hatte ihm erlaubt, ihr Befehle zu geben, und sie hatte diese befolgt, als wäre sie nicht in der Lage, selbst zu denken. Er hatte sie berührt, sie zum Orgasmus geführt. Er hatte mit ihr gemacht, wozu ihm gerade lustig war. Was war nur aus ihr geworden? *Warum bin ich plötzlich so ... ein Weichei?*

So bin ich nicht ... oder vielleicht doch? Mit jeder Nacht wurde es einfacher, ihm zu vertrauen und ihm die Zügel zu überlassen. Und wenn er dies dann tat, hatte sie das Gefühl, endlich Zuhause angekommen zu sein – in ihrem eigenen Körper, den sie plötzlich mochte.

Andererseits, als sie den Höschen-Vibrator getragen hatte, war ihre ganze Welt in Scherben zerfallen und sie hatte sich einsam und verloren gefühlt. Es lief ihr kalt den Rücken herunter. Kein Gefühl, das sie wiederholen wollte.

„Du bist wach." Eine tiefe Stimme.

Sie sog scharf den Atem ein und setzte sich im Bett aufrecht hin. Xavier lag neben ihr, ausgestreckt auf der Decke. „*Malum!* Was machst du hier?"

„Wir wollen doch so früh am Morgen nicht schon fluchen, kleine Sub." Er knurrte die Worte und stützte sich auf dem Ellbogen ab. „Du warst vollkommen weggetreten und ich habe mir Sorgen gemacht." Seine Haare hatte er aus dem langen Zopf befreit, jedoch trug er noch seine Kleidung. Stoppeln bedeckten seine Wangen und sein Kinn, und das dämmrige Licht ließ sein Gesicht dunkel und bedrohlich erscheinen. Dann legten sich seine Finger auf ihr

Handgelenk und die Wärme, die er ausstrahlte, erfüllten sie mit einem verstörenden Gefühl von Sicherheit. „Was wir im Club gemacht haben, hätte dich eigentlich nicht so mitnehmen dürfen."

Er war geblieben. „Es lag am Schlafmangel. Die Nacht davor war eine Freundin bei mir, die eine Schulter zum Ausheulen gebraucht hat und die Welpen haben von dem Konzept Ausschlafen noch nie gehört." Eine Erinnerung traf sie: Er hatte sie letzte Nacht durchgeschüttelt, ihr Fragen gestellt, um sicherzustellen, dass mit ihr alles in Ordnung war. Hatte er aus diesem Grund diese Wirkung auf sie? War es seine Fürsorglichkeit, die die dunklen Aspekte seiner Dominanz und Herrschsucht wieder ausglich? „Also, na ja, vielen Dank." *Denke ich.* Niemals hätte sie sich träumen lassen, heute Morgen mit Master Xavier in ihrem Bett zu liegen.

Ein Grinsen huschte über seine Lippen. Hatte er ihre Gedanken gelesen? „Entspann dich, kleine Pusteblume. Ich werde dich nicht plötzlich anspringen."

Oder mich fesseln und schreckliche – interessante – Dinge mit mir machen? Sie schluckte an dem Kloß in ihrem Hals vorbei. „Gut, okay, das beruhigt mich ungemein."

Seine Augen verengten sich. Im nächsten Moment hatte er sie wieder in eine liegende Position gezogen. Er sah auf sie hinunter, abgestützt auf einem Ellbogen, während er mit einem Zeigefinger der Kurve ihres Kiefers folgte. Seine Berührung war abschätzend. „Andererseits könnte ich auch bleiben."

Lass ihn entscheiden.

„Willst du, dass ich bleibe, Abby?“

„Ich dachte, du hättest die Kontrolle. Warum also diese Frage?“

Ein Lächeln umspielte seine Lippen. „Am Anfang, bevor der Dom gelernt hat, die Körpersprache einer Sub zu interpretieren, ist es sicherer zu fragen. Außerdem musst du lernen, deine eigenen Bedürfnisse zu erkennen, so dass du sie uns beiden gegenüber offen artikulieren kannst.“

Ich hasse vernünftige Antworten. Vor allem, wenn die Folge daraus war, dass sie sich ihm öffnen musste. Sie hatte kein Interesse daran, Emotionen auszubluten. Sein Blick blieb auf sie gerichtet, geduldig und gelassen, und sie ... Ja, *verdammt*, sie wollte, was er ihr geben konnte. *Ihr Körper hatte gesprochen.* „Bitte bleib.“

„Braves Mädchen.“ Sein Lob schwappte über sie hinweg. „In dem Fall ist es mir eine Freude, die bedingungslose Kontrolle zu übernehmen.“ Die Hitze in seinen Augen sandte einen Schauer durch ihren Körper. „Du weißt, wie du mir zu antworten hast“, fuhr er fort.

Bedingungslose Kontrolle. „Ja, Sir“, sagte sie stockend.

„Kleine Pusteblume, ich werde dir nicht wehtun.“ Er lehnte sich vor und küsste sie. Zu früh ließ er den Kuss enden, um hinzuzufügen: „Jedenfalls nicht sehr.“

Furchtsame Vorfreude durchfuhr sie.

Rittlings setzte er sich auf sie. Sein bedeckter Intimbereich senkte sich auf sie, wodurch sie daran erinnert wurde, dass sie die einzige nackte Person in diesem Bett war.

„Ich –“ Sie versuchte, sich mit der Decke zu verhüllen. Natürlich hatte sie keine Chance; er schnappte sich rechtzeitig ihre Handgelenke.

„Auch im Club hattest du kein Oberteil an, Sub.“

„Das war was anderes.“ Dort hatte er sie nicht auf diese Weise angeschaut, mit dem begehrlichen Blick eines Mannes. Wie eine Wärmedecke schloss sich diese Erkenntnis um ihren Körper.

Nach einer Weile ließ er von ihren Handgelenken. Sofort bedeckte sie ihre Brüste mit den Händen; sie konnte einfach nicht anders.

Er legte seine Hände auf ihre. Verdutzt sah sie ihn an. Was sollte das? Schnell stellte sie fest, worin seine Absicht bestand: Er positionierte ihre Finger um, bis sie sich mit ihren Zeige- und ihren Mittelfingern selbst in die Nippel zwickte.

Oh nein, nein, nein. Sie versuchte, ihre Hände wegzureißen.

Ausdruckslos betrachtete er sie. „Wenn du bedeckst, womit ich spielen will, dann musst du das Spielen eben für mich übernehmen.“ Er machte eine Pause. „Oder wäre es dir lieber, wenn ich ohne deine Hilfe an die Arbeit gehe?“

Sie nickte fieberhaft und nahm ihre Hände schnell weg.

Den freien Zugang zu ihren Brüsten nutzte er schamlos aus und umfasste die großen Hügel. Sein tiefes, befriedigtes Knurren streichelte ihr Ego genauso wundervoll, wie das seine Finger mit ihren Nippeln machten.

Wiederholt senkte er seine Lippen auf ihre, küsste sie,

knabberte an ihrer Unterlippe, während er ihre Brüste knetete. Von ihren Lippen küsste er sich einen Pfad über ihren Kiefer.

Sein dunkles, offenes Haar fiel über seine definierten Schultern – eine unerträgliche Versuchung. Sie hob die rechte Hand und hielt in der Bewegung inne, um zu fragen: „Äh, darf ich dich berühren?“

„So ein braves Mädchen. Es freut mich, dass du daran gedacht hast, mich um Erlaubnis zu bitten.“ Er nahm ihre Hände und platzierte sie auf dem geschnitzten Kopfende des Bettes. „Lass deine Hände dort. Wenn du gehorchst, dann gestatte ich dir später, mich zu berühren.“ Seine Stimme kam warnend über seine Lippen, und sein exotischer Akzent verlieh seinen Worten Nachdruck. „Egal, was ich gleich mit dir anstellen werde, du darfst nicht loslassen.“

Ihre Eingeweide schmolzen zu einem See aus Lava dahin. „Ja, Sir.“ Was hatte er vor?

Neckend knabberte er an dem Ohrläppchen und küsste die empfindliche Stelle hinter ihrem Ohr. Das reichte schon aus, um eine Gänsehaut auf ihren Armen auszulösen.

Er lehnte sich zurück und sah aus seiner aufrechten Position auf sie herab. Seine Augen sprühten Sinnlichkeit, als er den Blick über ihr Gesicht, ihre bebenden Brüste und ihren Intimbereich schweifen ließ. „Du bist eine wunderschöne Frau, Abby.“

Is' klar.

Er schmunzelte. „So ein zynischer Ausdruck auf deinem hübschen Gesicht.“ Er zwickte in ihren Nippel und sandte einen direkten Blitzschlag zu ihrer Klitoris. „Es ist nicht besonders klug, der Person zu widersprechen, die die Kontrolle hat."

„Tut mir leid, Sir."

Er fand ihre Situation amüsant. Er wusste genau, wie sehr sie sich bereits nach ihm verzehrte. Und er hörte nicht auf, ihre Nippel einer köstlichen Folter auszusetzen – immer und immer wieder zwickte er in ihre empfindlichen Nippel, die um seine Berührung bettelten.

Nach einer Weile beugte er sich vor, leckte über einen aufgerichteten Nippel und blies dann sanft über die angefeuchtete Knospe. *Heiß. Kalt.* Auch dem anderen Nippel gab er diese Behandlung, bis sie im Rhythmus zu ihrem Herzschlag pulsierten.

„Oh." Zu ihrer Enttäuschung fanden seine Lippen erneut die ihren. Ihre Arme zuckten. Sie war versucht, ihn an den Schultern wieder zu ihren Brüsten zu schieben. Ungeduldig und erregt verlor sie die Kontrolle über ihre Hüften. Sie rutschte unter ihm hin und her und wollte Reibu –

„Nein, Sub. Nicht bewegen." Eine Hand packte ein Bündel ihres Haares und er küsste sie auf eine Weise, die ihr zeigte, dass er auch anders konnte: rauer, primitiver. Er nahm sich, was er wollte, küsste sie leidenschaftlich. Es war berauschend, wie er sie dabei außer Gefecht setzte. Es war erregend. Dann knabberte er an ihrem Kinn, sanfter als der Druck, den er bei ihren Nippeln angewandt hatte.

Ein Biss an ihrem Hals folgte, dann einer an ihrer

rechten Schulter. Schmerz flammte in ihr auf, brodelte unter der Oberfläche, wie ein Gewürz, das einer Suppe hinzugefügt wurde. Seine langen Haare strichen über ihre Haut und wirkten als kühlende Abhilfe zu dem Brennen in ihr. Er glitt mit seiner Zunge an ihrem linken Schlüsselbein entlang und bewegte sich anschließend wieder nach unten. Mit jedem Biss erhöhte er den Schmerzlevel. Wenn er so weitermachte, würde sie ihren Verstand verlieren. Er näherte sich ihren Brüsten, ihre Nippel in freudiger Erwartung salutierend.

„Ich mag deine Bodylotion", murmelte er an ihrer Haut. „Du riechst nach Mandeln. Einfach köstlich, unwiderstehlich." Er biss in die Seite ihrer Brust, bevor er erneut ihren Nippel zwischen seine Lippen saugte und sie zum Stöhnen brachte. Er entließ die Knospe aus seinem warmen Mund, dann knabberte er seitlich weiter, jetzt an einer tieferen Stelle, nur um sich anschließend wieder ihrem misshandelten Nippel zuzuwenden.

Kreisförmig umrundete er die Brust, knabberte, biss, und kehrte in immer gleicher Abfolge zu ihrem Nippel zurück. So erzeugte er einen Kreis aus Schmerz, im Mittelpunkt ihr pochender Nippel.

Als er den Kreis schloss, hob er den Kopf. Spannungsgeladen wartete sie auf den nächsten Biss seitlich an ihrer Brust. Stattdessen schwebte er mit dem Mund über ihrem Nippel, bis er die bekannte Routine zerstörte, indem er zum wiederholten Male ihre Knospe quälte.

Kurz spürte sie einen aufkeimenden Schmerz, bevor die

Lust sie packte und sie einen Laut entließ, der halb Stöhnen, halb Schrei war.

Und was tat er? Er wechselte zur anderen Brust.

Oh Gott, nicht noch mal! Das würde sie nicht ertragen. Ihre Hände schossen zu seinen Schultern.

Sofort griff er ihre Handgelenke und hob sie wieder zum Kopfende. „Was habe ich dir gesagt? Wo sollst du die Hände lassen?"

„Xavier." Sie wimmerte, im Nebel des Verlangens verloren.

„Abigail." Die Härte in seinem Ton traf sie wie ein Peitschenhieb.

„Mein Lord. Bitte, ich ..." Sie stoppte. Betteln würde nicht helfen, denn er hatte das Sagen. „Es tut mir leid."

Er ließ ihre Hände los und sie krallte sich am Bettrahmen fest. Das meisterlich geschnitzte Holz fühlte sich unter ihren Fingern kühl und geschmeidig an.

Er wartete einen Moment, dann nickte er zufrieden. „Es wäre leichter für dich, würde ich dich fesseln. Dazu fehlt uns leider noch das gegenseitige Vertrauen. Auf keinen Fall würde ich es beim ersten Mal ohne Zeugen in der näheren Umgebung tun. Deswegen möchte ich, dass du dich selbst fesselst." Er zeichnete mit seiner schwieligen Fingerspitze über ihre Lippen. „Erinnerst du dich noch an unsere Unterhaltung über Funishment?"

Sie nickte.

„Wenn du loslässt, werde ich dir zeigen, was es beinhaltet. Ich kann dir versichern, dass zumindest einer von uns dabei eine Menge Spaß haben wird."

Oh Gott, das darf nicht passieren. Sie packte das Kopfende fester und beobachtete, wie seine Augen amüsiert aufblitzten.

Wie erwartet wandte er sich nun ihrer rechten Brust zu, biss seitlich in die weiche Haut. Ihr linker Nippel schmerzte noch von seiner Folter, doch er ließ sie nicht zur Ruhe kommen und näherte sich mit Daumen und Zeigefinger, um das Gefühl in die Länge zu ziehen. Seine Lippen schlossen sich um ihren rechten Nippel und kehrten dann zu der Seite zurück, bis der Kreis vollendet war. Saugen, beißen, saugen, beißen.

Bei jedem Wechsel spannte sich ihr Körper mehr an.

Schon bald hob er den Kopf.

Himmel nochmal. Ihr Atem stockte.

Unerwartet biss er in ihren linken Nippel. Er verstärkte den Druck allmählich, wie schon bei den Nippelklemmen. Schmerz durchfuhr sie, dann folgte pure Lust. Seine Zunge umkreiste die Knospe, sandte eine heiße Welle zu ihrem Geschlecht, und er biss erneut zu, dieses Mal härter, beinahe gewalttätig.

„Aua ... Oh Gott, warte." Der Schmerz transformierte sich zu erschütternder Lust, die sich wellenartig in ihrem Körper ausbreitete. Ihre Hände öffneten sich und ließen vom Kopfende ab. Sie streckte sich ihm entgegen. Sie brauchte mehr. Sie brauchte weniger.

Mit dem Nippel zwischen seinen Zähnen packte er ihre Arme und platzierte sie wieder über ihren Kopf.

Sie kämpfte gegen seinen Griff an, doch sie fühlte, was seine Kraft und seine unerbittliche Kontrolle im Inneren mit ihr anstellten.

Schließlich ließ er ihren Nippel in Ruhe und das Blut floss zurück. Sie stöhnte. *Oh Gott!* Er bewegte sich tiefer, während ihm sein langes Haar folgte und dabei federleicht über ihre empfindlichen Brüste strich.

Er bedeckte ihren runden Bauch mit Küssen. Sie bebte unter ihm, während er sich einen Weg gen Süden bahnte. Sein Atem strich über ihre Scham und ihr blieb die Luft weg, als ihr bewusst wurde, was er vorhatte. Er war doch ein Dom! Ein Dom würde doch nicht ... Nathan hatte das nie gemacht. Nein, stattdessen hatte er immer betont, dass es ihre Aufgabe war, ihn zu verwöhnen, nicht andersrum.

„Ich ..." Sie schluckte schwer. „Mein Lord, das musst du nicht machen."

Zu ihrer Bestürzung stoppte er und setzte sich zurück, immer noch vollständig bekleidet. „Abigail, habe ich dir die Erlaubnis zum Sprechen gegeben?"

„Nein, Sir", flüsterte sie.

„Korrekt." Ein Grübchen erschien auf seiner Wange. „Es ist gut zu wissen, dass ich *das*" – seine Lippen verzogen sich belustigt – „nicht machen muss." In einer arroganten, besitzergreifenden Bewegung legte er seine Hand zwischen ihre Schenkel.

Der Druck in ihr verstärkte sich. Genau an diesem Ort gierte sie am meisten nach ihm.

„Glaubst du wirklich, dass ich deine Erlaubnis brauche? Du hast nur einen Ausweg, und das ist dein Safeword. Benutze es und ich höre auf."

Der Blick in seinen Augen war gnadenlos. Der Blick eines Masters. Von nichts in der Welt würde er sich von seinem Ziel abbringen lassen und nun wollte er seinen Mund auf ihr Geschlecht senken und ihre ... ihre ... das mit ihr machen.

Er tippte gegen ihre Klitoris, und die Wände ihres Geschlechts zogen sich zusammen. „Deine Pussy ist mein Spielzeug, mit dem ich mich amüsieren möchte."

Er zwickte in ihre schmerzenden Nippel, zupfte an ihnen und zwickte nochmal, dieses Mal fester. Schon bald folgte dem Schmerz die Lust. „Diese Brüste gehören mir." Mit einem Zeigefinger zeichnete er ihre Lippen nach. „Auch dein Mund gehört mir. Schon bald werde ich auch ihn benutzen."

Jedes Wort aus seinem Mund erhöhte die Spannung in ihrem Körper.

„Du hast mich unterbrochen. Ich finde Unterbrechungen sehr lästig. Das bedeutet, dass du eine kleine Lektion nötig hast." Sein Mund verzog sich zu einem gefährlichen Lächeln. „Es ist dir gestattet, zu sprechen, solange mich diese Worte um mehr anflehen."

Anflehen? Als ob! Er zwickte wieder in ihre Nippel und rollte sie zwischen Daumen und Zeigefinger, bis ein unerbittliches Summen ihre Ohren füllte, das sich in ihrem Bauch niederließ.

Dann warf er seine Haare hinter seine Schultern, glitt zu ihrer Pussy und leckte einmal über ihre Spalte. Er neckte sie unaufhörlich mit seiner Zunge, so dass überwältigende Lust in ihr aufstieg. Unter seinen verlockenden Bemühungen schwoll ihre Klitoris an, von Sekunde zu Sekunde wurde sie empfindlicher.

Ein Biss in ihre linke Schenkelinnenseite ließ sie aufschreien. Während ihr Verstand mit dem Schmerz noch kämpfte, fand seine talentierte Zunge erneut ihre Klitoris. Jetzt gesellte sich zu dem Schmerz auch Lust hinzu. Ihr Körper erstarrte, als ihr die süße Routine von ihren Brüsten in den Sinn kam, die er nun in ihren südlicheren Gefilden wiederholte.

Seine Zunge umkreiste die erogene Zone und ihr Verlangen schoss exponentiell in die Höhe. Ihre Muskeln spannten sich an; ihr Becken hob sich seinem Mund entgegen.

Natürlich ließ er das nicht zu. Stattdessen knabberte er an ihren äußeren Schamlippen, gefolgt von einem quälenden Biss an ihrer Schenkelinnenseite. *Schmerz.* Dann kehrte er zu ihrer Klitoris zurück. *Lust.* Sie bekam kaum noch Luft.

Sie wackelte mit ihren Hüften und versuchte, dem stechenden Schmerz zu entkommen. Wieder und wieder umkreiste er ihre Klitoris, und während sie sich unter ihm wand, drang er mit zwei Fingern in sie ein. Ihr Geschlecht wurde von Begierde heimgesucht, die kein Ende zu finden schien.

Seine Zunge fuhr fort, ließ nicht von ihr ab, und sie wusste, dass der Orgasmus kurz bevorsta –

Er stoppte und sein Blick traf den ihren. „Unterbrechungen sind wirklich lästig, habe ich nicht recht?"

Ihr Mund öffnete sich in stillem Protest. Beinahe wäre sie gekommen. Ohne Probleme. Sie presste die Augen zu. Ihm war genau bewusst, wie nah sie dem Höhepunkt gewesen war. Er hätte sie fliegen lassen können ... wenn er gewollt hätte.

Tief in ihrem Inneren breitete sich ein Beben aus. Er hatte sie nicht gefesselt, trotzdem blieb ihr keine Kontrolle mehr.

„Genauso ist es", murmelte er. „Die Entscheidungen liegen bei mir. Dein Körper gehört mir. Lass los, Abby." Erst als er den Kopf senkte, bemerkte sie, dass seine Finger noch in ihr steckten, jetzt aber tiefer.

Ihre Klitoris hatte sich ein wenig beruhigt, was er mit einem Lufthauch aus seinem Mund zunichte machte. Sie wimmerte.

„Sehr hübsch." Er umrundete mit einem Finger ihr Nervenbündel. Nach seiner feuchten Zunge war die raue Berührung ein Schock für ihre Sinne. „Jetzt ist sie dunkelrosa und feucht. Sie präsentiert sich mir. Deine Vorhaut" – er neckte ihre Klitoris und sie sog scharf den Atem ein – „hat sich zurückgezogen und gewährt mir ungehinderten

Zugang.“ Sein erbarmungsloser Blick traf den ihren. „Ich erwarte vollen Zugang zu allem.“

Das Beben in ihrem Inneren trat nach außen; schon bald bebte ihr ganzer Körper. Sie brauchte, sie wollte, sie verlangte. Am liebsten würde sie sich ihm weinend in die Arme werfen und schluchzend zugeben, wie sehr sie ihn brauchte.

Er spreizte ihre äußeren Schamlippen und öffnete sie für sich. Jetzt konnte er mit den Zähnen leichter daran knabbern. Seine Zunge schnellte über ihr Fleisch und tauchte es in Hitze, ganz einfach, indem er gelegentlich zubiss, ohne aber ihre Schmerzgrenze zu übertreten. Dann wandte er sich wieder ihrer Klitoris zu, während er mit den Fingern einen Rhythmus anschlug.

Sie konnte nicht mehr mithalten.

Er ließ von ihrer rechten Schamlippe ab und wandte sich der linken zu. Daraufhin wechselte er zu ihrer Klitoris und trieb sie höher und höher und ...

Er stoppte.

Oh Gott, warum quälst du mich?

Seine Augen fanden die ihren. Ihre Haut stand in Flammen, ihr Geschlecht pulsierte. Sie brauchte ihn. Sie wollte ihn ... *dort*. Genau dort.

Doch sein Kopf bewegte sich nicht. Er musterte sie, während er immer wieder mit den Fingern in ihre Hitze eintauchte, sie näher und näher an die Klippe steuerte. Verzweifelt sehnte sie sich nach ihm, nichts war genug.

Ihre Lippen formten das Wort *bitte*, aber nur ein

Stöhnen entrang ihr. Wäre er verärgert, wenn sie nicht kam? Würde er –

Seine Zähne kratzten seitlich an ihrer Klitoris und näherten sich unaufhörlich ihrem Nervenbündel.

Sie erstarrte. Das Gefühl war so intensiv, so schmerzhaft, so viel von allem. Der Druck in ihrem Körper baute sich wieder auf, während er sie fest im Griff hatte, sie hilflos unter ihm lag. Alles blendete sie aus. Es zählte nur noch der herannahende Orgasmus.

Er stieß härter in sie, fast schmerzhaft, was ihre Lust anfachte und ihre Zunge lockerte: „Bitte. Oh, bitte!"

Sie versuchte, ihr Becken zu bewegen, woraufhin er eine Warnung kommunizierte, indem er ihre Klitoris mit seinen Zähnen stärker folterte. Ihre Muskeln spannten sich an. Sie hatte das Gefühl zu einer Statue geworden zu sein – unbeweglich und hart. Jeder unerbittliche Stoß in ihre Hitze trieb sie näher und näher, bis sie nur noch mit einer Hand an der Klippe hing. Es war unerträglich.

Plötzlich ließ er sie los. Blut strömte zurück in ihre Klitoris und ein Tsunami aus Lust und Schmerz ergoss sich über sie. Dann saugte er an dem Nervenbündel, kraftvoll und gewalttätig, gierig und umspielend.

Empfindungen zerrissen sie von innen und füllten ihre Welt mit blendender Lust. „Ahhh!"

Harte Hände drückten sie gegen die Matratze, und während sie sich unter ihm wand, saugte er ihre Klitoris erneut in seinen Mund. Ihr Körper bäumte sich auf, ihr

Körper, über den sie keine Kontrolle mehr hatte. Er hatte die Fäden in der Hand.

Der Raum wurde von einem weißen Licht eingenommen und das Blut rauschte in ihren Ohren, als sie ein zweites Mal durchgeschüttelt wurde und sie dennoch nach mehr gierte.

Sein Lachen vibrierte an ihrem überempfindlichen Geschlecht, was den nächsten Orgasmus auslöste.

Ihre Atmung ging schwer und ihr ganzer Körper bebte noch von den Nachwirkungen der Orgasmen, als er ihre Hände von dem Kopfende löste und sie auf ihren Bauch drehte.

An den Hüften zog er sie ruckartig zu sich. „Nicht bewegen."

Mit gesenktem Kopf versuchte sie, Sauerstoff in ihre ausgehungerten Lungen zu bekommen.

Trotz allem entgingen ihr nicht die unmissverständlichen Geräusche, wie er seinen Gürtel öffnete, gefolgt vom Reißverschluss, und sich ein Kondom aufriss. Die Strähnen seiner Haare kitzelten über ihren Rücken. Er musste sich über sie gebeugt haben. Und dann, dann spürte sie, wie er sich gegen ihren Eingang presste. Langsam drang er in sie ein. *Oh ja!* Endlich! Sie wollte ihn in sich spüren!

Hart, dick und heiß glitt seine Eichel in sie. Sie war so feucht, doch er war größer, als sie es gewohnt war. Instinktiv wehrte sich ihr Körper gegen diesen Eindringling und sie lehnte sich nach vorn, weg von ihm.

Seine Finger krallten sich in ihre Hüften und sie vernahm ein unterdrücktes Lachen hinter sich. „Tut mir leid, kleine Pusteblume. Ich werde es ruhiger angehen." Er rotierte mit seinen Hüften, drang vorsichtig in sie ein und gab ihr Zeit, sich mit jedem Zentimeter seines Schwanzes anzufreunden. Schließlich spürte sie seine Oberschenkel an der Rückseite ihrer Beine und sein Hoden presste sich gegen ihre Klitoris.

Ihr Geschlecht pulsierte um seine Länge. Sie presste die Lippen aufeinander und versuchte, herauszufinden, ob ihr die Empfindung nun gefiel oder nicht. Nein, denn er war wirklich zu groß.

Zudem verunsicherte sie, wie rücksichtslos dominant er war. Dummerweise erregte sie genau das auch. Sie wagte einen Blick über ihre Schulter. Trotz des dämmrigen Lichts konnte sie sehen, wie hart – beinahe eiskalt – sein Gesichtsausdruck war.

Er sah ihr in die Augen, legte seine Hand auf ihren Hinterkopf und drückte sie mit der Wange auf die Matratze. „Nicht bewegen." Langsam zog er sich aus ihr zurück und verlor sich daraufhin wieder stöhnend in ihr. Dabei traf er einen Punkt, der erneut Lust in ihr erblühen ließ.

„O-okay", hauchte sie. Er glitt heraus, und kehrte mit einem kräftigen Stoß bis zum Anschlag zurück. Die Empfindungen in ihr bündelten sich, sie presste sich ihm entgegen und warf den Kopf in den Nacken.

Er reagierte entsprechend und drückte sie in die Ausgangsposition.

Für wenige Sekunden bewegte er sich nicht, wahrscheinlich um sicher zu gehen, dass sie sich nicht bewegte. Dann griff er mit seinen Fingern ihre runden Hüften, unerbittlich riss er ihr Hinterteil in die Höhe. Ohne Zurückhaltung stieß er hart in sie, rotierte mit seinen Hüften und zog das Tempo bei jedem Stoß an. Härter und härter, schneller und schneller.

Dieser barbarische Rhythmus weckte Empfindungen in ihr, die sie bisher noch nicht erlebt hatte. Immer wieder traf er einen Punkt in ihr, der sie zum Erbeben brachte. Sie wusste, was bald folgen würde. Wenn er sie ließ ...

„Du gleichst einer niemals endenden Überraschung", presste er heraus, als er den Winkel seines Eindringens veränderte. War ihm klar, was er damit in ihr anrichtete? Nun traf er den lustvollen Punkt direkt. *Gleich, gleich, gleich.*

Ihr Inneres zog sich zusammen, wie ein Stern kurz vor der Explosion ... dann knallte es. Blendendes Licht und Hitze strahlten nach außen, breiteten sich bis in die entferntesten Gliedmaßen aus. Ihr Geschlecht pulsierte um seinen Schwanz.

Laut stöhnend tauchte er tief in sie. Mit seinen Händen zog er sie bei jedem Stoß an sich, bis auch er in den süßen Genuss der Erlösung kam. Tief in ihr blieb er vergraben und sie lauschte seinen Atemzügen, so kontrolliert wie alles an ihm.

Sie hob ihren Kopf.

Er drückte ihn wieder nach unten. „Bleib noch eine Weile so, Abigail."

Seine Stimme war rauchig, tiefer als normal, ein bisschen heiser und die Art und Weise, wie er ihren Namen aussprach, war ... merkwürdig. Gedehnt, als wüsste er noch nicht so genau, ob ihm der Geschmack ihres Namens auf seiner Zunge zusagte. Ein Moment verging, dann seufzte er und glitt aus ihr heraus.

Sie wartete, denn sie war sich nicht sicher, ob sie sich schon bewegen durfte. War sie dazu überhaupt fähig? Unter den Nachwirkungen des letzten Orgasmus pulsierte ihr Geschlecht noch immer.

Er verließ das Bett, stellte sich daneben und legte die Hand in ihren Nacken. Sein Griff war fest. Der Klaps auf ihren erhöhten Hintern kam unerwartet, und sie schrie. „Das ist die Strafe dafür, dass du Befehlen nicht folgen kannst. Beim nächsten Mal wird dir dieser Fehler nicht unterlaufen."

Ein brennender Schmerz breitete sich auf ihrer rechten Pohälfte aus. Zwei weitere Schläge folgten. Ihr Hintern brannte.

„Antworte, Sub."

„Es tut mir leid, Sir." *Aua, aua, aua.*

„Sehr gut." Die emotionale Distanz war aus seiner Stimme verschwunden und ein Knoten in ihrer Brust löste sich. Seine Hände streichelten ihren Po, linderten den zugefügten Schmerz. „Du hast einen großartigen Arsch. Wunderschön, wie deine Haut auf eine Bestrafung reagiert. An den Abdrücken werde ich länger Freude haben."

Wie schön für ihn. Wieso verspürte sie keinen Ärger? Lag

es an seinen Händen, die sie so liebevoll berührten? „Danke, Sir."

Er schob einen Arm unter ihren Bauch und hob sie auf die Füße. Ihr Kopf drehte sich von dem abrupten Positionswechsel. „Geh dich duschen. Die Welpen werden gleich aufwachen."

Sie trat einen Schritt von ihm weg und fühlte sich sofort ... verloren. Bei den ersten Orgasmen war sie ihm so nah gewesen, doch dann hatte er sie plötzlich umgedreht. Sie hatte den Eindruck, dass er das absichtlich getan hatte. Hatte er sie während des Aktes nicht ansehen wollen? Ihr Eindruck bestätigte sich, denn nun versuchte er, Distanz zwischen ihnen aufzubauen. Sie rieb sich über die Oberarme. Ihr war kalt. Vor wenigen Minuten hatte er noch in ihr gesteckt.

Sie hörte, dass er etwas in Französisch murmelte. Im Bruchteil einer Sekunde lag sie in seinen Armen, eingehüllt in seine Stärke, seine Wärme. Sofort fühlte sie sich getröstet. Sein langes, schwarzes Haar fiel nach vorne und schirmte sie von der Außenwelt ab. Sie rieb ihre Wange an seiner Schulter und schloss die Augen. „Danke, Abby. Ich habe meine Zeit mit dir sehr genossen – mehr, als ich erwartet habe."

Ihre Traurigkeit wich allmählich.

Leider blieb er nicht.

KAPITEL ZEHN

Mit einem genervten Grummeln legte Xavier seinen Kuli auf dem Schreibtisch in seinem Büro ab, stand auf und lief zu den deckenhohen Fenstern. Das Meer hatte Nebel in die Stadt geschickt, was die gewohnt spektakuläre Sicht auf die Bucht von San Francisco heute Morgen grau und düster machte.

Noch nicht einmal das Dach des Dark Haven in South of Market konnte er sehen. Er richtete seinen Blick gen Norden, wo sich Abby gerade um verwaiste Welpen kümmerte. Sie wusste genau, was die Kleinen brauchten. Es lag ihr im Blut. Auch ihm hatte sie gegeben, was er brauchte.

Er zuckte bei dem Gedanken zusammen, in welcher Eile er ihr Haus verlassen hatte. Er hatte ein schlechtes Gewissen. Die Nacht mit ihr zu verbringen, war dämlich gewesen, doch er hätte nicht einfach gehen können. Kein

Dom ließ eine Sub allein, die nicht für sich selbst sorgen konnte.

Alles schön und gut, aber sie in ihrem eigenen Bett zu nehmen? *Idiot.* Er bestand immer darauf, dass eine Frau zu ihm nach Hause kam, weil er verhindern wollte, dass sich Erinnerungen mit ihm in ihren eigenen vier Wänden bildeten.

Catherines Geist war in ihrem gemeinsamen Haus geblieben. Jeden Raum verband er mit Erinnerungen an sie: Wie sie lachend auf dem Esstisch gelegen, oder auf den Knien im Foyer auf ihn gewartet hatte.

Über die Jahre waren die Phantombilder verblasst, nur gelegentlich suchte sie ihn noch heim. Zumeist während des Sex mit anderen Frauen. Dann sah er anstelle seiner aktuellen Partnerin das sommersprossige Gesicht von Catherine, ihr leuchtend rotes Haar und ihre blaugrünen Augen. Die Erscheinungen führten jedes Mal zu doppelten Schuldgefühlen – als würde er beide, die neue Frau in seinem Bett und seine verstorbene Frau, betrügen.

Samstagnacht mit Abby war ... anders gewesen. Sie hatte eine warmherzige Persönlichkeit, freundlich, intelligent und mit einem bezaubernden Sinn für Humor. Ihre unbewusste Reaktion auf ihn war berauschend, und im Club hatte sie ihm einen der wunderschönsten Orgasmen geschenkt, den er jemals die Ehre hatte mitzuerleben. Er liebte ihren würzigen Duft, ihr heiseres Stöhnen und die Überraschung auf ihrem Gesicht, wenn ihr Körper ihren Verstand besiegte und die Kontrolle übernahm.

Er rieb sich übers Kinn und erinnerte sich, wie reizend sie mit den Welpen umgegangen war und sie deren Bedürfnisse vor ihre eigenen gestellt hatte. Er mochte sie mehr, als er sollte. Die Verzweiflung, mit der er sich in ihrer Hitze hatte vergraben wollen, hatte ihn beunruhigt. Nur seine Frau war in der Lage gewesen, seine Kontrolle derartig auf die Probe zu stellen. Und nun hatte er mit Abby geschlafen. Er begehrte sie, wollte sich erneut an ihrem kurvigen Körper erfreuen und sich in ihrer Hitze verlieren. Und dieser Gedanke allein fühlte sich falsch an – als würde er Catherine betrügen.

Natürlich war das Blödsinn, schließlich war Catherine tot. Wie ein gleißender Meteorit hatte sie ihr Leben in vollen Zügen genossen und auf die gleiche Weise hatte sie es verlassen. Sie würde toben, könnte sie nur sehen, wie er sein Leben ohne sie gestaltete.

Er schüttelte seinen Kopf. *Aber ich will keinen Ersatz.* Er hatte nicht vor, seine Sonnengöttin durch eine Mondfee zu ersetzen. Er brauchte lediglich eine neue Sklavin.

Abby stand dabei nicht zur Wahl. Die kleine Lehrerin gehörte zu den Angestellten im Dark Haven. Er schuldete ihr seinen Schutz und ein paar Lektionen. Nicht mehr und nicht weniger. Innerhalb dieser Grenzen musste er bleiben, obwohl er schon versucht war, sie mit nach Hause zu nehmen. Doch bereits jetzt wusste er, auf was dieser Gedanke hinauslaufen würde: Am Ende würde er ihr das Herz brechen. Es war besser, wenn er sie mied. Das sollte sie auch ohne eine ausschweifende Erklärung verstehen.

Er würde Simon bitten, ihr einen erfahrenen, vertrauensvollen Dom zu suchen. Das Problem: Er hasste den Gedanken, sie mit einem anderen zu sehen.

Als er beobachtete, wie sich der Nebel lichtete und die Sonne ihre volle Kraft offenbarte, musste er sich eine Sache eingestehen: Abby war nicht die Einzige, die unter seiner Entscheidung leiden würde.

Seufzend zog er die Vorhänge zu.

Beim Blick auf seinen Schreibtisch runzelte er die Stirn. Das Postfach auf seinem Bildschirm zeigte noch viele unbeantwortete E-Mails. Das war kein produktiver Montagmorgen gewesen.

Zwei E-Mails und einen Brief später klopfte seine Sekretärin mittleren Alters an die Tür und trat ein. „Marilee Thompson ist hier. Rona Demakis hat sie geschickt."

„Ja, Rona hat mich vorgewarnt." Die Verwaltungsdirektorin im Krankenhaus hatte ihm gesagt, dass Marilee vor ihrem gewalttätigen Ehemann geflüchtet und mit inneren Blutungen in Ronas Krankenhaus gelandet war. Zwei Kinder. Keine Ausbildung. Rona vermutete, dass die Frau noch nicht mal lesen konnte.

„Bring sie bitte rein."

Klein und kurvig hätte man Ms. Thompson als hübsch bezeichnen können, wenn ihr Gesicht von den Schlägen ihres Mannes nicht geschwollen und dazu grün und blau gewesen wäre. Xavier unterdrückte seinen Ärger und lief zu der Sitzgruppe. „Mrs. Thompson, bitte nehmen Sie Platz."

„Mr. Leduc." Gekleidet in einem unansehnlichen,

braunen Rock und einer weißen Bluse bebte sie auf der Türschwelle. „I-ch ... Mir war nicht bewusst, dass ... Es tut mir leid. Sie haben sicherlich wichtigere Dinge zu tun, als –" Sie beendete den Satz nicht, sondern drehte sich einfach zum Gehen um.

Er schüttelte den Kopf. Obwohl sein Büro bequem eingerichtet war, konnte er den einschüchternden Charakter nicht verneinen. Ein nützliches Mittel für einen Geschäftsmann. Sie unten zu treffen, wäre vermutlich besser gewesen. Zu spät. Er entschied sich, die Formalitäten fallen zu lassen und betete, dass dies half: „Marilee, wenn du jetzt gehst, wird Rona mir das niemals verzeihen." Er lächelte und sie entspannte sich ein wenig. „Bitte, nimm Platz."

Sie ließ sich auf der Kante eines Ledersessels nieder. Sie erinnerte ihn an den kleinsten und schwächlichsten Welpen von Abby. Unruhig, schüchtern, unsicher, sobald er sich vom gewohnten Rudel entfernte.

Xavier setzte sich auf die Couch und streckte die Beine aus. *Siehst du, ich beiße nicht.* „Ich bewundere deinen Mut. Du hast deinen Ehemann verlassen und die Strecke vom Mittleren Westen an die Westküste auf dich genommen."

Sie starrte auf ihre Hände.

„Meine Mutter hat eine ähnliche Situation durchgestanden. Sie ist damals von New Orleans nach San Francisco geflüchtet", vertraute er ihr an.

Bei seinem Geständnis hob sie den Kopf. Sie hatte

dunkelbraune Augen, wie seine Mutter. „Und sie hat Sie mitgenommen?"

„Nicht so ganz."

„Sie hat Sie bei ihm gelassen?" Marilee runzelte die Stirn.

„Nein, das hätte sie niemals getan. Ich war zu der Zeit auf einer Privatschule in Europa und wusste nicht, dass sie vor meinem Vater geflüchtet war." Er hatte ihre wöchentlichen Anrufe vermisst, weshalb er Zuhause anrief. Am Telefon wurde er von seinem wutentbrannten, alkoholisierten Vater belabert, ohne dass dieser einen zusammenhängenden Satz zustande bekam. Xaviers Lippen pressten sich aufeinander. Er hatte nicht gewusst, dass sein Vater gegenüber seiner Mutter gewalttätig geworden war. Erst seine Nachbarn hatten ihn über den Zustand seiner Mutter aufgeklärt. „Ich habe ein Boot bestiegen, den Ozean überquert und bin per Anhalter von der Ostküste nach San Francisco gelangt."

„Mein Gott, wie alt waren Sie?"

„Zwei Tage nach meiner Ankunft feierte ich meinen siebzehnten Geburtstag. Ich wollte an ihrer Seite sein, ihr helfen." Xavier machte ein zerknirschtes Gesicht. „Stattdessen war ich ihr eine weitere Last."

„Armes Baby." Ihr mitleidvoller Gesichtsausdruck zeigte, dass sie ihn nicht länger als einschüchternden Geschäftsmann sah, sondern als ein unschuldiges Kind – genau wie die beiden in ihrer Obhut.

Warmherzige Frauen wären irgendwann nochmal sein Untergang.

„Das Mitgefühl steht meiner Mutter zu. Sie hatte keine Ausbildung, keinerlei Erfahrung auf dem Arbeitsmarkt. Mit drei Gelegenheitsjobs hat sie sich über Wasser gehalten.“ Sie hatte darauf bestanden, dass er die Schule beendete, was bedeutete, dass er nur halbtags arbeiten konnte. Es gab nicht immer drei Mahlzeiten am Tag, seine Kleidung war gebraucht und für Hobbys war kein Geld übrig. Dann verstarb sein Vater und hinterließ ihm, seinem einzigen Sohn, sein gesamtes Vermögen. So bekam Xavier endlich die Möglichkeit, seiner Mutter das Leben zu schenken, was sie schon immer verdient hatte. Irgendwann starb auch sie. „Aber sie hat niemals aufgegeben.“

Marilee nahm die Schultern zurück und hob stolz das Kinn. Nein, auch sie würde nicht aufgeben.

„Rona meinte, dass du jemanden kennst, bei dem du bleiben kannst, bis deine Wunden geheilt sind. In der Zwischenzeit kümmern wir uns um einen Job für dich.“

„Sobald der Arzt das Okay gibt, kann ich putzen gehen, kellnern oder Gartenarbeit verrichten.“

Für eine Weile keine körperlich anstrengende Arbeit hatte Rona gesagt. Die anderen Jobs machten es zumeist notwendig, dass man lesen konnte. „Marilee, du musst jetzt ehrlich mit mir sein: Kennst du das Alphabet? Kannst du schreiben, oder merkst du dir einfach die Reihenfolge der Buchstaben in einem Wort?“

Ihre Schultern sackten wieder zusammen und sie senkte den Blick auf ihre nervös spielenden Hände.

Er wartete geduldig. Als Dom hatte er gelernt, dass Schweigen oftmals mehr Antworten hervorbrachte, als das Gegenüber unter Druck zu setzen.

Sie atmete tief ein und sagte: „Ich kenne die Buchstaben – ich kann bloß nichts mit ihnen anfangen. Ich lerne die Buchstaben in den Wörtern auswendig."

„Danke. Ich weiß, es war nicht einfach, das zuzugeben."

Bei seinem Lächeln entspannte sie sich. „Arbeit zu finden, ist nicht leicht – vor allem nicht, wenn man –"

„*Stella's* wird einen Job für dich finden, und wenn du nichts dagegen einzuwenden hast, wird sich die Organisation auch um einen Platz an einer Abendschule bemühen, damit du Lesen und Schreiben lernen kannst."

Das hoffnungsvolle Funkeln in ihren braunen Augen war seine Belohnung.

Nachdem sie gegangen war, kam Mrs. Benton in sein Büro. „Ich habe mit Mrs. Thompson für morgen einen Termin bei Stella's organisiert."

„Sehr gut. Und sag einer der Sekretärinnen – einer mit einem großen Herzen –, dass sie Mrs. Thompson dabei helfen soll, Bewerbungsunterlagen auszufüllen."

„Natürlich." Mrs. Benton wartete und hielt sich nicht damit auf, Notizen zu machen. Die Frau hatte ein Gedächtnis wie ein Elefant.

Er rieb sich das Kinn und dachte nach. Pam Harkness war nicht die erfahrenste Arbeitsvermittlerin, aber ihm gefiel, wie sie mit verängstigten Frauen umging. „Schick sie zu Ms. Harkness. Verdeutliche ihr, dass wir für Marilee einen Job finden müssen, weil mich Simon sonst umbringt."

Seine Sekretärin lachte. „Ich werde mein Bestes geben." Und das würde sie, einfach, weil auch sie mit einem großen Herzen gesegnet war.

Viele der Angestellten bei *Leduc Industries* und *Stella's* hatten den gleichen Albtraum erlebt – Gewalt, keine Ausbildungen und niemand, der ihnen eine Chance gab.

„Ich vertraue Ihnen mit Marilee, Mrs. Benton, und halten Sie mich über ihre Fortschritte auf dem Laufenden." Lächelnd beobachtete er, wie seine Sekretärin die Tür hinter sich schloss. Als er die unsichere Mrs. Benton, die mit Tränen in den Augen zu ihm gekommen war, eingestellt hatte, hätte er niemals gedacht, dass sie eines Tages eine derartig fähige Arbeitskraft für ihn darstellen würde. Ein bisschen Vertrauen und ein BWL-Abschluss haben es möglich gemacht.

Xavier wandte sich wieder der Arbeit zu und schob den Geist, der ihn neuerdings heimsuchte, in den Hintergrund – einen mit hauchfeinem, blondem Haar, Porzellanhaut und traurigen Augen, die ihn an den morgendlichen Nebel erinnerten.

Okay, und was nun? Nach ihrer Samstagsschicht am Empfang schlängelte sich Abby durch die Gäste im Erdgeschoss, und versuchte dabei alles, um nicht nach Xavier Ausschau zu halten.

Gestern war er nicht im Club aufgetaucht. DeVries – Xaviers Vollstrecker – hatte Lindsey und ihr das Halsband umgelegt. Abbys Nervosität musste offensichtlich gewesen sein, denn er hatte sie angegrinst und gemeint, dass er sie ohne Xaviers Erlaubnis nicht auspeitschen durfte. Ohne auf eine Antwort zu warten, war er davongeschlendert. Als die beiden Frauen seiner imposanten Statur hinterhersahen, hatte Lindsey ihr anvertraut, dass ihr der Dom zwar Angst machte, sie ihn aber extrem anziehend fand.

Abby wusste nicht, was sie davon halten sollte. Sich zu deVries hingezogen zu fühlen, klang doch sehr nach einer Motte, die zu einer anderen Motte sagte: *Hey, schau mal das schöne Feuer, lass uns direkt hineinfliegen und sterben!*

Andererseits liebäugelte auch Abby mit dem Feuer – dem Feuer namens Xavier, dem sie eindeutig zu nah gekommen war.

Heute war Xavier spät in seinem Club eingetroffen, und als er bei einem seiner Rundgänge in den Rezeptionsbereich getreten war, hatte er sich distanziert verhalten – körperlich und ja, auch emotional. Erst diese Verhaltensweise hatte ihr bewusst gemacht, wie nah er ihr davor immer gekommen war. Es fühlte sich an, als hätte ihr jemand die Flügel gestutzt.

Abby nahm einen schmerzvollen Atemzug und schaute auf die Leute um sie herum. Mistress Angela hatte einen Latex-BH unter einem Netztanktop an, dazu Latexhosen, die in kniehohen Schnürstiefeln steckten. Ihre Sub trug lediglich ein Netzkleid.

Letzte Woche hatte Xavier die gewohnte Fetischkleidung als zu langweilig eingestuft und spontan einen Dresscode für diesen Samstag angeordnet. Der Befehl lautete durchsichtig oder Netzstoff.

Offensichtlich waren seine Eigenarten nichts Neues und die Clubmitglieder rechneten immer mit Überraschungen. Sie musste zugeben, dass ein paar Leute wirklich ein Händchen für Mode hatten.

Abby wollte für den Themenabend gut aussehen. In einem Secondhand-Laden hatte sie ein Promkleid gefunden. Sie trug lediglich die obere Stoffschicht, die Xaviers Ansprüchen nach Transparenz sicherlich nachkam. Ihre helle Haut schimmerte durch die zartrosa Spitze, und die Doms, denen sie über den Weg lief, schenkten ihr regelmäßig bewundernde Blicke.

Nur Xavier schien kein Interesse an ihrem heutigen Outfit zu haben.

Das tat weh. *Idiot, wir hatten nur einmal Sex. Ein einziges Mal! Warum bin ich so verdammt anhänglich?* Sie war blindlings einem Pfad gefolgt, der sie in die Irre geführt hatte. Nun war sie vollkommen verzaubert von ihm und hatte keine Ahnung, wie sie damit umgehen sollte. Sie biss sich auf die Unterlippe: Was auch immer sie beim Liebesspiel angestellt hatte ... Es musste schlimm gewesen sein! Schon nach dem Akt hatte er Abstand von ihr gesucht.

Ein Streit riss sie aus ihren Gedanken. Ein Dom und

seine Partnerin diskutierten darüber, dass die Sub mit Flirten offenbar ein Hobby gefunden hatte.

Ich bin zum Beobachten hier. Nichts anderes. Im Geiste Notizen machen. Darauf sollte sie sich konzentrieren. Abby setzte sich an einen Tisch in der Nähe, um ihre Forschungen voranzutreiben. Sie hatte keine Wahl, sonst wäre sie bald arbeitslos.

Der Club war mit Leben gefüllt. Menschen lachten, redeten und tanzten zu Industrial Rockmusik. Sie stützte sich auf dem Tisch ab und betrachtete die Maserung des Holzes. Sie wünschte, ihre Forschung wäre bereits abgeschlossen. Dann könnte sie jetzt nach Hause gehen und bräuchte nie wieder an diesen Ort zurückkehren.

„Alles gut bei dir, Sexy?“ Dixon hatte sich neben ihr niedergelassen und stellte eine Dose Limo vor ihr ab. „Du siehst aus, als könntest du das brauchen.“

Vollkommen aus dem Nichts füllten sich ihre Augen mit Tränen.

„Oh Scheiße, mach das nicht!“ Er rückte seinen Stuhl näher und tätschelte verzweifelt ihre Hand. „Wenn der große Boss denkt, dass ich dich zum Weinen gebracht habe, schickt er mir den Vollstrecker auf den Hals. Wir reden hier von einer Bestrafung mit dem Rohrstock.“

Sie schniefte und schaffte ein schwaches Lächeln. „Tut mir leid.“ Was war bloß mit ihr los? Sie weinte selten – und schon gar nicht in der Öffentlichkeit! Ihre Gefühle waren so wund gerieben, dass sie regelrecht blutete. „Keine Bange, Xavier wird das nicht kümmern.“

Dixons Augen weiteten sich. „Heilige Scheiße! Du bist an seiner Scheißlaune schuld!“

Ihre Hoffnung regte sich ... und erlosch wieder. „Das bezweifle ich.“

„Krasse Sache, wenn *Mein Lord* wirklich ein Auge auf dich geworfen hat. Aber, Liebes, es wäre nicht besonders klug von dir, dich mit ihm einzulassen. Ich meine, jeder weiß, wie großartig er bei Sessions und beim Sex ist.“ Er fächelte sich Luft zu. „Allerdings hat er eine Abneigung gegen Beziehungen. Du solltest gar nicht daran denken. Verstehst du, was ich dir damit sagen will?“

„Ja, ich verstehe es sogar sehr gut.“

„Wenn er den Eindruck bekommt, dass du einen Frauenständer für ihn hast, wirft er dich im hohen Bogen vor die Tür.“

„Super ... Die Warnung kommt nur leider zu spät.“ Mehr Tränen füllten ihre Augen. *Ich weiß noch nicht mal, was ich falsch gemacht habe.*

„Was ist das Problem hier?“ Eine unnachgiebige Hand legte sich auf ihre Schulter. Ein unerbittlicher Griff, der eine Flucht unmöglich machte. Jeder Muskel in ihrem Körper spannte sich an und seine kalte Stimme vereiste ihre Knochen. „Dixon, was hast du gemacht?“

Der schlanke Sub landete in einer beeindruckend geschmeidigen Bewegung auf seinen Knien. „Mein Lord, ich habe nichts ...“ Dixon schaute sie an und hob dann entschlossen sein Kinn – eine untypische Reaktion von dem regelbewussten Mann. „*Ich* habe die Tränen nicht verursacht."

Na toll. Demütige mich nur. Genau das habe ich heute noch gebraucht. Der Griff um ihre Schulter festigte sich. Dixon, den sie weiterhin anstarrte, merkte davon natürlich nichts. Sein streitlustiger Blick haftete für eine lange Zeit einzig und allein auf Xavier, bevor er einknickte und demütig den Kopf senkte.

Stille. Nur die Hand auf ihrer Schulter verdeutlichte ihr, dass er noch nicht verschwunden war. Dann brach er die Stille mit zwei Worten: „Ich verstehe."

Mir reicht's. Nicht mehr lange und mehr Tränen würden sich einen Weg bahnen. Der Gedanke allein war schockierend genug. *Ich will nach Hause.* Entschluss gefasst, versuchte sie, sich samt Stuhl vom Tisch wegzuschieben, so dass sie aufstehen konnte.

Xavier reagierte schnell und presste seine Hüfte gegen ihre Lehne. Fluchtversuch unterbunden. „Ich werde mich in einer Minute mit dir beschäftigen, kleine Sub."

Er drehte sich und rief nach Master deVries.

Dixon entließ ein Quietschen, das dem Laut eines Welpen ähnelte, der sich in voller Demut seinem Herrchen unterwarf.

Abby beobachtete den Dom mit dem markanten Kiefer herannahen. Er ließ seinen abschätzenden Blick über die Situation schweifen, bevor seine aufmerksamen, graugrünen Augen auf dem bewegungslosen Dixon landeten. Er zog die linke Augenbraue hoch und fragte: „Wie kann ich behilflich sein?“

Oh nein. Warum hatte Xavier ihn herbeigerufen? Sein Ruf war ... furchterregend. Mehr als das. Er war ein bisexueller Sadist. Sie erschauerte, woraufhin sich seine Lippen zu einem sinnlichen Grinsen verzogen. Er genoss ihre Reaktion.

Xavier stellte seinen Stiefel auf Dixons Hinterkopf und presste so die Stirn auf den Fußboden. „Ich befinde mich in einem interessanten Dilemma. Ich hoffe, du hast ein bisschen Zeit.“

DeVries Augen leuchteten auf. „Das habe ich.“

„Dixons Ehrlichkeit mir gegenüber war mutig, aber die Art und Weise hat mir nicht zugesagt. Er soll für seinen Mut belohnt und für seinen respektlosen Tonfall bestraft werden.“

„Ah ja.“

Das bösartige Glitzern in den Augen des Mannes ließ Abby erschauern. „Nein! Er sollte nicht bestraft werden! Das werde ich nicht –“

Xavier legte seine Hand auf ihren Mund, griff ein Bündel ihrer Haare und zog ihren Kopf in den Nacken, bis er ihr von oben in die Augen sehen konnte. „Loyalität ist eine tolle Sache. Hör damit auf, solange ich noch Bewunderung empfinde.“

Sie wehrte sich gegen ihn und er packte fester zu. *Autsch.*

DeVries lachte. „Es wäre so ein Spaß, die beiden

zusammen zu bestrafen. Gegenüber voneinander fesseln, sie zusehen lassen, wenn der andere bestraft wird und darauf warten, wer zuerst schreit – oder kommt."

Oh nein, nein, nein.

„Nette Idee, aber ... um die kleine Sub hier werde ich mich selbst kümmern."

„Ach, wirklich schade."

Xavier hob seinen Fuß von Dixons Kopf. „Dixon, geh mit Master deVries. Denk daran, dich bei ihm zu bedanken, wenn er mit dir fertig ist."

„Ja, mein Lord." Dixon streckte den Rücken durch und sah ihr kurz in die Augen. In seinem Blick konnte sie zugleich Entsetzen und Erregung sehen. Schnell wandte er seine Aufmerksamkeit wieder dem Vollstrecker zu.

„Zieh dich aus, Junge."

Dixon stand auf und entledigte sich des Netzoberteils und seiner Radlerhose.

„Dein dicker Hoden sagt mir zu. Genau richtig für die Klemmen und die gespickten Ketten." Er löste die Reitgerte von seinem Gürtel und schob sie Dixon zwischen die Zähne. „Auf Händen und Knien. Böse Jungs haben nicht die Erlaubnis, aufrecht zu gehen." Nachdem er einmal mit den Fingern geschnippt hatte, schlenderte er davon.

Dixon erschauerte, sank wieder auf die Knie und folgte dem gruseligen Dom auf allen vieren.

Die beiden erreichten die Treppe zum Kerker und Xavier ließ von Abbys Haaren ab. Er setzte sich auf den Stuhl, auf dem zuvor Dixon gesessen hatte und streckte seine Beine aus. Stille kehrte ein, ohne dass er seinen durchdringenden Blick von ihrem Gesicht nahm. Worauf wartete er denn?

Oh je! Hastig ließ sie sich vor ihm auf die Knie runter. Nicht halb so graziös wie Dixon, aber wenigstens kniete sie, richtig? Es erforderte all ihre Willenskraft, um die Augen auf den Fußboden gerichtet zu lassen.

Niemals hätte sie gedacht, wie erdrückend Stille sein konnte. Es fühlte sich an, als wäre sie in den Tropen. Oder in der Hölle.

„Ich trage an deinen Tränen die Schuld?“, fragte er.

„Natürlich nicht.“ Vielleicht war es gut, dass sie auf den Boden starrte. „Ich hatte einfach einen harten Tag bei der Arbeit“, log sie.

Eine Minute verging. Was war das hier? Tod durch Anschweigen? Sie knirschte mit den Zähnen.

„Das versuchen wir nochmal.“

Di te perdant. „Bei allem Respekt, Sir, aber wir befinden uns nicht in einer Beziehung. Aus diesem Grund gehören meine Gedanken allein mir.“ Ein Schauer durchlief sie, als sie daran dachte, wie er bei ihrer gemeinsamen Nacht seine Hand zwischen ihre Schenkel geschoben und mit tiefer Stimme gesagt hatte: *„Deine Pussy ist mein Spielzeug, mit dem ich mich amüsieren möchte.“*

Als er sich vorlehnte, einschüchternd und selbstsicher, bildete sich Gänsehaut auf ihren Armen. Er rieb über ihr Halsband und schürte mit dieser winzigen Berührung das Feuer in ihr. „Was ist das, Kleines?“

Am liebsten würde sie seine Hand wegschlagen. „Ein Halsband, Sir."

„Wessen Halsband?"

Sie wollte sagen, dass es dem Club gehörte, besann sich aber eines Besseren.

„Deines."

„Würdest du nicht auch sagen, dass wir damit sehr wohl eine Art Beziehung haben?" Trotz seines milden Tons konnte sie die Verärgerung heraushören.

Jede Zelle in ihrem Körper rebellierte. Sie hatte ihn wütend gemacht. Gleich würde er sie anschreien und beschimpfen. Ja, das würde er ganz sicher ... Ihr Atem beschleunigte sich. Was konnte sie sagen, um ihn zu beruhigen? „Es tut mir leid. Was auch immer ich letzte Woche gemacht habe, um dich zu verärgern, ich habe es nicht so gemeint! Ich –"

„Sieh mich an", sagte er, seine Stimme vollkommen emotionslos, als hätte er seine Wut unter Eis begraben.

Ihr Blick hob sich und traf auf seine schwarzen, unlesbaren Augen.

Seine Unterarme ruhten auf seinen Knien, und er musterte sie aufmerksam.

„Es hat dich verletzt, dass ich letzte Woche so übereilt gegangen bin."

Sie zuckte zusammen. Es war ihr nicht möglich, die Reaktion zurückzuhalten. *Mach ihn nicht wütend – nicht noch wütender.* „Das war dumm von mir. Es war nur Sex."

„Sex, oh ja, den hatten wir."

Die Frage, was sie falsch gemacht hatte, lag ihr auf der Zunge. Sie wollte es so verzweifelt wissen, aber nein, sie durfte ihn nicht fragen. Die Frage würde ihn wütend machen. Dann würde er schreien.

Sein Blick ließ nicht locker. Sie hatte das Gefühl, dass er ihr direkt in die Seele blickte.

„Mein Lord!“ Eine Sub, die Abby unbekannt war, kam angerannt. Panisch und mit weit aufgerissenen Augen sagte sie: „Da ist ein Polizist an der Tür. Er verlangt Einlass.“

Xaviers Aufmerksamkeit wanderte von ihr zu der fremden Sub. Der Verlust seiner Augen löste in Abby das Gefühl aus, als würde sie fallen – wie in einem Traum, aus dem man aufschreckt. Sie drückte die Schultern durch und atmete einmal tief ein.

Xavier erhob sich und wirkte somit noch größer, bedrohlicher. „Wir reden, sobald ich zurückkomme, Abby.“

Sicher, damit ich mir anhören kann, dass du mich nicht verletzen wolltest. Bla, bla, bla. Darauf kann ich gut und gerne verzichten! Sie senkte die Augen wieder zum Boden und wartete, bis die Stiefel aus ihrem Blickfeld verschwunden waren. Guter Zeitpunkt, um zu verschwinden. Und was sollte dann aus ihrer Forschung werden? Sie schaffte es auf die Füße, auch wenn ihr das Gedankenwirrwarr die Kraft raubte.

„Abby, ich habe dich gesucht.“ Simon näherte sich, seine Frau im Schlepptau. Trotz Xaviers Kleiderordnung für den heutigen Abend trug er einen Anzug.

Rona hingegen hielt sich an Xaviers Verordnung: Sie

trug ein transparentes, schulterfreies Kleid. Der knöchellange, schwarze Rock hatte rechteckige Aussparungen, so dass sie bei jedem Schritt Haut zeigte. Zudem trug sie wie immer ihr goldenes Halsband. Als sie Abby betrachtete, erlosch ihr Lächeln. „Geht es dir gut?"

„Natürlich. Es war nur ein sehr langer Abend."

Als sich Simons Augen skeptisch verengten, hob sie die Hand. „Bitte mach ihn nicht noch länger."

„Verstanden", sagte er. „Ich halte mich zurück."

Abbys rechter Mundwinkel zuckte amüsiert. „Ihr habt mich gesucht?"

„Rona und ich dachten, dass du vielleicht den Unabhängigkeitstag mit uns feiern möchtest. Ein paar Clubmitglieder fahren dazu in eine Berglodge, mitten im Yosemite-Nationalpark. Dort könntest du andere Leute des Lifestyles kennenlernen. Wie jedes Jahr veranstalten die Mastersons ein Barbecue mit verschiedenen, zumeist harmlosen Aktivitäten auf ihrem Grundstück. Danach fahren wir zur Serenity Lodge zurück, wo am Abend eine BDSM-Party steigen wird."

„Und übernachten werden wir alle in den zauberhaften Blockhütten, gleich in der Nähe der Lodge", fügte Rona hinzu.

Abby schaute in die Richtung, in die Xavier gerade abgerauscht war. Wenn sie ihn in den Bergen den ganzen Tag sehen müsste, würde sie in dem Versuch, sich vor ihm zu verstecken, heulend hinter einem Busch enden.

Simon folgte ihrem Blick und betrachtete sie spekulierend. „Obwohl Xavier jedes Jahr eingeladen wird, hat er die Serenity Lodge seit fünf Jahren nicht betreten."

Er würde nicht dort sein. Diese Erkenntnis war genauso düster. Sie teilte ihre Lippen, um das Angebot abzulehnen, schloss ihren Mund aber in letzter Sekunde. Auf einer zwanglosen Party könnte sie mit Menschen aus dem Lifestyle ins Gespräch kommen und all ihre Fragen loswerden. Bekam sie genug Material zusammen, bräuchte sie danach nicht mehr ins Dark Haven zurückkehren.

Bei dem Gedanken, dass sie Xavier nicht wiedersehen würde, brach ihr das Herz. Für einen Moment vergaß sie das Atmen. Sie fasste sich schnell wieder, denn sie hatte ein Ziel vor Augen. „Die Gastgeber hätten nichts dagegen?"

„Jake und Logan Hunt sind es gewohnt, dass ich ab und zu kinky Stadtmenschen mitbringe. Und beim Grillabend der Mastersons ist jeder willkommen. Die ganze Stadt ist eingeladen."

„Na dann komme ich gerne. Habt ihr eine Wegbeschreibung für mich?"

„Das Fahren auf den Schotterwegen in die Berge kann holprig werden. Denkst du, dein Auto übersteht das?"

Mist. Ihr kleines Auto hatte schon bei Hügeln Probleme. „Na ja, wenn ich ehrlich –"

„Ich fände es gut, wenn sie bei uns im Auto mitfahren würde, Master", sagte Rona sanft.

Simon nickte zustimmend. „Wir würden uns über deine Gesellschaft freuen, Abby. Ist's okay, wenn wir dich morgen Früh einfach abholen?"

Das würde sie davon abhalten, einen Rückzieher zu machen. „Das klingt wundervoll. Danke."

Auf dem Weg zu Abby zurück schüttelte Xavier genervt den Kopf. Der Polizist war gerufen worden, weil es auf der Straße eine Schlägerei gegeben hatte und vermutet wurde, dass das Problem vom Dark Haven ausging.

Falsch gedacht. Wie gewöhnlich war die Ursache in der Bar die Straße runter zu finden. Die Rausschmeißer warfen dort die Streithähne raus und die kamen dann an der frischen Luft erst richtig in Fahrt.

Xavier hatte den Polizisten zu besagter Bar eskortiert. Der Polizist war neu in diesem Revier und mit Vorurteilen behaftet. Zwar wurde im Dark Haven Alkohol angeboten, doch es war verboten, vor Sessions auch nur einen Tropfen zu trinken. Wenn im Club ein Mitglied die Kontrolle verlor, fanden sich immer ein paar Leute, die Wrestling-Matten hervorzauberten und daraus ein kleines Spiel machten. Auch Schlägereien mussten im gegenseitigen Einverständnis ablaufen.

Xavier lief durch den Empfangsbereich, an Lindsey vorbei und betrat den Hauptraum des Clubs. Keine Abby. Er runzelte die Stirn und kehrte zu Lindsey zurück. „Ist Abby schon gegangen?"

Lindsey nickte. „Master Simon hat ihr das Halsband abgenommen, bevor er und Rona sie hinausbegleitet haben."

Xavier schaute auf die Uhr. „So spät ist es doch noch gar nicht.“

„Oh, sie wollen morgen beizeiten aufbrechen.“ Lindsey warf ihm einen flüchtigen Blick zu. „Zu dieser Party in den Bergen, in der Nähe von Bear Flat.“

Sie hatte nicht auf ihn gewartet, hatte sich nicht von ihm verabschiedet. „Ich verstehe.“

KAPITEL ELF

A**bby saß auf** dem Rücksitz von Simons SUV und beobachtete die Bäume, die an ihr vorbeirasten – na ja, an denen sie mit dem Auto vorbeirasten. Sie waren zeitig aufgebrochen, hatten das trockene Central Valley durchquert und nun das Vorgebirge erreicht. Mit jedem weiteren Kilometer ragten die Berge höher auf und der Kieferndurft intensivierte sich.

Sie hoffte, dass der Trip ertragreich sein würde. Für die Datenerhebung hatte sie nur noch drei Wochen, so dass sie ihren Artikel vor Ende Juli einreichen konnte. Die Zeit saß ihr im Nacken. Zumal sie einige Paragrafen hatte streichen müssen, um die Integrität der Anwesenden zu wahren.

Was sie bisher in Erfahrung gebracht hatte, war sehr interessant. Und das war wundervoll. Ihre Feldforschung hatte ergeben, wie eng verwoben die BDSM-Gemeinschaft war, wie vielfältig und aufgeschlossen. Nicht nur gegenüber

Geschlechtern und den verschiedensten Beziehungen, sondern in allen Bereichen des Lebens. *Dein Kink ist nicht mein Kink und das ist vollkommen in Ordnung.* Der Rest der Welt sollte sich vom Dark Haven eine Scheibe abschneiden. Von ganzem Herzen wollte sie die Einblicke, die sie gewonnen hatte, mit dem Rest der Menschheit teilen.

Auf dem Beifahrersitz regte sich Rona und streckte ihre Hand nach der Kühlbox neben Abby aus. „Kannst du mir eine Cola Light reichen?" Sie tätschelte den Oberschenkel ihres Mannes. „Simon, willst du auch was?"

„Ich brauche nichts, danke." Er umfasste den Thermobehälter mit Kaffee in seinem Becherhalter. „Koffein mit Kohlensäure zu vermischen, ist wie Giftmüll in einen Fluss zu kippen."

„Oh, Crom. Danke, dass du mir dieses Bild in den Kopf gesetzt hast." Rona nahm die Dose von Abby entgegen. „Nimm dir auch was, Abby. Wir haben genug."

„Gerne. Danke." Abby nahm sich ein Root Beer und nippte an der eiskalten Flüssigkeit. Im Rückspiegel traf sie auf Simons Blick und sie kräuselte die Nase. „Meiner bescheidenen Meinung nach passen Kohlensäure und Koffein genauso gut zusammen wie Kuchen und Schokolade."

Sein Grinsen war umwerfend. Mit seinem schwarzen Haar, den dunkelbraunen Augen und der braungebrannten Haut konnte er auf dem Intensitätslevel von Xavier mithalten. Sie wagte sich zu erinnern, dass Simon griechischer Herkunft war. Xavier hatte das Blut der Ureinwohner in seinen Venen, zusammen mit seinen französischen Wurzeln väterlicherseits. Somit waren sie beide groß, dunkel und dominant.

„Bevor ich es wieder vergesse: Was ist ein Crom?", fragte Abby.

„Oh, tut mir leid. Crom ist der Gott aus ‚Conan der Barbar'." Rona grinste. „Ich habe zwei Jungs. Schon früh habe ich damit begonnen, sie davon zu überzeugen, anstatt des S-Wortes lieber den Namen dieses Gottes zu benutzen."

„Clever." Sehr clever. Grace würde das gefallen.

Rona drehte sich auf ihrem Sitz, um Abby in die Augen sehen zu können. „Ich habe eine Frage. Wenn dir die Frage zu persönlich ist, kannst du mir das sagen."

Simon schnaubte. „Egal, was du fragen willst, es ist auf jeden Fall zu persönlich, wenn du so anfängst."

„Ich habe nicht mit dir gesprochen, *Sir*."

Sein Blick ging im Spiegel zu Abby. „Neugier ist eine der nervigen Charaktereigenschaften von Krankenschwestern. Um jeden wollen sie sich kümmern und stellen dazu immer Fragen, die sie nichts angehen. Nach Jahrzehnten, in denen sie Patienten gefragt haben, ob sie heute schon Stuhlgang hatten und wie die Farbe des Urins aussieht, haben sie keine Grenzen mehr."

Abby verschluckte sich an ihrem Lachen.

Rona blickte finster auf ihren Ehemann. „Wenn du nicht fahren würdest, würde ich dich jetzt hauen."

Sein Lachen war tief und bedrohlich. „Wenn ich nicht

fahren müsste, würde ich dir für diese Drohung jetzt mit dem Paddel den Arsch versohlen.“

Die beiden passten so gut zueinander. Abby entrang ein leises Seufzen. Nathan und sie waren intellektuell auf einer Wellenlänge gewesen, aber Rona und Simon hatten etwas, was sie in ihrer Beziehung mit Nathan vermisst hatte: Leidenschaft. Dass die Funken sprühten. Dieses andauernde Knistern.

Sie runzelte die Stirn. Wenn sie mit Xavier zusammen war, konnte sie das Knistern nicht leugnen, jedoch kannten sie einander kaum. Und sie würden sich auch niemals kennenlernen.

Rona drehte sich nach vorn und ihr dickes, welliges Haar folgte ihrer Bewegung. „Zurück zu meiner Neugieritis: Simon meinte, dass Nathan dich ihm auf einer Hochzeit vorgestellt hat. Warum hat er dich nie mit in den Club genommen?“

Abby erstarrte mit der Dose auf halbem Weg zu ihrem Mund. Das war eine gute Frage. Eingeladen hatte er sie niemals. Er hatte sie immer nur Zuhause fesseln wollen. „Vielleicht ging er davon aus, dass mich die Umgebung abschrecken würde.“ Sie schnaubte. „Was ohne Zweifel passiert wäre, wenn ich beim ersten Besuch eine Session mit Nadel-Play gesehen hätte.“

Rona verzog das Gesicht zu einer Grimasse. „Oh Gott! Ich fühle mit dir. Ich bin fast aus dem Club gerannt, als ich das erste Mal beobachtet habe, wie jemand Nadeln in eine

Brust sticht." Sie rieb ihren Kopf wie ein Kätzchen an Simons Arm. „Geht ihr, du und Xavier, miteinander aus?"

„Nein!" In den Spiegel schauend fiel ihr Simons zweifelnder Blick auf. „Xavier ist nicht ... nein." Sie zuckte hilflos mit den Achseln. *Einmal Sex mit mir und er hat den Entschluss gefasst, dass ich nicht sein Typ bin. So hatte es zumindest den Anschein gemacht.* Als ihre Augen sich mit Tränen füllten, drehte sie den Kopf zum Fenster. Die Bäume wurden größer, der Wald dichter. Im Tal glitzerte ein Bach im Sonnenlicht. Eine Wandertour wäre jetzt genau das Richtige. Im Auto fühlte sie sich gerade mehr als eingeengt.

„Ist dir klar, dass Xavier vor ein paar Jahren seine Frau verloren hat?", fragte Rona.

„Rona", warnte Simon.

„Nach dem, was man so hört, scheinen sie sehr glücklich gewesen zu sein. Ich denke, dass er über den Verlust noch nicht hinweg ist. Zwar trifft er sich mittlerweile wieder mit Frauen, sogar mit mehreren gleichzeitig, aber er steckt sie alle in bestimmte Schubladen." Ihre Finger machten Anführungszeichen um das Wort Schublade. „Er unterhält eine Frau, die er mit in den Club bringt, eine Sklavin für Zuhause, und jemanden, den er auf gesellschaftlichen Veranstaltungen vorzeigen kann. Das ist wirklich –"

„Es gehört sich nicht, hinter seinem Rücken über ihn zu sprechen, Mädchen. Soll ich dir für den Rest der Fahrt einen Knebel verpassen?" Ohne den Blick von der Straße zu nehmen, packte Simon ein Bündel ihrer Haare.

„Nein, Sir. Es tut mir leid, Sir.“ Rona zwinkerte Abby zu und richtete dann ihren Blick nach vorn.

Verflucht seist du, Simon. Gerade, als es spannend wurde. Sie überlegte kurz, ihm einen Klaps auf den Hinterkopf zu verpassen, als sie seinen Blick im Spiegel traf – Augen so dunkel wie die von Xavier und genauso durchdringend. Schnell verwarf sie ihren Plan. Für die Konsequenzen war sie nicht bereit.

Xavier hatte es also zu keinem Zeitpunkt ernst mit ihr gemeint. Er hatte kein Interesse an etwas Festem, mit niemandem. Anscheinend war sie ihm so egal, dass er nicht einmal mehr im Club mit ihr spielen wollte. Das tat weh.

In einem schmalen Gebirgstal lag das Anwesen der Mastersons. Auf der linken Seite erstreckten sich Felder, auf der rechten Koppeln. Vor dem Haus reihten sich die Autos bis zur Scheune. Xavier parkte und stieg aus. Beim Abschließen des Fahrzeugs fiel ihm ein junges Paar auf, das beladen mit Taschen, Handtüchern und Kuchen zum Haus spazierte. Ein Jugendlicher rannte an den beiden vorbei, wenige Schritte dahinter eine Frau im zweiten Abschnitt ihres Lebens, die es nicht so eilig hatte.

Die Spätnachmittagssonne prallte auf ein riesiges, zweistöckiges Blockhaus. Eine Veranda umkreiste das Haus und verband die verschiedenen Anbauten miteinander. Es wurde deutlich, dass das Blockhaus in den letzten Jahrzehnten immer wieder erweitert worden war. Das machte Sinn, schließlich lebte Virgil Masterson hier mit seinen beiden Brüdern. Sie arbeiteten zusammen, sie lebten zusammen. Es war einfacher, die Viehherden und das Bergführer-Geschäft zu regeln, wenn alle unter einem Dach wohnten.

Er konnte sich nicht erinnern, wann er das letzte Mal hier gewesen war. Trotzdem kannte er viele der hier ansässigen Doms, da sie regelmäßig nach San Francisco ins Dark Haven kamen. Die Hunts und seit kurzem auch Virgil Masterson waren im Club immer gern gesehene Gäste. Was für ein Dom war Virgil wohl inzwischen geworden?

Von Simon wusste er, dass Summer jetzt mit Virgil zusammen war. Sie war seine Sub. Xavier freute sich darauf, die kleine Krankenschwester wiederzusehen, die vor nicht allzu langer Zeit noch ein Mitglied des Dark Haven gewesen war.

Xavier stand bewegungslos gegen das Auto gelehnt. Er war erschöpft. Emotional erschöpft. Bevor er losgefahren war, hatte er einen weitreichenden Entschluss gefasst. Was machte die kleine Pusteblume nur mit ihm?

Abby hatte ganz wunderbar in die Schublade *Spielgefährtin für den Club* gepasst – bis sie ihn dazu verführt hatte, mehr mit ihr zu wollen. Noch nie zuvor hatte er Schwierigkeiten gehabt, eine Frau innerhalb der Grenzen zu halten, die er für sie gesetzt hatte. So wie er das auch bei Destiny getan hatte. Er hatte sich an der Langzeitrezeptionistin erfreut, hatte sich an ihrem Humor und ihrer reizenden Art ergötzt, gelegentlich auch im Dark Haven, doch er hatte nie den Drang verspürt, die Beziehung aufs nächste Level zu bringen.

Bei den Sklaven, die in sein Haus kamen, lag seine Aufgabe darin, zu überlegen, wer als Master für sie in Frage käme. Eine Verpflichtung, die er sehr ernst nahm und im gegenseitigen Einverständnis ablief.

Er hatte feste Grenzen für seine Frauen. Und Abby? Bei ihr meldete sich immer wieder dieses Verlangen. Das Verlangen, sie besser kennenzulernen. Es fühlte sich an, als würde in der Küche Bacon und Kaffee auf ihn warten, doch die Tür war verschlossen. Er selbst hatte die Tür verschlossen. Er hatte die Macht, zu bekommen, nach was er sich sehnte.

Während sich seine Gedanken überschlugen, sah er über sich einen Adler kreisen. Der Vogel war sicherlich verwirrt und wusste nicht, was er von der Veranstaltung halten sollte. Damit waren sie schon zu zweit.

Seit dem ersten Zusammentreffen mit Abby verblasste eine Erinnerung nach der anderen mit Catherine – das Band zwischen ihnen wurde dünner. An manchen Tagen hatte er sogar das Gefühl, dass sie sich über seine Schulter lehnte und ihm Ratschläge ins Ohr flüsterte. Er lächelte reuevoll. Sie war seine Vollzeit-Sklavin gewesen, ihr einziges Ziel war es gewesen, ihm zu dienen. Für sie hatte er die Rolle eines Masters angenommen, obwohl ihm diese nicht zugesagt hatte. Jedoch hatte er gewusst, dass nur eine strenge Hand sie zufrieden stellen würde.

Nicht, dass es sie davon abgehalten hätte, ihre Meinung

zu äußern. Gab er ihr die Erlaubnis zu sprechen, war sie vor ihm auf die Knie gefallen und tadelte ihn, wenn er es verdiente. Wäre sie noch am Leben, würde sie ihn jetzt für sein Verhalten tadeln, das er gegenüber Abby an den Tag gelegt hatte.

Er hatte die kleine Pusteblume verletzt. Catherine war offenherzig gewesen – mit ihren Gefühlen und auch beim Sex. Abby war anders. Sie war verletzlicher und es fehlte ihr im Lifestyle sowie beim Sex an Erfahrung.

Von ihr auf Abstand zu gehen, hatte er als eine gute Entscheidung empfunden. Es war eine Chance gewesen, seine innere Mauer zu erneuern, doch leider hatte er sie damit ... zum Weinen gebracht. Die Tränen in ihren wunderschönen Augen zu sehen, hatte sich wie ein Schlag in seine Magengegend angefühlt. Sofort hatte er sie in seine Arme ziehen wollen. Er hatte sie mit nach Hause nehmen und dort mit ihr spielen wollen. Am nächsten Morgen hatte er mit ihr neben sich aufwachen und ihr einen Guten-Morgen-Kuss geben wollen. Er sehnte sich nach ihrem heiseren Lachen und wollte sich mit ihr Wortgefechte liefern, so wie er das noch nie mit einer Sub getan hatte.

Er hatte sie zu seiner Dark Haven-Spielpartnerin machen wollen, doch jetzt wollte er mehr. Dieses eine Mal würde er seine aufgestellten Regeln brechen und die Grenze zwischen Club und seinem Zuhause verschwimmen lassen. Vielleicht wäre sie ja daran interessiert, den Lifestyle auch außerhalb des Clubs zu erkunden.

„Xavier."

Er drehte sich zur Stimme.

Breit lächelnd kam Virgil Masterson von der Scheune über den Kiesweg auf ihn zu. Der Polizist mit den sandfarbenen Haaren trug eine Jeans und ein T-Shirt, das an seinen muskulösen Schultern spannte. „Freut mich, dich hier zu sehen."

„Ich freue mich auch." Sie schüttelten die Hände. „Du hast dir ein kleines Paradies in den Bergen geschaffen."

„Kann man so sagen." Virgil führte ihn zum Haus. „Simon plant einen Camping-Ausflug für den nächsten Sommer. Du solltest auch kommen."

Es gab keinen Grund, ihm auf die Nase zu binden, dass er heute aufgrund einer grauäugigen Sub den Weg in die Berge gefunden hatte. „Ich sollte die Stadt öfter verlassen." Das war die Wahrheit. Früher hätte er es sich niemals erlaubt, so sehr mit der Stadt zu verwachsen.

„Ich bin froh, dass du rechtzeitig gekommen bist, um die jährliche Party der Mastersons mitzuerleben, bevor wir zum Hauptprogramm in die Serenity Lodge weiterziehen." Virgil grinste. „Dieses Jahr haben wir das erste Mal Spiele auf die Tagesordnung gesetzt, die nur für über Achtzehnjährige erlaubt sind."

„Kommen nicht auch Kinder zu dieser Party?"

„Mein Bruder hat im Wald ein Gebiet für Wettkämpfe mit Vorderladern abgesteckt. Die Kinder und Vanilla-Erwachsenen bleiben in der Nähe des Hauses und spielen den Unabhängigkeitskrieg nach. Die Gäste, die sich dem Lifestyle verschrieben haben, werden sich zu dem eingezäunten Schlachtfeld begeben. Doms gegen Subs."

Xavier hatte eine Vision, bei der er den Krieg gewann und er als Kriegsbeute eine süße, kurvige Sub zugesprochen bekam. Eine mit nebelgrauen Augen. „Klingt interessant."

Die Mastersons waren einfach fantastisch. Abby saß auf der riesigen Terrasse an einem Picknicktisch, ignorierte die schnatternden Frauen um sich herum und starrte auf die Vielzahl an Aktivitäten, die sich im Garten zutrugen. Sie war bereits von den Feierlichkeiten zu dem Hochzeitstag ihrer Eltern beeindruckt gewesen, die jedes Jahr um die hundert Gäste anlockten.

Die Mastersons setzten jedoch eine Schippe drauf, indem sie ganz Bear Flat einluden.

Offensichtlich dominierten die Farben Blau, Weiß und Rot. Teller, Tassen, Tischdekoration, bis hin zu den Kuchen und Keksen, die die Gäste mitgebracht hatten, über Girlanden und die Luftschlangen an den Geländern. Nicht weit vom Haus verlief ein Bach, von dem Kinderlachen zu hören war. Eine Wasserrutschbahn zierte einen Hügel, während auf der anderen Seite des Gartens ein riesiges Laufgitter, in dem ein Planschbecken und mehrere Gartenstühle für die ganz Kleinen und ihre Mütter, aufgebaut war. Auf der Wiese standen Tische, an denen die älteren Gäste Poker, Brettspiele oder Domino spielten und sich über den neuesten Klatsch und Tratsch in der Stadt austauschen konnten.

„Abby, wirst du heute Abend auch zu der Party in der Lodge kommen?", fragte Rebecca. Die hochschwangere Frau war mit Logan Hunt verheiratet, einer von zwei Brüdern, denen die Serenity Lodge gehörte. Simon hatte gemeint, dass der Verlies-Themenabend zum Highlight des Ausflugs zählte und sie auf jeden Fall kommen sollte.

„So lautet der Plan, denke ich." Wen würde sie dort kennen? Sie sah sich in der Runde um. Nur Rona und Lindsey? Abby bezweifelte, dass die hochschwangere Rebecca für Sessions bereitstand.

Gegenüber von ihr saß die kleine, dunkelhaarige Kallie, die Frau von Jake, dem anderen Hunt-Bruder. Summer war mit Virgil Masterson verheiratet, einem der Gastgeber der Party zum Unabhängigkeitstag.

„Geht ihr beide hin?", fragte Abby.

„Virgil und ich gehen nicht." Summer drehte sich zur Seite und kraulte mit ihrem nackten Fuß einen ausgestreckten Hund im Teenageralter. Der Spaniel hatte vor Wonne seine Augen geschlossen.

Abby seufzte. Ihre Mieter hatten sich bereit erklärt, ihre Welpen in ihrer Abwesenheit zu versorgen. Sie vermisste die kleinen Racker so sehr.

„Wir überwachen die Ü18-Spiele und werden uns danach zurückziehen. Virgil mag keine Sessions in der Öffentlichkeit." Summer zeigte auf Kallie, Virgils Cousine. „Außerdem wird er alles tun, um nicht mit anzusehen, wie sich Kallie und Jake zusammen amüsieren. Er meint immer, dass er sich sonst die Augen mit Bleichmittel ausspülen müsste."

Kallie spuckte vor Lachen beinahe den Biss in ihren Hamburger wieder aus. „Glaube mir, das Gefühl beruht auf Gegenseitigkeit." Sie grinste Abby an. „Letztes Jahr hatte Virgil mir noch verbieten wollen, mit jemandem aus der BDSM-Szene auszugehen." Sie ließ ihre Stimme tief und brummig klingen: *‚Wage es nicht, mit ihrem Herzen zu spielen, Hunt, sonst vergesse ich meine Polizeimarke und schlag dich grün und blau.'* Mitten auf der Hauptstraße haben sie sich geprügelt. Nach dem Auftritt war das Letzte, was ich erwartet hätte, dass er sich bei einem Ausflug nach San Francisco seine eigene Sub anlacht." Sie schüttelte amüsiert den Kopf und flüsterte in einem liebevollen Tonfall: „Verdammter Heuchler."

Oh, das klang doch nach einer interessanten Konstellation. Sie nippte an ihrem Eistee und machte sich eine gedankliche Notiz: berücksichtige Auswirkungen der Familienmitglieder auf das BDSM-Netzwerk.

Wenn es so weiterging, hatte sie am Ende mehr Fragen als Antworten.

Sie hoffte, dass sie später am Abend die Chance bekäme, ihre Eindrücke niederzuschreiben. Sie müsste wahrscheinlich ein paar Nachtschichten einlegen, um fertig zu werden, aber da musste sie durch.

Sie lächelte, als die Männer am Grill in Lachen ausbrachen. An einem Tisch auf der Wiese saßen sich zwei ältere

Männer bei einem Damespiel gegenüber und warfen sich Beleidigungen um die Ohren. Ein Kind nahm Anlauf und rutschte fröhlich kreischend auf seinem Bauch die Wasserrutschbahn herunter. So viele Freudenklänge.

„Mach dir wegen heute Abend keine Sorgen.“ Rona drückte ihre Hand. „Simon und ich werden auf dich achtgeben. Ein Drittel der Anwesenden solltest du kennen, da sie Mitglieder des Dark Haven sind.“

„Ich bin auch zum ersten Mal hier“, sagte Lindsey in ihrem gedehnten texanischen Akzent.

Kallie lächelte. „Viele kommen eingeflogen, und dann gibt es noch die lokalen Lifestyler. Es werden ein paar gutaussehende Doms dabei sein, wenn du auf die rustikale Sorte stehst.“

Abby dachte an Xavier. Rustikal hatte er lange hinter sich gelassen. Er befand sich mitten im umwerfend verfeinerten Gebiet. *Nein! Denk nicht an ihn!* Wie würde eine Veranstaltung außerhalb des gewohnten Umfelds im Club, die Dynamik zwischen den Dark Haven-Mitgliedern verändern? Würde ein Fremder die Gruppensolidarität befeuern oder beeinträchtigen? „Kommen die Leute aus unterschiedlichen Städten gut miteinander klar?“

„Recht gut, ja“, sagte Rebecca. „Die Ortsansässigen sind keine Freunde der ausgefallenen Kostüme, aber das tut der Intensität der Sessions keinen Abbruch.“

„Kostüme?“ Abbys Magen ging in den Sturzflug. „Also, ähm, ich habe keine Ahnung, was ich heute Abend anziehen soll. Wird Fetischkleidung erwartet? Oder doch eher eine Jeans und ein T-Shirt?“

Rebecca runzelte die Stirn. „Warum um Gottes willen willst du ein T-Shirt anziehen? Die sind das Gegenteil von sexy.“

„Becca hat es sich zur Aufgabe gemacht, jede Frau bei dieser Art Veranstaltung so sexy wie möglich einzukleiden. Letztes Jahr war ich ihr Opfer“, sagte Kallie.

Becca schnaubte. „Bevor ich Logan traf, habe ich mich wie eine Geschäftsfrau angezogen. Bloß nicht meinen Körper zeigen. Er hat mir gezeigt, dass Männer Kurven bei Frauen sehr wohl schätzen und wie ich sie am besten zur Schau stelle.“

„Offensichtlich mochte er nicht nur deine Kurven, Süße.“ Summer wies grinsend auf Rebeccas Schwangerschaftsbauch.

„Göre.“

„Du hast gewonnen.“ Abby grinste Becca an. „Wenn ich nach Hause komme, gebe ich meine T-Shirts in die Kleiderspende.“

„Das ist die richtige Einstellung.“ Sie rieb sich über ihren Bauch und warf Summer ein siegreiches Grinsen zu. „Aber mal im Ernst: Du darfst tragen, was du willst. Als Sub wirst du am Ende der Nacht sowieso keine Kleidung mehr am Körper haben.“

„Wow. Schaut mal, wer zum Grillen gekommen ist“, sagte Rona und zeigte zu ihrer Rechten. „Mir wurde mehr als einmal gesagt, dass er auf keinen Fall nach Bear Flat kommen würde."

Dann drehte sich Abby um, um zu sehen, von wem sie sprach, und bei dem Anblick setzte ihr Herz aus.

Begleitet von Virgil kam Xavier über die Wiese auf sie zugelaufen. Seinen Blick hatte er auf sie gerichtet. Und verdammt, er sah ... umwerfend aus. Dunkle, erregende Haut, scharf geschnittene Gesichtszüge, schwarze Jeans, ein blaues Flanellhemd und eingetragene Stiefel. Der Cowboyhut komplementierte das Outfit.

Er schüttelte Jake Hunt die Hand und sie beobachtete, wie sich Simon ihm näherte und das Wort erhob. Xaviers hinreißendes Lächeln zeigte sich, gefolgt von einem weiteren durchdringenden Blick in ihre Richtung, bevor er sich wieder den Männern zuwandte.

„Habt ihr diesen Blick gesehen? Ich habe noch nie erlebt, dass Xavier eine Frau so ansieht", sagte Summer. „Jetzt verstehe ich auch, warum viktorianische Damen immer einen Fächer hatten."

„Du kennst ihn?", fragte Abby. „Ich dachte, du wohnst hier mit Virgil in den Bergen?"

„Ich bin erst vor kurzem nach Bear Flat gezogen. Tatsächlich habe ich Virgil bei einer Western-Mottoparty im Dark Haven kennengelernt. Es gab ein Spiel, bei dem Kälber mit Lassos eingefangen werden mussten."

„Lass mich raten: Du warst das Kalb?"

„Richtig geraten." Summer lachte. „Xavier, verschlagen wie immer, hat mich dem einzigen Dom übergeben, der mal

Rodeos geritten ist. Innerhalb weniger Sekunden hatte mich Virgil eingefangen und gefesselt."

Als das Gelächter verebbt war, lehnte sich Rebecca zurück und legte ihre Hände auf ihren Bauch. „Ich habe Xavier noch nie außerhalb seines Clubs gesehen." Sie lächelte. „Das Tageslicht macht ihn auch nicht weniger einschüchternd."

Nein, das Gegenteil war der Fall. Sie wusste nicht, wie das möglich war, aber die Schatten, die sich durch die Abendsonne auf seinen Wangen und seinem markanten Kiefer formten, gaben ihm etwas Unheilvolles. In einem Körper vereinte er das Rustikale und das Traditionsbewusste der nordamerikanischen Ureinwohner und das Elegante aus Europa. Ein Junge lief auf ihn zu und bewunderte Xaviers schwarzen, geflochtenen Zopf. Er kniete sich hin, um auf Augenhöhe mit dem Kleinen zu sein, und sprach mit ihm.

Er war also in der Lage zugänglich zu sein. Warum hatte er sich dann bei ihr so distanziert verhalten? „Warum ist er hier?"

„Ja, warum nur", sagte Rona trocken. „Simon liebt ihn wie einen Bruder und wir sind uns einig, dass er ein Auge auf dich geworfen hat, Süße." Ihr Mundwinkel zuckte. „Rebecca, wir müssen dafür sorgen, dass Abby heute Abend extrem verführerisch aussieht."

„Ich ... ich bezweifle, dass er an mir Interesse hat. Trotzdem danke." *Oh, mein Gott! Kommt er etwa gerade auf mich zu?* Wenn er sie anschrie, würde sie auf der Stelle in

Tränen ausbrechen. Sie sah zur Tür hinter sich und überlegte ... Nein, für eine Flucht war es bereits zu spät.

Für einen Moment hatte Xavier die Party genossen. Die vielen verschiedenen Generationen, vom Baby bis hin zum Greis, erinnerten ihn an die Feste, auf die seine Mutter ihn immer mitgenommen hatte, als er noch ein Kleinkind gewesen war. Dann hatte sein Vater beschlossen, dass sein Nachwuchs nicht von seiner nordamerikanischen Abstammung verdorben werden sollte, weshalb er ihn nach Europa aufs Internat geschickt hatte. Seine Eingeweide zogen sich zusammen. *Diese Zeit hast du schon lange hinter dich gebracht, Leduc.*

Er lief zur Terrasse und genoss den Blick auf sein reizendes Spielzeug für diesen Sommer. Ihre feinen Haare schimmerten im Sonnenlicht und ihre Wangen waren leicht gerötet. Das dunkelrote Oberteil schmiegte sich wie eine zweite Haut an ihre vollen Brüste und der tiefe Ausschnitt weckte seinen Schwanz.

Auf halbem Wege die Treppe hoch streckte er seine Hand nach ihr aus. Er wollte, dass ihr Gespräch privat blieb.

Sie starrte ihn an. Widerwille, Schmerz und noch etwas anderes – Angst? – konnte er in ihren Augen sehen. Trotzdem kam sie zu ihm, und diese bezaubernde Folgsamkeit wärmte ihm das Herz. Vor ihm, eine Stufe über ihm, verweilte sie, als hielt sie sich die Option frei, ihm den

Rücken zuzukehren und zu flüchten. „Ich dachte, du kommst nicht zu diesen Veranstaltungen."

Wäre es ihr lieber gewesen, dass er nicht gekommen wäre? Er konnte nicht widerstehen, schob seine Hand unter ihr Oberteil und strich über ihre nackte Haut. In dem grellen Licht konnte er sehen, wie sich ihre Pupillen weiteten und ihre Lippen sich teilten. Es brauchte nicht viel, damit sie unter ihm dahin schmolz. Eine Berührung reichte aus und sie war sichtlich erregt. Und später würde er sie noch mehr erregen.

„Ich wollte bei dir sein." Er hatte geschworen, ehrlich mit ihr zu sein, also hatte er keine andere Wahl, als dieses Geständnis abzulegen.

„Meinst du das ernst?" Ihr überraschter Gesichtsausdruck machte ihn traurig. Durch seine Handlungen hatte er ihr Selbstbewusstsein erschüttert. Schlimmer noch: Sie glaubte ihm nicht. Er legte seine Hände auf ihre Wangen und presste ihr einen besitzergreifenden Kuss auf die Lippen – nur für den Fall, dass andere Männer ein Auge auf sie geworfen hatten. In Anbetracht der vielen Kinder ließ er sie schneller los, als es ihm lieb war.

Sie hatte ihre Finger um seine Handgelenke gelegt und sah ihn aus vernebelten Augen an. Wunderschön.

Er zeichnete ihre leicht geöffneten Lippen nach und stellte sich bereits vor, wie geschwollen sie nach seiner Behandlung mit seinem Mund und seinem Schwanz wären. Und wenn sie nicht artig wäre, würde er auch von einem Knebel nicht absehen. „Komm mit, wir müssen reden."

Da er sah, wie sich ihr Fluchtinstinkt meldete, packte er ihr rechtes Handgelenk und führte sie über die hügelige Wiese. Neben einem Tisch mit einem Schachbrett hielt er an.

„Schwarz oder weiß?“, fragte er höflich.

Sie zuckte beim Klang seiner Stimme zusammen. Ihr Blick war unruhig und unter seinen Fingern spürte er, wie sich ihr Puls beschleunigte. Er war dafür bekannt, Subs an ihre Grenzen und darüber hinaus zu bringen. Doch das hier war keine Session. „Warum bist du so nervös?“

„Bin ich gar nicht.“

Eine Lüge. Er presste die Lippen aufeinander. Sie schluckte schwer und sagte kaum hörbar: „Bist du böse auf mich?“

Sie dachte, er wäre böse auf sie? Er musterte sie aufmerksam. Ja, sie wirkte wie ein Kind, das ins Büro des Direktors gerufen wurde. Verrückt. Die schmerzhafteste Bestrafung, die er bisher in seinem Leben erteilt hatte, waren ein paar Klapse auf den Hintern. „Warum glaubst du, dass ich böse auf dich bin, kleine Pusteblume?“

Ihre klaren, grauen Augen weiteten sich, und er konnte nicht widerstehen und trat näher. Er nahm ihr rundes Kinn in seine Handfläche. „Erzähl's mir, Abby.“

„I-ich weiß es doch auch nicht. Du schaust immer ... Ich weiß nie, was du denkst und mit dem Lächeln hast du es auch nicht so.“ Sie ballte die Hände zu Fäusten und wurde von einem Schauer erfasst.

„Du hast Angst vor mir?“ Er hatte Mühe, das zu glauben. Ihre fehlende Angst war es gewesen, was er vom ersten Moment so anziehend an ihr gefunden hatte.

„Ich ..." Sie schluckte und schien sich einen mentalen Ruck zu geben, bevor sie ihm direkt in die Augen blickte. „Du bist also nicht böse auf mich?"

Ah, da war sie wieder, seine mutige Pusteblume. Ihr Verstand war gefüllt mit verdrehten Gedanken. „Nein. Ich bin über mich selbst verärgert, denn ich habe dich verletzt, Abby. Du hast nichts falsch gemacht."

„Oh." Ihre Augen füllten sich mit Tränen. „Okay."

„Okay", entgegnete er sanft. „Und jetzt lass uns Schach spielen." Ihr verwirrtes Blinzeln brachte ihn zum Lachen. Er entschied daraufhin, noch ein Geständnis abzulegen: „Im Moment ist es besser, wenn wir in der Öffentlichkeit bleiben. Wären wir ungestört, würde ich über dich herfallen, kleine Sub." Er streichelte mit seinem Daumen über ihre weiche Wange und wollte seine Hand mit ihrer Poba –

Er unterbrach den Gedanken, nahm seine Hand weg und trat einen Schritt zurück. „Zuerst müssen wir reden."

„Super", sagte sie leise. „Ähm, Schach. Ich nehme Weiß."

Sie schaffte es immer wieder, ihn zum Lachen zu bringen. Jetzt wollte er sie noch mehr in seinen Armen halten, aber nein. Anstatt dem Bedürfnis nachzugehen, setzte er sich gegenüber von ihr an den Tisch. „Weiß beginnt."

Sie bewegte den ersten Bauer. Er zog nach. Schweigend spielten sie ein paar Züge, bis er feststellte, dass sie das Schweigen endlos hinauszögern würde, wenn er nichts unternahm. *Dein Zug, Leduc.* „Du hast eine Wirkung auf mich, die ich mir nicht erklären kann."

Ihr Blick traf den seinen und die kleine, mutige Sub zog verbal nach, während sie gleichzeitig ihren Läufer in Position brachte. „Auf welche Art? Und wenn deine Worte der Wahrheit entsprechen, warum hast du –"

„Warum ich auf Distanz gegangen bin? Genau aus diesem Grund", sagte er. „Seit ich meine Frau verloren habe, war ich in keiner festen Beziehung mehr. Meine Beziehungen beschränken sich auf das Körperliche." Auf dem Brett bereitete er seine Figuren darauf vor, seine Dame zu entsenden.

Er hörte in ihrer Stimme, wie verletzt sie war: „Du wolltest mich nicht ansehen, als wir Sex hatten. Du hast mich umgedreht."

Auf diese Beobachtung von ihr zu antworten, fiel ihm besonders schwer. „Eigentlich ..." Er seufzte. „Manchmal sehe ich ihr Gesicht, wenn ich mit jemandem Sex habe. Das fühlt sich so falsch an, dass ich nach dem ersten Vorfall die Missionarsstellung immer vermieden habe." Um ihretwillen musste er den Gedanken zu Ende führen. „Bei dir habe ich es getan, weil ich nur dich gesehen habe."

„Oh." Sie senkte den Blick aufs Brett. „Mein herzliches Beileid. Wie lange ist es her, dass sie verstorben ist?"

„Vier Jahre. Ich habe kein Problem mit dem Leben, das ich führe." Er überlegte, wie er seine Gedanken formulieren sollte.

„Erzählst du mir von ihr? Wie ihr euch kennengelernt habt? Wer sie als Person war?"

Er zögerte. Er sprach nie von Catherine. Doch jetzt hatte er Abby vor sich. Abby mit ihren großen, traurigen Augen. „Sie war keine traditionelle Schönheit, doch sie hatte dieses gewisse Etwas. Sie hat gestrahlt. Ihr erster Ehemann und ich waren zusammen auf der Uni und sind Freunde geblieben. Sie war seine Sklavin und als er starb, fiel sie in ein tiefes Loch. Sie war nicht hilflos, aber ..." Wie konnte er das erklären? „Ein guter Vergleich wäre, dass sie ohne Anker auf einem Segelboot im Meer trieb. Du kannst ein exzellenter Seemann sein, doch ohne Anker kommst du vom Kurs ab, wenn du unachtsam bist."

„Ich verstehe, worauf du hinaus willst", sagte sie sanft. „Witwen passiert das oft. Für eine Sklavin, die eine allumfassende Kontrolle gewohnt ist, muss das fürchterlich sein."

Bezaubernde, warmherzige Abby. „Ich konnte es nicht ertragen, sie so zu sehen, und habe sie mit nach Hause genommen." Er nahm seinen Läufer in die Hand und rollte ihn zwischen seinen Fingern. „Der Plan war, ihr einen sicheren Ort zu geben, aber mit der Zeit haben wir uns ineinander verliebt. Sie wurde meine Sklavin, mein Partner und meine Frau. Als dann der lokale BDSM-Club pleite ging, eröffnete ich das Dark Haven, damit sie einen Bereich bekam, wo sie sich mit anderen Sklaven austauschen konnte." *Sie war mein Ein und Alles.*

Abbys Augenbrauen zogen sich zusammen. „Und jetzt

hast du Sklaven bei dir zu Hause und spielst trotzdem mit anderen Frauen im Club?“

Ah ja, jemand hatte geplaudert. „So in etwa. Mit einigen Frauen gehe ich aus, mit Clubmitgliedern oder den Angestellten spiele ich Sessions, und ich behalte Sklavinnen nur so lange bei mir, bis ich einen geeigneten Master für sie gefunden habe.“ Er entschied, ihr zu sagen, dass dies nicht seine wahre Natur war. „Ich genieße es nicht, ein 24/7-Master zu sein.“ Er erinnerte sich an eine Auseinandersetzung mit Catherine und lächelte wehmütig.

„Du bist ein großes Mädchen; du kannst dir deine Kleidung für den heutigen Tag selbst raussuchen.“

„Nein, ich sollte nur das tragen, was dir gefällt.“

„Oh.“ Mit einem Finger schob Abby einen ihrer Bauern ein Feld weiter.

„Ich schaffe es einfach nicht, dir fernzubleiben. Ich möchte mehr mit dir.“ Er bewegte seinen Läufer. „Würdest du deine Unterwerfung gerne außerhalb des Clubs mit mir näher erkunden?“

Ihr Blick hob sich lang genug, dass er das Begehren in ihren Augen sehen konnte. Ohne ihm zu antworten, setzte sie ihren Turm in Bewegung.

Er wartete. Sie spielten ein paar Minuten. Er hatte jetzt ihren Läufer, im Gegenzug hatte sie seinen Springer genommen. Die meisten Bauern waren bereits aus dem Spiel. „Sag mir, was du denkst“, bat er sie.

Ihr Mundwinkel zuckte. „Ich denke, dass du furchtbar herrschsüchtig bist.“

Er packte ihre Handgelenke – so zart unter seinen schwieligen Händen – und fixierte ihre Arme flach auf beiden Seiten des Schachbrettes. „Das bin ich, kleine Sub, und du liebst es. Ich will keine Ausflüchte mehr hören. Gib mir eine Antwort."

Ihre roten Wangen waren eine vielsagende Reaktion auf seine Kontrolle und erregte ihn genauso, wie seine Dominanz sie erregte. Als sie versuchte, sich zurückzuziehen, festigte er seinen Griff.

„Du willst mit mir ... außerhalb des Clubs ... spielen", sagte sie gedehnt. „Trotzdem würdest du weiterhin mit anderen Frauen ausgehen? Wir wären kein offizielles Paar und dem anderen keine Rechtfertigung schuldig?"

Er bedauerte den Hauch von Traurigkeit in ihrer Stimme, doch er konnte ihr nicht geben, wozu er nicht länger fähig war. „Nichts Festes. Ich möchte die Sache zwischen uns Tag für Tag angehen."

„Wahrscheinlich eine gute Idee." Sie drehte den Bauern in ihren Fingern, als hätte er alle Antworten parat. „Ich denke ... Ja, ich würde es gerne probieren ... Sir."

Er lehnte sich zurück und musterte das Brett. Sie hatte ‚Ja' gesagt. Warum fühlte er sich dabei nicht wohl? Möglicherweise lag es an dieser verdammten besitzergreifenden Stimme in seinem Kopf, die schrie: *Sie gehört mir!*

Aber er konnte schlecht etwas von ihr verlangen, was er ihr umgedreht verweigerte. Seine Instinkte müsste er eben im Zaum halten.

Er lenkte seine Aufmerksamkeit wieder aufs Spiel.

Unfassbar, wann hatte sie seine Dame geschlagen? Er blinzelte. Sehr viele seiner Figuren waren der kleinen Pusteblume zum Opfer gefallen. Seine Augen verengten sich. Ihr nächster Zug würde seinen König mattsetzen und er hatte nichts, um ihr etwas entgegenzusetzen. „Du hinterlistige, kleine Sub."

Als sie ihm einen besorgten Blick zuwarf, konnte er ein Grinsen nicht unterdrücken.

Ein Lachen brach aus ihr heraus, herzlicher, als er es jemals gehört hatte. Ein wohlklingender Klang, so befreit und glücklich, dass ein Lustschauer von seinem Körper Besitz ergriff und sein Herz einen Schlag aussetzte.

Diese Frau gehört mir.

KAPITEL ZWÖLF

A**m frühen Abend** hatten die Gäste, die an den kinky Sexspielen interessiert waren, auf einem mit Heu beladenen Anhänger Platz genommen. Während Virgils Pickup den Anhänger langsam den Berg hinaufzog, schwelgte Abby in Erinnerungen an ihre Großmutter, die ihr gerne von ihren Heuwagen-Verabredungen aus ihrer Jugend erzählt hatte. Vielleicht wäre ihre Großmutter nicht so nostalgisch gewesen, wenn ihre Fahrten in einem kinky Kriegsgebiet geendet hätten.

Abby war von ihrem Gespräch mit Xavier immer noch ein bisschen durcheinander, weshalb sie sich nicht beschwerte, dass es nur langsam voranging. Zu viele Überraschungen auf einmal waren nicht gut für ihre Nerven.

Er wollte mit ihr Sessions spielen. *Mit ihr*.

Und er war überhaupt nicht gefühllos. Nein, wenn überhaupt fühlte er zu viel. Sie schmiegte sich an ihn, sein starker Arm um sie gewickelt, um ihr auf dem holprigen Weg Sicherheit zu bieten. Durch den trauergetränkten Schmerz, den sie bei der Unterhaltung über seine verstorbene Frau in seiner Stimme gehört hatte, verstand sie ihn jetzt besser. Er hatte Catherine nicht beschützen können. Was stellte diese Gewissheit mit einem Mann an, der sich die Aufgabe auferlegt hatte, diese Frau vor weiterem Leid zu schützen? Eine Frau, die er abgöttisch geliebt hatte.

Ihr Herz schmerzte, für ihn, für die Pein, die er in der Seele trug. Und ihr Herz schmerzte für sie selbst, denn er würde niemals nur ihr allein gehören. Er hatte kein Interesse an einer festen Beziehung. Nie wieder wollte er für einen Menschen auf diese Weise verantwortlich sein. Aber ihr ging es nicht anders. Schließlich war sie erst seit kurzem Single. Und wenn sie ehrlich war, war sie zu schnell mit Xavier ins Bett gesprungen.

Was sagte es über sie aus, dass sie so kurz nach ihrer Trennung gleich mit einem Mann Sex hatte? Hatte sie Nathan überhaupt geliebt? *Ich bin mir nicht sicher.*

Das Gefährt stoppte. Abby ließ den Blick über eine Lichtung schweifen, die von dichtem Wald umgeben war. Sie sah sich um: mehrere Pfade führten in den schattigen Wald. Nicht weit von ihr lagen Heuballen, darauf Gegenstände, die sie nicht identifizieren konnte.

„Komm, Abby." Xavier stand auf dem Schotteruntergrund, packte ihre Hüften und hob sie mit einer Leichtigkeit vom Anhänger, die ihr den Atem verschlug. „Ich glaube,

Lindsey hat mentale Unterstützung nötig“, sagte er, als er sie über die Wiese führte.

Neben Lindsey hielt er an und legte eine Hand auf ihre Schulter. „Du bist blass, Sub. Geht’s dir gut?“

Lindsey nickte, obwohl ihre Sommersprossen noch nie so stark hervorstanden und die Panik in ihren weit aufgerissen Augen nur allzu deutlich zu sehen war.

Kein Wunder. Auch Abby war nervös. Auf der Tagesordnung standen zuerst die kinky Spiele im Wald und später folgte dann die Party mit dem Verlies-Motto. Abby drückte Lindseys Hand. Empfangsdamen mussten zusammenhalten.

Lindsey spielte an dem weißen Leuchthalsband herum und warf ihr einen dankbaren Blick zu.

Virgil Masterson stieg auf einen Heuballen. „Ladys und Gentlemen, Tops und Bottoms, Master und Sklaven, Doms und Subs, darf ich um Aufmerksamkeit bitten?“ Der Polizist war nicht nur groß, sondern besaß eine Stimme, die perfekt dazu passte, eine Menschengruppe zu kommandieren. „Wir werden gleich mit unserem Spielchen beginnen. An alle, die nicht teilnehmen wollen, bitte bleibt beim Fahrzeug. Ihr werdet zur Lodge gebracht.“

„Doms? Der Einfachheit halber werde ich euch ‚Tops‘ nennen. Ihr sollt euer Land verteidigen. Die ‚Bottoms‘ sind die Angreifer.“

„Attackierende Subs? Das klingt irgendwie falsch“, sagte jemand. Abby erkannte die Stimme als Xaviers Vollstrecker. DeVries trug ein Tanktop, das seine muskelbepackten Arme und seine breiten Schultern offenlegte. Kein Wunder, dass er so viel Ausdauer mit dem Flogger hatte.

Grinsend fuhr Virgil fort: „Alle Pfade führen an denselben Ort. Das Spielfeld ist umzäunt, so dass keiner verloren geht. Falls ihr in ein Problem rennt, ruft laut. Gerald und Garth“ – er zeigte auf zwei Männer in orangenen Warnwesten – „sind heute die Aufseher und ihr Wort ist Gesetz.“

„Tops, die in einer Beziehung sind, dürfen nur auf ihre eigenen Subs schießen. Single-Tops können auf jeden schießen, der ein weißes Leuchtband um den Hals trägt. Bottoms, am Ende der Lichtung findet ihr Bälle. Greift euch einen und werft ihn ins Planschbecken. Wenn ihr das schafft, habt ihr gewonnen, und euer Top muss euch eine Belohnung geben – eine Fußmassage zum Beispiel.“ Er wies auf einen Behälter mit laminierten Karteikarten. „Jeder Top muss sich fünf potenzielle Belohnungen einfallen lassen und auf die Karten schreiben, so dass die Sub wählen kann.“

„Und wie kann sich ein Dom der Schmach entziehen, seine Sub gewinnen zu sehen?“ Die Frage kam von Logan, und Rebecca gab ihm einen verspielten Klaps auf den Arm. Sein Gesicht wurde weich und er zog sie an sich, so dass ihr Rücken an seiner Brust ruhte. Seine Hände rieben ehrfürchtig über ihren Schwangerschaftsbauch.

„Die Tops kriegen Waffen – vier Pistolen.“ Virgil zeigte auf die Heuballen. Dort lagen Wasserpistolen, die mit eingefärbtem Wasser gefüllt waren.

„Das klingt doch schon viel besser“, sagte deVries zustimmend.

Abby machte ein mürrisches Gesicht. *Das ist so gar nicht fair.* „Ich will auch eine Pistole.“

„Träum weiter, kleine Lehrerin.“ Xavier wehrte ihre Faust ab, bevor sie ihn boxen konnte. Er stellte sich hinter sie und presste ihre Arme seitlich an ihren Körper. Als sie sich wand, wechselte er die Position und umschloss mit jeder Hand eine Brust. Der Hitzeschwall, der sie durchfuhr, war überraschend intensiv.

Lindsey sah herüber und kicherte.

„Wozu sind die schwarzen Pistolen gedacht?“, fragte Xavier Virgil.

Virgil grinste. „Die Schwarze ist der tödliche Schuss. Damit ist der Bottom tot und der Top hat das Spiel gewonnen. Was wiederum bedeutet, dass der Bottom gewinnt, wenn es ihm oder ihr gelingt, einen Ball ins Becken zu werfen, bevor die schwarze Pistole sein Ziel trifft. Dann kommt es zu besagter Fußmassage.“

Abby sah über ihre Schulter zu Xavier. „Ich liebe Fußmassagen.“

Seine Arme schlossen sich enger um sie und er flüsterte ihr ins Ohr: „Ich liebe Blowjobs.“

Sie erschauerte und er lachte.

„Okay, wozu brauche ich dann noch die anders farbigen Pistolen?“, fragte eine Domina.

„Ah, hier fängt der Spaß doch erst an. Jede Farbe steht

für eine bestimmte ... Öffnung. Kannst du das für uns demonstrieren, Logan?“

Grinsend entließ Logan seine Frau. Er nahm sich drei Pistolen und feuerte die erste auf Rebecca ab. Purpurrote Flüssigkeit spritzte über ihre nackten Füße. „Rot bedeutet, dass ich mich an ihrer Pussy erfreuen kann.“ Er zog die nächste Pistole. Nun bedeckte Blau ihre Knöchel. „Blau ist für den Mund. Dann muss sie mir einen blasen, bis ich komme.“ Braune Farbe traf ihren anderen Fuß. „Und jetzt ratet mal, für was diese Farbe steht.“

Sie funkelte ihn an. „Das große Arschloch darf mit meinem Arschloch spielen.“

Abby kicherte gemeinsam mit den anderen Subs.

Logan verengte die Augen bei der frechen Antwort. „Wiege dich durch deine Schwangerschaft nicht zu sehr in Sicherheit, kleine Rebellin.“ Er zwinkerte ihr zu und wandte sich wieder der Menge zu. „Ist euer Bottom männlich, könnt ihr wählen, was ihr stattdessen bei Rot mit ihm machen wollt.“

Virgil lachte und sagte abschließend: „Trefft ihr eure Bottoms nur mit der roten Pistole und schafft es nicht, sie davon abzuhalten, den Ball ins Planschbecken zu werfen, habt ihr trotzdem das Recht an ihrer Pussy gewonnen. Nichts anderes.“ Virgil zeigte auf Rebecca. „Ihr seht, wie Logan Becca mit drei Farben gekennzeichnet hat. Er bekommt nur den Zugang zu allen drei Öffnungen, wenn er zudem den schwarzen Schuss setzt, und zwar muss dieser nach den drei Farben geschehen. Ohne die schwarze Farbe geht ihr vollkommen leer aus."

Summer schubste Virgil vom Heuballen und sagte: „Seht ihr, Bottoms, es gibt Hoffnung. Eure gierigen Tops werden versuchen, euch zuerst mit allen drei Farben zu beschießen und sich wahrscheinlich den Todesschuss bis zur letzten Minute aufheben. Rennt also weiter, solange ihr nicht von Schwarz getroffen wurdet."

Virgil warf sie sich über die Schulter, gab ihr einen Klaps auf den Po und grinste, als sie quietschte. „Bottoms, kommt nicht auf die Idee, euch zu verstecken. Dann werdet ihr zu Kriegsgefangenen erklärt und wir werden euch bestrafen, bevor ihr an euren Top übergeben werdet, und er mit euch machen kann, was immer er will."

Jeder Bottom in der Menge erstarrte und Virgil nickte zufrieden.

„Ihr habt also verstanden, sehr gut. Oh, eine Sache noch: Alle Bottoms, die verloren haben, werden eine Zeitlang ausgestellt, bevor die Tops sich schließlich ihren Preis abholen dürfen."

Lindsey erschauerte. ***Die*** *Verlierer werden auf die Bühne gebracht und präsentiert?* Wie würde sich das anfühlen? Sie bezweifelte, dass sie gewinnen würde. Sie war gut in Form, aber ein paar von den Doms waren unheimlich fit. Sie hoffte nur, dass sich überhaupt ein Dom fand, der ihr nachjagen würde.

Lindsey schaute zu Abby. Xavier spielte mit ihren Brüsten und er war so liebevoll dabei. Sie seufzte leise. *Schade, dass die Sache zwischen den beiden nicht lange halten wird.* Sie hatte von Xaviers Ruf gehört. Er wechselte seine Subs schneller als seine Unterwäsche, obwohl sie zugeben musste, dass die beiden glücklich aussahen. Wenigstens wusste Abby, für wen sie die Beute mimte.

Was passiert, wenn ich den Dom nicht mag, der mich gewinnt? Sie war sich über das Risiko bewusst gewesen, als sie den Heuwagen bestiegen hatte. Es musste nicht immer alles bis zum Letzten durchgeplant werden. Sie zupfte am weißen Leuchtband um ihren Hals und hob dann die Hand wie in der Schule. „Sir?"

Virgil setzte seine Frau ab. „Lindsey, stimmt's?"

Sie nickte. „Was passiert, wenn mehr als ein Top auf einen Bottom schießt? Und woher weißt du, wer der Schütze war?"

Als deVries sich umdrehte und ihr einen abschätzenden Blick zuwarf, fühlte sie, wie Hitze in ihr Gesicht stieg. *Dich will ich nicht, du Blödmann.* Er hatte die Persönlichkeit eines ertrunkenen Wiesels.

„Sehr gute Frage. Single-Tops, hört mal her: Diese Pistolen sind für euch." Virgil zeigte auf einen zweiten Haufen. „Der roten, blauen und braunen Farbe" – er grinste – „wurde in eurem Fall Glitzer hinzugefügt. Jedem Top wird eine Farbe zugewiesen. Am Ende könnt ihr wählen, welchen Preis – welche Öffnung – ihr von den Bottoms wollt, denen eure Glitzerfarbe anhaftet. Schwarz spielt bei euch keine

Rolle. Solange der Bottom verliert, haben alle Tops, die ihre Markierungen hinterlassen haben, ein Recht auf ihren Preis."

Lindsey sog scharf den Atem ein. Es könnte passieren, dass mehr als ein Top seinen Preis bei ihr einforderte. Auf dem Weg zur Lodge hatte Summer sie gefragt, ob sie jemals die Fantasie durchgespielt hatte, von mehr als einem Mann genommen zu werden. Lindsey hatte gedacht, dass sie nur aus Spaß gefragt hätte, aber ... Ja, sie musste zugeben, dass die Idee sie heiß machte.

Virgil interpretierte ihren Gesichtsausdruck anscheinend als Verwirrung. „Lindsey, wenn du verlierst, und sich an deinem Körper Rot mit pinkem Glitzer, Blau mit schwarzem Glitzer und Braun mit weißem Glitzer finden, dann werden dir drei Tops einen Besuch abstatten." Er grinste sie an.

Sie holte tief Luft, aber ihr Herz wollte sich nicht beruhigen. *Verdammt, Weib, worauf hast du dich da eingelassen?*

„Bottoms, zur Erinnerung, das Safeword in der Serenity Lodge und hier in der Kampfzone lautet wie im Dark Haven *Rot*. Das Safeword wird immer geehrt, keine Ausnahmen", sagte Virgil.

„Lindsey, sieh's doch mal von der guten Seite", sagte Summer. „Wenn du gewinnst, kannst du von jedem Top, der auf dich geschossen hat, eine Belohnung verlangen. Single-Tops, wenn ihr auf zwei Bottoms schießt, dann haben sie sich beide ihre Belohnungen verdient."

. . .

Abby sah die Sorge auf Lindseys Gesicht und rieb über ihren Arm. „Bist du okay?"

Lindsey spielte nervös mit ihrem leuchtend weißen Halsband. „Ich denke. Die Vorstellung von zwei Männern auf einmal ist schon ein ganz anderes Level. Es wäre eine Lüge, würde ich sagen, ich hätte niemals daran gedacht. Ich meine, es könnte Spaß machen."

Ein Dreier? Die Texanerin hatte wirklich Eier.

Xavier ließ Abby los, um mit der Hand tröstend über Lindseys Arm zu streicheln. „Simon ist bei den Tops und Bottoms, die er nach Bear Flat einlädt, sehr wählerisch. Das Gleiche gilt auch für Logan und Jake. Ich bezweifle also, dass du mit einem Dom zusammengeworfen wirst, der völlig unpassend für dich ist."

Lindsey entspannte sich sichtlich und Abby ging dem Drang nach, ihre Wange an Xaviers Brust zu reiben. Er hatte Mitgefühl, das gefiel ihr.

Er wickelte seinen Arm um Abbys Taille, sein Mund an ihrem Ohr, und flüsterte: „Du, meine mutige Sub, wirst mich an deinem bezaubernden Hintern kleben haben, ob es dir nun passt oder nicht."

Sein Atem strich über ihre Ohrmuschel und führte zu einem Lustschauer, der ihm einfach aufgefallen sein musste.

Virgil wies auf zwei Heuballen, auf denen mehrere Behälter aufgereiht waren. „Darin findet ihr fluoreszierende Fingerfarben. Damit markiert ihr eure Bottoms. Um Verwechslungen vorzubeugen, benutzt bitte nur ein oder zwei Farben und macht euer Muster einzigartig."

Logan schaute auf die Uhr. „Bottoms, eure Kleidung könnt ihr in diese Säcke packen. Falls ihr empfindliche Fußsohlen habt, ist es euch erlaubt, Badelatschen zu tragen. Tops, schnappt euch einen Gürtel, Pistolen und fünf Belohnungskarten. Und vergesst nicht das Bemalen. Wir starten in zehn Minuten."

Xavier ließ Abby los. „Zieh dich aus, tue die Sachen in einen Sack und beweg dich nicht vom Fleck. Ich bin gleich zurück."

Ein Adrenalinrausch durchfuhr sie. „Alles ausziehen?"

„Oh ja."

„Ich –" *Ich weiß nicht, ob ich das machen will.* „Ich bin nicht sportlich."

Er zog an einer Strähne ihres Haares. „Kommt mir gelegen. Dann brauch ich mich nicht so zu verausgaben, um mit allen Farben mein Ziel zu treffen."

Ihre Augen weiteten sich. Alle Farben? Sie hatte noch nie Analsex gehabt. Betonung auf ‚noch nie'.

Er machte ein paar Schritte und sagte, ohne sich umzudrehen: „Sei nackt, bevor ich zurück bin, oder du beginnst das Spiel mit meinem Handabdruck auf deinem Hintern."

Oh je. Hastig zog sie sich aus und steckte ihre Sachen mit bebenden Händen in den vorgesehenen Sack. Die Sonne war hinter den Baumwipfeln verschwunden und tauchte die Welt in zwielichtige Schatten. Es wehte eine kühle Brise. Sie entschied, die Badelatschen anzuziehen, um ihre Fußsohlen zu schützen.

Zu ihrer Rechten hatten sich die anderen Mitspieler

schon die Fingermalfarben geschnappt und gingen eifrig ans Werk. Eine Domina malte Kreise um den Schwanz ihres Subs. Ein Dom machte aus seiner Sub eine Katze, mit Streifen an den Seiten ihres Körpers und Schnurrhaaren im Gesicht.

Eine feste Hand umschloss ihren Arm. Ihr Kopf wirbelte zu Xavier, der sie zu den Farben zog. Er dachte kurz nach und entschied sich dann für ein leuchtendes Blau. „Nicht bewegen, kleine Pusteblume", sagte er. „Ich plane, aus dir eine Zielscheibe zu machen." Er malte einen Kreis um ihre linke Brust.

Ihre Kinnlade klappte herunter. „Auf die Stelle willst du zielen?"

„Nur mit der blauen Pistole." Es folgte ein gelber Kreis und dann wieder ein blauer. Er beendete sein Kunstwerk auf dieser Brust mit einem weiteren Kreis in Gelb um ihren Nippel. Nachdem er sich auch an der anderen Brust ausgelebt hatte, lächelte er zufrieden. „Perfekte Zielscheiben, oder?"

Von der bloßen Berührung seiner feuchten Finger hatten sich ihre Nippel zu harten Diamanten aufgerichtet. Zu allem Überfluss war sie allein von dem Gedanken, was nach dem Spiel passieren würde, unnatürlich feucht zwischen den Schenkeln. „Du bist ein kranker Mann", murmelte sie.

Seine Augen flackerten amüsiert auf. „Dreh dich um." Er malte eine Zielscheibe auf ihren Hintern, abwechselnd in

Blau und Gelb wie auch bei ihren Brüsten. Je tiefer die Sonne sank, umso heller leuchteten die Farben.

„Noch eine." Er fuhr mit seinen blauen Fingern von ihrem Unterbauch zu ihrem rechten Oberschenkel, dann zu ihrem linken und zurück zu ihrem Bauch. Ein perfekter Kreis um ihren Intimbereich war entstanden. „Spreize deine Beine."

Auf keinen Fall! Keine Bemalung an ihrer ... dort.

Ein stechender Klaps landete auf ihrer Flanke und sie sprang einen Schritt nach hinten.

„Das war kein Vorschlag, Sub."

In ihrem Bauch flatterte es, als sie die Beine öffnete. Sie fühlte sich merkwürdig, wie ein Tier oder ein Objekt. Winzig. Andererseits erregte es sie, dass er ihr den freien Willen raubte. Er würde ihr nicht erlauben, am Spielfeldrand sitzen zu bleiben, wie sie das normalerweise tun würde. Nein, er wollte ihr den Status als Beobachterin austreiben.

Er zog einen Kreis beginnend bei ihrem Venushügel, glitt über den Übergang von Schenkel und Intimbereich und fand den Weg wieder nach oben. „Gut. Bleib in der Position, damit die Farbe trocknen kann."

Nachdem er seine Hände in einem dafür bereitstehenden Eimer abgewaschen hatte, kam er zurück und ließ befriedigt den Blick über ihren bemalten Körper schweifen. „Das gibt mir ein paar hübsche Ziele."

DeVries' Lachen erreichte ihre Ohren. „Macht viel mehr Spaß als auf dem Schießstand."

Abbys Augenbrauen zogen sich zusammen. „Du hast Erfahrung beim Schießen?"

Xaviers Lächeln war besorgniserregend.

„Wir gehen jede Woche zu Simons Schießstand", sagte deVries.

„Na toll." Die Chancen auf eine Fußmassage schwanden. Sie seufzte und murmelte: *„Nos morituri te salutanti."*

DeVries tadelte. „Wenn du mich verfluchen willst, Kleine, dann mach es wenigstens auf Englisch."

„Sie hat nicht geflucht. Die Gladiatoren haben diese Worte gesagt, bevor sie in der römischen Arena abgeschlachtet wurden", sagte Xavier. *„Wir, die Todgeweihten, grüßen dich."*

„In diesem Fall hast du genau die richtige Einstellung", gratulierte deVries.

DeVries verschwand und Xavier fiel vor Abby auf die Knie.

„Was machst du da?"

„Es ist kühl heute Abend. Ich will nur sichergehen, dass du warm bleibst." Er packte einen Oberschenkel und hielt sie fest. Die andere Hand schob er zwischen die Falten ihrer Pussy.

„Xavier, nein!"

Lachend glitt er mit einem Finger in sie und sie quietschte von dem Schock seiner schonungslosen Invasion. Er musste gemerkt haben, wie einfach er in ihre Pussy eindringen konnte ... Ihr Gesicht wurde feuerrot.

„Ja, es ist offensichtlich, dass du erregt bist, kleine Sub.

Das freut mich.“ Seine Hand schloss sich fester um ihren Schenkel. Eine Warnung, denn sie hatte versucht, sich von ihm wegzubewegen. Nicht, dass sie mit dem Finger in ihr weit kommen würde. Sein Daumen zog genüsslich Kreise um ihre Klitoris. Dann schnellte er über ihr Nervenbündel und sie musste ein Stöhnen unterdrücken. Ihre Erregung stieg und stieg.

Ihre Knie bebten und sie zischte: „Hör auf.“

„Keine Bange. Sie werden den Startschuss geben, bevor du kommst.“ Sein Daumen verstärkte den Druck. „Nehme ich an.“

Auch der Druck in ihrem Inneren verstärkte sich und –

Ein Pistolenschuss schreckte sie auf. Als Xavier aufstand und seine Hand aus ihr zog, gab Virgil bekannt: „Bottoms, ihr bekommt zwei Minuten Vorsprung, bevor eure Tops starten. Rennt los!“

Rennen? Ich habe Brüste, verdammt nochmal!

Xavier gab ihr einen Klaps auf den Po und sie stolperte vorwärts. Sie hatte keine Wahl und rannte los. Vor ihr sah sie die anderen Bottoms. Mit den leuchtenden Mustern auf ihrer Haut sahen sie aus wie eine Herde buntgestreifter Zebras. Abby entschied sich für den rechten Pfad. Der Geruch nach Kiefern drang an ihre Nase, als der schattige Wald sie umfing.

Der Weg war breit und eben. In alle Richtungen zweigten schmalere Pfade zu weitläufigen Arealen ab. Sie hielt an und beschloss, einen dieser Pfade zu betreten. Auf einer Seite versperrte ein Seil den Zugang zu einer hölzernen Rehsilhouette ein paar Meter entfernt. Dort auf der Lichtung befand sich höchstwahrscheinlich der Schießstand für die Vorderlader-Liebhaber.

Sie überlegte. Vielleicht könnte sie sich verstecken? Ach nein, öffentliche Bestrafung klang nicht gerade erregend.

Unter einem Baum lag ein Haufen Decken. Ihr Herz überschlug sich, als sie erkannte, dass diese für die Zeit nach dem Spiel bereitlagen. *Oh, mein Gott!* Die Tops hatten nicht vor, ihre Preise in der Privatsphäre eines Schlafzimmers einzulösen. Sie schluckte schwer.

Dann fiel ihr Blick wieder auf die Decken. Ihr kam eine Idee. Virgil hatte nicht verboten, raffiniert zu sein. Sie schnappte sich eine Decke und schon hörte sie hinter sich einen Schuss.

„Wir sind im Krieg! Tops, verteidigt euer Territorium oder ergebt euch!“, schrie Virgil.

Während Schreie, Pfiffe und rebellisches Brüllen durch den Wald hallten, wickelte sich Abby die Decke um den Körper, die leuchtende Farbe auf ihrem Körper nun unsichtbar. *Ha! Ich werde gewinnen, Xavier.* Sie lief zum Hauptweg zurück und bemerkte einen weiteren Weg, der zum nächsten Schießstand führte. Pfade wie diese wären sicherer als der Hauptweg.

Schwere Schritte stapften durch den Wald. Ein Schrei erklang, gefolgt von einem Freudenruf. „Dein Mund gehört mir!“

Mehr Rufe, Schreie und Geräusche, wie sich Mitspieler durchs Gebüsch kämpften. Ein Schauer lief über Abbys

Rücken. Es klang wie in einem Kriegsgebiet. *Geh nicht auf den Hauptweg.*

Sie schlich sich zum nächsten Schießstand und entdeckte Logan in einer orangenen Weste. Er grinste über ihre Aufmachung und hob zwei Finger zu seiner Augenbraue, was einen ironischen Gruß darstellen sollte. Dann machte er sich zum Hauptweg auf.

Sie entließ den angehaltenen Atem. Okay, er würde sie nicht verraten.

Eine weitere Lichtung kam in Sichtweite und sie hielt an.

Eine Sub versuchte, sich hinter einem Baum zu verstecken, jedoch war ihr weißleuchtendes Halsband wie ein Leuchtfeuer. Mit Schrecken erkannte Abby, dass es sich um Lindsey handelte. Sie trat in die Richtung, doch es war bereits zu spät.

Ein Strahl aus glitzernder Flüssigkeit traf Lindsey zwischen die Brüste und sie stieß einen erschrockenen Schrei aus.

Tief und rau drang die Stimme von deVries aus den Schatten: „Ich freu mich auf später, kleines Mädchen. Für den Fall, dass du es nicht gemerkt hast, das war die braune Pistole."

Laut fluchend rannte Lindsey davon und das Halsband verschwand aus Abbys Sichtfeld.

DeVries spazierte über die Lichtung, und als er Abby sah, hielt er an und sagte: „Wenn Xavier dich mit der Decke erwischt, wirst du eine Woche nicht sitzen können." Die schattige Gestalt des Vollstreckers verschmolz seelenruhig mit der Dunkelheit.

Abby stellte fest, dass sie unkontrolliert zitterte und ihr Herz wie wild hämmerte. Also gesund war dieser Wettkampf sicher nicht. Sie fühlte sich gejagt. Sie fühlte sich wie Beute.

Würde deVries recht behalten? Wäre Xavier wütend, wenn er sie so sah? Sie hob trotzig ihr Kinn. Pech für ihn. Dann musste sie eben sicherstellen, dass er sie *nicht* erwischte. Dummerweise musste sie erkennen, dass es auf der anderen Seite der Lichtung keinen weiteren Pfad gab. Das bedeutete keine Abkürzung.

Seufzend, und hoffentlich so leise wie deVries, lief sie zum Hauptweg zurück. Immer wieder huschten angemalte Bottoms durch den Wald, während die Doms nahezu unsichtbar durch die Finsternis streiften.

Solange ihr kein Top zu nahe kam, würde er nicht erkennen, dass sie eine Decke um sich gewickelt hatte. *Sei mutig. Tu so, als ob du wirklich an diesen Ort gehörst.*

Sie schlich vorwärts und schaffte es geradeso, einem Paar auszuweichen, das an ihr vorbeiraste. Die Domina fluchte, als ihr Schuss das Ziel verfehlte.

Abby lief weiter. Am nächsten Baum wurde ihr plötzlich die Decke vom Körper gerissen. Sie schrie und wirbelte zu dem Deckendieb.

„Ich weiß nicht, ob das als Betrug gilt, oder du einfach nur zu schlau für dieses Spiel bist, aber jetzt ist Schluss damit.“ Xavier umfasste ihr Kinn und drückte ihr einen harten Kuss auf die Lippen. „Deine Haut leuchtet so hell wie der Mond. Eigentlich hätte ich dich nicht mal anmalen müssen." Er trat einen Schritt zurück und Farbe spritzte auf ihre rechte Brust.

Getroffen, sie wurde getroffen. Er hatte auf sie geschossen!

„Das war die blaue Pistole. Als Nächstes haben wir die braune."

„Di te perdant", fluchte sie und hörte ihn lachen. Sie rannte los. In Erwartung eines erneuten Schussversuches spannten sich ihre Schultern an.

Folgte er ihr? Das Blut rauschte ihr in den Ohren; sie konnte nichts anderes wahrnehmen. Hinter einem Baum nahm sie Deckung und versuchte, wieder zu Atem zu kommen. Das rauschende Blut wurde von lautem Schreien abgelöst. Ein Mann fluchte. Ein Klatschen auf nackte Haut, ein Aufschrei. Die Decken fanden Verwendung.

Auf dem Weg hinter Abby erleuchteten mit einem Mal Laternen.

Anscheinend hatte Virgil vor, den Kampf zu beenden. Also los. Schließlich wollte sie nicht für Unpünktlichkeit bestraft werden. Sie trat vorm Baum hervor und sofort traf sie ein Strahl Farbe auf den Hintern. Kalte, kalte Flüssigkeit tropfte an der Rückseite ihrer Oberschenkel hinab.

„Das war die braune." Xaviers tiefe Stimme drang aus den Schatten zu ihr, unheilvoll wie der Mann selbst. „Lauf, kleine Sub. Lauf."

Grummelnd befolgte sie seinen Befehl. Sie packte mit den Händen ihre wild schwingenden Brüste.

Braun. Analsex. Das unberührte Loch zog sich protestierend zusammen.

Sie kreuzte den Weg mit zwei erschöpften Subs und einem Dom, der Abby aus Reflex beinahe angeschossen hätte. Die Äste auf dem Waldboden bohrten sich trotz der Badelatschen in ihre Fußsohlen. Sie übersah einen Busch und die kleinen Zweige kratzten über ihren Knöchel. *Autsch, verdammt.* Zwei Schatten liefen ein paar Meter entfernt an ihr vorbei. Ausgehend von der Größe des einen ging sie davon aus, dass es sich um Xavier handelte. Sie befand sich nun hinter ihm. Perfekt.

Durch das dichte Unterholz erreichte sie die Lichtung. Die meisten Bälle lagen bereits im Planschbecken, einige auf der Wiese verteilt. Sie musste an einen Ball gelangen. Vielleicht sollte sie es von der anderen Seite probieren?

Xavier hatte bisher zweimal auf sie geschossen. So wie sie ihn kannte, würde er sich die dritte Farbe nicht entgehen lassen. *Ich kann es schaffen.*

Zweige verhedderten sich in ihren Haaren und zerkratzten ihre Arme. Pervers war, dass dieser zusätzliche Schmerz sie noch feuchter machte. Sie mochte sich wie Beute fühlen, aber ihr Körper sehnte sich nach dem, was Xavier mit ihr vorhatte. Alles um sie herum reizte ihre Sinne, sogar der Schmerz. Mit Bedacht schlich sie am Waldrand entlang, so erhoffte sie sich, auf die andere Seite zu gelangen. Sie blieb im Verborgenen und benutzte einen Stock, damit sie einen Ball erreichte. Ein Fußball. *Also wirklich, wer hatte sich nur dieses idiotische Spiel ausgedacht?*

Als sie das kalte Leder an ihre Brust drückte, verschmierte das Blau. Die Farbe stand für Oralsex. Sie war nicht der größte Freund von Blowjobs. Der Gedanke an Xaviers Schwanz jedoch ... Er würde sie nicht entkommen lassen, würde dafür sorgen, dass sie ihn tief in ihrem Mund aufnahm. *Oh Gott, das macht mich heiß!* Sie fühlte, wie die Wände ihres Geschlechts zuckten und ihre Schamlippen anschwollen. Wenn das so weiterging, würde sie breitbeinig laufen müssen.

Eine riesige Bühne stand auf dieser Seite und die berechnenden Doms hatten das Planschbecken genau in der Mitte der Lichtung aufgebaut. Sie musste näher herankommen und durfte keine Zeit mehr verlieren.

Den Ball fest an ihre Brust gedrückt, rannte sie im Zickzack über die weite Fläche. Ihr Blick haftete auf dem Ziel. Sie wurde von einem Adrenalinschub durchflutet, zog das Tempo an und ... Xavier. Da stand er, auf der anderen Seite der Lichtung, mit der Pistole in der Hand, wie ein Revolverheld aus alter Zeit.

Sie wich nach links aus, dann nach rechts, gab ihr Bestes, ihn zu verwirren.

Rot traf ihren Venushügel. *Nein! Ich bin fast da!* Sie hob den Ball zum Wurf.

Und schwarze Farbe bedeckte ihre linke Brust.

Das Triumphgefühl war faszinierend und Xavier grinste, als Abby zu einem abrupten Halt kam und mit einem schockierten Gesichtsausdruck auf ihre Brust starrte, von der schwarze Farbe auf ihren Bauch tropfte.

„Schön bunt, Xavier", schrie Logan von der Bühne, wo sich Subs und Doms versammelt hatten. „Ich bin mir sicher, dass du deinen Gewinn genießen wirst."

Genau das hatte er vor. Xavier ging zu seiner kleinen Sub und umfasste ihren Oberarm. Obwohl sie ihn wütend anfunkelte, entging ihm nicht, wie sie vor Erregung bebte. Nervös und erregt. Perfekt.

Virgil grüßte ihn, als er Abby die Treppe hinaufführte. „Um die Gefangenen an der Flucht zu hindern, haben wir hier eine Vielzahl von Fixierungsvorrichtungen bereitgestellt", sagte er. „Benutze so viele, wie du für nötig hältst. Ist sie erstmal fixiert, solltest du ihr die Farbe abwaschen, sonst leuchtet ihr später beide im Dunkeln."

Xavier schaute sich um. Auf der einen Seite befanden sich mehrere Hundegitter, wovon eins belegt war. Am Ende der Bühne war ein Pferdegatter aufgebaut worden. An einer der drei Querstangen waren Ketten und Halsbänder befestigt und auf Brusthöhe warteten Nippelklemmen auf flüchtige Subs. Von der untersten Querstange standen im Abstand von zwei Metern Bretter heraus, auf die Dildos mit Kondomen geschraubt waren. „Interessante Arrangements."

Virgil grinste und nickte seiner Sub zu, die gefesselt war und Nippelklemmen trug. Sie sah ihn verdrießlich an. „Nicht alle stimmen dir zu", reagierte er belustigt.

„Engstirnige Gören." Xavier legte die Hand auf Abbys

Nacken und drängte sie zu einem Brett, das mit einem kurzen, dünnen Dildo bestückt war.

Sie wehrte sich, als sie merkte, was er vorhatte.

„Du hast die Wahl, Sub“, sagte er sanft. „Entweder du nimmst diesen Dildo in deiner Pussy auf, oder ich helfe nach, wenn du unartig sein willst. Und glaube mir, wenn ich es tun muss, wird es dein süßes Arschloch sein, das Bekanntschaft mit dem Spielzeug machen wird.“

Ihre Augen wurden so groß, dass er die Drohung beinahe zurückgenommen hätte. Die Beleuchtung auf der Bühne verhinderte dies, denn so kam er in den Genuss ihrer geröteten Wangen. Sie war erregt, ihre Nippel hart und köstlich. Vielleicht wollte sie nicht ausgestellt werden, aber gleichzeitig erregte sie der Gedanke.

Und da sie keine Wahl hatte, konnte sie die Erfahrung genießen, ohne sich schuldig zu fühlen.

Sie schwang ein Bein über das Brett.

„Warte.“ Bevor sie sich hinsetzen konnte, ließ er seine Finger durch ihre geschwollenen Falten gleiten. So verdammt feucht. Sein Schwanz zuckte so hart in seiner Hose, dass es wehtat. „Okay, ich sehe, in dem Punkt werden wir keine Probleme haben.“

Peinlich berührt wimmerte sie und er streichelte ihr durch die Haare. „Abby, der Zweck des Spiels besteht darin, bei kleinen Subs Erregung hervorzurufen, was gleichermaßen die Doms erregt. Ich würde mir Sorgen machen, wenn du nicht feucht wärst.“

Er ließ die Hand auf ihrer Pussy, spreizte ihre Schamlippen und drückte sie an den Schultern nach unten. Er nahm ihr die Kontrolle. Sie hielt ihren Atem an, als der Dildo in sie eindrang. Er hatte mit Absicht eine kleinere Version für sie gewählt. Wäre sie erfahrener, hätte er ihr einen zum Genießen und Reiten gegeben. Er nahm an, dass eine derartige Größe für Lindsey geplant war, wenn er die Absichten von deVries richtig interpretiert hatte.

***Verdammt!* Lindsey stand** auf der Bühne und schaute mürrisch. Sie hätte schneller sein sollen. Listiger. Der Vollstrecker hatte zweimal auf sie geschossen, Mitchell hatte sie einmal getroffen. Zwei Männer. Erregung durchfuhr sie, begleitet von purer Nervosität. DeVries mochte sie noch nicht mal, also warum hatte er dann auf sie geschossen?

Als hätte sie ihn herbeigerufen, kam der Bastard angeschlendert. „Dann suchen wir mal einen Platz für dich." Er schob einen Finger unter ihr Kinn und hob ihre Augen zu den seinen. Für einen markerschütternden Moment musterte er sie. „Ja, du bist wirklich eine Schönheit."

Ein Kompliment? Von ihm?

Bevor sie Zeit hatte, diese Erkenntnis zu verarbeiten, nahm er ihre Hand und zog sie mit sich. Sie versuchte, sich wie ein störrischer Esel mit den Füßen auf den Fußboden zu stemmen, aber deVries zerrte sie mit Leichtigkeit über die Bühne.

Er hielt vor einem Brett an. Dann sah sie den Dildo.

„Du setzt mich doch nicht etwa auf das Ding, oder?", fragte sie entsetzt.

Er reagierte darauf, indem er aus seiner Jackentasche ein Päckchen zog, es mit den Zähnen aufriss und das Gleitmittel auf dem mit einem Kondom überzogenen Schaft verteilte.

„Nur dein Arschloch."

„Was –" Sie starrte ihn mit weit aufgerissenen Augen an.

„Ich weiß, dass du Erfahrung mit Analsex hast, und ich habe vor, dich heute Nacht zu ficken. Dafür sollten wir rechtzeitig Vorbereitungen treffen." Seine vernünftige Antwort wurde durch den sinnlichen Ausdruck in seinen Augen Lügen gestraft. Er hatte vor, sie zu vögeln und er war nicht gerade für seine sanfte Art bekannt.

In ihrem Inneren tobte ein Sommergewitter. Sie erschauerte und die Härchen auf ihren Armen richteten sich auf, während gleichzeitig Vorfreude in ihr erblühte. „Ich dachte, ich bin nicht – wie hast du es genannt? – deine Kragenweite."

„Ich werde dich nicht auspeitschen, Lindsey." Seine Hand in ihrem Haar lockerte sich und er ließ eine Strähne durch seine Finger gleiten. Er stand ihr so nah, dass sich sogar ihre recht kleinen Brüste gegen sein T-Shirt drückten. Er senkte den Kopf und flüsterte ihr ins Ohr: „Aber ich werde dich ficken, lang und hart."

Plötzlich strahlte wieder die Sonne und sie schmolz dahin wie Butter.

Mitchell näherte sich. „Der Dildo soll in ihren hübschen

Arsch?" Mit einem festen Griff um Lindseys Knöchel hob er ihr Bein über das Brett, so dass sie breitbeinig über dem Spielzeug schwebte.

„Sieht gut aus." Der Vollstrecker nickte ihr zu. „Runter."

Sie regte sich nicht. „Nein."

„Oh doch." DeVries streckte einen Arm hinter und einen vor ihr aus. „Halt dich an mir fest, wir helfen dir. Mitchell, stütze ihre Beine."

Ihre Hände schlossen sich um seinen aderdurchzogenen Unterarm. Seine sonnengebräunte Haut war mit hellen Härchen gesprenkelt und sie krallte sich an ihm fest. Sie spürte, wie Mitchell ihre Arschbacken spreizte. Hitze, Verlangen und Erregung zwangen ihren inneren Widerstand in die Knie – genau wie sie. Zwei Männer. Sie wurde gerade von zwei Männern berührt.

Langsam senkte sie sich hinab. Dann spürte sie die Spitze des Dildos an ihrer feuchten Spalte. Erneuter Widerstand, dieses Mal von ihrem Körper. Zu groß. Der Dildo war zu groß. Sie wehrte sich und versuchte zu flüchten.

„Tief einatmen, kleines Mädchen. Du kannst so langsam machen, wie du willst ... solange du nicht aufgibst." DeVries hielt sie zwischen seinen beiden Armen. Im Scheinwerferlicht waren seine Augen stahlgrau. Auch entging ihr der amüsierte Funken darin nicht. „Tue nicht so. Ich kann dir ansehen, dass du erregt bist."

Recht hatte er. Trotzdem verfluchte sie ihn im Geiste. Sie versuchte, sich zu entspannen, und der Schaft fand sein Ziel, drang in sie ein, dehnte sie. Es brannte, trotz des

Gleitmittels. „Oh!“ Tiefer und tiefer stieß der Dildo in ihr Innerstes vor.

Als er dann komplett in ihr steckte, keuchte sie laut auf. Ihr gedehntes Loch pulsierte um den Dildo. Im Protest? Vor Begierde? Sie wusste es nicht genau.

DeVries hob ihr Kinn und sah ihr direkt in die Augen. „Tut es weh, kleines Mädchen?“, flüsterte er.

Sie nickte.

„Perfekt. Verstärkt der Schmerz deine Erregung?“ Seine Hand streichelte zärtlich über ihre Brüste und sie erschauerte unter dem unerschütterlichen Ausdruck in seinen Augen. „Lüg mich nicht an, Lindsey. Ich würde es wissen.“

Guter Gott, er wusste die Antwort doch schon. Sie war so feucht, dass der Beweis ihrer Erregung an ihren Schenkelinnenseiten heruntertropfte. Ihr gefülltes Loch brannte, was zusätzlich das Feuer in ihr schürte. „Ja.“

„Sehr schön.“ Mitchell kniete noch immer neben ihr und packte eine Pobacke so hart, dass sie wimmerte.

„Die Antwort gefällt mir.“ DeVries zwickte in ihren Nippel, gerade so stark, dass sie nicht wusste, wo sie mit den vielen Empfindungen hinsollte. „Du wirst dich unterwerfen, Lindsey. Uns beiden. Gleichzeitig“, hauchte er an ihrem Ohr. „Mein Schwanz wird deinen kleinen, süßen Arsch noch weiter dehnen und du wirst jede einzelne Sekunde genießen.“

KAPITEL DREIZEHN

Abby beobachtete Xavier, als er sich mit einem Eimer Wasser, einer Sprühflasche und einem Schwamm näherte. „Was soll das werden?"

„Ich will dich von der Farbe befreien." Er reichte ihr eine Wasserflasche, die er sich in den Hosenbund gesteckt hatte. „Trink von dem Wasser, während ich meiner Aufgabe nachgehe." Dann sprühte er sie mit Lavendelseife ein und schrubbte sie ab. Über ihre Brüste rieb er genau mit dem richtigen Druck, so dass sie versuchte, mit Hilfe des Dildos Befriedigung zu erfahren.

Er drehte ihr blutiges Bein ins Licht und sagte in einem harten Tonfall: „Wie ich sehe, bist du sehr weit vom Weg abgekommen."

Abby erstarrte. Er war verärgert. Würde er sie jetzt anschreien? „Niemand hat gesagt, dass das verboten sei." Ihre Stimme zitterte.

Sein Gesichtsausdruck wurde sanfter. „Entspann dich, Kleines. Es gefällt mir nur nicht, dass du dabei verletzt wurdest. Es existiert keine Regel, sich nur im abgesperrten Gebiet aufzuhalten."

Oh, okay. Sorgfältig reinigte er die Kratzer und Wunden, die ihr die Äste zugefügt hatten. Rebecca wurde herbeigeholt, um ihr die Verletzungen zu verarzten. Abby fühlte sich ... umsorgt. Ihre Nervosität war wie weggeblasen. Sie holte tief Luft, trank von ihrem Wasser und lauschte Virgil bei der Bekanntgabe der Gewinner.

Zwei Doms bekamen Preise für ihre Kreativität mit den Fingerfarben und durften sich aus einem Korb ein Geschenk wählen. Der erste Dom, der seine Sub „töten" konnte, wurde auch ausgezeichnet. Bei der Ansage der ersten Sub, die es geschafft hatte, einen Ball in den Pool zu werfen, tanzte diese anmutig über die Bühne und wählte als Preis einen vibrierenden Penisring.

Nur fünf Subs wurden als Gewinner gekürt und sprühten vor Freude, als sie sich ihre Preise in Form einer Karteikarte aussuchten, auf denen verschiedene Belohnungen geschrieben standen. Die besiegten Tops ließen den Spott der erfolgreichen Doms ehrenvoll über sich ergehen.

Abby fand wieder in ihre Rolle als Beobachterin. Es fühlte sich beinahe wie ein Spieleabend mit der Familie an. Alle waren involviert und genossen die Gesellschaft der anderen. Die –

„Legt dein Gehirn jemals eine Pause ein?"

Sie musste nicht antworten, da Virgil in diesem Moment

Xaviers Namen rief. Anscheinend hatte den Juroren seine Bemalung mit den Zielscheiben besonders zugesagt. Noch beeindruckter waren sie davon, dass er mit jedem Schuss ins Schwarze getroffen hatte.

Becca kam mit dem Korb zu ihm, in dem die Preise hübsch arrangiert waren.

Xavier nahm den Korb entgegen und sah sich den Inhalt ausgiebig an. Abby hielt bei dem Anblick eines riesigen Dildos den Atem an. Bei den Nippelklemmen betete sie, dass er sich dagegen entschied und bei dem Ballknebel schüttelte sie mit weit aufgerissenen Augen den Kopf. Schließlich ließ er etwas in seine Hosentasche gleiten, bevor sie es sehen konnte. Ein Fläschchen mit Gleitmittel folgte.

Oh, das sah gar nicht gut aus.

Virgil verteilte die letzten Preise, doch Xavier hörte nicht länger zu. Ein Grinsen breitete sich auf seinen Lippen aus. Endlich. Seine kleine Kriegsbeute schaffte es nicht, auf dem Dildo ruhig sitzen zu bleiben. Ihre Erregung war offensichtlich, und er konnte es nicht erwarten, das Spielzeug durch seinen Schwanz zu ersetzen.

Langsam verließen alle die Bühne. Xavier nahm sich alles Nötige und kehrte zu Abby zurück. Er half ihr vom Brett herunter und konnte sich die Freude nicht nehmen, sein Gesicht an ihrem Hals zu vergraben. Sie roch nach Lavendel und erregter Frau. *Einfach köstlich.* Sie roch zum Ficken gut.

Er säuberte das Brett. Als ein Schrei aus dem Wald zu hören war, weiteten sich entzückend ihre Augen. „Was passiert jetzt?“

„Du folgst meinen Befehlen. Nicht bewegen.“

Er band ihre Hände vor ihrer Brust zusammen und ließ ein Ende des Seils wie eine Leine lose runterhängen. „Ist dir schwindlig? Tut’s irgendwo weh?“

„Mir geht’s gut.“

Er lächelte, als sie ihr Gewicht von einem Bein aufs andere verlagerte und ihre Schenkel aneinander rieb. Der Dildo hatte ihre süße Pussy für ihn aufgewärmt. Der kühle Abendwind – und ihre Erregung – ließen ihre Nippel salutieren. Ihm kam eine Idee ... Er ging zu seinen Sachen und schnappte sich die Reisegröße einer Bodylotion.

„Wofür brauchst du die?“

Er sah ihr an, wie sie gedanklich die verschiedenen Szenarien durchging und lachte. „Hör auf zu denken, Abby. Du hast nur eine Aufgabe: Mir gehorchen. Dazu gehört, dass du dir keine Sorgen machst. Kannst du das für mich tun?“

Ihr Atem ging flach, und sie nickte.

„Sehr gut.“ Er half ihr die Bühnenstufen herunter. Es schien ihr gut zu gehen. Noch in ihren Badelatschen stand sie mit beiden Füßen fest auf dem Boden. Sehr gut.

Er ließ ihren Oberarm los, griff nach der Leine und führte sie zum Waldrand. Er wählte ein schnelles Schritttempo, um sie aus ihrer Wohlfühlzone zu holen. Er musste ihr klarmachen, wer hier die Kontrolle hatte.

Er entschied sich für eine Lichtung, die lediglich von herunterhängenden Knicklichtern erleuchtet wurde. Auf jeden Fall wollte er heute Abend ihr Gesicht sehen. Das musste er. Die Lichter schwankten im Wind und erzeugten Schatten auf dem Gras. Die Mondsichel stand hoch am Himmel und tauchte die Welt in einen silbrigen Farbton. Xavier nahm sich eine Decke von einem Haufen und breitete sie in der Mitte der Lichtung aus.

Stirnrunzelnd machte Abby einen Schritt zu einer abgelegeneren Stelle, und in ihren Augen konnte er erkennen, dass sie mehr Privatsphäre bevorzugen würde.

Er ignorierte ihre wortlose Bitte. „Knie dich hin."

Sie befolgte seinen Befehl und er umkreiste ihre kniende Form. Mit den Augen eines Doms musterte er sie: Ihre Haut hatte die Farbe des Mondlichts. Sie war eine sinnliche Fee.

Und ihr Mund ...

„Okay, meine kleine Kriegsbeute. Lass uns beginnen." Er trat vor sie. Ihre gefesselten Hände lagen beschützend auf ihrem Intimbereich. Als sie zu ihm aufsah, stellte er einen Fuß auf die am Boden liegende Leine.

Sein Schritt befand sich nur wenige Zentimeter von ihrem Gesicht entfernt und er ließ sich Zeit damit, seinen Gürtel und den Reißverschluss seiner Jeans zu öffnen. Ihre Atmung beschleunigte sich.

Bei der Jagd auf sie war sein Schwanz von der ersten Minute schmerzvoll erigiert gewesen und sprang nun in einem unbesonnenen Freiheitsrausch aus seiner Jeans hervor. *Geduld.* In seinem Alter konnte er es sich abschminken, mehr als einmal in einer Nacht zu kommen. Dafür hatte er zumindest kein Problem damit, seine Erektion für Stunden aufrechtzuerhalten. Da er plante, in ihrer süßen Pussy zu kommen, würde er heute mit ihrem sinnlichen Mund anfangen.

Er legte seine Hand auf ihren Hinterkopf und führte ihren Mund zu seinem harten Schaft, den er mit der anderen Hand umschloss. So konnte er seine Eichel problemlos über ihre Lippen reiben. Es dauerte nicht lange, bis sie ihren Mund öffnete und die ersten Zentimeter seiner Länge in sich aufnahm. Ihr nasser Mund ließ seinen Hoden anschwellen. Er packte mit beiden Händen ihre Haare und trieb sie zu einem brutalen Rhythmus an.

Als seine Eichel bei einem kräftigen Stoß gegen ihren Rachen stieß, hob sie ihre Hände und die Leine unter seinem Fuß machte einen Ruck. Noch ein Ruck. Ihre Augen hoben sich zu seinem Gesicht.

„Nur dein Mund, kleine Sub. Nichts anderes." Er hatte ihr die Möglichkeit genommen, zu kontrollieren, wie sie an ihm saugen wollte. Er musterte ihr Gesicht, ihre Schultern, und entschied, sich ein wenig zurückzuziehen, um ihr wieder Luft zu gewähren. Nervosität war gut, konnte sich sogar erregend auf eine Session auswirken, doch er wollte nicht, dass sie vor Angst bebte.

Ihr stockender Atem beruhigte sich und nach ein paar

Sekunden lehnte sie sich vor, lockerte ihren Kiefer und nahm ihn tiefer in sich auf. *Brave, kleine Sub.* Sie saugte und leckte, genoss es sichtlich, seine harte Länge zu kosten. Nach einer Weile festigte er den Griff in ihren Haaren und legte einen Rhythmus fest, der sie nicht davon abhielt, seinen Schwanz zu verwöhnen. „Du fühlst dich wundervoll an, kleine Pusteblume."

Sie entließ ein kleines, weibliches Grunzen und ging mit neuer Motivation ans Werk. Ihre Zunge leckte einen heißen Pfad über die Unterseite seines Schwanzes, umspielte die Eichel, einmal, zweimal, bevor sie sich wieder seinem Schaft zuwandte und jede einzelne Ader nachzeichnete. Er zwang sie nicht, ihn ganz in sich aufzunehmen. Es gab für alles die richtige Zeit und den richtigen Ort. Stattdessen ermutigte er sie in ihrem Tun, während er einen stetigen Rhythmus beibehielt und sich daran erfreute, wenn sie die Augen genüsslich schloss und sich entschlossen ihrer Aufgabe widmete.

Ihre Schenkel waren zusammengepresst – böse Sub. Er konnte sein Grinsen nicht verbergen, als sie durch den Akt, den sie an ihm ausübte, die Schenkel aneinanderrieb. Bei jedem seiner Stöße saugte sie härter und er krallte sich an ihren Haaren fest, um nicht laut zu stöhnen. Ihre leidenschaftliche Begeisterung und ihre süßen Reaktionen waren wirkungsvoller als eine perfektionierte Technik.

Als sein Hoden sich vielsagend zusammenzog, wich er zurück. Gleichzeitig sorgte er dafür, dass seine gierige Sub ihm mit ihrem Mund nicht folgen konnte. Nach der Hitze ihres Mundes fühlte sich die kühle Nachtluft wie ein Schlag gegen seinen Schwanz an. „Runter auf die Hände.“

Sie warf ihm einen heißen, jedoch nervösen Blick zu, folgte aber seinem Befehl und stützte sich in ihrer knienden Position auf den Händen ab.

Er schob seinen harten Schwanz in die Jeans, schloss unter höchsten Schwierigkeiten seinen Reißverschluss und zog sich seinen Preis aus der Tasche. Eine umsichtige Person hatte Batterien dazugelegt, und er grinste. Er benetzte den Analplug mit Gleitmittel, spreizte Abbys Arschbacken und tröpfelte mehr von der Flüssigkeit auf ihr geheimes Loch.

Als Abby fühlte, wie kalte Flüssigkeit zwischen ihre Pobacken tropfte, überfiel sie Panik. Sicher, er hatte sich diese Öffnung erspielt, aber er war viel zu groß! Der Versuch würde sie ins Grab bringen! „Nein. Bitte nicht, Xavier!“

Krabbelnd versuchte sie, von ihm wegzukommen; blitzschnell wie eh und je packte er ihre Hüften und riss sie wieder zu sich.

„Entspann dich, Kleines.“ Seine tiefe, sanfte Stimme schaffte es tatsächlich, sie zu beruhigen. „Analsex steht für heute Abend nicht auf dem Plan.“

Oh, Gott sei Dank.

„Trotzdem habe ich mir dein Arschloch mit fairen

Mitteln erspielt, was bedeutet, dass ich sehr wohl meinen Spaß damit haben werde." Er presste etwas gegen ihren Schließmuskel und ihre Panik schoss durch die Decke. Unterdrückte er gerade etwa ein Lachen? „Du musst zugeben, dass das mehr als gerecht klingt."

Nein, nein, überhaupt nicht. Nicht, dass er ihre Meinung hören wollte.

Der Analplug war kalt und glitschig. Vorsichtig schob er das Spielzeug ein Stück in sie, bevor er es zurückzog, nur um danach einen Zentimeter tiefer vorzudringen. Es brannte und jeder Muskel an dieser Stelle leistete gegen den Eindringling Widerstand. Das machte sie enger und enger, wodurch ihm jeglicher Fortschritt untersagt wurde.

„Dieses Betragen gefällt mir keineswegs." Bei seinen Worten formten sich Tränen in ihren Augen.

„Es tut mir leid, mein Lord." Ihre Finger krallten sich in die Decke unter ihr und sie gab alles, um ihre Muskeln zu lockern.

„Schon besser." Der Plug presste sich gegen sie. „Abby, du wirst merken, dass es einfacher geht, wenn du vorgibst, etwas ausscheiden zu wollen."

Einfacher war gut. Sie folgte seinem Rat und der Analplug dehnte ihren Ringmuskel. Dann rutschte das Spielzeug mit einem Plopp an die vorgesehene Stelle. Das Ding fühlte sich riesig an, und doch nicht so riesig, wie es sich mit Xaviers gutem Stück angefühlt hätte.

„Atmen nicht vergessen, kleine Sub."

Sie holte tief Luft und versuchte, sich zu entspannen, ungeachtet der merkwürdigen Empfindung, dass ... dort jetzt etwas in ihr steckte. Es war ein fremdartiges Gefühl. Irgendwie falsch und doch ... erregend. Sie zitterte am ganzen Leib und das Brennen breitete sich in ihrem gesamten Inneren aus. Es erfüllte sie mit einem unbeschreiblichen Verlangen. *Bitte, oh bitte, nimm mich.*

Mit einem tiefen Lachen rieb Xavier mit seinen Händen über ihren Po. „Sieh nur, wie du dich windest. Ich dachte mir schon, dass dir das Spielzeug zusagen würde – genau wie mir, denn du wirst extrem eng sein, wenn ich mit meinem Schwanz gleich in deine Pussy eintauche.“

Das Versprechen – die Drohung – brachte ihr Geschlecht zum Pulsieren. Ohne Vorwarnung drehte er sie auf den Rücken. Bei der Jagd hatte sich sein Haar aus dem Zopf gelöst. Die seidenweichen, schwarzen Strähnen ergossen sich wie ein Wasserfall auf ihren Bauch und die Spitzen kitzelten sie auf eine neckische, federleichte Weise. Trotz seiner aristokratischen Gesichtszüge wirkte sein Ausdruck in diesem Moment geradezu wild und primitiv.

Und sie wollte ihn mit jeder Faser ihres Seins. Bereitwillig spreizte sie die Schenkel für ihn.

„Noch nicht, Sub. Den ganzen Abend hast du deine Brüste vor mir präsentiert“, sagte er. „Ich will mit ihnen spielen, bevor ich meinen Preis einlöse.“ Sein Grinsen blitzte kurz auf. Nachdem er ihre Beine wieder zusammengedrückt hatte, setzte er sich rittlings auf sie, was den Plug noch tiefer in sie schob. Sie quietschte bei der Empfindung und er lachte.

Er saß direkt auf ihrem Venushügel; dann bewegte er sich und rieb seine grobe Jeans über ihre Klitoris. Das Feuer in ihr entwickelte sich zunehmend zu einem Waldbrand. Er strich mit den Fingern über ihre gefesselten Handgelenke. „Kribbelt es irgendwo oder verspürst du ein Taubheitsgefühl?"

„Nein, Sir."

„Sehr gut." Er hob ihre Arme über ihren Kopf. Mit der einen Hand nahm er sich die Leine, die andere schob er oberhalb ihres Hinterns unter ihren Rücken. Dort fädelte er die Leine hindurch und zog sie zwischen ihren Schenkeln hervor, bis sie zwischen ihren Pobacken und ihren Schamlippen entlang und zu ihren Brüsten führte. Einen Moment später musste sie feststellen, dass die Leine ihre geschwollene Klitoris und den Analplug anregend streifte.

Sie schnappte nach Luft, als er stärker zog und die Nerven in ihrer Pussy zum Klingeln brachte. Und in ihrem Arsch. Er lächelte auf sie herab. „Nicht bewegen, dann werde ich auch die Leine nicht benutzen müssen ... zumindest nicht sehr oft."

Wie eine Drohung platzierte er die Leine auf ihren Bauch und spritzte den Inhalt der kleinen Bodylotion auf ihre vollen Brüste. Der Geruch nach Vanille und Zitrone erfüllte ihre Sinne. Seine großen Hände landeten auf ihren Brüsten und massierten die Lotion ein, neckten ihren Nippel und zwickten in die aufgerichteten Knospen. Als hätte er alle Zeit der Welt, erkundete er jeden Millimeter ihres erotischen Fleisches. Er drückte sie zusammen, manchmal legte er seine Handflächen seitlich an, dann wieder umkreiste er ihre Hügel, wanderte durchs Tal und widmete sich ihnen so ausführlich, wie sie das zuvor noch nie erlebt hatte.

Ihre Brüste schwollen an. Seine Finger bearbeiteten ihre harten Nippel und sie reckte sich ihm stöhnend entgegen.

„Ich wusste, dass du so reagieren würdest", murmelte er, ohne die erregende Massage zu unterbrechen. Ihre Brüste hatten sich noch nie besser angefühlt. Die Hitze in ihr brodelte und wirkte sich auch auf ihre unersättliche Pussy aus. Sie konnte nicht anders und wackelte mit den Hüften.

„Na aber", sagte er und zog an der Leine. Der Analplug weckte die Nerven in ihrem Loch und auch ihre Pussy reagierte. „Ahhhh!" Sie konnte nicht anders, zappelte unter ihm und warf stöhnend den Kopf von links nach rechts.

Ermahnend riss er wieder an der Leine, doch sie konnte nur wimmern. Ihr Intimbereich stand in Flammen. Alles pochte und sehnte sich verzweifelt nach Erlösung.

„Da ist aber jemand gierig." Ein Grübchen erschien auf seiner Wange. Wenn sie dem Tod nicht so nah wäre, würde sie ihn jetzt lautstark verfluchen. „Dann wollen wir uns mal um dein kleines Problemchen kümmern."

Er drückte ihre Schenkel auseinander. Als er die Leine wegzog, winselte sie: Ihre Klitoris fühlte sich geschunden an und pulsierte unweit der Öffnung, die endlich gefüllt werden wollte. Entschlossen spreizte er ihre Schamlippen und zog die Vorhaut ihrer Klitoris zurück. Ein Lächeln huschte über seine Lippen. „Geschwollen ... und dieser hübsche Rosaton. Wunderschön."

Er drehte sie wieder auf ihre Hände und Knie. Eine Hand schob er unter sie, führte ihre gefesselten Handgelenke nach rechts und verlagerte ihr gesamtes Gewicht auf ihre linke Schulter. Mit der Wange lag sie auf der Decke, während ihr Hinterteil in die Höhe ragte und sie so jeder Chance beraubt wurde, ihn an seinen Plänen für sie zu hindern.

Sie wagte den Versuch, sich zu bewegen. Sofort landete eine Hand zwischen ihren Schulterblättern, um sie an Ort und Stelle zu halten. „Nun verstehst du es, Abby. Ich allein habe die Kontrolle und du wirst dich mir hingeben." Er fand ihren Blick und der Ausdruck in seinen Augen verlieh seinen Worten Nachdruck.

Sie hatte keine Wahl. Als auch ihr Verstand dies akzeptierte, entspannte sich ihr Körper hingebungsvoll. Sie fügte sich und ein friedvolles Summen füllte ihren Kopf.

„Mein braves Mädchen", hauchte er an ihrem Ohr, bevor er sich wieder aufrichtete. Schwielige Hände streichelten über ihren Rücken, fanden ihre Pobacken und wackelten an dem Plug, bis sie laut wimmerte.

Ein Reißverschluss wurde geöffnet, ebenso ein Kondom. Wenige Sekunden später presste er seine Eichel gegen ihre Pussy. Er wagte einen Vorstoß, zog sich zurück und drang dann wieder nur einige Zentimeter in sie hinein. So wie er das auch bei dem Analplug getan hatte. Langsam, mit Bedacht, einer Folter gleichkommend!

Sie stöhnte, doch davon ließ er sich nicht unterbrechen. *Zu eng.* Durch den Analplug war ihre Pussy einfach zu eng. Sie rutschte nach vorn, versuchte ihm zu entkommen, woraufhin er sie fester packte. „Still halten, Abby."

Seine Stimme bahnte sich einen Weg in ihr Innerstes, umfing sie. Sie nahm einen tiefen Atemzug und brachte ihre Muskeln dazu, sich zu entspannen. Sie wollte ihm geben, was er verlangte. Sie wollte sich ihm vollkommen unterwerfen.

Er hielt inne. Fingerspitzen strichen über ihren Rücken und hinterließen einen heißen Pfad, der sie daran erinnern sollte, dass sie nicht allein war.

Mit seinem Schwanz übte er wieder Druck aus. Weiter und weiter dehnte er sie. Der Eindringling pulsierte in ihr und langsam, stellte sie mit Entzücken fest, verwandelte sich das Unbehagen in Lust. Trotz allem war es zu viel. Zu viel von ihm, zu viele Empfindungen auf einmal. Überwältigt von dem Moment fing ihr Körper an zu beben und sie entließ ein gedehntes Stöhnen.

Von ihrer eigenen Reaktion aufgeschreckt, spannte sie sich an, da ihr bewusst wurde, dass nicht unweit von ihr Menschen waren. Die verschiedensten Laute traten an ihre Ohren: wie Fleisch auf Fleisch klatschte, Winseln und Ächzen, und natürlich Stöhnen. Das musste bedeuten, dass auch Xavier und sie zu hören waren.

Dann spürte sie seine Schenkel an ihrem Po und er sagte: „Alles drin."

„Sei ruhig!", zischte sie.

Sofort zuckte sie zusammen, als sie den Schnitzer bemerkte, den sie begangen hatte. Mit was sie nicht gerechnet hatte? Dass er lachen würde. *Er lacht.* „Ich brauche dir nicht zu sagen, dass es ein großer Fehler ist, deinem Dom den Mund zu verbieten." Er tippte mit seinem Finger auf ihren Arsch. Dann folge eine Schweigeminute, während sie um seine Länge pulsierte. Dachte er gerade über ihre Bestrafung nach?

„Immer, wenn ich in dich stoße, will ich einen Laut von dir hören – ein Stöhnen, ein Ächzen, ein Schreien – laut genug, dass jedermann es hören kann. Schweigst du, werden wir den Laut mit meiner Hand auf deinem Arsch erzeugen."

Nein, nein, nein.

Er zog sich zurück und stieß hart in sie. *Oh Gott*, sie konnte es einfach nicht. Sie unterdrückte ihr Stöhnen.

Ein Klaps auf ihren Hintern folgte. Stechender Schmerz jagte durch ihren Körper und ihr Schrei war sicherlich noch in Bear Flat zu hören gewesen.

Wieder stieß er zu und sie presste die Lippen fest aufeinander.

„Starrsinnige, kleine Sub." Ein Klaps auf die andere Pobacke. Schmerz flammte auf und verschmolz zu einer Einheit mit der Lust, die sich zwischen ihren Schenkeln formte.

Seine Hand fuhr zwischen ihre Arschbacken und plötzlich vibrierte es in ihrem Loch. *Na super, jetzt vibriert das Ding auch noch!*

Sie zuckte zusammen, erschauerte und erstarrte dann, als sich jeder Nerv in dem Bereich zu Wort meldete.

Er lachte. „Rate mal, wo ich die Vibrationen spüre, kleine Sub?“ Er presste sich tiefer in sie und streichelte sie derweil mit den Händen.

„Gib einen Laut von dir, Abby.“ Er glitt aus ihr raus und vergrub sich mit einem Stoß tief in ihrer Hitze. Die unerwartete Härte, mit der er vorgegangen war, entlockte ihr ein Stöhnen, das sie nicht mehr zurücknehmen konnte. Wenn er in ihr steckte, sie ausfüllte und dehnte, waren die Vibrationen des Analplugs so intensiv, dass sie es kaum aushielt. Jedes Mal, wenn er sich aus ihr herauszog, konnte sie hören, wie feucht sie war und dass ihre Pussy ihn nicht gehen lassen wollte. Erotik pur!

„Schon besser. Schenke mir mehr von diesen Lauten.“ Rein. Raus. Rein. Raus. Bei jedem Stoß kitzelten seine Haarspitzen über ihren Rücken, presste sich ihre Wange fester gegen die Decke und bebte sie voller angestauter Begierde. Ihr eigenes Stöhnen hallte in ihren Gehörgängen wider, während sich der Druck bis ins Unermessliche aufbaute. Es fühlte sich so berauschend an, reichte jedoch nicht aus, um sie zum Fliegen zu bringen.

Offenbar hatte er ihre Gedanken gelesen, denn er zog das Tempo an und das Rauschen in ihren Ohren verstärkte sich, bis sie nicht mehr mit Sicherheit sagen konnte, ob sie seinem Befehl, Laute von sich zu geben, überhaupt noch nachkam. Für eine Weile nahm er sie hart ran. Dann verlangsamten sich seine Stöße wieder.

Sie stöhnte. Die Luft war heiß, angefüllt mit leidenschaftlichen Lauten. Schweiß bedeckte ihren Körper. Ihr Inneres fühlte sich wie ein Gummiband an, das immer weiter gedehnt wurde. Wann würde es reißen? Sie balancierte am Rand der Klippe entlang. Sie konnte in den Abgrund sehen. Sie wollte springen, aber irgendetwas hielt sie davon ab.

Er beugte sich vor, presste seine steinharte Brust an ihren Rücken und sie quietschte, als sein Schwanz gegen ihren Muttermund stieß. Seine Scham drückte den Plug noch tiefer in sie. *So voll. Viel zu voll.* Ihr Stöhnen kam laut und tief über ihre Lippen, woraufhin sie ihn lachen hörte.

Seine Hand landete neben ihrem Kopf, eine stützende Säule, um den nächsten Abschnitt des Aktes einzuläuten. Die andere Hand glitt von ihrem Bauch zu ihrem Venushügel. Dann fand er ihre geschwollene Klitoris, schnellte über das Nervenbündel und sie schrie: „Oh Gott, oh Gott, oh Gott!"

„Ein sehr guter Laut, kleine Sub."

Sein Finger tauchte in die Nässe um ihren Eingang. Er kehrte zurück zu ihrer Klitoris, betörte das Nervenbündel, und nahm sie gleichzeitig hart, sich immer wieder tief in ihr vergrabend. Sie stöhnte, japste, keuchte, als die zwei Empfindungen zusammenkamen. Abermals lachte er. Auch lachte er, als er seine Stöße mit den Lauten begleitete, die sein Finger, sein Schwanz und der Analplug bei ihr auslösten. Sie war sein Instrument.

Sie versuchte, für ihn zu stöhnen, und bemerkte, dass sie das bereits ununterbrochen tat. Sein Schwanz füllte sie. Verließ sie. Füllte sie erneut – und sein Finger hörte nicht auf, ihre Klitoris zu necken. Er trieb sie höher und höher – und schon bald darüber hinaus.

In ihrer Mitte bündelte sich der Druck, die Empfindungen und ihre Sinne erlitten einen Kurzschluss. Es existierten nur noch die Bewegungen an ihren erogenen Zonen: Sein Finger an ihrer Klitoris, sein Schwanz in ihrer überempfindlichen Pussy, der Analplug in dem Loch, von dem unerwartete Lust ausging. Ihre Schenkel zitterten, sie trieb ihre Fingernägel in ihre Handflächen und langsam, so unausweichlich wie der Sonnenaufgang, erstarrte sie und der Druck löste sich.

„Lass es geschehen, kleine Sub“, murmelte er. Mit Daumen und Zeigefinger zwickte er in ihre Klitoris, was das Ende bedeutete. Das Gummiband riss und alle Empfindungen brachen gleichzeitig aus ihr heraus. Ekstatische Lust breitete sich wellenartig in ihr aus, ihre Nervenenden sangen, bis ihr ganzer Körper von ihren Haarspitzen bis zu ihren Zehen bebte.

Xavier packte ihre Hüften und hämmerte erbarmungslos in sie, so dass sie fortwährend Wellen der Lust erfassten. Seine Finger krallten sich in ihr Fleisch und dann fand auch er zur Erlösung und ergoss sich mit einem befriedigten Stöhnen.

Er lehnte sich über sie und presste seine Lippen auf ihren Nacken. Sein heißer, dominanter Körper war über ihr. Sie versuchte, ihren Verstand wieder in Gang zu bringen, doch es war zwecklos. Ihr Gehirn war außer Betrieb. Die Nachwirkungen des Rausches waren zu viel. Ihre Beine zitterten. Sie war sich sicher, auf Wolke Orgasmus gelandet zu sein.

„Bleib so für einen Moment, Kleines." Er küsste ihr Schulterblatt, bevor er seinen Schwanz aus ihr gleiten ließ. Gleich danach entfernte er den Analplug.

Im Moment konnte ihr zitternder Körper ohnehin nicht die Kraft aufbringen, sich zu bewegen.

„Jetzt binde ich dich los." Mit sanften Händen rollte er sie auf ihren Rücken und löste die Fesseln. Während er ihre Handgelenke massierte, starrte sie ihn an. Sie fühlte sich ... verloren. Eben noch hatte sie sich körperlich nach ihm verzehrt und hatte an nichts anderes denken können, als ihn in sich zu spüren. Dieses Bedürfnis war nicht verschwunden, es hatte sich nur verlagert. Jetzt wollte sie ihm emotional nah sein. Tränen sammelten sich in ihren Augen. *Das gefällt mir nicht. Ich will das nicht.*

„Ist ja gut. Du bist erschöpft, kleine Pusteblume." Er machte es sich neben ihr auf der Decke bequem und stützte sich mit einem Arm ab. Sein Gesicht lag im Schatten, wohingegen sie im Mondlicht verweilte. Vorsätzlich, wie sie annahm, damit er in ihr lesen konnte. Er hob seine freie Hand, streichelte ihre Brüste, liebkoste und tröstete sie mit seiner Berührung. Seine Nähe wärmte sie und seine Haare kitzelten sie, als Wind die langen Strähnen über ihre empfindliche Haut wehte. „Schlaf ein bisschen, ich bin hier."

Zittrig atmete sie aus. Seine Anwesenheit füllte die Leere, die die vollendete Session in ihr hinterlassen hatte, und ihr hoher Verteidigungswall aus Eis schmolz. Sie hob ihre bebende Hand zu seiner Wange und spürte, wie sich ein Lächeln auf seinem Gesicht formte.

KAPITEL VIERZEHN

K**örperlich befriedigt und** emotional aufgewühlt, saß Abby auf ihrem Bett, mit den Beinen angewinkelt und dem Kinn auf den Knien. Die Blockhütte war rustikal gehalten, viel Holz und blau-weiße Akzente, die im Quilt und den Kissen zu finden waren. Hier oben in den Bergen war es friedvoll.

Na gut, wenn sich die Einwohner nicht gerade mit Kriegsspielen beschäftigten.

Sie hatte gehofft, dass Xavier bei ihr bleiben würde, jedoch wurde er von einem Masterson-Bruder in Beschlag genommen. Er hatte ein geschäftliches Anliegen und hoffte, dass Xavier das Problem lösen konnte. Wirklich komisch. Was hatte der Eigentümer eines BDSM-Clubs bitte mit Bergtouren am Hut?

Sie hatte nicht warten wollen, weshalb sie das Angebot von Simon und Rona angenommen hatte und mit den beiden im Auto zur Serenity Lodge gefahren war, um sich in ihrer Hütte etwas frisch zu machen.

Sie legte sich aufs Bett und wurde durch die Wundheit zwischen ihren Schenkeln sofort an ihre Session mit Xavier erinnert. Das Gefühl des Analplugs, Xaviers Schwanz in ihrer Pussy ... Er hatte sie perfekt gefüllt und zu einem Orgasmus getrieben, der jetzt noch Hitzewallungen in ihr auslöste.

Diesmal war er nach dem Sex nicht auf Abstand gegangen. Und auf der Heuwagenfahrt hatte sie sich in seinen starken, dominanten Armen geborgen und glücklich und wundervoll gefühlt.

„Warum fühlte sich das so ... befriedigend an?" Der Luchs auf dem Bild an der Wand ignorierte ihre Frage. Wirklich unhöflich. Ihre Welpen hatten bessere Manieren; die Kleinen spitzten die Ohren und hörten ihr wenigstens zu.

Okay, Gehirn an. Von einem Mann gehalten zu werden, war einfach schön. Auch mit Nathan hatte sie an Filmabenden auf der Couch gekuschelt.

Bei Xavier jedoch fühlte sich alles ... dominanter an. Ohne sie zu fragen, zog er sie in seine Arme, berührte und positionierte sie, wie er das für richtig empfand. Und mit jedem Beweis seiner Kontrolle schmolz sie ein bisschen mehr dahin. Das wusste er. Sein immer wieder aufblitzendes Lächeln und die Wärme in seinen Augen sagten ihr, dass ihm ihre Hingabe Freude bereitete.

Sie wusste nur nicht, was sie davon halten sollte. Machte

es sie glücklich? Verspürte sie Angst? *Oh ja*, es bereitete ihr Angst. Wie konnte es sein, dass sie sich zu Xavier mehr hingezogen fühlte, als dass bei Nathan jemals der Fall gewesen war?

Beruhte ihre Anziehungskraft auf Xavier nur darauf, dass er so viel dominanter war als Nathan? Dass er genau wusste, wie er seine Dominanz einzusetzen hatte? Vielleicht hatten ihre Gefühle gar nichts mit Anziehung zu tun. War es möglich, dass sie lediglich als Sub auf einen erfahrenen Dom reagierte?

Wenn sie es sich recht überlegte, hatte ihr an Nathan immer gefallen, wie er die Führung übernommen hatte. Diese Seite an ihm hatte ihr einen Kick gegeben. Sie starrte auf ihre Hände. Ihre innere Sub hatte also auf Nathan, den Dom, reagiert. Doch auch seine Gesellschaft, seine Intelligenz und seine Selbstkontrolle hatten sie angezogen. Aber war das alles? Sie verzog das Gesicht zu einer Grimasse. Hatte sie geglaubt, ihn zu lieben, obwohl es in Wahrheit nur Freundschaft gewesen war? Mittlerweile glaubte sie, dass die Sub in ihr nur den Dom in ihm erkannt hatte und sie dadurch an ihre geheimsten Sehnsüchte erinnert wurde.

Ihr Wunsch, Nathan zurückzugewinnen, schrumpfte jedes Mal ein bisschen mehr, wenn Xavier sie in den Armen hielt, sie berührte, sie küsste.

Sie runzelte die Stirn und wünschte sich vergeblich eine Tasse Tee herbei. Mit Tee in der Hand ließ es sich viel besser nachdenken.

Es spielte ohnehin keine Rolle, was zwischen Nathan

und ihr passiert war. Es war vorbei. Im Herbst würde sie mit ihm sprechen. Vielleicht konnten sie Freunde bleiben.

Nach einem Blick auf die Uhr sprang sie auf und ging zu ihrer Reisetasche. Es war höchste Zeit, dass sie sich für den zweiten Akt des Abends fertigmachte.

Vielleicht würde es noch mehr Sex geben. Sie grinste. Sie hatte also doch eine aktive Libido, wer hätte es gedacht? Das musste einfach etwas mit Xavier zu tun haben. Eine Frage blieb: Wer wäre nach diesem Wochenende noch in der Lage zu laufen?

Ihn auf dem Barbecue der Mastersons zu beobachten, war sehr aufschlussreich gewesen. Zunächst war sie davon ausgegangen, dass ihm die Clubmitglieder solche Ehrfurcht entgegenbrachten, weil er der Eigentümer war, aber hier in den Bergen hatten ihm vollkommen Fremde den gleichen Respekt gezollt. *Mein Lord* strahlte Selbstvertrauen und Dominanz aus.

Als ihr ein mädchenhafter Seufzer entrang, rollte sie vor Abscheu mit den Augen, dann lachte sie und schüttelte den Kopf. *Was stellt dieser Mann nur mit mir an?*

Abby holte ihr neues Korsett aus dem Koffer und überlegte, was sie unten herum anziehen sollte. Schwarzer Rock? Jeans? Vor Xavier hatte das angemessen geklungen, aber jetzt ...

Bei dem Klopfen an die schwere Eichentür setzte ihr Herz einen Schlag aus. Nein, das war nicht Xavier. Dafür war das Klopfen zu schwächlich, nicht kraftvoll genug gewesen – weiblich. Sei's drum, eine Ablenkung war ihr so oder so willkommen. Sie öffnete ihren zwei neuen Freundinnen die Tür.

„Hi." Sie lächelte Rona an und musterte dann Lindseys Gesicht. „Alles okay bei dir? Ich sah, dass deVries auf dich geschossen hat." Sicherlich war der Vollstrecker bei der Einforderung seines Preises nicht zärtlich mit ihr vorgegangen.

„Oh ja, das hat er, genau wie Mitchell. Du weißt schon, der Typ aus Australien."

„Zwei Männer?" Abby schluckte schwer. „Und haben sie –"

„Es geht mir gut. DeVries hat wegen eines Notfalls einen Anruf bekommen und musste weg." Sie kicherte. „Er war nicht gerade erfreut über die Unterbrechung."

Rona spitzte die Lippen. „Er ist sehr kreativ mit Kraftausdrücken, das muss ich ihm lassen. Das letzte Mal war ich so beeindruckt bei einer OP-Schwester, die versehentlich einen Wagen mit sterilen Instrumenten umgestoßen hat."

„Oh." Abby atmete hörbar aus und sah Lindsey an. „Wir sind über den Ausgang also ... glücklich?"

„Sind wir. Gott hatte endlich ein Einsehen. Sex mit zwei Männern und einer davon deVries. Der Vollstrecker! Kannst du dir das vorstellen? Also ich nicht. Aber na ja, Mitchell war auch ohne Hilfe sehr einfallsreich."

Lindseys Gesichtsausdruck erinnerte sie gerade an einen vollgefressenen Welpen.

„Gut." Abby überlegte kurz und fragte: „Und was ist jetzt mit deVries?"

„Na ja ..." Lindsey biss sich auf die Unterlippe.

Rona antwortete: „Er hat ihr einen Kuss gegeben, heiß genug, um einen Gletscher zum Schmelzen zu bringen, und meinte dann, sie schulde ihm noch ihren Mund und ihren Arsch, und dass er nicht vorhatte, sich seine Preise entgehen zu lassen."

„Vielleicht solltest du überlegen, den Club zu wechseln", sagte Abby halb im Spaß.

Rona lachte. „Wir wollen uns bei Becca zurechtmachen. Schnapp dir dein Make-up und deine Klamotten und lass uns gehen."

„Das klingt super." Abby drehte der Eingangstür den Rücken zu. Verstärken sie auf diese Weise die Verbindungen zwischen den Mitgliedern des Lifestyles? Sie dachte an das Buch *Little Women* und wie sich die Schwestern für Veranstaltungen immer beim Ankleiden geholfen hatten. Ihr Herz schmerzte bei dem Gedanken, dass sie bisher nie an einem derartigen Ritual teilgenommen hatte. Janae hasste sie und Grace war viel zu jung gewesen, als sie noch Zuhause gewohnt hatte.

Becca und Logans Bereich nahm in dem massiven Blockhaus die Hälfte des Obergeschosses ein. Kallie und Summer waren schon im Schlafzimmer und wetteiferten um den Platz am Waschbecken, damit sie die Haare mit dem Lockenstab und dem Glätteisen bearbeiten konnten.

In einem bequemen Sessel saß Becca, die Hände auf ihrem runden Bauch, und wachte über die Runde. Auf dem Bett lag eine riesige Main-Coon-Katze, die alle Beine von sich streckte und gelegentlich aufmerksam mit den buschigen Ohren zuckte.

Nach der Begrüßung legte Abby ihre Klamotten aufs Bett und sah sich um. Rustikal und bequem. Aber es gab nur ein Schlafzimmer in der Wohnung. „Reicht der Platz, wenn das Baby kommt?“, fragte sie Becca.

„Jake und Kallie bauen sich gerade ein Blockhaus auf der anderen Seite des Tals. Wenn es fertig ist, dann haben Logan und ich die ganze Etage für uns.“

„Oh, das klingt gut.“ Abby zog ihr T-Shirt und ihren BH aus.

Im Badezimmer trug Kallie sorgfältig Wimperntusche auf. „Ich bekomme das Beste aus zwei Welten: Meinen eigenen Haushalt und trotzdem bin ich nicht weit von Beccas Kochkünsten entfernt.“

Becca schaute mürrisch. „Ausgehend von der Menge, die du verdrückst, müsstest du drei Trilliarden Kilo wiegen.“ Ihr Blick ging zu ihrem Bauch. „Sieh mich an! Ich nehme schon drei Kilo zu, wenn ich nur an einem Donut schnuppere. Ich sehe wie ein Zeppelin aus!“

„Du siehst nicht wie ein Zeppelin aus.“ Die geknurrte Erwiderung kam von der Tür. Abby quietschte und hielt sich ihr T-Shirt vor die nackte Brust.

Logan trat ins Schlafzimmer und legte die Hände auf Rebeccas Schultern. „Du bist schon immer eine umwerfend schöne Frau gewesen. Sieht dich jetzt ein Mann an, dann hat er die Ehre, eine Fruchtbarkeitsgöttin zu betrachten.“ Seine harten, blauen Augen wurden sanft, als er die Hände auf ihren Bauch senkte und er sie ehrfürchtig streichelte. „Ein ganzes Millennium lang wurden Frauen mit deinen Kurven von Männern verehrt und bei vielen hat sich das bis heute nicht geändert." Rebeccas Augen füllten sich mit Tränen und Abby erging es nicht anders. Wie konnte ein Mann, der so gemein aussah, nur so bezaubernd sein?

Er schüttelte bei dem Anflug von Emotionen den Kopf und wischte seiner Frau die Tränen ab. Dann küsste er sie auf die Nasenspitze und flüsterte: „Wenn ich das Wort *Zeppelin* noch einmal höre, dann versohl ich dir den Hintern. Vorsichtig natürlich."

Nachdem sich Logan eine Jeans und eine Lederweste aus dem Schrank geholt hatte, schaute er zu Abby und grinste. „Du brauchst diese hübschen Brüste nicht zu verstecken. Nicht nur, dass ich sie heute bereits bewundern durfte, ich wage zudem die Prognose, dass Xavier sie vor dem Morgengrauen erneut vor aller Augen entblößen wird."

Sie fühlte, wie sie purpurrot anlief.

Als er die Tür hinter sich zumachte, zeigte Becca lachend mit dem Finger auf Abby. „Dein Gesicht ..."

Die anderen grinsten und Abby seufzte. „An die Zurschaustellung muss ich mich wirklich noch gewöhnen."

„Männer sind eben visuell motivierte Geschöpfe." Rona tippte sich gedankenverloren ans Kinn und studierte die zwei Outfits, die zur Auswahl auf dem Bett lagen. „In gewisser Weise ist der Lifestyle gut für Frauen. Wir sind es gewohnt, uns hinter unserem Make-up und unseren Klamotten zu verstecken. Bei einer Session werden wir nicht nur emotional entblößt. Wenn du nackt und mit verschmierter Wimperntusche vor deinem Dom stehst, ist die Gewissheit befreiend, dass ihm immer noch gefällt, was er sieht. Dass du ihn auch ohne den ganzen Schnickschnack hart machst."

Grinsend sagte Becca: „Ist euch aufgefallen, wie bei ihnen das Gehirn aussetzt, sobald man ihnen Brüste vorsetzt?"

Darauf folgte ein Chor aus Gelächter.

„Sogar bei meinen", sagte Kallie und strich sich beim Verlassen des Badezimmers über ihre kleinen Brüste. Sie war winzig, wie eine Elfe, mit kurzen Haaren, und erinnerte Abby mit ihren großen, hinreißenden Augen an die Hobbit-Kinder aus *Herr der Ringe*. Sie trug ein steifes Lederkorsett, das aus ihren Brüsten das meiste herausholte, dazu einen langen Rock und geschnürte *Fick mich*-Stilettos. Sie drehte sich vor Rebecca einmal um ihre eigene Achse.

Becca ließ den Blick über ihre Freundin schweifen. „Perfekt."

Rona hatte sich für ein trägerloses, goldenes Latexkleid entschieden, farblich passend zu ihrem Halsband. Schwarze Bänder hielten in einem Zickzackmuster die Seiten zusammen. „Simon liebt es, mich wie ein Geschenk auszupacken."

„Das ist ein großartiges Outfit." Becca seufzte und warf einen zerknirschten Blick auf ihren Bauch. „Ich vermisse es so sehr, mich sexy anzuziehen."

Lindsey kam aus dem Bad. Ihr schulterlanges Haar hatte sie zu zwei seitlichen Zöpfen gebunden und sie trug einen kurzen karierten Rock und eine weiße Bluse, die offen stand und am unteren Ende mit einem Knoten fixiert war. „Das Schulmädchen namens Lindsey meldet sich zur ersten Stunde.“ Sie grinste Rebecca an. „Als Rona mir sagte, dass du schwanger bist und nicht weißt, was du anziehen sollst, da habe ich mir die Freiheit herausgenommen, dir ein Outfit mitzubringen. Dann können wir als Paar nach unten gehen.“ Sie hielt einen zweiten Rock in die Höhe und eine weiße Umstandsbluse. „Denkst du nicht auch, dass Schuldirektor Logan meine Klassenkameradin dafür bestrafen wird, dass sie sich in so jungen Jahren hat schwängern lassen?“

Becca starrte eine Sekunde auf die Klamotten und brach dann in Lachen aus. „Oh, aber bestimmt.“

Kallie schüttelte den Kopf. „Danach wirst du eine Woche nicht sitzen können.“

Abby runzelte die Stirn, als sie die Vorfreude auf Beccas Gesicht sah.

Manche Subs im Dark Haven verzehrten sich nach Spankings. Sie verstand den Reiz daran nicht.

„Oh, da sieht jemand verwirrt aus“, kommentierte Rona. „Noch nicht in den Genuss eines Spankings oder eines Floggings gekommen?“

„Ähm, Master Xavier hat mir gelegentlich einen Klaps verpasst.“

Nathan hatte ihr vor einiger Zeit den Hintern versohlen wollen. Das hatte sie strikt abgelehnt. Bei einem Spanking von Xavier jedoch ...

„Ist nicht das Gleiche." Kallie krabbelte aufs Bett, und zog eine Grimasse, als sie von dem Korsett daran gehindert wurde, es sich bequem zu machen. Die Katze platzierte eine faustgroße Pfote auf ihr Knie und erinnerte Kallie an ihre Pflicht. Sie ließ sich nicht zweimal bitten, streichelte die Riesenkatze und sinnierte laut: „Vielleicht sollte ich vor Master Xavier eine Andeutung machen, dass –"

„Das wirst du nicht", unterbrach Abby ihren Gedanken. Sie benutzte den autoritären Ton und den finsteren Blick, die sie im ersten Jahr ihrer Lehrtätigkeit perfektioniert hatte. *Immer noch wirkungsvoll.*

Kallies Kinnlade klappte herunter. „Du bist eine Domina? Ich dachte –"

„Lehrkraft." Abby schenkte ihr ein selbstgefälliges Lächeln. „Ich war noch sehr jung, als ich meinen Doktor gemacht habe. Dadurch war ich im selben Alter wie die Studenten, die ich unterrichtete. Ich hatte keine andere Wahl, als mir den Todesblick anzueignen."

„Sehr jung warst du also." Becca runzelte die Stirn. „Jemanden wie dich hatte ich im Wohnheim. Als meine Freunde und ich einen Trinken waren und auf Dates sind, kämpfte sie noch mit ihren Hormonen und den plötzlich gewachsenen Brüsten."

„Ja, das kommt mir bekannt vor." Sie hatte immer aus der Ferne zugesehen, wie die Mädchen aus ihrem Jahrgang sich amüsierten und das College-Leben in vollen Zügen genossen. Niemand wäre auf die Idee gekommen, Abby einzuladen. Genauso wenig, wie sie ihre kleinen Geschwister hätten dabeihaben wollen.

Kallie reichte über ihre Katze hinweg, um Abbys Hand zu drücken. „Es war schon schlimm genug, ein Wildfang ohne Brüste zu sein, aber zudem jünger als alle anderen zu sein, war sicher nicht einfach."

Nein, einfach war es ganz sicher nicht. Sie hatte viele Erfahrungen missen müssen. Den Spaß, und auch den Austausch mit Gleichaltrigen. Die Sympathie, wenn man ähnliche Dinge durchmachte. Abby blinzelte die Tränen in ihren Augen weg und schaute an dem Oberteil herunter, dass sie sich noch immer vor die Brüste drückte.

„Okay, und das hast du dir für heute Abend ausgewählt, junges Fohlen?", fragte Lindsey leichthin. „Ich kann dir jetzt schon sagen, dass *Mein Lord* ein T-Shirt nicht gutheißen wird."

Abby sah sie dankbar an. „Meinst du? Ich dachte, es könnte ihm gefallen."

Becca wies auf ihre Auswahl auf dem Bett. „Entscheide dich für das Korsett", riet sie. „Und ich habe einen Rock, den wirst du lieben. Ich bezweifle ohnehin, dass ich dieses Jahr noch dazu komme, ihn zu tragen."

Eine Stunde später folgte Abby den Frauen ins Erdgeschoss. Auf der Türschwelle hielt sie beindruckt inne.

Der große Raum hatte sich in ein Verlies mit freistehenden Andreaskreuzen verwandelt. Ketten baumelten von den Deckenbalken, Stahlringe hingen an den Wänden aus Baumstämmen und eine Liebesschaukel war auf der anderen Seite des Raumes zu sehen. Der Empfangstresen war mit einer Gummischicht überzogen, wo seitlich D-Ringe angebracht worden waren. Und die Sofas und Couchtische wiesen Handfesseln um die Beine auf, an denen man sich bedienen konnte.

Im massiven Kamin brannte ein kleines Feuer, das die nächtliche Kälte der Berge abschirmte. Die Laternen an den Wänden waren aus bernsteinfarbenem Glas und flackerten anregend, ohne den Schatten die Geheimnisse zu stehlen.

Ein Anflug von Nervosität schoss durch ihren Körper. Das war weit entfernt von dem Dark Haven-Kerker. Beengter, weniger Leute und ... persönlicher.

„Ist schon erstaunlich, wie ein paar Ketten den Gesamteindruck verändern können, oder?“ Rona kam die Treppe runter und hielt neben ihr an.

Bei der Eingangstür stand Simon. Schnell erblickte er seine Frau und setzte sich in Bewegung. Er hatte sich an das Ambiente angepasst, trug ein weißes Hemd und eine maßgeschneiderte Hose. Ein Glitzern erschien in seinen Augen, als er die Bänder seitlich an Ronas Kleid entdeckte. „Du siehst bezaubernd aus, Mädchen“, sagte er und ließ es sich nicht nehmen, die erste Schleife zu öffnen.

Sie schlug ihm auf die Finger. „Ich hätte Knoten reinmachen sollen.“

„Keine schlechte Idee; ich habe schon seit einer Ewigkeit nicht mehr mit dem Messer gespielt.“ Er nahm Ronas Hand und küsste sie auf den Handrücken. Dabei betrachtete er sie mit einem Blick, der Abby ein Seufzen entlockte.

Würde sie jemals einem Mann begegnen, der sie so anschaute? Deprimiert drehte sie sich weg und fummelte an ihrem Korsett herum. Das dunkelrote Stück hatte eine schwarze Schnürung, die sie nur zur Hälfte geschnürt hatte, um einen tiefen Ausschnitt zu erzeugen. Rebeccas knöchellanger Rock vervollständigte das Outfit. Die langen Schlitze auf beiden Seiten boten verführerische Einblicke. Auf diese Weise hoffte Abby, das niemand ihre breiten Hüften bemerken würde.

Simon drehte sich zu ihr. „Du siehst hinreißend aus. Ich kenne ein paar Doms, die entzückt wären, wenn ich dich mit ihnen bekannt machen dürfte. Oder wartest du auf Xavier?“

„Ich bin mir nicht sicher.“ Xavier hatte nichts erwähnt. Sie hätte ihn fragen sollen. „Ich werde mich erstmal ein bisschen umsehen und die Lage aussondieren.“

Simon rieb aufmunternd über ihren Arm. „In Ordnung. Abby, du stehst unter meinem Schutz. Du bist ein großes Mädchen und weißt selbst, was du willst. Wenn dir jedoch jemand Schwierigkeiten bereiten sollte, dann ruf mich. Ich stehe gerne bereit, um eine Session zu beaufsichtigen. Okay?“

„Ja, Sir.“

„Beim Safeword in der Lodge handelt es sich um das übliche *Rot.*"

„Ja, Sir."

„Okay."

Sie lief zur Raummitte und merkte erst jetzt, dass sie nicht Xaviers Halsband trug. Plötzlich fühlte sie sich schwach auf den Beinen, als hätte ihr jemand ihre dringend benötigten Krücken geraubt.

Die Lodge füllte sich und die Musik wechselte zu der Band Whip Culture. Die Hunt-Brüder schienen überall zu sein. Jake half einem Dom bei der Vorbereitung einer Hängebondage-Session. Nebenan stellte Logan ein Dark Haven-Mitglied einer lokalen Domina vor. Die Gerätschaften kamen in Benutzung und Abby wanderte von einer Szene zur nächsten. Ein paar Doms bekundeten Interesse an ihr, sie vertröstete allerdings alle.

Eine Stunde verging und ihre Begeisterung schwand. Enttäuscht ließ sie sich vor dem knisternden Kamin auf eine Ledercouch fallen und starrte ins Feuer. Xavier war nicht gekommen. War es möglich, dass er bereits nach San Francisco abgereist war?

Soll sie ohne ihn spielen? An sich hatte er ihr dafür das Okay gegeben. Schließlich hatte er zu ihr gemeint, dass er nichts Festes mit ihr wollte. Vielleicht sollte sie eine Session mit einem anderen Mann ausprobieren – um zu sehen, ob jeder Mann diese Wirkung auf sie hatte, wie es bei Xavier der Fall war. Dummerweise gefiel ihr der Gedanke ganz und gar nicht.

„Abby?“ Eine Männerstimme rief ihren Namen. Eine Männerstimme, die ihr bekannt vorkam.

Schockiert hob sie den Kopf. „Nathan, was machst du denn hier?“

Sein Blick schweifte über ihre Aufmachung und seine blauen Augen weiteten sich. „Ich könnte dich dasselbe fragen.“ Gekleidet in eine schwarze Lederjacke und einer ebenso farbenen Lederhose nahm er neben ihr Platz.

Ihr schwirrte der Kopf. „Simon hat mich eingeladen. Wurde dein Sommersemester frühzeitig beendet? Bist du schon zurück?“

„Nein, ich bin nur für ein paar Tage hier.“ Er wandte den Blick ab. „Du weißt ja, wie sehr ich die Berge liebe. Die Hunts wollen eine Familienlodge aus dem Grundstück machen. Danach wird es keine Partys wie diese mehr geben. Ich wollte mir die letzte BDSM-Veranstaltung hier oben nicht entgehen lassen.“

Freude und Unbehagen schlängelten sich auf verschiedenen Pfaden durch ihre Eingeweide und kollidierten an einer Kreuzung.

Lächelnd nahm er ihre Hand. „Unsere letzte Unterhaltung muss zu dir durchgedrungen sein. Ich kann nicht fassen, dass du einem BDSM-Club beigetreten bist, nur um mehr über meine Bedürfnisse in Erfahrung zu bringen.“

Richtig, das war zu Beginn der Plan gewesen, aber ... „Na ja, eigentlich –“

„Vielleicht ist unsere Beziehung doch nicht so hoffnungslos, wie ich dachte." Er stand auf. „Ich will eine Session mit dir spielen."

Er zog sie in den hinteren Teil des Raumes. Dann stellte er sie mit dem Rücken an ein Andreaskreuz und zog seine liebsten Metallhandschellen aus der Jackentasche.

Ich hasse Handschellen. Mit Mühe unterdrückte sie den Drang, sich aus der Situation zu entfernen. Sie hatte inzwischen Erfahrung. Es war nicht das erste Mal, dass sie gefesselt wurde. Und sie fragte sich ohnehin, was sie für ihn empfand – und für Xavier. Vielleicht schuldete sie es ihm und auch sich selbst, dass sie es versuchte. Immerhin hatte sie anfangs auch bei Xavier ihre Zweifel gehabt.

Gerade weil sie Erfahrung hatte, wunderte sie sich, warum Nathan nicht zuerst mit ihr über die Session sprach.

Eine Fessel schloss sich um ihr linkes Handgelenk, womit er sie über ihrem Kopf an dem X-förmigen Kreuz fixierte. Er wiederholte die Prozedur an ihrem rechten Handgelenk.

Ihr Unbehagen vertiefte sich. Zwar war sie auch bei Xavier immer nervös gewesen, da sie nie genau wusste, was er mit ihr vorhatte, wirkliche Angst hatte sie allerdings nie verspürt. Wieso war das mit Nathan anders? Nathan kannte sie doch viel länger.

Er sah sie an, als wäre sie nichts wert und sagte: „Okay, Schlampe." Seine Stimme klang tiefer, gemeiner. „Du wirst alles ertragen, was ich mit dir vorhabe und ich will keinen Mucks von dir hören. Nicke, wenn du das verstanden hast."

Sie nickte; beschimpft zu werden, das gefiel ihr jedoch

nicht. Es fühlte sich an, als hätte jemand Feuerameisen in ihren Ausschnitt gekippt. Die Erinnerungen an ihren schreienden Vater zeigten ihre hässliche Fratze.

Er öffnete die Schnüre an ihrem Korsett und warf es anschließend auf den Fußboden. Seine Hände gingen grausam vor, packten sie viel zu hart und zwickten ohne Finesse in ihre Nippel. „Sieh mir in die Augen, Schlampe." Er zwickte so hart in ihre Nippel, dass ihr die Tränen kamen.

„Nathan", flüsterte sie. „Ich –"

„Verfickte Schlampe!" Er schlug gegen ihre Brust. Bei dem stechenden Schmerz versuchte sie verzweifelt, von dem Kreuz wegzukommen. Die Metallfesseln schnitten in ihre Handgelenke und sie wimmerte. Ihre Brust tat weh und sie spürte keinerlei Erregung, keine Lust, die dem Schmerz entgegenwirkte.

„Nathan, nein."

„Halt die Fresse. Du redest nur, wenn ich es dir gestatte." Jetzt hatte er die Stimme erhoben und diese Erkenntnis ließ sie erschauern, und nicht auf die gute Weise. Seine Hand packte ein Bündel ihrer Haare, die andere suchte sich einen Weg zwischen ihre Schenkel. Ohne Erbarmen drang er gleich mit zwei Fingern in sie. „Was bist du für eine Schlampe? Du bist nicht mal feucht!"

Als er erneut mit der Hand ausholte und auf ihre Brust zielte, entschied sie, ihre erste Session abzubrechen. „Nein, ich will das nicht. Lass mich runter."

„Auf keinen Fall. Endlich habe ich dich, wo ich dich immer –“

„Rot“, sagte sie bestimmt. „Das Safeword ist *Rot* und hiermit gebrauche ich es.“

Sie konnte nicht glauben, was er daraufhin tat: Er hielt ihr den Mund zu. „Nein, du wirst mir das nicht ruinieren. Jedes Mal machst du –“

Sie watete durch einen Morast des Schreckens und erkannte, dass Worte nicht ausreichten. Sie biss ihm in die Hand – hart.

Als er zurückzuckte, schrie sie laut: „Rot!“ Sie holte tief Luft und wiederholte das Safeword: „Rot, Rot, Rot!“

„Du dämliche Fotze!“ Sein Gesicht verzog sich zu einer erschreckenden Grimasse, die jegliche Farbe aus seinem Antlitz zog. „Wenn du –“

„Was ist hier das Problem?“ Xaviers tiefe, kontrollierte Stimme legte sich wie eine wärmende Decke um ihre Seele.

Neben Nathan kam er zum Stehen und sie fühlte sich so sicher und beschützt, dass sie augenblicklich aufhörte, an ihren Beschränkungen zu zerren. Ihr Herz beruhigte sich, ihr Atem regelmäßiger.

Simon näherte sich von links, Logan von rechts, doch ihr Blick lag einzig und allein auf Xavier. Seine Präsenz beherrschte den Raum, ihre ganze Welt.

„Xavier.“ Eingeschüchtert trat Nathan einen Schritt zurück. „Es ist nicht so, wie es aussieht. Das ist meine Freundin.“

Xaviers verärgerter Ausdruck kühlte sichtlich ab, bis sie

ihn ansah und ... nicht eine Emotion wahrnehmen konnte. „Ich wusste nicht, dass ihr zusammen seid."

„Seit Monaten. Wir arbeiten noch daran, sie in die richtige Stimmung zu bekommen. Sie will sich der Session immer wieder entziehen, weißt du."

Ein abschätzender Blick schweifte über sie hinweg. „Nein, das weiß ich nicht. Im Club ist mir das nicht aufgefallen."

Nathan starrte ihn an. „Sie hat ... Sessions im Dark Haven gespielt? Mit ... anderen Doms?"

„Ja." Erst jetzt sah ihr Xavier in die Augen. Die Kälte, die sie in seinen dunklen Tiefen sah, ging ihr unter die Haut, doch in seiner Stimme war nichts von seinen Emotionen zu hören. Kontrolliert wie immer sagte er: „Abigail, du hast das Safeword benutzt. Das bedeutet, dass die Session zu Ende ist. Bist du dir sicher, dass du das möchtest?"

Oh Gott, ja! „Ja, mein Lord."

Nathan gab ein genervtes Geräusch von sich, als Simon um ihn herumlief und ihre Handfesseln löste. Natürlich hatte der Sicherheitsexperte einen Masterschlüssel parat. Sie starrte auf seinen dunklen Schopf. Scham nahm von ihr Besitz und sie schaffte es nicht, Nathan ... oder Xavier anzuschauen.

Befreit von den Fesseln hielt sie nichts aufrecht und ihre wackeligen Beine knickten ein. Simon reagierte schnell und packte sie. „Danke", flüsterte sie, bevor sie von ihm wegtrat und sich über ihre abgeschürften Handgelenke rieb.

Von dieser Behandlung würde sie hässliche Male davontragen.

Sie überlegte, was sie sagen sollte, als eine Sub, nur bekleidet in einem Tanga und High Heels, vor Nathan auf die Knie fiel. „Master Nathan." Die Brünette hatte ein unschuldiges, rundes Gesicht und Abby wagte sich zu erinnern, dass sie eine Studentin war. „Es tut mir leid, dass ich zu spät bin. Deine willige Schlampe steht dir jetzt zur Verfügung. Ich diene dir auf jede erdenkliche Weise. Mein Mund, meine Pussy, mein Arsch – bediene dich, Sir."

Abby starrte sie an. Er hatte sie verlassen. Waren sie jemals in einer exklusiven Beziehung gewesen?

Der Mund der jungen Frau war nicht weit entfernt von Nathans Schritt. Abbys Blick wanderte zu seinem Gesicht und der schuldbewusste Ausdruck in seinen Augen sagte ihr alles.

Ein Messer bohrte sich tief in Abbys Brust. Er hatte sie angelogen und betrogen. Ihr restliches Vertrauen zu ihm zerbrach in Millionen Scherben. Sie wollte ihn anschreien, obwohl sie der Gedanke, die Stimme zu erheben, krank machte.

Nein. Nicht streiten, nicht schreien. Sie nahm einen tiefen Atemzug, entließ ihn, atmete erneut ein. Sie gab alles, um Xaviers Blick auszuweichen. „Leb wohl, Nathan." Sie drehte sich um und hob ihr Korsett auf.

„Ist das alles? Du versaust die Session und dampfst einfach ab?" Nathan streckte die Hand nach ihr aus, doch sie ging in einem großen Bogen um ihn herum.

„Na gut, okay. Gut, dass ich dich los bin, du frigide Kuh“, sagte Nathan. Ihr entging nicht, wie wütend er war.

Zu Beginn hatte es ihr gefallen, dass er sich nicht wie ein Monster, nicht wie ihr Vater aufgeführt hatte. Sie war eine Närrin gewesen.

Seine Stimme erhob sich, nicht zu einem Schreien, jedoch war er laut genug, so dass man ihn in der gesamten Lodge hören konnte: „Wenn ich so darüber nachdenke, könnte ich wetten, dass du nicht nur aus Neugier die Türschwelle des Dark Haven übertreten hast, Professor Bern. Benutzt du all diese unschuldigen und unwissenden Menschen, um an Daten für dein Forschungsprojekt zu kommen?“

Sie erstarrte. Wie konnte er das wissen? *Oh nein, nein, nein.*

Seine Augen weiteten sich bei ihrer Reaktion. Er hatte nicht damit gerechnet, dass seine Vermutung den Nagel auf den Kopf treffen würde. Er trat einen Schritt auf sie zu, ein hinterlistiges Lächeln auf seinen Lippen. „Den Artikel, den du über den BDSM-Lifestyle schreiben wolltest? Und lass mich raten: Niemand hier weiß, dass du sie wie Versuchskaninchen beobachtest, um den Artikel in einem Wissenschaftsmagazin zu veröffentlichen, das für jedermann zugänglich ist?“

Stille. Man hätte eine Nadel auf dem Boden aufkommen hören. Alle Gäste starrten sie an. Jeder Atemzug ließ sie glauben, dass Piranhas an ihrem Fleisch nagten.

Das Schweigen zog sich endlos hin.

„Abigail“, sagte Xavier schließlich. „Ist das wahr?“

Sie versuchte, ein Band durch ein Loch ihres Korsetts zu fädeln, doch ihre Finger wollten ihr nicht gehorchen. Alles, inklusive ihrer Finger, bebte.

„Schau mich an.“ Er brauchte seine Stimme nicht erheben, um seine Worte mit Bedeutung zu füllen. Sie reagierte auf den kommandierenden Ton und ihr Kopf hob sich ruckartig, als hätte er auch jetzt eine Leine an ihr befestigt. „Hast du Mitglieder des Clubs studiert?“

Sie nickte. *Aber sie sind keine Versuchskaninchen, nicht für mich. Ich bin eine von –*

„Erkläre es mir.“ Sein Kiefer war so angespannt, dass die Worte abgehackt über seine Lippen kamen.

Ihr Mund war ausgetrocknet. Auf keinen Fall konnte sie ihm jetzt antworten. Niemals, sie würde niemals mit ihm darüber sprechen können. Nicht, solange er sie so ansah. Nicht, solange er wütend auf sie war. Ihr Körper spannte sich in Erwartung auf sein Schreien, seine Kraftausdrücke, die Beschimpfungen an.

Sie riss ihren Blick weg. Indessen hörte sie Logan zu Nathan sagen: „Dein Unvermögen, das Safeword einer Sub zu akzeptieren, beendet den Abend für dich.“ Er wies mit dem Kopf zum Ausgang.

Nathan sah sie an, als wäre es ihre Schuld und verließ die Lodge. Begleitet wurde er von der brünetten Studentin, seiner *Schlampe*.

„Rede mit mir Abby.“ Xavier hielt kurz inne, danach klang sein Ton weitaus unterkühlter und distanzierter.

„Oder ist es dir lieber, wenn ich dich Professor Bern nenne?“

Sie versuchte es. Sie versuchte, die Lippen zu teilen und ihm eine Erklärung zu geben. Doch die Worte wollten nicht kommen. *Oh Gott*, sie wollte, dass er ihre Beweggründe kannte. Wieso konnte sie nicht sprechen? Kraftausdrücke und Beschimpfungen hallten in ihrem Verstand wider und ihr Kopf pochte.

Er wartete. Minuten vergingen. Eine. Zwei. „Gut, vielleicht ist es so am besten“, sagte er schließlich. „Ich bin zu verärgert, um jetzt mit dir zu reden, und vielleicht brauchst du die Zeit, um deine Gedanken zu ordnen.“ Jedes Wort war wohl überlegt, abgeklärt und fühlte sich wie ein Eimer Eiswasser an, der über ihr ausgeschüttet wurde.

Nicht einmal ihre eigene Eisschicht war in der Lage, sie vor seinen nächsten Worten zu schützen: „Morgen früh werde ich dich über die juristischen Konsequenzen aufklären, solltest du versuchen, irgendetwas über den Club oder seine Mitglieder zu veröffentlichen. Ich schlage vor, du bleibst in der Nähe.“

Niemals hätte ich Namen preisgegeben. Der Artikel sollte helfen, nicht verletzen. Sie schloss ihre Augen und holte tief Luft. *Nicht weinen, ich werde nicht weinen.* Die Last der Verachtung, die sie mit voller Wucht traf, verwandelte ihre Beine in Wackelpudding.

Sie wagte es, den Kopf zu heben, und fand Logans stählerne Augen. „Du bist hier nicht mehr willkommen. Geh in dein Blockhaus, bis Xavier dich aufsucht.“

Nichts kam über ihre Lippen. Sie nickte und konzentrierte sich darauf, einen Fuß vor den anderen zu setzen. Den Blick hielt sie auf den Boden gerichtet. Ihr Mantel lag im Obergeschoss. Egal, sie musste hier raus. Sie konnte nicht anhalten. An der Tür angekommen, konnte sie die Schluchzer nicht länger zurückhalten. Aus ihrem tiefsten Inneren brodelten die Emotionen hervor und brachten ihre Schultern zum Beben.

Sie zog die Eingangstür auf und trat hinaus in die Kälte. Allein.

Unbändige Wut brodelte in seinen Adern, als Xavier beobachtete, wie die Tür hinter Abby ins Schloss fiel. Ihre Schultern hatten gebebt. Die Erkenntnis, dass sie weinte, hatte sich wie ein Schlag in seine Magengegend angefühlt.

Er sollte kein Mitleid mit ihr haben. Sie hatte ihn verraten, ihn angelogen, ihren neuen Freunden etwas vorgespielt und alle Clubmitglieder Gefahren ausgesetzt.

Und doch drängten ihn seine Instinkte, ihr nachzugehen. Sie zu trösten.

Auf gar keinen Fall! Nein. Er rieb sich übers Gesicht. Er hatte das Gefühl, in der letzten halben Stunde um zehn Jahre gealtert zu sein. „Das kam unerwartet."

Logans Blick haftete noch immer auf der Tür. „Das kannst du laut sagen, verdammt."

„Das hätte ich nicht von ihr gedacht", sagte Simon.

Rona ging zu ihm und er zog sie an sich. „Ich habe ihren Charakter falsch eingeschätzt."

Jedes Augenpaar im Raum war auf ihn gerichtet. Es wurde geflüstert, getuschelt.

„Ich auch. Aus diesem Grund habe ich das Dark Haven zu einem Privatclub gemacht. Um derartigen Problemen vorzubeugen." Xavier presste die Lippen aufeinander, als die Wut in seinen Adern von Neuem entbrannte. Dieser Vorfall wäre in der Lage, den guten Ruf des Clubs für alle Zeiten zu ruinieren. „Jetzt weiß ich auch, warum sie immer andere Sessions beobachten wollte."

„Das fand ich auch merkwürdig."

„Gibst du ihr die Chance, sich zu erklären?" Ronas Gesicht war blass. Simons Sub war besorgt.

„Das habe ich bereits. Sie wollte nicht reden." Xavier runzelte die Stirn. Die meisten Menschen hätten Ausflüchte und Rechtfertigungen parat gehabt, stattdessen hatte sie die Schutzmauern hochgefahren. Es war nicht das erste Mal, dass er dieses Verhalten bei ihr beobachten konnte.

Er schüttelte den Kopf. Er hatte ihr deutlich angesehen, dass Nathan die Wahrheit gesagt hatte. Schuld, sie war mit Schuld beladen gewesen. Dennoch hatte er Mühe zu glauben, dass eine so weichherzige Sub absichtlich jemanden verletzen würde. Sie war nicht der Typ Mensch, der ihre Freunde, überhaupt irgendjemanden, verletzten konnte. Er schaute zu Rona. „Ich gebe ihr morgen die Chance, sich zu erklären. Zuerst sollten wir uns beide beruhigen und wieder runterkommen."

„Willst du ein Bier mit uns trinken und das Thema durchsprechen?", fragte Logan.

„Keine dumme Idee." Simons Gesicht war finster vor Sorge.

„Nein, danke. Ich werde mich zurückziehen. Ich will für eine Weile allein sein und mir meine eigenen Gedanken zu dem Thema machen."

KAPITEL FÜNFZEHN

S**tunden hatte Xavier** mit *Nachdenken* verbracht, was seine Frustration am Ende verdoppelt hatte. Die Blockhütte war viel zu klein! Drei Schritte und er musste bei seinem Marsch durch das Zimmer wieder umdrehen. Schlaf hatte er auch nicht gefunden. Als der Morgen nahte, das Licht der aufgehenden Sonne die Welt erhellte, schlüpfte er in seine Laufschuhe. Er musste sich seinen Ärger von der Seele laufen, bevor er mit Abby reden konnte.

Die kühle Morgenluft reinigte seinen Verstand. Der Wald begrüßte ihn mit einer beruhigenden Stille, die ein überzeugter Stadtmensch niemals erfahren würde.

Der erste Teil des Pfads war so steil, dass er ihn regelrecht erklimmen musste. Als er dieses Stück gemeistert hatte, folgte er dem leicht unebenen Waldweg. Seine Schritte verlängerten sich und er joggte los.

Die Blätter der Bäume strahlten im Sonnenlicht. Langsam erwärmten sich seine Muskeln, die seit dem gestrigen Abend so verspannt gewesen waren. Hier fand er die erhoffte Ruhe.

Er war sich sicher, dass die kleine Pusteblume niemals dazu in der Lage wäre, jemanden zu verletzen. Nicht versehentlich und schon gar nicht mit Absicht. Sie war klug. Sie musste doch verstehen, dass es für die Mitglieder beruflich in einer Katastrophe enden konnte, wenn herauskam, was sie im Dark Haven trieben. Und warum verdammt nochmal hatte sie sich nicht verteidigt? Ihr Gesichtsausdruck hatte ihre Schuld in der Sache enthüllt; Nathan hatte nicht gelogen.

Ja, sie hatte im Club ihre Forschung betrieben.

Er knurrte. Die Clubmitglieder standen unter seinem Schutz. Der Beitritt war auf beiden Seiten mit Pflichten verbunden, und seine bestand darin, die Privatsphäre seiner Mitglieder zu wahren und dafür zu sorgen, dass sie sich in seinen Räumlichkeiten sicher fühlten. In dem Punkt hatte er eindeutig versagt.

Zachary, ein Kumpel von ihm, hatte persönliche Bewerbungsgespräche für potentielle Mitglieder vorgeschlagen. Damals hatte er das für übertrieben empfunden. Nun musste er sich eingestehen, dass ein beruflicher Backgroundcheck nicht ausreichte. Abbys Informationen hatten keine Alarmglocken schrillen lassen. An ihrem ersten Tag hatte er nicht nach Lügen Ausschau gehalten; er hatte angenommen, dass sie einfach nur nervös sei.

Er genoss für eine Weile die Sonne, die sich hinter dem Horizont hervorwagte und trat dann den Rückweg zur Lodge an.

Sie hatte ihm gesagt, dass sie unterrichtete. Nathan hatte sie Professor genannt. Wie hatte er nur so blind sein können? Er wollte es von ihr hören, jede Einzelheit. Er brauchte mehr von ihr als ihr Schweigen. Warum hatte sie nicht den Mund aufgemacht? Sie hatte ihm rein gar nichts gegeben.

Er stolperte in einen Bereich, wo die dichten Baumwipfel die Sonne abschirmten; es wurde kälter, schattiger.

Zwischen Abby und ihm lief nichts.

Weniger als nichts.

In einem gemächlicheren Tempo näherte er sich auf dem Weg einer Kurve. An ihrem ersten Tag hatte er sie gefragt, ob es einen Mann in ihrem Leben gab. Eine einfache Frage und sie hatte ihn angelogen. Das war genauso ein Verrat wie ihre geheime Forschungsarbeit.

Xavier lief schneller. Der Schmerz in seinem Herz, der sich weigerte zu verschwinden, trieb ihn an. Schneller und schneller und –

Der Pfad hörte auf. Einige Meter vor ihm sah er weiße Kalksteine über einem Abhang.

Mit einem ärgerlichen Grunzen stemmte er sich mit den Fersen in den Boden.

Ich bin zu schnell. Auf den losen Kiefernnadeln fand er keinen Halt. Er kam ins Schlingern. Ein Fuß trat auf einen versteckten Stein unter Laub. Sein Knöchel knickte um. *Verdammt, das tut weh.*

An der steilsten Stelle kam er vom Weg ab.

Abby hatte die ganze Nacht wach gelegen.

Dann kam der Morgen und damit einher die Sonne, die ein unmögliches Lichtspiel mit ihrem Vorhang betrieb.

Die Sonne stieg höher und höher. Weinen hatte nichts gebracht. Sie wusste immer noch nicht, was sie tun sollte. Ihre Fähigkeit, logisch zu denken, war unter der emotionsgeladenen Lawine verschüttet worden. Bei der Erinnerung an Xaviers kühlen Gesichtsausdruck löste sich jedes Argument in Luft auf. Die Kälte in seinen Augen ... Schlimmer war nur, dass sie ihm angesehen hatte, wie verraten er sich fühlte. Die Emotion war nur für einen kurzen Moment aufgeblitzt und war dann von Wut abgelöst worden.

Und sie wusste, oh ja sie wusste, wie tief das Gefühl von Verrat reichte. Sie war an diesem Schmerz schuld.

Wenn sie es schaffte, ihre Gedanken von Xavier in den Hintergrund zu schieben, blitzten die Gesichter der Mitglieder vor ihrem inneren Auge auf. Ungläubig hatten sie sie angestarrt. Ihre neuen Freunde – Frauen, mit denen sie gelacht hatte, die ihr bei der Auswahl von Kleidung geholfen und ihr alles über Xavier erzählt hatten. Sie war ein furchtbarer Mensch.

Warum war ihr nie in den Sinn gekommen, wie sie sich fühlen würden, wenn herauskäme, warum sie dem Club beigetreten war? Sie sah ein, dass sie einen schwerwiegenden Fehler begangen hatte. Kein Artikel, kein Job war es wert, Menschen dafür zu verletzen. Dabei spielte es auch keine Rolle, ob es ihre Freunde oder völlig Fremde waren. Sie musste etwas unternehmen. Sie musste es ihnen erklären und ihnen klarmachen, dass es niemals geplant war, Mitglieder an den Pranger zu stellen. Wahrscheinlich gingen sie davon aus, dass sie Sex und Perversion zum Thema machen wollte, doch das Gegenteil war der Fall. Sie wollte den Außenstehenden zeigen, dass die BDSM-Welt wie eine Familie funktionierte.

Gestern hatte sie den Schwanz eingezogen. Sie hatte den Mund nicht aufbekommen. Xavier hatte so ... verärgert ausgesehen. Instinktiv hatte ihr Körper mit Schweigen reagiert, und dem Drang, die Flucht zu ergreifen.

In einer Jeans und einem Flanellhemd saß sie auf dem Bett, die Arme um die Beine gewickelt. Wie sollte sie nur die Kraft aufbringen, sich zu bewegen? *Ich habe meine Freunde verletzt. Ich habe Xavier verraten.* Ihre Schuldgefühle waren unerträglich.

Trotz geschlossener Fenster und zugezogener Vorhänge konnte sie hören, wie Autos losfuhren und sich Richtung Tal aufmachten. Xavier kam nicht. Niemand kam.

Träge erhob sie sich auf ihre schweren Beine. Ihre Muskeln waren wund, von dem Kriegsspiel im Wald und der langen, schlaflosen Nacht. Im winzigen Badezimmer trank sie ein Glas Wasser. Kaffee, Frühstück, Tee – all das befand sich im Haupthaus, wo sie auf keinen Fall hingehen wollte. Nie wieder.

Wurde erwartet, dass sie allein ihren Weg nach Hause fand? Das würde ihr doch jemand mitteilen, oder? Am liebsten würde sie den Bus nehmen. Es wäre ein Albtraum mit Simon und Rona nach San Francisco zurückzufahren und Stunden in ihrer schweigenden Gesellschaft zu verbringen.

Sie krabbelte zurück ins Bett und starrte auf einen Punkt an der Wand. Eine lange Weile später fing sie an, den Durchmesser der Holzstämme zu berechnen, die für die Blockhüttenwände gebraucht wurden.

War Nathan noch hier?

Interessiert mich das? Sie versuchte, bei seinem Betrug Trauer – oder auch nur Ärger – zu empfinden. Stattdessen fühlte es sich einfach an, als hätte ein Bulldozer ihre Gefühle platt gefahren. Er hatte seine eigene ‚Schlampe' im Club. Wie lange trieben es die beiden schon miteinander? Sie knirschte mit den Zähnen. Gerade konnte sie nicht glücklicher sein, dass sie wegen der Anmeldung im Dark Haven zum Frauenarzt hatte gehen müssen, um sich untersuchen zu lassen. Wer hätte gedacht, dass sie dafür nochmal dankbar sein würde.

Wieso hatte sie Nathan nicht durchschaut? Im Nachhinein hatte es so viele Anzeichen gegeben: Er gehörte einem BDSM-Club an. Er hatte ihr Sexleben spannender machen wollen und hatte sie doch nie in den Club eingeladen. Und niemals, nicht einmal, hatten sie sich an einem Freitag verabredet. Wie hatte sie nur so dämlich sein können?

Woher wusste er von ihren Forschungen? *Verdammt*, wahrscheinlich hatte er einfach geraten. Auf gut Glück hatte er eine Anschuldigung in den Raum geworfen und genau ins Schwarze getroffen.

Die Tür wackelte in ihren Angeln, als jemand gegen das Holz klopfte. *Xavier.*

Ihr Herz schlug so heftig, dass ihre Rippen schmerzten. Wie festgenagelt saß sie auf dem Bett und es klopfte erneut. An der Art und Weise des Klopfens konnte sie bereits erahnen, wie schlimm das Gespräch gleich verlaufen würde.

Sie lief zur Tür, atmete einmal tief ein, riss sie auf und sagte: „Es tut mir so –"

Logan. Nicht Xavier. Sein Gesicht so ausdruckslos, dass sie am liebsten den riesigen Hund hinter ihm umarmt hätte, um ein wenig Trost zu finden. „Ich bring dich in die Stadt. Schnapp dir deine Sachen."

„Was –"

Sein Gesichtsausdruck unterband jegliche Frage von ihr. „Sofort."

Xavier hatte sich also gegen ein Gespräch mit ihr entschieden. Ihre Hoffnungen zerfielen wie Laub im

Winter. Sie packte ihre Handtasche und wollte gerade zu ihrem Koffer gehen, als sie sah, dass Logan ihn sich bereits geschnappt hatte und an der Tür auf sie wartete.

Auf dem Parkplatz stieg sie in Logans Pickup.

Stille.

Abby ballte die Hände zu Fäusten, als der Pickup am Ortsschild Bear Flat vorbeifuhr und auf die Hauptstraße einbog. Es war unerträglich. Sie nahm einen tiefen Atemzug und sagte: „Es tut mir so leid."

Sie spürte das Gewicht seines Blickes. „Ich bin von dir enttäuscht."

Fühlte es sich so an, wenn einem bei lebendigem Leib die Haut abgezogen wurde? Sie starrte auf ihre Hände. Sein rauer Ton machte ihr bewusst, wie sehr sie ihn verletzt hatte. Und Rebecca. *Erkläre ihm die Sache mit dem Artikel!* „Lass es mich bitte erklären."

„Nein, Abby, zuerst wirst du mit Xavier reden."

Kurze Zeit später parkte er das Auto. Während sie aus dem Pickup stieg, holte er ihren Koffer von der Ladefläche und hob ihn in einen SUV, der ihr bekannt vorkam. *Bitte lass das nicht Xaviers Auto sein.*

Abby wusste nicht, was sie davon halten sollte. „Wo ist Simon?", fragte sie.

„Simon und Rona sind schon vor ein paar Stunden abgefahren." Logans Mund ging in eine ausdrucklose Miene über.

„Xavier braucht jemanden, der ihn nach Hause fährt,

und weil er mit dir allein reden will, wurdest du dafür auserkoren."

„Er braucht ... Ist er betrunken?"

Logan führte sie über den Bürgersteig, vorbei an der örtlichen Polizeistation. Am Fenster des nächsten Gebäudes stand geschrieben: BEAR FLAT KLINIK.

Xavier war verletzt? Sie packte Logans Arm und zerrte an ihm, so dass er anhielt und sich ihr zuwandte „Du wirst mir sofort sagen, was passiert ist! Mach schon!"

„Er ist einen Abhang heruntergestürzt."

Xavier saß im Untersuchungsraum in einem Rollstuhl und versuchte, den Schmerz zu ignorieren. Sein Knöchel pochte, sein Kopf hämmerte und seine Schulter folterte ihn. Wieso konnten sich die verschiedenen Wehwehchen nicht absprechen? Schmerzen, die in Schichten arbeiteten. Das war doch mal eine Idee.

Das Klinikleben um ihn herum ging weiter: Das Telefon klingelte. Ein Baby schrie. Aus dem Raum gegenüber ertönte die Stimme eines Arztes, in dem Versuch, ein Kind zu beruhigen.

Die Glocke über der Eingangstür läutete. Schritte kamen den Flur entlang. Xavier schaute auf.

Logan hatte den Raum betreten, im Schlepptau: Abby. Bei seinem jämmerlichen Anblick weiteten sich ihre Augen und die Farbe verschwand aus ihren Wangen. „Du siehst fürchterlich aus."

Trotz seiner Schmerzen und der andauernden Verärgerung ihr gegenüber verspürte er einen Anflug von Belustigung.

Logan schnaubte. „Du hättest ihn sehen sollen, als er über und über mit Blut bedeckt war." Er warf Xavier einen Blick zu. „Ich bin immer noch erstaunt, wie viele Kraftausdrücke du kennst. Rona war besonders von der französischen Auswahl angetan."

Abby verschränkte die Arme vor ihrer Brust, als hätte sie panische Angst, ihn zu berühren. „Wie schlimm bist du verletzt?" Ihre schulterlangen Haare standen in alle Richtungen ab und hinter ihren Brillengläsern erkannte er rote und geschwollene Augen.

Wie konnte er gleichzeitig so wütend sein und sie doch trösten wollen? „Es ist schlimmer, als es aussieht."

„Weiß nicht, ob ich das unterschreiben würde." In Schwesternkluft gekleidet, warf Summer Abby einen unfreundlichen Blick zu.

Auf Abbys Gesicht blitzte kurz auf, wie hart sie dies traf, doch ihre Schutzmauer ließ nicht lange auf sich warten. „Ich werde ihn nach Hause fahren", sagte sie in einem entschlossenen Ton. „Sag mir also, was ich für die Fahrt beachten muss." Ihre Stimme war genauso unterkühlt wie ihre Augen.

„Der Arzt hat die Schulter wieder eingerenkt und er hat einen verstauchten Knöchel." Summer sah zu Xavier und fügte hinzu: „Du darfst den Fuß in den nächsten drei Tagen nicht belasten. Danach kannst du dich an Krücken versuchen.“ Sie wandte sich an Abby: „Krücken für den Anfang sind ein klares No-Go; er muss die Schulter schonen. Deswegen der Rollstuhl.“

Abby nickte. „Sprich weiter.“

„Regelmäßig die Schulter und den Knöchel für zwanzig Minuten kühlen. Bein hochlegen und die Schulter in der Schlinge lassen, bis es besser ist. Er hat von uns ein Schmerzmittel bekommen. Sobald es nachlässt, kannst du ihm ein einfaches Schmerzmittel aus der Apotheke geben. Noch Fragen?“

Xavier runzelte die Stirn. Er war es nicht gewohnt, dass über seinen Kopf hinweg Entscheidungen getroffen wurden. Er musste jedoch zugeben, dass sein Verstand nicht auf hundert Prozent lief.

„Nein, alles verstanden.“ Abby neigte dankbar den Kopf. „Ich danke dir.“

„Dann lass uns gehen“, sagte Logan. Er trat hinter den Rollstuhl und bildete die Spitze auf dem Weg aus der Klinik.

Der Bürgersteig aus unbearbeiteten Brettern traf Xavier unvermittelt. Er wurde durchgeruckelt und presste die Zähne zusammen, als sich seine verletzte Schulter zu Wort meldete.

Als Logan die Tür zum Rücksitz des SUV öffnete, schüttelte Xavier seinen Kopf. „Ich bin doch kein –“

„Summers Anordnung. Der Knöchel soll hochgelegt

werden.“ Logan senkte die Stimme: „Und rede erst mit Abby, wenn du wieder klar denken kannst.“

Gute Ratschläge sollten befolgt werden. Xavier streckte seine Hand aus. „Danke für die Hilfe.“

„War das Mindeste, was wir tun konnten.“

„Gib deinem Hund heute Abend ein Steak. Schließlich hat er mich gefunden.“

Logan grinste. „Becca hatte schon Bacon für ihn in der Pfanne, bevor ich aus der Tür war.“

Grunzend versuchte Xavier, auf seine Beine zu kommen. Logan packte seinen gesunden Arm und half ihm auf den Rücksitz. Er hasste es, dass diese Hilfe von Nöten war.

Blut rauschte in seinen verstauchten Knöchel und er hatte das Gefühl, jemand hätte ein Lagerfeuer direkt unter ihm entzündet. Seine Schulter wehrte sich gegen jede Bewegung, was nichts war im Vergleich zu dem Schmerz, als er sie sich ausgekugelt hatte. Unbeholfen drehte er sich herum und senkte sich mit dem Hintern voran auf den Rücksitz.

Logan behandelte ihn wie ein Kleinkind und wickelte den Sicherheitsgurt um ihn. Am liebsten hätte er ihn von sich geschubst, musste sich jedoch mit einem Blick begnügen, der töten könnte. Lachend warf Logan die Tür zu.

Xavier unterdrückte ein Stöhnen und lehnte sich zurück.

Summer öffnete die Tür auf der anderen Seite und schob ein Kissen unter sein Bein. Dann legte sie einen Eisbeutel auf seinen Knöchel und reichte ihm einen zweiten für seine Schulter. Während Abby sich hinters Steuer begab, blickte die Krankenschwester mit gerunzelter Stirn zu ihm, und richtete ihre Worte dann an Abby: „Lass dich von seiner schlechten Laune nicht aus dem Konzept bringen und halte dich an meine Anweisungen. Doms sind furchtbare Patienten."

Abby nickte, warf einen kurzen Blick auf ihn und ließ dann den Motor an.

Xavier hatte keine Ahnung, ob sie eine gute Autofahrerin war. Er wollte gleichgültig mit den Schultern zucken, ließ das aber. Stattdessen schloss er die Augen. Er hatte nicht die Kraft, um sich über ihre Fahrkünste Gedanken zu machen.

Xavier wachte auf, als Abby an einer Tankstelle anhielt.

„Hier." Er hielt ihr seine Kreditkarte hin.

Sie ignorierte ihn und stieg aus.

In ihrer Abwesenheit schaffte er es, dass Auto zu verlassen und sich auf den Beifahrersitz zu hieven. Hoffentlich würden seine Schulter und sein Knöchel bald Mitleid mit ihm haben und den Schmerz etwas herunterdrehen.

Abby öffnete die Fahrertür und starrte ihn überrascht an. „Warum bist du nicht auf dem Rücksitz?"

„Ich bin wach. Es ist an der Zeit, dass wir reden."

Mit gesenktem Blick stieg sie ein. Schweigend fuhren sie auf den Highway 120 Richtung San Francisco. Plötzlich landete ein Plastikbeutel auf seinem Schoß. „Etwas zum Kühlen, Schmerzmittel und eine Flasche Wasser."

„Danke, Abby", sagte er sanft, und beobachtete daraufhin, wie ihr die Röte in die Wangen stieg. Er unterdrückte ein Seufzen. Sie hatte ihn angelogen, seine Clubmitglieder ausspioniert und ihren Freund betrogen. Trotz allem wollte er sie trösten. *Du bist so ein Idiot, Leduc.*

Er bediente sich an den Schmerzmitteln. „Erzähl mir von deinen Forschungen."

„Durch Budgetkürzungen wird die Universität dazu getrieben, Entlassungen vorzunehmen. Ich brauche eine Veröffentlichung in meinem Lebenslauf – so schnell wie möglich. Ich dachte, der Club wäre ideal, da ich schon lange Interesse an BDSM hatte."

Zweifellos wegen Nathan, dachte Xavier missmutig.

„Um veröffentlicht zu werden, muss ich den Artikel vor dem neunundzwanzigsten Juli einreichen." Ihre Hände schlossen sich enger ums Lenkrad und ließen dann wieder locker. „Ich schreibe einen ethnografischen Artikel. Hauptsächlich basiert er auf meinen Beobachtungen."

Hinter ihren übergroßen Brillengläsern warf sie einen kurzen Blick zu ihm, bevor sie sich erneut auf die Straße konzentrierte. „Ich nenne keine Namen und spreche über nichts Intimes oder Abnormes. Ich schreibe über die sozialen Interaktionen im Club und vergleiche sie mit denen in einer Familie."

„Beschreibungen der Clubmitglieder, die zur Identifikation beitragen könnten?"

„Nein, nur das Geschlecht, die Rolle in der Beziehung und wie sie sich in die Hierarchie des Clubs einfügen. Als Eigentümer kannst du wahrscheinlich identifiziert werden. Sonst keiner."

Der Knoten in Xaviers Eingeweiden begann sich zu lösen. Kein Enthüllungsartikel. Sie plante nicht, die Mitglieder zu outen. Er beobachtete sie ganz genau und konnte keine Lüge feststellen.

„Ich möchte, dass du dich an die erste Session zurückerinnerst, die wir miteinander gespielt haben." Er wartete, bis sie nickte. „Du hast dich geschämt, Abby. Du fühltest dich zur Schau gestellt, obwohl alle um dich herum mit ihren eigenen Sessions beschäftigt waren. Wie hättest du dich gefühlt, wenn dich in diesem verletzlichen Moment jemand wie ein Tier im Zoo beobachtet hätte?"

Von ihrem Hals kletterte die Schamesröte zu ihrem Gesicht. Er kannte niemanden, der so oft errötete und zudem auf eine so hinreißende Art und Weise.

„Antworte mir."

„Ich w-wäre geflüchtet." Ihr Blick blieb auf die Straße gerichtet, nur an ihren weißen Fingern, die fest das Lenkrad umwickelten, konnte er sehen, wie sehr sie diese Erkenntnis schockierte. Ein Auto überholte sie. Auf dem anderen Streifen fuhr ein LKW beladen mit Holzstämmen vorbei. „Ich hätte niemals erwartet, dass ich mit meinen Handlungen jemanden verletzen könnte. Ich wollte nur das soziale Netzwerk des Lifestyles näher beleuchten. An die Folgen für die Mitglieder habe ich nicht gedacht. Ich wäre als Soziologin im Club nicht willkommen gewesen, weshalb ich es für klüger empfunden hatte, den Grund für meine Anwesenheit geheim zu halten. Mein Ziel war es, der Gesellschaft ein paar Vorurteile gegenüber BDSM zu nehmen. Ich wollte zeigen, wie besonders die Beziehungen im Lifestyle sind, wie wichtig die Kommunikation ist. Die Fürsorglichkeit. Ich wollte der Community helfen."

Sie wollte helfen. Ja, die Idee für ihre Forschungsarbeit mochte unter dem Druck einer Veröffentlichung entstanden sein, aber schnell hatte sich Abbys Hauptziel in eine andere Richtung bewegt – in eine selbstlose. Xaviers Ärger versickerte. „Erzähl weiter."

„Die Mitglieder waren nicht in ihrem Schlafzimmer, sondern in einem Club, und vollführten ihre intimen Handlungen direkt vor meinen Augen, in der Öffentlichkeit. Ausgehend davon dachte ich, dass es in Ordnung geht, sie zu beobachten." Ihre Augen füllten sich mit Tränen. „Jedoch habe ich gestern ihre Reaktionen gesehen und wie Summer mich heute behandelt hat, ist mir auch nicht entgangen. Ich hätte sofort erkennen müssen, dass der Club keinen öffentlichen Raum darstellt. Sie sehen den Bereich als privat an, in dem sie Zeit mit ihrer Familie und ihren Liebsten verbringen. Ich war so blind." Sie biss sich auf die Lippe. „Vielleicht wollte ich es nicht sehen."

Für jemanden mit so einem hohen IQ war es sicher nicht einfach, das zuzugeben.

Sie senkte ihre Stimme: „Ich weiß nicht, wie ich das wiedergutmachen kann."

Wahre Reue. Xavier nahm einen langen Atemzug und versuchte, sich gegen sein wild pochendes Herz zur Wehr zu setzen, was sich nichts sehnlicher wünschte, als ihr zu vergeben. Die Forschung war schließlich nur eines ihrer Vergehen. Ein bitterer Beigeschmack ging mit seiner nächsten Frage einher: „Du und Nathan, seid ihr ein Paar?"

„Das waren wir nur für ein paar Wochen im Frühling." Ihr Lachen hatte einen traurigen Klang. „Er hat mit mir Schluss gemacht, bevor er nach Maine ist. Den Tag, an dem ich das erste Mal den Club besucht habe."

Bevor ich ihr überhaupt begegnet bin. Der widerstandsfähige Knoten in seiner Brust löste sich. „Bist du wegen ihm Mitglied geworden?"

Ihr Kinn bebte, als sie nickte. „Ich dachte, würde ich darüber Nachforschungen machen, fänden wir vielleicht wieder zueinander. Ich wollte mein Unbehagen loswerden, das ich mit ihm im Bett empfand."

Letzte Nacht hatte sie nicht gerade behaglich gewirkt.

„Ich bin so ein Idiot", stieß sie aus.

„Warum sagst du das?"

„Wir waren in einer festen Beziehung, monogam. Wir hatten das Gespräch geführt, weißt du. Aber das Mädchen gestern, sie kannte ihn. Es war nicht das erste Mal, dass er ... dass er und sie ... oder?" Sie schaute ihn an.

„Wenn du mich fragst, ob ihre Sessions mit Sex geendet haben, dann ja, immer." Xavier rieb sich über seine verletzte Schulter und schloss kurz die Augen, als Schmerz durch seinen Arm schoss. „Du hast also die Wahrheit gesagt, als du am ersten Tag meintest, dass es in deinem Leben niemand Besonderen gibt."

„Natürlich. Ich würde dich nicht anlügen." Bestürzung zeigte sich auf ihrem Gesicht. „Oh, okay, du hast es gedacht. Letzte Nacht hast du gedacht, ich würde Nathan mit dir betrügen." Sie starrte auf die Straße und blinzelte die Tränen weg.

Sie hatte ihn nicht angelogen. Ein berauschendes Gefühl. Er mochte sich einreden, dass er sich darüber freute, ihren Charakter nicht vollkommen falsch eingeschätzt zu haben, doch er wusste es besser. „Ich bin froh, dass du ihn nicht betrogen hast, Abby. Und so erleichtert, dass du es dir kaum vorstellen kannst."

„Das sollte mir egal sein." Sie schluchzte. „Schließlich bin ich nicht länger dein Problem."

Er drehte sich auf seinem Sitz, um sie genauer betrachten zu können. Ihr Kiefer war angespannt, ihr Blick leer. Nathan Kemp hatte ihr Ego angeknackst. *Und ich bin auch nicht besser.* Ihr Glaube in Beziehungen war von Anfang an fragil gewesen.

Unglücklicherweise war er nicht der richtige Dom, um die Dinge wieder ins Lot zu bringen. Sie brauchte jemanden, der Interesse an einer langfristigen Beziehung hatte. Dieser jemand konnte er nicht sein. Er würde sie ein zweites Mal, ein drittes Mal und viele weitere Male verletzen. Dieser Gedanke zerriss ihm das Herz. Sie schien bereits für sich beschlossen zu haben, jede Art von Beziehung mit ihm ad acta zu legen. Die Zeit war gekommen, dass sie in ihr eigenes Leben zurückkehrte.

„Wirklich nett“, sagte Abby und starrte auf das sandfarbene Haus im mediterranen Stil. Wie konnte ein Nachtclub so viel einbringen, dass man sich davon ein Haus mit Blick auf den Hafen von Tiburon leisten konnte?

Sein Mundwinkel zuckte. „Danke.“

Das Tor zur Garage mit drei Stellplätzen glitt nach oben und sie fuhr hinein.

Ohne auf sie zu warten, stieg Xavier aus. Er klammerte sich an der Autotür fest, den verstauchten Knöchel leicht angehoben, und wartete darauf, dass Abby den Rollstuhl aus dem Kofferraum holte und ihn aufklappte.

„Ich habe deinen Chauffeurservice genossen, Abby. Komm mit rein, ich rufe dir ein Taxi.“ Als er die Einfahrt zu erklimmen suchte, erinnerte sie sich an Summers Anweisungen: Schulter schonen. Und einen Rollstuhl in Bewegung zu setzen, erforderte zwei Arme.

Er versuchte, mit seinem gesunden Fuß nachzuhelfen, sein Kiefer angespannt, der Ausdruck in seinen Augen genervt. Zudem schien er Schmerzen zu haben. *Meine Güte.* Er war zu stolz, um sie um Hilfe zu bitten.

Der große, böse Dom erwartete von seinen Subs, dass sie jedem seiner Bedürfnisse nachkamen, aber ... sie war nicht seine Sub. Diese Erkenntnis war demoralisierend. Schmerzhaft. Bis zu einem gewissen Grad mochte er vergeben haben, doch was zwischen ihnen war, gab es nicht mehr. Ohne jeden Zweifel hatte er sie als totale Versagerin abgeschrieben.

Das war gut so. Ohnehin hatte sie den Männern abgeschworen, richtig? Mit zusammengebissenen Zähnen packte sie die Griffe des Rollstuhls und wuchtete Xavier die Rampe hinauf.

Sie trat in ein Foyer mit hohen Decken und einem rotgoldenen Parkett. Die Wände glänzten in demselben sandfarbenen Anstrich wie die Außenwände. Eine Treppe führte ins Obergeschoss.

„Hier entlang bitte." Er wies mit seinem Arm den Weg und sie rollte ihn durch die große Eingangshalle ins Wohnzimmer. Die Farbkombination aus sandfarbenen Wänden und Teppichen, zusammen mit den weißen Ledermöbeln lud zu einer entspannten Atmosphäre ein, gekrönt von einem umwerfenden Ausblick auf Angel Island und auf San Francisco selbst.

„Wunderschön."

„Danke." Dann nahm er sein Handy zur Hand und drückte eine Taste. Schlagartig wurde ihr bewusst, dass er ein Taxiunternehmen auf der Kurzwahltaste eingespeichert haben musste. Um für seine Clubmitglieder einen schnellen Service bieten zu können? Oder schickte er alle seine Frauenbekanntschaften auf diese Weise nach Hause?

Sie gehörte nicht mehr zu dieser Kategorie. Verrückt, wie dieser Verlust in ihrem Inneren den sonnendurchfluteten Raum in eine finstere Höhle verwandeln konnte. Auf dem Weg zum Fenster zog sie ihre Augenbrauen zusammen. Bei einem zweistöckigen Haus befand sich das Schlafzimmer mit Sicherheit im ersten Obergeschoss. Wie beabsichtigte er, die Treppe hochzukommen?

Nicht mein Problem. Die Couch sah bequem aus und er war kein Kind mehr. Aber ... sie konnte nicht anders. Als sie das Besetztzeichen schallen hörte, öffnete sich ihr Mund, ohne sich mit ihrem Verstand abzusprechen: „Wer wird dir in den nächsten Tagen zur Hand gehen?"

„Ich komme schon klar, Abigail." Seine schwarzen Augen hielten keine Emotionen für sie bereit. Er presste Wahlwiederholung.

„Wahrscheinlich hast du die Schmerzmittel im Badezimmer im ersten Stock, richtig? Alle deine Sachen sind oben. Die Treppe kommst du nicht allein hoch. Und Kochen wird auch nichts, wenn du nur eine Hand und ein Bein verwenden kannst."

„Das reicht!", brach es aus ihm heraus. Sein Ärger war klar zu hören. *Besetzt. Wahlwiederholung.*

Panische Angst tauchte die Wände in ein hässliches Rot. Ihr Herz klopfte gegen ihre Rippen und sie wich einen Schritt zurück. *Er ist wütend. Vermeide, dass er rumschreit. Schweige, sei unsichtbar.*

Er schaffte das schon. *Er wird das hinbekommen.*

Wird er nicht.

„Du brauchst jemanden, der dir hilft." Entschlossen riss sie ihm das Telefon aus der Hand. „Ich werde die Nacht bleiben, also komm damit klar. Schrei mich an, wenn du willst, aber ich werde dieses Haus nicht verlassen.“ Sie drückte die Schultern durch, die Füße fest auf dem Boden und erwartete, dass er jeden Moment die Stimme erhob. Gleich würde er ihr Beleidigungen an den Kopf werfen. *Oh Gott, mir ist ganz schlecht*.

Sein Mund öffnete sich ... und schloss sich wieder. Er lehnte den Kopf auf die Seite, sein Blick auf das Telefon in ihrer angespannten Hand. Er musterte sie ausgiebig und seine Augen landeten schließlich auf ihrem Gesicht. „Ich komme aus diesem Stuhl nicht raus. Warum hast du also solche Angst vor mir, Abby?“

Die Wut war aus seiner Stimme verschwunden. Mit den Ellbogen auf den Lehnen des Rollstuhls stützte er sein Kinn in den Händen ab und betrachtete sie.

„Ich habe keine Angst.“

„Ist das so?“ Sein Blick ließ sie nicht los. „Offensichtlich hast du immer noch Schwierigkeiten damit, deine Gefühle zu identifizieren. Sind deine Muskeln angespannt? Die Hände schwitzig?“

Sie kämpfte gegen den Drang an, ihre Hände an ihrer Hose abzuwischen. „Das ist –“

„Abby.“

„Okay, ja.“

„Deine Augen sind weit aufgerissen. Geht dein Atem ruhig oder schnell?“

Sie keuchte regelrecht, war sogar einen Schritt von ihm

zurückgewichen. „Okay, ich habe Angst." Sie verstand es selbst nicht.

„Denkst du wirklich, ich könnte dich schlagen?"

„Nein! Nein, das denke ich nicht."

„Wovor fürchtest du dich dann?" Sie zuckte zusammen, als er seine Stimme erneut erhob. Seine nächste Frage bewies, dass er eine Theorie getestet hatte: „Wer hat dich in deiner Vergangenheit angeschrien?"

„Das ist nicht –"

Eine hochgezogene Augenbraue erwies sich als untrügliches Zeichen, dass der Dom vor ihr seine Geduld verlor.

Sie war viel unterwürfiger, als sie gedacht hatte, denn die Antwort platzte bei dem Anblick aus ihr heraus: „Mein Vater."

Er rieb über die Bartstoppeln an seinem Kinn. „War er gewalttätig?"

„So war es nicht." Sie ging zum Fenster. Sie brauchte Abstand zu seinen durchdringenden Augen, die alles zu sehen schienen. Sie brauchte einen Ausblick, eine Fluchtmöglichkeit. *Gott, diese Augen.* „Er hatte Krebs. Einen Hirntumor. Wir wussten es nicht – er wurde erst zwei Jahre später diagnostiziert."

Eine Möwe segelte über der Fähre, die sich der Anlegestelle 39 näherte. Ihr Vater hatte den Hafenkai geliebt, doch mit fortschreitender Krankheit konnte er den Lärm nicht mehr ertragen. „Am Anfang haben wir nicht verstanden, warum er Wutausbrüche bekam. Wir dachten, es lag an uns, dass wir etwas getan hatten, um ihn aufzuregen. Ich habe meine Mutter so oft weinen sehen."

„Nur du und deine Mutter?"

„Ja." Hinter dem Haus erstreckte sich eine große Steinterrasse mit einem Pool und einem Whirlpool. Zu beiden Seiten entfalteten sich Wiesenflächen wie die Flügel eines Vogels. Weiter hinten senkte sich der Garten zu einem Abhang. „Xavier, das ist ni –"

„Was ist nach der Diagnose passiert? Wurde es besser?"

„N-natürlich." Denn dann kannte sie zumindest den Grund für sein Verhalten. Am Ende, so rekapitulierte sie jetzt, waren seine Wutausbrüche besser gewesen als die unerträgliche Leere, die mit fortschreitender Krankheit seine Persönlichkeit gefressen hatte. Vor dem Tumor war ihr Vater ein ausgeglichener und brillanter Archäologe gewesen. Kurz vor seinem Tod, in den wenigen klaren Momenten, die ihm noch geblieben waren, hasste er sich selbst für das, was aus ihm geworden war. *„Mein Tod wird ein Segen sein, Liebling. Ein Geschenk"*, hatte er gesagt. Aus tränenüberfluteten Augen hatte er sie angesehen und dabei ihre Hand gestreichelt.

Aus den Augenwinkeln sah sie einen Kolibri. Das Flattern der kleinen Flügel zerrte sie in die Gegenwart zurück. Der Vogel flog zu einer glänzenden Kugel, die von einem Ast hing. Nicht weit entfernt saßen zwei Spatzen auf einer Futterkrippe aus mattiertem Glas. Das Leben, ob für Tier oder Mensch, ging weiter. Mein Lord, der oh-so-strenge Dom, fütterte also Vögel?

„Komm her." Wieder dieser Tonfall, der besagte, dass er keinen Widerspruch erlauben würde.

Sie drehte sich zu ihm.

Seine Hand war ausgestreckt. Geduldig wartete er. Seine Finger waren warm, tröstend, als sie sich um ihre Hand schlossen. „Wie habt ihr diese schwierige Zeit gemeistert, du und deine Mutter?"

Sie schaute an ihm herunter und entließ einen Laut, der als Lachen gedacht war. An der ganzen Sache war jedoch nichts amüsant gewesen. „Wir waren vorsichtig. Alles war in Ordnung, solange man ihm keinen Grund gab, wütend zu werden. Er hat uns nie geschlagen, nur angeschrien und uns mit Schimpfwörtern belegt." *Nur.* Sie zuckte zusammen.

„Also habt ihr alles unternommen, um ihn nicht zu reizen?"

Bei seinem verständnisvollen Gesichtsausdruck brannten ihre Augen voller unvergossener Tränen. „Wo ist das Schmerzmittel?"

„Deswegen erstarrst du regelmäßig – in Erwartung dessen, dass jemand rumschreien könnte." Er ließ sie nicht los. „Und doch hast du einen Wutausbruch von mir riskiert, weil du dir Sorgen um mich machst." Ein Mundwinkel hob sich und seine Augen füllten sich mit Zärtlichkeit. „Mit deiner Courage hast du mich in die Knie gezwungen, kleine Pusteblume. Im Badezimmer meines Schlafzimmers findest du die Schmerzmittel."

Er hatte sie nicht angeschrien. Ganz im Gegenteil: Er hatte sie für ihr unhöfliches Verhalten ihm gegenüber sogar

... gelobt. Unter Schock rannte sie die Treppe hoch. Mit Sicherheit würde es noch eine Weile dauern, bis sie sich wieder fing. Ihr Hals war wie zugeschnürt.

Und dann kam ihr etwas in den Sinn: Er hatte seinen ganz persönlichen Kosenamen für sie benutzt. Ein Lächeln huschte über ihre Lippen.

KAPITEL SECHZEHN

Am Abend stand Xavier im Gästebad und rieb sich über seine Stoppeln. Er zog Grimassen und starrte auf seinen Drei-Tage-Bart. Zumindest hatte Abby sich nicht angeboten, ihn zu rasieren.

Entschlossene, kleine Sub. Wenn es im Erdgeschoss nicht noch ein Schlafzimmer geben würde, hätte sie darauf bestanden, ihn die Treppe hochzutragen, und bei ihrem Versuch, ihm zu helfen, hätte sie sich mit Sicherheit einen Bruch geholt.

Vielleicht sollte er einen Fahrstuhl einbauen lassen. Ein Mann konnte nicht alle Unfälle voraussehen.

Frustrierend langsam wusch er sich das Gesicht und benutzte dann die beiden Gliedmaßen, die ihm noch geblieben waren, um sich ins Schlafzimmer zu rollen. Legte er Gewicht auf den verletzten Knöchel, schwoll er zu einem pochenden Ballon an.

Er kletterte aufs Bett, dankbar dafür, dass der Schmerz in seiner Schulter merkbar nachgelassen hatte. Grunzend nahm er die Schlinge ab und zog sich das Hemd aus.

„Meine Güte." Abby stand auf der Türschwelle, ein Tablett in den Händen, und starrte ihn an. „Du siehst aus, als hätte dich jemand mit einer Keule bearbeitet."

Er ließ den Blick auf seine Brust fallen: Kratzer, blaue Flecken und eine gezackte Wunde, die über seinen rechten Brustmuskel verlief, waren auf seiner dunklen Haut zu sehen. „Besser ich als du. Bei deiner zarten Haut sähst du wie Frankensteins Braut aus."

Ihr herzhaftes Lachen war ein Vergnügen für seine Ohren. Nachdem sie ihre Mieter von nebenan angerufen und sie gebeten hatte, sich einen Tag länger um die Welpen zu kümmern, hatte sie beim gemeinsamen Abendessen keinen Mucks von sich gegeben.

„Ein Glas Wasser und deine Schmerzmittel." Sie stellte das Tablett ab, legte ihm die zwei Tabletten in die Handfläche und reichte ihm dann das Wasser. Er schluckte das Medikament und sie kümmerte sich derweil um seine Wunden, trug vorsichtig antibakterielle Salbe auf jeden einzelnen Kratzer auf.

„Ich werde davon nicht sterben. Du kannst ruhig mehr Druck anwenden."

„Ich will dir nicht wehtun." Ihre Stimme war sanft und sprach von einer Entschlossenheit, die ihn erschütterte. „Ich werde dir die Hose ausziehen."

Schon oft hatte er Sklaven den Befehl gegeben, ihn

auszuziehen. Nun brauchte er diesen Dienst wirklich, und er hasste, wie hilflos er sich fühlte. Er spannte den Kiefer an, um ein Knurren zu unterdrücken. Er erhob sich vom Bett, auf einem Fuß balancierend, und schob seine Jeans zu seinen Oberschenkeln. Nachdem er sich wieder hingesetzt hatte, fiel sie vor ihm auf die Knie und half ihm, sich seiner Hose zu entledigen.

Einfach toll. Wenn er sonst eine Frau vor sich knien hatte, gab es für ihn ein weitaus erlösenderes Ende.

„Leg dich hin“, befahl sie. Ihr ernster Ton heiterte seine Stimmung auf. Er folgte ihrer Anweisung und sie deckte ihn zu. Anschließend schob sie ein Kissen unter seinen verletzten Knöchel.

„Genießt du es, mich unter deinem Kommando zu haben?“, fragte er.

Sie lachte.

„Antworte mir.“

Scheu wie ein Kitz legte sie eine Hand auf seinen Schenkel. „Ich ...“ Ihr Verstand, so entzückend wie wahnsinnigmachend, arbeitete.

„Fahre fort.“

„Wenn ich ehrlich sein soll, dann nein. Ich möchte allerdings, dass du es bequem hast.“

„Um die Gewissheit zu haben, dass du alles in Ordnung gebracht hast?“ Geistesabwesend zeichnete sie Muster auf seiner Haut und er stellte voller Freude fest, dass die Berührung ihn vor Schmerzen nicht länger lähmte.

„Das klingt furchtbar, oder?“

Nein, es klang nach einer Sub, die Befriedigung daraus zog, anderen zu dienen. Wenn sie die Welpen umsorgte, drang dasselbe erfreute Licht durch ihre nebelgrauen Tiefen. An dem Tag hätte er bereits sehen müssen, was tief in ihr schlummerte. Er runzelte die Stirn. Das Verhalten ihres Vaters hatte sie als Kind traumatisiert. Eine Frau, die es allen recht machen wollte, hatte es ihrem eigenen Vater nicht recht machen können. „Du hilfst gerne."

„Natürlich. Geht es nicht jedem so?"

„Nein, nicht direkt. Denk an den Moment nach einem Orgasmus: Wie nah du deinem Partner dann bist und dass sich alles auf der Welt richtig anfühlt."

Ihre Wangen erröteten. „Okay."

„Einige Subs verspüren diese Art der Befriedigung, wenn sie anderen helfen können." Er nahm ihre Hand in seine. „Geht es dir genauso?"

„Ähm, ich habe noch nie darüber nachgedacht, aber jetzt wo du es sagst ... ja, ich denke, du hast recht."

Natürlich verstärkte sich das befriedigende Gefühl in ihr, sobald sie ihrem eigenen Master diente. Und das war er nicht, durfte er nicht sein. Wollte er nicht sein. *Belüg dich doch nicht selbst, Leduc.*

Ließe er sie nun gehen, würde sie für immer aus seinem Leben verschwinden. Er hatte gedacht, dass dies das Beste für sie beide wäre. Zweifel kamen auf. „Deine Beziehung mit Nathan ist vorbei, richtig?"

„Oh ja, sowas von vorbei." Sie schien zu merken, worauf

er hinauswollte, denn sie versuchte, ihm ihre Hand zu entziehen.

„Kleine Pusteblume, dickköpfig wie du bist, hast du dich in mein Leben gedrängt. Sogar als ich verärgert war, bist du nicht davongerannt. Ich bin nicht länger böse ... Was machen wir also jetzt?“

„I-ich weiß es nicht.“ Ihre Augen, die ihn immer an den morgendlichen Nebel über dem Hafen erinnerten, fanden die seinen. „An einer Beziehung habe ich erstmal kein Interesse.“

Das verstand er. Das Gefühl des Betrugs zu verarbeiten, brauchte Zeit. Bei ihnen beiden. Und doch ... „Beim Schach haben wir eine Abmachung getroffen.“

„Das war ... vorher.“

Vor dem Desaster. Sie wollte ihn, doch sie wurde verletzt, kannte ihn nicht gut und vertraute ihm demnach nicht hundertprozentig. Wie mutig war seine kleine Professorin wirklich?

„Und, na ja, in ein oder zwei Tagen brauchst du mich nicht mehr“, sagte sie.

Er musterte sie. „Du glaubst, ich will dich nur hier haben, weil ich verwundet bin?“ Nathan hatte bei ihr wirklich Schaden angerichtet.

„Ja, also ... Ja.“ Ihr Blick war direkt auf ihn gerichtet. Sie war sich so sicher.

Es freute ihn, dass er so einfach in ihr lesen konnte. Dass sie jedoch dachte, er wollte sie nicht bei sich, schmerzte. Das Problem war, dass sie des lieben Friedens willen Gedanken vergrub, die sie teilen sollte. Daran würden sie arbeiten müssen.

„Komm her." Er klopfte auf seine Brust. Ihr Gesichtsausdruck wurde misstrauisch, als sie seinen Wechsel von freundlich zu dominant registrierte. Zwar versuchte sie sich einzureden, seine Nähe nicht zu wollen, doch er wusste es besser.

„Wenn ich das tue, verletze ich –"

Er setzte einen Blick auf, der sie verstummen ließ. Sein verwundetes Bein lag leicht angewinkelt auf dem Kissen. Er nahm ihre Hand und zog sie zu sich. Ihre Vorderseite kollidierte mit seiner Brust. Es dauerte nicht lange, bis sie ihren Körper an ihn schmiegte; ihre Beine zwischen den seinen, schlang er seinen unverletzten Arm um sie.

Ja, ich will, dass sie bleibt. „Lass uns das ausdiskutieren." Er rieb sein Kinn an ihrem seidigen Haar. Sie war so verschmust wie ihre Welpen. „Sage mir, warum du denkst, dass ich nur an deiner Hilfsbereitschaft Interesse habe?"

„Sollten Diskussionen nicht beidseitig sein?"

„Ja, sollten sie." Er grinste. Intelligente Frauen waren verdammt sexy. Er legte seine Hand auf ihren Nacken und platzierte seinen Daumen an ihrer Halsschlagader. Der Puls war ein wenig beschleunigt. „Fang du an. Ich möchte, dass du deine Bedenken äußerst."

Ihr Schnauben zeugte von Verzweiflung und haftete einem Hauch von Nervosität an. Für eine Minute schwieg sie, und er drängte sie nicht. Er wusste, sie würde reden. Er wusste es einfach.

Sie holte tief Luft und begann: „Erstens, du magst mich nicht mehr. Du weißt jetzt über die Sache mit meiner Forschung Bescheid. Zweitens, du warst verärgert wegen Nathan. Du warst dir sicher, dass ich dich angelogen habe. Drittens, mir ist zu Ohren gekommen, dass du regelmäßig Sklavinnen in deinem Haus hast. Viertens, ich bin weder glamourös noch wunderschön. Ich bin einfach nur ich. Fünftens, wir haben nichts gemeinsam. Ich komme aus der Mittelklasse und bin ein kleiner Nerd. Okay, ein großer."

So zauberhaft, unfassbar. Er behielt sein Kinn an ihrem Kopf. Er wollte ihre Gefühle mit dem amüsierten Lächeln auf seinen Lippen nicht verletzen. „Okay, lass mich deine Punkte Schritt für Schritt abhandeln: Erstens, ich verstehe, warum du meinen Club unterwandert hast. Du hast Existenzangst und wolltest mehr über BDSM herausfinden." *Für jemanden, der dich nicht verdient.* „Da du bereits einige Zeit bei uns bist, bin ich dazu geneigt, dich mit deiner Forschung fortfahren zu lassen ... unter bestimmten Bedingungen."

Überrascht schreckte sie auf. „Meinst du das im Ernst?"

„Ich nehme mir das recht heraus, den Artikel zu lesen, bevor du ihn schickst. Ich muss den Inhalt absegnen. Außerdem musst du bei den Clubmitgliedern Wiedergutmachung leisten. Ich werde bekanntgeben, was dein Ziel ist. Dann kann jedes Mitglied selbst entscheiden, ob es den Club besuchen möchte oder in der Zeit deiner Forschung dem Dark Haven fernbleiben will."

„Das würdest du tun?"

„Ah ...“ Er sollte sie vorwarnen. „Abby, du hast Bestrafungen von Subs mit eigenen Augen gesehen. Die Frage ist: Wie wichtig ist dir der Artikel?“

Ihr weicher Körper spannte sich an. Sie schluckte hörbar. „Was muss ich tun?“

„Das sag ich dir erst, wenn die Zeit gekommen ist.“

Ein weiteres lautstarkes Schlucken.

„Okay“, flüsterte sie. „Ich muss meine Forschungen beenden – und zudem bei deinen Mitgliedern Abbitte leisten.“

„Ausgezeichnet. Dann habe ich ja was, worauf ich mich freuen kann.“

Ihr gehauchtes „Oh mein Gott“ brachte ihn zum Lachen.

„Zweitens, die Sache mit Nathan hat mich verärgert, das stimmt, aber er hat gelogen. Nicht du. Im Moment tut es mir leid, dass ich dir ein derartiges Verhalten zugetraut habe und ich dich damit verletzt habe.“

Sie nahm einen zittrigen Atemzug und rieb sich mit der Wange an seiner Schulter. Ihr Job auf der Kippe, ihr Ex-Freund ein verlogenes Arschloch. Arme, kleine Professorin. Das Verlangen, ihre Welt wieder in Ordnung zu bringen, kam überraschend. Nicht, dass er dieses Bedürfnis verspürte, überraschte ihn, sondern vielmehr, wie intensiv es sich durch jede Ader seines Körpers bemerkbar machte.

„Drittens, ich lade Sklaven aus zwei Gründen in mein Haus ein: Zu meinem Vergnügen, und um für sie einen Master zu finden, der perfekt zu ihnen passt.“

Ihr Kopf hob sich. „Du hilfst Sklaven ohne Master wegen Catherine? Weil sie nach dem Verlust ihres Mannes so verloren war?“

Seine Trauer war mittlerweile schwächer ausgeprägt, aber er hatte sie noch nicht vollkommen hinter sich gelassen. „Genau.“

„Ich dachte, die Sklaven würden *dir* dienen, nicht einem anderen Master.“

„Wenn sie hier sind, dann machen sie das auch. Auf jede erdenkliche Weise.“

Sie erstarrte. „Oh.“

„Jedoch habe ich eine Dom/Sub-Beziehung gegenüber einer Master/Sklave-Beziehung schon immer vorgezogen, Abby.“

Seine Worte vermochten es nicht, sie zu entspannen. Ein wenig Unsicherheit in einer Sub war keine schlechte Sache, jedoch sollte sie nicht anzweifeln, dass ihr Dom Interesse an ihr hatte. Es war an der Zeit, ihren Verstand abzuschalten und sie fühlen zu lassen. „Setz dich rittlings auf mich. Und dann knöpfst du dein Hemd auf.“

Ihre Augen weiteten sich.

Ja, sie war leicht zu schockieren. Innerlich grinste er, während er ausdruckslos darauf wartete, dass sie seinem Befehl Folge leistete.

Sie biss sich auf ihre sinnliche Unterlippe und setzte sich auf ihn. Knopf für Knopf öffnete sie ihr Flanellhemd. Ihre Porzellanhaut war hinreißend.

„Ein sehr hübscher BH, aber er ist mir im Weg. Öffne den Verschluss."

Ihr Atem beschleunigte sich, als sie die Hände zu dem Verschluss zwischen ihren Brüsten hob.

„Sehr schön." Mit seiner linken Hand drängte er ihre Arme seitlich an ihren Körper und schob die zwei Hälften des Hemdes auseinander. Ihre Nippel hatten sich bereits zu harten Diamanten aufgerichtet.

„Du hast wunderschöne Brüste, kleine Pusteblume. Ich genieße es, sie anzuschauen."

Und ebenso genoss er den kleinen Lustschauer, der bei seinen Worten von ihr Besitz nahm. Anstatt sie zu berühren, wie sie es erwartete, fuhr er fort: „Was war nochmal viertens?"

Ihre blassen Augenbrauen zogen sich konzentriert zusammen. „Ähm, glamourös."

„Ah, richtig. Und das Thema deiner Erscheinung." Frauen, wirklich. Männer beschäftigte es nur, ob ihr Schwanz groß genug war. Frauen machten sich um alles Sorgen: *Sind meine Hüften zu breit, sind meine Haare zu kurz, meine Nase zu lang, meine Brüste zu klein?* Vor einer Weile war ihm eine Frau untergekommen, die die Form ihrer Fingernägel verabscheute. „Kleidung und Make-up machen neunundneunzig Prozent von glamourösem Auftreten aus." Obwohl er sich zu gesellschaftlichen Anlässen mit Frauen verabredete – hauptsächlich wegen der Wirkung, die eine Begleitung auf andere Männer hatte – traf er sich mit keiner mehr als dreimal. Dieser Punkt war jedoch irrelevant. Es ging um Abbys Selbstvertrauen. „Als wunderschön würde ich dich nicht bezeichnen."

„Wenigstens sind wir uns einig", sagte sie trocken.

„Du bist hinreißend und bezaubernd."

„Ich bin was?" Ungläubig sah sie ihn an.

„Sehen wir uns meine Definition deiner Erscheinung genauer an", sagte er, und bemühte sich um einen professionellen Tonfall. „Tolles Aussehen indiziert eine oberflächliche Schönheit. Wahre Schönheit kommt von innen und setzt sich aus der Persönlichkeit und dem Auftreten zusammen." Er lächelte. „Eine meiner ersten Liebhaberinnen war Französin. Sie war schon etwas älter, hatte Falten, ihre Brüste verloren den Kampf gegen die Schwerkraft und sie hatte eine prominente Nase. Ihr Aussehen war nicht, was man im Allgemeinen als wunderschön bezeichnen würde. Jedoch war sie über alle Maßen selbstbewusst. Sie war freundlich und wusste genau, was sie im Bett wollte. Ihre sexuelle Natur war unwiderstehlich. Egal, wo sie auftauchte, die Aufmerksamkeit der Männer war ihr sicher – meiner eingeschlossen."

Abbys Augen erstrahlten wie die Sonne, die sich endlich wieder hinter den Wolken hervorwagte.

„Und wenn du lächelst ...", fuhr er fort. „Wenn du lächelst, hast du genau dieses besondere Etwas, diese unwiderstehliche Ausstrahlung." Er strich mit einem Finger über ihre Wange. „Du bist eine Mondfee, bezaubernd und geheimnisvoll, und hinzukommt, wie freundlich und intelligent du bist, Abby."

Sie blickte ihn verwirrt an. Verletzlich.

„Hat Nathan dir das niemals gesagt?“ *Oh, nicht gut, Leduc.* Das war nicht die Zeit, Ex-Freunde ins Spiel zu bringen.

Verdutzt blinzelte sie. „Nein, niemand hat mich jemals hinreißend genannt.“ Ein Anflug von Schmerz breitete sich auf ihrem Gesicht aus. „Meine Stiefschwester ist ... wunderschön. Jeden Mann wickelt sie in kürzester Zeit um den Finger. Sie kann jeden haben.“

Und das hatte ihre Schwester offensichtlich ausgenutzt. Das Leben war nicht immer fair. „Wenn das ihr typisches Verhalten ist, dann wage ich mal zu bezweifeln, dass sie die Männer lange halten kann.“

Abby entrang ein heiseres Lachen. „Kann man so sagen.“

„Ich finde dich entzückend, Abby.“ Xavier legte seine Finger in ihren Nacken und zog sie zu sich. Sanft küsste er sie. Sofort erwiderte sie den Kuss. Wie sie auf ihn reagierte, war unglaublich sexy.

Er nahm die Hand von ihrem Nacken und sie richtete sich wieder auf. Mit glasigen Augen schaute sie auf ihn herab, ihr feines Haar wie eine Wolke um ihr Gesicht.

„Dein letzter Einwand: Du denkst, dass wir nichts gemein haben.“ Ein Kuss. „Wenn du ein Nerd bist und ich das Gegenteil, bedeutet das demnach, dass du mich für dumm hältst, richtig?“

Sie schnappte nach Luft. Erst jetzt wurde ihr bewusst, was sie mit ihren Worten angedeutet hatte. Er ließ sie die Missbilligung in seinen Augen sehen.

„Nein! Natürlich nicht! So meinte ich das nicht!"

„Dann sind wir also ... beide klug?", fragte er. Sie saß in der Falle. Er hatte noch nie verstanden, warum Männer zum Jagen in den Wald gingen. Im Schlafzimmer machte der Sport weitaus mehr Spaß.

„Ja, das sind wir."

Er berührte ihr Kinn. „Käme ich aus einer armen Familie, würdest du mir dann sagen, dass ich nicht gut genug für dich bin, weil deine Familie mehr Geld hat?"

„Nein, niemals!"

Warmherzige, kleine Pusteblume. „Dann ist dein letzter Punkt null und nichtig."

Sie blitzte ihn an. „Ja, dumm bist du wirklich nicht."

Grinsend legte er seine Hand zurück in ihren Nacken. „Ich bin an der Reihe."

Er fühlte, wie sich ihr Puls beschleunigte. „Okay."

„Erstens, ich mag dich, Abigail. Ich mag deine Intelligenz, dein Lachen, deinen Umgang mit den Welpen und grantigen Doms, dein widerspenstiges Haar und wie dein Verstand arbeitet."

Mit weit aufgerissenen Augen saugte sie seine Worte auf – wie eine Pflanze kostbares Wasser in einer Dürreperiode.

„Zweitens, als Dom suche ich nach gewissen Charaktereigenschaften in einer Sub." Er glitt mit dem Zeigefinger über ihre Unterlippe und spürte das kleine Beben, das sie schnell zu kontrollieren suchte. „Du liebst es, zu helfen. Du willst Menschen – und Welpen – umsorgen und zufriedenstellen. Trotzdem unterwirfst du dich nicht jedem x-beliebigen Mann, der Interesse an dir zeigt. Nicht einmal Nathan, den du bereits seit Längerem kanntest.“ Er lächelte sie an. „Es macht den Anschein, als hättest du deine Unterwerfung allein für mich reserviert und das schätze ich ungemein.“

Sie wurde rot, sagte aber nichts.

„Drittens, dir gefällt ein gewisses Maß an erotischem Schmerz, aber du bist keine Masochistin. Du hast keine beunruhigenden harten Grenzen, und soweit ich das sagen kann, willst du nichts von mir, was ich nicht sowieso bereit bin, dir zu geben.“

Ihre Augen wurden größer.

„Viertens, ich habe deine Gesellschaft heute sehr genossen, selbst wenn das nicht immer so schien. Ich möchte, dass du länger bleibst, damit ich dich“ – er zwickte in ihren Nippel, hart genug, so dass sie sich ihm entgegenreckte und ein Wimmern entließ – „etwas härter anpacken kann.“

Er zog sie für einen leidenschaftlichen Kuss zu sich. „Für ein Fünftens kommt mir nichts in den Sinn. Möchtest du noch etwas hinzufügen?“

„Ich ... Nein.“

„Dann lass uns einfach sehen, wo die Sache zwischen uns hinführt. Bleib hier; leiste mir für eine Weile Gesellschaft, Abby.“

„Als deine Sklavin?“

„Nein, kleine Pusteblume. Als meine Sub.“ Sie erschauerte und er grinste. „Dein Leben gehört dir allein.“ Mit den

Fingerknöcheln streichelte er über ihre Wange. „Ich will es nur gelegentlich kontrollieren." Er wartete.

„Okay. Ich bleibe ... mein Lord."

„Ausgezeichnet. Mach dich fürs Bett fertig und komm danach zurück zu mir."

Sie schüttelte den Kopf. „Das ist keine gute Idee; ich könnte an dein Bein stoßen."

„Du wirst mit mir in meinem Bett schlafen." Er nickte Richtung Badezimmer. „Eine frische Zahnbürste findest du in der Schublade unter dem Waschbecken."

Als sie vom Bett aufstand, musterte er ihr Gesicht. Die Sorge war verschwunden und hatte einem tiefreichenden Frieden Platz gemacht. Sie sehnte sich genauso verzweifelt nach seiner Kontrolle, wie er sich danach sehnte, diese auszuüben. Und obwohl sie zu jeder Zeit versuchte, Konfrontationen zu vermeiden, hatte sie zu seinen Gunsten einen Wutausbruch von ihm riskiert. Sie zu durchschauen, war nicht immer einfach. Und doch war es genau das, was sie so reizvoll machte.

Mit einem frisch gewaschenen Gesicht, so pfirsichfarben, dass er sie am liebsten verspeisen würde, kehrte sie zu seinem Bett zurück.

„Ausziehen."

Ihre Finger zitterten, als sie ihr Hemd auszog. Dann nahm sie ihre Brille ab, legte sie auf den Nachttisch und knipste das Licht aus. Dunkelheit. Er wusste, warum sie das getan hatte, denn er hörte, wie sie ihre restliche Kleidung ablegte. *Nicht mit mir, kleine Sub.* „Hast du seit gestern ein

Körperteil hinzugewonnen, von dem du nicht willst, dass ich es sehe?"

„Ach, sei doch ruhig. Kannst du mir für die Nacht ein T-Shirt von dir borgen?"

„Nein, kann ich nicht." Keine Sub trug in seinem Bett Klamotten.

Ein genervtes Grummeln trat an seine Ohren, doch sie krabbelte ins Bett. Er ignorierte ihren Versuch, auf Abstand zu bleiben, wickelte seinen Arm um sie und zog sie an sich. Seine Verletzung war hinderlich. Könnte er beide Arme verwenden, wäre es einfacher, sie zu positionieren, wie er das gerne hätte.

Für eine Minute lag sie angespannt in seinen Armen, ihr stetiger Atem wehte über seine Brust. Schließlich schien sie seine Nähe zu akzeptieren und fragte flüsternd: „Ist wirklich alles in Ordnung?"

„Ich bin etwas wund und genervt, aber morgen ist ein neuer Tag. Das wird schon. Mach dir keine Sorgen." Er zog sie fester an sich. „Danke für deine Fürsorge, Abby."

Sie rieb ihre Wange an seiner Schulter. „Gern geschehen."

Ihm kam ein Gedanke. „Ich werde wohl bald Pflegevater von fünf kleinen Welpen, oder?"

Ihr Lachen ließ sein Herz höher schlagen.

Ja, es fühlte sich gut an, ihren weichen Körper an seiner nackten Haut zu spüren, während die Stille der Nacht sie umfing.

KAPITEL SIEBZEHN

Abby stand in der Empfangshalle des Gebäudes, in dem sich Xaviers Büro befand. *Wow.* Sie musste sich wirklich zusammenreißen; es fehlte nicht viel und ihre Augäpfel würden aus ihrem Schädel kullern.

Die Rezeptionistin hatte ein Telefon am Ohr, lächelte ihr zu und zeigte mit einer kurzen Handbewegung, dass sie Abby gleich zur Verfügung stand.

Kein Problem. Abby drehte sich einmal im Kreis, um das zweistöckige Foyer zu bewundern. Anstatt des typischen hochglanzpolierten, modernen Designs bestach dieses Gebäude durch Grünpflanzen, die sich über die lichtdurchflutete Glasfront freuten. Der massive Holztresen, farblich passend zum Treppenaufgang gegenüber, fügte sich bogenförmig in die Umgebung aus natürlichen Materialien. Vom Coffeeshop am hinteren Ende des Foyers wehte regelmäßig der köstliche Geruch von Kaffee und Backwaren herüber.

„Wie kann ich Ihnen helfen?“, fragte die Rezeptionistin, nachdem sie aufgelegt hatte.

„Ich würde gerne zu Xavier Leduc. Können Sie mir sagen, in welcher Etage sein Büro liegt?“

„Haben Sie einen Termin?“ Die ältere Frau trug ein dunkelrotes Kostüm, ihr Haar und ihr Make-up makellos.

„Ähm, nein, nicht direkt.“

Die Frau runzelte beim Blick auf Abbys Jeans und ihren grünen Kapuzenpullover die Stirn. „Miss, wenn sie eine Bewerbung ausfüllen möchten, dann müssen sie ins Zimmer 100.“ Sie deutete auf ein Büro mit Glastür. „Einmal klopfen, reingehen und es wird sich jemand Ihrer annehmen.“

„Danke, aber ich suche nicht nach einem Job. Ich will Xavier abholen.“

Die Frau erinnerte Abby an eine Bulldogge: klein, die Mundwinkel immer nach unten gerichtet und, nicht zu vergessen, dickköpfig. „Mr. Leduc empfängt keine –“

„Es tut mir leid, ich will Ihnen keine Probleme machen, aber er erwartet mich. Könnten Sie ihn einfach wissen lassen, dass Abigail hier ist?“

Auch Abby konnte stur sein, und sie setzte sich durch. „Natürlich, Miss. Nehmen Sie kurz Platz, dann werde ich seine Sekretärin benachrichtigen.“

Wie angewiesen, setzte sich Abby im Wartebereich auf einen gepolsterten Sessel. Stirnrunzelnd fragte sie sich, wozu der Besitzer eines BDSM-Clubs eine Sekretärin brauchte. Oder ein Büro in einem so extravaganten Gebäude. Natürlich hatte sie nicht vergessen, wie opulent sein Haus war. Der Club musste ein hübsches Sümmchen abwerfen. Oder er hatte noch andere Geschäfte, denen er sich widmete.

Er hätte im Foyer Bescheid geben können, dass sie kam. Dann müsste sie sich jetzt nicht mit verbissenen Bulldoggen rumärgern.

Seufzend schnappte sie sich ein Magazin und warf erneut einen Blick zur Empfangsdame. *Oh, das ist doch nicht ihr ernst!* Die Frau hatte die Security gerufen.

„Sie meint doch tatsächlich, dass Mr. Leduc sie erwartet", sagte Mrs. Bulldogge im Flüsterton.

Abby senkte den Blick und fühlte die Augen des Wachmanns auf ihr. Er gluckste. „Auf keinen Fall passt sie in sein sonstiges Schema."

„Meine Rede. Ich werde jetzt Mrs. Benton anrufen. Wenn seine Sekretärin keine Ahnung hat, wer diese Abigail ist, kannst du sie dann vor die Tür setzen?" Ein klickendes Geräusch. „Ja, Mrs. Benton, ich habe hier eine Abigail, die meint, dass sie Mr. Leduc ... Entschuldigung? I-ich soll sie h-hochschicken?" Die Bulldogge stotterte.

Abby unterdrückte ein Lachen. *Okay, Xavier, ich nehme alles zurück. Hätte er Bescheid gegeben, wäre mir dieser Spaß entgangen.*

„Miss?" Sie schaute auf. Der Wachmann lächelte freundlich und respektvoll. „Erlauben Sie mir, Sie zu Mr. Leduc zu eskortieren."

Die Wache lief zum letzten Fahrstuhl in der Reihe. Einem Fahrstuhl, der nur mit einem Schlüssel in Gang gesetzt werden konnte. Ein Privatfahrstuhl? In der Kabine drückte der Mann den obersten Knopf und Abbys Magen rebellierte, als hätte sie Cola mit Mentos getrunken.

Sie schluckte schwer und fragte: „Hat das Gebäude einen Namen? Ich habe kein Schild gesehen."

„Es gab ein Schild. Der letzte Sturm hat es zerstört und das Neue wurde noch nicht geliefert. Normalerweise steht am Gebäude: *Leduc Industries*."

„Das ganze Gebäude?" *Oh, das ist nicht gut.* Stalking oder nicht, sie hätte den Mann googlen sollen. Sie hatte das Bedürfnis, ihre Stirn gegen die Fahrstuhlwand zu hämmern. „Wie viele Leute mit dem Nachnamen Leduc gibt es hier?"

Langsam öffneten sich die Türen und der Wachmann trat zuerst auf den Gang. Der cremefarbene Teppich unter ihren Füßen war dick und flauschig und der Stuck erinnerte sie an Xaviers Haus.

„Wie viele?" Er sah sie verwirrt an. „Nur den einen."

Abby schloss ihre Augen und atmete tief ein. *Sei kein Idiot – Xavier ist immer noch derselbe Mann.* Er hatte sich nicht verändert, nur weil sie jetzt wusste, dass er nicht nur ein Clubbesitzer war. Er war ein Geschäftsmann. Ein stinkreicher Geschäftsmann. *Flipp jetzt bloß nicht aus.* Mittlerweile wünschte sie, sie hätte sich für ein anderes Outfit entschieden. Jeans, Sneaker und ein Hoodie ... was hatte sie sich nur dabei gedacht?

„Sie müssen Dr. Bern sein." Die brünette Frau stand von ihrem Schreibtisch auf. Ihre braunen Augen waren freundlich und einladend. „Ich bin Mrs. Benton, Mr. Leducs Sekretärin. Ich zeige Ihnen den Weg."

Doch das war nicht nötig. Im nächsten Moment öffnete sich eine Bürotür und Xavier rollte heraus, oder versuchte es zumindest. Blöderweise war der Plüschteppich nicht sehr rollstuhlfreundlich, vor allem dann nicht, wenn man nur einen Arm benutzen konnte. Er schenkte ihr ein Lächeln, doch sein Kiefer war angespannt und er war furchtbar blass. „Abby, ich –"

„Du hast Schmerzen. Wann hast du das letzte Mal deine Schmerztabletten genommen? Hast du die Kühlbeutel verwendet?" Sie war alles andere als erfreut. „Bestimmt hast du wieder von niemandem Hilfe angenommen, oder?"

Für den Bruchteil einer Sekunde sah er sie fassungslos an, dann brach er in Gelächter aus. Seine Sekretärin und der Wachmann wirkten schockiert – als hätten sie ihn das erste Mal lachen sehen.

„Abby, du bist ein wahres Wunder." Er hielt seine Hand auf. Erst als sich seine Finger um ihre schlossen, stellte sie fest, dass sie den Abstand zwischen ihnen bereits überwunden hatte. Der Mann konnte sie ohne Worte befehligen.

„Und du bist ein wahrer Dickkopf", murmelte sie vor sich hin. „Mrs. Benton, könnten Sie ihm ein Glas Wasser holen?"

„Natürlich." Die Frau musterte Abby. „Sie erwähnten Eisbeutel. Ich kann welche herbeischaffen, wenn Sie wollen."

Sie verstand, warum Xavier diese Frau als Sekretärin beschäftigte. „Zwei, wenn das ginge? Das wäre wundervoll."

Der Wachmann verschwand nach einem respektvollen Nicken in Xaviers Richtung.

Hochkonzentriert wühlte Abby in ihrer Tasche. *Schmerztabletten, Schmerztabletten ...*

Xavier lachte. „Du, meine kleine Pusteblume, bist nicht weniger dickköpfig als ich. Wenn es dir nichts ausmacht, zehn Minuten zu warten – ich muss noch einen letzten Anruf tätigen."

„Kein Problem."

„Du kannst mit in mein Büro kommen oder hier draußen warten – wie du willst."

Auf keinen Fall würde sie im Wartebereich die Zeit totschlagen, bis er fertig war. Als er versuchte, seinen Rollstuhl zu wenden, schnaubte sie, packte die Griffe und schob ihn zurück in sein Büro.

„Wirklich nett hast du es hier." Zwei Wände waren von der Hüfte aufwärts aus Glas und gaben einen spektakulären Blick über die Stadt frei. Sein Schreibtisch war aus glänzendem Walnussholz, mit zwei passenden Sesseln für Besucher. Von der Tür aus rechts hatte er eine Sitzecke aus einer dunklen Ledercouch und Sesseln einrichten lassen. Sie bewunderte das riesige Gemälde darüber, das ein französisches Café zeigte. Als sie das letzte Mal in Paris gewesen war, hatte sie genau in diesem Café ein Glas Wein getrunken.

„Danke." Er lächelte sie an. „Haben sich die Welpen eingewöhnt?"

„Sie kamen, aßen und schliefen." Xaviers Schreibtischstuhl stand in einer Ecke, um ausreichend Platz für sein neues Fortbewegungsmittel zu bieten. Mit einem besorgten Blick stellte sie die Fußstütze vom Rollstuhl hoch, um den Druck auf seinen verletzten Knöchel zu reduzieren. „Dein Knöchel ist wieder geschwollen."

„Ist er?" Sie sah die Belustigung in seinen Augen, als er mit einem Finger über ihre gespitzten Lippen strich.

„Das ist nicht lustig. Du –"

„Vielleicht wird das helfen." Mrs. Benton stellte ein Glas Wasser auf den Tisch und übergab Abby zwei Eisbeutel.

„Vielen Dank." Abby schenkte der Sekretärin ein Lächeln und sah Xavier mit einem *Siehst du, man muss nur fragen*-Blick an. Sie legte ihm das Eis auf Knöchel und Schulter und nahm dann auf der Couch Platz, so dass Xavier seinen Anruf erledigen konnte.

Eine Minute später brachte Mrs. Benton einen Stapel Magazine und ein Tablett mit einer Tasse und einem Kännchen Tee, dazu Zucker und eine Zitronenscheibe. „Nachdem Sie von unten angekündigt wurden, erwähnte Mr. Leduc, dass Sie Tee mit Zitrone mögen."

Er hatte sich daran erinnert, welchen Tee sie mochte. Bei dem Gedanken wurde ihr warm ums Herz.

Dass er sie gut kannte, könnte ein Problem werden. Ihre Eingeweide zogen sich zusammen, als sie sich an den Plan für Freitag erinnerte: ihre Bestrafung im Dark Haven.

Kein Grund für Hysterie. Sie nahm sich ein Magazin, blätterte die Seiten durch und lauschte dem Telefonat.

Er versuchte, einer Frau Arbeit zu beschaffen – leider, wie sie heraushörte, waren ihre Fähigkeiten im Lesen den Arbeitgebern nicht genug. Tatsächlich schien die Frau eine funktionale Analphabetin zu sein, was bedeutete, dass sie bisher damit immer durchgekommen war.

Mit einem frustrierten Knurren beendete Xavier das Gespräch.

„Was ist los?", fragte Abby.

Er rieb sich übers Gesicht. Er sah erschöpft aus. „Rona hat sich einer ihrer Patientinnen in ihrem Krankenhaus angenommen. Sie möchte, dass wir ihr einen Job suchen. Sie hat keine Ausbildung, und durch ihre OP vor kurzem kann sie nur Jobs im Sitzen annehmen. Unglücklicherweise ist es notwendig, dass sie dafür lesen und schreiben kann. Es sieht nicht gut aus."

Ich bin so verwirrt. „Wer ist *wir*, und wie genau lautet eigentlich deine Berufsbezeichnung?"

Ein sanftes Lächeln zeigte sich auf seinem Gesicht. „Wir haben uns noch nie über meine Tätigkeit unterhalten, oder?" Er lehnte sich zurück. Wie schaffte er es nur, dass bei ihm der Rollstuhl wie ein Thron wirkte? *Mein Lord.* Der Name passte wirklich zu ihm. „Leduc Industries umfasst eine Vielzahl von Unternehmungen. Ich erwerbe Hotels, Reinigungen, Cateringunternehmen – alles Orte, die oftmals auch ungelernte Frauen einstellen. Ich brauche Anstellungen für sie, da sie aus schwierigen Situationen kommen, meist mit Kindern, auf der Flucht von einem gewalttätigen Ehemann. Das Ziel ist, dass sie ihre Unabhängigkeit zurückgewinnen."

Erstaunlich. „Wie stellst du sicher, dass die Frauen für den Job bereit sind?"

Er grinste. „Eine gemeinnützige Organisation, Stella's Arbeitsvermittlung, belegt die unteren beiden Etagen des Gebäudes. Die Mitarbeiter kümmern sich um die Bewerbungen, das Training und die Vermittlung. Die Frauen werden ermutigt, sich weiterzubilden, sich eigenständig zu bewerben und nach einem besseren Leben zu streben."

„Willst du mir damit sagen, dass dir auch die Arbeitsvermittlung gehört? Wie ... selbstlos für einen abgebrühten Geschäftsmann."

Er zuckte mit den Achseln. „Ich musste mit ansehen, wie meine Mutter nach ihrer Flucht von meinem Vater auf Jobsuche gegangen ist. Der Arbeitsmarkt ist nicht freundlich zu Ungelernten."

Langsam dämmerte es ihr. „Wie hieß deine Mutter?"

„Kluge Professorin." Seine Lippen zuckten. „Ihr Name war Stella."

Er war also nicht nur der Eigentümer eines Sexclubs, sondern zudem ein erfolgreicher Geschäftsmann. Und um dem Ganzen die Krone aufzusetzen, verfügte er auch noch über ein riesengroßes Herz. Unglaublich. Sie wusste nicht genau, was sie denken sollte. Wenn man ihn nicht kannte, wirkte er so einschüchternd. Er zeigte seine wahre Persönlichkeit nicht jedem. Vor ihr saß ein Mann, der ihre Welpen gefüttert hatte, der einem kleinen Jungen erlaubt hatte, seinen ungewöhnlich langen Zopf zu begutachten und dessen Schulter perfekt für eine Sub war, um sich daran auszuweinen.

„Ich hatte es bisher noch nie mit Analphabetismus zu tun.“ Ernsthafte Besorgnis erschien auf seinen Gesichtszügen. „Die Frauen müssen Bewerbungsformulare ausfüllen. Bis jetzt hat es noch jede geschafft, zumindest das zu tun. Das Problem ist: Wer nicht lesen kann, kann sich nicht bewerben und bekommt im Umkehrschluss niemals einen Job.“

„Ja, das ist wirklich ein Problem. Etwa zwanzig bis dreißig Millionen der Amerikaner sind nicht in der Lage, Bewerbungsunterlagen auszufüllen.“

Er betrachtete sie. „Meine kleine Professorin kennt sich mit Statistiken über Lese- und Schreibfähigkeit aus?“

„Erinnerst du dich noch daran, dass ich zu dir meinte, dass ich Lesen unterrichte? Aus diesem Grund hatte ich an den Anfängerkursen im Club nicht teilnehmen können, weil es zeitlich nicht gepasst hat.“

Mit dem Ellbogen auf der Armlehne rieb er sich gedankenverloren mit dem Daumen über seine Unterlippe. „Na ja, Professor Bern, zu der Zeit dachte ich noch, dass du Grundschullehrerin bist und Fächer wie Lesen, Schreiben und Rechnen unterrichtest.“

Wie hatte es nur zu diesem Missverständnis kommen können? „Ich setze mich ehrenamtlich für ein Projekt gegen Analphabetismus ein und bringe erwachsenen Frauen das

Lesen und Schreiben bei." Sie lächelte. „Wir sind zwar recht voll, aber für einen Notfall habe ich immer ein Plätzchen frei. Willst du die Frau in meine Klasse schicken?"

„Du steckst voller Überraschungen."

„Das kann ich nur zurückgeben, mein Lord. Du hättest erwähnen können, dass der BDSM-Club nicht deine einzige Einnahmequelle ist."

„Hätte ich." Seine Augen glühten. „Wir haben noch viel über den anderen zu lernen." Er warf ihr diesen imperialen Blick zu und lockte sie mit dem Zeigefinger zu sich.

Ihr Puls beschleunigte sich. Bei seinem Stuhl angekommen, vergrub er seine Finger in ihren Haaren, packte ein Bündel und zog sie zu einem heißen Kuss an seine Lippen. Ihr Kopf drehte sich und sie musste sich auf den Armlehnen des Rollstuhls abstützen.

Der befriedigte Laut von seinen Lippen brachte ihr Inneres zum Beben. „Lass deine Hände genau da." Seine tiefe Stimme war rauer geworden. Er ließ ihr Haar los und schob die Hand unter ihren Pulli. Schon bald riss er ein Körbchen von ihrer Brust, um freien Zugang zu bekommen. Mit dem Blick auf ihrem Gesicht ruhend rollte er einen Nippel zwischen Daumen und Zeigefinger.

Sie schnappte nach Luft und atmete seinen exotischen Duft ein. Sie spürte bereits, wie sie feucht wurde.

„Ich habe Pläne für dich, kleine Pusteblume", murmelte er. „Lass uns nach Hause fahren."

Sie richtete schließlich ihre Kleidung und rollte Xavier dann nach draußen. Als sie an Mrs. Bentons Schreibtisch vorbeifuhren, wünschte diese ihm einen schönen Abend. Zu guter Letzt wandte sie sich zu Abby und sagte: „Er meinte zwar, dass ein elektrischer Rollstuhl nicht in sein Auto passt, aber es gibt kein Gesetz dagegen, im Büro einen bereitstehen zu haben. Obwohl er ihn nicht lange brauchen wird, habe ich mir dennoch die Freiheit herausgenommen, einen zu bestellen, und ich werde dafür sorgen, dass er ihn benutzt." Sie schüttelte den Kopf. „Ich habe zwei Jungs im Teenageralter und habe Erfahrungen mit Verletzungen jeglicher Art: Kühlen, Hochlegen, Schmerzmittel. Morgen werde ich sein Jammern ignorieren und mich besser um ihn kümmern, versprochen."

„Sie sind eine Heilige, Mrs. Benton", sagte Abby dankbar.

Als sich die Aufzugtüren schlossen, runzelte Xavier die Stirn. „Jetzt ziehst du auch noch mein Personal auf deine Seite. Ich brauche beide Hände, um dir angemessen den Hintern zu versohlen, und ich kann dir versichern, dass ich mir jedes deiner Vergehen im Geiste notiere."

Für einen Bruchteil einer Sekunde war sie besorgt, doch ... der Blick in seinen Augen sprach nicht von Verärgerung, sondern von ... etwas gänzlich anderem.

Auch sie beherrschte dieses Spiel. Sie lehnte sich vor und flüsterte an seinem Ohr: „Ausgehend von Ihren Plänen für mich, sollten Sie vielleicht etwas freundlicher sein, Mr. Leduc. Schließlich ist es sehr wahrscheinlich, dass ich die ganze Arbeit verrichten muss."

Seine Augen verengten sich und er packte sie mit einer

Hand am Kragen ihres Kapuzenpullovers. „In diesem Punkt liegst du nicht falsch. Dein Job wird heute darin bestehen, dich näher mit der Kunst des Saugens zu beschäftigen."

Ihre Kinnlade klappte herunter. Befriedigt ließ er von ihrem Pulli ab. „Wie ich sehe, habe ich mich deutlich ausgedrückt. Oh ja, ich kann es nicht erwarten, deine hübschen Lippen um meinen Schwanz zu spüren."

Die Fahrstuhltür ging auf.

Sie schob Xavier an der unfreundlichen Bulldogge und ihrem Wachmann vorbei, doch sie konnte nur daran denken, wie unverschämt feucht sie bereits zwischen ihren Schenkeln war.

KAPITEL ACHTZEHN

I*ch* ***will das*** *nicht.* Abby schlotterte vor Angst. Xavier humpelte ein paar Schritte vor ihr ins Dark Haven. Am liebsten würde sie seinen Arm packen und ihm sagen, dass sie ihre Meinung geändert hatte.

Am Empfangstresen händigte Lindsey einem wartenden Dom ein leuchtend grünes Armband aus. Sie trug ein breites Lächeln auf den Lippen. Dann fiel ihr Blick auf Abby und plötzlich war ihr Gesicht wie leergefegt.

Abby schloss ihre Augen und drängte die Tränen zurück.

„Guten Abend, Lindsey", sagte Xavier.

„Guten Abend, mein Lord."

In der Garderobe half Xavier Abby aus ihrem Mantel und hängte ihn auf. Darunter war sie nackt. Sie trug nur ihre Brille. An der Tür zum Hauptraum hielt sie an. *Ich schaffe das nicht.* „Warte."

„Oh nein, Sub." Er drängte sie über die Türschwelle.

Sie atmete tief ein, um sich zu beruhigen, doch es war zwecklos.

„Nur Mut." Er durchquerte mit ihr den Raum.

Sie blieb einen Schritt hinter ihm und richtete ihren Blick auf die Absätze seiner Stiefel. Die Temperatur fiel merklich, als um sie herum Getuschel aufkam. Die Blicke fühlten sich an wie dicke Hagelbrocken auf ihrer Haut.

Beim Erklimmen der Bühnenstufen stützte Xavier sich auf seinen Gehstock.

Sie hielt inne, zögerte. *Ich bevorzuge es, hier unten zu bleiben, vielen Dank auch*. Er sah über seine Schulter und wies sie mit einer offensichtlichen Geste an, ihm zu folgen. Das tat sie. Neben ihm angekommen verschränkte sie die Hände vor ihrem Bauch und starrte auf ihre nackten Füße.

„Wenn ich um Aufmerksamkeit bitten darf." In Xaviers Stimme war keine Emotion erkennbar. Er freute sich nicht über ihre Bestrafung. Wenn überhaupt, hatte er bisher ein mitfühlendes Verhalten an den Tag gelegt. Mitfühlend mit einem Hang zu unerbittlich.

Jemand an der Bar drehte die Lautstärke der Musik herunter und Stille breitete sich in dem großen Raum aus.

„Jeder sollte eine E-Mail mit dem Betreff *Abigails Forschungsarbeit* bekommen haben. Indem sie ihre Feldforschung ohne meine Erlaubnis und ohne das Einverständnis der Mitglieder betrieben hat, hat sie nicht nur gegen die Clubregeln verstoßen, sondern auch gegen die unausgesprochene Ethik unserer Gemeinschaft."

Zustimmendes Murmeln trat an ihre Ohren. Abby

wollte sich ein Loch suchen, hineinspringen und nie wieder herauskommen. *Gott*, sie hatte so ein schlechtes Gewissen!

„Ich habe gelesen, was sie mit ihren Forschungen bezweckt, hatte Einblick in ihre Notizen. Sie stellt unsere Community in einem guten Licht dar. Das Dark Haven wird nicht erwähnt. Weder der Name noch der Ort. Mitglieder werden nicht beschrieben. Es gibt auch keine Beschreibungen von Sessions. Im Wesentlichen betrachtet sie auf eine interessante Art und Weise die Clubdynamik. Auf dem Fundament der Familie beschäftigt sie sich mit dem sozialen Netzwerk, den Interaktionen und der Hierarchie."

Die Menge schwieg.

„Da ich der Kopf dieser Hierarchie bin, sagt mir das zu."

Ein Lachen hier und da.

„Sofern sie den heutigen Abend überlebt und danach immer noch wünscht, Mitglied dieses Clubs zu sein, gestatte ich ihr, mit ihren Forschungen fortzufahren. Bis dahin werde ich im Empfangsbereich einen Verweis aufstellen sowie eine E-Mail an alle Mitglieder schicken, so dass jeder die Wahl hat, ob er das letzte Wochenende der Forschungen kommen oder fernbleiben möchte. Wenn der Artikel fertig ist, stelle ich ihn online für alle zum Lesen bereit, bevor er veröffentlicht wird. Wer Probleme mit dem Inhalt hat, darf gerne auf mich zukommen. Gibt es noch Fragen?"

„Was meinst du mit ‚sofern sie den heutigen Abend überlebt'?" Die Stimme einer Frau, stark und selbstbewusst.

„Ich spreche von ihrer Bestrafung, Angela. Sie wird aus zwei Teilen bestehen, und die Mitglieder, denen Unrecht getan wurde, sind eingeladen, sich daran zu beteiligen."

Daraufhin erhob sich zustimmendes Gemurmel.

Abby biss sich auf die Unterlippe. Xavier hatte ihr seine Pläne für sie nicht verraten.

„Sprichst du von Blut-Play, Xavier?" DeVries' raue Stimme war nur zu gut erkennbar und Abby erschauerte. Blut? Sie wollte zurückweichen, jedoch kam der Wunsch zur Flucht bei ihren Füßen nicht an.

„Kein Blut, tut mir leid", sagte Xavier.

„Och, da bin ich aber wirklich enttäuscht." Der Ton des Vollstreckers passte nicht zu seinen Worten – er klang alles andere als enttäuscht.

„Mitglieder, die zur selben Zeit im Club waren wie Abby, sollten ein grünes Bändchen erhalten haben", sagte Xavier. „Abigails erste Station ist auf der Spanking-Bank. Jedes Mitglied mit einem grünen Band, egal ob Dom oder Sub, darf im Austausch für dieses, mit dem Paddel einen Schlag austeilen."

Abby durchlief ein Beben, ihre Schultern angespannt. *Schmerz, das kann sie aushalten. Es ist nur Schmerz.*

„Nach dieser Station wird ihr eine kurze Pause gewährt. Weil sie Leute *beobachtet* hat, bekommt Abigail im nächsten Schritt eine Augenbinde umgelegt und wird an der Fickmaschine angebunden. Doms, die zu diesem Zeitpunkt noch über ein grünes Band verfügen, können für eine Minute an die Steuerung. Ich werde die Aufsicht übernehmen und die

Maschine stoppen, bevor sie zum Orgasmus kommen kann. Zum Schluss werdet ihr sehen – und zweifellos auch hören – wie sie zum Höhepunkt kommt. Da sie euch in diesen intimen Momenten beobachtet hat, dürft ihr jetzt ihren miterleben."

Applaus brandete auf.

Oh nein! Nein, nein, nein. Sie wickelte die Arme um sich, ein Versuch, ihren bebenden Körper zu kontrollieren.

„Wenn ihre Bestrafung vorbei ist, wird sie sich entschuldigen, und so, wie wir das bei allen Subs handhaben, die aufrichtige Reue zeigen, werden wir ihr verzeihen. Gibt es Fragen?"

Allgemeines Gemurmel.

„Das klingt fair, Xavier", rief ein Dom.

„Danke, dass wir Teil der Bestrafung sein dürfen", sagte ein anderer. „Wir wissen, dass du das nicht hättest machen müssen."

Xaviers Stiefel traten in Abbys begrenztes Blickfeld. Eine schwielige Hand legte sich um ihr Kinn. „Sieh mich an."

Sie hob den Kopf und sah ihm in seine erschreckend dunklen Tiefen.

Er studierte sie eine Minute lang und nickte dann. Mit dem Daumen rieb er über ihren Kiefer und sie erschauerte bei dem Gedanken daran, wie allein gelassen sie sich schon bald fühlen würde. „Folge mir", sagte er in diesem tiefen Tonfall.

Im Kerker führte er sie zu einer Vorrichtung, die sie den

Sägebock nannten. Mit dem Gesicht nach unten legte sie sich drauf. Das Gerät erinnerte an einen Picknicktisch, nur dass die Tischplatte sogar schmaler war als ihr Rumpf. Das Leder fühlte sich kalt an, besonders an ihrem Bauch, und befeuerte die Kälte, die sich in ihrem Inneren ausbreitete. Ihre Brüste hingen auf beiden Seiten des Bretts herunter und die gepolsterten Halterungen etwas tiefer hatten die perfekte Höhe, um mit den Knien und den Unterarmen Halt zu finden.

Xavier fixierte ihre Handgelenke und ihre Knöchel seitlich an den Beinen des Bocks. Danach nahm er einen Riemen, der unter dem Bock befestigt war, wickelte ihn über ihren Rücken und zog ihn fest. Der Versuch, sich zu bewegen, war erfolglos. Ihre Panik wuchs. *Es ist nur Schmerz. Ich kann Schmerz aushalten*. Ein paar Klapse auf den Hintern würde sie überstehen.

Aus seiner Ledertasche zog er ein erschreckend breites Paddel. Er legte das Spielzeug flach auf ihren Rücken und sie erschauerte bei dem Gedanken, für was es gleich zum Einsatz kam. Sie wandte den Kopf von den neugierigen Blicken ab, nur um festzustellen, dass die Wand auf der anderen Seite verspiegelt war. Ihr Gesicht wäre zu jeder Zeit zu sehen. Ihr Atem beschleunigte sich, alles drehte sich.

„Fühlst du dich wie auf dem Präsentierteller, kleine Sub?“, fragte Xavier mit einer Hand auf ihrer Schulter. Sie war so dankbar für diese Berührung.

„Ja“, flüsterte sie. *Ich will das nicht. Ich will nach Hause. Ich wünschte, ich hätte diese Leute nie getroffen.*

Auch der letzte Rest seiner Verärgerung war verpufft, als die kleine Pusteblume die Türschwelle des Clubs übertreten hatte. Eine Sub, die für ihre Vergehen Verantwortung übernahm, sollte in Ehren gehalten werden. Xavier ging in die Knie, so dass sein Gesicht auf einer Höhe mit ihrem war. Er lehnte sich zu ihr, spendete ihr mit seinem Körper Wärme, und hauchte an ihrem Ohr: „Du bist so mutig, Abby. Ich bin stolz auf dich.“

Ihre Augen füllten sich mit Tränen und er schmolz regelrecht dahin. Sie war eine wahre Sub; das Lob ihres Doms überstrahlte alles andere.

„*Rot* ist auch heute dein Safeword. Wenn du es jedoch benutzt, beendet es nicht nur die Session, sondern zudem deine Mitgliedschaft in diesem Club.“

Sie nickte.

„Wenn du abgesehen von Schmerz oder deinem Schamgefühl etwas anderes verspürst, wie zum Beispiel Muskelkrämpfe, Schwindel, Übelkeit oder Taubheit in deinen Gliedmaßen, kannst du *Gelb* benutzen. Dann stoppen wir kurz und stellen sicher, dass alles in Ordnung ist. Hast du das verstanden? Wiederhole es.“

„*Gelb* bedeutet, ihr seht nach mir.“ Ihr Kinn bebte. „*Rot*, dass die B-Bestrafung zu Ende ist und ich m-meine Mitgliedschaft verliere.“

Er sah ihre Entschlossenheit. Sie wollte die Bestrafung durchziehen. „Sehr gut.“ Aufmunternd lächelte er sie an. „Abby, ich werde die gesamte Zeit an deiner Seite bleiben, nie mehr als einen halben Meter von dir entfernt. Du gehörst mir, kleine Pusteblume, und ich werde dich nicht verlassen.“

Eine Träne löste sich von ihren Wimpern und bahnte sich einen Weg über ihre Wange. „Danke, mein Lord.“

Auf unterschiedliche Weise würden sie heute Abend beide Schmerzen erfahren. Leise seufzend nahm er ihr die Brille ab und platzierte sie auf der Stütze für ihre Hände und Knie, ganz in Reichweite ihrer Fingerspitzen. „Lass uns beginnen. Und denk dran, deine Muskeln zu entspannen. Dann tut es weniger weh.“

Ihr abgehacktes Lachen und der damit verbundene Ausdruck in ihren Augen machten deutlich, was sie gerade dachte. *Leichter gesagt als getan.* Sie war bezaubernd. Er strich ihr ein letztes Mal durch die Haare und trat beiseite.

Trotz der vielen Leute, die das Schauspiel beobachteten, traute sich niemand, den Anfang zu machen, bis Simon ein frustriertes Schnauben entließ, dass die Stille durchbrach. Er gab Xavier sein grünes Band, nahm im Austausch das Paddel entgegen und teilte jeweils einen Schlag auf Abbys Pobacken aus.

Abby zuckte leicht zusammen, gab jedoch keinen Laut von sich.

„Ich vergebe dir, Sub.“ Nachdem Simon das Paddel dem

nächsten Dom überreicht hatte, kam er zu Xavier und fragte: „Wird sie es durchhalten?"

„Sie ist dickköpfiger, als du denkst."

„Und was ist mit dir? Wirst du es durchhalten?"

Xavier wollte jede einzelne Person erwürgen, die den Eindruck erweckte, das Paddel gegen Abby erheben zu wollen. „Ich will sie beschützen. Stattdessen bin ich nun derjenige, der Schmerzen für sie arrangiert hat."

„Das Gefühl kommt mir bekannt vor." Simon legte eine Hand auf seine Schulter. „Doch sie braucht Vergebung, nicht nur von dir, sondern von allen Anwesenden. Es war deutlich zu sehen, wie sehr sie die neuen Freundschaften im Club genossen hat, und sie möchte ihre Freunde zurückgewinnen. Aber was rede ich hier! Du weißt es ja selbst, ansonsten hättest du die Mitglieder von der Bestrafung ausgeschlossen."

„Richtig. Trotzdem hilft es, dass du meine Handlung gutheißt."

„Mir ist auch aufgefallen, dass du eine Paddelgröße ausgesucht hast, mit der noch nicht mal deVries Schaden anrichten könnte."

Xavier schenkte ihm ein halbherziges Lächeln. Das Paddel war sehr breit. Das bedeutete wiederum, dass die Aufschlagfläche groß war und der Schmerz minimal. Sicher, sie würde danach Schmerzen haben, schließlich träfen sie einige Schläge, aber am Ende wäre es nur ein oberflächlicher Schmerz.

Die Zeit zog sich.

Er nahm Bänder von vergebenen Doms und von ihren Subs an. Die Doms wussten genau, wie hart sie schlagen mussten, um Abbys Schmerzgrenze nicht zu übertreten. Darüber war er froh.

Subs hatten keine Erfahrungen damit, Bestrafungen auszuführen, es sei denn, sie galten als Switch. Dennoch variierten die Schläge: Die meisten gaben Abby einen leichten Klaps, ihr Mitleid deutlich in den Augen zu erkennen. Abby in Tränen aufgelöst zu sehen, hatte sie vergessen lassen, warum sie wütend auf seine kleine Sub sein sollten. Allerdings gab es auch die nachtragenden Subs: Die Subs, die härter zuschlugen, als es nötig war.

„Ihr seid dran, Ladys", sagte Simon zu seiner Frau und zu Lindsey.

Xavier warf einen Blick auf Abby. Sie litt in Stille – und diese Stille war es, die ihm das Herz brach. Ihre Hände waren zu Fäusten geballt, die Augen der kleinen Pusteblume fest verschlossen. Wenigstens würde ihr auf diese Weise entgehen, dass ihre Freunde an der Reihe waren.

Lindsey teilte einen Schlag aus, der Abbys Haut kaum streifte und eher als zärtliches Streicheln zu definieren war. Schluchzend warf sie das Paddel Simon vor die Füße und rannte davon.

Simon hob das Paddel auf und hielt es Rona hin.

Seine Frau schob es von sich weg und riss wütend das Band von ihrem Handgelenk. „Abby weint doch bereits, ihr Arschlöcher! Was wollt ihr denn noch? Blut?" Sie warf das grüne Band auf den Fußboden, funkelte Xavier wütend an und marschierte mit erhobenem Kinn davon.

Ja, er hatte Simons Frau schon immer gemocht.

Aua, Autsch, Aua. Die ersten Hiebe waren nicht so schlimm gewesen, doch jeder weitere Schlag verstärkte den Schmerz, ließ ihr Fleisch empfindlich aufflammen. Den Kampf, sich zu entspannen, ja, ihre Muskeln locker zu lassen, hatte sie schnell verloren.

Tränen quollen aus ihren geschlossenen Augen und tropften auf das Leder unter ihrer Wange.

Dann landete jemand einen Schlag, der so hart war, dass der ganze Sägebock ins Wanken kam. Ein schmerzdurchfluteter Schrei brach aus ihr heraus. *Oh Gott, verdammt, das hat wehgetan. So sehr.* Lautstark ließ sie ihren Gefühlen freien Lauf. Sie weinte, schluchzte und schaffte es nicht, aufzuhören.

„Greta, bleib hier." Xaviers Stimme klang eisig.

Dann fühlte sie ihn neben sich. Seine Hand streichelte über ihren Unterarm. „Sie hat es übertrieben. Zwar wird dir das jetzt nichts bringen, aber sie wird für ihre Handlung bestraft werden."

Dafür brachten ihr sein Mitgefühl und seine offenkundige Empörung sehr viel. Sie atmete zittrig ein.

Er wischte ihr mit einem Taschentuch die Tränen von den Wangen und presste es dann an ihre Nase.

„Einmal schnäuzen, Kleines."

In ihrem Zustand konnte sie keinen Widerspruch mehr leisten, weshalb sie gehorchte. Sie fühlte sich ein wenig besser und wagte es, in den Spiegel zu sehen. Dort sah sie die verschwommene Reflexion von Greta, einer hübschen, kurvigen Frau in einem Kettenkleid. Sie erinnerte sich an die Sub. Mehrmals hatte sie gehört, wie eifersüchtig sie war, dass Xavier so viel Zeit mit Abby verbrachte.

Mit der Hand auf Abbys Schulter erhob er sich wieder zu seiner vollen, einschüchternden Größe. Gretas Blick war auf den Boden gerichtet, als er in einem unterkühlten Ton sagte: „Das hier ist eine Bestrafung, nicht die erste Lektion in Sadismus."

„Es tut mir leid, mein Lord. Ich konnte nicht vorausahnen, wie hart der Schlag ausfallen würde."

Wer's glaubt, du Lügnerin. Wenn Abby sich erheben könnte, dann würde sie ...

„Ich verstehe. Na gut, wir müssen alle unsere Lektion erst lernen. Master deVries, wärst du so freundlich, Greta fünf Schläge in einer angemessenen Stärke zu geben, weil sie eine unbekannte Sub zu hart bestraft hat? Danach wirst du fünf Schläge in derselben Intensität austeilen, die sie bei Abby gutgeheißen hat. Das nächste Mal, Sub, in dem Punkt bin ich mir sicher, wirst du dich an den Unterschied erinnern."

„Ist mir ein Vergnügen", sagte deVries in einem geschmeidigen Ton.

„A-aber ...", stotterte Greta und sah sich panisch nach einer Fluchtmöglichkeit um.

War sie niemals für ihr Betragen zur Verantwortung gezogen worden? Ihre unerfreuliche Persönlichkeit war es wohl, die geeignete Doms verschreckte.

Schmunzelnd packte deVries ein Bündel von Gretas langem Haar, wickelte es um seine Faust und führte sie zu den Spanking-Bänken, die mitten im Raum standen.

„Der nächste bitte", sagte Xavier.

Abby schloss wieder ihre Augen. Eine Sekunde verging, eine weitere. Den nächsten Schlag spürte sie kaum, als befürchtete die Person eine Bestrafung, in deren Genuss Greta gerade durch deVries' Hand kam. Die nachfolgenden Schläge taten weh, sicher, doch keiner war so hart wie der Schlag von der eifersüchtigen Sub.

Dann passierte nichts mehr. Während die Minuten verstrichen, wurde Abbys Atem ruhiger und ihr brennender Hintern rückte mehr und mehr in ihr Bewusstsein.

„Du hast es geschafft, kleine Sub."

Geschafft? Erleichtert sackte sie auf dem Sägebock zusammen.

Als Xavier sich ihr näherte, zog sie an ihren Fesseln. „Mach mich los." *Jetzt, jetzt sofort.*

„Ganz ruhig." Er strich mit der Hand beruhigend über ihren Rücken. „Zuerst werde ich deinen überaus roten Hintern mit einer Salbe eincremen. Es werden blaue Flecken und Abdrücke bleiben, aber sie wird bei einer schnelleren Heilung helfen."

„Ich will nicht mehr gefesselt sein. Mach mich los."

„Nein." Sein Lächeln erlosch. „Das Eincremen wird

wehtun, Abby. Ich habe bereits genug Schrammen, und brauche keine von einer wild ausholenden Sub, so bezaubernd sie auch sein mag."

Ich ertrage das nicht mehr.

Kühle Salbe wurde in kreisförmigen Bewegungen auf ihrem Po verteilt. Und er sollte recht behalten: Jede Berührung brannte, schmerzte, schürte das Feuer auf ihrer empfindlichen Haut. Sie zerrte an den Fesseln, stärker und stärker. *Oh Gott. Es tut so weh.*

„Abby, benimm dich, sonst muss ich einen Klaps von mir hinzufügen."

Die Drohung ließ sie erstarren.

„Braves Mädchen. Du wurdest bestraft, und nach einer Bestrafung folgt die Nachsorge." Er wandte sich wieder ihrem wunden Hintern zu; keine einzige Stelle entging ihm.

Jeder Millimeter ihres Hinterns brannte und pochte.

„Fertig." Er steckte die Salbe in seine Tasche zurück. Dann widmete er sich ihren Fesseln, setzte ihr die Brille auf und half ihr auf die Füße. Mit seinen Händen auf ihren Hüften musterte er sie eindringlich.

Sie könnte wetten, dass sie einfach umwerfend aussah – nur mit den Fesseln um ihre Handgelenke und die Knöchel, der Brille auf der Nase und ihre Haut schweißgebadet. Langsam fand sie ihr Gleichgewicht. Auch ihm fiel dies auf, genau wie die Tatsache, dass ihr plötzlich kalt wurde. Er fackelte nicht lange und wickelte sie in eine Decke.

„Mit deiner Erlaubnis werde ich den Bereich reinigen, mein Lord." Dixon stand in einem Abstand von zwei

Metern mit Papiertüchern und einer Sprühflasche bereit. Er war blass. „Damit du dich ... Ähm, bei der Couch findest du auch eine Flasche Wasser.“ Als Abby ihn zaghaft anlächelte, füllten sich seine Augen mit Tränen.

„Das war sehr aufmerksam von dir, Dixon. Danke.“ Nachdem er sich seinen Gehstock geschnappt hatte, legte Xavier einen Arm um ihre Taille und geleitete sie zu besagter Couch. Stock hin oder her, er war momentan sicherer auf den Beinen als sie.

Er umfasste ihr Handgelenk, nahm mit dem Rücken gegen die Armlehne Platz, so dass er sein verletztes Bein auf die Couch heben konnte, bis es neben der Rückenlehne zum Liegen kam. Dann zog er sie zwischen seine Beine.

Seine Jeans kam mit ihrem empfindlichen Hintern in Kontakt und sie stöhnte. Sie konnte sich nicht erinnern, jemals solche Schmerzen gespürt zu haben. Warum war sie hier? Warum hatte sie die Bestrafung über sich ergehen lassen? Diese Menschen mochten sie noch nicht mal – und das würde sich auch nicht mehr ändern.

Xavier schien sich über ihr Dilemma im Klaren zu sein. Er wickelte die Arme um sie, hob sie hoch, drehte sie herum und positionierte sie seitlich, so dass das Gewicht nicht länger auf ihrem Po lastete.

Anstatt die schmerzfreie Position zu genießen, hatte sie das Bedürfnis zu fliehen: Sie zappelte und versuchte, von der Couch aufzustehen.

Mit fester Hand zog er sie wieder an sich.

„Entspann dich ein bisschen, kleine Pusteblume. Die Bestrafung war nicht einfach."

Ihr Blickfeld verschwamm, neue Tränen bahnten sich einen Weg. Sie hatte nicht die Kraft, sich gegen seinen Befehl aufzulehnen. Sie packte das Material seines Hemdes und hoffte, auf diese Weise in die Realität zurückzufinden. Die Mitglieder hatten sie geschlagen. Sogar welche, die sie als Freunde eingestuft hatte. Eine Frage formte sich in ihrem Kopf und es war ihr nicht möglich, diese zurückzuhalten: „Warum waren sie nur so gemein zu mir?"

Er legte eine Hand in ihren Nacken und rieb mit dem Daumen über ihre Haut. „Abby ..."

Ein Schluchzer schüttelte sie durch. Sie versuchte, den Zusammenbruch zu verhindern, doch dafür war es bereits zu spät. Sie vergrub ihr Gesicht an seiner Brust und ließ die Tränen kommen. Sie hatte etwas Furchtbares getan. Sie hatte sich schuldig bekannt und wurde dafür bestraft. Das hatte sie mehr als verdient, das wusste sie. Aber ... sie hatte gedacht, sie hätte in diesem Club Freunde gewonnen. Und sogar die hatten den Moment genutzt, um sie zu erniedrigen. Und es tat weh. *Es tut so weh.*

„Es ist in Ordnung", murmelte er und zog sie enger an sich. „Lass alles raus. Wenn du wüsstest, wie stolz ich auf dich bin, Abby."

Als sie sich endlich wieder in den Griff bekam, war sein Hemd mit ihren Tränen durchtränkt und ihre Augen waren geschwollener als zuvor. Ihre Kehle war kratzig und ausgetrocknet und doch ... sie fühlte sich ... anders. Leichter. Befreit. „Danke", flüsterte sie.

Sie hörte das Lächeln in seiner Stimme, als er sagte: „Gern geschehen." Er küsste sie auf die Haare. „Alle Empfindungen in sich reinzufressen, ist nicht gesund. Und du bist ein Meister darin, Kleines." Sie wischte sich die Nässe von den Wangen und erinnerte sich dann dankbar an seinen Rat, für den heutigen Abend auf Make-up zu verzichten.

„Ich weiß."

„Du hast eine Frage gestellt." Er war eine Sekunde still. „Die meisten in unserem Lifestyle sind der festen Überzeugung, dass eine passende Bestrafung und wahre Reue, eine Beziehung reinigen kann und verhindert, dass eine zugefügte Wunde zu eitern beginnt. Von diesen Mitgliedern hast du die Schläge bekommen, die hart genug, aber nicht zu hart waren. Ein paar von den Subs jedoch ..." Das Knurren an ihrem Ohr sollte sie nicht erregen. „Ich denke, ein paar von ihnen sind eifersüchtig, weil du besondere Aufmerksamkeit erfährst."

„Von dir", flüsterte sie.

„Leider." Er tanzte mit den Fingerspitzen über ihren Rücken. „Und ich bedauere, dass du deswegen umso mehr leiden musstest."

Ihr war sehr wohl bewusst, dass er dabei auch an Greta dachte. Beruhigend aber war, dass die Sub genauso lange Probleme beim Sitzen haben würde wie sie. DeVries war schließlich nicht für seine sanfte Art bekannt. „Du trägst daran keine Schuld“, sagte sie.

Er küsste ihre Stirn und fuhr fort: „Und dann haben wir noch die Gruppe, die dich in deiner Zeit bei uns ins Herz geschlossen hat. Sie alle haben Schläge ausgeteilt, die mehr als lachhaft waren. Ich bezweifle, dass du Lindseys Schlag überhaupt gespürt hast. Einige, wie auch Rona, haben mir einfach nur ihre Bänder ausgehändigt, ohne das Paddel überhaupt anzusehen. Simon hat mir verraten, dass Dixon sein Band zu Konfetti verarbeitet und damit den Empfangstresen verschönert hat.“

Erst jetzt erinnerte sie sich, dass sie während der Bestrafung die meiste Zeit die Augen geschlossen gehalten hatte. „Wirklich?“ Der Knoten in ihrer Brust löste sich und sie hatte das Gefühl, endlich wieder atmen zu können.

„Ja, Kleines.“ Er reichte ihr das Wasser. „Du solltest etwas trinken.“

Noch nie hatte sie so köstliches Wasser getrunken. Sie leerte die halbe Flasche in einem Zug, bevor sie keuchend nach Luft schnappte.

Er lachte und machte es sich bequem. „Jetzt komm etwas zur Ruhe.“

Für einige Zeit drehte sich die Welt ohne sie weiter. Ihr Verstand ließ jegliche Gedanken vorbeiziehen und das sanfte Schlagen seines Herzens versetzte sie in einen entspannten Zustand.

Bei jedem seiner Atemzüge hob sich seine Brust. Es

fühlte sich an, als befände sie sich auf einem Boot, das auf einem ruhigen See hin und her schaukelte. Alles geschah in Zeitlupe. Nicht weit von ihnen hörte sie Menschen, wie sie sprachen und lachten und ihre Zeit miteinander genossen. Der Kerker war gefüllt mit Leben, mit den Lauten von Stöhnen, Paddeln, Peitschen und den gelegentlichen Schmerzensschreien, die sich schnell zu Lustschreien wandelten.

Schließlich schnappte die Welt zurück und die Bilder wurden wieder scharf. Ihre Finger krallten sich in sein Hemd.

„Bist du bereit für den nächsten Teil?", fragte Xavier.

„Nein." Sie atmete tief ein. „Dafür werde ich nie bereit sein."

„Bist du sicher, dass du weitermachen willst? Du musst dir deine Mitgliedschaft nicht zurückgewinnen, Abby. Niemand zwingt dich."

„Ich weiß." Sie hob ihren Kopf. Sie kaute auf ihrer Unterlippe herum und fragte sich, wie sie ihm verständlich machen sollte, was sie selbst nicht verstand. „Ich möchte weiterhin den Club besuchen – und das nicht nur, um meine Forschungsarbeit zu beenden."

„Sprich weiter." Sein Blick blieb auf ihr Gesicht gerichtet.

„Ich habe hier Freunde gewonnen, und sie sind alle so ... offen. Entspannt, was das Leben betrifft und an mehr beteiligt als nur an akademischen und sozialen Aktivitäten. Ich mag sie und will sie nicht verlieren."

„Das ergibt Sinn."

Sie zögerte kurz und fuhr dann fort: „Wenn ich es von ihrem Standpunkt aus betrachte, dann erscheint die Bestrafung fair. Quid pro quo, richtig?" Ihre Eingeweide zogen sich zusammen, als sie an die Maschine dachte, die auf sie wartete. „Trotzdem hasse ich diese Bestrafung, und es ist möglich, dass ich dich danach ebenfalls hasse."

„Das Risiko gehe ich ein." Der Ausdruck auf seinem Gesicht bewies, dass er es so meinte. Ihm war bewusst, was das mit ihrer Bez ... ähm, was auch immer zwischen ihnen war, anstellen könnte. „Hätte ich dir eine einfache, bedeutungslose Bestrafung auferlegt, würdest du deine Schuldgefühle für immer mit dir rumtragen. Zudem würde ich mich furchtbar fühlen, dass ich dich für dein Verhalten gegenüber den anderen Mitgliedern, ungeschoren habe davonkommen lassen. Eine D/S-Beziehung übersteht derartige Gefühle nicht lange." Er küsste sie auf die Stirn. „Lass uns die Sache hinter uns bringen, damit du vor Sorge um das Kommende nicht noch wahnsinnig wirst."

Nein, nein, nein, bitte nicht.

KAPITEL NEUNZEHN

Konnte die kleine Pusteblume das aushalten? Angespannt führte Xavier Abby an der Treppe vorbei in die Mitte des Kerkers. Der Ausdruck in ihren Augen verdeutlichte ihm, dass sie auf eine Bestrafung in einer Ecke oder in einem der privaten Räume gehofft hatte.

Als sie die bedrohlich aussehende Maschine mit den zwei Dildos erblickte, weitete sie panisch die Augen.

Er half ihr, sich auf dem Frauenarztstuhl zu positionieren und legte eine Hand auf ihre Wange, so dass sie nur ihn sah. „Du schaffst das. Manche Subs betteln darum, für gutes Betragen auf diesen Stuhl zu kommen."

„Wie wäre es, wenn wir eine dieser Subs suchen und sie statt meiner auf dem Stuhl Platz nimmt? Dagegen hätte ich nichts einzuwenden ... mein Lord."

Sarkastisch im Angesicht der Angst. Sie war wirklich ein Schatz. „Wirklich selbstlos von dir, Kleines." Lächelnd hob er ihre Beine in die gepolsterten Halterungen für die Waden. Anschließend trat er zwischen ihre Schenkel, packte sie an den Hüften und zog sie zu sich, bis ihr Hintern mit der Kante des Stuhls abschloss. Dann befasste er sich mit ihren Beschränkungen: Riemen befestigte er um ihre Schienbeine und die Oberschenkel. Danach spreizte er sie weiter, um die Pussy mit den hellen Löckchen vor allen zu präsentieren. Ein unwillkürlicher Schauer ergriff sie.

Langsam arbeitete er sich nach oben. Zuerst montierte er einen Riemen oberhalb ihres Venushügels und dann noch einen unterhalb ihrer Brüste. Somit war ein Entkommen ausgeschlossen. Nachdem er kontrolliert hatte, dass ihre Handfesseln nicht die Blutzirkulation beeinträchtigten, hakte er sie bei den D-Ringen neben ihren Schenkeln ein.

Auch als sich die Mitglieder allmählich um sie herum aufstellten, blieben Abbys Augen ganz allein auf sein Gesicht gerichtet. Sie sah ihn an, als wäre er ihre Rettungsleine. Er holte tief Luft. Das würde nicht einfach werden, für keinen von ihnen beiden, aber sie mussten es tun. Sogar für ihn stellte dies eine Bestrafung dar, dafür, dass er eine neue Anwärterin nicht sorgfältig genug befragt hatte.

Er verließ den Bereich zwischen ihren Beinen und positionierte sich auf Kopfhöhe neben sie. Erst jetzt nahm Abby die Zuschauer wahr. Sie erstarrte sichtlich. Sicher, sie genoss die Kameradschaft im Club, doch sie war keine Exhibitionistin. Aus diesem Grund war die Art der Bestrafung perfekt für sie geeignet.

Er würde ihr Leid etwas mildern, und griff nach einer Augenbinde.

LASST MICH HIER *RAUS!* Abby verbiss sich den Gedanken, während immer mehr Menschen sie umzingelten. Ihre Beine waren gefesselt und weit gespreizt, entblößt vor aller Augen. Trotzdem wollten sich ihre Augenlider einfach nicht schließen, um die Blicke auszublenden. Sie schaffte es nicht. Sie –

„Das wird dir helfen." Xavier nahm ihre Brille ab, platzierte sie in der Nähe ihrer Finger und legte ihr eine Augenbinde um. „Du weißt, dass Menschen dich beobachten, du musst ihre Blicke nicht auch noch sehen", sagte er ruhig.

Danke ... denke ich. Sie war sich nicht sicher, ob Dunkelheit besser war.

Seine Hand rieb über ihren Arm, über ihr Bein, ihr Knie – eine Berührung, um zu zeigen, dass er sich an ihr Fußende begab. „Ich werde jetzt die Dildos in dich einführen, Sub. Der Erste ist recht klein, da du mit Analsex noch ungeübt bist."

Etwas presste sich gegen ihren Anus und drang in ihr Loch ein. Bei dem brennenden und noch immer ungewohnten Schmerz schnappte sie nach Luft.

„Abby, ich habe die Maschine so justiert, dass der Dildo nicht zu tief vordringt und du keine unnötigen Schmerzen erleiden musst." Er streichelte ihren Oberschenkel. „Dein Weg zur Vergebung ist bereits steinig genug. Es gibt keinen Grund, dich zusätzlich zu verängstigen."

Sie spürte, wie der zweite Dildo in ihre Pussy eindrang. Er war nicht riesig, füllte sie allerdings komplett aus, was nicht zuletzt an der doppelten Penetration lag. Sie knirschte mit den Zähnen und versuchte, sich herauszuwinden, merkte aber schnell, dass sie ihre untere Körperhälfte keinen Millimeter bewegen konnte.

Das gefällt mir nicht. Sie schluckte schwer und gefror zu einem Eisblock, als etwas auf ihren Venushügel gelegt wurde: Weich und kühl drückte es direkt gegen ihre Klitoris. Dieses Etwas schnallte Xavier an ihr fest. *Was war das?*

Jemand stellte eine Frage und Xavier antwortete: „Die Bestrafung wird eine Weile dauern. Aus diesem Grund habe ich mich für die weiche Variante entschieden. Wir wollen ihre Klitoris nicht zu schnell reizen. Wo bliebe dann der Spaß?"

Na vielen Dank auch.

Er lachte. „Seht sie euch an. Ist die kleine Sub genervt von ihrer eigenen Bestrafung?"

Andere Leute lachten.

Er rieb ihre Schulter, und es war unheimlich, wie sehr sie nach seiner Berührung gierte. „Da ich nicht möchte, dass sich eines deiner Körperteile vernachlässigt fühlt, werde ich diese Schmuckstücke noch hinzufügen."

Ein harter Ring schloss sich um ihre rechte Brust. Dann spürte sie einen leichten Druck an ihrem Nippel, wie ein Saugen. Sie bäumte sich auf. Die kühle Apparatur vibrierte, ohne dass das saugende Gefühl nachließ. Die linke Brust erfuhr die gleiche Behandlung. Es war ihr nicht möglich, die kleinen Schauer zurückzudrängen; einer nach dem anderen jagte durch ihren Körper.

„Du bist bereit. Zur Erinnerung: *Rot* und *Gelb* sind deine Safewords." In der nächsten Sekunde erhob er die Stimme, und es wurde schnell deutlich, dass er nicht länger mit ihr sprach. „Doms, ein grünes Band erlaubt euch eine Minute an der Fernbedienung. Aber seid gewarnt: Es ist ihr bis zum Schluss nicht gestattet, zum Höhepunkt zu kommen. Wenn sie sich also nähert, benutze ich das Pedal zu meinen Füßen und beende die Aktion, wodurch ihr eure verbleibende Zeit einbüßt."

Allgemeines Gelächter.

„Ich werde den Anfang machen", sagte eine harsche Stimme.

Stille. Abby fing an, panisch zu werden. Xavier hatte sie hier zurückgelassen und sie der Gnade dieser Männer ausgeliefert. „Gelb! Bitte, gelb!"

Eine Hand schloss sich um die ihre. „Kleine Pusteblume, was ist los?"

Er ist noch bei mir. „Geh nicht weg. Bitte geh nicht weg." Tränen brannten in ihren Augen. „Ich kann das schaffen, aber bitte ... lass mich nicht allein."

Er gab ihr einen sanften Kuss auf die Lippen. „Abby, ich würde dich nie verlassen. Ich werde die ganze Zeit neben dir sitzen bleiben. Natürlich kannst du mich nicht sehen. Hmm, lass mich überlegen." Ein Stuhl wurde verrückt, dann hörte sie ein Rascheln. Ja, er musste sich hingesetzt haben. „Hier.“ Er öffnete ihre Faust und ihre Finger bekamen etwas Samtweiches zu fassen.

Er hatte seinen Zopf in ihre Hand gelegt.

„Wird das helfen?“

Ihre Panik hatte sich zurückgezogen. Er war ihre Rettungsleine. „Ja, mein Lord. Vielen Dank.“ *Danke, danke, danke!*

„Gern geschehen. Und, Abby, wenn du spürst, dass dich jemand berührt? Das bin immer ich. Ich bin der Einzige, der dich anfassen darf. Okay?“

„Ja, Sir.“ Ihre Anspannung löste sich ein wenig.

„Die Maschine kann unangenehm werden, aber wir haben Gleitmittel parat. Sag mir, wenn du nicht feucht genug bist. Mit *Gelb*, okay?“

„Ja, Sir.“

„Okay, Garrett, mach den Anfang.“

Der Dildo glitt in ihre Pussy. Rein, raus, rein, raus, feucht und hart, während das Spielzeug in ihrem anderen Loch gediegener vorging. Das Ding auf ihrer Klitoris summte, vibrierte, doch es machte sich keine Erregung in ihr breit.

Kalte Flüssigkeit tropfte zwischen ihre Beine. Irgendwer hatte Gleitmittel regnen lassen, um den Dildos das Eindringen zu erleichtern. Ohne Mühe, ohne Widerstand, lautstark drangen sie jetzt in ihre Öffnungen.

„Fuck, ist das heiß“, hörte sie jemanden sagen.

„Erhöhe das Tempo, Garrett“, drängte ein Mann.

Trotz der Augenbinde presste sie ihre Augen zusammen. Sie wünschte, dass sie die Geräusche um sie herum genauso zum Verstummen bringen könnte.

Als hätte er ihre Gedanken gelesen, erklärte Xavier: „Ich habe dir die Sicht genommen, aber ich will, dass du hörst, wie sie über dich reden, Abby. Ich will, dass du den Unterschied verstehst: Eine Session spielen umgeben von deiner ... BDSM-Familie, oder vorgeführt wie im Zoo. Verstehst du das?"

„Ja, mein Lord." Ihre Tränen durchtränkten die Augenbinde.

Sie hörte ihn seufzen. Ein paar Sekunden später sagte er: „Der Nächste bitte. Wer hat ein grünes Band?"

Die Vibrationen beschleunigten sich. Sie zuckte zusammen. Ihre Klitoris pulsierte, ihr Körper erwachte zu neuem Leben und eine Hitzewelle erfasste sie. Der Dildo in ihrer Pussy beschleunigte das Tempo und hämmerte hart in sie hinein. Ihre Muskeln spannten sich an, höher und höher stieg sie, der Druck –

„Der Nächste." Rascheln.

Die Vibrationen an ihrer Klitoris schwächten ab, gerade, als es gut wurde. Auch die Stöße in ihre Pussy verlangsamten sich, jedoch drang er tiefer vor. Indessen stieß der Dildo in ihrem anderen Loch wieder zu – abrupt, schnell und hart. Sie versuchte, zurückzuweichen, ihre Beine zerrten an den Fesseln, um den fremdartigen Empfindungen zu entkommen. *Mehr, weniger. Mehr. Weniger. Oh Gott!*

„Der Nächste."

Die Vibrationen an der Klitoris flammten wieder auf. Der Dildo in ihrem Geschlecht veränderte den Winkel und fand ihren G-Punkt. Der Druck kehrte zurück und sie näherte sich der Klippe. Gleich würde sie kommen. Sie war dem Höhepunkt so nah. *Näher, immer näher*.

Alles stoppte.

Um sie herum brach Gelächter aus und durch einen Nebel von Frustration hörte sie, wie die Menge denjenigen aufzog, der gerade frühzeitig die Fernbedienung abgeben musste.

Ein feiner Schweißfilm bildete sich auf ihrer Haut.

Die Sekunden vergingen, nichts passierte. Aus Sekunden wurden Minuten. Ihre Erregung verebbte und hinterließ eisige Kälte. Beinahe hätte sie vor aller Augen einen Orgasmus gehabt. Wie war das möglich? Sie erkannte sich selbst nicht wieder!

„Es wird Zeit, dich erneut auf Touren zu bringen, Süße." Die Stimme von deVries glitt wie Sandpapier über ihre verbliebenen Sinne. Die Dildos bewegten sich. Wie ein Meister beherrschte er die Fernbedienung – eine Kombination aus Vibrationen und Stößen, die sie schnell in Fahrt brachte. Nach ein paar Sekunden erhöhte er das Tempo, erst an ihrer Klitoris, dann an ihrer Pussy und in ihrem Arschloch. Eins, zwei, drei, eins, zwei, drei – wie ein Walzer der Erregung.

Lust breitete sich in ihr aus, ihr Atem beschleunigte sich. Als Abbys Höhepunkt zum zweiten Mal an diesem Abend herannahte, lachte deVries und sein Walzer kam zu einem Ende. Langsamer und langsamer, bis sie nur noch ihre unerfüllte Begierde hatte. Sein Lachen war das eines Sadisten.

Ein anderer Dom nahm seinen Platz ein, dann noch einer ...

Sie verschwammen, alles verschwamm, außer den Empfindungen in ihrem Körper hatte sie nichts mehr. Xavier trat noch zweimal aufs Bremspedal, um alles zu stoppen, und beim zweiten Mal hing sie lediglich mit dem Zeigefinger an der Klippe, stöhnend, pulsierend und verzweifelt sehnte sie sich nach Erlösung. Beide Dildos glitten aus ihren Öffnungen.

Xavier entfernte den Zopf aus ihrer Hand.

„Nein! Nein, bitte nicht! Bitte verlass mich nicht!"

„Ganz ruhig." Er streichelte ihr über die Wange. „Ich gehe nirgendwo hin, Abby. Ich möchte nur eine Kleinigkeit verändern."

Das Saugding auf ihren Brüsten wurde abgenommen und ihre Nippel pulsierten.

„Wunderschön."

„Die roten Abdrücke auf ihren schneeweißen Brüsten – wirklich hinreißend."

„Und die Nippel, so köstlich angeschwollen. Vielleicht sollte ich mir für mein Mädchen auch sowas anschaffen."

„Hübsch, nicht wahr?", sagte Xavier, während er mit den Fingerspitzen ihre Nippel umkreiste.

Seine Finger setzten kurz ab und kamen zurück mit einem kühlenden Gel. Der Geruch rief Erinnerungen in ihr wach, genau wie das kribbelnde Gefühl auf ihrer Haut: Pfefferminz. Dem Kribbeln folgte Brennen. Sie zappelte auf ihrem Stuhl, doch jeder Fluchtversuch war vergebens.

Er ließ seine Finger über ihren Bauch wandern und kontrollierte jede Fessel. „Taubheit oder Kribbeln irgendwo?", fragte er.

„Nein, Sir."

Sie spürte ihn zwischen ihren Beinen, seine Kleidung an ihren Schenkelinnenseiten. Er ließ die Fesseln und Riemen, entfernte jedoch das gelartige, vibrierende Teil von ihrer Klitoris.

Kühle Luft wehte über das pulsierende Nervenbündel. *Oh Gott!* Sie schnappte nach Luft.

„Das nenne ich mal eine muntere Klitoris", gab jemand von sich.

„Wunderschöne Pussy. Ich versteh' schon, warum er sie die Löckchen behalten lässt."

Allgemeine Zustimmung.

Er befestigte etwas Neues an ihr, nicht gelartig, nicht weich, sondern weitaus robuster.

Sie spürte, wie sich ein Dildo in ihre Pussy schob, größer als der von zuvor. „Dann wollen wir uns mal ein bisschen amüsieren", sagte Xavier und entfernte das Spielzeug wieder. Er ersetzte es sogleich durch ein noch gigantischeres Teil, das länger war und bis an ihren Muttermund stieß. *Oh nein*, das fühlte sich nicht gut an. Sie entließ protestierende Laute und rutschte mit dem Po auf dem Stuhl herum, so weit ihr das möglich war.

Das Spielzeug glitt ein Stück heraus, blieb jedoch in ihr vergraben.

Wieso hörte sie Lachen? *Gott, was hat er vor?* Jetzt presste sich ein Dildo gegen ihre zweite Öffnung. Das Ding musste riesig sein! Ihr entrang ein mitleiderregender Laut und Xavier hielt inne. „Er ist nur zwei Finger breit, Abby. Das schaffst du."

Sie atmete tief ein, entspannte ihre Muskeln und spürte, wie der Dildo in sie hineinglitt, sie dehnte. Es brannte. Die Anspannung kehrte zurück und ein verzweifeltes Stöhnen entfuhr ihr, als sie erfolglos an ihren Fesseln zog.

„Sieht gut aus." Er zog die Dildos raus, und als er sie wieder in ihr vergrub, bemerkte sie, wie feucht die Schäfte nun waren. „Gentlemen, sie gehört euch. Dieselbe Regel wie zuvor: Sie darf nicht kommen."

Dann legte er seinen Zopf in ihre Hand und ihr wurde bei der Geste warm ums Herz. Er hatte daran gedacht. *Gott*, sie lieb –

„Da sie eine Pause hatte, werde ich behutsam beginnen", sagte jemand. „Alle nach mir können sie dann an den Höhepunkt herantreiben."

Die vibrierende Apparatur an ihrer Klitoris ging ruckartig an. Sie zuckte zusammen. *Was ist bitte aus behutsam geworden?* Stufenweise wurde das Ding heruntergeregelt. Jede Stufe eine Folter, denn sie wusste nie, was sie zu erwarten hatte. Dann stoppte das Gerät vollkommen. Gleichzeitig setzte sich der Dildo in ihrer Pussy in Bewegung. Bei dieser Runde, mit den größeren Spielzeugen, fühlte sich alles ... gedehnter an.

„Die Minute ist um", sagte Xavier.

„Dann lasst uns mal ein bisschen Spaß haben." Die Stimme des Mannes klang älter, erfahrener. Die Vibrationen an ihrer Klitoris sprangen auf die höchste Stufe. Und stoppten abrupt. An, aus, an, aus. Der Dildo in ihrer Pussy hingegen drang schneller und schneller in sie, während das Spielzeug in ihrem anderen Loch sich verlangsamte.

„Der Nächste", sagte Xavier.

Dieser Dom milderte die Vibrationen ab, schaffte es jedoch, dass sie sich intensiver anfühlten. Er bremste die Bewegungen des Dildos tief in ihrer Pussy unerwartet und trieb dafür den in ihrem Hintern zu einer wilden Geschwindigkeit.

Sie konnte nicht mehr denken. Der Orgasmus schien in Reichweite. *Oh ja, oh ja, oh* –

Alles stoppte.

„Nein!" Verzweifelt riss sie an den Fesseln. Sie hätte heulen können.

Leute lachten. *Das ist nicht lustig!*

Sekunden verstrichen und nichts passierte. *Gott*, sie brauchte endlich einen Orgasmus! Dieses Verlangen war es, dass sie jegliches Schamgefühl vergessen ließ. Ihre Hand klammerte sich so fest um Xaviers Zopf, dass ihre Finger schmerzten. Ihre untere Hälfte fühlte sich geschwollen an, jede Zelle in ihrem Körper lechzte und brannte, ihre missbrauchten Nippel pulsierten im Rhythmus ihres Herzschlags.

„Der Nächste“, sagte Xavier.

Zwei weitere Doms folgten, schickten sie auf eine lustvolle Achterbahnfahrt, immer auf und ab, dem Orgasmus so nah, nur um ihr am Ende alle Chance auf eine Erlösung zu rauben. Sie kam sich vor wie eine Spielfigur in einem Videospiel.

Schweißtropfen bahnten sich einen Weg durch das Tal zwischen ihren Brüsten. Ihre Muskeln schmerzten. Sie fühlte, wie verspannt sie von dem Zerren an den Fesseln war. Ihr Mund war vollkommen ausgetrocknet. Ihr war nach weinen zumute.

„Hatte jeder das Vergnügen?“, fragte Xavier.

„Scheint so“, sagte jemand. „Ich hätte nichts gegen eine zweite Runde einzuwenden.“

Die Doms lachten zustimmend, während sie zitternd und bebend auf dem Stuhl lag. Die Dildos steckten tief in ihr, die Wände ihrer Öffnungen wollten sie nicht mehr gehen lassen, pulsierten um die Spielzeuge, in der Hoffnung, endlich Erlösung zu finden.

„Abigail, würdest du gern kommen?“

Oh bitte. „Ich hasse dich“, presste sie heraus.

Er küsste sie. „Ich weiß, kleine Pusteblume, das war jedoch nicht meine Frage.“

Er wollte tatsächlich, dass sie es laut aussprach. Sie wollte Widerstand leisten, wollte ihm – ihnen allen – nicht die Genugtuung geben, aber ... sie hatte keine Kraft mehr.

Sie war vollkommen am Ende. „Ja." Unter der Augenbinde presste sie die Augen fest zu. „Ja, mein Lord."

„Sehr gut."

Zu ihrem Entsetzen entfernte er den Vibrator, anstatt die Maschine erneut in Gang zu setzen.

Eine kühle Brise erfasste ihre Klitoris, reizte das geschundene Nervenbündel und bewirkte, dass es weitaus intensiver pulsierte. „Nein!"

„Ganz ruhig."

Sie fühlte, wie sein Anzug gegen ihren Oberschenkel streifte.

Er streichelte sanft ihr Bein. „Vertrau mir."

Ich will nicht. Aber sie hatte keine Wahl.

Die Maschine fuhr fort. Die kurzen Stöße rieben gnadenlos über ihren G-Punkt. Der Druck war so immens, dass sie das Gefühl bekam, gleich urinieren zu müssen. Ihre wunden Muskeln spannten sich an, doch sie wusste, dass sie mehr brauchte. Der Druck war schmerzhafter als jemals zuvor und rückte alles andere in den Hintergrund. Sie konnte nicht ... Ein verzweifeltes Stöhnen entfuhr ihr. *Bitte, bitte ...*

Finger legten sich auf ihre Schamlippen und spreizten sie. Plötzlich stand ihre Klitoris in Flammen. Xavier packte ihre rechte Pobacke und dann ... dann fühlte sie seine Zunge auf ihrem brennenden Nervenbündel. Es war soweit. Nichts konnte diese unausweichliche Ekstase noch unterbinden. Wie Champagner, der nach dem Schütteln der Flasche herausschoss, brach auch der Höhepunkt aus ihr heraus. Ihr Körper schäumte über und alle angestauten Empfindungen entledigten sich ihres Körpers mit einem Mal. Sie wand sich auf dem Stuhl, so gut sie das konnte. Erst jetzt bemerkte sie, dass sie diese erleichterten Schreie entließ, die an ihre Ohren traten.

Jedes Pulsieren ihrer Pussy sandte neue Lustwellen durch sie hindurch, und sie wollte mehr, sie wollte immer mehr.

Oh ja, Xavier war eindeutig dazu in der Lage, ihre Gedanken zu lesen, denn er saugte ihre Klitoris tief in seinen Mund. Erneut sprang sie über die Klippe und schreiend fand sie zum nächsten Höhepunkt. Ihre Beine rissen an den Fesseln, ihre Hüften versuchten, sich ihm entgegenzustrecken. Mittlerweile wusste sie nicht länger, ob sie dabei Lust empfand oder ob es doch Schmerz war. Aber es spielte keine Rolle, sie gierte nach mehr!

Natürlich zog er sich zurück, blies über ihre Klitoris, so dass die Wände ihres Geschlechts ein weiteres Zucken von sich gaben – eine Einladung, dass sie für mehr bereit war.

Erschöpft und keuchend lag sie auf dem Stuhl, lauschte dem Rauschen des Blutes in ihren Ohren. Ihre Muskeln fühlten sich wie Gummi an. Sie konnte sich nicht bewegen.

Xavier zog die Dildos aus ihr heraus. Vollkommen leer ließ er sie zurück. Dann löste er die Riemen, wischte ihre Brüste ab und befreite sie von der Augenbinde. Das Erste, was sie sah, war sein ausdrucksloses Gesicht, was sie aber nicht über seine wahren Gefühle hinweg täuschen konnte. Sie sah Anerkennung, Sorge, Reue.

Ihr Arm wollte sich erst nicht bewegen, dann konnte sie nicht anders und legte die Hand auf seine Wange. „Geht's dir gut?“

Seine Hand landete auf der ihren und sie erfreute sich an dem kleinen Lächeln, das er ihr schenkte. „Du bist die bezauberndste Sub, die ich jemals kennenlernen durfte.“

Er küsste ihre Finger und half ihr beim Aufsetzen. Ihr Kopf drehte sich für eine Minute und sie zitterte, obwohl ihr der Schweiß noch immer vom Gesicht tropfte. Ihr Hinterteil brannte wie Feuer, ihre Pussy und ihr bis heute unerfahrenes Loch pulsierten schmerzhaft, trauerten dem Verlust der Dildos nach.

Als er ihr dann die Brille auf die Nase setzte, konnte sie sehen, wie viele Leute den Stuhl umringten. War es zu spät, die Augenbinde wieder aufzusetzen?

Xavier half ihr auf die Beine. Er nahm ihre Hand, packte seinen Gehstock und befahl: „Knie nieder, Abigail.“

Sie war froh über seine Hilfe, denn ihre Knie knickten auf dem Weg nach unten weg. Sie wusste jedoch, dass er sie niemals fallen lassen würde.

Nackt, verletzlich, vollkommen am Ende kniete sie vor versammelter Mannschaft.

Niemand sprach.

„Hast du den Mitgliedern etwas zu sagen, kleine Pusteblume?“ Xaviers Stimme klang ... freundlich, seine unterkühlte Stimmung von zuvor hatte sich verabschiedet. „Schau sie an.“

Sie gehorchte und fand die Blicke der Mitglieder. Sie

versuchte, sich an die Rede zu erinnern, die sie sich für den heutigen Abend zurechtgelegt hatte. Um Vergebung hatte sie bitten wollen. Doch diese Rede war vergessen. Jetzt zählte nur noch eins. „Es tut mir leid. Es tut mir so leid." Aufrichtigkeit.

Sie holte tief Luft und nahm einen weiteren Anlauf: „Bitte –" Die Worte wollten nicht kommen, denn ... wie sollte sie die Emotionen zum Ausdruck bringen, die sie gerade erfüllten? „Es tut mir l-leid, so l-leid." Sie spürte, wie Tränen auf ihre Brüste tropften.

„Ich habe schon lange nicht mehr so eine reuevolle Sub gesehen", sagte deVries. „Ich vergebe dir, Kleine." Die Rauheit in seiner Stimme war die sanfteste Liebkosung, die sie jemals empfangen hatte.

Die anderen folgten ihm. „Ich vergebe dir."

„Entschuldigung angenommen."

„Sie hat die Bestrafung auf beeindruckende Weise hingenommen."

„Alles cool, Sub." Die Stimmen summten ein Lied der Vergebung und die kalte Stelle in ihrem Herzen füllte sich mit Wärme.

Langsam löste sich die Menge auf, bis nur noch Lindsey, Rona und Simon übrig waren.

Rona schenkte ihr ein Lächeln, das keine Worte brauchte. Auch sie vergab ihr.

Lindsey schaute zu Xavier, welcher nickte. Sie nahm Abbys leblose Hand und wickelte die Finger um eine Flasche Wasser. Dann fühlte Abby Lindseys Hand auf ihrer

Schulter – eine Geste, die eindeutiger nicht sein konnte. *Nicht weinen, nicht weinen.*

Simon streichelte ihr über die Haare und reichte Xavier eine Decke.

Dann zog Xavier sie auf die Beine und legte ihr die Decke um die Schultern. „Du hast den Abend überstanden, kleine Pusteblume. Lass uns heimgehen."

Er wollte seine erschöpfte Sub nicht allein lassen, weshalb er sie unweit der Welpen aufs Sofa platzierte und sich dann um die kleinen Racker kümmerte. Die Fläschchen brauchten sie nicht länger. Stattdessen stolperten sie übereinander hinweg, um an den matschigen Brei in der Schüssel zu kommen. Niedliche Schmatz- und Schnüffellaute füllten das Haus. Grinsend säuberte er das Planschbecken und legte neue Zeitungen aus. Morgen wollte Abby die Kleinen im Garten laufen lassen und sie an Gras unter ihren Pfoten gewöhnen.

Als er fertig war, zog er Abby auf seinen Schoß. Sie wachte nicht auf. Jedoch stöhnte sie, denn ihr Hintern rieb am groben Stoff seiner Jeans. Das Sitzen würde ihr noch für eine Weile Probleme bereiten.

Sein Lächeln verblasste bei der Erinnerung an Greta, die heute dazu gekommen war, ihre Eifersucht während der Bestrafung zum Ausdruck zu bringen. Er musste sie im Auge behalten. Eine verzogene Sub konnte für einen Club so schädigend sein wie ein gewalttätiger Dom; schnell kippte das Clubleben von einer unterstützenden Atmosphäre in ein emotionales Chaos. Ein weiterer Grund für seine Entscheidung, den Aufnahmeprozess zu verlängern und ausführlicher zu gestalten. Als Vorbild nahm er den BDSM-Club, den er in Florida besucht hatte. Allerdings hatte er nicht die Absicht, das Dark Haven so teuer und exklusiv zu machen wie den Club Shadowlands. Hier kamen die Lifestyler aus allen sozialen Schichten, und das wollte er beibehalten.

Im Planschbecken spielten zwei Welpen Tauziehen mit einem kurzen Seil. Der nächste testete seine kleinen Zähnchen an seinem Geschwisterchen aus, das daraufhin ein lautes Quietschen von sich gab.

Abby öffnete die Augen. „Was?" Sie versuchte, sich aufzusetzen, und zischte, als ihr das Spanking durch die Bewegung in Erinnerung gerufen wurde.

„Du musst dir keine Sorgen machen, Sub. Die Welpen spielen nur." Wie nach jedem Kampf, ob in dem Planschbecken oder im Club, kehrten sie nach einer Weile zu ihrer gewohnten Tagesordnung zurück. Abby und er würden den Abend noch diskutieren müssen, doch für jetzt war er erstmal froh, dass sie im Club wieder willkommen war. Ziel erreicht.

Von dem Gefühl des Verrats blieb in seinem Herzen nichts zurück. Irritiert zog sie die Augenbrauen zusammen, und er konnte nicht anders, als den hellblonden Beweis dafür, dass sie mal wieder nachdachte, mit dem Finger nachzuzeichnen. „Warum hältst du mich in deinen Armen?", fragte sie.

„Weil ich es will."

Ihr Mundwinkel zuckte. „Arroganter Dom."

„Ist dir das auch schon aufgefallen?" Er grinste. „Da du jetzt wach bist, kann ich dich untersuchen." Sie hatte die Decke fest umklammert, trotzdem schaffe er es, sie für sich zu entblößen. Ihre Brüste wiesen rote Ringe von den Saugnoppen auf. Gut, dass er dieses Gerät auf der niedrigsten Stufe gelassen hatte. Sie wehrte sich, als er ihr die Beine spreizte, und er lachte. Er musterte ihre Klitoris: Immer noch geschwollen, aber es wurde bereits besser.

„Auf die Füße." Er half ihr beim Aufstehen und gab ihr einen leichten Klaps auf ihre Flanke. „Spreizen."

Ihre Kinnlade klappte herunter – außerhalb der Sessions war er ihr noch nicht oft mit Dominanz begegnet. Natürlich gehorchte sie. Sein Finger wanderte zu ihrem Geschlecht, ohne den Blick von ihrem Gesicht zu nehmen. Er umkreiste ihre Öffnung, einmal, zweimal, und tauchte dann ein, vorbei an den geschwollenen Schamlippen. Sie winselte. Er zog den Finger wieder heraus und begutachtete ihn. Kein Blut. „Wie wund fühlst du dich?"

„Es geht." Ihre Wangen erröteten. „Ich kann immer noch nicht glauben, dass du diese ... Maschine an mir verwendet hast."

Lachend drehte er sie, bis ihm ihr Rücken zugewandt war.

„Vorbeugen, Hände an die Knöchel, Knie leicht gebeugt."

Sie bewegte sich nicht.

Er senkte seine Stimme. „Sofort, Sub."

Sein Ton brachte das gewünschte Ergebnis. *Brave, kleine Sub.* Über der rechten Pobacke hatte sie einen blauen Fleck. Er nahm an, dass dieser von den vielen Paddel schwingenden Rechtshändern rührte. Der Rest war lediglich gerötet, hier und da etwas geschwollen und empfindlich, doch das würde heilen.

Er zog ihre wunden Arschbacken auseinander und ignorierte ihr Wimmern. Ihr unerfahrenes Arschloch war nach der Behandlung rot, sonst konnte er keine Verletzungen feststellen. „Sieht gut aus, aber du wirst noch ein oder zwei Tage Schmerzen haben." Er stand auf und half ihr, sich wieder aufzurichten. „Im Gefrierschrank findest du Eisbeutel. Die solltest du benutzen."

„Ja, Sir." Zu seiner Überraschung lehnte sie sich an ihn, ihre Stirn an seiner Schulter.

Er schlang seine Arme um sie. „Alles in Ordnung?"

„Hat es dir gefallen, mich so zu sehen ...? An die Maschine gefesselt und mit den anderen Männern?"

Er wiegte sie im Arm. Es war die gleiche Frage, die er ihr hatte stellen wollen.

Wirklich verrückt. Es kam nicht oft vor, dass eine Sub ihren Dom fragte, ob ihm etwas gefallen hatte. Vielleicht dachten sie, dass ein Dom nie etwas tat, was ihm keinen Spaß machte, aber das stimmte nicht. Eine D/S-Beziehung war keine Einbahnstraße. Seine Subs mussten gelegentlich Sachen machen, die sie nicht mochten. Und das musste er auch – vor allem während Bestrafungen.

„Es gefiel mir, dich vorzuzeigen", sagte er. „Ich nehme an, das liegt an der Tatsache, dass ich ein Mann bin: Seht euch meine wunderschöne Sub an. Sie gehört mir allein."

Die kleine Professorin prustete los. „Testosterongesteuerte Tiere."

„Ich genieße es, auf deinen hinreißenden, runden Hintern zu schlagen. Auch gefällt mir, wie Doms ihre Subs mit einem Paddel bearbeiten. Es gefällt mir jedoch nicht, dass ich zusehen musste, wie du von anderen bestraft wirst." Er rieb mit dem Kinn über ihr Haar und versuchte sich zu erklären: „Auf der einen Seite liegt es am Beschützerinstinkt. Ich will nicht, dass du von einer anderen Person verletzt wirst. Obwohl ich die Bestrafung angeordnet hatte, war es doch schwer für mich, dich so in Tränen aufgelöst zu sehen."

Sie sagte nichts, doch er spürte, wie sie ihre Arme tröstend um ihn wickelte.

„Andererseits geht es um Besitzanspruch. Du bist mein, und ich erlaube selten, dass jemand berührt, was mir gehört. In der Vergangenheit habe ich die Fickmaschine immer gerne für Belohnungen verwendet, und selbst die Fernbedienung in der Hand zu haben, ist ein wahrer Genuss."

„Okay."

Trotzdem hatte er es den Mitgliedern erlaubt und die Schuldgefühle hingen wie eine Gewitterwolke über ihm. „Es tut mir leid, Abby. Nur so konnte ich deine Beziehungen mit den anderen Mitgliedern wieder in Ordnung bringen. Ich hätte dich auch einfach vor ihren Augen bestrafen können, aber sie mussten mitmachen, um ihren Groll gegen dich zu verarbeiten."

„Das verstehe ich."

Er wartete, dass sie weitersprach. Sie schwieg. „Sag mir, wie du dich dabei gefühlt hast."

Sie erstarrte in seinen Armen.

Ihr Verteidigungswall fuhr hoch. Er wollte das nicht tun, doch er wollte noch weniger, dass sie sich vor ihm verschloss, weshalb er ihr einen warnenden Klaps auf ihren sowieso schon wunden Hintern gab.

Ihr aufgebrachtes Quietschen entlockte ihm ein Grinsen.

Das Gefühl ihres runden Hinterns unter seiner Handfläche gefiel ihm außerordentlich.

„Antworte mir."

Noch immer bekam sie den Mund nicht auf. Also hob er die Hand erneut.

„Ich habe es *gehasst*, mit dem Paddel geschlagen zu werden ... und dass ... diese ... Leute Sachen mit mir gemacht haben. Ich weiß nicht, ob mir die Maschine gefallen hätte, wenn du sie bedient hättest, aber heute mochte ich sie nicht."

„Braves Mädchen. Warum hast du mir beim ersten Mal nicht geantwortet?"

Sie starrte ihn ungläubig an. „Noch mehr Fragen?"

„Du bist eine geradlinig denkende Person, es sei denn, du befürchtest, dass dich jemand anschreit. Dachtest du, deine Antwort könnte mich verärgern?"

Ihr Blick senkte sich und sie biss sich auf die Unterlippe. „Nicht direkt verärgern."

„Was hat Nathan gemacht, wenn du ihm etwas gesagt hast, das er nicht hören wollte?"

Wahrscheinlich hätte er das leichte Zucken nicht wahrgenommen, würde sie sich nicht so eng an ihn pressen. „Mit Nathan konnte man über alles reden. Nur bei intimen Themen wurde er schwierig."

„Ich verstehe. Was ist passiert?"

„Wenn ich etwas nicht mochte, dann benahm er sich, als hätte ich seinen ... Schwanz beleidigt. Er ist dann gemein und sarkastisch geworden."

„Ah." Einer von denen, die glaubten: *Ich bin ein Dom, ich kann nichts falsch machen*. „Abby ich will eine ehrliche Antwort, selbst wenn sie mir nicht gefällt. Es stört mich mehr, wenn du mich anlügst, verstanden?"

An seiner Schulter bewegte sich ihr Kopf auf und ab.

„Da wir gerade über intime Dinge reden: Ich weiß, dass du die Pille nimmst. Da deine medizinischen Werte alle in Ordnung sind, möchte ich dich fragen, ob du etwas dagegen hast, wenn wir in Zukunft auf die Kondome verzichten."

„Dagegen habe ich keine Einwände." Ihre Schultern spannten sich an. „Aber wenn es jemand anderen ..."

Die Vorstellung von ihr mit einem anderen Mann ... *Gott*, die Vorstellung war unerträglich für ihn. „Dann benutze bei dieser Person ein Kondom. Danach werde auch ich mit dir eins tragen, bis wir den Test wiederholt haben."

„Okay."

Ihre Lippen pressten sich zusammen. Sie hatte also kein Problem mit anderen Partnern. Gut. Das war ... gut.

Er wurde von ihrem knurrenden Magen aus seinen Gedanken gerissen. „Du hast heute nicht viel gegessen, oder?" Sie war zu nervös gewesen. „Dann werde ich dir etwas Suppe machen." Er lächelte und sah ihr in diese großen, grauen Augen. „Wir können im Kinozimmer essen. Wie wäre es, wenn du dieses Mal einen Film auswählst?"

Schalkhaft grinste sie ihn an – mit einem Grübchen auf der linken Wange. „Oh, ich denke, ich brauche jetzt wirklich einen Weiberfilm."

Er lachte. „Rachedurstige Göre." Mit der Decke um ihren Körper geschlungen schunkelte sie gemütlich zum Kinozimmer. Bewundernd sah er ihr nach. Eine andere Sub hätte die ganze Nacht heulend in seinen Armen verbracht; die kleine Professorin hingegen hatte Eier. Sie war widerstandsfähiger, als er bisher gedacht hatte.

Und sie hatte einen Humor, der mit seinem auf einer Wellenlänge lag. Er grinste. Würde sie sich jedoch für einen Film wie *Die Braut, die sich nicht traut* entscheiden, müsste er sich während des Films eine angemessene Bestrafung überlegen.

KAPITEL ZWANZIG

A**ls die Türklingel** durch Xaviers Haus schallte, eilte Abby zur Tür. Sie hatte Rona eingeladen. Vergeben oder nicht, Abby hatte Angst, dass ihre Freundschaft Schaden genommen hatte. Sie riss die Tür weit auf. „Hi, ich –"

„Hey", sagte Lindsey, die neben Rona stand. „Ich habe gefragt, ob ich mitkommen kann." Ihr Lächeln war verhalten. „Ich will dich nicht verlieren."

Begleitet von einem erleichterten Seufzer schloss Abby beide in die Arme. „Danke, dass ihr gekommen seid." Mit Mühe hielt sie ihre Freudentränen zurück.

„Fang ja nicht an zu weinen, sonst muss ich auch heulen." Lindseys Augen füllten sich mit Tränen.

„Okay, tut mir leid." Abby machte eine einladende Handbewegung. „Kommt rein. Ich habe Eclairs gemacht. Interesse an einem Zuckerrausch?" Sie traten gemeinsam ins Wohnzimmer und sofort bettelten die Welpen um Aufmerksamkeit.

Lindsey folgte dem Winseln und fand die Kleinen im Planschbecken. „Oh, mein Gott, schaut sie euch an! Wie süß!" Vor den Welpen kniete sie sich hin.

Als ihr braunes Haar mit den goldenen und roten Strähnen nach vorne fiel, sahen die Hündchen darin eine Einladung, mit den Strähnen zu spielen. Hüpfend und bellend schnappten sie nach den Haaren. Sie lachte und hob Tippy in die Arme. „Was bist du nur für ein süßes, kleines Kerlchen?", schmachtete sie und knuddelte das winzige Fellknäuel.

„Hättest du gerne einen Welpen?", fragte Abby.

„Mehr als du dir vorstellen kannst, aber ich habe gerade erst den Mietvertrag für ein neues Apartment unterzeichnet. Apropos ..." Hoffnungsvoll ließ sie ihre Augenbrauen auf und ab hüpfen. „Ich ziehe in einer Woche um. Würdet ihr mir vielleicht beim Kistentragen helfen?"

„Keine Sofas oder Kühlschränke?", wollte Rona wissen. Sie ließ sich neben Lindsey nieder und nahm Freckles aus dem Planschbecken.

„Nein. Meine jetzige Wohnung kam möbliert. Das heißt, ich darf mich an dem neuen Apartment endlich austoben und Möbel shoppen gehen."

Abby gesellte sich zu den beiden dazu. Blackies Schwanz wedelte wie wild. „Hallo, mein Süßer." Welpenatem und eine eifrige kleine Zunge kamen an ihrer Nase zum Einsatz. Aufgeregt zappelte das zarte Wesen in ihren Armen. „Wie kann es sein, dass du in den letzten Minuten noch süßer geworden bist?“

„Oh, süß sind sie alle.“ Als Nächstes schnappte sich Lindsey Blondie, um auch ihr eine Streicheleinheit zu geben. „Wird es dir nicht das Herz brechen, wenn du sie gehen lassen musst?“

„Jedes Mal wird es schlimmer“, gab Abby zu und lächelte auf sanfte braune Augen herunter. „Noch schlimmer ist es, wenn du einen besonders ins Herz geschlossen hast. Habe ich nicht recht, mein Kleiner?“ Sie küsste die winzige Nase des Welpen. „Wahrscheinlich erinnern mich seine Augen zu sehr an Xaviers.“

Rona lachte und warf Abby einen wissenden Blick zu. „Wenn du deswegen einem Welpen verfällst, bedeutet das wohl, dass wir bei dem Mann von Liebe sprechen können. Und wie war das noch gleich? Du wohnst hier, bei ihm?“

„Ich bin nicht verliebt. Nein, ganz und gar nicht.“ Der Gedanke machte sie nervös. „Ich bin hier, weil ich mehr über diese Dom/Sub-Sache wissen will. Zudem braucht er im Moment Hilfe. Das ist alles.“

„Ja, ich sehe schon. Dein Leben ist hart. Frauen bringen ständig diese unfassbaren Opfer. Allein mit Xavier, in seinem Bett. Wahrscheinlich magst du ihn nicht mal.“

Abby funkelte ihre Freundin an. „Ist ja gut. Natürlich mag ich ihn.“ *Oh Himmel*, sie mochte ihn viel zu sehr. Sie hob den Kopf und blickte in zwei verständnisvolle Augenpaare. „Mehr als mir lieb ist, besonders nach Nathan. Mit Xavier fühlt sich alles wie eine Achterbahnfahrt an. Wenn er den Raum betritt, melden sich die Schmetterlinge in meinem Bauch. Und wenn er diese dominante Stimme einsetzt, werden meine Beine zu Wackelpudding."

Rona lachte. „Ich weiß genau, was du meinst."

„Ich wünschte, ich wüsste es auch", sagte Lindsey seufzend. „Schmetterlinge im Bauch kenne ich nur von den Anfängen meiner gescheiterten Ehe. In den letzten Monaten hat es immer mal wieder Doms gegeben, bei denen ich weiche Knie bekommen habe. Aber beides zur selben Zeit, mit demselben Mann? Noch nie." Lindsey rieb ihre Wange an Blondies flauschigem Fell. „Willst du damit sagen, dass du mit Xavier keine Zukunft siehst?"

„Oh, ich bitte dich. Er ist *Mein Lord*. Reich, einflussreich und so attraktiv. Ich unterrichte Studenten, mir fehlt jede Eleganz beim Hinknien und mein Hintern ist so groß, dass man ihn als Tablett benutzen könnte."

Rona zog ihre Augenbrauen nach oben. „Xavier lässt es zu, dass du dich selbst so runtermachst?"

„Ähm, also." Abby wurde rot. „Nein." Das letzte Mal, als sie sich über ihren fetten Arsch beschwert hatte, hatte er die Stirn gerunzelt und dann –

„Oh, du wirst ja rot wie eine Tomate! Erzähl uns, was passiert ist", drängte Lindsey mit sensationslustigen Augen.

„Er meinte, dass er meinen Po mag." Abby gab dem erwartungsvollen Drängen nach und erzählte genau, was passiert war: „Okay, also er hat gesagt, wenn ich meinen Hintern jemals wieder als fett bezeichne, dass er mich dann übers Knie legen und ihm eine pinke Farbe verpassen müsste.“ Dann hatte er ihr die Jeans ausgezogen und ihr einen Vorgeschmack gegeben: Er hatte sie auf seinen Schoß gezerrt und ihr ein Spanking verpasst. Es war so demütigend gewesen, und doch so intim und berauschend. Sie wusste nicht, wie sie einen derartigen Moment in Worte fassen sollte. „Er scheint zu denken, dass er mir helfen kann, über ein paar Dinge hinwegzukommen. So schlimm war meine Vergangenheit nun auch nicht.“

„Hat er sich wirklich so ausgedrückt?“, fragte Rona.

„Na ja, also, nein.“

Rona warf ihr einen süffisanten Blick zu. „Dachte ich mir. Er mag dich offensichtlich genauso, wie du bist, Süße. Ich glaube nicht, dass ich ihn jemals so glücklich gesehen habe.“

Wirklich? Abby stellte fest, dass Blackie sich aus ihren Armen gewunden hatte und auf Erkundungstour gegangen war. Winzig und schutzlos ... und doch so mutig. Seine Ohren waren aufgestellt und er tapste neugierig durch eine unbekannte Welt.

Wann habe ich mich in so einen Feigling verwandelt, der sich nicht mal mehr aus seinem eigenen Planschbecken heraus traute?

Xavier öffnete die Tür, hörte das Lachen von Frauen und lächelte. Simon hatte erwähnt, dass Abby seine Frau eingeladen hatte und wie sehr sich Rona darüber gefreut hatte. Jetzt wusste er auch, warum Abby heute so nervös gewesen war.

Trotzdem hatte ihm die kleine Professorin nichts davon erzählt. Wirklich enttäuschend. Alles, was sie emotional aufwühlte, sollte sie mit ihrem Dom teilen. Dass sie sich immer noch so verschlossen gab, bereitete ihm Sorgen.

Andererseits war keiner von ihnen bisher in einer vergleichbaren Situation gewesen. Die Sklaven, die er ins Haus gebracht hatte, waren sich von Anfang an im Klaren, dass es ein Zeitlimit mit ihm gab. Sie hatten gewusst, dass sie ihn verlassen würden, sobald er einen passenden Master für sie gefunden hatte.

Er und Abby hatten kein Zeitlimit. Keiner von ihnen wollte etwas Ernsthaftes. Nicht im Moment. Sie lernte, seine Bedürfnisse zu befriedigen, und er lernte ihre Verletzlichkeiten kennen und wie er ihr helfen konnte, selbstbewusster zu werden. Das musste für den Moment reichen.

Die Tür zur Terrasse stand offen. Die Frauen hatten sich mit den Welpen in den Garten gewagt und genossen die Sonnenstrahlen. Auf dem Weg zu seinem Arbeitszimmer sah er die Eisteegläser auf dem Couchtisch und einen Teller mit Eclairs. Das Seil, mit dem die Welpen immer Tauziehen spielten, lag neben Abbys Hausschuhen auf dem Boden. Kein Chaos, nein, sondern der Beweis dafür, dass im Haus jemand lebte.

Er drehte sich einmal im Kreis. Oh ja, Abby erfüllte das Haus mit Leben.

Catherine hatte eine Leidenschaft für den Wilden Westen gepflegt, wodurch die Einrichtung aus dunklen Möbeln, gebrauchten Tischen und Gemälden aus eben dieser Zeit bestanden hatte. Der Stil hatte nicht ganz zu den eleganten Linien des Hauses gepasst, aber das war ihnen egal gewesen. Nach ihrem Tod hatte er es nicht ertragen, weiterhin auf ihre Möbel zu starren. Kurzerhand hatte er einen Innenarchitekten engagiert und die Einrichtung modernisiert.

Er hatte gar nicht realisiert, welche Kälte das Haus vorher ausgestrahlt hatte, bevor Abbys Sachen Einzug gehalten hatten. Pflanzen hatte sie hergebracht, als ihr aufgefallen war, dass sie nicht oft genug nach Hause fuhr, um sie regelmäßig zu gießen. Eine riesige Schefflera erhellte in einem handgetöpferten Übertopf eine Ecke. Farne in schmiedeeisernen Ständern ließen sein Foyer einladender erscheinen. Petersilie, Schnittlauch und Thymian wuchsen in kleinen Terrakotta-Töpfen in der Küche auf dem Fensterbrett.

Nach jedem Besuch in ihrer Doppelhaushälfte brachte sie mehr Behaglichkeit und Frieden mit sich. Eine glasierte Tonschüssel mit reifen Früchten bildete mittlerweile einen Hingucker auf dem Esszimmertisch. Ein dunkelroter Schirmständer aus Porzellan stand an der Eingangstür.

Es machte den Anschein, dass ihr Archäologenvater seine Familie zu Ausgrabungen mitgenommen hatte, und nach ihrem Abschluss hatte sie das Geld aus seiner Lebensversicherung genommen, um damit jeden Sommer die Welt zu bereisen und ihr Haus mit Andenken zu füllen: Gobelinkissen aus Belgien, die so bequem wie ansehnlich waren, lagen auf dem Sofa und den Sesseln verteilt. Einen italienischen Kaschmirüberwurf hatte sie über einer Sessellehne drapiert.

Er ging ins Arbeitszimmer und lächelte beim Anblick der Lederottomane aus dem Nahen Osten, die sie extra für ihn mitgebracht hatte, damit er seinen Knöchel hochlegen konnte.

Sie reiste viel und gerne. Würde es ihr gefallen, dabei Gesellschaft zu haben?

Abby versuchte, sich in die Bettdecke einzuwickeln. Xaviers Hände hatten andere Pläne. Unaufhaltsam erkundete er ihren Körper, während sein harter Schwanz an ihrem Bauch zuckte. Er war ja sowas von wach.

„Ich will noch nicht aufstehen." War die Sonne überhaupt schon aufgegangen? Das ganze Wochenende hatte sie gearbeitet, um ihren Forschungsartikel zu beenden. Es blieben ihr nur noch zehn Tage und sie musste sich noch um das Quellenverzeichnis kümmern. Als wäre das nicht bereits stressig genug, hatte sie das Semesterende erreicht, was bedeutete: Prüfungen und Seminararbeiten bewerten und die Noten der Studenten rechtzeitig einreichen.

Ein tiefes Lachen rang in ihren Ohren, während er sich ihren Brüsten zuwandte. „Trotzdem wirst du es tun."

Ihre Nippel reagierten auf seine Berührungen, wohlige Wärme bildete sich in ihrer Mitte. Sie schaute in seine Augen, die Farbe von dunkler Schokolade, betrachtete seinen markanten Kiefer und stellte fest, dass sie nicht länger schläfrig war. Nein, sie war hellwach, feucht und erregt. Wie machte er das bloß?

Er küsste ihre Schulter, knabberte daran.

Der sinnliche Schmerz riss sie vollkommen aus ihren Träumen. *Oh Gott*, sie war so heiß auf ihn! Doch dann drehte er sie um, richtete sie auf ihren Händen und Knien aus, und drang von hinten in sie ein.

Seine liebste Position. Denn so konnte er ihr Gesicht nicht sehen, um nicht an seine geliebte Catherine erinnert zu werden. Enttäuschung vermischte sich mit Bitterkeit. Sie ballte die Hände zu Fäusten und presste dann ihr Gesicht ins Kissen ... auf diese Weise musste er sie nicht ansehen.

Er stoppte die Bewegung. „Was ist los, Abby?"

Gar nichts, wenn man davon absieht, dass ich nicht deine tote Ehefrau bin. „Nichts." Sie hielt ihren Po in die Luft gestreckt, bot sich ihm weiterhin an, obwohl ihre Erregung in dem Moment erloschen war, in dem er sie umgedreht hatte. „Mach weiter."

„Nichts?" Seine Stimme hatte einen eisigen Ton angenommen.

Sie erstarrte. Er war verärgert.

Sein Schwanz glitt aus ihr heraus und dann drehte er sie auf den Rücken. Ausdruckslos betrachtete er sie. „Ich hasse es, angelogen zu werden, Sub."

Sie zuckte zusammen und hob instinktiv die Hände zu ihren Ohren, um sein wütendes Schreien zu dämpfen. Auf halbem Wege wurde ihr etwas bewusst: Noch nie hatte sie ihn schreien hören.

Er schwang ein Bein über sie und setzte sich rittlings auf sie – eine erschreckend effektive Methode, um sie von einer Flucht abzuhalten. „Schau mich an, Abby." Obwohl die Härte aus seinem Gesicht verschwunden war, konnte sie dennoch Missbilligung erkennen. Sein langes Haar war offen und fiel über seine Schultern, als er sich vorlehnte.

Seine Augen lagen im Schatten, ihr Herzschlag ging durch die Decke. Warum hatte der Blechmann unbedingt ein Herz haben wollen? Der Muskel bereitete nur Kummer und Sorgen.

„In Vanilla-Beziehungen ist Ehrlichkeit wichtig. Im BDSM ist es die Grundlage von allem. Zwar habe ich als Dom reichlich Erfahrung, die Fähigkeit Gedanken zu lesen, beherrsche ich jedoch nicht." Sein Akzent klang ausgeprägter, weshalb sie das Gefühl bekam, mit einem Fremden zu sprechen. Er legte einen Finger unter ihr Kinn: „Sag mir, was dir durch den Kopf geht."

„Nichts." Indessen krochen ihre Emotionen in das finstere – aber sichere – Loch zurück, das ihnen so bekannt war.

Er seufzte. „Wie fühlt sich dein Bauch an?"

Gab er niemals auf? „Mir ist ein wenig übel."

„Brust?"

„Alles fühlt sich enger, zusammengeschnürt an."

Er hob ihre Hand, um ihr die Faust zu zeigen, die sie geformt hatte. Danach strich er mit dem Finger über ihre zusammengepressten Lippen. „Okay, auf ein Neues: Sag mir, was dir durch den Kopf geht. Was fühlst du?"

„Ich bin wütend." *Oh Gott, oh Gott, oh Gott, warum habe ich das gesagt?*

„Na also, das hätten wir. War das so schwer?" Er musterte sie und beantwortete dann seine eigene Frage: „Offensichtlich war es das. Wie kommst du durch den Tag, ohne jemals jemandem zu sagen, wenn dich etwas aufregt? Sag's noch einmal. Diesmal mit mehr Wumms, und füge hinzu, auf wen du wütend bist."

Sie starrte ihn an. „Bitte was?"

„Du hast mich schon gehört. Los, mach schon." Kein Ärger in seiner Stimme. Sein Gesicht war ausdruckslos, weder warm noch kalt. Ganz im Gegensatz zu ihr: Sie war zum Bersten mit Emotionen gefüllt.

In ihrem Bauch rumorte es. Zudem saß er auf ihr, sie konnte der Situation also nicht entkommen. „Ich bin wütend." Sie schaffte es, mehr Schlagkraft in ihre Stimme zu legen ... eine Maus würde sie damit ganz sicher verschrecken. Was war nur los mit ihr?

Er zog beide Augenbrauen hoch.

„Auf dich", flüsterte sie.

Kein Schreien. „Nochmal."

„Ich bin wütend. Auf dich."

„Du klingst, als würdest du mir die Börsenberichte vorlesen. Nochmal."

Beleidigt funkelte sie ihn an. „Ich bin wütend auf dich."

Ein Lächeln umspielte seine Lippen. „Sehr gut, kleine Sub. Nochmal – und diesmal sagst du mir den Grund."

Nein, oh nein. Sie wünschte, sie hätte die Fähigkeit, sich unsichtbar zu machen. „Es hilft nicht, zu wissen, dass du wütend auf mich bist, wenn du mir den Grund nicht verrätst." Er hatte einen Kiefer wie aus Granit, der gut zu seiner entschlossenen Natur passte. „Sofort, Abby."

„Ich bin wütend auf dich." Okay, schon fühlte es sich einfacher an, die Worte auszusprechen. Lauter hatte es auch geklungen. Das konnte sie von dem nächsten Teil nicht behaupten. „Weil ... weil ..." Ihre Fingernägel bohrten sich in ihre Handflächen. „Weil du mich umgedreht hast."

Seine Brauen zogen sich zusammen, nicht aus Verärgerung, nein, er war verwirrt. „Magst du diese Position nicht? Ich dachte ..." Seine Augen verengten sich. „Du hast kein Problem damit, mir zu sagen, wenn mein Schwanz zu tief ist, oder wenn die Nippelklemmen zu fest sind. Damit, dass du den Rohrstock hasst. Warum solltest du ein Problem damit haben, mir zu sagen, dass dir die Position nicht gefällt. Was entgeht mir?"

Schamesröte kroch in ihre Wangen. „Schon okay, wirklich."

Er öffnete ihre zur Faust geballte Hand und küsste ihre Fingerknöchel. „Wüsstest du, dass mich etwas traurig macht, wie würdest du reagieren, wenn ich dir den Grund verschweige?"

Ihr Mund schnappte auf, schloss sich wieder. Sie würde sich schrecklich fühlen. Sie würde sich fragen, was sie falsch gemacht hatte. Mit jedem Wort, mit jeder Handlung würde sie befürchten, sein Leid zu vergrößern.

Durch Xavier erlebte sie eine Freiheit, die sie zuvor in einer Beziehung nicht gekannt hatte. Gerade weil er darauf bestand, Gefühle zu teilen. Wenn er einen Film nicht mochte, oder ein Lebensmittel, oder ... irgendetwas Anderes ... dann würde er es ihr sagen. Oder er würde mit ihr verhandeln. Sie fanden Kompromisse. Wie den einen Abend, als sie einen Liebesfilm schauen wollte: Im Austausch würde er für die Zeit des Films etwas bekommen, das er mochte und sie möglicherweise nur tolerierte. Das Ergebnis war, dass sie gestern Abend Pool mit ihm hatte spielen müssen.

Von ihr verlangte er das gleiche Level an Ehrlichkeit. Und das verdiente er auch. Ihr Kinn bebte. „Es ... es verletzt mich, dass du nicht in mein Gesicht sehen willst. Dass du ihres siehst. Und ich –"

„Ihres?" Er sah sie verblüfft an. „Catherines? Du denkst, dass ich dich deswegen umgedreht habe?"

Sein Ton gefiel ihr nicht. Sie war so dumm. Stocksauer riss sie ihre Hand aus seiner und drückte gegen seine Schultern, damit er sie endlich gehen ließ. Sie hob ihr Becken und hoffte, ihn auf diese Weise abzuschütteln.

Er griff ihre Handgelenke, lehnte sich vor und fixierte sie neben ihrem Kopf.

„Tu es stultior quam asinus." Oh, sie hatte keine Worte dafür, wie sehr sie ihn gerade verabscheute.

„Ich bin dümmer als ein Arschloch?" Seine Belustigung

funkelte in seinen Augen, doch der Funken verschwand schnell. „Damit liegst du nicht ganz falsch. Das wäre der letzte Grund gewesen, den ich vermutet hätte.“ Er küsste sie zärtlich. „Dass ich dich in der ersten Nacht so übereilt verlassen habe, lag doch daran, dass ich sie beim Sex mit dir eben *nicht* gesehen habe, sondern nur dich. Der Gedanke, wie sehr ich es genossen habe, die Lust in deinen Augen zu sehen, hat mich beunruhigt. Und das hat sich bis heute nicht geändert; ich genieße es noch immer, kleine Pusteblume.“

Oh je, gleich würde sich die erste Träne lösen.

„Ich habe ihren Verlust noch nicht ganz verarbeitet, das gebe ich zu. Aber, und das kannst du mir glauben, wenn ich mit dir zusammen bin, denke ich nicht an Catherine.“ Er runzelte die Stirn. „Wir müssen definitiv noch daran arbeiten, dass du deine Gefühle besser zum Ausdruck bringst.“

Sie schüttelte den Kopf. „Es geht doch nichts über eine verkorkste Sub. Vielleicht solltest du –“

„Verkorkst?“ Er streichelte ihre Wange, seine schwielige Hand stark, tröstend. „Wohl kaum. Du bist eine unglaublich starke Frau, Frau Professorin. Für jeden von uns hält das Leben Überraschungen bereit. Wir werden verletzt und richten Mauern auf, um eine Wiederholung zu verhindern. Deine fahren hoch, sobald du Angst bekommst, dass jemand schreien könnte. Bei mir passiert es, wenn ich mit dem Verlust von Catherine konfrontiert werde.“

Noch immer lag sie unter ihm. Er hatte sie stark genannt. Unglaublich stark, nicht verkorkst. „Ihr Doms mögt es, Dinge wieder in Ordnung zu bringen, oder? Auch Menschen."

„Ah, sie hat uns durchschaut." Seine Finger verwoben sich mit ihren, ohne sie aus ihrer hilflosen Position unter ihm zu entlassen. „Doms haben auch Verteidigungsmechanismen, weißt du." Er überlegte. „Eine Session für dich – für die Sub – ist vergleichbar mit einem Abszess. Er muss geöffnet und mit einer Salbe behandelt werden."

Ekliger Vergleich ... aber sie verstand, worauf er hinauswollte. „Und für Doms?"

Er rieb seine stoppelige Wange an ihrer. „Sich um die Bedürfnisse einer Sub zu kümmern, erfüllt den Dom, balanciert ihn aus, was zu Selbstreflexion führt. Eine Sub ist wie eine Krücke, nachdem sich der Dom den Knöchel verstaucht hat."

Der Gedanke, Xavier zu helfen, seine Stütze zu sein, fühlte sich gut an. Die Beziehung war also nicht einseitig. Niemand war perfekt, auch er nicht. „Warum hast du mich dann –"

„Warum ich dich umgedreht habe?" Seine Augen funkelten spitzbübisch. „Wir müssen beide bald zur Arbeit. Wir haben nicht viel Zeit, dennoch möchte ich Zugang zu all meinen Lieblingsstellen an dir haben. Bevor ich dich nehme, will ich mich noch an deinen tollen Kurven erfreuen. Die Hündchenstellung ist optimal dafür." Er schenkte ihr ein sinnliches Lächeln. „Und ich weiß, kleine Sub, dass du schneller kommst, wenn ich deine Klitoris berühre."

Sie spürte, wie ihre Wangen heiß wurden. „Ähm, okay, das beantwortet die Frage."

„Da bin ich aber froh, dass wir darüber gesprochen haben." Er rutschte nach unten, küsste ihre Brüste, saugte an ihren Nippeln, bis sich ihre Zehen krümmten. „Wenn du allerdings darauf bestehst, es von Angesicht zu Angesicht zu treiben, und ich meine Hände frei haben will, musst du an diesem Morgen die ganze Arbeit übernehmen." Er packte sie um die Hüfte, drehte sich mit ihr in den Armen und positionierte sie rittlings auf seinem Schoß, ihre Pussy direkt an seinem Schwanz.

Sie lehnte sich vor und fuhr mit ihren Händen über seine Brust. Seine Haut war so weich, und doch verbargen sich darunter diese beeindruckenden Muskeln. Seine kleinen Nippel waren dunkel und verführerisch. Seine Bauchmuskeln wie eine Leiter, wo sie mit den Fingern von einer Sprosse zur nächsten gelang. Sie lehnte sich zurück und wurde Zeuge von seiner zuckenden Erektion. Sie zeichnete eine dicke Vene nach. *Oh*, er wollte sie. Sie umfasste seinen Hoden und war wie immer erstaunt, wie massig sich seine Eier anfühlten.

Sie richtete sich über seiner Länge aus und wollte ihn gerade packen, als sie sah, wie er den Kopf schüttelte. *Oh je.* Sein Gesicht hatte den Dom-Ausdruck angenommen. Er lag auf dem Rücken, verdammt nochmal. Wie schaffte er es, selbst in dieser Position autoritär zu sein? Und das schaffte er, denn ihr Körper erschauerte. Sie schluckte schwer.

„Bleibe genau so, schwebend über meinem Schwanz."

Sie gehorchte.

Dann positionierte er sie, spreizte ihre Beine und öffnete sie weiter für ihn. „Arme hinter dem Rücken verschränkt, Augen zu mir. Nicht bewegen. Nicht reden."

Seine Augen hielten die ihren gefangen, während er nach unten fasste und ihre Klitoris fand. Die bloße Berührung reichte, um Hitze in ihr auszulösen. Ihre Lider befanden sich auf halbmast; schließlich drang er mit einem Finger in ihr Geschlecht ein, benetzte ihn mit ihrer Nässe und kehrte zu ihrem Nervenbündel zurück. Neckend, quälend, verführend. Sie fühlte, wie sich ihre Klitoris an die frische Luft wagte, wie sich der Druck in ihr mit jeder Sekunde aufbaute.

Er erkundete ihre Schamlippen, umkreiste ihren feuchten Eingang, bevor er erneut ihre Klitoris aufsuchte.

Sie bebte, doch sein Finger ließ nicht von ihr ab, sondern verstärkte seine Bemühungen. Er brachte sie bis an den Rand des Abgrunds, immer und immer wieder, bis sie nur noch seine Augen und die Lust wahrnahm, die er in ihr entfachte. Alles um sie herum rückte aus dem Fokus. Leidenschaft, Begierde, dieser Mann beherrschten ihre Welt.

Und dann ... endlich ... als ihre Beine sie kaum mehr tragen konnten, umfasste er seinen Schwanz und führte die Eichel zu ihrem Eingang. Sein Finger legte keine Pause ein, trieb sie dem Orgasmus entgegen. Es fehlte nicht viel, um sie über die Klippe zu stoßen. „Lass dich runter."

Bebend, wimmernd senkte sie sich auf ihn. Plötzlich

gaben ihre Beine nach und sie nahm die gesamte Länge in sich auf, während er ihr mit dem Becken entgegenkam und sich gleichzeitig mit einem harten Stoß in ihr vergrub.

Ihre geschwollenen Schamlippen küssten seine Schwanzwurzel, der Kontakt eine weitere Empfindung, die feurige Impulse durch ihren Körper jagte. Sie streckte ihm ihre Brust entgegen, als er sie höher und höher trieb. Alles in ihrem Inneren bereitete sich auf die ersehnte Erlösung vor. Mit Daumen und Zeigefinger zwickte er in ihre Klitoris, was den Damm endgültig zum Brechen brachte, der Druck drang nach außen, löste eine erschütternde Lustwelle aus, die in jede Zelle ihres Körpers vordrang.

Noch immer tief in ihr vergraben, hob er die Hand und streichelte ihre Wange. Gerade als ihr auffiel, dass seine Augen nicht einmal von ihrem Gesicht gewichen waren, beurkundete er in seinem sanften Ton: „Ich sehe *dich*, Abby. Niemals brauchst du das anzuzweifeln."

KAPITEL EINUNDZWANZIG

A**m Dienstagnachmittag begrüßte** Abby ihre Mutter und ihre Schwester mit einer Umarmung und bat sie in Xaviers Haus.

„Was für ein wundervolles Heim", sagte ihre Mutter und drehte sich einmal um ihre eigene Achse. „Beeindruckendes Mauerwerk."

„Wunderschön, nicht wahr? Grace, die Welpen sind draußen." Abby führte ihre Familie auf die Terrasse. Sie war sich nicht sicher, wie sie die beiden in Xaviers Haus handhaben sollte.

„Wow, man kann die Golden Gate Bridge und Angel Island von hier sehen." Grace genoss für einen Moment die Aussicht über die Bucht, bevor sie sich abrupt den Welpen zuwandte.

„Nachts ist der Blick spektakulär." Abby folgte ihrer Schwester zu dem Gatter, das Xavier im Garten errichtet hatte. Solange es nicht regnete, mochten es die Kleinen, sich draußen aufzuhalten.

Der Nebel hatte sich gelichtet und auf den Wellen glitzerte das Sonnenlicht. Der Duft der dunkelroten Rosen vermischte sich mit dem Salzwasser in der Luft und füllte Abby mit neuer Energie. Vielleicht kam die Energie auch von der Art und Weise, in der Xavier sie heute Morgen geweckt hatte – mit süßen Küssen und langsamen Sex.

Rauer Sex hatte seinen Ort und seine Zeit, hatte er gemeint, und dass der Morgen dafür da war, liebevoll miteinander umzugehen. Natürlich hatte er nicht zugelassen, dass es so liebevoll wurde, dass sie vor Langeweile einschlief. *Oh nein*, der Sex mochte gemächlich gewesen sein, aber er war doch sehr bestimmt. Ein Hitzeschauer überlief sie bei der Erinnerung an die Handfesseln, die er am Kopfende befestigt hatte. Jetzt wusste sie auch, warum er sie im Bett Fesseln tragen ließ.

Als sie von ihm verlangte, sie schlafen zu lassen, hatte er ihr Kinn angehoben, ihr tief in die Augen geblickt und war ohne Probleme in ihre Hitze eingetaucht. Lächelnd hatte er ihr zugeflüstert, dass er sie schlafen lassen würde, wenn sie morgens einmal nicht feucht und bereit für ihn war. Es war also aussichtslos, denn es brauchte nicht viel, um ihre Säfte in Schwung zu bringen. Seine Stimme an ihrem Ohr reichte vollkommen aus. Ausschlafen gehörte wohl der Vergangenheit an.

„Wirklich ein schönes Plätzchen hast du hier. Ich wusste nicht, dass man als Professor so viel Geld verdient, um sich ein Haus in dieser Gegend leisten zu können", sagte ihre Mutter beeindruckt.

Abby hielt die Emotionen von ihrem Gesicht erfolgreich fern. Heute – oder in näherer Zukunft – müsste sie ihrer Mutter sagen, dass sie und Nathan sich getrennt hatten, und dass dieses Haus Xaviers Eigentum war.

Gott sei Dank war er heute nicht zu Hause.

Ihre Mutter lief an den Rand der Terrasse und nahm sich einen Welpen aus dem Laufstall. Der kleine Kerl wackelte aufgeregt und leckt ihr übers Gesicht. Ihre Mutter lachte und fand Abbys Blick. „Du und Nathan habt anscheinend das nächste Level erreicht, wenn er dich die Welpen in seinem Haus halten lässt. Oder wohnst du auch hier?"

„Äh, also ..."

„Abby wohnt hier, aber nicht mit Nathan."

Abby wirbelte herum.

Xavier stand auf der Türschwelle zur Terrasse. Er hatte sein Sakko ausgezogen und die Krawatte gelockert. Lässig trat er auf sie zu.

„Sie müssen Abbys Mutter sein." Er näherte sich ihr und schüttelte ihre Hand. „Xavier Leduc."

Selbst ihre Mutter war nicht immun gegen sein einnehmendes Lächeln und erwiderte lächelnd: „Carolyn."

„Leduc Industries?", fragte Grace. Als Xavier nickte, grinste sie ihn breit an. „Bei einem Wirtschaftsprojekt in der Schule habe ich in dein Unternehmen investiert. Ich habe eine Menge Profit gemacht."

Xavier lachte. „Freut mich, dass zu hören."

Ihre Mutter warf Abby einen eindeutigen Blick zu: *Du hast mir einiges zu erklären, Missy.*

Ihre Eltern und Grace waren – Gott sei Dank – über den Unabhängigkeitstag in den Urlaub gefahren. Wie sollte sie ihnen verständlich machen, was während ihrer Abwesenheit vorgefallen war? Dass sie mit Xavier zusammenlebte, war unglaublich genug.

Sie wagte einen Blick. Natürlich musterte er sie mit diesen dunklen Augen. Sie warf sich ihren Mantel beruflichen Selbstbewusstseins über und wandte sich ihm zu: „Grace hat meine Eltern dazu überredet, einen Welpen zu adoptieren. Sie hat sich über Cockapoos belesen und nun hätte sie gerne einen."

Sein Lächeln war wie eine Liebkosung. „Anscheinend liegt Intelligenz in der Familie."

„Ja, aber nur auf der Seite meiner Mutter", sagte Grace. „Genau wie gute Manieren."

„Grace!", rief ihre Mutter.

Mit zusammengezogenen Brauen marschierte Grace ans Ende des Gartens.

Doch Abby hatte die Tränen gesehen. Sie stoppte ihre Mutter in dem Versuch, Grace zu folgen und ging ihr stattdessen selbst nach.

Grace stand mit dem Rücken zur Terrasse, in den Armen einen Welpen, und starrte auf die Bucht.

Abby legte einen Arm um sie. „Was ist los, meine Süße?"

„Janae ist los. Sie ist so eine dumme Kuh."

Nicht gut. Grace benutzte niemals Schimpfwörter. „Was hat sie gemacht?“

„Matthew und ich gehen miteinander aus.“ Grace errötete. „Du bist ihm letztes Jahr bei dem Basketballspiel begegnet. Er hat dir ein Wasser gebracht, erinnerst du dich?“

Lang und schlaksig mit dem Anflug eines Schnurrbarts. Er war klug und höflich gewesen. „Ich erinnere mich.“

„Gestern, nach unserer Rückkehr aus dem Urlaub, ist er vorbeigekommen. Wir wollten uns *Men in Black* angucken. Und dann kam Janae vorbei.“ Der verachtende, gekränkte Gesichtsausdruck sah auf Graces sommersprossigem Gesicht so fehl am Platz aus. „Sie ... sie hat ihn angebaggert.“

Abby konnte nicht fassen, was sie da hörte. „Sie ist dreizehn Jahre älter als ihr.“

„Das schien sie nicht interessiert zu haben.“ Grace streichelte das winzige Köpfchen des Welpen. „Matthew war wie vor den Kopf gestoßen. Sie ist ihm total auf die Pelle gerückt, hat ihn sogar begrapscht.“ Grace hob eingebildet das Kinn und sagte in dem typischen Flirtton ihrer Schwester: *„Oh, Matthew, hast du diese starken Schultern vom Basketballspielen bekommen?“*

Abby schloss ihre Augen. Sie wusste aus eigener Erfahrung, wie effektiv die Methoden ihrer Stiefschwester waren. Nur wenige Jungs hatten jemals Interesse an ihr gezeigt, und sobald Janae sie in die Finger bekam, ließen sie Abby wie eine heiße Kartoffel fallen. „Wo waren Mom und dein Dad?"

„Draußen auf der Terrasse." Grace seufzte. „Ich habe daran gedacht, ihnen von dem Vorfall zu erzählen, aber Mom würde sowieso nichts machen. Und Janae hat Dad um den kleinen Finger gewickelt. Der denkt immer noch, dass sie sein unschuldiges Engelchen ist! Wenn er sie dann darauf ansprechen würde, dann würde sie's so drehen, dass es nach Eifersucht von mir aussieht."

„Ich weiß auch nicht, was ich dir raten soll." Abbys Methode, den Kopf in den Sand zu stecken, hatte auch nie ein Problem gelöst. Doch bei dem Gedanken, mit Janae die Konfrontation zu suchen – oder mit überhaupt jemandem – bildete sich ein Eisklumpen in ihrem Magen.

„Schon okay." Grace presste die Lippen aufeinander. „Ich weiß, dass Mom immer sagt, das Boot nicht ins Schaukeln zu bringen und freundlich zu bleiben. Leider bezweifle ich, dass das in diesem Fall die richtige Lösung ist."

Nicht für Abbys kleine Schwester. Moms Erziehung hatte stets beinhaltet, den Mitmenschen höflich gegenüber zu treten, da man Feuer nicht mit Feuer bekämpfen sollte. Jedoch war Grace die Tochter eines Geschäftsmannes, der im Berufsleben keiner Konfrontation aus dem Weg ging. „Ich fürchte, du musst die richtige Lösung für dich finden."

„Na ja, ich könnte Matthew *freundlich* darauf hinweisen, dass Janae mit so vielen Männern Sex hatte, dass sie wahrscheinlich jede erdenkliche Geschlechtskrankheit hat, die der Menschheit bekannt ist."

Abby prustete vor Lachen los und umarmte sie.

Xavier hatte sich kurz entschuldigt, um sich umzuziehen. Er trug nun eine Jeans und ein lässiges Hemd. Ein paar Minuten lang beobachtete er Abby und ihre Schwester vom Fenster des Obergeschosses. Die beiden hatten die großen Augen, die hellen Augenbrauen, die gerade Nase und die vollen Lippen von ihrer Mutter geerbt. Zudem hatte Grace das rotblonde Haar und die Sommersprossen von ihrer Mutter. Vermutlich kamen die langen Beine von ihrem Vater. Ein sehr hübsches Mädchen, ein Mädchen mit Sorgen.

Was auch immer passiert war, er wusste, Abby wäre für sie da. Seine Sub hatte eine fürsorgliche Persönlichkeit. Aber keine sehr mitteilsame. Er runzelte die Stirn. Sie hatte ihrer Familie nichts von der Trennung mit Nathan erzählt, genauso wenig davon, dass sie bei ihm eingezogen war. Das war ärgerlich.

Heute Abend würden sie das Thema besprechen. In der Zwischenzeit hatte er das starke Bedürfnis, ihre Familie besser kennenzulernen.

Als er auf die Terrasse trat, knieten Abby und Grace wieder bei den Welpen. Die Stimmung der beiden hatte sich gehoben und Grace schien Schwierigkeiten zu haben, sich für einen Welpen zu entscheiden.

Xavier grinste bei Abbys

Persönlichkeitsbeschreibungen.

„Blackie ist männlich, starrköpfig und eigensinnig“, sagte Abby.

Und ihr Favorit, das wusste er. Seiner auch – der Hund hatte mehr Persönlichkeit als so mancher Mensch.

„Blondie ist weiblich und so anhänglich. Tippy ...“ – Abby zeigte auf das braune Hündchen mit der schwarzen Schwanzspitze – „ist männlich und ein riesiger Feigling. Freckles ist männlich, ist sehr aktiv, will immer spielen und bringt mich so oft zum Lachen. Und zu guter Letzt: Tiny. Sie ist weiblich und kann am Anfang recht scheu sein.“

„Konntest du keine besseren Namen finden?“, fragte Grace.

„Die Leute, die sie adoptieren, werden ihnen andere Namen geben. Im Moment ist mein Ziel lediglich, dass Xavier und ich die Kleinen auseinanderhalten können.“

Abbys Mutter lächelte ihn an. „Du hilfst ihr?“

„Ich wurde für die Fütterung am Abend, die regelmäßige Säuberung des Laufstalls und das Abwischen der Pfoten eingeteilt.“ Und er würde keine Minute davon missen wollen. Er spürte, dass sich Abby näherte und fragte, als sie an seine Seite kam: „Wollt ihr zwei uns nicht beim Abendessen Gesellschaft leisten? Wir stehen im Wettbewerb darum, wer das beste französische Gericht zaubern kann. Heute Abend bin ich dran.“

Ein paar Stunden später war die Entscheidung gefallen: Abbys Mutter und Grace waren entzückend. Sie hatten darauf bestanden, ihm in der Küche zur Hand zu gehen. Dabei hatten sie Anekdoten über Abby zum Besten gegeben: Wie sie mit sechzehn ihren Highschool-Abschluss und mit einundzwanzig ihren Doktor gemacht hatte. Wie sie das Geld ihres Vaters verwendet hatte, um jeden Sommer ein anderes Land zu besuchen – ihre Art, ihren verstorbenen Vater zu ehren. Es war so offensichtlich, wie stolz die beiden auf Abby waren – genauso offensichtlich wie Abbys Liebe für die zwei. Er war ein bisschen eifersüchtig auf ihre Verbindung.

Beim Abendessen löcherte Grace ihn mit Fragen über seine Vergangenheit und seine Unternehmen. Am Ende verriet sie ihm etwas über sich selbst – nämlich ihren Wunsch, Journalistin zu werden. Sie würde eine gute Journalistin abgeben. Sie hatte Talent, die richtigen Fragen im richtigen Moment zu stellen, und er war froh, dass er vor ihr verheimlichen konnte, dass er zudem der Eigentümer eines BDSM-Clubs war.

Nach dem Essen fütterten er und Grace die Welpen, während Carolyn und Abby die Küche aufräumten. Als er sich mit der Futter-Schüssel zu den Hunden aufmachte, hörte er, wie Carolyn Abby fragte: „Wirst du ihn für Freitag zu unserer Party einladen, Schatz?“

Stille. „Ähm, nein.“

„Warum nicht? Harold würde ihn bestimmt gerne kennenlernen. Er scheint ein sehr netter Mann zu sein.“

„Ja, das ist er, Mom. Aber ich komme allein. So kann ich dir mit den Erfrischungen helfen, ohne dass ich ein schlechtes Gewissen haben muss, meine Begleitung allein unter Fremden zu lassen."

Xavier runzelte die Stirn. Seine kleine Pusteblume war eine furchtbare Lügnerin. Er konnte die Unaufrichtigkeit in ihrer Stimme hören. Aber warum? Was gab es für einen Grund, zu lügen?

„Aber ..." Das Schweigen zog sich hin. Schließlich beendete Carolyn ihren Gedanken: „In Ordnung, Liebling. Das ist natürlich deine Entscheidung."

Am nächsten Tag stand Xavier im Ballsaal eines Hotels im Stadtzentrum, nickte Leuten zu, die er kannte, beteiligte sich gelegentlich an Gesprächen und gab alles, um nicht gelangweilt zu erscheinen. Obwohl er vielen Benefizveranstaltungen zur Unterstützung alleinstehender Mütter beiwohnte, fand er sie doch im Allgemeinen nicht besonders unterhaltsam. In der Vergangenheit hatte er zu derartigen gesellschaftlichen Verpflichtungen immer ein Date am Arm gehabt, damit er jemanden zum Reden hatte.

Es war schade, dass Abby vollends beschäftigt mit dem Korrigieren von Prüfungen war. Ihre Gesellschaft hätte den Abend belebt.

Das Glas Wasser in seiner Hand stoppte auf dem Weg zu seinen Lippen. Er würde sie gerne bei sich haben? Hier? Sie lebte bei ihm, war eine Angestellte in seinem Club und hatte bei Stella's angefangen, Lese- und Schreibseminare zu geben. Durch sie ignorierte er Regeln, die er in den letzten Jahren nicht einmal gebrochen hatte. Und nun wollte er sie auch noch zu seinem gesellschaftlichen Leben hinzufügen?

Darüber musste er nachdenken.

„Xavier." Er lächelte, als eine ältere Dame an ihn herantrat, dankbar für die Ablenkung.

„Mrs. Abernathy, es freut mich, Sie zu sehen."

„Es ist wundervoll, dass Sie kommen konnten." In ein silbernes Kleid gehüllt, passend zu ihren Haaren, nahm sie seine Hand. „Ich bin dankbar für all die Spenden, die Sie uns in den letzten Jahren haben zukommen lassen."

„Es handelt sich um einen ehrenvollen Zweck. Viele Frauen haben seit der Gründung von Stella's die Hilfe bekommen, die sie dringend brauchten."

„Ich hoffe, dass noch vielen Frauen auf die gleiche Weise geholfen wird." Mrs. Abernathy sprach eine Weile darüber, dass die Wirtschaftskrise die Spenden für ihre Wohnheime verringert hatte. Gleichzeitig erzählte sie, wie die Zahl der hilfebedürftigen Frauen zunahm.

Xavier hörte aufmerksam zu, ein Runzeln auf der Stirn. So gerne er auch helfen würde, das Budget für wohltätige Zwecke war bereits großzügiger, als sein Aufsichtsrat es für richtig hielt.

Mrs. Abernathy nahm seine Hand in die ihre, ein Dankeschön, bevor sie von einem weiteren Gast gerufen wurde und sie sich von ihm verabschiedete.

„Xavier." Die Stimme kam ihm bekannt vor und er drehte sich um.

„Wie schön, dich hier zu sehn.“ Sie griff seine Hand, stellte sich auf ihre Zehenspitzen und küsste ihn auf die Wange. Janae Edgerton war eine umwerfend schöne Frau mit welligem, dunkelbraunem Haar und ebenso farbenen Augen.

„Janae, wie geht's dir?“ Irgendwie sah sie anders aus. *Ah*, seit er sie das letzte Mal gesehen hatte, hatte sie sich unters Messer gelegt, vollere Lippen und Playboy-Brüste waren das Ergebnis. Er war ein Mann, ihm gefiel ein gutes Paar Brüste, doch er bevorzugte es natürlich. „Ich erinnere mich nicht, dass du Benefizgalas als dein persönliches Jagdgebiet nutzt.“

Sie schenkte ihm ein Lächeln, von dem er wusste, dass es die Männer reihenweise zum Schmachten brachte. „Du erinnerst dich richtig. Ich wusste jedoch, dass diese Organisation deine besondere Aufmerksamkeit genießt.“

„Ist das so?“ Misstrauen spielte in seiner Stimme mit. Vor Jahren waren sie ein paar Mal miteinander ausgegangen. Wie gewöhnlich hatte Xavier die Beziehung beendet und war zur nächsten Frau weitergezogen. Er wusste, dass sie immer mehr von ihm gewollt hatte.

„Ein Wohltätigkeitsprojekt, das meinem Vater sehr viel bedeutet hat, wurde aufgelöst, und er sucht nach einem Ersatz. Ich dachte, wenn ich dich mit ihm bekanntmachen würde, könntest du ihn davon überzeugen, dass dieser Zweck besser für seine Sammlung geeignet ist, als irgendwelche Sümpfe im Süden zu retten.“ Ein unmissverständliches Lächeln. Ein Flirtversuch.

Er runzelte die Stirn. „Ich bin nur ein Geldgeber von vielen. Mrs. Abernathy –"

Sie zuckte mit den Schultern. „Daddy verhandelt nicht mit Frauen."

„Ah ja." Mrs. Abernathy hatte gerade erst erwähnt, wie wichtig es war, neue Geldgeber zu finden. Es wäre doch eine Schande, eine Spende zu verlieren, nur weil der Mann mit dem Geld, dem anderen Geschlecht voreingenommen gegenüberstand. „Es wäre mir eine Freude, mit ihm zu sprechen. Stellst du mich ihm vor?"

„Oh, er ist nicht hier. Er nimmt an solchen Veranstaltungen nicht teil."

Xavier verschränkte die Hände hinter seinem Rücken und wartete geduldig, dass sie zum Punkt kam.

„Er gibt Freitagabend eine Party. Dort kann ich dich ihm vorstellen. Er respektiert Menschen, die sich in seiner ... gesellschaftlichen Klasse bewegen." Sie ließ einen Blick über ihn schweifen, ein Blick voller Anerkennung.

Keine Frage, Janae hatte ihm in der Vergangenheit gute Gesellschaft geleistet. Sie hatte ihren Zweck an seinem Arm mit Bravour erfüllt, dennoch hatte er niemals eine langfristige Sache mit ihr in Erwägung gezogen. Selbst, wenn er seine Verachtung gegen Vanilla-Sex außen vorließ, hätte er kein Interesse an ihr. War es möglich, dass dies ein Versuch war, ein Date mit ihm herauszuschlagen? „Du willst also, dass ich am Freitag zu einer Party komme?"

Zweifellos sah sie, dass er geneigt war abzusagen, denn

sie fügte hastig hinzu: „Nur für eine Stunde. Lange genug, dass du mit Daddy reden kannst. Sagen wir um neun?"

Er hatte keine Pläne für Freitag. Abby wollte zu der Party ihrer Eltern – bei der sie ihn nicht dabeihaben wollte. Das Dark Haven würde auch ohne ihn zurechtkommen. Es gab also keinen Grund, warum er nicht versuchen sollte, eine neue Geldquelle für Mrs. Abernathy an Land zu ziehen.

Trotz allem stellte er sicher, dass Janae sich keine falschen Hoffnungen machte. Unter keinen Umständen wollte er, dass sie dachte, es wäre eine Verabredung. „Wenn du mir die Adresse gibst, dann komme ich vorbei. Für eine Stunde."

Sie strahlte ihn an. „Perfekt. Ich werde vor dem Haus auf dich warten, so dass du nicht nach mir suchen musst." Hastig kritzelte sie ihm die Adresse auf ein Stück Papier und überreichte es ihm.

Sie hatte einigen Aufwand dafür betrieben. „Danke, Janae. Das war sehr nett von dir."

„Gern geschehen." Zum Abschied küsste sie ihn wieder auf die Wange, presste dabei ihre Brüste gegen seinen Arm und stolzierte mit schwingenden Hüften davon.

Schon bald war sie aus seinen Gedanken verschwunden und er überlegte, ob er unbemerkt verschwinden konnte. Abby sollte mit dem Korrigieren der Prüfungen für heute fertig sein und er sehnte sich danach, ihren weichen, einladenden Körper unter seinem zu spüren.

Abby sog die frische Morgenluft tief in ihre Lungen, hob die Arme über ihren Kopf und streckte sich. Sie sollte nicht hier draußen sein. Sie musste noch Prüfungen und Seminararbeiten korrigieren und benoten, diese Noten schicken und ihren Artikel beenden. Frühstück auf der Terrasse war eine Versuchung, der sie nicht widerstehen konnte – besonders, da Xavier sie mit Eggs Benedict überrascht hatte.

Normalerweise kochten sie zusammen, es sei denn, sie standen im Wettkampf. Natürlich wusste er auch, wie gestresst sie derzeit war.

Sie schaute auf ihre Uhr. „Du kommst zu spät zur Arbeit."

„Das ist einer der Vorteile, wenn man der Boss ist. Mrs. Benton wird sich um alles kümmern, bis ich vor Ort bin." Er richtete seinen Blick auf die Wolken, die sich vom Westen her näherten. „Ich wollte die Sonne genießen, bevor sich die Wolken davorschieben."

Der Wind hatte aufgefrischt, wodurch sich Abbys langer Batik-Kaftan gegen ihren Körper presste.

Er ließ seinen Blick über sie schweifen. „Trägst du irgendwas unter diesem Teil?"

Männer. „Benimm dich. Einer von uns muss heute noch arbeiten."

Er schlürfte seinen Kaffee, ohne seine Augen von dem dünnen Stoff zu nehmen, unter dem sich ihre Brüste abzeichneten.

„Männer denken wirklich immer nur an Sex." Sie runzelte die Stirn. „Was passiert eigentlich in einer D/S-Beziehung, wenn du Sex willst und ich nicht?"

„Ich gewinne, Liebes." Ein Grübchen erschien auf seiner linken Wange. So arrogant. „Spaß beiseite. Wenn ich es nicht schaffe, dass du dich nach mir verzehrst, bin ich ein armseliges Beispiel eines Doms und habe das Recht, dich zu ficken, nicht verdient."

Genau diese Denkart macht ihn zu einem großartigen Dom. Sie errötete und erinnerte sich daran, wie schnell er es immer wieder vollbrachte, dass sie ihn anflehte, sie endlich zu nehmen. „Okay, was ist mit der Entscheidung, wer das Bad putzt oder die Wäsche macht? Oder was wir abends unternehmen, wie wir das Haus einrichten? Es gibt noch andere Themen als Sex, weißt du?"

Sein Lächeln erlosch. „Ich hoffe doch, dass du deinen Studenten diese Lüge nicht auftischst."

Sie verschluckte sich am Tee. „Das wäre ein interessantes Forschungsthema. Am Ende würdest du wahrscheinlich sogar recht behalten. Dreht sich in einer Beziehung alles um Sex?" Damit hätte sie die Aufmerksamkeit jedes einzelnen Studenten in ihrem Seminar sicher. „Aber mal im Ernst ..."

„Wir wohnen jetzt bereits eine Weile zusammen. Gefällt es dir, wie wir diese Dinge bisher gehandhabt haben?"

„Irgendwie rechne ich jeden Tag damit, dass du mir den Befehl gibst, mich hinzuknien, bevor du mir sagst, dass von nun an meine Aufgaben beinhalten, den Haushalt zu schmeißen."

Im hellen Morgenlicht konnte sie das Lachen in seinen Augen sehen. Er war schon fürs Büro angezogen, trug ein langärmliges, cremefarbenes Hemd, die oberen Knöpfe offen, mit einem verführerischen Ausblick auf seine sonnengebräunte, muskulöse Brust.

Sie zwang sich, den Blick abzuwenden. Vielleicht hatte er Recht und es drehte sich wirklich alles um Sex.

„Würdest du dich danach sehnen, eine Sklavin zu sein, dann wären all diese Befehle vernünftig. Man würde sie sogar erwarten. Ein Dom und seine Sub hingegen handeln gegenseitig aus, wie weit seine Dominanz reichen soll." Seine Augen funkelten. „Es wird Zeiten geben, in denen ich dich auf den Knien sehen will, einfach weil mir die Aussicht zusagt. Und wie sich der Ausdruck in deinen Augen und deine Körpersprache verändert, wenn ich den Befehl ausspreche."

Ihr gesamter Körper wurde nachgiebig, als er den Kiefer anspannte und wieder einmal verdeutlichte, wie selbstbewusst er war. „Und was passiert, wenn ich das nicht will?", hauchte sie.

„Aber du willst es, Abby." Er schloss seine Finger um ihre Hand, fest genug, dass sie nicht in der Lage war, sie wegzuziehen. Auf die gleiche Weise fing er ihren Blick ein und sagte: „Selbst, wenn dir die Situation zuerst unbehaglich ist, der Befehl zu einer unpassenden Zeit käme, würdest du mir gehorchen, weil du mich zufrieden stellen willst."

Ja, das würde sie. Die Erkenntnis war gleichzeitig beängstigend und berauschend.

„Und später ... später würdest du mir sagen, was dich an der Session gestört hat, wodurch es uns gelingt, die Grenzen besser zu definieren."

„Das klingt logisch." Und verdammt vage. Sie runzelte die Stirn. „Wie sind unsere Grenzen derzeit definiert?"

„Weder mische ich mich in deine Arbeit ein, noch wähle ich die Kleidung, die du trägst. Ich habe keinen Einfluss darüber, mit wem du Freundschaften pflegst oder mit welchen Verwandten du dich triffst. Ich will, dass du alleine entscheiden kannst, wie du deinen Tag gestaltest. Und auch deine Finanzen und dein Eigentum sind deine Sache und gehen mich nichts an, solange du mich nicht um Rat fragst."

Okay, damit hatte sie einige Freiheiten.

„Allerdings setze ich voraus, dass ich die Kontrolle habe, wenn wir hier im Haus oder im Club eine Session spielen, da wir für diese Bereiche noch keine Grenzen definiert haben. Nur, weil ich dir noch nie Kleidung für den Tag rausgelegt habe oder dir befohlen habe, dich vor mich hinzuknien, bedeutet das nicht, dass dies niemals passieren wird." Sein Grinsen war teuflisch. „Ich will ehrlich sein: Ich denke bereits seit etlichen Minuten darüber nach, dir zu befehlen, den Kaftan auszuziehen, so dass ich den Anblick deines nackten Körpers im Sonnenlicht genießen kann."

Sie spürte, wie Hitze in ihre Wangen stieg.

„Jedoch werde ich es nicht tun. Ich weiß, dass du noch viel Arbeit vor dir hast, und wenn du dieses Teil jetzt von deinen Schultern streifst, das wissen wir beide, hätte ich dich in unter einer Minute auf dem Tisch ausgebreitet."

Ihr Geschlecht pulsierte, summte und schrie: *Ja, ja, ja!* Er hatte ihre Ängste im Hinblick auf seine Kontrolle besänftigt. Stattdessen floss nun nervöse Vorfreude durch ihre Adern, und ihre neugierige Natur besiegte ihre Furcht. Sie musste einfach fragen: „Okay, und was passiert, wenn ich mich absolut weigere, etwas zu tun?"

„Wenn du meinem Befehl nicht Folge leisten kannst?" Sein Blick wurde sanfter und er drückte ihre Hand. „Du hast dein Safeword, Abby. Das Safeword gilt überall – ob im Haus oder im Club."

Sie hasste es, dass er ihre Ängste so gut verstand. Doch sie liebte es auch.

Dann überlegte sie. Vielleicht sollte sie diese gesteckten Grenzen einmal austesten.

Als er seine Tasse abstellte und die Hand nach dem letzten Stück Bacon ausstreckte, kam sie ihm zuvor und stibitzte es von dem Teller, der zwischen ihnen stand. Sie wurde mit einem Stirnrunzeln belohnt. Innerlich hüpfte sie entzückt auf und ab. „Oh, es tut mir so leid, mein Herr und Meister, aber wer zu spät kommt, den bestraft das Leben."

. . .

Xavier tippte mit dem Zeigefinger auf die Tischplatte. Für den Diebstahl würde sie definitiv bezahlen. „Das, meine kleine Pusteblume, war das Verhalten einer Göre."

Sie hielt in ihrem Kauen inne, und schon erschien wieder dieses ungezogene Grinsen auf ihren Lippen. Sie konnte besser in seinem Ton und in seiner Stimme lesen, jetzt, wo er ihre Fragen beantwortet und ihre Ängste besänftigt hatte.

„Heißt das, dass ich ein Funishment zu erwarten habe?"

„Träum weiter, kleine Sub. Das war ein ernstzunehmendes Vergehen." Er streckte seine Beine aus und genoss die Sonne auf seinem Gesicht. „Ich werde mir eine passende Bestrafung ausdenken. Vielleicht etwas mit einer guten Portion Schmerz. Für heute Abend. Oder vielleicht morgen im Club."

Ah, in ihren Augen zeigte sich ein Anflug von Nervosität. Perfekt.

Dann runzelte er die Stirn. „Erwähntest du nicht, dass du dieses Wochenende zu einer Party musst?" Würde sie ihn einladen?

Sie blinzelte. „Oh, ja richtig! Ich muss Freitagabend bei einer Familienfeier anwesend sein. Meine Eltern feiern Hochzeitstag." Weiter sagte sie nichts, sprach keine Einladung aus.

Das Gefühl in seiner Brust gefiel ihm nicht. Anscheinend wollte sie nicht, dass er den Rest ihrer Familie kennenlernte, obwohl sie einige Tage hatte, um darüber nachzudenken. Seine Hand wickelte sich fester um seine

Kaffeetasse. Schließlich setzte er sie so langsam ab, so kontrolliert, dass es kein Geräusch gab.

„Und was ist mit dir? Wirst du an dem Abend in den Club gehen?“, fragte Abby.

Er hatte gehofft, Zeit mit ihr zu verbringen, doch dann erinnerte er sich an Janae Edgertons Vater. Dafür wäre ihm Mrs. Abernathy etwas schuldig.

„Ich werde –“ Er stoppte sich. Abby hatte seine toll aussehenden und glamourösen Frauen erwähnt. Ihr zu sagen, dass auf einer Party eben eine Frau wie diese auf ihn warten würde, könnte sie nur unnötig verunsichern. „Ja, ich werde vermutlich im Dark Haven vorbeischauen.“

KAPITEL ZWEIUNDZWANZIG

D**er Himmel über** San Francisco hatte sich so plötzlich zugezogen, so, wie es nur an diesem Ort passieren konnte. Einer der seltenen Sommerstürme hatte sich vom Meer genähert. Regen rann in Strömen über die Windschutzscheibe und erinnerte an Tränen, die Abby sich weigerte, zu vergießen. Ihre Hände lagen verkrampft in ihrem Schoß. *Ich will sie nicht gehen lassen.* Mit jedem Schlag ihres Herzens brach es in winzigere Teile. *Ich bin noch nicht bereit.*

Der Anruf vom Tierrettungsdienst war überraschend gekommen.

Xavier nahm eine Hand vom Lenkrad und streichelte ihren Arm. „Die Frau meinte, dass die Kleinen ein geeignetes Zuhause bekommen. Sie geben die Welpen nicht einfach irgendjemandem. Sie kommen zu guten Menschen, wo es ihnen viel besser ergehen wird als bei einem Leben im

Tierheim."

„Ich weiß. Ich bin froh, dass Grace Blondie adoptieren will." Sie blinzelte die Tränen aus ihren Augen. „Danke, dass du mitgekommen bist." Sie hätte sich nicht aufs Fahren konzentrieren können. „Mir war nicht klar, dass es mich so hart treffen würde, sie wegzugeben." Vorher hatte es auch nie Probleme gegeben.

Er streichelte mit den Fingerknöcheln über ihre Wange. „Wahrscheinlich hast du den Schmerz zuvor immer unterdrückt. Leider bist du gut darin, deine eigenen Gefühle sogar vor dir selbst geheimzuhalten." Seine Mundwinkel verzogen sich leicht. „Oder warst es zumindest."

„Ich glaube, mir wär's lieber, sie wären weiter unterdrückt", flüsterte sie, während sie in die Garage fuhren.

Sie wartete nicht, bis er die Tür öffnete, sondern rannte von der Garage ins Haus. Im Moment sehnte sie sich einfach nach einem ruhigen Örtchen, an dem sie ihrem Kummer freien Lauf lassen konnte.

Unnachgiebige Hände schlossen sich um ihre Schultern und drehten sie um. Er zog sie in seine Arme. „Lass es raus. Schäm dich nicht für deine Gefühle. Wenn dir nach weinen ist, dann weinst du."

„E-es tut so weh." Auf dem Weg aus der Tierrettungsstelle hatte sie einen letzten Blick auf Blackie geworfen. Er hatte sie mit Verwirrung in seinen kleinen Knopfaugen angesehen. *Ich will ihn zurück.* Erfolglos unternahm sie den Versuch, sich aus Xaviers Armen zu befreien. Dieser Kampf nahm ihr auch die letzte Kraft und so brach sie schluchzend an seiner Brust zusammen. Die Schluchzer zerrissen sie und störten den Frieden im Haus. Der Eisklumpen um ihr Herz begann zu schmelzen.

Fest von ihm umschlossen, wie ein starker Fels in der Brandung, hielt er gegen ihre Tränenflut stand. Seine Wärme schwappte auf sie über, seine Atemzüge ein Ausdruck von Gelassenheit.

Langsam beruhigte sie sich. Sie atmete tief ein und spürte, dass er ihr auf den Kopf küsste. „Du zitterst. Komm." Er nahm ihre Hand und zog sie zum Swimmingpool. Hier entfernte er die Abdeckung vom Whirlpool und entließ den Dampf in die Freiheit .

„Ich will mich einfach bloß –"

„Verkriechen. Ich weiß schon." Er ignorierte ihre Proteste und zog sie aus. Ohne sie loszulassen, führte er sie zum Whirlpool – als wäre sie hilflos. Dann saß sie und erst jetzt ließ er sie los. Das warme Wasser drang durch ihre Haut bis in ihre Knochen vor und gab der Kälte keine Chance.

Seufzend lehnte sie sich zurück und beobachtete durch die Wasserdampfschwaden, wie er sich auszog. Sein dunkel gebräunter Körper war wunderschön und ihr Blick blieb bei den Muskeln hängen, die seine Schenkel und festen Pobacken formten.

Er fand ihren erhitzten Blick. Sofort löste sich die Sorge in seinen Augen zu Luft auf und er nahm neben ihr Platz.

„Es geht mir besser. Danke." Sie hätte nicht erlauben dürfen, dass sich die Welpen auf diese Weise in ihrem

Herzen einnisteten. Obwohl sie anfangs noch überlegt hatte, einen zu behalten. *Ich will Blackie.* Doch dann war sie bei Xavier eingezogen. Seinen Garten hätte man einzäunen müssen, damit ein Hund nicht entwischen konnte. Er hätte Xaviers Antiquitäten angeknabbert und auf den Teppich gepinkelt. Nein, für eine derartige Verantwortung waren sie nicht bereit, wären sie es niemals. *Er will nichts Langfristiges.* Nur für einen Sommerflirt würde er nicht sein ganzes Haus umbauen.

Die Mitarbeiterin meinte, dass es kein Problem geben dürfte, die Kleinen zu vermitteln. Es würde ihnen gut gehen, hoffte sie.

Beim nächsten Regenschauer prasselten kalte Regentropfen auf ihr Gesicht und riefen magische Kreise auf der Oberfläche des Wassers hervor. Xavier nahm ihre Hand und küsste ihre Fingerknöchel. Es war kein Verführungsversuch, nein, er wollte sie trösten.

„Du bist wirklich ein netter Mann."

Sein Lachen hörte sich überrascht an und dieser tiefe Klang war es, der die Leere in ihr zu füllen vermochte.

Für eine Weile saßen sie schweigend nebeneinander und dann erzählte Xavier ihr von seinem Tag. Er teilte sich mit, ohne dass sie danach gefragt hatte, als wüsste er, dass sie eine Ablenkung brauchte.

Er redete nicht gerne über sich selbst. Eine interessante Beobachtung, denn ihr ging es ähnlich. Jedoch hatten sie beide ein Talent dafür, ihr Gegenüber auszufragen. Erst jetzt merkte sie, wie einseitig ihre Gespräche mit Nathan immer gewesen waren. Vielleicht weil sie zumeist über politische, gesellschaftliche und ökonomische Themen gesprochen hatten. Und ja, sie hatte ihn regelmäßig nach seinem Tag gefragt, worauf er nur allzu gerne eingegangen war. Nur hatte er sich im Gegenzug nie für sie interessiert. Es hatte einen anderen Mann gebraucht, um ihr diese Tatsache vor Augen zu halten.

„Ich soll dir von Marilee ein Dankeschön ausrichten."

Abby runzelte die Stirn. „Sie steigt doch nicht aus meinem Kurs aus, oder? Sie macht Riesenfortschritte, aber sie ist noch nicht bereit, um –"

„Nein, Kleines." Xavier näherte sich ihr und legte einen Arm um ihre Taille. „Ihre Fähigkeiten haben sich derart verbessert, dass sie jetzt in der Lage ist, eine Anstellung zu finden. Ein Freund von mir besitzt eine Bäckerei in der Market Street."

„Wirklich?" Sie freute sich für Marilee. Dann runzelte sie erneut die Stirn. „Aber ... wie? Ist sie in der Lage die Produktschildchen zu lesen und alles in die Kasse einzuge –"

„Ihr Arbeitsvermittler wird sie auf den Job vorbereiten."

Abby blickte ihn misstrauisch an.

„Ist ja gut. Ich gebe zu, dass ich bei meinem Kumpel etwas Überzeugungsarbeit habe leisten müssen, aber Marilee ist intelligent. Ich denke, sie wird gute Arbeit leisten. Dieses Erfolgserlebnis wird ihr Selbstvertrauen schenken, bis sie im Lesen und Schreiben so gut ist, dass sie sich an neue Herausforderungen wagen kann."

Sie kuschelte sich an ihn. Und das alles, weil er seine Mutter hatte leiden sehen. „Du erwartest von ihnen, dass sie ihr Bestes geben und ihren Weg finden. Ist die hohe Fluktuation nicht ziemlich stressig für Leduc Industries?“

„Mmmh.“ Er rieb seine Wange an ihrer, die Stoppeln auf ihrer Haut wie ein Funke, der trockenes Reisig in Brand setzte. „Die neuen Chefs wissen, was ich von den Frauen erwarte. Ich will, dass sie sich ein Leben aufbauen. Jobs für den Mindestlohn haben ohnehin eine hohe Fluktuation, und wenn unsere Frauen etwas sind, dann hochmotiviert. Sie sind pünktlich, arbeiten hart und lernen schnell. Damit sind alle rundum zufrieden.“

„Das ist cool.“

„Ich bin ein netter Mann, du erinnerst dich?“ Er grinste sie mit einem teuflischen Funkeln in den Augen an. „Nette Männer muss man belohnen, sonst werden sie böse.“ Seine Hand packte ein Bündel ihrer Haare, gleichzeitig streichelte er mit der anderen über ihre Brüste und zwickte verführerisch in ihre Nippel.

„Das können wir nicht zulassen“, hauchte sie.

„Nein, können wir nicht.“ Er nahm ihre Hand, legte sie um seinen Schwanz und bewegte sie auf und ab. Als er ihr das nächste Mal in den Nippel zwickte, konnte sie ein Stöhnen nicht zurückhalten. Er lachte.

„Knie dich hin, Abby, seitwärts auf den Sitz.“ Sie schob die Beine unter ihren Po und sah ihn erwartungsvoll an. In dieser Position reichte ihr das Wasser bis zur Hüfte. Die

Luft war kühl auf ihrer erhitzten Haut und ihre Nippel traten hervor.

Er legte ihre Hände auf seine Schultern und sie streichelte über seine Arme, über seine tanzenden Muskeln.

Daraufhin umfasste er ihre Brüste, presste sie zusammen und saugte einen Nippel in seinen Mund. Er grinste, als sie quietschte, umspielte mit der Zunge die Knospe, bevor er sich der anderen zuwendete. Vor und zurück, immer abwechselnd.

Der Rhythmus ging ihr durch Mark und Bein, setzte sich in ihrer Mitte fest und ließ Erregung in ihr aufkeimen. Jede Berührung mit seinen Lippen verstärkte ihr Verlangen, bis sie sich vor Begierde wand. Ihre Finger krallten sich in seine Schultern.

Wie konnte sie ihn dazu bekommen, sich ihrer Pussy zuzuwenden? Ihrer Klitoris? Zu versuchen, Xavier zu dirigieren, war einfach nicht möglich. Genauso gut könnte man versuchen, einen Bulldozer von unten zu lenken.

Sein amüsierter Blick traf den ihren. *Oh*, er wusste genau, was er ihr antat. „Umdrehen." Er packte ihre Hüften und drehte sie mit dem Rücken zum Whirlpool.

Im dichten Nebel blinkten immer wieder die Lichter der Golden Gate Bridge auf. „Mit den Händen abstützen." Sie platzierte ihre Hände auf die kühlen Steinfliesen, die den Whirlpool umgaben. Kalter Regen prasselte auf ihren Rücken. Er griff an ihr vorbei, zu einer Seeungeheuer-Statue. Aus einem verborgenen Fach im Bauch des Ungeheuers zog er lange, dünne Plastikstreifen und eine Schere.

„Du willst mich mit Kabelbindern fesseln?“ Sie starrte ihn ungläubig an.

„Das will ich. Sie funktionieren wunderbar in feuchten Umgebungen wie in Whirlpools oder in Schwimmbecken.“ Er wickelte den Kabelbinder um ihr Handgelenk, einer seiner Finger zwischen dem Plastik und ihrer Haut. Ihre Vorfreude – und ihre Nervosität – machten bei dem ratschenden Geräusch einen Salto, als er die Plastikfessel festzog. Er entfernte seinen Finger, kontrollierte, dass die Fessel sie nicht einschnürte, und wandte sich dem anderen Handgelenk zu. Das kühle Plastik erwärmte sich schnell an ihrer Haut.

Er verband die zwei Kabelbinder mit einem dritten und zog dann ihre Arme nach vorn, so dass er das Band an einer Kralle des Ungeheuers einhaken konnte.

Durch die Fesseln war sie gezwungen, sich weit aus dem Whirlpool zu lehnen, wodurch sich die Kante in ihre Brüste bohrte. „Au, das tut weh.“

„Tut mir leid, kleine Sub.“ Mit einem Arm um ihre Taille hob er sie an und positionierte sie so weit nach vorne, dass ihre Brüste auf den kalten Fliesen ruhten.

„Was machst du –?“

Ein Zwicken in ihren rechten Nippel brachte sie zum Schweigen. Er zog noch zwei breite Segeltuchstreifen aus dem geheimen Fach. Er reichte ins Wasser herunter und legte ihr einen Streifen um den rechten Oberschenkel, hakte ihn dann in etwas ein und sicherte so ihr Bein. Mit dem linken machte er dasselbe. Danach zog er die Riemen fester, was zur Folge hatte, dass sich ihre Beine spreizten.

„Was für ein hübscher Anblick. Eine kniende Sub, die an ein Monster gefesselt ist, die Beine weit gespreizt und ihre süße Pussy für ihren Dom präsentiert." Während seiner kleinen Rede hatte er die Hände nicht von ihr genommen, streichelte, erkundete ihren Körper. Er fand wieder ihre Brüste, spielte mit ihnen, knetete sie, umkreiste und zwickte abermals in ihre Nippel. Es dauerte nicht lange, bis diese Behandlung Früchte trug und ihre Brüste vor Erregung anschwollen. Kalter Regen rieselte auf sie herunter. Die Tropfen waren vergessen, als er in beide Nippel gleichzeitig zwickte. Sein Schwanz hatte sich mittlerweile zwischen ihren Arschbacken eingefunden, glitt auf und ab und befeuerte ihre Empfindungen.

Als sie vergeblich an ihren Fesseln riss, lehnte er seine Brust gegen ihren Rücken und flüsterte in ihr Ohr: „Ist doch eine Schande, dass du dich nicht wehren kannst, oder?"

Ihre untere Hälfte fühlte sich an, als hätte sie sich der Wassertemperatur angeglichen. „Ich habe meine Meinung geändert", murmelte sie. „Du bist nicht nett."

Lachend reichte er ins Wasser und veränderte die Einstellung der Düsen. Zunächst beschützte er ihre Pussy mit seiner Hand, richtete die Düsen so aus, dass –

Oh Gott – und ein Wasserstrahl traf ihre Klitoris.

„Oh nein." Der regelmäßige Druck auf ihr Nervenbündel trieb sie direkt auf einen Orgasmus zu.

„Na aber, nicht so schnell", flüsterte er und passte die Düse seinen Wünschen an. Der Druck nahm ab, runter auf die Intensität eines neckenden Fingers. Wellenartig näherte sich in regelmäßigen Abständen eine lustvolle Vibration. „Gut." Er rieb ihre Schulter. „Nicht bewegen, Sub."

Sie wehrte sich für einen Moment, versuchte, dem Wasserstrahl auszuweichen – vergebens. Die Unterseiten ihrer Brüste kratzten über die Steinkante und fügten einen Hauch erotischen Schmerzes hinzu. Wieder und wieder wurde ihre Klitoris gereizt, der Druck baute sich auf, und dann sah sie Xavier neben sich, wie er mit seiner Faust seinen dicken Schaft umschloss. Er bewegte sich nicht, sondern genoss einfach den Anblick.

„Du …" Er wollte sie doch nicht etwa hier zurücklassen?

Die Wasserdüsen scherten sich nicht um ihre Gedanken und waren damit beschäftigt, jeden Nerv in ihrer Klitoris zu wecken. *Oh,* nicht mehr lange.

Er lächelte, als ihr Höhepunkt herannahte; unausweichlich steuerte sie darauf zu. „Schau mich an, Abigail."

Seine dunklen Augen hielten sie in der Gewalt, während die Welle sich dem Ufer näherte und sie endlich, endlich die Lustwelle reiten konnte. Ihr Körper bebte und zitterte. Sie musste die Augen schließen, die Empfindungen zu überwältigend.

Dann, als Xavier sich von hinten gegen sie presste, erstarrte sie. Einen Moment fühlte er sich an ihrem erhitzten Fleisch kühl an. Seine Hand fand ihre Pussy und schützte so ihre inzwischen überempfindliche Klitoris vor der Düse. „Ich genieße es, dich zu beobachten, wenn du kommst", murmelte er ihr ins Ohr.

Er fackelte nicht lange: Mit einem harten Stoß drang er in sie ein. Die Muskeln ihres Geschlechts zogen sich um seinen breiten Schaft zusammen. Er reichte wieder zu den Düsen, seine Hand blieb auf ihrer Pussy. Abermals hatte sie keine Ahnung, was er vorhatte.

„Ich könnte dir gut zu sprechen, aber wir wissen beide, dass du keine Wahl hast." Er knabberte an ihrem Ohrläppchen, während er sich zurückzog, und rammte dann in ihre Hitze. „Es gibt Tage, an denen ich dich gerne auf diese Weise nehme", flüsterte er. „Wenn du in einer Position bist, in der du nichts unternehmen, dich nicht wehren kannst. In diesem Moment gehört dein Körper mir allein, und ich darf mit ihm spielen, ich darf ihn ficken." Jedes Wort wurde von einem Stoß begleitet, mit einer dunklen Bedeutung, die eine neue Welle herannahen ließ.

„Ich stehe darauf, wenn ich dir bei einem Höhepunkt zusehen kann." Mit seiner freien Hand liebkoste er ihre Brüste, kniff in ihre Nippel, so dass sich ihr Inneres zusammenzog. „Doch nichts geht über deine pulsierende Pussy um meinen Schwanz." Die Hand an ihrem Geschlecht rührte sich. Jetzt bildete er mit Zeige- und Mittelfinger ein V um ihre Klitoris. Der Strahl traf sie unerwartet. Als er „Komm noch einmal" sagte, war es bereits zu spät.

„Aaaaah!", schrie sie. Ihr Körper erstarrte, dann bebte er, überwältigt von der intensiven Wucht des Orgasmus. Seine Hand bewegte sich nicht, während er von hinten in sie hämmerte und seinen Rhythmus mit dem Düsenstrahl abstimmte. Es war zu viel für sie, einfach zu viel.

Keine Welle, nein, sie fiel, sie fiel die Klippe herunter, bebte, zitterte und hatte dann das Gefühl zu fliegen. Ihre Schreie hallten durch den Garten, prallten von der Hauswand ab und kehrten verstärkt an ihre Ohren zurück. Er lachte, bevor er sich mit einem kehligen Laut ein letztes Mal in ihr vergrub und sich in ihr ergoss.

Während sich ihr Herzschlag langsam wieder normalisierte, schaltete er die Düsen aus, durchschnitt die Kabelbinder und band ihre Beine los. In der Zwischenzeit beobachtete sie die kleinen Bläschen, die aufstiegen und die Frechheit besaßen, ihre Klitoris zu reizen. Sie wimmerte und rutschte auf der Bank hin und her.

Nochmals lachte er und drehte sie dann zu sich. „Setz dich rittlings auf mich, Sub."

Sie folgte seiner Anweisung, stieg über ihn und senkte sich auf seinen noch immer harten Schwanz.

„Bist du eben nicht auch gekommen?"

„Oh doch, und ich habe es sehr genossen." Er packte ihr Kinn, legte seine Lippen auf ihre und küsste sie ausgiebig und leidenschaftlich. „Ich wollte noch ein bisschen länger in dir sein", hauchte er an ihren Lippen, bevor er sie wieder zu einem berauschenden Kuss einlud.

Sie spürte, wie er langsam erschlaffte. Er hatte seine Arme um sie gewickelt, seine Brust gegen ihre Brüste, Schenkel an Schenkel, seine Zunge in ihrem Mund ... In diesem Moment fühlte sie sich ihm so verbunden, dass sie nicht mehr sicher war, wo er anfing und sie aufhörte.

Er entriss ihr seine Lippen und sie legte ihre Wange an seine Schulter.

Geistesabwesend löste sie seinen Zopf, so dass sie mit den Fingern durch seine losen Haarsträhnen kämmen konnte. „Ich sollte mit dem Abendessen beginnen. Ich bin heute dran."

Er streichelte über ihren Rücken. „Entspann dich noch ein bisschen. Du hattest einen harten Tag." Sein Herzschlag lullte sie ein.

Er ging immer so behutsam mit ihr um. Gefühle erhoben sich in ihr, so intensiv, dass sie die Worte nicht zurückhalten konnte: „Ich liebe dich. So sehr. Ich –" Sie erstarrte, presste die Lippen aufeinander. Ihre Kehle fühlte sich plötzlich wie zugeschnürt an. *Oh nein, was habe ich getan?*

Seine Hand stoppte mitten in der Bewegung, dann fuhr er fort. Er sagte nichts.

Sie hielt die Stille nicht länger aus. „Habe ich alles ruiniert? Das habe ich, oder? Was –"

„Ich muss zugeben, dass ich das nicht erwartet habe, Abby. Ich weiß es nicht."

Offensichtlich liebst du mich nicht. Hatte sie wirklich gedacht, *Ich lieb dich auch* aus seinem Mund zu hören? Ihr Kiefer spannte sich an. „Na gut, was fühlst du? Was sagt dein Bauch? Dein Herz? Fühlt sich deine Kehle zugeschnürt an?"

Er schmunzelte. „Freche, kleine Sub." Sanft platzierte er

seine Hände auf ihren Schultern und schob sie ein Stück von sich weg, um ihr in die Augen sehen zu können. Sein Gesichtsausdruck war unlesbar. Seine Tiefen wirkten nicht kühl, dennoch irgendwie ... distanziert. „Gib mir einen Tag, um darüber nachzudenken, und dann reden wir. Okay?"

„Sicher." Sie wollte sich von ihm wegreißen. Sie wollte wegrennen und sich ein Loch suchen, in dem sie sich verkriechen konnte. Vielleicht hatte er die Absicht in ihren Augen lesen können, denn plötzlich zog er sie so hart an seine Brust, dass ihr die Luft wegblieb.

„Ich mag dich, Abby. Hab keinen Zweifel daran."

Richtig, er mag mich. Genauso wie er die Clubmitglieder mochte. Nicht vergleichbar zu dem, was sie fühlte. Es war so typisch. Das Leben war noch nie großzügig zu ihr gewesen. Jedenfalls nicht, wenn es um Beziehungen ging. Nathan und ihre ganzen Ex-Freunde hatten stets Janae den Vorrang gegeben. Niemand wollte Abby. Es musste einfach an ihr liegen.

Sie gab sich der Umarmung hin. Dass er sie in seinen Armen hielt, sie fest an sich drückte, so beschützend, wie sie sich das immer gewünscht hatte, löste ein wohliges Gefühl in ihr aus, mit einem bitteren Nachgeschmack, den sie nicht genauer beleuchten wollte.

KAPITEL DREIUNDZWANZIG

Xavier startete früh ins Wochenende und fuhr am Freitag zu seiner kleinen Ranch nahe Bodega Bay. Die Helfer vor Ort begrüßten ihn eifrig und gaben ihm alle wichtigen Informationen über die Pferde. Er bewunderte zwei neue Stuten, bevor er sich ein Pferd sattelte und ausritt. Die Sonne brannte heiß auf seiner Haut und der Duft des Meeres kitzelte seine Sinne. Er hatte vergessen, wie sehr er die Ruhe hier draußen liebte.

Er lockerte die Zügel und das Pferd begann einen lockeren Trab. Er genoss das Gefühl auf dem Pferderücken, mit dem hügeligen Weideland zu allen Seiten und seinen langen Haaren zur Abwechslung nicht in einem einengenden Zopf. Für einen Moment schaffte er es sogar, die Erinnerungen, die er mit dieser Ranch verband, zu verdrängen. Es gab eine Zeit, in der er mit Catherine jedes Wochenende hergekommen war. Um der hektischen Stadt für eine Weile zu entfliehen und um ihre geretteten Mustangs zu besuchen.

Er lächelte. Abby bestach durch die gleiche fürsorgliche Art.

Am höchsten Punkt der Ranch stieg er ab, stellte sich auf einen Felsen und blickte auf den Ozean in der Ferne. Das war ihr liebster Ort gewesen. Catherine hatte immer zu ihm gemeint, dass sie nur hier ihren Kopf freibekam und wirklich durchatmen konnte.

Im Ranchhaus war sie verstorben.

Und hier, an dieser Stelle, hatte er ihre Asche vergraben.

„Catherine ..." In den letzten Jahren war er hergekommen, um ihre Gegenwart zu fühlen. Vielleicht war es Einbildung gewesen, jedoch hatte es ihm in schwierigen Zeiten stets Trost geschenkt.

Gestern Abend, als Abby ihm gesagt hatte, dass sie ihn liebte, war ihm eine Sache bewusst geworden: Er hatte mit Catherine, mit seinen Gefühlen für sie, noch nicht abgeschlossen. Bisher hatte er dafür auch keinen Grund gehabt. Nun ... Abby hielt nichts von ihm zurück, und er wollte ihr mit der gleichen Hingabe entgegenkommen.

Seufzend kniete er sich vor Catherines Grabstein.

GELIEBTE EHEFRAU.

„Das warst du", sagte er. „Meine geliebte Ehefrau, genauso wie meine geliebte Sklavin und meine geliebte Partnerin." Er lehnte sich gegen den Baumstamm direkt neben dem Grabstein. „Du bist so plötzlich von mir gegangen."

Sie war auf die Ranch gekommen, um sich ein neues Fohlen anzusehen. Sie hatte hier übernachtet. Am nächsten Morgen wurde sie von den beiden Ranchhelfern gefunden. Es war bereits zu spät. Ein gerissenes Aortenaneurysma. Nichts hätte sie retten können. Später hatten die Ärzte ihn darüber informiert, dass es schnell gegangen sei.

Er hätte bei ihr sein sollen.

„Ich bin gekommen, um dir Lebewohl zu sagen, Cat." Er zeichnete mit dem Finger einen Kreis im Dreck. „Ich bin jetzt soweit. Ich kann regelrecht hören, wie du sagst: *Wird aber auch Zeit!* Abby ist eine bezaubernde Frau, mit einem genauso großen Herzen wie deinem."

Ein Rotschwanzbussard kreiste über ihm. Weit entfernt kreischten die Möwen.

Niemals hätte er erwartet, dass es eine Zeit geben würde, in der er sein Herz erneut öffnen würde. Und doch stand er nun hier, an diesem Ort, vor Catherine. Seine Brust schmerzte, als hätten ihn die Hufen eines Pferdes getroffen.

„Ich werde dich immer lieben, kleine Sklavin. Abby und meine Gefühle für sie haben mich unerwartet getroffen. Sie zieht mich vollkommen in ihren Bann." Er nahm einen tiefen Atemzug und gestand es sich und der Welt ein: „Ich liebe sie. Ich liebe sie so sehr."

Die Worte trafen ihn, schossen durch ihn, schockierten ihn. Also sagte er es ein weiteres Mal: „Ich liebe Abigail Bern." Er ließ den Blick über das hügelige Land schweifen, Weideland soweit das Auge reichte. Irgendwie war er im

Leben auf einen Pfad gelangt, den er nicht hätte vorhersehen können.

Der Lebensweg war nicht gerade oder eben, wie er das in seiner frühen Kindheit immer gedacht hatte. Nein, der Pfad bestand aus Bergen, Tälern, Serpentinen und Abhängen. „Wünsch mir Glück, Cat."

Freitagabend nahm sich Abby einen Moment Auszeit von der Party und kontrollierte ihre Erscheinung im Badezimmerspiegel. Gar nicht mal so schlecht. Ihr neues Kleid hatte die Farbe von Lavendel. Der trägerlose Stil setzte ihre Brüste perfekt in Szene und der Rock ergoss sich schlankmachend über ihre Hüften. Die Seiten ihres Haars hatte sie zurückgesteckt, so dass der Blick auf ihre Silberohrringe frei war.

Eine Halskette trug sie nicht. Sie strich mit den Fingern über ihren Hals, ihre Kehle, durch die Kuhle zwischen dem linken und dem rechten Schlüsselbein. Wie würde es sich anfühlen, ein silbernes Halsband zu tragen, ähnlich dem von Rona?

Ja, das würde nicht passieren. Warum hatte sie ihm ausgerechnet diese Worte an den Kopf werfen müssen? Bei der Erinnerung an Xaviers Reaktion ging ihre Laune in den Keller. Sie funkelte ihr Spiegelbild an. Erst sagte er, er wolle immer hören, was sie fühlte, und wenn sie das tat, reagierte er auf diese Weise. Wirklich toll.

Höflichkeit, das war seine verdammte Reaktion gewesen. *Ich liebe ihn und er will darüber nachdenken.*

Sie zwang sich ein Lächeln aufs Gesicht und kehrte ins Wohnzimmer zurück, das mit Geschäftspartnern, Moms Freunden, Nachbarn und Vertretern verschiedenster Wohltätigkeitsorganisationen, die ihre Eltern unterstützten, gefüllt war.

Ihre Mutter erblickte sie. „Die Idee von dir, Lichterketten in die Bäume zu hängen, war brillant. Es ist so romantisch, dass die Leute schon anfangen zu tanzen."

„Die Band klingt gut." Zu jedem Hochzeitstag gab Harold eine große Party, um zu feiern, dass er, wie er sagte, die großartigste Frau der Welt gefunden hatte. Die Liebe zwischen den beiden war standhaft, während sich die Anzahl der Gäste in den letzten Jahren verdreifacht hatte.

„Ich bin froh, dass du gekommen bist, Schatz." Ihre Mutter zögerte. „Ist alles okay bei dir?"

„Natürlich. Alles Gute zum Hochzeitstag, Mom." Abby umarmte sie. Als mehr Gäste hereinströmten, ließ Abby ihre Mutter los. Gespräche von mehreren Gruppen erfüllten den Raum.

Sie entschied, eine Runde zu drehen, und kontrollierte jedes Zimmer nach herumstehenden Gläsern. Danach trat sie lächelnd auf die Terrasse. Die Lichter mochten romantisch sein, doch nichts funkelte so hell wie die Liebe zwischen Harold und ihrer Mom. Die beiden hatten sich auf die Tanzfläche gewagt und tanzten Walzer zu Anne Murrays *Can I Have This Dance*.

Sie schaukelte im Takt der Musik mit und seufzte. Sie hatte noch nie mit Xavier getanzt. Und sie bezweifelte, dass sie das jemals tun würden. Warum zum Teufel hatte sie nur ihren Mund geöffnet?

„Sie sehen toll zusammen aus, oder?" Grinsend kam Grace an ihre Seite. Gemeinsam beobachteten sie ein herzhaftes Lachen von Harold und wie er ihrer Mutter anschließend einen Kuss gab.

„Die beiden geben einem die Hoffnung an die Liebe zurück", sagte Abby leichthin. Die Brise vom Meer strich über ihre nackten Arme. Gott sei Dank hatte sie Xavier nicht zu der Party eingeladen. Es wäre furchtbar gewesen, wieder mit anzusehen, wie er auf Abstand ging. Auf diese Weise konnte sie dem unausweichlichen Gespräch, das er sicher bald mit ihr führen wollte, für eine Weile länger aus dem Weg gehen.

„Ein paar Männer haben übrigens nach dir gefragt", sagte Grace. Sie nickte in Richtung eines Mannes mit Kinnbart.

Abby folgte ihrem Blick. Er hatte eine Halbglatze, doch seine Augen waren intelligent.

„Der andere arbeitet in Dads Firma. Dad sagt, dass er ein Genie ist. Ich denke, du würdest ihn mögen." Grace grinste. „Ich weiß, dass du kluge Männer bevorzugst. Er sieht gut aus und hat mich nach dir ausgefragt."

Abby schenkte ihr ein ironisches Lächeln. „Nur, weil Janae sich noch nicht hat blicken lassen."

„Oh." Graces Ausdruck versteinerte sich. „Ich hoffe, das bleibt auch so."

Oh je. Abby nahm Graces Hand. „Stellt sie immer noch Matthew nach?"

„Er meidet sie." Grace kämpfte gegen Tränen an. „Ich bin froh, dass sie nicht hier wohnt. Vor ein paar Jahren hat sie mich noch ignoriert. Mittlerweile grinst sie mich auf diese Weise an, die andeutet, dass sie etwas Boshaftes vorhat."

Abby holte langsam Luft. „Ich denke ..." Sie zögerte und fuhr dann fort. „Ich denke, dass es daran liegt, dass du jetzt eine ... Frau bist. Jeden Tag wirst du hübscher. Plötzlich bist du eine Konkurrentin."

„Ich bitte dich." Grace brach in Lachen aus. „Als wäre ich –"

„Erinnerst du dich an Schneewittchen? Der Spiegel meinte zu der Stiefmutter, dass sie nicht länger die Schönste im Land sei. Was hat sie daraufhin getan? Richtig, sie wollte Schneewittchen umbringen lassen."

„Meine Halbschwester versucht also, mich mit Gemeinheiten in die Knie zu zwingen?" Grace schnaubte. „Das kann sie ja mal versuchen."

Abbys Sorge milderte sich. Grace hatte eine starke Persönlichkeit und wusste sich zu wehren.

„War sie deswegen immer so unausstehlich zu dir? Weil sie dich als Konkurrentin sieht?", fragte Grace. „Ich –"

Nein, wenn es um Männer geht, kann ich ihr nicht das Wasser reichen. „Sie war ein Einzelkind. Vor mir." Abby sah zu

Harold. „Sie war es gewohnt, im Mittelpunkt zu stehen, und plötzlich war alles anders. Sie hat alles versucht, um an Aufmerksamkeit zu kommen. Bei Harold, in der Schule, bei Männern."

„Also ist es nichts Persönliches? Wer's glaubt. Allerdings finde ich das gar nicht so schlimm mit meinem neuen Status als Konkurrentin." Sie stieß ihre Fingerknöchel gegen Abbys und ging dann zu ihren Freunden aus der Schule. Das Kinn stolz nach oben, die Schultern zurück, Brust raus – mit jedem hüftschwingenden Schritt strahlte sie mehr Selbstsicherheit aus.

Abby fing einen Blick ihrer Mutter ein und lächelte. *Danke, Mom. Zwar hast du mich mit einer Hexe von Stiefschwester bestraft, aber die Halbschwester reißt es wieder raus.*

Ihre Mutter erwiderte das Lächeln.

Eine halbe Stunde später hatte sie zwei Körbe an die ... interessierten Männer verteilt. Mittlerweile fragte sie sich, ob sie doch nach den Nummern hätte fragen sollen. Was würde Xavier tun, wenn sie ihm sagte, wieder ein Kondom zu benutzen?

Ist doch klar. Er würde sagen, dass sie nicht exklusiv waren. Richtig? Irgendwie hegte sie Zweifel an ihren eigenen Gedanken! Wäre er eifersüchtig?

Hinzu kam das Problem, dass sie keinen anderen Mann wollte. Voller Pflichtgefühl drehte sie eine weitere Runde durchs Haus, schaute in der Küche vorbei, um daran zu erinnern, der Band bald Getränke zu bringen. Dann kehrte sie zurück auf die Terrasse. Am Tisch nahm sie seufzend

Platz. Ihre Füße würden sie noch umbringen! Es war einfach nicht fair. Warum kamen Männer um die Schmerzen von High Heels herum?

Harolds lautes Lachen drang an ihre Ohren. Er und ihre Mutter schwatzten mit den Nachbarn. Die jüngeren Mitarbeiter hatten sich mit Essen versorgt und diskutierten über Steuersparmodelle. Die Band spielte nun modernere Musik und ihre Schwester hatte sich mit ihren Freunden auf die Tanzfläche begeben. An einem Nebentisch unterhielten sich junge Frauen über Kinderbetreuung. Die Party war ein voller Erfolg.

Dummerweise hatte sie keinen Spaß. Sie vermisste Xavier. Sie vermisste ihn so sehr, dass es schmerzte.

Tatsächlich könnte sie schwören, seine Stimme gehört zu haben. *Dein Verstand spielt verrückt, Abby.* Aber ... ihr Kopf fuhr herum. Das war sein Lachen, tief und klangvoll! Es kam von drinnen, aus dem Haus. Hatte Mom ihn doch eingeladen?

War er gekommen, um bei ihr zu sein? Der Ansturm von Freude war fast beängstigend. Lächelnd steuerte sie auf die Terrassentür zu.

Janae kam heraus. Ihr dunkelrotes Kleid war so eng, dass es wie aufgesprüht wirkte. Es lenkte den Blick auf ein Paar Brüste, das es vor ein paar Jahren noch nicht gegeben hatte.

Xavier folgte ihr auf dem Schritt, und dann drehte sich Janae zu ihm um und schmiegte sich an ihn.

Abby blieb die Luft weg.

Xavier sagte ihr etwas und Janae sah ihn mit diesem wirkungsvollen Lächeln an, mit dem sie bisher auch noch jeden Mann in ihr Bett bekommen hatte. Er lachte und trat mit ihr auf die Terrasse hinaus.

Er hatte Abby nicht gesehen, nicht nach ihr gesucht.

Abby konnte sich nicht bewegen. Der Schmerz war einfach zu mächtig. *Er ist nicht wegen mir hier.* Mit jedem Herzschlag wurde es furchtbarer. Janae hatte ihn ihr weggenommen – so, wie sie es mit jedem Mann gemacht hatte, der jemals an Abby interessiert gewesen war.

Und ihre Vertrautheit – das war das Schlimmste! Wie ein Schlag traf sie die Erkenntnis, dass dies nicht das erste Date zwischen den beiden war. Sie brachte er zu Veranstaltungen. Und *mich fickt er.* Sie schaffte es, die Tränen zurückzudrängen, bis Janae ihren Blick einfing. In diesen kalten Augen sah sie, wie viel Freude es ihr bereitete, Abby Leid zuzufügen.

Die Wand aus Eis war zurück, von den Füßen bis zu ihrem Haupt. Als hätte sie es nicht gewagt, sich einem Mann zu öffnen, als hätte sie sich niemals verwundbar gemacht. Die Schutzbarriere kam zu spät. Der Schmerz war schon tief in ihre Brust eingedrungen und kämpfte von innen gegen die Barriere an.

Niemals, das schwöre ich, würden sie erfahren, wie sehr sie mich verletzt haben. Tief atmete sie ein und lockerte ihre verkrampften Hände.

Janae stellte sich auf die Zehenspitzen, küsste Xavier auf

die Lippen und führte ihn zu ihren Eltern. Schockiert fand ihre Mutter Abbys Blick.

Mir wird übel.

Während Harold Xaviers Hand schüttelte, fand Janae den Weg zu Abby. „Hast du mein heißes Date für heute Abend gesehen?“ Janaes Lachen war so laut und so falsch, dass die Leute sich umdrehten.

„Ja.“ Eine Beleidigung nach der anderen kroch ihre Kehle hinauf, doch sie schluckte jede herunter. *Zeige ihr nicht, wie sehr sie dich verletzt hat. Verhalte dich gleichgültig. Sei Eis.* Abby wich einen Schritt zurück.

Janae griff ihren Arm. „Du willst wegrennen? Dich verkriechen?“

„Ich habe kein Interesse daran, mich mit dir zu unterhalten.“ Abby versuchte, ihren Arm wegzuziehen.

„Oh nein, habe ich die Gefühle des fetten Superhirns verletzt? Hast du wirklich gedacht, er könnte an *dir* interessiert sein?“ Noch ein Lachen. „Nathan – ja, dein *oh-so-kinky*-Nathan hat mir erzählt, dass Xaviers Gewohnheiten allgemein bekannt sind. Er hat verschiedene Frauen: Eine Kluge fürs Geschäft. Eine Wunderschöne für Veranstaltungen. Und eine Sklavin zum Ficken ... Oh, das bist ja wohl dann du.“

Nathan? Hatte Janae auch mit Nathan Sex gehabt? Nicht, dass diese Tatsache noch viel anrichten konnte. Noch mehr Schmerz war nicht möglich.

Dixon hatte sie gewarnt, dass Xavier niemals an etwas Ernsthaftem interessiert war. Sie hatte nicht auf ihn gehört.

Sie hatte sich selbst belogen. Sie war so ein Idiot. Und ihn ausgerechnet mit Janae zusammen zu sehen; das war einfach unerträglich.

Sie riss erfolgreich ihren Arm weg, dabei kratzten Janaes lange Fingernägel über ihre Haut. Sie hieß den Schmerz willkommen, wirbelte herum und rannte gegen eine harte Wand aus Muskeln. *Xavier.*

Xavier versuchte, sich einen Reim daraus zu machen, was er gerade gehört hatte. Dann drehte sich seine Sub um und prallte gegen seine Brust. Gerade rechtzeitig konnte er sie vor einem Sturz bewahren.

Als sie zu ihm aufschaute, bemerkte er, wie blass sie war und dass sie ihn aus leeren, grauen Augen ansah. Sie trat einen Schritt zurück und schlug seine Hand weg. „Fass. Mich. Nicht. An!" Ihre sonst so melodische Stimme wirkte eisig. Das war nicht das erste Mal, dass sie von ihm zurückwich, aber ... heute fühlte es sich anders an, endgültig.

„Abby", sagte er. „Es ist nicht, wie –"

„Rot, Xavier. Rot, rot, rot!" Die kalte Maske ihres Gesichts verrutschte nicht. Sie hatte das Safeword benutzt, mit dem eine Session sofort abgebrochen wurde.

Dann drehte sie sich um und rannte davon.

„Abby!"

Janae griff nach Xaviers Arm und hielt ihn zurück. „Du bist mit mir hier, du erinnerst dich?" Ihr Lächeln wurde breiter.

Xavier betrachtete sie, die Rachsucht in ihren Augen war nicht zu übersehen. „Du bist ihre Stiefschwester? Diese Szene war nur dazu gedacht, Abby zu verletzen. Sie hat ein weiches Herz, weshalb ich bezweifle, dass sie dir jemals etwas Vergleichbares angetan hat."

Janaes Gesicht verzog sich zu einer Fratze. „Du hast doch keine –"

„Nein, ich habe keine Ahnung. Aber ich erkenne eine selbstsüchtige Frau, die alle um sich herum verletzt." Er schälte ihre Hand von seinem Arm, so, wie er eine Schnecke von seinem Schuh entfernen würde. Dann marschierte er ins Haus und zur Vordertür raus.

„Kann ich Ihnen helfen, Sir?" Der Parkservice kam angelaufen.

„Abby. Hat sie –"

Der uniformierte Mann wies auf Rücklichter, die zügig aus dem Sichtfeld verschwanden. Sie musste in der Nähe der Tür geparkt haben und nicht auf dem Parkplatz.

Janae hatte ihn vorgeführt wie einen Einfaltspinsel, nur um Abby eins reinzuwürgen. Und er war darauf reingefallen. Wut kochte in ihm auf, doch seine Schuldgefühle waren viel schlimmer.

Er drückte die Kurzwahltaste auf seinem Handy und wählte Abbys Nummer. Keine Antwort. Er hinterließ ihr eine Nachricht auf dem Handy, sogar auf ihrem Anrufbeantworter zu Hause: „Es tut mir leid, Abby. Wir müssen reden. Ruf mich an."

Er fuhr zu seinem Anwesen, obwohl er wusste, dass sie

nicht zu ihm fahren würde. Er hatte einen Funken Hoffnung übrig. Er musste nachsehen. Ja, denn ihre ganzen Klamotten waren noch bei ihm im Schrank.

Die Kälte in seinem Inneren war zurück. *Wie hatte er diese Sache nur so dermaßen versauen können?*

Auch bei sich zuhause war sie nicht. Er blickte in die dunklen Fenster, sein Kiefer so angespannt, dass seine Zähne knirschten. Wo war sie? Fuhr sie durch die Gegend? Sie weinte wahrscheinlich. Das war gefährlich. Sie könnte einen Unfall bauen.

Er rief in den Krankenhäusern an. In allen, bei jedem Einzelnen, das es in der Nähe gab. Dann rief er einen Freund an, der ihm einen Gefallen schuldete, einen Freund bei der Polizei.

Nichts. Kein Lebenszeichen. Was zur Hölle hatte er getan? Gestern hatte sie ihm gesagt, dass sie ihn liebte. Und als Antwort war er mit ihrer Stiefschwester auf der Party ihrer Eltern aufgetaucht!

Er wählte die nächste Nummer. Auch Simon hatte nichts von ihr gehört.

In ihrem Büro in der Universität war sie ebenfalls nicht.

Xavier fuhr zum Dark Haven, wo er sich Lindseys Nummer aus den Unterlagen holen konnte. Doch ... Abby hatte sie nicht angerufen, war nicht bei ihr erschienen.

Wie sollte er sie nur davon überzeugen, dass er wirklich und wahrhaftig mit ihr zusammen sein wollte? Er wollte nur sie!

Was war mit ihren Eltern? Harold Edgertons Nummer

stand im Telefonbuch. Er rief an. Grace belegte ihn mit den verschiedensten Schimpfwörtern, von denen *schleimiger Schwanzlutscher* noch das Netteste war. Schließlich gab sie zu, dass Abby nicht bei ihnen war.

Zurück nach Mill Valley. Er parkte vor ihrem Haus und starrte auf den leeren Parkplatz und die schwarzen Fenster. Sie war nicht hier.

Er lehnte seinen Kopf gegen die Lehne und ließ seinem Ärger freien Lauf ...

Du verdammter Volltrottel! Wenn er sie fand, und das würde er, dann würde er ihr zunächst ihren süßen Hintern versohlen! Der darauffolgende Versöhnungssex würde sich dann über Stunden hinziehen. Er war so ein leichtgläubiger Idiot! Janae würde es noch bereuen, dass sie Abby verletzt hatte – ja, das würde sie. Aber er konnte die Schuld nicht allein auf die Stiefschwester abwälzen.

Er fuhr sich mit den Händen übers Gesicht und atmete tief ein. Er brauchte seine Kontrolle zurück.

Schließlich klemmte er eine Nachricht an ihre Tür, sprach weitere Mitteilungen auf jede Mailbox, die sie hatte: „Abby. Es tut mir leid. Ich liebe dich. Ruf mich an."

Ratlos fuhr er nach Hause, sein Heim still und freudlos. Keine Abby. Keine Wärme. In weniger als vierundzwanzig Stunden hatte sich seine Welt in einen dunklen, leeren Abgrund verwandelt.

Er hatte ihr das Herz rausgerissen und war darauf herumgetrampelt – so musste sie sich fühlen. Die Erkenntnis, dass er ihr so viel Schmerz zugefügt hatte – selbst, wenn er das niemals gewollt hatte – fühlte sich an, als hätte jemand ein Messer in sein Herz gestoßen. Er erlitt Todesschmerzen und wusste nicht, wie er das jemals wieder in Ordnung bringen sollte.

Nein, nicht im Selbstmitleid vergehen! Ich muss das wieder in Ordnung bringen!

Vom Aussichtspunkt am Point Lobos blickte Abby in den Sternenhimmel über dem Pazifik. Der Mond glänzte durch Abwesenheit. Wellen brachen sich an den Felsen unter ihr und übertönten den Lärm der Stadt. *Der Rand der Welt.* Das schien jetzt genau der richtige Ort für sie zu sein. Schiffwracks säumten die felsige Küste. Eine großartige Metapher für ihre Beziehung mit Xavier.

Beziehung ... war es überhaupt jemals eine Beziehung?

Was war nur so furchtbar an ihr, dass sie keinem Mann genügte? Zuerst Nathan und jetzt Xavier. Das salzige Wasser, das von den Felsen zu ihr katapultiert wurde, spülte ihre Tränen hinfort.

„Ich versteh es einfach nicht", flüsterte sie der dunklen See zu. „Er hat so getan, als ob er mich mag. Er wollte, dass ich bei ihm wohne." *Und ich Dummerchen habe mich in ihn verliebt.*

Aber wer würde das nicht? Sicher, er war ein Dom, autoritär und schonungslos, doch er war zudem zärtlich, liebevoll und darauf bedacht, dass sie sich beschützt fühlte.

Janae hatte sie eine Sklavin genannt, einfach jemanden zum Ficken. Abby senkte ihr Kinn auf ihre Knie, ihre Haare wie ein Vorhang, der sie vor der Außenwelt abschirmte. *Wenn er wirklich nur eine Sklavin will, warum hatte er mir dann gestern Frühstück gemacht? Und mich gehalten, als ich geweint habe?*

Immerzu hatte er gemeint, dass er keine Sklavin wollte. Er sehnte sich nach einer Frau, mit der er beim Essen diskutieren, die er beim Billard vernichtend schlagen und mit der er im Swimmingpool Fangen spielen konnte. Er meinte, er liebte es, mit ihr über Gott und die Welt zu reden.

„Ich bin keine Sklavin", murmelte sie. Das wusste sie. Dummerweise wusste ihre Stiefschwester immer genau, wie sie einen Schlag setzen musste. Die Wellen peitschten gegen die Felsen. Ihre Hände zitterten vor Wut. Am liebsten würde sie zu Janae fahren und ihr eine in die Fresse hauen!

Doch auch Gewalt würde nichts daran ändern, von was sie heute Zeuge geworden war.

So wie alle Männer vor ihm hatte auch Xavier Janae ihr vorgezogen. *Ich bin den Männern nicht genug. Keiner will eine Zukunft mit mir.* Sie hatte er nie ausgeführt, nie vorgezeigt. Noch nicht mal ins Kino sind sie zusammen gegangen.

Sie wischte sich mit den Fingern über ihre nassen Wangen. Gestern Abend war er so süß gewesen. Er hatte mit ihr gekuschelt, bis ... bis sie ihm gesagt hatte, dass sie ihn liebte.

„Gib mir einen Tag zum Nachdenken", hatte er sie gebeten.

Keine vierundzwanzig Stunden später und schon kam er mit Janae angewandelt. Um mit ihr zu tanzen. Um sie seinen Freunden vorzustellen und umgekehrt. Um es auf Mom und Dads Party offiziell zu machen.

Es war ein Fehler gewesen, dass sie ihn Mom und Grace vorgestellt hatte. Sie hätte sagen müssen: *„Mom, darf ich dir Janaes neuen Verehrer vorstellen. Zudem ist er mein Master, der mich unterwirft und regelmäßig vögelt.“*

Seit Jahren gab Janae ihr das Gefühl, dass sie mangelhaft wäre. Noch nie hatte sie sich wie heute gefühlt, wie der Bodensatz im Teekessel. Der herzzerreißende Klang eines einlaufenden Bootes drang übers Meer an ihre Ohren. Die Luft hatte sich abgekühlt, noch immer trug sie ihr Kleid. Es war sicher vollkommen ruiniert. Immerhin saß sie auf einem dreckigen Stein und es regnete. *Ich will ihn nie wiedersehen.*

Ich will Xavier nie wiedersehen.

Zitternd stand sie auf. Ihre steifen Muskeln brannten. Ihr war kalt, so kalt. Was sollte sie jetzt machen? All ihre Sachen waren in seinem Haus.

Xavier würde reden wollen. Ginge sie nicht zu ihm, würde er schon bald bei ihr auftauchen. Er liebte sie nicht, nein, aber niemals würde er seine Pflichten vernachlässigen. Er würde sicherstellen, dass es ihr gut ging.

Nein, ihr ging es nicht gut. Und seine dämlichen Pflichten gingen ihr an ihrem ausladenden Hintern vorbei!

Discedere ad inferos, mein Lord. *Fahr zur Hölle.*

KAPITEL VIERUNDZWANZIG

Xavier parkte vor Abbys Haus. Es war Mittwoch. Ihr Auto war nicht hier. *Immer noch nicht.* In den letzten Tagen war er zu den verschiedensten Zeiten – auch nachts – an ihrem Zuhause vorbeigefahren. Soweit er das sagen konnte, war sie seit der Party am Freitagabend nicht einmal hier gewesen. Ihre Sommerkurse waren vergangene Woche zu Ende gegangen. An der Uni brauchte er es also nicht versuchen. Er klebte eine Notiz an ihre Haustür.

Bei ihrem ehrenamtlichen Verein hatte er ebenfalls angerufen. Anscheinend hatte sie ihren geliebten Lese- und Schreibkurs an jemand anderen abgegeben. *Für eine Weile*, hatte ihm eine Mitarbeiterin anvertraut. Er fuhr sich mit der Hand übers Kinn. Bei den Stoppeln verzog er mürrisch das Gesicht. Er musste sich mal wieder rasieren.

An allen Orten, wo er sie vermutete, hinterließ er Nachrichten.

Es gab nur eine Sache, die ihn derzeit ein wenig zu entspannen vermochte: Sie lebte. Als er sich das letzte Mal bei ihren Eltern gemeldet hatte, wurde ihm von ihrer Mutter versichert, dass es Abby gut ging. Dann hatte sie das Telefonat beendet. Wirklich überzeugend hatte das nicht geklungen.

Er schloss seine Augen. Wie sollte er die Sache zwischen ihnen bereinigen, wenn er sie nicht aufspüren, nicht mit ihr sprechen konnte? Er schnaubte. Er konnte ihr noch nicht mal den Klassiker unter den Entschuldigungen – Blumen – schicken, um zumindest einen Fuß in die Tür zu kriegen.

Seufzend wendete er das Auto und fuhr nach Hause.

Als er die Einfahrt hochfuhr, sah er vor der Haustür einen SUV, die Kofferraumtür weit offen. Seine Stimmung hob sich. Endlich spürte er wieder Wind unter seinen Segeln. Das Auto gehörte nicht Abby, aber sonst gab es niemanden, der einen Schlüssel zu seinem Haus besaß. Sie war hier, das musste sie.

„Weglaufen erlaube ich nicht länger, kleine Pusteblume." Er parkte sein Auto direkt hinter dem anderen, um eine Flucht zu verhindern.

Hoffnungsvoll näherte er sich dem Haus.

Rona kam heraus und hätte bei seinem Anblick beinahe die Reisetasche in ihrer Hand fallengelassen. „Xavier!" Ihr Gesicht färbte sich feuerrot.

„Raubst du mich etwa aus, Rona?"

„Ich ... Wir ... Ich habe dich nicht erwartet."

„Ist Abby auch drin?"

Im Bruchteil einer Sekunde gewann sie ihre Selbstbeherrschung zurück – ein Talent, von dem Simon, das wusste er, besonders entzückt war. Dickköpfig hob sie ihr Kinn. „Nein und nein. Weder rauben wir dich aus, noch wirst du Abby im Haus vorfinden."

An ihrem sturen Gesichtsausdruck konnte er sehen, dass sie keine weiteren Informationen herausrücken würde. Gleich darauf hörte er jemanden das Treppenhaus ins Erdgeschoss herunterpoltern. Schnell erkannte er, dass Rona die Wahrheit gesagt hatte. Das waren nicht die Schritte seiner kleinen Sub. *Sie ist nicht hier, sie ist wirklich nicht hier.* Sein Optimismus verebbte. Er war erschöpft, fühlte sich vollkommen ausgelaugt.

Lindsey kam aus der Tür getrottet. Als sie ihn sah, sog sie scharf den Atem ein. „Oh!"

„Sag mir, wo Abby ist, Lindsey." Ein Befehl.

„Sie ist –" Sie klappte den Mund zu und ihr Gesicht nahm den Ausdruck von Ronas an. „Tut mir leid, Sir. Ich helfe lediglich beim Umzug und habe nicht vor, meine Nase in Dinge zu stecken, die mich nichts angehen." Der Feindseligkeit in ihrer Stimme zu urteilen, hatte sie definitiv Partei ergriffen.

Xavier unterdrückte seinen Ärger. Er hatte Abby tief verletzt und sie hatte das Recht, sich zu schützen. Es wunderte ihn auch nicht, dass sie überzeugte Verbündete auf ihrer Seite hatte. Seine kleine Pusteblume besaß die Gabe, Herzen für sich zu gewinnen, auch wenn sie das selbst leugnete.

Lindsey machte einen großen Bogen um ihn und verstaute dann die Reisetasche im Auto. Mit einem abschätzenden Blick auf ihn folgte Rona ihrem Beispiel.

Kurzzeitig hatte er das Bedürfnis, den beiden auf ewig den Zutritt ins Dark Haven zu verweigern. Dummerweise hatten sie keine Clubregeln verletzt. Simon gegenüber war sie momentan auch nicht ungehorsam, da ihre D/S-Beziehung nicht das Schlafzimmer oder den Club verließ, und sie sich treffen durfte, mit wem sie wollte.

Xavier sehnte sich nach dem gleichen Arrangement mit Abby – falls er jemals herausfand, wo sie sich versteckt hielt.

Rona öffnete die Tür zur Fahrerseite und bemerkte sein Fahrzeug. „Xavier, bitte fahr dein Auto weg", sagte sie in einem genervten Ton.

„In einer Minute." Ausgehend von den unfreundlichen Mienen würden sie ihm nicht die Gelegenheit geben, sich zu erklären. Doch das wollte er auch nicht. Er wollte einfach die Chance bekommen, sich mit Abby zu unterhalten. „Wirst du sie bitten, mich anzurufen?"

Rona schüttelte den Kopf. „Sie hat uns verboten, deinen Namen auch nur auszusprechen."

Er musste also annehmen, dass sie nicht eine seiner Sprachnachrichten abgehört hatte. „Du wirst ihr zwei Nachrichten von mir ausrichten." Seine Stimme kam hart heraus und sie trat einen Schritt zurück. „Ihr Forschungsprojekt ist morgen fällig. Der Deal war, dass ich die endgültige Fassung absegne."

Lindsey sah ihn bestürzt an. „Aber –"

„Die erste Nachricht lautet: Simons Urteil gilt als adäquater Ersatz."

Erleichterung zeigte sich auf Ronas Gesicht. „Das ist sehr nett von dir. Sie hat sich schon Sorgen gemacht."

Die kleine Pusteblume würde ihm keine Liebesbekundung abkaufen. Nicht zu diesem Zeitpunkt. Was könnte er sagen, um sie zu sich zu locken? „Die zweite Nachricht ist einfach: Ich lag falsch."

Beide Frauen sahen ihn schockiert an.

Er versuchte zu lächeln. „Ich werde nicht versuchen, sie aufzuspüren, wenn ihr mir versprecht, diese beiden Nachrichten an sie weiterzuleiten."

Lindsey sah aus, als würde sie ihm lieber ins Gesicht spucken, als auch nur irgendetwas von ihm zu übermitteln. Er wusste jedoch, dass dies eher an ihrer Vergangenheit lag. Sie hatte eine brutale Trennung hinter sich.

Mit einem flehenden Blick sah er zu Rona.

Sie nickte schließlich. „Okay, du kriegst deine zwei Nachrichten."

Abby nahm die Reisetasche und schwang sie auf das Bett in Lindseys Gästezimmer. „Danke, Rona."

„Gern geschehen. Dafür musst du jetzt mit uns ein Glas Wein trinken, Miss Einsiedlerin." Rona blickte sie auf eine Art an, wie es nur eine Mutter konnte.

Ich will dieses Zimmer nicht verlassen. Leider hatte Rona

recht. Sie hatte sich hier verkrochen wie eine verwundete Löwin. „Ich war in letzter Zeit nicht besonders gesellig, oder?“

„Das verstehen wir. Nun ist die Zeit gekommen, den Kopf aus dem Schneckenhaus zu ziehen.“

„Bist du sicher, dass in eurer Ehe Simon der Dom ist?“

„Oh ja, bin ich.“ Rona lächelte selbstgefällig von der Türschwelle. „Jedenfalls im Bett. Sonst habe ich das Sagen.“

Abby lachte noch, als die Tür ins Schloss fiel – das erste Mal seit Freitag.

Sie wusch sich ihr Gesicht mit kaltem Wasser und folgte dann dem Klang der Stimmen den schmalen Flur entlang, durch das recht kahle Wohnzimmer und direkt auf den Balkon. Lindseys neues Apartment befand sich im achten Stock und hatte einen hübschen Blick über die Stadt. Die zwei Frauen saßen an einem winzigen Holztisch. Lindseys Füße lagen abgestützt auf der schmiedeeisernen Balkonabsperrung, ihre Zehnägel in einem verführerischen Rot lackiert.

Da konnten ihre Nägel nicht mithalten. Sie nahm auf dem letzten freien Stuhl Platz und schenkte sich ein Glas Wein ein. Der Merlot war geschmeidig und fruchtig. „Oh, sehr lecker.“

„Eine meiner Lieblingssorten. Bei einer Tour durch das Napa Valley habe ich mir gleich Vorrat für meinen Weinkeller mitgebracht.“ Lindsey grinste. „Und wenn ich sage Weinkeller, dann meine ich das Holzgestell im Flur direkt neben der Eingangstür. Na ja, für den Anfang muss das genügen."

„Ich habe auch schon Weingüter besucht. Leider musste ich danach jedes Mal hinters Steuer, weshalb ich nach ein oder zwei Gläsern immer die Grenze gezogen habe", sagte Abby in dem Versuch, sich an der Unterhaltung zu beteiligen. „Eine Tour wäre cool."

Rona nickte. „Das stimmt. Wir sollten ein Wochenende buchen und es uns richtig gut gehen lassen."

„Ich –" Abby setzte an, abzusagen, und stoppte, als sie in Lindseys hoffnungsvolle Augen blickte. Die Brünette mit den goldenen und roten Strähnen im Haar war von Dallas nach San Francisco gezogen, um einer furchtbaren Ehe zu entfliehen. In Texas war sie jedoch aufgewachsen, alle ihre Verwandten lebten dort. Abby hatte Mitleid mit ihr, sicher, aber sie war auch stolz auf sie. Ein neuer Anfang, ganz allein, ohne den Rückhalt der Familie, musste hart sein. „Ein Wochenende klingt super." Zumal sie sich nicht traute, diesen Sommer ins Ausland zu fliegen. „Ich habe noch einen Monat, bevor die Uni wieder startet. Lasst es uns tun!"

Wie bei Grace konnte sie auch bei Lindsey jede Emotion auf dem Gesicht ablesen. Gerade strahlte sie wie ein Honigkuchenpferd. „Abgemacht! Wir drei zusammen? Die Mitarbeiter des Weinguts haben ja keine Ahnung, was da auf sie zukommt."

Verrückt, wie es die Stimmung heben konnte, jemand anderes glücklich zu sehen. Abby konnte sich einem Lächeln nicht verweigern, und es fühlte sich gut an. Sie hob das Glas zu einem Trinkspruch – ein leeres Glas. „Wie ist das denn passiert? Wann habe ich das getrunken?"

Rona füllte das Glas wieder auf. „Heute fährst du nirgendwo hin, also: Wen kümmert's?" Lindsey schenkte sich ebenfalls nach. „Auch du musst nicht fahren." Nachdem sie eine neue Flasche geöffnet hatte, war ihr eigenes Glas an der Reihe. „Mich müsst ihr einfach nur in ein Taxi setzen. Simon wollte mich zwar abholen, aber ich will nicht riskieren, dass das alte Waschweib die Adresse an Xavier weitergibt. In solchen Dingen kann man den Männern nicht trauen."

„Recht hast du." sagte Abby. Und nein, die Erwähnung von Xaviers Namen hatte keinen Lustschauer durch ihren Körper gejagt. *Oh nein, nein, nein.*

„Auf Freunde." Rona hob ihr Glas und stieß mit den anderen an. „Ich finde es super, dass ich euch im Club gefunden habe. Noch besser finde ich es, dass ihr beide schon eine Weile volljährig seid."

Abby verzog das Gesicht, als sie an Nathans überaus junge ‚Schlampe' dachte. Sie hätte ihm einen Kinnhaken verpassen sollen. Selbst wenn sie sich danach unter einem Tisch verkrochen hätte, um seiner Wut zu entkommen.

Sie kippte mehr Wein ihre Kehle herunter. Als es anfing, sich in ihrem Kopf zu drehen, erinnerte sie sich, dass sie das Mittagessen hatte ausfallen lassen. Tatsächlich hatte sie in der letzten Zeit recht viele Mahlzeiten übersprungen. So viele, dass ihre Jeans lockerer saß. Wirkungsvolle Diät – der *Xavier Plan.*

„Also." Ronas blaugrüne Augen nahmen einen ernsten Ausdruck an. „Xavier ist beim Haus aufgetaucht."

„Was?"

„Als ich ihn sah, hätte ich mir fast in die Hose gepinkelt!" Lindsey wischte sich zum Schein Schweiß von der Stirn. „Wenn ich die unbezwingbare Rona nicht bei mir gehabt hätte, wäre ich unter seinem Blick eingeknickt. Er ist furchteinflößender als ein Alligator."

Obwohl sich ihr Herz bei seiner Erwähnung schmerzhaft zusammenzog, schnaubte Abby. „Du meinst wohl Graf Dracula."

„Auch wieder wahr." Lindsey sah zu ihr. „Hast du dir jemals eine von den Nachrichten angehört, die er dir aufs Handy gesprochen hat?"

„Nein, ich habe jede Einzelne sofort gelöscht." *Weil ich sie mir sonst anhören würde.*

„Beeindruckende Willenskraft", sagte Rona. „Gut, ich werd's kurz machen: Er meinte, dass er Simon als Gutachter für deinen Artikel akzeptiert."

Abbys Kinnlade klappte herunter. „Wirklich?" Ihr gesamter Körper sackte erleichtert zusammen. „Das ... das ist nett von ihm. Ich gebe dir den Artikel, bevor du gehst."

„Seine zweite Nachricht war: *Ich lag falsch.*"

„Rona!" Abby rückte so ruckartig vom Tisch weg, dass die Gläser ins Schwanken gerieten. Gleichzeitig presste sie die Hände auf die Ohren. „Ich will das nicht hören!"

Rona fing ein Weinglas auf. Sie blickte zu Abby, Verständnis in ihren blaugrünen Tiefen.

„Ich habe so hart daran gearbeitet, damit ich nicht …“ Sie nahm ihre Hände runter. „Er lag falsch? Was soll das bedeuten?“

Rona zwinkerte Lindsey zu. „Ich weiß es nicht. Er wusste genau, dass ich dir keine lange Erklärung oder eine Entschuldigung übermitteln würde.“

„Ich lag falsch“, flüsterte sie. Xavier hatte das tatsächlich gesagt? Und das von einem Mann, der so selten falsch lag …

Sie erinnerte sich an das eine Mal, als er falsch gelegen hatte: im Club. Danach hatte er sie in seine Arme gezogen und sich entschuldigt. *„Es tut mir leid. Die Fernbedienung war keine gute Idee. Ich dachte, es würde dich lehren, auf deinen Körper zu hören, ohne dass du im Mittelpunkt stehst. Auf keinen Fall wollte ich, dass du dich verlassen fühlst.“*

Lag er falsch, gab er es zu. Dann meinte er es auch ehrlich.

„Wir waren nicht exklusiv, wisst ihr.“ Abby schwenkte den Wein im Glas.

„Du hast dem zugestimmt?“ Lindsey klang schockiert. „Ich weiß, dass einige Subs diese Art der Vereinbarung bevorzugen, aber du doch nicht, oder?“

„Nach Nathan war ich nicht dran interessiert, mich mit irgendjemandem einzulassen. Ich weiß auch nicht. Auf einmal haben wir zusammengewohnt. Das bedeutet doch etwas, oder? Niemals hätte ich erwartet, dass er noch mit anderen Frauen ausgeht.“

Rona zwickte in ihren Nasenrücken. „Das hat mich auch

überrascht. Normalerweise hält er nicht mit der Information zurück, wenn er sich mit mehr als einer Frau gleichzeitig trifft. Hätte er Dates gehabt, hätte er es dir gesagt."

„Blind, taub und dumm – das bin ich." Abby starrte auf den Horizont. Die untergehende Sonne funkelte auf dem Wasser und ließ die Bay Bridge märchenhaft erscheinen. „Er hat mir von seiner Frau erzählt. Er meinte, dass sie ihm alles bedeutet hat. Sie war sein gesamter Lebensinhalt."

Rona nickte. „Simon hat gesagt, dass Catherine immer an seiner Seite war, als Xavier Leduc Industries zu dem gemacht hatte, was es heute ist. Seine Sekretärin, seine Sub und seine Ehefrau. Seitdem hatte er keine feste Beziehung mehr."

„Richtig."

Ronas Hand schloss sich um Abbys. „Bis jetzt, Abby. Bis du in sein Leben getreten bist."

Tränen füllten ihre Augen. „Is' klar. Deswegen ist er auch mit meiner Stiefschwester ausgegangen."

„Ich lag falsch, du erinnerst dich?" Lindsey lehnte sich in ihrem Stuhl zurück. „Ich bin zwar erst einen Monat länger Clubmitglied als du, aber er ..." Sie machte eine Pause. „Nachdem du die Türschwelle übertreten hast, ist er förmlich aufgeblüht. Als hättest du seine Lebensgeister geweckt."

„Denk darüber nach", sagte Rona.

„Okay." *Niemals.*

„Lassen wir mal das Thema Männer sein. Was willst du im Hinblick auf deine Stiefschwester unternehmen?"

Abby runzelte die Stirn. „Was meinst du?"

„Willst du dich von ihr bis in alle Ewigkeit wie einen Schuhabtreter behandeln lassen?" Rona nahm einen meditativen Schluck Wein. „Schließlich hast du selbst gesagt, dass sie sich schon von Anfang an so aufgeführt hat."

Abby schnaubte. „Richtig, sie hat mir jeden meiner Freunde ausgespannt."

„Und was hast du unternommen, Abby?" Rona legte den Kopf auf die Seite. „Genießt du den Schmerz so sehr? Wenn du eine Masochistin bist, kann ich dir ein paar Sadisten vorstellen, die –"

„Nein, ich bin keine Masochistin! Was hätte ich denn schon gegen sie unternehmen können?"

„Oh, ich bitte dich", sagte Lindsey. „Wenn eine von meinen Schwestern mit meinem Kerl aufgetaucht wäre, dann wäre ein Zickenkrieg ausgebrochen. Wir hätten uns an den Haaren gezogen und uns gegenseitig angeschrien."

Abby schaffte es, ihren Mund wieder zuzuklappen. *Schreien?*

„Zumal wir bereits Regeln aufgestellt haben, als sich bei uns Brüste zeigten. Eine Regel: Der Freund der Schwester ist tabu!", fuhr Lindsey fort. „Du hast ihr schon viel zu lange erlaubt, auf dir herumzutrampeln."

„Ich ..." Abby starrte auf den Tisch. *Nicht die Stimme erheben. Nicht schreien. Widersprich nicht, sag einfach ja.* Verhaltensweisen, die sie sich durch ihren Vater antrainiert hatte. Sie hatte ihn nicht wütend machen dürfen. Stattdessen war sie stets in Deckung gegangen. Aber Daddy war tot und ein

Leben ohne Auseinandersetzungen war unnatürlich. Es war nicht sein Fehler, sondern ... *Er ist verstorben und die Verhaltensweisen sind geblieben.*

„Man kann regelrecht hören, wie sie denkt, oder?“, flüsterte Lindsey.

Sie hatte den Rückzug angetreten, als Xavier mit Janae aufgetaucht war. So wie sie das immer tat. Stattdessen hätte sie Janae in den Arsch treten sollen! Sie hätte Xavier am Kragen packen und nach einer Erklärung verlangen sollen!

Denn sie wusste ... Ihre Lippen formten sich zu einem O. Denn sie wusste, dass er ihr das niemals absichtlich angetan hätte. Sie starrte auf die Lichter der Stadt, die im Abenddunst flackerten. Xavier würde sie niemals absichtlich so verletzen – sonst niemanden und erst recht nicht sie. Er hatte an dem Abend genauso schockiert gewirkt wie sie – und wütend, aber nicht auf sie.

Janae musste ihn reingelegt haben.

„Abby?“

Abby hob ihre Hand. „Warte. Ich habe gerade eine Erleuchtung.“

„Klingt schmerzhaft“, murmelte Lindsey und erntete ein Schnauben von Rona.

„Mein Durchsetzungsvermögen ist verdammt unterentwickelt“, stellte Abby fest.

„Das ist deine Erleuchtung?“ Lindsey sah mürrisch drein. „Nein, Süße, wir sprechen von einer Erleuchtung, wenn Gott höchstpersönlich aus den Wolken gestiegen ist und dir einen Klaps auf den Hinterkopf verpasst hat.“

Abby kicherte. „Ihr zwei seid einfach großartig. Diesmal habt ihr mir den dringend benötigten Klaps auf den Hinterkopf verabreicht, und doppelt hält schließlich besser."

„Oh Crom." Rona streckte die Hand nach Abbys Glas aus. Erfolglos, Abby war schneller und trank den Inhalt in einem Zug leer. „Hast du heute überhaupt schon was gegessen?"

„Nein." Abby schenkte sich nach. „Und mein Kopf wird morgen wehtun. Aber – und das könnt ihr mir glauben –, wenn ich mit Janae fertig bin, wird sie keinen Kopf mehr haben, der wehtun kann." Sie hielt ihr Glas hoch. „Zuerst muss ich mich jedoch mit Mr. *Ich-lag-falsch*-Leduc auseinandersetzen."

Zustimmend stießen Rona und Lindsey die Gläser gegen das ihre.

KAPITEL FÜNFUNDZWANZIG

Abby betrat das Dark Haven. Am liebsten würde sie weinen. Die vertrauten Gerüche, die Laute. Sie hatte den Club wirklich vermisst.

„Abby?" Dixon stand am Empfang, der Tresen mit bergeweisem Papierkram zugemüllt. „Abby!" Er kam um den Tresen herum, fiel vor ihr auf die Knie und schlug die Hände vor seiner Brust zusammen. „Bitte sag mir, dass du zu uns zurückkommst. Bitte, bitte, bitte." Seine Dackelaugen waren sehr wirkungsvoll.

Seine offensichtliche Freude über ihre Anwesenheit entlockte ihr ein Lächeln. „Ich bin mir nicht sicher. Wir werden sehen."

Nachdem er wieder aufgestanden war, hakte er seine Finger in sein Kettenhemd und ließ den Blick über ihren Körper schweifen. Sie trug ein schwarzes Latexkleid mit einem hohen Kragen. Dazu ebenso farbene Stiefel. „Fantastisches Outfit ... für eine Domina. Hast du dich für einen Kampf gerüstet?"

„Absolut." Es war ähnlich dem Outfit, das sie an ihrem ersten Tag getragen hatte. Dem Tag, an dem sie Xavier kennengelernt hatte. Dieses Mal sah man noch weniger Haut. Konfrontationen waren zu einseitig, wenn eine Partei lediglich ein Korsett und einen Tanga tragen durfte.

„Geh schon rein, Süße. Vergiss aber nicht, mir danach zu erzählen, wie es gelaufen ist! Oder, warte ..." Während Abby sich zur Tür drehte, hörte sie, wie Dixon sich das Telefon schnappte. „Gina, mein Täubchen, kannst du den Tresen übernehmen? Es gibt da etwas, das ich auf keinen Fall verpassen darf!"

Im Hauptraum bereiteten zwei Doms die Bühne für eine Hängebondage-Vorführung vor. Ein paar Leute tanzten. Andere saßen an den Tischen, unterhielten sich und trafen Absprachen für spätere Sessions.

Kein Xavier.

Die Treppe in den Kerker schien so viel steiler geworden zu sein. Oder lag es an ihren bebenden Knien? Sie ging an der ersten Session vorbei, wo Angela das Kreuz reinigte und ihre Sub in eine Decke gehüllt auf dem Boden kauerte.

Mit jedem Schritt beschleunigte sich Abbys Herzschlag. Vorbei an einem Flogging. Vorbei an den Spanking-Bänken in der Mitte des Kerkers. Vorbei an einem männlichen Sub, dessen Schwanz und Eier gequält worden. Schreie kamen von der anderen Seite, wo jemand Nadel-Play im Intimbereich betrieb.

Immer noch kein Xavier.

Zu ihrem Missfallen entdeckte sie stattdessen Nathan. Was machte der denn hier?

Seine junge Sub mit dem Gesicht eines Monchhichis kniete neben der Sexschaukel, während er die Ketten prüfte. Seine Ledertasche lag auf einem Stuhl nicht weit entfernt.

„Nathan", rief Abby. Als sie an dem Stuhl vorbeilief, schnappte sie sich einen Rohrstock aus seiner Sammlung.

Schockiert wandte er sich ihr zu. „Ich kann nicht glauben, dass sie dich hier reingelassen haben."

„Ach ja? Und ich bin erstaunt, dass *du* noch eine Mitgliedschaft hast."

„Wäre das kleine ... Missverständnis zwischen uns im Dark Haven passiert und nicht in der Serenity Lodge, dann hätten sie mich sicher rausgeworfen." Verärgert sah er sie an. „Wegen dir haben sie mir im Club eine Probezeit auferlegt. Zusätzlich muss ich den Anfängerkurs wiederholen."

Wie sehr er mir doch leidtut. Nicht. Zumal das keine Strafe für seine anderen Vergehen war. Sie wusste nicht, wann sie die Entscheidung getroffen hatte, mit dem Rohrstock auszuholen und ihm gegen den rechten Oberschenkel zu schlagen. Es war einfach passiert.

Obwohl seine Jeans wahrscheinlich den Schlag abgedämpft hatte, gab er ein Jaulen von sich, dass sie sehr befriedigte.

„Das war dafür, dass du mir vorgegaukelt hast, wir wären

in einer festen Beziehung, wohingegen du dich im Club mit deiner Sklavin amüsiert hast!"

Er trat einen Schritt zurück. „Was zur Hölle?"

„Und mit meiner Schwester hattest du auch Sex, oder?"

Seine Augen suchten nach einer Fluchtmöglichkeit. Schamesröte stieg ihm ins Gesicht.

Damit hatte sie ihre Antwort. Sie holte erneut aus, dieses Mal mit voller Absicht, und der Rohrstock landete auf seinem linken Schenkel.

„Verdammt!" Er griff nach dem Stock, bekam ihn jedoch nicht zu fassen.

„Du bist ein bedauernswürdiger, kleiner Wurm, Nathan! Du solltest erstmal lernen, dich selbst zu kontrollieren, bevor du das bei anderen probierst!"

„Du dumme Schlampe." Er raste mit irren Augen auf sie zu.

„Der Spaß ist vorbei." Xavier trat zwischen die Streithähne. Doch sein Blick lag weder auf Nathan noch auf Abby. Er betrachtete stirnrunzelnd die kniende, junge Frau.

Abbys Herz brach, als sie den Ausdruck des Verrats auf ihrem Gesicht erkannte.

„Kirsty", sagte Xavier. „War dir klar, dass Nathan Anfang des Jahres mit Abby in einer Beziehung war?"

Sie schüttelte den Kopf, Tränen rannen über ihre Wangen.

Xaviers kalter Ausdruck führte dazu, dass Nathan einen Schritt zurückwich. „Kemp, du hast dem Club – und dem Lifestyle – einen schlechten Ruf verliehen. Hiermit kündige ich deine Mitgliedschaft. Die bereits bezahlten Beiträge für dieses Jahr werden dir erstattet."

Er schaute zu Tyrol, dem größten Sub unter den Angestellten. Na ja, besser gesagt, dem größten Kerl, den sie jemals gesehen hatte, gebaut wie ein Sumoringer, wusste sie dennoch, dass er sich für eine Domina gerne hinkniete. „Tyrol, begleite Kemp nach draußen."

„Zu Befehl, mein Lord." Er ging zu Nathan und wies auf seine Ledertasche. Eine weibliche Clubangestellte näherte sich Kirsty und führte sie an einen ruhigeren Ort.

Xavier legte einen Arm um Abbys Taille.

Sie riss sich von ihm los und gab alles, um den Anflug von Erregung niederzuringen. Wie ihr Körper auf ihn reagierte, machte sie wirklich wütend. Entschlossen drehte sie sich ihm zu und gab ihm einen kräftigen Schubs, bei dem er beeindruckende zehn Zentimeter zurückfiel.

Seine Augenbrauen zogen sich zusammen.

„Du bist nicht besser als Nathan, mein Lo – *Xavier*." Sie hob ihr Kinn. „Wusstest du, dass Janae meine Stiefschwester ist? Hat es dich interessiert?"

Sein gemeißeltes Gesicht blieb ausdruckslos, was seinen Blick nicht weniger intensiv machte. Mit durchdringenden Augen beobachtete er sie. „Willst du das wirklich ausgerechnet hier diskutieren?"

Die Mitglieder näherten sich, neugierig und in der Hoffnung auf eine unterhaltsame Darbietung. Sie spreizte die Füße ein Stück, verschränkte die Arme vor der Brust und imitierte somit seine Haltung. Sein Mundwinkel zuckte.

Am liebsten würde sie den arroganten Kerl gegen das Schienbein treten. Dummerweise bebten ihre Beine viel zu sehr. „Warum nicht. Du stehst doch darauf, allen eine gute Show abzuliefern!“

Er zog eine Augenbraue hoch. „Wie du willst, Abby, und für deinen ordnungsliebenden Sinn: Erstens, ich wusste nicht, dass sie mit dir verwandt ist. Zweitens, ich wusste nicht, dass dies die Feier deiner Eltern war. Drittens, es war kein Date. Sie hat mich mit dem Versprechen gelockt, dass Harold eine neue Wohltätigkeitsorganisation sucht. Ich habe sie vor dem Haus getroffen, damit sie mich mit ihm bekanntmachen kann.“

Einen neuen Gönner wollte er gewinnen. Das würde zu ihm passen. Trotzdem war das mehr als eine einfache Verwechslung. Sie bewegte sich nicht, sagte nichts.

Sein Kiefer spannte sich an. „Mir ist ihr Hintergedanke nicht aufgefallen. Sie hat mich manipuliert.“ Er berührte sie an der Schulter.

Sie schlug seine Hand weg. Sie musste nachdenken: Er hatte also nicht gewusst, dass Janae ihre Stiefschwester war. Hoffnung erfüllte sie. Aber sie war immer noch wütend. „Ihr saht viel zu vertraut aus. Niemals war das eure erste Begegnung.“

„Wir sind vor Jahren viermal miteinander ausgegangen.“

„Hat sie dich verlassen?“

„Nein, Abby, ich habe es beendet. Das tat ich stets nach einer gewissen Anzahl von Dates.“

Er hat die Vergangenheitsform benutzt. Die Sache mit

Janae war vorbei. Er wollte sie nicht. *Er will mich und nicht Janae?*

„Hast du mich mit deiner *Ich-lag-falsch*-Nachricht einfach nur hinters Licht führen wollen?“ Na klar, so musste es sein! Er sah gar nicht ein, dass er etwas falsch gemacht hatte. Die Enttäuschung darüber fühlte sich wie eine offene, blutende Wunde an. Sie hatte ihn gefragt, ob er an dem besagten Freitag vorhatte, in den Club zu gehen. Er hatte mit ‚Ja‘ geantwortet und ihr nichts von seinem Vorhaben mit Janae erzählt. Sie trat einen Schritt zurück, weg von ihm.

„Nein, Abby. Ich lag sehr wohl falsch!“ Ihre Augen trafen sich und für einen Moment, nur für einen winzigen Bruchteil, sah sie die Emotionen unter seiner Kontrolle brodeln. „Ich hätte dir von meinen Plänen mit Janae erzählen sollen. Als du mich gefragt hast, was ich an dem Abend vorhabe, hätte ich dir die Wahrheit sagen müssen.“

Ihre Füße waren am Erdboden festgefroren. Er wusste es. Er wusste, dass diese Lüge sie fast genauso schlimm verletzt hatte, wie ihn mit Janae zusammen zu sehen. „Aber warum? Warum hast du es getan?“, flüsterte sie.

„Zum Teil, weil ich mich daran erinnert habe, was du über gutaussehende und glamouröse Frauen gesagt hast.“ Dann warf er ihr einen reumütigen Blick zu. „Und, weil du mich nicht auf deiner Party dabeihaben wolltest.“

Ihr Mund klappte auf. Sie hatte *seine* Gefühle verletzt? Unfassbar! Wütend funkelte sie ihn an. „Du hast mich immer dazu ermutigt –“

„– deine Gefühle mitzuteilen. Und in dem Punkt habe ich vollkommen versagt."

Sie war so wütend! Ohne nachzudenken, holte sie heute zum dritten Mal mit dem Rohrstock aus und schlug direkt gegen seine linke Flanke.

Als Reaktion schien jedem einzelnen Mitglied gleichzeitig die Luft wegzubleiben. Er riss ihr den Rohrstock aus der Hand und warf das Spielzeug auf einen Stuhl. „Das war nicht besonders klug von dir, kleine Professorin."

Oh Himmel, was habe ich getan? Schockiert über sich selbst hob sie die Hand, um ihn auf Abstand zu halten. „B-bleib einfach weg von mir. Ich –"

„Niemals." Er packte ihren Oberarm. Eine einzige Berührung genügte, um sie aus dem Konzept zu bringen. *Verdammt*, sie war verloren.

***Sie ist hier**. Sie steht vor mir. Endlich.* Xaviers Herz quoll über vor Gefühlen.

Die kleine Pusteblume, die ihre Emotionen immer unterdrückt hatte, zeigte ihm gerade, wie stark sie wirklich war. Ihre grauen Augen blitzten in einem silbrigen Farbton, ihre Wangen gerötet. „Lass mich los!"

„Oh, ich denk nicht dran." Er fixierte ihre Handgelenke mit einer Hand und strich mit den Fingerknöcheln über ihre rosafarbene Wange. „Du wärst nicht hier, würdest du nicht etwas für mich empfinden, Abby."

„Tue ich nicht!“ Trotzig sah sie ihn an, so voller Leben, so hell wie der Vollmond. *Seine kleine Mondfee.*

„Oh doch, tust du.“ Er küsste ihre Lippen. „Und ich habe beschlossen, dich zu behalten.“

Ihre Augen weiteten sich und er spürte, wie sie erstarrte.

„Es tut mir leid, Abby. Es war falsch von mir, meine Gefühle nicht mit dir zu teilen. Zudem habe ich eine Ewigkeit gebraucht, um zu erkennen, wie viel ich für dich empfinde“, sagte er sanft. „Soll ich dir sagen, was ich Freitag vor der Party gemacht habe? Ich habe von Catherine Abschied genommen. Ich habe ihr erzählt, dass ich eine wundervolle Frau gefunden habe. Eine Frau, der mein Herz gehört.“ Er umfasste ihre Wange mit seiner Hand – es fühlte sich an, als hätte er einen Schmetterling auf der Handfläche sitzen. „Ich liebe dich, Abby.“

„Nein, das tust du nicht. Kannst du gar nicht.“

Seine Hand glitt in ihren Nacken, der Daumen auf ihrer Halsschlagader, und er erfreute sich an ihrem aufgeschreckten Puls. „Ich kann’s und ich tu’s.“ Er zog einen Ring aus seiner Tasche und steckte ihn ihr an den Finger, noch bevor sie realisierte, was er da gerade machte. Aufgeregtes Gemurmel erhob sich in der Zuschauermenge.

Abby bewegte keinen Muskel.

Xavier trat einen Schritt zurück und holte tief Luft. Ja, er mochte sie schockiert haben, aber wenn sie nicht gleich etwas sagte, würde sein Herz hier vor ihren Augen in eine Million Teile zerbrechen.

Ihre Hand drehte sich und sie starrte auf den Diamanten an ihrem Ringfinger, dann hob sie den Blick zu ihm. Sie blinzelte, einmal, zweimal. „Da ist ein Ring an meinem Finger." Ihr verwirrter Gesichtsausdruck war entzückend – genau so sah sie auch nach einem Orgasmus aus.

In den kommenden Jahren wollte er ihr diesen Ausdruck noch öfter aufs Gesicht zaubern. „Heirate mich, Abby."

Ihr Gehirn kam wieder in Fahrt. „Heißt das, dass du mich als deine Frau für dein Zuhause willst? Brauchst du nicht noch zwei weitere für Veranstaltungen und den Besuch im Club?"

„Kleine Pusteblume, all diese Rollen füllst du doch bereits aus. Es hat nur etwas länger gedauert, bis ich mir das eingestehen konnte." Er verabscheute den Abstand zwischen ihnen. Langsam ging er auf sie zu und zog sie an sich, bis sich ihre weichen Brüste gegen ihn pressten.

„Aber du willst doch keine Beziehung, keine Verpflichtungen."

„Mit dir will ich das. Außer dir wird es keine andere Frau für mich geben", knurrte er. „Und für dich wird es keinen anderen Mann geben. Nur mich. In dem Punkt kann ich keine Zugeständnisse machen."

Sie rieb ihre Wange an seiner Brust und er hatte das Gefühl, endlich wieder Luft zu bekommen. „Heirate mich, Abby."

„Aber –"

„Du brauchst mich, kleine Pusteblume, und ich kann nicht mehr ohne dich sein."

Sie entließ einen Seufzer, schmiegte sich enger an ihn und flüsterte: „Ich weiß nicht, ob ich dafür schon bereit bin."

Er lachte. „Niemand ist dafür jemals bereit."

„Du wirst mich verletzen." Ihre Arme wickelten sich um seine Taille. „Und ich werde dich wahrscheinlich auch verletzen."

„Wahrscheinlich." Er rieb seine Wange an ihrem Haar, der Duft so blumig, und wartete, dass sie fortfuhr. Das tat sie immer, denn ihr Verstand kam nie zur Ruhe.

Ihre Arme festigten sich um ihn. „Aber ... na ja ... ich liebe dich einfach so sehr. Ja, ich werde dich heiraten."

Die Erleichterung und das Glücksgefühl raubten ihm den Atem. Jubel erfüllte den Raum, wodurch er daran erinnert wurde, wo sie sich befanden. Im Dark Haven, umringt von seiner Familie. Er schob einen Finger unter ihr Kinn, richtete ihren Kopf aus und drückte ihr einen Kuss auf die Lippen. Nun war er Zuhause angekommen. Der Kuss fand kein Ende, das Bedürfnis, jedem zu zeigen, dass sie allein ihm gehörte, einfach zu überwältigend.

Als er sie schließlich losließ, runzelte sie die Stirn.

„Was ist?", fragte er.

„Ich habe es wirklich genossen, dir einen Schlag zu versetzen und dich anzuschreien."

Gelächter ertönte.

Ja, eine Ehe mit Abby würde niemals langweilig werden.

Konnte sie noch perfekter sein? Sein Lächeln wurde breiter. „Du hast bereits genug Probleme heraufbeschworen. Jetzt gehörst du mir, was bedeutet, dass ich dafür verantwortlich bin, dass du artig bleibst."

***Oh je.* Diesen** Blick kannte sie. Abby versuchte zurückzuweichen, doch keine Chance, denn er packte sie nur fester.

„Meine Sub trägt zu viel Stoff am Körper", sagte er. Er hakte seine Finger zwischen den Knöpfen an der Vorderseite ein und das Kleid teilte sich bis zum Saum. Er drehte sie um und schälte ihre das Latexmaterial vom Leib.

Ihr Quietschen wurde von Beifall übertönt. Bis auf ihren Tanga und die Stiefel war sie vollkommen nackt. Ihr Gesicht stand fühlbar in Flammen. Wo waren nur all diese Leute hergekommen? Unweigerlich flogen ihre Hände hoch, bedeckten ihre Brüste, obwohl sie es doch besser wissen sollte!

„Hände runter." Seine Pupillen weiteten sich, als er sah, wie sie sich zwang, die Arme zu begradigen. Er lief um sie herum, stellte sich direkt vor sie. „Eine hübsche, kleine Sub, denkt ihr nicht auch, meine Freunde?"

Der Chor allgemeiner Zustimmung erhitzte ihre Wangen noch mehr. Warum, oh, warum bloß, musste sie nur einem Dom verfallen, um den sich eine Menschenmenge versammelte, wo auch immer er hinging? Natürlich konnte sie nicht leugnen, wie sehr sie die Härte in seiner Stimme erregte.

Er trat wieder hinter sie, presste seine Vorderseite an ihren nackten Rücken und legte die Hände auf ihre Brüste. Er knetete und streichelte ihr Fleisch, reizte ihre Nippel, bis ihre Erregung die Verlegenheit verdrängte.

Seine rechte Hand glitt zwischen ihre Schenkel. „Sehr schön, Sub." Sein Knurren machte deutlich, wie feucht sie für ihn war. „Nun gibt es nur noch eine Sache, die mir an deinem Outfit fehlt."

„W-was soll das sein?"

Ohne zu sprechen, rollte er eine Minute ihre Nippel zwischen Daumen und Zeigefinger. Sie vergaß ihre Frage, als sich die Begierde erhob.

„Ich glaube fest daran, dass eine Sub glühen muss, bevor sie ihr Halsband empfängt", flüsterte er ihr ins Ohr.

Sie konnte nicht mehr reagieren: Gleich darauf schob er einen Stiefel zwischen ihre Füße und drängte ihre Beine auseinander, so dass er seine Hand unter ihren Tanga schieben konnte. Er befeuchtete seine Finger in ihrer Nässe und fand ihre Klitoris. Dann legte er seinen rechten Arm um ihre Mitte und zog sie gegen seine Brust. Zu guter Letzt umschlossen seine Finger ihren linken Nippel. Er neckte und zwickte, und nahm ihr jegliche Möglichkeit auf eine Flucht. Aber das wollte sie auch nicht. Stattdessen ließ sie ihren Kopf auf seine Schulter fallen, schloss die Augen und genoss, was er mit ihr anstellte. Talentiert, gnadenlos, erregend.

„Du gehörst mir. Du bist mein, und nur ich darf mit dir spielen, Abigail", sagte er und schob einen Finger in ihre

Hitze. „Ich darf dich vorzeigen und darf die bewundernden Blicke in den Augen der Anderen sehen, wenn ich deine wunderschönen Brüste präsentiere." Er kniff in einen Nippel, ihre Atmung stockte, der Druck in ihr stieg. „Deine Schönheit zu teilen, gefällt mir. Am schönsten bist du, wenn du durch mich Erlösung findest."

„Teilen?" Sie versuchte, sich von ihm zu lösen.

Ruckartig, besitzergreifend riss er sie zurück an seine Brust, seine Hände das Äquivalent zu Fesseln, so hart und stabil wie Stahl. „Rührt dich jemand an, werde ich ihm jeden einzelnen Finger brechen. Verstanden?"

„Ja, mein Lord." Ihr Mund war wie ausgetrocknet. Sie schluckte schwer, krächzte jedoch heraus: „Und wenn es eine Frau wagt, dich zu berühren, wird der Rohrstock an euch beiden zum Einsatz kommen."

„Verdienterweise." Er rieb seine Wange an ihrer und flüsterte: „Ich gehöre dir, so wie du mir gehörst, Abby."

„Okay." Ihr Körper wurde nachgiebig, schmiegte sich an seinen wie ein Puzzleteil, denn sie wusste, dass sie in seinen Armen nichts zu befürchten hatte. Sie war sicher.

„Wunderschön. So gefällt mir das." Sein Körper fungierte als Wand, sandte Stärke und Sicherheit aus. Etwas Kühles streifte ihren Hals, dann hielt er dieses Etwas vor ihrem Gesicht in die Höhe.

Sanft berührte sie das Schmuckstück. Es ähnelte in seiner Bedeutung dem goldenen Halsband, das Rona trug, doch dieses hier war simpel – eine silberne Halskette, so bedeutungsvoll wie unauffällig. Er kannte sie so gut.

„Wir sind in keiner Master/Sklave-Beziehung." Seine Stimme war heiser und so zärtlich, wie sie ihn noch nie gehört hatte. „Trotz allem ist mir aufgefallen, wie du Ronas Halsband bewundert hast. Also, meine kleine Pusteblume, hiermit wird jeder wissen, dass du vergeben bist, dass du mir allein gehörst. Was auch immer wir aushandeln, wie viel Kontrolle du an mich abgeben willst, niemals wird sich an der Tatsache etwas ändern, dass du mein bist."

Sie schmolz regelrecht dahin. Sie war so glücklich, ihr Herz gefüllt mit Liebe.

„Akzeptierst du mein Halsband, Abby?"

„Ja, oh ja! Ja, bitte!"

Die Freude der Zuschauer verstärkte ihre eigene. Sie hob ihr Kinn, um ihr persönliches Halsband zu empfangen, und sie hörte ihn an ihrem Ohr knurren: „Weißt du eigentlich, wie sehr ich dich liebe?" Das kühle Metall legte sich um ihren Hals.

Ja, ich denke, das weiß ich.

KAPITEL SECHSUNDZWANZIG

Xavier saß in seinem Arbeitszimmer. Als er die Eingangstür hörte, hob er den Kopf. Schlagartig verbesserte sich seine Laune. Grinsend stand er auf, denn er wusste, dass das Haus jetzt zum Leben erwachte: Er sah, wie sie durchs Wohnzimmer eilte, offensichtlich auf der Suche nach ihm. Ihr Gesicht strahlte so hell, dass seine Frage überflüssig schien. „Wie ist es gelaufen, Frau Professorin?"

„Ich habe den Job!" Sie tanzte und wirbelte auf eine Weise durch den Raum, die seine Fantasie anregte. Er dachte an Seidentücher, mit denen er sie fes –

„Ich fang im Frühjahrssemester an! Ich habe wieder einen Lehrstuhl inne!"

„Herzlichen Glückwunsch." Er wickelte die Arme um sie und wirbelte sie herum, ein breites Lächeln auf seinen Lippen. „Du wirst eine Bereicherung für sie sein."

Ihm war gleich bewusst gewesen, dass das kleine College erkennen würde, was für einen Schatz sie sich mit Abby an Land ziehen würden. Zudem hatte er den Campus besucht, ihre Beurteilungen und Empfehlungen gelesen, die sie in den höchsten Tönen lobten. Sie war eine Professorin, die nicht nur ein besonderes Talent für Lehrtätigkeit besaß, sondern auch eine Art mit den Studenten pflegte, die ihresgleichen suchte. Sie war aufrichtig mit ihnen und wusste, wie ihr die Aufmerksamkeit auch bei langweiligen Themen gesichert war. „Ich bin stolz auf dich, Professor Bern."

Ihre kleinen Hände legten sich auf seine Wangen und sie presste ihm einen Kuss auf die Lippen. Es hatte ihn überrascht, wie sehr sich ihr Verhalten nach der Verlobung und dem Anlegen des Halsbandes verändert hatte. Ihre Reserviertheit war zumeist der Unsicherheit geschuldet gewesen. Er würde sein Bestes geben, damit sie nie wieder an seiner Liebe zweifelte.

Behutsam ließ er sie auf ihre Füße. Als er sicher war, dass sie ihr Gleichgewicht wiedergefunden hatte, packte er ein Bündel ihrer Haare und vertiefte den Kuss. Niemals würde er genug davon bekommen, wie sie in diesen Momenten dahinschmolz, wie ihr Körper nachgiebig und hingebungsvoll reagierte.

Erregung war allgegenwärtig, als er seine Lippen von ihren löste und seinen Nachmittagssnack begutachtete. In ihren Augen sah er die Liebe, die sie für ihn empfand. Ihre Wangen waren bezaubernd gerötet, ihre Lippen geschwollen. Oh ja, diese Lippen brauchte er um seinen Schwanz. Guter Start für das nachmittägliche Vergnügungsprogramm.

Sie schüttelte ihren Kopf, wahrscheinlich, um den Lustnebel aufzulösen. „Was müssen wir noch an Vorbereitungen treffen? Wann kommt der Cateringservice? Sind –"

„Es ist doch erst kurz nach zwölf. Die Caterer kommen gegen sechs, um aufzubauen. Der Reinigungsdienst war heute Morgen da, so wie auch der Gärtner zum Rasenmähen." Und der Umzugsdienst, den er für den speziellen Raum angeheuert hatte.

Er warf ihr einen heißen Blick zu, der sie noch mehr erröten ließ.

„Selbst, wenn du eine Stunde brauchst, um dich fertig zu machen, bleiben uns vier, in denen ich deine ungeteilte Aufmerksamkeit verlange."

Ihre Augen weiteten sich und sie trat einen Schritt zurück. „Xavier, ich denke wirklich nicht –"

„Du denkst falsch." Er beugte sich vor und warf sie sich über die Schulter. Einen Arm legte er über ihre strampelnden Beine, während sie mit ihren kleinen Fäusten gegen seinen Rücken boxte. Ihr herzliches Lachen war das Beste an der Sache.

„Du Biest! Wir veranstalten doch heute eine Party! Sex passt nun wirklich nicht ins Programm." Sie zog an seinem losen Haar. „Bist du wahnsinnig?"

Wahnsinnig vor Glück.

Auf dem Weg zur Treppe schlug er ihr so hart auf den Hintern, dass sie quietschte. Er war froh, dass ihm sein

Knöchel keine Probleme mehr bereitete. Ganz im Gegensatz zu seinem Schwanz, der sich in seiner Hose gerade sehr eingeengt fühlte. „Abby, halt still, oder ich steck dir einen Knebel in deinen Mund. Glaub mir, ich würde es genießen." In der Tat war das keine schlechte Idee.

Nach einem letzten Schlag mit ihrer Faust machte sie keinen Mucks mehr und er setzte unbehelligt seinen Weg durch den Flur fort, bis er zum Gästeschlafzimmer gelangte. Er öffnete die Tür und stellte sie auf die Füße.

Als Abbys Blut wieder dahin zurückkehrte, wo es hingehörte, wurde ihr kurz schwarz vor Augen. Desorientiert sah sie sich um. Sie war in Xaviers Haus, und doch stand sie gerade in *ihrem* Schlafzimmer. Sie drehte sich einmal im Kreis, sah die schweren, zimtfarbenen Vorhänge, das große Himmelbett mit den marokkanischen Schnitzereien und ihre orientalischen Teppiche.

Der einst modern eingerichtete Raum hatte sich in eine Fantasie aus Tausend und einer Nacht verwandelt – in *ihre* Fantasie. „W-was ... wie ... wann?"

Ein schiefes Lächeln zeigte sich bei ihm. Nicht zum ersten Mal wurde sie daran erinnert, dass er mit seiner dunklen Haut, den langen, schwarzen Haaren und den durchdringenden Augen geradezu ihrer Fantasie entsprungen sein konnte.

Sein Gesichtsausdruck veränderte sich: frostig und dennoch glühend heiß. „Englische Weibsbilder – sie wissen nie, wann sie den Mund zu halten haben. Ich habe dich nicht aus der Karawane entführt, damit du mir jeden deiner Gedanken um die Ohren haust."

Ihre Augen weiteten sich, als ihr auffiel, dass er keine Jeans anhatte. Heute trug er eine abgetragene Lederhose, dazu ein weißes Hemd, das einen starken Kontrast zu seiner dunklen Haut bildete und ... War das ein Messer, das dort an seinem Gürtel baumelte? Sie trat einen Schritt zurück, ihr Herz setzte einen Schlag aus.

„Ah, jetzt ist sie ruhig." Langsam umkreiste er sie. Sie fühlte sich wie eine Maus, in die Ecke getrieben von einem hungrigen Kater. Er berührte ihre hellen Haare. „Ich habe eine Schwäche für Frauen, die vom Mondlicht geküsst wurden", murmelte er. „Mit Haaren so weich wie die Seide, in die ich vorhabe, dich zu hüllen."

„Xavier –"

Er fasste ein Bündel und zog ihren Kopf in den Nacken. „Erinnere dich besser, wie du deinen Master anredest", sagte er in einem schroffen Ton. „Sonst muss ich deiner Porzellanhaut rote Striemen verpassen."

Schockiert schüttelte sie wie wild ihren Kopf, ihr Mund ausgetrocknet, ihre Atmung stockend.

„Schon besser." Er griff ihr Kinn, sein Daumen und Zeigefinger gnadenlos – so wie sein Blick. „Tu' genau, was ich dir sage, dann gibt es keine Probleme." Ihr Herz rutschte ihr ins Höschen, als er flüsterte: „Riskiere nicht mein Missfallen, englisches Weibsbild."

Das ist Xavier. Das ist mein Verlobter. Sich selbst davon

überzeugen zu wollen, nahm ein jähes Ende, als er ihr den Blazer von den Schultern riss und ihn in die Ecke warf. Er schaute auf ihre Bluse und knurrte: „Zieh sie aus."

Ihre Finger hatten Schwierigkeiten, die Knöpfe aufzubekommen. Nach einer Weile verlor er die Geduld, ein Ruck von ihm und schon landete auch dieses Kleidungsstück auf dem Boden. Wieder umkreiste er sie, jede seiner Bewegungen führte zu einem Luftzug, der über ihre Haut streichelte und Gänsehaut erzeugte.

Vor ihr kam er zum Halt und funkelte ihren BH an. „Abscheuliche Kleidungsstücke sind das. Eine Barriere für jeden Mann, der nach ein bisschen Spaß sucht." Er zog das Messer aus der Scheide an seinem Gürtel. Quietschend wich sie von ihm zurück.

„Nicht bewegen", befahl er. Mit der Hand in ihren Haaren stellte er sicher, dass sie seinen Befehl befolgte. Kaltes Metall strich über ihren Bauch und sie winselte. Die Klinge fand ihren Weg unter die Verbindung zwischen den beiden Körbchen. Ein Schnitt und ihre Brüste lagen frei. *Oh Gott, scharfe Klinge, scharfe Klinge.*

„Xa –"

Er schüttelte gefährlich gemächlich den Kopf, ohne den Blick von ihr abzuwenden.

Ich mag keine Messer. Nein, nein, nein. Die kühle Klinge erwärmte sich ... an ihrer Haut ... während sie langsam ihre linke Brust umkreiste.

„Verärgere mich nicht, Weib. Oder du wirst merken, dass dein Blut so rot ist wie deine Haut weiß." Die flache

Seite des Messers liebkoste beide Brüste, dann kratzte er mit der Klinge über ihre Haut. „Willst du deinen Rock selbst ausziehen ... oder soll ich nachhelfen?", fragte er bedrohlich sanft.

„I-ich werde es tun", stotterte sie, kaum in der Lage zu atmen, bis er die Klinge wegnahm und zurücktrat.

Sie öffnete den Reißverschluss ihres Rocks und schob ihn nach unten, gefolgt von ihrem Höschen. Schweigend beobachtete er sie mit einem angespannten Kiefer.

Das spärliche Licht, das sich durch die schweren Vorhänge wagte, ließ sein Gesicht ominös und teuflisch wirken. Er sah ihr tief in die Augen und umfasste mit einer Hand ihre Kehle. Die Klinge legte sich an ihre Wange, sein Gesicht nur wenige Zentimeter von ihrem entfernt. Ihre Augen weiteten sich und sein rechter Mundwinkel zuckte. „Und nun sag mir, dass du deinen Master zufriedenstellen wirst, Engländerin."

Zu verängstigt, um sich zu bewegen, sagte sie durch zusammengepresste Zähne: „Ja ... Master."

Er ließ sie los und nahm seine Wärme mit sich. „Das dachte ich mir. Auf den Teppich, Stirn auf den Boden, Arsch in die Höhe. Zeig mir, dass ich mein Leben nicht umsonst riskiert habe, als ich dich entführte."

Eine machtvolle Hitzewelle schoss durch ihre Adern. Sie schluckte hörbar, doch gehorchte, kniete sich erst hin und nahm dann die angewiesene Position ein.

Kein Wort kam über seine Lippen. Sein heißer Blick brannte auf ihrer Haut. Die Schritte in seinen schweren

Stiefeln hallten im Raum wider. Musik erklang. Loreena McKennitts Album *An Ancient Muse* bildete die romantische Hintergrundmusik, während das Kerzenlicht dunkle Schatten an die Wände warf.

Sie hörte, wie er seine Lederhose öffnete. „Hoch mit dir, Engländerin. Dann lass uns mal testen, ob dein Mund sich so bezaubernd anfühlt, wie er aussieht."

Sie erhob sich auf die Knie.

Sein Schwanz mit der getrimmten, schwarzen Schambehaarung war hart – steinhart. Die dicken Adern schienen zu pulsieren und führten den Blick direkt zu seinem geschwollenen Hoden. Als sie ihre Hand nach ihm ausstreckte, erntete sie einen Klaps auf ihren Handrücken. „Du berührst mich nicht ohne meine Erlaubnis."

Knurrend nahm er sich einen Seidenschal aus ihrer Truhe am Fuße des Bettes und band ihr die Handgelenke hinter dem Rücken zusammen.

Nach getaner Arbeit trat er wieder vor sie, legte die Hände an ihren Hinterkopf und zog sie zu seinem wartenden Schwanz. „Öffne den Mund für mich."

Ihr Herzschlag beschleunigte sich, als sie die Lippen teilte und er in ihren Mund glitt. Sie kostete ihn und inhalierte seinen verheißungsvollen, salzigen Geruch. Den ersten Lusttropfen, der sich aus seiner Eichel löste, leckte sie mit der Zunge fort und ein Stöhnen entrang ihr.

Mit den Händen in ihren Haaren steuerte er ihre Bewegungen. „Lecken!", befahl er. Dann: „Saugen!"

Hingebungsvoll umkreiste sie mit der Zunge seine dicke

Eichel, nur um sich dann gegen seinen Griff zu wehren und sanft an seiner Spitze zu knabbern.

„Oh nein." Er packte sie fester und schob seinen Schwanz erneut zwischen ihre Lippen, bis seine Eichel in ihren Rachen eintauchte. Ihr Würgereflex meldete sich und Tränen schossen ihr in die Augen. „Mach schon, Weib. Du willst mich doch zufriedenstellen." Er zog sich zurück, gab ihr Gelegenheit, Luft zu holen und drang dann wieder tief in ihren Mund vor.

Mit feuchten Augen kämpfte sie gegen ihre Fesseln und seine dominanten Hände an. Es wurde ihr immer bewusster, dass sie über keinerlei Kontrolle verfügte.

Sie akzeptierte dies, hörte auf zu kämpfen und gab sich ihm vollkommen hin. Sie gab ihm, was er wollte, wodurch er die Möglichkeit bekam, sie an ihre Grenzen und darüber hinaus zu führen.

„Geht doch. Du hast noch viel zu lernen, Engländerin." Sein Schwanz glitt aus ihrem Mund und er ließ von ihr ab.

Sie sackte zusammen und bebte unkontrolliert. Trotz allem fühlte sie die Nässe an ihren Oberschenkeln. Der Beweis ihrer Erregung tropfte aus ihr heraus. Als sie schluckte, schmeckte sie ihn auf ihrer Zunge – das reichhaltigste und beängstigendste Aphrodisiakum.

„Gesicht gegen den Teppich pressen", befahl er. Sie gehorchte, natürlich.

Beim erschreckenden Laut von Leder auf Haut flammte Schmerz auf ihrer rechten Pobacke auf. Ihr Schrei füllte den Raum. Zitternd wartete sie auf mehr, ohne dass das

Brennen nachließ. Ein Brennen, das ihre Lust schürte. Es war schockierend erotisch.

Er warf den Lederriemen auf die Truhe. „Das nächste Mal will ich das schneller sehen, verstanden?“

„Ja, Master“, flüsterte sie. Es machte sie so nervös, dass sie nur raten konnte, was er vorhatte. Sie wusste jedoch, dass es genau diese Unkenntnis war, die sie so erregte. Das Feuer in ihr brannte sogar heißer als ihr Hintern.

Er ließ seine Hand über ihre wunde Pobacke gleiten. „Hübscher, saftiger Arsch. Verführt einen Mann dazu, brutal zu sein, da er weiß, dass du es aushältst.“ Seine Hand hielt sie an ihrer Hüfte fixiert, während er die andere gegen ihr Geschlecht presste. „Ah ja ... die Frau ist also heiß auf einen Schwanz zwischen ihren Schenkeln.“

In einer fließenden Bewegung hob er sie hoch und warf sie aufs Bett. Ihre Arme waren weiterhin hinter ihrem Rücken gefesselt und sie versuchte, sich aufzusetzen. Er hatte seine Lederhose wieder geschlossen und ihr Blick fiel auf die gewaltige Beule in seinem Schritt.

An diesem Zustand in seiner Hose trug sie die Schuld. Innerlich grinste sie, während sie ihn mit erwartungsvoller Nervosität beobachtete. Er würde sie nehmen, er würde sie ficken, und er würde nicht behutsam sein. Ihre Nippel kribbelten, harte, unnachgiebige Diamanten thronend auf ihren geschwollenen Brüsten. Ihre Pussy feucht und bereit.

Er band ihre Hände los und drückte sie auf den Rücken. Ohne ein Wort schob er ein Kissen unter ihren Po, hob damit ihr Becken an und wickelte dann Seidenbänder um ihre Knöchel – eine seidenweiche Einschränkung, die er an den Bettpfosten befestigte.

Als er ihren rechten Fuß packte, um ihn ebenfalls am Pfosten zu verankern, flammte Panik in ihr auf und sie entriss ihm ihr Bein. Schnell fing er sie wieder ein und schloss seine Aufgabe ab, sie zu fesseln, sie vor ihm zu spreizen. Ihre Arme positionierte er an ihren Seiten. Allein mit seinem Blick sorgte er dafür, dass sie sich nicht bewegte. Er fixierte einen dritten Seidenschal am linken oberen Bettpfosten, nahm ihren Arm und legte ihn um ihr Handgelenk. Rechts wiederholte er den Vorgang, bis sie wie ein Seestern ausgebreitet vor ihm lag.

Komisch fand sie nur, wie lose er die Fesseln gebunden hatte.

Sie entdeckte ein Schmunzeln auf seinen Lippen, als sie irritiert die Arme hob und ihre Einschränkungen testete. Langsam, mit einer vorsätzlichen Besonnenheit, wickelte er Seide um ihre Oberschenkel, vom Knie bis zu ihrem Intimbereich. Dann nahm er ihren linken Arm, das Seidenband lang genug, so dass er ihr Handgelenk am Schenkel befestigen konnte. Die rechte Seite erfuhr die gleiche Prozedur.

Sie starrte in seine dunklen, unlesbaren Augen und seine Lippen verzogen sich zu einem harten Lächeln. Er platzierte eine Hand in das Tal zwischen ihren Brüsten und sofort kribbelten ihre Nippel. „Du magst es, gefesselt zu sein, Engländerin. Ich werde dich auf eine Weise fesseln, die dir keine andere Möglichkeit gibt, als dich allein auf mich zu konzentrieren. Egal, was ich auch mit dir anstelle, ich bin mir deiner Aufmerksamkeit sicher."

Unter seiner Handfläche machte ihr Herz einen Salto, sein darauffolgendes Lachen so dunkel wie sein Blick. Er wandte sich wieder den Fesseln zu und straffte die Seide an allen vier Bettpfosten, bis sie jeder Bewegungsfreiheit beraubt wurde. Ihre Arme waren außer Gefecht gesetzt und ihre Hände lagen so an ihren Schenkeln, dass sie ihre Beine nicht ausstrecken konnte. Die Beine leicht gebeugt, ihre Schenkel gespreizt. Wie eine Opfergabe lag sie vor ihm.

Für einen Moment beobachtete er, wie sie an den Fesseln zog. Das schiefe Grinsen auf seinen Lippen und das Funkeln in seinen Augen bewiesen, dass er den Anblick genoss.

Ihr Atem kam stoßweise. Gefiel es ihr, dermaßen hilflos zu sein? Sie war sich nicht sicher.

Xavier lief zu einem Schrank, der ihr nicht bekannt vorkam. Sie erstarrte. Das konnte nichts Gutes bedeuten. Er nahm etwas heraus. Zuerst sah es aus wie ein einfacher, wenn auch riesiger und langer Dildo. Der Winkel änderte sich, und sie sah, dass es sich um einen Doppeldildo handelte. Ihre Kinnlade klappte herunter, als sie realisierte, was er vorhatte. Er wollte dieses Ding in beide Öffnungen einführen, in ihre Pussy und in ihr Poloch.

Er näherte sich ihr, platzierte das eine Ende zunächst an ihrer Pussy und drang ein paar Zentimeter in sie ein. Sie quietschte, als sich die andere Seite gegen ihr Arschloch drückte. „Nein, nein, ich will das nicht!"

„Ich erinnere mich nicht, dich um Erlaubnis gefragt zu haben.“ Ihr Ringmuskel stand keine Chance. Wenige Sekunden später steckte das Ding ein paar Zentimeter in ihr. Nun befand sich der Doppeldildo in der perfekten Ausgangsposition, um ihn tief in beide Löcher zu treiben.

Ihr Anus brannte, pulsierte. Ihre Pussy fühlte sich gedehnt und ausgefüllt an. Dann vibrierte das Ding los und sie klammerte sich mit ihren Öffnungen an den beiden Schäften fest. Begierde nahm von ihr Besitz und sie wand sich hilflos unter dem Ansturm der Empfindungen.

„Mein kleines Spielzeug wird deinen Verstand beschäftigen, bis ich dich zum Schweigen bringen kann.“ Angewidert blickte er drein. „Geschwätziges, englisches Weibsbild.“

Er griff nach etwas, das auf der Decke lag. „Erinnerst du dich an diese Schmuckstücke?“ Triumphierend hielt er die Nippelklemmen von ihrem ersten Tag im Dark Haven in die Höhe. Eine dünne Kette baumelte zwischen ihnen.

Ihre Augen weiteten sich. *Oh nein*, ihre Brüste waren bereits so empfindlich, so geschwollen und schmerzten regelrecht.

Er ignorierte all ihre Versuche, sich zu befreien und legte ihr die erste Klemme an, drehte sie fester und fester, bis sich die kleinen Zähne in ihre Knospe bohrten. Sie erwartete, dass er sie wieder fragen würde, wie sie den Schmerz auf einer Skala von eins bis zehn einschätzte.

Das tat er nicht. Mit angehaltenem Atem musste sie beobachten, wie er sich der anderen Brust zuwandte. Er zwickte in den Nippel. Sie schnappte nach Luft. Und da hatte auch die zweite Klemme ihren Platz gefunden.

Testend zog er an der Kette, die aus beiden Klemmen eine Einheit machte. *Oh Gott!* Schmerz durchfuhr sie.

„Sehr gut." Sein zufriedenes Lächeln gab ihr keine Sicherheit, als er sich seiner nächsten Aufgabe widmete: Ein bleiernes Gewicht legte er zwischen ihre Brüste. An dessen oberem Ende war ein geflochtenes Seil durch einen Ring gezogen.

Xavier hob den Blick zur Decke.

Heilige Mutter Gottes. Vom oberen Ende des rechten Bettpfostens spannte sich eine Kette zum oberen Ende des linken Bettpfostens. „Was soll –"

Er warf das Ende der Schnur über die Kette über ihnen.

Die Vibrationen in ihrer Pussy und ihrem Po ließen nicht nach, ihre Klitoris pulsierte und der Druck in ihr stieg. Trotz allem versuchte sie, sich auf seine Bewegungen zu konzentrieren: Er zog an dem Strick, bis sich das Gewicht von ihrer Brust erhob und in der Luft schwebte.

„Das wird dich lehren, nicht unerlaubt den Mund zu öffnen." Seine Augen blitzten. „Es sei denn natürlich, ich habe eine Verwendung für ihn." Er schob ein Stück des Seils zwischen ihre Lippen und platzierte das Ende zwischen ihren Brüsten.

„Zubeißen."

Als er losließ, verstand sie seine Anweisung, denn das Gewicht spannte das Seil. Wenn sie nicht zubiss, würde es auf ihre Brust fallen. An sich kein Problem, immerhin wog es weniger als eine Kiwi.

Aber dann nahm er das Seilende, das er auf ihrer Brust abgelegt hatte, und befestigte es an die Kette, die ihre Nippelklemmen verband. Er hielt das Seil in der Hand und fand ihren Blick. „Loslassen."

Oh nein, ganz sicher nicht. Sie schüttelte panisch ihren Kopf. Der Blick in seinen Augen verdeutlichte ihr, dass er nicht länger warten würde. Sie öffnete den Mund.

Langsam ließ er das Seil los, das Gewicht senkte sich, die dünne Kette der Nippelklemmen hob sich, bis sie das Gefühl bekam, dass jemand in ihre Nippel zwickte und sie nie davon erlösen würde. Sie versuchte, mit dem Oberkörper zu folgen, um die Spannung zu verringern. Zwecklos. „Nein, nein, nein."

„Oh doch." Er zog am Seil, das Gewicht daran hob sich und die Kette verlor an Spannung. Er kehrte mit dem Stück des Seils zu ihr zurück, was sie bereits im Mund gehabt hatte – diesmal weiter oben.

Sie biss zu und spürte, wie das Gewicht hin und her schwang. Sie stöhnte, als ihr klar wurde, was er getan hatte.

„Ja genau. Deine Zähne halten jetzt das Gewicht. Öffnest du den Mund und lässt die Schnur los, wirst du es an deinen hübschen Nippeln merken." Sein Lächeln war gemein. „Das könnte etwas wehtun."

Oh Gott! Fest zubeißen!

„Beim nächsten Mal spendiere ich auch deiner Klitoris eine Klemme." Er betrachtete sein Werk – zufrieden und erregt. „Heute habe ich allerdings andere Pläne für die hübsche Perle.“

Sie atmete durch die Nase ein, während viele Empfindungen auf sie einstürmten: Die Klemmen, die Vibrationen in ihrer Pussy und in ihrem Poloch. Ach ja, und nicht zu vergessen ihre pulsierende Klitoris.

Er platzierte ein Knie aufs Bett und ließ den Blick über sie schweifen. „Eine hübsche Frau mit schneeweißer Haut, gefesselt und bereit für mich.“ Er berührte sanft eine Brust – eine Berührung, die im starken Kontrast zu den schmerzverursachenden Klemmen stand. Sich nach vorne lehnend, umspielte er das Metall mit seiner Zunge, befeuchtete, kühlte die leidende Knospe. Dann blies er darüber, das brennende Gefühl ebbte ein wenig ab, aber der Schmerz blieb. Er folterte sie, dabei fanden die Vibrationen der Dildos kein Ende.

Sie konnte sich nicht bewegen, konnte nicht sprechen. Sie war vollkommen hilflos. Nichts konnte sie tun! Ihr Verstand überschlug sich, dann verabschiedete er sich, denn die überwältigenden Empfindungen gewannen die Oberhand.

Glucksend zwickte er in ihren Bauch.

Sie schnappte nach Luft, wodurch sich ihr Kiefer lockerte. *Oh nein!* Gerade noch rechtzeitig schaffte sie es, das Seil wieder mit ihren Zähnen zu fassen.

Er streichelte über ihre Schenkelinnenseiten, kontrollierte die Fesseln an ihren Beinen und den Händen. „Die kleine Engländerin ist vollkommen in meiner Gewalt. Wie fühlt sich das an?“

Mit dem Seil im Mund war es ihr unmöglich, auf seine Frage zu antworten.

Xavier lächelte. Diese großen, grauen Augen. Sie sah ihn an, wie eine Maus, die in der Falle saß. *Wunderschön*. Er holte einen kleinen Flogger heraus. Die drei kurzen Bänder waren aus einem weichen Leder. Der Kontakt mit der Haut konnte sich wie eine Massage anfühlen, oder, mit einer geschickten Drehung des Handgelenks, ekstatischen Schmerz hervorrufen. Perfekt für empfindliche Bereiche.

Er hob den Flogger zu ihrer Nase, machte sie mit dem Geruch des Leders vertraut. Danach ließ er die Enden über ihren Hals, ihre Schultern und zwischen ihre Brüste gleiten. Er bewegte das Spielzeug gen Süden, streifte ihren Bauch, der vor nervöser Erwartung unter ihm bebte.

Beim Übergang von Oberkörper zu ihrem Intimbereich konnte er ein gedämpftes Stöhnen hören. Ihre Pussy war geschwollen, ihre Beine gespreizt und ihre Klitoris zeigte sich in ihrer vollen Pracht – eine glitzernde Perle zwischen ihren Schamlippen. So wirklich hatten sie Impact Play bisher noch nicht betrieben. Schon jetzt freute er sich auf die Reaktion, die er von ihr nach einem Schlag auf ihre feuchte Pussy zu erwarten hatte.

Sie war sich ihrer Verletzlichkeit vollends bewusst, ihre

Brüste hoben und senkten sich hypnotisierend, ihre Atmung beschleunigt durch eine Mischung aus Angst und – ausgehend von der Nässe, die aus ihrer Pussy tropfte – auch aus Erregung.

Mit sanften Schlägen gewöhnte er sie an den Miniflogger. Erst über ihre Beine, langsam, bedächtig, ähnlich eines Streichelns. Dann schneller. Er legte einen Rhythmus von flüsternden Liebkosungen fest, zuerst das linke Bein nach oben, dann das rechte Bein runter. Hoch zu ihrem Bauch, zu der Unterseite ihrer Brüste, immer darauf bedacht, die Klemmen und das Seil zu meiden. Er spielte mit ihr, neckte sie, bis sie unkontrolliert atmete und ihre Hüfte rotierte – auf der Suche nach mehr.

Der Flogger wanderte aufs Neue über ihre Hüften und Schenkel. Diesmal fügte er ein bisschen Schmerz hinzu, behielt die Route jedoch bei. Ihre Haut wurde heißer, rötete sich unter den stärker werdenden Schlägen des Floggers.

Ihre Lider senkten sich und er konnte ihr ansehen, dass sie unter dem Ansturm der Empfindungen den Kontakt zu ihrer Umgebung verlor.

In einem gleichmäßigen Muster fuhr er fort, zurück zu ihrem Bauch, strich sanft mit dem Leder über ihre Schenkelinnenseiten und wendete mehr Kraft bei den Außenseiten an. Ihre Atmung verriet ihm, wie weit er sie treiben konnte. Keuchend, nach Luft schnappend, entschlossen, nur durch die Nase zu atmen. Zufrieden bewegte er den Flogger wieder in die südlichen Gefilde. Ihre Klitoris pulsierte vor unerfülltem Verlangen.

Nach einer weiteren Runde legte er den Flogger beiseite, machte es sich zwischen ihren Schenkeln auf dem Bett bequem und fuhr mit der Zunge über ihre empfindliche Knospe.

Der Laut, der daraufhin über ihre Lippen kam, konnte berauschender nicht sein. Seine dominante Natur erhob sich zu voller Größe und verlangte, dass er seinen Instinkten folgte. Sein Schwanz war unerträglich hart. Trotz allem umkreiste er genüsslich, ganz ohne Eile ihre Klitoris, bis ihm klar wurde, dass sie kurz vor einem Orgasmus stand. Ihr Becken nutzte den wenigen Bewegungsfreiraum voll aus, rotierte und sie rieb ihr Geschlecht an seinem Mund.

Gab es irgendetwas Befriedigenderes auf der Welt als das hier? Lächelnd sog er ihre Klitoris zwischen seine Lippen, fuhr mit der Zunge um das Nervenbündel herum, saugte erneut und ... trieb sie zu ihrem ersten Höhepunkt. Schreiend streckte sie sich seinem Mund entgegen, riss an ihren Fesseln und wand sich berauschend unter ihm. Einen winzigen Augenblick später lauschte er ihrem hohen Schrei als Folge dessen, dass das Gewicht sich senkte und ihre Nippel gefoltert wurden.

Oh ja. Er wurde der Laute niemals überdrüssig, die sie von sich gab, wenn sie zur Erlösung fand. Amüsiert hob er die Last an, um ihren Nippeln Erleichterung zu verschaffen. „Na aber, Weibsbild. Zerstöre mir nicht mein Eigentum." Dann schob er das Seil wieder zwischen ihre Zähne.

Sie biss zu, instinktiv, denn ihre Augen waren so vernebelt, dass er bezweifelte, dass sie abgesehen von seinen Berührungen noch viel mitbekam.

Er richtete sich auf, nahm den kleinen Flogger und hielt sich erneut an das Muster von zuvor. Ihr Körper sowie ihr Verstand brauchten die Nervosität als eine Art Vorbereitung, wodurch sich ein Orgasmus intensiver gestaltete. Das war es, was sich jeder Dom in einer Sub erhoffte.

Hoch an ihrem rechten Bein, runter und abermals nach oben, hinüber zu ihrem linken, wieder nach unten und dann zu ihrem Bauch. Diesmal so hart, dass er auf der Unterseite ihrer Brüste rote Abdrücke entdecken konnte. Tränen glitzerten in ihren Augen, selbst als sich ihre Wangen und ihre Lippen vor Erregung röteten.

Hoch und runter, sich langsam einen Weg zu ihrer Klitoris bahnend. Der Höhepunkt hatte ihren Körper nachgiebiger und empfänglicher gemacht und ihre süße Perle schien noch gieriger zu sein, ragte aus der Vorhaut hervor und bettelte um seine Aufmerksamkeit. Er bewegte sich zu den Innenseiten ihrer Schenkel, sanftere Schläge, die zu einem Streicheln wurden, je näher er ihrem Schambereich kam.

Eine Maßnahme, die ihre Begierde in ungeahnte Höhen trieb.

Auf schmerzlich erotische *Weise zu Tode gekommen.* Abby wollte ihn mit einem tödlichen Blick strafen, doch sie wagte es nicht. Noch vor wenigen Minuten hatte sich der Flogger so wundervoll angefühlt, so berauschend. Nun streichelte das Spielzeug über ihre Haut, mit gelegentlichen, sanften Schlägen, die nur den Wunsch nach mehr entfachten. Er bewegte den Flogger zwar schnell über ihren Körper, übertrat jedoch nie ihre Schmerzgrenze! Diese Kombination löste in ihr das Bedürfnis nach mehr aus, mittlerweile unaufhaltbar.

Er schlug gegen ihre Schenkelinnenseiten, stoppte kurz vor ihrem Intimbereich und drang dann zu ihren Flanken vor. Ihre Klitoris schmerzte und jede weitere Runde, die den Flogger an das empfindliche Nervenbündel heranbrachte, trieb mehr Blut an diesen Ort. Sie hatte das Gefühl, vor unerfüllter Begierde zu vergehen!

Jetzt brachte er Abwechslung rein, änderte das Muster, ließ den Flogger über die Innenseite ihres linken Beins nach oben und über die Innenseite des anderen Beins nach unten gleiten. Links. Rechts. Jeder Schlag ließ ihre Klitoris schmerzhaft pulsieren und schickte sie auf einen Pfad, der ein unausweichliches Ende vorhersagte. Gierig hob sie ihr Becken für seine erotische Folter.

Bitte, bitte, bitte.

Er erreichte ihre Unterschenkel.

Oberschenkel.

Oh nein, oh Gott. Sie spannte sich an.

Ohne Vorbereitung traf er sie mit drei Schlägen auf die Klitoris. *Direkt, ohne Zurückhaltung, einmal, zweimal, dreimal.* Exquisiter Schmerz folgte, unbeschreibliche Ekstase das Resultat.

Der Orgasmus folgte explosionsartig, durchfuhr sie wie ein Tsunami der Lust – begleitet von einem ohrenbetäubenden Schrei.

Das Gewicht fiel. Sie hatte den Mund geöffnet.

„Aaaah!" Ihre Nippel flammten schmerzhaft auf, wodurch sich eine neue Welle der Lust losriss und sie überrollte.

Durch das Rauschen in ihren Ohren hindurch hörte sie ein befriedigtes Lachen. Er zog den Doppeldildo heraus und ließ sie leer zurück, doch weiterhin ausgehungert!

Dann spürte sie ihn an ihrem Eingang. Er positionierte seine Eichel und mit einem brutalen Stoß vergrub er sich in ihrer Hitze. Von den Orgasmen war ihre Pussy nicht nur empfindlicher, sondern auch enger geworden: Seine Invasion war beinahe zu viel. Er dehnte sie auf eine vollkommen unbekannte Art, so schmerzhaft und doch voll intensiver Lust.

Sie fand seinen dunklen Blick, als er das Gewicht löste und es auf den Boden warf, die Kette zwischen den Nippelklemmen nun eine kühle Linderung auf ihrer überhitzten Haut. Er lehnte sich vor, seine Brust rieb über ihre Brüste, ja, ihre Brüste mit den Klemmen, die an ihren malträtierten Nippeln hingen. Sie schnappte nach Luft und funkelte ihn wütend an. „Du bist so fies."

Seine weißen Zähne blitzten auf, bevor sich sein Ausdruck wieder veränderte. „Sprichst du mit mir, närrisches Weib?" Die Drohung lag in jedem einzelnen Wort und sie erstarrte. Mit seinem Schwanz tief in ihrer Hitze legte er die Hand an ihre Kehle, bis sie kaum noch Luft bekam und sie einen Moment der Panik erfuhr. „Schweig."

Nur sein Gewicht auf ihrem, die Gewissheit, dass dies Xavier war, vermochte es, sie zu beruhigen.

Auf einen Arm gestützt lehnte er sich vor und küsste sie. Ein Kuss, bei dem er allein die Kontrolle hatte. Die Hand um ihren Hals verstärkte diese Kontrolle. Ihr Verstand setzte aus und sie unterwarf sich ihm vollends, schmolz unter ihm dahin wie Eis in der Sonne.

Er entriss ihr die Lippen und bewegte sich in einem harten, schnellen Rhythmus. Seine Hand an ihrem Hals avancierte zu einer beängstigenden Fessel, zusätzlich zu den Seidenbändern, und sie fragte sich, ob er wusste, dass sein Blick genügte, um sie zu bannen. Schon bald sorgte er dafür, dass sich jeder Gedanke in ihr in Rauch auflöste. Es zählten nur noch seine Stöße, wie er tief in sie eindrang, sie ausfüllte, wie seine Haare nach vorn fielen und ihre Brüste kitzelten.

Wundervoll, es fühlte sich wundervoll an. Sein Gewicht auf ihr, seine Kontrolle über sie, sein Schwanz in ihr. Tränen kamen in ihr hoch. Ohne den Blick abzuwenden, ließ sie ihn an ihren Emotionen teilhaben, während er sich nahm, was er wollte, um zu befriedigen, was sie brauchte.

Er gab ein tiefes Knurren von sich und küsste sie. Ein sanfter Kuss, der sich hinzog, bis sie sich so geliebt wie kontrolliert fühlte.

Dann wanderte er zu ihrem Kiefer, knabbernd, küssend und erhob sich wieder. Der erste Stoß gemächlich, schließlich schneller, rotierende Hüften, so dass er mit dem Schambein jedes Mal gegen ihre Klitoris stieß. Neues Verlangen stieg in ihr auf, als wären multiple Orgasmen ein Must-have.

„Ich mag dich in Fesseln, kleine Pusteblume", sagte er. „So weit gespreizt und nicht in der Lage, mir zu entkommen." Sein Mundwinkel zuckte. „Egal, was ich mit dir tun will, du musst es mich tun lassen." Er zog das Tempo an und ihr Herzschlag folgte dem Rhythmus.

Langsam aber sicher schrie ihr Körper nach Erlösung.

„Und du ... du kannst dich nur der Lust hingeben, die ich bereit bin, dir zu schenken." Ein Stoß, rotierende Hüften, Klitoris, und schon passierte es: Die Wände ihres Geschlechts zogen sich um seine Länge zusammen.

Er hauchte an ihren Lippen: „Wie diesen Orgasmus – wann und wie ich das für richtig halte."

Der Druck wurde unerträglich, taumelte einen Moment, dann wurde sie von einer Welle unermesslichen Ausmaßes überschwemmt, die ihre Sinne belebte und sie ekstatisch zurückließ. Sie streckte sich ihm entgegen, soweit er das mit den Einschränkungen zuließ, und dann fand auch er zur Erlösung. Er ergoss sich in sie und drang nochmal tief in sie ein, presste sein Schambein gegen ihre Klitoris, was einen erneuten Höhepunkt bei ihr auslöste.

Nur unter großer Anstrengung schaffte sie es, ihre Augen zu öffnen. Ihr Herz klopfte gegen ihre Rippen und versuchte, auszubrechen. Schweiß bedeckte ihren gesamten Körper, lief zwischen ihren Brüsten herunter. Er entließ ihren Hals, kämmte mit den Fingern durch ihre Haare und wartete geduldig darauf, dass sie zur Besinnung kam.

Sie leckte sich das Salz von den Lippen und fühlte, wie geschwollen sie waren – von seinem Schwanz, von seinen Küssen. Langsam trat das Zimmer wieder in den Fokus und sie betrachtete ihre Haremseinrichtung, ihren Serail.

Vermutlich hatte er bei seinem ersten Besuch in ihrem Haus nur einen kurzen Blick auf ihr Schlafzimmer werfen müssen, um auf ihre geheimste Fantasie zu schließen. Heute hatte er ihr nicht nur diese Fantasie erfüllt, nein. Er hatte sie viel weiter getrieben – über die Grenzen hinaus, da, wo sie keine Kontrolle besaß, so weit, wie sie es sich niemals hätte erträumen können. „Dein englisches Weib dankt dir", flüsterte sie. „Glaube ich zumindest."

„Gern geschehen." Er knabberte an ihrem Hals, ihrer Schulter. „Das nächste Mal, kleine Engländerin, wirst du deine Dankbarkeit besser zum Ausdruck bringen."

„Ich liebe dich." *So, so sehr.*

Er streichelte über ihren Nacken, küsste ihren Kiefer. „Das ist doch schon mal ein guter Anfang."

KAPITEL SIEBENUNDZWANZIG

Hinter **Abby unterhielten** sich Freunde und Verwandte, während sie in der Nähe des Pools stand und in die Nacht hinaus starrte. Über dem dunklen Wasser der Bucht funkelte San Francisco wie ein Feenreich.

„Xaviers Haus ist perfekt für Partys." Ihre Mutter kam zu ihr. „Du siehst glücklich aus, meine Süße."

„Das bin ich auch." Abby drehte sich um und lächelte, als sie beobachtete, wie mehr Gäste vom Haus auf die Terrasse traten. „Weißt du, ich hätte niemals gedacht, dass mein Leben diese Wendung nehmen würde. Anfang des Jahres schien mein Weg festgelegt, direkt, ohne jegliche Schlaglöcher."

„Manchmal führen einen gerade die Kurven an einen besseren Ort." Ihre Mutter schmunzelte. „Zu einem wirklich netten Mann und ... Oh, bevor ich es vergesse: Wie hat eigentlich die Uni deine Kündigung aufgenommen?"

„Sie waren nicht sehr glücklich, mich zu verlieren. Anscheinend stand ich gar nicht auf der Abschussliste.“ Sie lächelte erneut und freute sich auf das neue Schuljahr. „Ich denke trotzdem, dass ein kleineres College besser zu mir passt. Dort werde ich das Unterrichten richtig genießen können. Ich plane bereits die Seminare und Vorlesungen fürs Frühjahr. Ich kann es kaum erwarten!“

„Du hast schon immer die Herausforderungen geliebt“, sagte ihre Mutter. „Zumindest auf intellektueller Basis.“

Abby zog eine Grimasse. „Ja, bei gesellschaftlichen Herausforderungen war ich besonnener.“

„Ich glaube, du denkst zu schlecht über dich, meine Kleine. Schau dir nur an, wie viele Freunde du in so kurzer Zeit gewonnen hast.“

Lass uns nicht darüber reden, wo ich sie gewonnen habe, okay? Sie schaute sich um. Nicht weit entfernt genossen Simon und Rona, Lindsey, deVries und Dixon den Ausblick.

An einem Tisch mit Dark Haven-Mitgliedern saßen zudem die zwei Hunt-Brüder, Virgil Masterson und die dazugehörigen Ehefrauen. Sie waren aus Bear Flat zu Besuch und würden für die Nacht in den Gästezimmern schlafen. Anscheinend hatte Xavier ihnen von Abbys Erklärung und der darauffolgenden Bestrafung erzählt, denn sie wurde herzlich und mit einem breiten Lächeln in die Arme geschlossen. Die Tränen in Abbys Augen hatten bei den drei Frauen ebenfalls zu Wasserfällen geführt und bei den Männern zu einem Schmunzeln.

Sie hoffte, dass sie ein paar Tage länger blieben. Sie

wusste, dass Xavier plante, Becca und Logan davon zu überzeugen, im Haus zu bleiben, bis das Baby kommt. Seiner Meinung nach reichte eine kleine Klinik in den Bergen für eine Erstgebärende nicht aus.

Ihre Mutter folgte ihrem Blick. „Du hast wundervolle Freunde."

„Hat sie, nicht wahr?" Xavier legte einen Arm um Abby und streifte mit seiner Hand über den offenen Rücken ihres Abendkleides. Dann nahm er ihre behandschuhte Hand in seine. „Es ist eine interessante Mischung." Er nickte zu den Professoren, die mit den Lehrern aus dem Lese- und Schreibprogramm redeten. Einige aus der BDSM-Gruppe kannten Mitarbeiter vom Tierrettungsdienst oder auch Xaviers Geschäftsfreunde. Ihre direkten Nachbarn schwatzten mit den Beratern aus Stella's Arbeitsvermittlung. „Gib ihnen ein paar Drinks mehr und die Mischung wird noch interessanter."

„Nur an der jungen Generation fehlt es. Es ist gut, dass Grace Matthew mitgebracht hat." Abby schaute zu ihrer kleinen Schwester, deren genervter Blick auf einen Gast im Haus gerichtet war.

Stirnrunzelnd folgte Abby dem Blick. *Janae.* „Was macht sie denn hier? Ich habe sie nicht eingeladen."

„Ich auch nicht. Möglich, dass Harold es vor ihr erwähnt hat", antwortete ihre Mutter.

Richtig, und Janae hatte genug Selbstvertrauen, einfach hier aufzutauchen und ihr den Abend zu versauen. Ein eiskalter Schauer überlief Abby.

Ihre Stiefschwester sah spektakulär aus. Männer drehten die Köpfe nach ihr um, Augenpaare waren unentwegt auf sie gerichtet. In der Mitte des Wohnzimmers hielt sie an und wirbelte herum. Ihr eisblaues Abendkleid glitzerte, bedeckt von Strasssteinen, und brachte ihr dunkles Haar und ihre gebräunte Haut zur Geltung. Vorn und hinten tief ausgeschnitten, ließ das Kleid keinen Raum für Spekulation.

„Ich will sie hier nicht haben", sagte Abby und ein Gefühl der Hoffnungslosigkeit erfüllte sie. „Aber wenn ich ihr sage, dass sie gehen soll, dann macht sie eine Szene."

Xaviers Hand legte sich in ihren Nacken. Sein dunkler Blick zeigte seine Abscheu, obwohl auf seinen Lippen ein kleines Lächeln weilte. „Nur so nebenbei, kleine Pusteblume: Die meisten deiner Gäste am heutigen Abend, sind an Szenen und an gelegentliches Schreien gewöhnt."

Tatsächlich wäre das Dark Haven nicht dasselbe ohne diese Dinge. Sie verschluckte sich an einem Lachen.

„Um es deutlich zu sagen: Ich sehe keinen Grund, warum wir ihre Gegenwart tolerieren sollten. Geh und schick sie zum Teufel."

Ihre Mutter schnappte nach Luft. „Aber ... Du willst, dass Abby das macht?"

„Carolyn, normalerweise würde ich ja den Dreck beseitigen, aber es ist für Abby an der Zeit, dass sie sich wehrt." Er rieb mit den Fingerknöcheln über Abbys Wange. „Was hast du gesagt, wie Lindsey es genannt hat? Zickenkrieg? Zeig es der Zicke, kleine Pusteblume."

„Richtig, Zickenkrieg.“ Ihre Prahlerei vor Lindsey und Rona, dass sie stets auf Grace achtgab, erschien ihr jetzt närrisch. Ihre Brust fühlte sich eng an. Panisch versuchte sie, die beste Lösung für das Problem zu finden. Sie wusste nicht, wo sie es hernahm, aber plötzlich erhob sich in ihr ein Quäntchen Mut. „Okay, ich gehe. Gib mir Rückendeckung.“

„Immer.“

Abby machte sich auf den Weg, durch den Garten, am Pool vorbei. Aus den Augenwinkeln konnte sie beobachten, wie Xavier seine Gäste anschaute – wie im Club, in seiner Vollzeitrolle als *Mein Lord*. Und genau wie im Dark Haven waren sich auch hier die Mitglieder seiner Gegenwart bewusst. Dann richtete er seinen Blick zum Haus und alle folgten dieser simplen Mimik.

Das würde ihr leider auch nicht helfen.

Mit einem Grinsen auf ihren rotglänzenden Lippen beobachtete Janae, wie sie sich näherte.

„Es wird aber auch Zeit. Ich könnte einen Drink vertragen.“

„Janae, du bist hier nicht willkommen. Bitte geh.“

„Oh, meine Teuerste“, Janaes Stimme hob sich. „Bist du immer noch sauer, weil Xavier mich zu Daddys Party mitgenommen hat?“

„Nein.“ Abby hob ihr Kinn. „Ich weiß, dass du ihn ausgetrickst hast, um ihn dorthin zu bekommen.“

„Als hätte *ich* es nötig, solche Spielchen zu spielen.

Lächerlich. Wenn du einen Mann nicht halten kannst, ist das ja wohl kaum meine Schuld."

Das tat weh. Abby sog scharf den Atem ein und wollte zurückweichen. Doch dann fing sie Xaviers Blick ein. Er stand ein paar Schritte hinter Janae, die Arme über der Brust verschränkt. *Nimm dein Leben in die Hand! Stell dich dem Problem!* „Oh, es ist definitiv deine Schuld, wenn man bedenkt, dass du jeden Kerl gefickt hast, der jemals auch nur einen Funken Interesse an mir gezeigt hat." Sie zwang sich zu einem verächtlichen Lachen. „Von der Highschool an. Bist du dessen immer noch nicht überdrüssig geworden?"

Janaes Gesicht verdunkelte sich von sonnengebräunt zu einem gefährlichen Purpurrot. „Du Fotze! Das ist eine Lüge! Ich habe es nicht nötig, mich auf diese Weise feilzubieten. Ich habe keinerlei Interesse an deinen Männern. Ich –"

„Kein Interesse, ja? Und warum hast du dann versucht, meinen Freund zu verführen?" Grace drängte sich durch die Menge, Matthew im Schlepptau. „Denkst du nicht, dass ein Junge aus der Highschool ein bisschen zu jung für dich ist? Oh, warte kurz, nennt man solche Leute nicht Pädophile?"

Wow, also das nenne ich Rückendeckung.

Janae entließ einen Laut, der an einen kochenden Teekessel erinnerte, und flüchtete.

Abby sah ihr nach. Sie rannte. *Wirklich, es ist nicht zu glauben, aber sie rennt.*

„Ha! Das hat Spaß gemacht. Danke!" Grace hob die Hände hoch, um mit Abby einzuschlagen.

Abby tat ihr den Gefallen und bemerkte erst jetzt, wie taub sich ihre Finger anfühlten. „Spaß? Na ja, okay." Sie räusperte sich. „Wahrscheinlich solltest du kurz mit deinem Vater sprechen."

Harold stand neben ihrer Mutter und sah aus, als hätte ihn gerade ein Bus überrollt. Er starrte auf die Tür, dann zu Grace und Abby.

Das Gesicht ihrer Mutter war bleich, aber sie nickte Abby und Grace wohlwollend zu. Sie wirkte ... stolz.

„Mein Gott, Grace", murmelte Matthew. „Mir hat die Show nichts ausgemacht, doch so jung bin ich dann auch wieder nicht."

Abby hörte, wie Xavier ein Lachen unterdrückte und ihre Stimmung hob sich. Anscheinend konnte ihn nichts aus der Fassung bringen. Und war es nicht eine wunderbare Sache, sich dessen bewusst zu sein? Sie trat in seine offenen Arme, mit der Sicherheit, dass sie bei ihm immer willkommen war.

„Das hast du gut gemacht, kleine Sub", flüsterte er an ihrem Ohr. „Ich bin stolz auf dich."

Sie grinste ihn an. „Soll ich dir was sagen? Ich bin auch stolz auf mich."

„Und nun, wo wir den Müll entsorgt haben, sollten wir die Party wieder in Schwung bringen." Xavier gab ihr einen harten Kuss auf die Lippen und hakte dann ihren Arm bei sich ein. Seine Stimme erhob sich: „Da wir alle bereits in einem Raum versammelt sind ..." Er wartete, bis das Gemurmel verebbte. „... wollen wir unser Glück mit euch teilen." Er entfernte Abbys linken Handschuh und hob ihre Hand, so dass man den Verlobungsring sehen konnte. „Abby hat zugestimmt, meine Frau zu werden."

Graces entzückter Schrei übertönte alle Glückwünsche und den Jubel im Raum. Dann prallte Grace gegen sie, umarmte sie, hüpfte dabei auf und ab. Es dauerte nicht lange, bis sich Abbys Mutter dazwischen schob und ihre Erstgeborene in eine Umarmung zog. Sie sah zu Xavier, der Glückwünsche von denen entgegennahm, die an dem Tag nicht im Club gewesen waren, und so nicht Zeuge des Antrags werden konnten.

Nach ein paar Minuten erhob er abermals seine Hand, verlangte nach Aufmerksamkeit. „Seit dem Antrag überlege ich, was ich ihr zur Feier der Verlobung schenken könnte."

Abby erstarrte. Wenn er vor den Augen ihrer Mutter jetzt ein Paddel oder einen Flogger rausholte, dann würde er was zu hören kriegen!

„Ich wollte etwas Teures. Etwas Elegantes. Nachdem meine Entscheidung gefallen war, erzählte mir Virgil, dass er diese Tradition ins Leben gerufen hat." Er neigte seinen Kopf in Richtung des Mannes aus Bear Flat.

Was für eine Tradition? Abby schaute zu seiner Frau. Summer runzelte die Stirn, bevor ihr Gesicht vor Entzücken strahlte.

Die Eingangstür flog auf und mit einem breiten Grinsen trat Dixon ins Haus. In den Armen hatte er einen

Picknickkorb, der mit einem rotkarierten Tuch bedeckt war.

Will er mit mir ein Picknick veranstalten?

Xavier griff in den Korb und holte einen Welpen heraus: ein schwarzes Fellknäul mit Schlappohren. Der Kleine starrte sie aus Augen an, die sie immer an Xavier erinnert hatten.

Als sie ihre Hände um den winzigen Körper schloss, winselte das Hündchen und wackelte aufgeregt hin und her. „Blackie. Das ist Blackie! Blackie ist dein Geschenk an mich?" Tränen bahnten sich einen Pfad über ihre Wangen, ihre Freude überschäumend. Schluchzend kamen ihr seine einleitenden Worte in den Sinn. „Teuer und elegant?"

Die Leute um sie herum brachen in Lachen aus. Blackie war ihre Brust nach oben gekrabbelt und leckte ihr Kinn ab, während Abby nicht die Augen von dem Mann lassen konnte, der immer genau zu wissen schien, was sie brauchte. Ob er sich im Klaren war, was auf ihn zukommen würde?

„Er wird im Garten buddeln."

„Dafür gibt es einen Rasenservice."

„Er wird deine Schuhe anknabbern."

„Dafür gibt es Schuster."

„Er wird dich in der Nacht aufwecken – aus den verschiedensten Gründen."

Sein Grinsen wurde breiter. „Und dafür habe ich schon bald eine Ehefrau."

Lachend lehnte sie sich an ihn. Während Blackie nicht

wusste, wen er zuerst mit seiner winzigen Zunge attackieren sollte, schlossen sich Xaviers Arme um sie.

„Ich habe immer noch Schwierigkeiten, meine Gefühle zu identifizieren, mein Lord“, flüsterte sie und kuschelte sich an ihn.

„Wo genau liegt das Problem?“

Sie hob sich auf die Zehenspitzen und sagte ihm leise ins Ohr: „Mir ist ganz warm – als wäre ich in eine kuschelige Decke eingehüllt. Ich fühle mich gleichzeitig entspannt und aufgedreht. Meine Gefühle sprudeln regelrecht über, als hätte mein Herz eine Flasche Champagner getrunken. Was denkst du, könnte das bedeuten?“

„Ich denke, dass du fühlst, was ich fühle, kleine Professorin.“ Sie spürte, wie er mit den Lippen über ihre Haare strich. „Du fühlst dich ... geliebt.“

LESEPROBE

Mit der Härte des Vollstreckers (California Masters-Reihe, Buch 6)

Lindsey neigte den Kopf und beobachtete deVries, wie er das Equipment säuberte und anschließend verstaute. Seine Haare waren kurzgeschoren, sein Gesicht oval, mit einem markanten Kiefer und gut geformten, ernsten Lippen. Zwischen seinen Augenbrauen hatte er eine Falte, die nie zu verschwinden schien. Keine Lachfältchen; er lachte nicht oft. Er war nicht ganz so groß wie Xavier, aber Gott, diese breiten Schultern und die muskulöse Brust unter dem engen, schwarzen T-Shirt raubten ihr den Atem.

Und sein Gang ... so unheilvoll. Als würde es ihn nicht kümmern, jemanden zu einem Brei aus Knochen und Blut zusammenzuschlagen. Da Xavier wusste, wie viel Befriedigung deVries dabei empfand, Schmerz zu administrieren, wurde er oft gebeten, unartige Subs zu bestrafen. Bei den Subs war er daher unter dem Namen Vollstrecker bekannt.

Lindsey biss sich auf die Unterlippe. Warum zur Hölle musste sie sich zu einem Sadisten hingezogen fühlen?

Nun war er fertig mit den heftigen Sessions. Was würde er jetzt tun? Als sie sah, wie er seine Ledertasche packte, und den Sub auf dem Tisch seinem Dom überließ, keimte in ihr Mitleid für ihn auf. Wer kümmerte sich nach einer Session um deVries?

Die meisten Zuschauer waren bereits verschwunden, aber es gab immer welche, die verweilten, ihre Aufmerksamkeit auf deVries gerichtet, und ja, sie verhielten sich wie Schafe zur Fütterungszeit. Als er sich die Tasche über die Schulter warf und den Koffer mit dem Violettstab aufhob, fielen die Subs – sowohl die Männlichen als auch die Weiblichen – auf die Knie. Sie boten sich als Opfer dar. In der ersten Reihe sah sie HurtMe – einer der Masochisten, mit dem deVries öfter spielte. Die Stirn des Mannes berührte den Boden und Lindsey konnte sich ein Schnauben nicht verkneifen. Es war offensichtlich, dass es deVries nach einer Session niemals an Angeboten mangelte, um seinen eigenen Juckreiz zu stillen.

Sie wollte gerade verschwinden, hielt jedoch inne, als in ihr die Frage aufkam, für wen er sich entscheiden würde. Die Subs unterhielten sich untereinander und bisher war ihr nicht zu Ohren gekommen, dass er einen Favoriten hatte. Das könnte auch bedeuten, dass der Vollstrecker einfach extrem privat war.

Zumindest würde er nicht denken, dass sie sich dafür bewarb, seinen Juckreiz zu lindern. Sie kniete nicht. Sie würde es nicht ertragen, wenn er sie erneut abwies.

Seine Gleichgültigkeit bei der Betrachtung des Angebots hob ihre Laune. Es beruhigte sie, dass sie nicht die einzige Sub war, die er in der Vergangenheit abgewiesen hatte.

Ohne sich für jemanden zu entscheiden, lief er zur Treppe, direkt auf Lindsey zu. Sein Duft traf sie, so geheimnisvoll wie der Mann selbst, wild und mit einem Hauch Schweiß.

Vor ihr hielt er an. Der Ausdruck in seinen Augen war heißer als die texanische Sommersonne, als er den Blick über ihr Katzenkostüm schweifen ließ: Katzenohren, pelziger BH und Leopardenshorts. Gewalt und das Versprechen nach Schmerz lauerten in seinen Tiefen.

Und das Knurren, die seine Mitteilung umrahmte, war unnachgiebig: „Ich habe meine Meinung geändert. Heute steht mir der Sinn nach der Pussy einer süßen Wildkatze. Ich fordere meinen Preis ein."

„W-was?" Sie schnappte explosionsartig nach Luft und sein Mundwinkel zuckte. Sie schüttelte ab, wie sehr er sie mit seinen Worten schockiert hatte. „Du hast mich doch abgelehnt."

„Ich meinte, dass ich meinen Preis einlöse, wenn der Zeitpunkt richtig für mich ist. Du hast die Wahl: Soll ich dich hier ficken oder in deiner Wohnung?"

Oh, du heilige, verdammte Scheiße! Nur ein hinterhältiges

Wiesel wie er würde so eine Aktion bringen. Seit einer halben Ewigkeit war sie hinter ihm her, und doch machte sie der Gedanke nervös, sich mit ihm einzulassen. Ihr Mund war wie ausgetrocknet. Totales Wüstengebiet.

Sie riss ihren Blick von ihm los und fand Sir Ethan hinter ihm, beobachtend. Er war heute Abend der Aufseher und als solcher konnte er deVries befehlen, in den nächsten See zu springen, wenn er unbedingt eine Abkühlung brauchte. Fragend zog er eine Augenbraue hoch.

Na ja, sie hatte im letzten Sommer an den Spielen teilgenommen. Und verloren. Es gab kein Zeitlimit für das Einlösen der Preise.

DeVries wartete schweigend, gab ihr jedoch den Freiraum, seine Worte zu überdenken. Seine graugrünen Augen zeigten keine Emotionen.

Nach den Regeln des Dark Haven könnte sie das Safeword aussprechen, wenn sie das wirklich wollte, wenn sie zu viel Angst hatte. Doch das würde sich wie ein Betrug anfühlen, denn sie war weit von ihren gesteckten Grenzen entfernt. Schließlich hatte er noch nichts mit ihr gemacht. Trotz allem fühlte sie sich unter seinem Blick bereits wie ein neugeborenes Kalb, das einem hungrigen Wolf gegenüberstand.

Sie schüttelte den Kopf in Richtung Sir Ethan und sagte zu deVries: „Also gut."

„Wo?"

Himmel Herr Gott. Hier? Wo alle Subs zuschauen würden? Auf keinen Fall. Bei ihr Zuhause? Sie biss sich nervös auf die Lippe. Was könnte er dort über sie in Erfahrung bringen? Nicht viel, dafür hatte sie gesorgt. Gott sei Dank war es nicht wirklich ihr Zuhause. „Bei mir.“

Ihre Antwort hatte ihn kurzzeitig überrascht, dann nickte er.

Oh, verdammt, sie würde heute noch Sex mit dem Vollstrecker haben! Wahrscheinlich würde der Akt nicht mal eine Stunde ihres Lebens beanspruchen, aber ... *Oh Gott*, er wollte sie! *Er will mich!* Ein Lustschauer überwältige sie bei diesem Gedanken.

Auch ihm fiel diese Reaktion auf und seine Augen flackerten amüsiert

ÜBER DEN AUTOR

Autoren sagen oft, dass ihre Protagonisten mit ihnen argumentieren.

Dummerweise sind Cherise Sinclairs Helden allesamt Doms. Was bedeutet, dass sie keine Chance hat, jemals ein Argument für sich zu entscheiden.

Als New York Times and USA-Today-Bestsellerautorin ist Cherise dafür bekannt, herzzerreißende Liebesromane mit hinreißenden Doms, amüsanten Dialogen und heißem Sex zu schreiben. BDSM, Leute. BDSM! Wer kann dazu schon ‚Nein' sagen?

Mit den Kindern aus dem Haus lebt Cherise mit ihrem geliebten Ehemann und ihren Katzen am pazifischen Nordwesten, wo nichts gemütlicher ist als ein regnerischer Tag, den sie damit verbringt, neue Bücher zu schreiben.

Rezensionen:

Vielen Dank für die Rezensionen, die ihr für die California Masters bisher geschrieben habt. Ich würde mich freuen, wenn ihr auch für Abby und Xavier ein paar Worte findet.

www.ingramcontent.com/pod-product-compliance
Lightning Source LLC
LaVergne TN
LVHW041051080826
845145LV00007B/1535